d

Nicholas Salaman

Der Garten der Lüste

Ein Roman aus der Zeit der Wiedertäufer

Aus dem Englischen von Irene Rumler

Diogenes

Titel der 1993 bei HarperCollins, London,
erschienenen Originalausgabe:
›The Garden of Earthly Delights‹

Das Gedicht ›Kindes Kummer‹ von William Blake
wird nach der Übersetzung von Georg von der Vring,
in: William Blake, Gedichte, Wiesbaden 1958, zitiert;
das Gedicht ›Der Garten der Liebe‹ nach der Übertragung
von Alexander von Bernus und Walter Schmiele,
in: William Blake, Gedichte, Heidelberg 1958;
die Gedichte auf den Seiten 336, 427 und 432 f. wurden
von Barbara Rojahn-Deyk übertragen.
Umschlagillustration:
Hieronymus Bosch,
›Der Garten der Lüste‹, 1503–04
(Ausschnitt)

200/95/8/1
ISBN 3 257 06073 4

Die Poesie der Geschichte liegt in der gleichsam wunderbaren Tatsache begründet, daß einst auf dieser Welt, auf diesem vertrauten Stück Erde, andere Männer und Frauen einhergegangen sind, so wirklich wie wir heute, beschäftigt mit ihren eigenen Gedanken, gelenkt von ihren eigenen Leidenschaften, jetzt jedoch verschwunden, Generation um Generation, so wie wir in Kürze verschwunden sein werden wie ein Geist beim ersten Hahnenschrei.

G. M. TRAVELYAN

Inhalt

Erster Teil

Die Mutter stöhnte, der Vater in Tränen,
Als ich sprang ins bedrohliche Leben;
Hilflos, nackt, und mit lautem Geschrei.
Als ob da ein Unhold erschienen sei.

WILLIAM BLAKE, *Kindes Kummer*

Prolog

Dunkelheit und der Geruch nach Stroh und Blut.

Draußen, im fahlen Licht der Dämmerung, stieg Dunst aus den sumpfigen Flußauen empor wie ausgeschwitztes Fieber.

Der Frühling hatte dieses Jahr spät begonnen, und viele Bewohner der Stadt hatten bezweifelt, daß er überhaupt kommen würde – denn allenthalben gab es Gerüchte und Prophezeiungen, daß für eben dieses Jahr 1500 das Ende der Welt vorherbestimmt sei.

Nun ja, noch war es nicht eingetreten. Und auch wenn sich einige Leute ganz ins Gebet und die fortwährende Betrachtung der Endzeit versenkten, mußten andere ihr Leben weiterführen, so gut es eben ging.

Zu diesen gehörte auch der kleine Junge, der soeben in dem schmuddeligen Verschlag einer Hebamme am Rande der Stadt zur Welt gekommen war.

»Ist er in Ordnung?« flüsterte erschöpft eine Mädchenstimme. »Warum schreit er nicht?«

»Der wird schon noch schreien«, murmelte die alte Schlampe, die in der Stadt für ungewollte oder heimliche Geburten und dergleichen zuständig war. »Armer kleiner Tropf, der wird noch viel Grund zum Schreien haben.«

Dann hörte man ein Klatschen, gefolgt von leisem, entrüstetem Geheul. Eine Gestalt tauchte, wie gerahmt vor dem Hintergrund der grauen Dämmerung, im Rechteck der Tür auf

»Ist es vorbei? Alles in Ordnung? Darf ich reinkommen?« flüsterte eine bange Männerstimme.

»Ihr bleibt schön draußen. Ich muß sie erst saubermachen«, brummte die Alte.

»Aber ist mit ihr alles in Ordnung?«

»Es ist ein Junge«, antwortete das Mädchen.

»Das ist mir egal. Nur du bist...«

»Mir geht es... gut...«

»Sie ist sehr schwach«, sagte die alte Frau. »Der kleine Kerl hat sich ganz schön Zeit gelassen.«

»Tut mir leid, Liebling«, sagte der Mann. »Kann ich irgend etwas für dich tun?«

»Habt Ihr nicht schon genug getan?« knurrte die Hebamme.

»Schweigt, Weib.«

»Bleib nur... in der Nähe...«, bat das Mädchen.

»Das werde ich, mein Liebling.«

»Liebling, Liebling«, brummelte die Alte vor sich hin. »Hätte sich lieber vorher überlegen sollen, was er tut. Macht einem netten Mädchen einfach ein Kind. Nicht sehr rücksichtsvoll. Und was soll aus dem kleinen Bankert werden, wenn ich fragen darf?«

»Macht mit ihm, was Ihr wollt«, hörte man von draußen die unbeteiligte Stimme des Mannes. »Laßt ihn den Fluß hinuntertreiben, wenn Ihr wollt. Macht einen kleinen Moses aus ihm.«

»Nein«, schrie das Mädchen. »Unser Baby... Du würdest doch nicht...«

»Schließlich hat er sich zwischen uns gedrängt.« Die Stimme des Mannes klang hart. »Er ist der Grund, weshalb wir uns trennen müssen. Er ist die Schlange in unserem Garten.«

»Armer kleiner Kerl. Ist doch nicht seine Schuld.«

»Zuvor war alles in Ordnung.«

»In Ordnung?«

»Es war das Paradies. Wir waren das Paradies.«

»Du warst verheiratet.«

Es entstand eine Pause.

»Ich bin verheiratet«, sagte er niedergeschlagen.

»Also war es nicht in Ordnung«, entgegnete sie.

»Ich liebe dich«, sagte er.

»Ich weiß.«

»Hör mit dem Gequassel auf, und zieh die Knie hoch«, befahl die alte Frau. »Wir müssen dir erst mal den Dreck wegwaschen. Liebe? Ich wünschte, ich würde jedesmal, wenn ich dieses Wort als Ausrede für Unannehmlichkeiten höre, einen Heller kriegen. Es ist ein schmutziges Wort, wenn Ihr mich fragt. Nur ein Passierschein, damit sie die Beine breit machen…«

»Still, du alte Hexe«, sagte der Mann.

Die Alte lachte gackernd. Sie hatte ihr Geld im voraus verlangt.

»So, empfindlich sind wir also?«

Wieder entstand eine Pause, die durch das Wimmern des Säuglings unterbrochen wurde.

»Also, was soll ich jetzt mit dem kleinen Wurm anfangen?« fragte die Hebamme nochmals.

»Es ist alles geregelt«, sagte der Mann. »Macht es nur fertig, dann kümmere ich mich schon drum.«

»Um ihn…«, verbesserte ihn das Mädchen. »Armer kleiner Kerl…«

Als sie zu weinen begann, machte der Mann Anstalten hereinzukommen.

»Ihr bleibt draußen«, sagte die alte Frau heftig. Sie war gerührt, ohne es zu wollen. »Ihr habt genug Unheil für ein ganzes Jahr angerichtet.«

1

Von strengen und lieblosen Eltern aufgezogen zu werden ist schlimm – aber bei einem mürrischen Ehepaar aufzuwachsen, mit dem einen nicht einmal unzuverlässige Blutsbande verbinden, ist ungleich schlimmer.

Als kleiner Junge fragte sich Julius oft, was er getan hatte, daß seine Eltern ihn nicht leiden mochten. Und er war erst sechs oder sieben Jahre alt, als er entdeckte, daß sie gar nicht seine Eltern waren.

»Welchen Zweck soll das haben, Dirk?« hatte seine ›Mutter‹ eines Tages brummig zu ihrem Mann gesagt, nachdem der Junge irgendeine belanglose Missetat begangen hatte. »Er ist nicht unser Kind. Warum sollen wir ihn dann in dem Glauben lassen? Er ist nun mal ein Bastard.«

»Er ist ein Bastard«, bestätigte ihr Mann, ein Fleischer.

»Du bist ein Bastard, Junge«, sagte sie gehässig zu Julius.

Sie hatte sich diese Eröffnung einige Zeit aufgespart.

»Was bitte ist ein Bastard?« hatte Julius mit zitternden Lippen gefragt.

»Ein Bastard ist ein Trottel, eine verfluchte Plage für seine Umgebung«, hatte sein ›Vater‹ geantwortet.

Julius fragte sich, ob ein Bastard zu sein ein Vergehen war, das mit Schlägen bestraft wurde. Im Hause des Fleischers in der Elsterngasse gab es viele solcher Vergehen. Etwa den Geruch von Fleisch nicht zu mögen. Es war nicht seine Schuld, daß er bei dem warmen, süßlichen und leicht schweißigen Geruch mit angehaltenem Atem, zugezwickter Nase und zusammengepreßtem Mund herumlaufen mußte. Tat er das nicht und erwischte einen kräftigen Hauch von den Kalbsbeinscheiben, die sein Vater für sich zum Abendessen hereinbrachte, mußte er sich manchmal auf der Stelle übergeben. Und damit handelte er sich auf jeden Fall eine kräftige Tracht Prügel ein, also konnte er sich ebensogut gleich die Nase zuhalten. Er litt unsäglich unter diesem Fleisch. In gekochtem Zustand war nichts dagegen einzuwenden, aber solange es roh war – voller Röhren und Sehnen und labbriger Falten –, wurde er schon blaß, wenn er nur daran dachte. Und natürlich konnte das seinem Ziehvater nicht gleichgültig sein.

»Das ist dein täglich Brot, Junge«, pflegte er zu sagen. »Das ist das Dach über deinem Kopf. Meinst wohl, du bist zu gut dafür? Riech dran, das ist das Leben.«

Nicht, daß das mürrische Ehepaar regelrecht grausam oder – in den Augen der Nachbarn – auch nur besonders gewalttätig gewesen wäre. Die beiden waren einfach frostig. Sie hielten nichts von Liebe oder Zuneigung. Selbst im Umgang miteinander wahrten sie eine kühle Gleichgültigkeit. Sofern sie je das Tier mit den zwei Rücken machten – es gab keine anderen Kinder im Haus, also machten sie es vielleicht gar nicht –, hatte man den Eindruck, dies müsse mit derselben ungerührten Miene geschehen, mit der sie das Fett von einer Niere abschnitten.

»Ein Bastard«, sagte seine Frau, »ist ein ungewolltes Kind, das von einer unverheirateten Mutter in die Welt gesetzt worden ist.«

Julius hatte damals keine Ahnung, wie Kinder überhaupt in die Welt gesetzt wurden, aber mit dem Ungewolltsein kannte er sich aus. »Dann willst du mich also nicht?« fragte er und fügte »Mutter?« hinzu.

»Mutter? Mutter? Hör dir das Kind an. Geht es denn nicht in deinen blöden Schädel, was wir dir beizubringen versuchen? Ich bin verheiratet, nicht wahr? Hab ich nicht gerade gesagt, daß die Mutter von einem Bastard unverheiratet ist?«

»Du meinst … du bist gar nicht meine Mutter?«

Ihr Mann klatschte höhnisch in seine fleischigen Hände.

»Schlaues Bürschchen. Hat es auf Anhieb kapiert.«

»Aber...«, und wieder zitterten seine Lippen, nicht wegen der Enthüllung, daß diese Leute nicht seine Eltern waren, sondern weil er plötzlich die furchtbare Einsamkeit dieser Welt zu ahnen begann, »...wo sind dann meine Eltern? Wer bin ich überhaupt?«

Dieser Aufschrei sollte sich später ständig wiederholen.

»Ah«, sagte der Fleischer wissend, obwohl er nichts wußte, »ich werde doch nicht petzen, oder?«

Von diesem Augenblick an machte sich Julius bewußt eine Einstellung zu eigen, die seine Umgebung ohnehin bereits gefördert hatte. Wenn seine Eltern ihn nicht brauchten, brauchte er auch keine Eltern. Er mußte allein zurechtkommen. So wuchs dieses Kind der Liebe ohne Liebe auf, und es war nicht verwunderlich, daß er nicht wußte, was dieses Wort bedeutete.

In der Schule erging es ihm etwas besser. Die anderen Kinder hatten offenbar alle gute, solide Eltern – Bastarde landeten normalerweise im Armenhaus –, und er unternahm nichts, um seine Kameraden über die wahre Natur seiner Beziehung zu dem Fleischerehepaar aufzuklären. Instinktiv befürchtete er, damit womöglich eine Schwachstelle am lebenswichtigen Panzer preiszugeben; aber innerlich wühlte ihn dieses Wissen auf. Er empfand das Stigma des Andersseins; und natürlich spürten das die anderen Jungen. Er sonderte sich deutlich ab.

Ein Junge namens Paul Uitwaarden – ein unangenehmer, unsteter Bursche, ein Jahr älter als Julius – machte sich einen Spaß daraus, ihn zu quälen, und versuchte, die Schranken seiner Selbstgenügsamkeit niederzureißen. Uitwaarden besaß schauspielerisches Talent und die Fähigkeit, Gedanken zu lesen.

»Baftard, Baftard«, lispelte er, Julius' kindliche Eigenart nachäffend.

Wie hatte er es herausgefunden? überlegte Julius. Zweifellos hatten die Fleischersleute geplappert.

»Baftard«, schrien die anderen Jungen. »Armef kleinef Baby, daf man auf die Ftufen…«

Doch Julius war kein Feigling, und eines Tages prügelte er sich mit Uitwaarden und boxte ihn ins Gesicht, daß seine Lippen anschwollen und er unfreiwillig lispelte.

»Wart'f nur ab, daf tfahl ich dir heim«, sagte Uitwaarden und wischte sich Haut und Blut von den Zähnen.

Als Julius mit blutiger Nase und zerrissenem Hemd nach Hause kam, wurde er wegen seiner Streitsucht gescholten.

Im übrigen war seine Schule vergleichsweise recht passabel. Und er lernte eifrig – noch ein Grund für den Argwohn seiner Mitschüler, die jeglichem Wissen und den heraufdämmernden Wundern der Neuen Lehren gleichgültig gegenüberstanden und es nicht erwarten konnten, ins väterliche Gewerbe einzusteigen.

Den Schulmeister, einen strengen alten Habicht namens Pieter Preger, blitzschnell mit dem Rohrstock, hatte die Verstocktheit der Jungen noch nicht so verhärtet, daß er bei Julius nicht eine gewisse Lernbegier bemerkt hätte, die durch die Fleischerei und das langweilige Familienleben noch verstärkt wurde. Und obwohl er Julius genauso häufig verprügelte wie alle anderen, schlug er bei ihm nicht so fest zu; und wenn er ihm nach der Schule zusätzliche Zeilen zum Abschreiben gab, sorgte er dafür, daß sie möglichst sein Interesse weckten und zugleich so bemessen waren, daß sie weder nach Schikane aussahen noch den Verdacht der Bevorzugung aufkommen ließen.

So kam es, daß Julius mit zwölf Jahren das Lateinische weitgehend beherrschte, dazu etwas Griechisch, ein wenig Französisch und ein wenig Euklid, und in Grammatik und Logik ziemlich sattelfest war. Außerdem legte er eine gewisse zeichnerische Begabung an den Tag, die sich aus der kindlichen Angewohnheit herumzukritzeln dadurch weiterentwickelt hatte, daß er die verschiedenen Kirchen der Stadt aufgesucht und einen Teil der dortigen Gemälde zu kopieren versucht hatte – van der Weyden, van

Eyck, Geertgen tot Sint Jans und der hier beheimatete Künstler Hieronymus Bosch (dessen Gemälde, auf denen es von alptraumhaften Kreaturen und triebhaften Menschen wimmelte, ihn ganz besonders faszinierten) waren allesamt vertreten. Und natürlich hatte die junge Kunst des Buchdrucks eine stete Flut bebilderter Bücher ausgelöst, an deren Holzschnitten – teils von Italienern, teils von dem Deutschen Dürer – er seine Kunstfertigkeit messen oder seine Unzulänglichkeit beklagen konnte.

Kunstunterricht gab es in der Schule nicht. Doch eines Tages ließ der alte Preger Julius zu sich rufen.

»Martens«, sagte er (das war des Fleischers Name), »viele deiner Kameraden beginnen jetzt eine Lehre. Hast du vor, in die Fußstapfen deines Vaters zu treten und Fleischer zu werden?«

Julius konnte ein Schaudern kaum unterdrücken.

»Das habe ich mir fast gedacht. Ich habe mir deine Zeichnungen angesehen und glaube, es könnte uns vielleicht gelingen, dich bei einem der berühmtesten Maler unserer Stadt unterzubringen. Er hat sich bei mir nach einem geeigneten Burschen erkundigt, der ihm im Atelier zur Hand gehen könnte. Hättest du daran Interesse?«

»Und ob ich das hätte, Herr.« Julius konnte seine Aufregung kaum verbergen. Doch dann dachte er an den Fleischer und seine Frau. Sie würden ihm nie erlauben, etwas zu tun, was so sehr nach Nichtstun roch. Er hatte sie über Maler reden hören. Außerdem würden sie sicher von ihm erwarten, daß er im Laden mithalf – oder, schlimmer noch, im Schlachthaus.

Doch zu seiner Überraschung waren die Fleischersleute mit der Lehre einverstanden – vor allem, als sie hörten, daß es sich um Meister Bosch handelte, der hierzulande durchaus Hochachtung genoß (hatte er nicht die Buntglasfenster in der Kathedrale Sint Jan entworfen?) und mit der einzigen Tochter eines wohlhabenden Patriziers verheiratet war.

»Der Mann ist in Ordnung, da gibt's gar nichts!« sagte die Frau des Fleischers. »Hast du dieses *Jüngste Gericht* in Sint Jan gesehen? Kobolde und Dämonen und alle möglichen schrecklichen Dinge. Man sollte nicht denken, daß er sich mit solchen Sachen überhaupt auskennt, wo er doch so ehrbar aussieht. Macht einem ja richtig angst vor dem Ende der Welt.«

»Kümmere dich nicht darum, Frau«, sagte der Fleischer. »Er schafft uns den Jungen vom Hals, und das ist ein Segen. Hätte im Schlachthof sowieso nichts getaugt, stimmt's, Lilchen?« Er fand es unglaublich komisch, daß ihm dieser Spitzname für Julius eingefallen war.

»Ja«, sagte Julius, zu beglückt über die Aussicht, bei dem Maler in die Lehre zu gehen, um sich über die wiederholte Kränkung zu ärgern.

»Da hast du's, siehst du«, sagte der Fleischer zu seiner Frau. »Schauet die Lilien auf dem Felde, wie sie wachsen: sie arbeiten nicht, auch spinnen sie nicht. Malen ist das Beste für eine Lilie.«

»Malen ist zu gut für eine Lilie«, entgegnete seine Frau.

Doch sie versuchten nicht, ihn aufzuhalten, und als es soweit war, fand sich Julius im Fachwerkhaus des berühmten Malers ein, dem sogenannten Roten Kreuz am Tuchmarkt, der elegantesten Straße der Stadt.

2

In den folgenden drei Jahren veränderte sich Julius' Leben von Grund auf. Bosch war alles andere als ein einfacher Lehrmeister. Er war gelegentlich schroff und streitsüchtig, sonderbar geistesabwesend, ungeduldig, undurchschaubar, herrisch, ungesellig und gemein – aber man konnte ihm verzeihen, weil man viel von ihm lernen konnte. Er wußte ungeheuer viel über Maler und Malerei. Er war ein wenig gereist – nach Leuven und Antwerpen, wo er dem berühmten du Hameel bei seiner Arbeit am Kirchturm der Kathedrale geholfen hatte. Doch die wichtigste Wanderschaft hatte sich bei ihm offenbar im Geiste abgespielt. Es war, als hätte er Zugang zu einem geheimen Vorrat, aus dem er mehr Weisheit schöpfte, als man bei einem einzelnen Menschen je vermutet hätte.

Seine Kleidung war schlicht und wies ihn, zusammen mit der Tonsur, als ein Mitglied der Liebfrauen-Bruderschaft aus, deren Vorstand er angehörte. Sein Haus jedoch war angefüllt mit schönen Dingen, die er nach Kriterien erworben hatte, die Julius nicht ganz einleuchteten.

Seine Frau Aleid, fünf Jahre älter als er und nicht mehr in der ersten Blüte ihrer Jugend – inzwischen war sie Ende Fünfzig –, war noch immer eine Schönheit. Sie besaß die würdevolle, blasse Eleganz einer antiken Statue; und wenn sie redete, was selten vorkam, wirkte ihre leise Stimme wie in Marmor gemeißelt. An ihrem Gesicht ließ sich eine Art nüchterner Resignation ablesen. Anscheinend war sie der einzige Mensch, dem Bosch Beachtung schenkte.

Es war offensichtlich, daß sie Julius nicht sonderlich mochte.

Die beiden hatten keine Kinder, und Julius hätte sich das auch nicht vorstellen können. Kinder hätten Bosch in seinen Gedanken unterbrochen und den Marmor angeschlagen.

Inzwischen hatte sich ein Tagesablauf eingespielt, von dem es über die Monate hinweg kaum Abweichungen gab. Jeden Morgen verließ Julius das Haus des Fleischers, in dem er jetzt beinahe mit dem Respekt behandelt wurde, der einem Untermieter gebührte, und fand sich um sieben Uhr in Boschs privatem Atelier ein. Bosch hatte ein paar Straßen weiter noch ein zweites Atelier – seine sogenannte Werkstatt –, in dem drei oder vier Künstler an seinen größeren Aufträgen arbeiteten, an Entwürfen für Buntglasfenster und seinen architektonischen Vorhaben, doch die wichtigsten Werke entstanden in seinem privaten Atelier. Hier machte Julius jeden Morgen ein Feuer, rieb die Pigmente für den Tag an und erledigte alle Vorbereitungsarbeiten, die ihm sein Meister aufgetragen hatte. Manchmal durfte er ein Stückchen Hintergrund ausfüllen. Die meiste Zeit mußte er zusehen.

Vor einem allerdings hatte Bosch offenbar noch mehr Hochachtung als vor seiner Frau Aleid, und eines Tages erfuhr Julius davon.

An jenem Tag begleitete er seinen Meister, um ihm bei der Dekoration für das alljährliche Schwanenmahl der Liebfrauen-Bruderschaft zu helfen. (Der Schwan war das Emblem der Bruderschaft, und auf der Speisekarte für das Bankett tauchten unweigerlich ein paar gebratene Schwäne auf.) Diese Veranstaltung fand in der Stadt große Beachtung, und natürlich hatte Julius schon zuvor viel darüber gehört. Es war eine große Ehre, die Feierlichkeiten aus solcher Nähe miterleben zu dürfen.

Als Julius die sorgfältig bemalte, unglaublich lebensechte Schwanenplastik, die sein Meister für diesen Anlaß geschaffen hatte, auf eine das Tischende überragende Wandkonsole stellte, betrat ein hochgewachsener Mann mit schwarzem Haar und markanten Gesichtszügen, der eine ungeheure Autorität ausstrahlte, den Raum.

Julius sah zu seiner Überraschung, wie sich sein Meister, der normalerweise vor keinem Mann das Knie beugte, demütig vor dem Fremden verneigte. »Großmeister«, murmelte er. »Wir haben Euch nicht erwartet.«

»Ich bin zu dem Fest gekommen«, sagte der Mann mit einer kräftigen Stimme, der man einen leichten ausländischen Akzent anmerkte. »Und um zu sehen, wie unser Garten gedeiht.«

»Er macht Fortschritte«, sagte Bosch, auch wenn Julius nicht wußte, worauf sich das bezog.

Soviel er wußte, gab es im Atelier kein Gartenbild.

»Und das ist Euer Lehrling?« fragte der Mann und richtete seinen durchdringenden, strahlenden Blick auf Julius.

»Ja«, sagte Bosch. »Er heißt Julius.«

»Ein guter Name für einen Soldaten. Ein Name für unsere Zeit. Du mußt deinen Pinsel schwingen wie ein Schwert und nicht dein Schwert wie einen Pinsel, junger Mann.«

»Ja, Herr«, sagte Julius.

»Du hast es schwer gehabt, mein Junge, und du wirst es noch schwerer haben. Aber was nutzt ein kräftiges Pferd, wenn es keine Last tragen kann?«

»Vermutlich nicht viel«, sagte Julius.

»Du vermutest richtig. Mach deine Arbeit gut. Lerne von deinem Meister. Wir werden dich zu gegebener Zeit brauchen. Wirst du mich wiedererkennen?«

»Das werde ich«, sagte Julius.

Es war ein Gesicht, das man nicht so leicht vergaß.

»Und nun halte dich getreulich an Glaube, Hoffnung und Liebe. An diese drei«, sagte der Mann. »Und das höchste davon ist die Liebe.« Damit verließ er den Saal.

»Wer war das?« fragte Julius seinen Meister auf dem Heimweg.

»Wer?«

»Der Mann, der hereinkam und den Ihr mit Großmeister angesprochen habt.«

»Ach der«, sagte Bosch. »Das ist ein Jünger des Freien Geistes.«

»Und wie heißt er?«

»Würde mich nicht wundern, wenn er Namenlose Windhose hieße.«

»Oh.«

Es entstand eine Pause. Julius wußte nie genau, wann sein Meister scherzte.

»Er kam mir nicht sehr windig vor«, sagte Julius.

»Was zum Kuckuck hat das damit zu tun?«

Wieder entstand eine Pause.

»Na ja, also gut«, sagte Bosch unvermittelt. »Sein Name ist d'Almagaes. Er ist ein Jude, der vor einigen Jahren in die Kirche aufgenommen und im Beisein von Philipp dem Schönen getauft wurde. Er ist ungeheuer weise, grenzenlos reich und außerdem der Großmeister unserer Bruderschaft.«

Schweigend gingen sie weiter.

»Dein Vater war ein Mann aus meinem Bekanntenkreis«, sagte Bosch unvermittelt.

Obwohl Julius es immer wieder versuchte, mehr war aus Bosch nicht herauszubekommen. Er hatte die absurde Vorstellung, daß der geheimnisvolle Jude möglicherweise sein Vater war. Nicht daß ihn das irgendwie beeindruckt hätte. Er brauchte keine Eltern – schon gar nicht solche, die es fertigbrachten, ihn im Stich zu lassen.

Warum hatte dieser Mann von der Liebe gesprochen? Und überhaupt, was war das eigentlich?

3

Drei herausragende Ereignisse kamen Julius in den Sinn, wenn er sich in späteren Jahren seine Lehrzeit ins Gedächtnis zu rufen versuchte. In gewisser Weise hingen sie freilich alle mit dem ersten zusammen.

Bosch hatte ihm gleich zu Anfang klargemacht, daß seine Mitarbeit nur für simple, niedere Arbeiten benötigt würde. Außer beim Ausmalen von Hintergrund durfte er in der Werkstatt gelegentlich ein wenig beim Firnissen bestimmter Gemälde helfen, die aus dem privaten Heiligtum kamen. Diese bezeichnete Bosch als seine Brot-und-Schmalz-Bilder (auch wenn Julius sie ausgesprochen schön fand); dazu gehörten Werke wie die *Anbetung der Könige* oder die *Dornenkrönung*, die für die Kathedrale oder eine andere Stadtkirche vorgesehen waren.

In Boschs Allerheiligstem entstanden jedoch noch andere Werke, an denen er von Anfang bis Ende ganz allein arbeitete. Die Modelle kamen und gingen durch eine andere Tür, und dasselbe galt für die Auftraggeber, für die die Gemälde bestimmt waren.

Sooft Julius auf diese Vorgänge anspielte – was er anfangs aus natürlicher Neugier manchmal tat –, brachte ihn sein Meister barsch zum Schweigen und legte ihm nahe, sich um seine eigenen Angelegenheiten zu kümmern.

Einmal jedoch, als Bosch sein Atelier verlassen hatte, um an einer Veranstaltung der Bruderschaft teilzunehmen, stellte Julius fest, daß die Tür zum Allerheiligsten nicht abgesperrt war, und wagte sich (geradezu tollkühn, da er wußte, wie zornig der alte Mann werden konnte) hinein.

Zu seiner Enttäuschung stellte er fest, daß der Raum bis auf eine zahme Eule, die reglos und ungerührt in einem an der Wand hängenden Käfig hockte, einen ziemlich konventionellen Eindruck machte. Julius hatte mehr Geheimnisse erwartet – alchimistische Utensilien oder auch ein paar üppige, in italienischer Manier dargestellte Akte, über die in letzter Zeit so viel geredet wurde. Er hatte ein Alter erreicht, in dem er sich in Gedanken mit Bildern von Frauenkörpern beschäftigte.

Er konnte nur zwei Gemälde entdecken; beide standen auf Staffeleien und waren mit Tüchern verhängt. Er ging auf das erste zu und deckte es, auf rosige Leiber hoffend, ab, aber da war nichts dergleichen. Statt dessen kam eine Szene zum Vorschein, die ihn, wie viele andere Werke seines Meisters, bis ans Lebensende verfolgen sollte. Es waren die Außentafeln eines Triptychons, das allem Anschein nach einen geringfügigen Schaden erlitten hatte, den Bosch derzeit ausbesserte.

Ein Wanderer oder Bettler, dessen Hose am linken Knie ein großes Loch hatte und auf dessen erschöpftem und resigniertem Gesicht ein verdrossener Schatten lag (weil er einen knurrenden

Hund abwehren mußte), schleppte sich durch eine freudlose Landschaft auf eine wackelige kleine Brücke zu. Im Vordergrund lagen überall Knochen und Abfall herum, und hinten links fand ein gewaltsamer Überfall statt. Zu seiner Rechten tanzte mit freudloser Lüsternheit ein Paar zur Musik eines kraftlosen Dudelsackpfeifers, während sich im Hintergrund eine Menschenmenge unter einem Galgen versammelte, der bedrohlich von einem kleinen Hügel aufragte...

Die Szene hätte äußerst trübsinnig wirken können, doch dank Boschs Pinselstrichen rief sie beim Betrachter ein sonderbares Gefühl des Wiedererkennens hervor. Ja, dachte Julius, trotz meiner Jugend scheint es mir, als hätte ich einen Teil dieser Straße bereist – allein. Ich befinde mich darauf. Werde sie weitergehen. Gefahren, Sünde und Tod schienen den Dahinwandernden von allen Seiten zu bedrängen. Und doch war da noch etwas anderes – der Eindruck, daß es eine Hoffnung gab, wenn man nur wußte, wo man danach suchen mußte. Julius versuchte das Triptychon aufzuklappen, gespannt, ob die Antwort darin verborgen lag, aber es wurde von einem abgesperrten Riegel zugehalten.

Schließlich wandte er sich dem zweiten verhüllten Gemälde zu. Dieses war ebenso ungewöhnlich, wie ihm das andere vertraut gewesen war. In der Dunkelheit einer scheinbar ewigen Nacht – oder des Schattenreichs des Todes – leuchtete ein herrliches Licht, das als gewaltiger, strahlend heller Kegel aus einer Quelle zutage trat, in die zwei selige Gestalten eintauchten, während eine dritte, von einem Engel geleitet, bereits in ihren schimmernden Umkreis trat. Im Vordergrund bewegten sich zwei weitere hoffnungsvolle Menschen, von Engeln begleitet, in demütiger Haltung auf die Quelle der Ewigkeit zu, während sonderbare Schlingen sich um sie wanden, als wollten sie sie wegdrängen.

Die künstlerische Gestaltung war so schlicht und doch so beeindruckend, so außergewöhnlich und doch so sonderbar natürlich, daß Julius das Bild mehrere Minuten lang fasziniert betrachtete. Er empfand aufs neue ein Gefühl des Wiedererkennens, spürte, daß es genau so war – der Tunnel aus Licht, durch den man gehen mußte, die in Helligkeit getauchten Wegbegleiter, die beiseite gefegten Traumata der Dunkelheit... Aber woher wußte der alte Mann das? Julius hatte nie davon gehört, daß der Tod je zuvor so gemalt oder gar beschrieben worden wäre. Erst später, als er sich zufällig mit einem Pestopfer unterhielt, das man tot geglaubt und liegengelassen hatte, erhielt er eine Schilderung, die Boschs Gemälde nahezu vollständig entsprach.

Staunend stand er da, bis er endlich aus Angst, sein Meister könnte zurückkehren, die Tücher wieder an ihren Platz hängte und in seinen Arbeitsraum zurückkehrte, wo er geistesabwesend Pigmente anrieb, während seine Gedanken dem tristen Pfad des Pilgers folgten und schließlich wieder davonflogen, hineingesogen wurden in jenen Lichttunnel, um bei den Geheimnissen der Seligen anzuklopfen...

»Was, Junge, noch nicht fertig?«

Der Meister war zurückgekehrt.

»Oh? Verzeiht... verzeiht, Herr.«

»Eure jungen Männer werden Visionen haben«, zitierte der alte Maler – er war in letzter Zeit eine Spur gesprächiger geworden. »Wollen wir hoffen, daß du eines Tages das Zeug dazu hast, sie auf die Leinwand zu bringen. Freilich nicht, wenn du gute Farbe so anrührst. Diese Farbe sieht aus wie Schweinedreck.«

»Verzeiht, Herr«, sagte Julius abermals.

Seine Augen, sein tiefstes Inneres, waren geblendet, als hätte er Gott erblickt.

4

Bosch schlug Julius eines Tages vor, sich auf eine Novizenschaft bei der Liebfrauen-Bruderschaft vorzubereiten, und sorgte zu diesem Zweck für zweierlei Arten von Unterweisung. Die erste erhielt Julius von einem Priester, der der Bruderschaft angehörte – nichts Ungewöhnliches zu jener Zeit, als die Behörden noch nichts von deren Geheimnissen ahnten. Er bereitete Julius einfach auf die Firmung vor, die zu gegebener Zeit stattfand. Den zweiten Teil der Vorbereitung übernahm der dunkelhaarige Mann, dem Julius am Vorabend des Schwanenmahls begegnet war – kein Geringerer als der Jude d'Almagaes, der jetzt in unregelmäßigen Abständen auftauchte und ihm einen Unterricht erteilte, der ganz und gar nicht dem entsprach, was Julius erwartet hatte.

Er hatte mit einigen Informationen über Geschichte und Aufbau der Bruderschaft gerechnet, einer Art praktischer Einweisung in jene Bereiche, in denen sie vorwiegend tätig war – Gebetsversammlungen, prunkvolle Begräbnisse, Verteilung von Almosen und Essen an die Armen; darüber hinaus hatte Julius gehofft, Instrumentalunterricht zu erhalten, da die Bruderschaft der Kirchengemeinde ein Orchester zur Verfügung stellte. Doch offenbar gab es neben – oder womöglich hinter – diesem offiziellen religiösen Aspekt noch einen völlig anderen, eher – wie sollte er es nennen? – philosophischen, eher humanistischen und (auch wenn das nicht ausgesprochen wurde) fast schon ketzerischen Aspekt. Der Name Erasmus fiel, es wurde über klassische Mythologie gesprochen, über den Stellenwert der Kunst, das Wesen des Menschen, die Bedeutung des Bösen, die Lehre von der Reinkarnation – alle diese höfischen Gedanken gehörten zu den Themen, auf die der Jude mit seiner angenehm modulierenden Stimme und seinen strahlenden Augen in der ihm eigenen lebhaften und fundierten Art zu sprechen kam.

Dieser unregelmäßig stattfindende Unterricht dauerte ein Jahr. Und nahezu während der ganzen Zeit nährte Julius den Gedanken, daß dieser Jude in Wirklichkeit sein Vater war. Es gab keinen besonderen Grund dafür. Beide hatten eine frische Gesichtsfarbe. Ihre Gesichtszüge besaßen eine flüchtige Ähnlichkeit. Im Grunde war es einfach nur so ein Gefühl. Julius brachte es d'Almagaes gegenüber nie zur Sprache, weil er befürchtete, damit ein Bedürfnis seinerseits einzugestehen. Er brauchte ihn nicht, er wollte ihn nicht brauchen, und er gab sich Mühe, dem beträchtlichen Charme dieses Mannes mit entschiedener Gleichgültigkeit zu begegnen.

»Ssso«, sagte der Jude eines Tages mit seiner eigenartig zischenden Aussprache, »jetzt bist du soweit, Julius. Ich denke, es ist an der Zeit, dich als Novizen aufzunehmen.«

Julius war plötzlich sehr beunruhigt. In der Stimme des Mannes lag etwas seltsam Endgültiges.

»Bedeutet das… kein Unterricht mehr?« fragte er.

Auch wenn er die Gesellschaft dieses Mannes nicht brauchte, brauchte er doch dessen Weisheit. Sie war ein goldener Pfad.

»Vorerst nicht mehr«, sagte der Mann. »Ich werde anderswo benötigt. Dein Meister Hieronymus wird meinen Platz einnehmen.«

»Aber ich habe noch so viel zu lernen.«

»Vorerst weißt du genug. Du bist noch jung. Du mußt auch die Malkunst erlernen. Das ist äußerst wichtig für uns. Du weißt ja, daß in früheren Zeiten die Buchmaler und Schreiber die Religion lebendig erhielten. Heutzutage sind es unsere Maler, die die Geheimnisse dieser Welt weitergeben. Worte sind dafür zu grob. Durch die Buchdruckerkunst wird alles zu Futter. Male und lerne zu leben und zu lieben.«

»Aber Vater…«

Da, er hatte es ausgesprochen; ein Köder, um den Mann dazu zu bringen, seinen Unterricht fortzusetzen.

Der Jude sah ihn lange und eindringlich an.

»Du hast einen Vater«, sagte er schließlich streng. »Nur den Einen. Nenne mich nicht Vater, und halte mich nicht dafür.«

Julius' Augen füllten sich mit Tränen – lächerlich, das hatte er ganz und gar nicht gewollt –, und der Jude legte ihm nachsichtig die Hand auf die Schulter.

»Letzten Endes wirst du unvorstellbare Freude erlangen«, erklärte er ihm. »Aber der Weg dorthin ist nicht einfach. Denk an den Pilger. Du mußt Geduld haben. Du wirst mich lange Zeit nicht mehr sehen, aber wenn du mich wiedersiehst, wirst du wissen, daß du bald am Ende angelangt bist.«

5

Das dritte Ereignis, das bei Julius einen nachhaltigen Eindruck hinterließ, das wie eine Kerze durch die düsteren Korridore seiner Erinnerung flackerte, hatte mit dem Interesse der Bruderschaft für das Schauspiel zu tun. Sie hatte sogar eine eigene Theatergruppe, die sich auf eindrucksvolle Theateraufführungen unterschiedlicher Art verlegte. Mysterienspiele für die verschiedenen Kirchen, Zunftspiele für die einzelnen Gilden, Burlesken und Komödien, Maskeraden mit historischen Helden, die Geschichte von der geduldigen Griselda aus dem *Decameron,* Teufelstänze, von Skeletten und Gespenstern aufgeführte Ballette, Possenspiele, Schwarze Magie … Die Gier der Stadt nach derlei Unterhaltung war unersättlich.

Bei solchen Aufführungen mitzuspielen machte allen Beteiligten Spaß. Zunächst einmal mußten Kulissen und Kostüme entworfen und angefertigt werden, was häufig in den Aufgabenbereich seines Meisters fiel, des *insignis pictor* der Stadt.

Eiserne Helme, falsche, an langgezogene Hosenbeutel erinnernde Ledernasen, aufgemalter Putz, Masken aus Häuten und Stoff, bestickte Umhänge, seidene Banner und goldene Gewänder, Rüstungen aus Holz und Leder, bunte Laternen und Öllampen, die das Licht zurückstrahlten … all das nahm seinen Weg durch Boschs Atelier. Und zu Julius' Überraschung zeigte der alte Mann ein lebhaftes Interesse an derlei frivolen Dingen, zwackte nicht selten Zeit von wichtigeren Arbeiten ab, um Helme und Nasen, spaßige Bärte und Perücken zu entwerfen, die er in seinen Skizzen in verrückte kleine Kreaturen wie aus einem Alptraum verwandelte, und setzte bei alledem ein denkbar ernstes Gesicht auf.

Julius mußte unwillkürlich lachen, wenn Bosch stirnrunzelnd den Entwurf für eine Motte betrachtete, deren Flügel aus gigantischen Ohren bestanden, oder für einen Helm mit winzigen, drohenden Armen und Beinen und einem Gesicht, das mit aufgestülpten Lippen angriffslustig und großspurig feixte.

Doch dann fuhr ihn der alte Mann jedesmal an.

»Lach nicht, Junge. Es sind die banalen Dinge, aus denen die Alpträume bestehen. Mit kleinen Effekten läßt sich eine große Wirkung erzielen.«

»Vergebt mir, Meister.«

»Hast du deine neue Rolle gelernt? Wen stellst du denn dar?«

»Den jungen David.«

»Überleg nur, was er mit einem Stück Leder und einem Stein gemacht hat.«

Die unheimlichen Geschöpfe tauchten dann im nächsten Danse macabre oder der nächsten Höllenszene eines Triptychons auf, so daß Julius sich zurechtgewiesen fühlte.

Bei der Probe zu einem dieser Teufelstänze geschah es, daß jemand Julius leicht am Ärmel zupfte.

»Ja?« Er drehte sich halb um, ohne den Blick von der Bühne zu wenden. Gleich kam sein Auftritt.

»Kannst du mich da reinbringen, Julius?« fragte eine einschmeichelnde, drängende Stimme.

Es war sein ehemaliger Peiniger Uitwaarden. Julius hatte vor einigen Jahren erfahren, daß Uitwaarden selbst ein Bastard war. Er empfand es als besonders bösartig, einen anderen wegen eines Makels zu hänseln, der einem selbst anhaftete (später freilich kam er dahinter, daß dies einer der Hauptgründe für Hänseleien ist). Deshalb reagierte er auch nicht sonderlich freundlich auf Uitwaardens Bitte. »Was machst du jetzt?« fragte er.

Uitwaardens Miene wirkte etwas einfältig.

»Ich bin Lehrling«, sagte er.

»Und was lernst du?«

»Kuchenbäcker. Was anderes konnte ich nicht kriegen. Keine Beziehungen, das ist mein Problem. Ich bin ein Bastard, mußt du wissen.«

»Ja, ich weiß.«

»So? Du hast es also gewußt?«

»Ja.«

»Du bist auch ein Bastard, wenn ich mich recht erinnere.«

»Ganz recht.«

»Aber vermutlich mit Beziehungen.«

»Ich bin auch Lehrling.«

»Ja, aber bei einem Maler... *dem Maler*... dem verrückten alten Bosch. Ich habe davon gehört. Dein Vater muß wohl ein lüsterner alter Edelmann gewesen sein, wenn er dir einen solchen Job verschafft hat. Meiner war ein Dorfältester, Pech für mich. Kuchenbäcker! Also, ich bitte dich.«

»Nichts gegen Kuchen. Ich mag Kuchen«, sagte Julius, der fand, daß man Obstkuchen und Cremetörtchen verteidigen mußte.

»Eine Backstube ist keine Umgebung für Helden«, entgegnete Uitwaarden.

Julius verstand durchaus, was er meinte. Trotzdem wünschte er, der Junge würde von hier verschwinden. Er hatte etwas Ungutes, Bedrückendes an sich.

»Du sorgst dafür, daß ich bei der nächsten Aufführung mitmache«, sagte er.

Mag sein, daß es eine Frage war, aber es klang wie eine Feststellung.

»Ich werde es versuchen«, sagte Julius unschlüssig.

»Ich hätte mich schon diesmal darum bemüht, wenn es nicht nur ein Zunftspiel wäre.«

Das nächste Stück war zufällig das Mysterienspiel vom König Saul und dem Knaben David, über das Julius mit seinem Meister gesprochen hatte. Seine Rolle stand bereits fest. Doch da er ein gutmütiger Bursche war und Uitwaarden offenbar so viel daran lag, brachte er den Spielleiter dazu, ihn vorsprechen zu lassen. Uitwaarden machte seine Sache glänzend.

Das Problem war, daß er zu glänzend spielte. Er hatte sogar einige Textstellen umgeschrieben, und zwar hervorragend – nur entsprachen sie nicht der Auffassung des Spielleiters von David.

»David ist ein bescheidener Schäferjunge. Er betrachtet sich nicht als Helden. Du würdest dich sehr gut für den Saul eignen, aber dafür bist du nicht stattlich genug. Komm in ein paar Jahren wieder, Junge, und die Rolle des Saul ist dir sicher.«

Aber so leicht ließ sich Uitwaarden nicht abspeisen; er knirschte mit den Zähnen und durchbohrte Julius mit Blicken.

»Wieder mal Freunde in einflußreicher Stellung, was? Ich war besser als du, das war doch offensichtlich. Du spielst die ›Bescheidenheit‹ schon fast auf Knien, Martens. Das ist jetzt das zweite Mal, daß du mich reingelegt hast. Weißt du noch, was ich dir beim letzten Mal gesagt habe?«

»Nein.«

»Ich habe gesagt, ich werd es dir heimzahlen. Jetzt kriegst du es doppelt zurück, du Bastard.«

»Selber Bastard.«

»Ein Bastard ist erst dann ein richtiger Bastard, wenn er nicht weiß, wer sein Vater ist.«

»Nimm's nicht so tragisch«, sagte Julius. »Es ist doch nur Theater.«

Uitwaarden wurde blaß vor Zorn.

»Nur Theater?« zischte er.

Mit weitausholender Geste deutete Julius auf den Saal, die Stadt, die ganze Welt.

»Wie willst du es denn sonst nennen?«

6

Nach einiger Zeit ging Julius' Meister – nie unbeschwert, manchmal spöttisch oder sogar einschüchternd, sarkastisch, streitsüchtig und bei seinen Ausführungen Seitenhiebe auf unbedeutende Maler und Dichter austeilend – dazu über, mit ihm über andere Dinge als Form, Licht und Farbe zu reden, während sie im Atelier ihre Arbeit taten.

Julius hatte ihn nach den Begharden und Beghinen gefragt, die gelegentlich in der Stadt auftauchten – sonderbare, manchmal ausgesprochen unangenehme umherziehende Bettler, die recht eigenartige, phantastische Vorstellungen vom Jüngsten Tag hatten. Er hatte erfahren, daß sie einer Bruderschaft angehörten, die sich Brüder und Schwestern des Freien Geistes nannte.

»Angeblich ...«, Boschs Stimme war in letzter Zeit etwas brüchiger geworden, und seine Frau hatte Julius mit ihrer frostigen Stimme eingeschärft, daß er ihn nicht ermüden dürfe, »... angeblich gehen die Wurzeln ihres Glaubens – wenigstens bei denen, die wissen, woran sie glauben, denn es treiben sich viele Halunken auf der Straße herum – auf die Lehren der Juden und Frühchristen zurück. Bei denen gab es eine Überlieferung, die das Endstadium der Welt zum Thema hatte. Dort wurde ein Tausendjähriges Reich Christi vorhergesagt – nicht unbedingt, aber doch zumeist auf tausend Jahre beschränkt –, in dem die Menschheit, nach einigen Heimsuchungen und einem entscheidenden Kampf gegen die Heerscharen des Antichrist, die Erde als Vermächtnis erhalten – und sich ihrer, auf ewig glücklich und gut, erfreuen würde.«

»Glaubt Ihr daran, Herr?«

»Ich glaube, daß solche Lehren existiert haben und noch existieren. Schau dir die Pikarden und die Taboriten an, den Pfeifer von Niklashausen und Thomas Müntzer mit seinem Bauernkrieg … Schau dir *Das Buch Esra* an. Lies in der *Offenbarung des Johannes* nach. Aber ich glaube nicht, daß die große Masse diesen glücklichen Zustand erreicht. Vollkommenheit muß man sich verdienen. Diejenigen, die darauf warten wie Gänse auf ihr Futter oder Kinder auf Süßigkeiten, werden bitter enttäuscht werden.«

»Ich werde nicht einfach so drauf warten, Meister.«

»Wie dem auch sei. Ich behaupte, du würdest warten und drauflos futtern, wenn du könntest. Ich habe die Brüder gefragt, ob sie dich als vollwertiges Mitglied aufnehmen. Wir werden sehen. Ich persönlich bezweifle, daß du das Zeug dazu hast. Du wirst demnächst nach Florenz reisen und dort lernen, die menschliche Gestalt in einer Manier zu zeichnen, in der ich mich nie versucht habe. Du wirst Gelegenheit haben, mit den Erben von Pico della Mirandola und Ficino zu sprechen, mit den Neupythagoräern und Platonikern, die unser großes Urbild Adam verehren. Sie betrachten ihn als, laß mich nachsehen…«

An dieser Stelle griff der Meister nach einem Buch, das er im Atelier aufbewahrte, blätterte darin herum, fand, wonach er gesucht hatte, und wandte sich mit bedeutungsvoller Miene, die Stimme noch gedämpfter, an Julius.

»›Adam‹«, las der Meister vor, »›ist ein proteischer Ausdruck für den allumfassenden Vorgang der Umwandlung, und ich ordne seine Wesensart zwischen dem Tier und dem Göttlichen ein…‹«

»Das verstehe ich nicht ganz, Herr.«

»Hör zu, Junge. ›Ich ordne seine Wesensart zwischen dem Tier und dem Göttlichen ein, denn wenn er dem Drängen der Sinnlichkeit nachgibt, wird er wild und zu einem Tier. Folgt er dem Verstand, erhebt sich aus ihm ein göttliches Wesen. Doch wenn er seine geistigen Fähigkeiten entwickelt, dann wird er zu einem Engel und einem Sohn Gottes. Und wenn er sich zuletzt, unzufrieden mit der Bestimmung der geschaffenen Wesen, in die Mitte allen Seins zurückzieht, dann wird er eins mit Gott, ein Geist; und emporgehoben in die einsamen Höhen, in denen der Vater über alle Dinge herrscht, wird auch er seinen Thron über allem errichten, was ist. Folglich hatte Asklepios von Athen guten Grund zu der Behauptung, daß diese Fähigkeit, sich selbst in alle möglichen unterschiedlichen Wesen zu verwandeln, in den Mysterienspielen durch Proteus symbolisiert wird. Und daher feiern die Pythagoräer, ebenso wie die Juden, ein Fest der Metamorphosen.‹ Verstehst du jetzt?«

Julius verstand nichts, absolut nichts, aber er wollte seinen Meister nicht verärgern.

»Ich... ich denke schon...«

»Ich selbst bin eine Eule gewesen. Du hast doch die Eule in meinen Gemälden gesehen?«

Seine Augen leuchteten grimmig. Er macht sich über mich lustig, dachte Julius.

»Ja.«

»Die Eule ist natürlich symbolisch. Aber sie ist auch ich. Der Beobachter. Ein kleiner Scherz zwischen mir und dem Großmeister.«

»Ach so.«

War der alte Mann verrückt, oder war er in Wirklichkeit auch ein Magier? Zweifellos verkehrte er mit Alchimisten und Scharlatanen.

»Nächste Woche, wenn ich diese Erkältung los bin...«, fuhr Bosch fort, unterbrach sich dann und lehnte sich hustend an die Wand.

Julius trat auf ihn zu, um ihm zu helfen, aber Bosch winkte ab.

»Nächste Woche, wenn ich diese Erkältung los bin, nehme ich

dich in die Pfarrkirche Sint Jan mit, um dir mein Altargemälde, mein *Jüngstes Gericht*, zu zeigen. Recht passend, wo wir gerade über den Jüngsten Tag reden.«

»Ich habe es gesehen, Herr.«

»Du hast es gesehen, aber wirklich gesehen hast du es nicht. Ich werde es dir erläutern, damit es vielleicht in deinen Schädel geht – falls der in der Lage ist, etwas Bedeutenderes aufzunehmen als eine Cervelatwurst.«

»Ich freue mich darauf, Herr. Herr?«

»Ja, Junge?«

»Habt Ihr das mit Florenz ernst gemeint? Werde ich wirklich hinfahren?«

»Zu gegebener Zeit, Junge. Zu gegebener Zeit.«

»Hieronymus!«

Es war seine Frau, die an der Tür stand. Sie kam nicht herein. Sie kam nie herein.

»Ja, meine Liebe?«

»Es ist Zeit, nach Hause zu gehen. Vergiß nicht, was der Doktor gesagt hat. Im Atelier ist es kalt. Der Junge hält dich auf.«

Sie fixierte Julius mit ihren kalten, steinfarbenen Augen.

»Ganz und gar nicht«, sagte Bosch. »Ich halte *ihn* auf. So viel zu lernen und so wenig Zeit, was, Junge? *Ars longa, vita brevis.* Und wie verdammt *brevis* es ist!«

»Ja, Herr.«

»Quatsch«, sagte Boschs Frau.

Plötzlich wurde Julius klar, warum Bosch so geistesabwesend, sonderbar, in sich gekehrt, sarkastisch und unberechenbar war. Er war unglücklich und furchtbar einsam.

Wie war das bloß möglich? dachte Julius, für den diese Erkenntnis ein Schock war. Er ist doch immerhin ein *insignis pictor*, dem alle Welt die Tür einrennt?

Aber zum Elend der erfolgreichen Alten haben die erfolglosen Jungen keinen Zugang.

7

Bis zur nächsten Woche hatte sich der alte Mann ausreichend erholt, um Julius, wie versprochen, in die große Stadtkirche mitzunehmen.

Das Triptychon *Das Jüngste Gericht* hing über dem Altar einer kleinen Kapelle, abseits vom geschäftigen Treiben im Kirchenschiff, wo noch die Arbeiter am Werk waren.

Sie standen vor dem Gemälde und sahen es eine Weile schweigend an.

»Ich werde mich kurz fassen«, sagte Bosch schließlich, »weil diese Umgebung eine Angst und einen Haß ausstrahlt, die mir den Atem rauben. Schau dir den linken Flügel an. Was siehst du?«

»Das Paradies, Herr. Gott, der Eva zum Leben erweckt, während Adam ruht... dahinter den Baum, die Schlange in Menschengestalt, die Eva den Apfel anbietet... Und wieder dahinter den Engel mit dem Flammenschwert, der sie aus dem Paradies vertreibt.«

»Und hinter diesem?«

»Gefallene Engel, Herr. Vermutlich Luzifer. Ach ja, und in einer Wolke Gott.«

»Was für eine Art Gott?«

»Irgendwie wolkig, Herr.«

»Sonst noch was?«

»Nein, Herr. Ich finde es sehr schön und grün.«

»Schön und grün?« schnaubte der alte Mann. »Schön und grün? Du hast die Augen nicht richtig aufgemacht, Junge. Warum fallen die gefallenen Engel in den Paradiesgarten und nicht in die Hölle?«

»Nun, Herr... ich weiß es nicht. Das hat man uns nicht beigebracht.«

»Natürlich bringt man uns das nicht bei. Aber der heilige

Augustinus sagt selbst, daß die Trennung von Himmel und Erde ihren Ursprung in der Unterscheidung der Engel in gute und böse hat. Dies ist Gottes Erstes Gericht. Und dort ist er, wie du sagst, irgendwie wolkig. Schwach, jawohl. Kaum mehr als ein sepiafarbener Umriß. Aber in diesem Bild geht es auch nicht um den wolkigen alten Gottvater. Du mußt es deuten, nicht von der Mitte aus, sondern von links nach rechts.«

»Ich will es versuchen, Herr«, sagte Julius, besorgt wegen des Lärms, den der alte Mann machte.

»Luzifers Rache ist natürlich die Versuchung«, fuhr der alte Mann fort. »Dieser Garten Eden wird nie zurückerobert werden. Das Paradies der ursprünglichen Schöpfung ist für immer verloren. Aber die Situation ist nicht ganz hoffnungslos. Denn was sehen wir auf dem mittleren Bild?«

»Gott Sohn, der zu Gericht sitzt, mit den Aposteln zu beiden Seiten... Und natürlich die heilige Jungfrau Maria... und ein oder zwei Seelen, die in den Himmel aufsteigen...«

»Was noch?«

»Alle möglichen Folterqualen und Scheusale... und natürlich Sünder...«

»Natürlich ist es ein abscheulicher Ort«, sagte Bosch, »denn genau das haben die Menschen aus der Welt gemacht. Das ist das Zweite Gericht. Ich stelle mir vor, daß hier Christus zu Gericht sitzt. Und auf dem rechten Flügel?«

»Noch mehr Folterqualen und Scheusale... in der Mitte ein besonders widerwärtiges Ungeheuer mit feurigen Augen und flammendem Mund und einem brennenden Bauch, das unter einer Tür steht... und wahrscheinlich noch mehr unverbesserliche und hoffnungslose Sünder richtet, mit denen recht unangenehme Dinge geschehen... in alle Ewigkeit...«

»Das ist das Dritte Gericht«, sagte Bosch. »Gefällt dir das Bild?«

»Es ist sehr gut gemalt.«

»Scheißdreck.«

»Aber Meister...«

Entsetzt klopfte Julius dem alten Mann auf den Arm. Er hatte bemerkt, daß ein Priester auf sie zusteuerte. Da Julius kein Fachmann in Sachen Ketzerei war, hielt er es für besser, wenn niemand hörte, wie Bosch sein Gemälde interpretierte.

»Was ist denn, Junge? Ach so.«

Er hatte den Mann bemerkt, einen boshaft und verschlagen wirkenden Kerl, der auf Sandalen herbeihuschte.

»Pax vobiscum«, sagte der Priester.

Julius murmelte eine Antwort. Der Priester blieb stehen.

»Braucht Ihr irgend etwas?« fragte er. »Kann ich Euch irgendwie behilflich sein? Soll ich Euch die Beichte abnehmen? Eure Almosen entgegennehmen? Oder Euch von der Ermahnung der Lüsternen erzählen?«

»Verpißt Euch«, sagte Bosch.

»Also wirklich. Das hier ist immerhin eine Kirche.«

»Dann betet lieber, daß Luther nie hier predigt. Denn dann wäret Ihr erledigt.«

Es war das Jahr mit den berühmten Thesen an den Kirchenportalen von Wittenberg.

»Was? Wer seid Ihr? Ich kenne Euch doch, oder?«

Julius hatte den Eindruck, daß Diplomatie angesagt war. Er nahm den Mann beiseite.

»Mein Meister ist schwer krank gewesen. Manchmal weiß er nicht recht, was er sagt.«

»Das kann man nur hoffen. Wie es aussieht, muß ich die Angelegenheit melden. Wie heißt Ihr...«

»Bitte«, sagte Julius. »Er hat Fieber, das ist alles.«

Da winkte ein ziemlich korpulenter Priester den Widerling zu sich, um ihm irgendwelche Steinmetzarbeiten zu zeigen. Der Kerl gab nach.

»Dann... schafft ihn wenigstens hier weg...«

Julius wandte seine Aufmerksamkeit wieder dem Meister zu. Bosch stand noch immer wie versteinert vor seinem Werk, nickend und lächelnd.

»Wir sollten jetzt lieber gehen«, sagte Julius zu ihm.

»Bleib noch einen Augenblick, Junge. Was hast du da gesagt?«

»Wir sollten jetzt lieber gehen.«

»Nein, nein…«

Der alte Mann begann wieder zu husten und hielt sich krampfhaft an einer Säule fest.

»Du hast gesagt: ›Es ist sehr gut gemalt‹«, fuhr er schließlich fort. »Laß dir eines gesagt sein, Junge, gut gemalt bedeutet noch lange nicht, daß es ein gutes Bild ist. Dieses Triptychon, das du da siehst, ist ein einziges Täuschungsmanöver. Es ist Augenwischerei, ein Haufen Lug und Trug, weil es scheinbar etwas sagt, in Wirklichkeit aber etwas ganz anderes. Komm mit, Junge. Sieh es dir noch einmal an. Denk darüber nach.«

Julius dachte darüber nach.

»Das Licht ist interessant«, sagte er schließlich. »Es scheint bei der Darstellung der Verdammnis aus hundert leuchtenden Quellen zu kommen, nicht von einem zentralen Punkt her, wie das die meisten Maler machen würden.«

»Zum Henker, Junge. Du redest schon wieder von der Technik.«

Julius dachte angestrengt nach. Plötzlich ging ihm ein Licht auf.

»Als Gott Sohn Adam und Eva Leben eingehaucht hat…«

»Sprich weiter, Junge.«

»…da wußte Er, Er muß es gewußt haben, daß das Paradies einen Makel hatte, weil es sonst keine gefallenen Engel…«

»Daß der Tod bereits im Paradies war, als es geschaffen wurde…«, half ihm der alte Mann weiter.

»Und wenn Christus in der Mitte zu Gericht sitzt, muß das bedeuten… daß der Tod nicht gleichbedeutend ist mit Sünde…«

»…und daß es die Erbsünde nicht gibt!« rief Bosch triumphierend.

Mehrere Leute in der Kirche, darunter die beiden Priester, sahen sich empört nach dem Lärm um.

»Schsch«, zischelte Julius seinem Meister zu. »Das ist Ketzerei.«

»Ich weiß«, sagte der alte Mann voller Zufriedenheit. »Hübsch, nicht wahr?«

Julius war noch immer ganz durcheinander.

»Aber was ist mit dem Jüngsten Gericht und der Verdammnis? Ist Euer Bild keine Warnung für uns?«

»Wer Augen hat zu sehen, der sehe. Mein Bild steckt voller Hoffnung. Du sprichst von der von Menschen gemachten, von der Kirche gemachten Religion der Sünde und der Angst, Junge. Wenn du ein bißchen älter bist, werde ich dir die Religion der Liebe zeigen.«

8

Kurz nach seinem sechzehnten Geburtstag ließ der Meister Julius zu sich rufen und fragte ihn, ob er immer noch nach Italien wolle.

»Vorerst hast du hier genug gelernt, Junge. Was hältst du davon?«

»Ich würde sehr gerne hinfahren, Herr.«

»Ich kenne einen Maler, der bereit ist, dich in die Lehre zu nehmen. Er heißt Pater Bartolomeo. Ein angesehener Mann. Ohne Zweifel wird er, genau wie ich, die Geduld eines Heiligen brauchen.«

Julius konnte seine freudige Erregung kaum verbergen. Er hatte nicht geglaubt, daß es der alte Mann ernst meinte. Das langweilige Städtchen Bois-le-Duc mit seinen schmalen Straßen, den engen Gassen und den engstirnigen Einwohnern mit ihrem muffigen Provinzialismus zu verlassen und gegen den Reiz und die Möglichkeiten von Florenz einzutauschen; in der Stadt von Leonardo da Vinci und Michelangelo und Botticelli zu leben, in der es mehr großartige Künstler und Bildhauer gegeben hatte, als man bequem in einem Nebensatz aufzählen konnte – das war die große Chance im Leben eines Künstlers.

»Wann soll ich fahren?« fragte Julius.

»Im April«, teilte Bosch ihm mit. »Du fährst nach Ostern. In der Zwischenzeit wird dir Pater Ernesto, der dich auch auf einem Teil des Weges begleiten wird, Italienischunterricht erteilen.«

»Du hast großes Glück, junger Mann«, sagte der alte Schulmeister Preger, als Julius ihm davon erzählte. »Ich hätte mein linkes Auge hergegeben, um in deinem Alter nach Florenz zu kommen. Freilich war das zur Zeit von Lorenzo de' Medici. Damals war Florenz noch Florenz.«

Drei Monate später machte sich Julius mit oberflächlichen Sprachkenntnissen und gerade genug Geld für die Reise (danach würde das Atelier für ihn aufkommen) auf in die herrliche Stadt, an die er so große Erwartungen knüpfte, als wäre sie das Goldene Jerusalem.

Nach einer mehrwöchigen Reise, auf der sich Pater Ernesto in den Alpen eine Lebensmittelvergiftung zuzog und Julius in der Lombardei seine kostbaren Pinsel gestohlen wurden, traf er in Florenz ein und stellte – bereits beim Passieren des Stadttors – fest, daß die Stadt ihrem Ruf durchaus gerecht wurde.

Florenz war gepflastert und hatte eine Kanalisation. An jeder Ecke taten sich großartige Ausblicke auf. Anmutige Säulengänge, elegante Pfeiler, Kuppeln, Ziergiebel und erlesene Kreuzblumen stürmten in prachtvoller Fülle auf sein vom Norden geprägtes Gemüt ein. Freilich war er auf dem Weg hierher auch durch andere Städte gekommen. Der Übergang hatte sich allmählich vollzogen. Doch jetzt kam es ihm vor, als hätte er nicht nur sechshundert Meilen zurückgelegt, sondern geradezu die Grenzen der Zeit überschritten. Diese Stadt war offenbar geplant worden. Sie war nicht einfach gewachsen. Die Umrisse der Gebäude waren festgelegt, die Fassaden einheitlich. Dieser Stadt lag eine bestimmte Philosophie zugrunde...

Fra Bartolomeo, der Julius unter seine Fittiche nehmen sollte, war ein Dominikaner, der nach Savonarolas Tod in den von ihm reformierten Orden eingetreten war. Soviel wußte Julius von Pater Ernesto, der ein halber Florentiner war und von seinen Vettern den Stadtklatsch erfuhr. Wie sich herausstellte, hatte ihm allerdings niemand die genaue Adresse des Ateliers mitgeteilt.

Da der Durst sie quälte – die Hitze von Florenz im April überstieg die Höchsttemperaturen von 's-Hertogenbosch im August –, machten Pater Ernesto und Julius bei einer Taverne halt und bestellten etwas zu trinken.

Die toskanische Sonne brannte herab. Glocken verkündeten die Mittagsstunde. Weiße Schmetterlinge flatterten umher wie Putti. Die Tauben blieben im Schatten. Pater Ernesto, ein melancholischer kleiner Mann mit einem großen Kopf, einem Clownsgesicht und dem Hang zum Hypochonder, trank seinen Wein in kleinen Schlucken und sprach über die erblich bedingte Veranlagung der Medici zur Gicht. Er schien es nicht eilig zu haben, irgendwo anzukommen. Er war weiter gekommen, als Bosch ihm prophezeit hatte.

Julius belauschte zwei junge Männer, die an einem Tisch neben der Tür heftig diskutierten.

»Und ich sage dir«, sagte der eine, ein braunhaariger Bursche mit flinken Augen, möglicherweise etwas jünger als der andere, »der Norden kennt das Geheimnis. Wir haben hier bei uns Anmut und Raum gehabt, Perspektive und Form. Jetzt brauchen wir Phantasie. Schau dir Dürer an, schau dir Bosch an.«

»Boscherlapapp«, sagte der andere, ein Rotschopf. »Nordische Kobolde. Dürer mußte erst nach Bologna kommen, um Perspektive zu lernen; der alte Pacioli hat sie ihm beigebracht.«

»Genau«, entgegnete sein Kamerad triumphierend.

»Genau was?«

»Ich behaupte ja nicht, daß die Maler aus dem Norden über jede Kritik erhaben sind. Aber Perspektive ist etwas, was man lernen kann – wie Pigmente anreiben. Was man nicht so leicht lernen kann, ist Phantasie.«

»Stufst du demnach das Kuriose und Bizarre höher ein als die Malkunst?«

»Handwerkliches Geschick ohne Phantasie ist nichts. Das ist Anblick ohne Einblick. Der Norden lernt von uns. Die Frage ist nun: Können wir vom Norden lernen?«

Julius konnte nicht an sich halten. Er mußte mit diesen erhabenen Wesen reden.

»*Scusi.*«

»Ja?«

Die jungen Männer drehten sich um und betrachteten ihn halb belustigt, halb verärgert.

»Ich konnte nicht umhin, Euer Gespräch mit anzuhören. Ich komme aus dem Norden. Ich bin auf der Suche nach Fra Bartolomeos Atelier.«

Die beiden Männer begannen schallend zu lachen.

»Ich glaube, du hast gewonnen, Jacopo«, sagte der Rothaarige.

»Komm zurück, Julius«, rief Ernesto. »Ich bedaure diese Einmischung, meine Herren. Er ist noch sehr jung.«

»Warum lacht Ihr?« fragte Julius verwirrt und etwas gekränkt.

»Weil Ihr, der Ihr aus dem Norden kommt, Euch von einem Meister der Form, aber ohne jegliche Phantasie, unterweisen lassen wollt.«

»Ja«, pflichtete ihm der Rotschopf bei, »Fra Bartolomeo bringt es fertig, daß eine Luftblase bedeutsam aussieht.«

»Oder die Fistel am Hinterteil des Papstes.«

»Das hat er zweifellos bewiesen.«

Wieder lachten sie.

»Fra Bartolomeo«, fuhr der Rothaarige etwas freundlicher fort, da Julius über die Spötteleien der beiden sichtlich verwirrt war, »ist eine Partnerschaft mit Mariotto Albertinelli eingegangen, einem Mann, der das Malen aufgegeben und dann diese Taverne hier betrieben hat. Als Bartolomeo eine Möglichkeit sah, es zum größten Atelier in ganz Florenz zu bringen, lockte er ihn wieder zurück, und mit Höflichkeiten und Schmeicheleien haben sich die beiden sämtliche Kirchenaufträge in Florenz gesichert – das sind etwa achtzig Prozent all dessen, was anfällt.«

»Dann sollte ich also nicht zu ihm gehen?« fragte Julius.

»Nichts da, Julius, du bist dazu verpflichtet«, sagte Pater Ernesto entrüstet. »Dein Meister wünscht es so.«

»Sicher solltet Ihr hingehen«, stimmte ihm der mit den braunen Haaren zu. »Ihr werdet lernen, Farbe vorzüglich auf Leinwand aufzutragen. Danach müßt Ihr die Werke der Meister studieren, von Rossos und meinen eigenen ganz zu schweigen. Unser Freund del Sarto kann Euch vielleicht etwas beibringen. Und falls Ihr Anregung für Eure nördliche Phantasie wünscht, könnt Ihr dessen Meister, Piero di Cosimo, aufsuchen. Er hat eine drollige Art, Tiere darzustellen. Ach, und noch etwas – Albertinelli und Fra Bartolomeo hatten zuviel Erfolg, bekamen Streit und haben sich getrennt. Ihr begebt Euch also nicht in die Geldhöhle, die es einmal war.«

»Ich danke Euch«, sagte Julius.

»Komm«, sagte Pater Ernesto, »wir müssen das Atelier suchen… Könntet Ihr uns vielleicht den Weg zeigen, werte Herren?«

Fra Bartolomeos Malbetrieb war in der Tat weitgehend so, wie der junge Mann namens Rosso ihn beschrieben hatte. Zwei ältere Gehilfen bestritten einen Großteil des Unterrichts, während sich Bartolomeo mit den reizvollsten Partien der interessanteren Aufträge und dem Einholen neuer Aufträge befaßte.

Julius wurde barsch, aber nicht unfreundlich behandelt, durfte anfangs Leinwände vorbereiten und Farben anreiben – worin er inzwischen viel Übung hatte –, bis er genug Können bewiesen hatte, um bei weniger wichtigen Werken an den Ecken des Hintergrunds arbeiten zu dürfen. Es kam ihm vor, als müßte er fast alles vergessen, was ihm der alte Bosch beigebracht hatte; doch nach und nach wurde er mit Blattwerk betraut und schließlich bei umfangreicheren Arbeiten auch mit Figuren. Bei einer Bischofsweihe durfte er sogar einmal einen Putto malen.

Inzwischen hatte er eine Unterkunft bei einem Zimmermann gefunden, der ihm von den Gehilfen empfohlen worden war, und sich sowohl mit den Leuten im Atelier (die ihn, keineswegs unfreundlich, als eine Kuriosität aus dem Norden betrachteten, die nicht das Glück hatte, in Florenz geboren zu sein) als auch mit der Stadt vertraut gemacht, deren Schönheit und Wunderwerke auch bei näherer Bekanntschaft keineswegs verblaßten. Ganz besonders bestaunte Julius den bronzenen *David* von Donatello, den er sich immer wieder ansah. Es war eine Vision vom göttlichen Menschen. So hätte Adam ausgesehen.

Doch auch die andere, grausamere Seite der Stadt blieb ihm nicht verborgen. Die herrlichen Plätze und Kirchen, sogar der Dom waren mit Blut bespritzt worden. Man zeigte ihm die Stelle, an der der Erzbischof Salviati aus einem Fenster auf die gepflasterte Straße geworfen worden war – wegen seiner Beteiligung an der Pazzi-Verschwörung, bei der Lorenzo de' Medici während des Hochamts im Dom mit knapper Not einem Anschlag entgangen war; sein Bruder hatte damals weniger Glück. Man führte ihn zur Piazza della Signoria und zeigte ihm die Rußspuren an der Stelle, an der man Savonarola verbrannt hatte (er wurde mit der Wippe gefoltert, zu einem Geständnis gezwungen, widerrief, wurde wieder gefoltert und dann verbrannt), angeblich wegen Ketzerei, in Wirklichkeit jedoch, weil er ein Ärgernis war und erhebliche Unruhe gestiftet hatte. Julius' Kollegen berichteten von den finsteren Zeiten, in denen die Medici aus Florenz verbannt wurden, die Franzosen sich auf dem Kriegspfad befanden und Savonarolas Pech-und-Schwefel-Predigten bei den Armen und Unzufriedenen auf offene Ohren stießen. Aristoteles und Platon, Glücksspiel und Kartenspiele, Karnevalszüge und Palios, schöne Kleider und Düfte, Puder und Farbe, Prostituierte und Sodomiten und – der absolute Greuel – Bilder, auf denen die Jungfrau Maria wie eine Hure aussah … all das wurde von der Kanzel herunter verdammt und verteufelt.

Ein Schatten, so schien es, hatte sich über die Stadt gelegt. Es sollte keine Vergnügungen mehr geben. Vorboten des göttlichen Zorns und Verwüstung kündigten sich im Summen des Windes an und wirbelten mit dem Staub über die Piazza. Es war, als hätte eine Art Probe für eine Schreckenszeit stattgefunden, die anderswo bevorstand; aber hier, in Florenz, konnte sie nicht andauern. Sie war der südlichen Sonne, dem Temperament, dem Geist der Stadt, den Menschen nicht gewachsen. Diese Menschen hatten Angst und waren wütend auf das Schicksal, das da über sie gekommen war. Und so töteten sie den Prior, verbrannten ihn und seine Mitbrüder, bis ihnen die Arme und Beine abfielen, und siebten ihre Überreste so lange durch, bis sie vom Feuer völlig verzehrt waren und unauffällig in den Arno gestreut werden konnten. Julius würde nie den Haß in den Stimmen der anderen Malergehilfen vergessen, wenn sie über diese fünfzehn Jahre zurückliegende Zeit sprachen, obwohl sie damals noch so jung gewesen waren, daß sie sich kaum daran erinnern konnten. Es war ein gewaltiger Schock gewesen – vor allem für die Künstler, denn es gab insgesamt nur wenige Aufträge, und diese wenigen waren grausig (natürlich hatte Bartolomeo trotz seiner jungen Jahre den Auftrag bekommen, Savonarola zu malen).

Fünfzehn Jahre später freilich war alles bestens. Ein Medici saß auf dem Papstthron, und ein anderer, Lorenzo, war Stadtherr von Florenz (als Mensch zwar unbeliebt, aber es genügte, daß er ein Medici war). Michelangelo war zurückgekehrt und kurz danach auch Leonardo da Vinci. Als Krönung des Ganzen stand im folgenden Herbst ein prunkvoller offizieller Besuch des Medici-Papstes Leo X. bevor, für dessen grandiosen Empfang, zu dem Kunstwerke und alle möglichen Aufbauten vorgesehen waren, schon jetzt Vorbereitungen getroffen wurden.

Während in der Stadt Vorfreude herrschte, ereigneten sich zwei für Julius wichtige Dinge. Zum einen entdeckte er seine Leidenschaft für Lucia, eine junge neapolitanische Prostituierte, die ganz in der Nähe wohnte. Und er lernte einen Philosophen namens Francesco Ammanati kennen, einen Anhänger Platons, der zu Füßen des großen Marsilio Ficino, des Freundes und Lehrers von Giuliano und Lorenzo de' Medici, gesessen hatte. Dieser Mann – der Themen aufgriff, die schon der Jude d'Almagaes und sein Meister Bosch angeschnitten hatten – belebte aufs neue sein Interesse an den Gedanken Platons: Wissen, Ordnung, Harmonie, Liebe (was immer das sein mochte), Musik, Erforschung der Seele und ihrer Wanderungen und die Zurückführung aller Dinge auf das Eine, von dem sie sich herleiten…

9

Lucia empfing ihre Kunden in einer kleinen Wohnung über dem Laden eines Fischhändlers, in der es nach fauligen Meeräschen roch. Julius dachte lieber nicht allzuviel über die beschämenden Dinge nach, die sich dort abspielten – auch wenn seine Gedanken wie Katzen immer wieder dorthin zurückschlichen.

Ammanati hielt seine Zusammenkünfte bei sich zu Hause in der Villa Rosata ab (so genannt wegen des ungewöhnlichen rosafarbenen Natursteins), die etwa eine halbe Stunde Fahrzeit vor der Stadt in der Nähe von Ficinos Villa in Careggi lag.

Hier gab er die Weisheit, die er bei seinem Meister erworben hatte, an ein Grüppchen zumeist junger Männer weiter.

Bei seinem ersten Besuch wurde Julius von einem Diener empfangen und in einen großzügig geschnittenen Raum geleitet, der einen herrlichen Blick auf die toskanischen Hügel, Wälder und grünwogenden Täler bot. (Später erfuhr er, daß Ficino großen Wert auf die natürliche Schönheit seiner Umgebung legte.)

In dem Raum saßen etwa ein Dutzend Leute, denen ein silberhaariger Mann – Julius wußte, daß das Ammanati sein mußte – etwas vorlas.

»Es ist ohne Zweifel ein goldenes Zeitalter«, las er, »das die beinahe schon untergegangenen freien Künste wieder ans Licht gefördert hat: Grammatik, Rhetorik, Poesie, Bildhauerei und Musik. Unter diesem Gesichtspunkt müssen wir nach einer Übereinstimmung zwischen den Lehren der Antike und den Lehren Christi suchen.«

»Besteht denn nicht eine tiefe Kluft zwischen der heidnischen Welt und unserer eigenen?« fragte ein junger Mann mit dunklem Haarschopf. »Ist denn nicht das Heidentum die genaue Antithese zum Christentum?«

»Eine interessante Frage, Andrea. Und eine, die die Heiden selbst beantwortet haben. Aber laß mich erst fragen, was du unter Heidentum verstehst, denn Heidentum und Heidentum sind nicht dasselbe.«

»Na ja«, sagte der junge Mann, »Ich denke, es bedeutet, daß man Bäume und Flüsse und Götzenbilder anbetet, irgendwelche Götter in den Wolken …«

»Das klingt doch gar nicht schlecht. Denn schließlich hat Gott die Natur geschaffen, und wir sind es gewohnt, Gott im Himmel anzusiedeln.«

»Nun, dann vielleicht… rohe Bräuche.«

»Haben wir die nicht auch?«

»Hm… Menschenopfer?«

»Du sprichst von primitivem Heidentum, Andrea. Ich spreche von Athen. Hör dir an, wie Pico della Mirandola Platon interpretiert, und überlege dir, ob sich das nicht mit den Lehren Christi in Einklang bringen läßt. ›Ein Hund muß sich stets wie ein Hund verhalten, und ein Engel kann nicht umhin, sich engelsgleich zu verhalten. Aber der Mensch besitzt die Fähigkeit, seine eigene Entwicklung so zu gestalten, daß er entweder zum Tier wird oder sich in die Sphären des Geistes erhebt…‹ Ah, Julius, wie ich sehe… willkommen in unserer Mitte…«

Julius wurde vorgestellt, murmelte eine Begrüßung und wurde zu einem Platz neben dem strubbelköpfigen Andrea geleitet, dem noch eine Frage auf den Lippen brannte.

»Aber macht uns dieses Ziel der Selbstvervollkommnung, das wir uns gesteckt haben, nicht unduldsam gegenüber jenen, die die Lehren Christi vermitteln, selbst aber offensichtlich noch längst nicht vollkommen sind?«

»Aha.« Eine heikle Frage für Ammanati, da die falsche Antwort bedeuten konnte, daß irgendein Informant eilends zum Erzbischof rannte. Man wußte nie so recht, wer wo stand, nicht einmal bei solchen Zusammenkünften. Aber der Meister war der Situation gewachsen.

»Wenn die Welt vollkommen wäre, Andrea, bestünde keine Notwendigkeit, sich selbst zu vollkommnen. Wenn es so einfach wäre, wären alle Menschen gut. Wir müssen bei unserem Streben nach Vervollkommnung anderen gegenüber, deren Fehler wir erkennen, tolerant sein und zugleich die Wahrheit respektieren, der sie dienen. Nicht durch Vorschriften oder Hochmut, sondern durch unser Beispiel dürfen wir hoffen, diejenigen zu ändern, deren Besserung wir uns wünschen…«

Beruhigt von dieser Antwort, lehnte sich Julius zurück. Es

war ein Traum, eine Vision des klassischen Ideals, von dem sein alter Schulmeister gesprochen hatte – eine vornehme Umgebung, jugendliche Energie, klare Gedanken, eine flüssige Sprache, ernste und doch geistvolle Unterweisung und, wie er später feststellte, eine adäquat bescheidene Menge erlesener Erfrischungen.

Im Verlauf seines zweijährigen Aufenthalts in Florenz besuchte Julius die Villa Rosata viele Male, und sowohl Ammanati als auch der Strubbelkopf (del Sarto, wie sich bald herausstellte, der etwa zehn Jahre älter war als er) wurden ihm gute Freunde. Allmählich begann etwas von den Lehren der Academietta – wie sie später genannt wurde – in seine eigene Arbeit einzufließen. Sein Stil wurde weniger verkrampft.

»Ob es nun an dem Licht der Wahrheit liegt oder an der Wahrheit des Lichts«, meinte del Sarto eines Tages, als er sich ein paar von Julius' Bildern ansah, »jedenfalls wirst du allmählich ein Florentiner und auch ein Humanist, Julius.«

Es war eine goldene Zeit, die Julius später als den glücklichsten Abschnitt in seinem Leben betrachtete. Er lernte von Meistern, er war von Freundschaft und Schönheit umgeben. Ein guter Mensch zu sein erschien ihm – an den Tagen, an denen er Lucia nicht besuchte – als ein Ziel, das auf herrliche Weise erreichbar war.

Freilich war Florenz nicht durch und durch gut. In vieler Hinsicht war es korrupt und käuflich wie jede andere Stadt. Aber das Licht schien hier klarer zu leuchten, und die harmonische Atmosphäre und Architektur der Stadt überlagerten das fleischliche Treiben ihrer fehlbaren Bewohner. Wie die aufsteigenden Gebete, die sich unter einer Domkuppel sammeln, erfüllten die im Laufe von zwei Jahrhunderten entstandenen Werke der Künstler, die diese Stadt hervorgebracht hatte, die Luft mit geballter Anmut.

Ammanati warnte Julius davor, zu streng mit sich selbst zu sein.

»Du darfst deine Lebensfreude und deinen Sinn für Humor nicht verlieren«, riet er ihm. »Der Weg zur Vervollkommnung führt nicht über den Pfad der Seufzer, der Geißelung und des wütenden Stirnrunzelns wie bei diesem Esel Savonarola. Wenn du schon sündigen mußt, dann sündige fröhlich. Wie geht es übrigens deiner Freundin Lucia?«

Julius wurde rot. Es war ihm nicht klargewesen, daß Ammanati über das Mädchen Bescheid wußte. Er wünschte, seine Lenden würden nicht erglühen, sobald er an sie dachte. Jetzt schon wieder. Sie besaß das wunderbarste Geheimnis, das man sich denken konnte.

»Es geht ihr sehr gut«, murmelte er.

»Sie ist sehr schön«, sagte der Meister. »Liebst du sie?«

»Was ist Liebe?« entgegnete Julius. »Das ist ein Wort, für das ich offenbar farbenblind bin.«

»Es gibt viele Arten von Liebe, und die leidenschaftliche oder fleischliche Liebe ist die niedrigste Form. Liebe ist im Grunde die Liebe, die Ficino lehrt, die Liebe der Stammeltern. Die Liebe, die man im Einssein bei und mit dem geliebten Menschen…«

Julius erlebte kein Einssein mit und bei der Prostituierten Lucia, und es gab einen heiklen Augenblick, in dem eins und eins drei zu ergeben drohte, doch zum Glück war es falscher Alarm, so daß sie sich am 30. November gemeinsam den triumphalen Einzug des Papstes in die Stadt ansehen konnten.

Zweitausend Männer hatte man damit betraut, Dekorationen herzustellen, Obelisken, Statuen antiker Götter, Siegeszeichen, Embleme und mit klassischen Zitaten verzierte Triumphbögen; die Gesamtkosten beliefen sich angeblich auf rund 70 000 Florentinische Gulden. Zu den beauftragten Künstlern gehörte auch Julius. Del Sarto hatte man sogar ein komplettes Atelier zur Verfügung gestellt, weil er für den Dom eine provisorische Fassade mit prächtigen Bildern, Ornamenten und allem Drum und Dran schaffen sollte.

Der Papst, der Umzüge liebte, wurde gebeten, seinen Einzug in die Stadt ein paar Tage zu verschieben, weil noch nicht alles bis ins letzte vollkommen war. Als er schließlich eintraf, war er denn auch keineswegs enttäuscht. Julius, der für sich und Lucia einen besonders günstigen Platz ergattert hatte, betrachtete ihn voller Interesse. Er hatte noch nie einen Papst gesehen.

Wie er so im Damensitz auf einem milchweißen arabischen Zelter ritt, das Gesicht scharlachrot wie die Hüte der Kardinäle, wirkte der Pontifex maximus mit seiner ausladenden, korpulenten Statur wie eine Gestalt aus einem orientalischen Märchen. Das war kein Papst. Das aufgedunsene Gesicht mit dem leutseligen, zügellosen Mund, einem schwächlichen Kinn und kleinen, an einen Eber erinnernden, kurzsichtigen Augen war das Gesicht eines reichen Fettsacks. Als die Prozession vorbeizog, bekam Julius eine Nasevoll übelriechenden Dunst ab, der in der drückenden Luft hängenblieb und mehr als eine florentinische Dame dazu veranlaßte, sich ein Taschentuch vor das zierliche Näschen zu halten.

»Mann«, sagte Lucia, »der furzt ja wie ein Straßenköter.«

»Der Papst furzt nicht«, sagte eine Stimme hinter ihnen. »Und ein Medici-Papst erst recht nicht. Dieser gewaltig dahinstürmende Wind ist der Atem unendlichen Glaubens.«

»Er furzt Gold. Er scheißt Goldbarren«, bemerkte ein anderer.

Allerdings verrieten ihre Stimmen zähneknirschenden Respekt.

»Er ist kein schlechter Heiliger Vater.«

»Sag das mal den Deutschen«, sagte eine dritte Stimme mit ausländischem Akzent, nach der sich Julius aufmerksam, aber vergeblich umsah.

»Er sollte mal seine Fistel behandeln lassen. Dieser Gestank ist ja grauenhaft. Wie wenn sie vergessen hätten, seinen Verband zu wechseln«, meinte wieder ein anderer.

Der Papst zog vorüber, und die Menge kletterte von den diversen Aussichtspunkten herunter, um dem Zug zum Dom zu folgen.

Plötzlich hörte man einen Warnschrei und das Krachen von splitterndem Holz. Ein kleiner Zierbogen war ins Wanken geraten, kippte um, so daß die Zuschauer auseinanderstoben, und begrub zwei kleine, als Engel verkleidete Kinder, die am Festzug teilgenommen hatten, unter sich. Helfende Hände hoben das Gerüst an und zogen die Kinder darunter hervor. Obwohl sie keinerlei Spuren von Verletzungen aufwiesen, waren beide tot. Die fassungslosen Eltern hoben die kleinen Körper auf, während der Pöbel mißbilligend mit der Zunge schnalzte. Dann schloß die Menge – nachdem sie gebührenden Kummer bezeugt hatte – auf und wälzte sich weiter in Richtung Vergnügen.

Julius brachte es nicht übers Herz, sich anzuschließen.

»Komm schon«, drängte Lucia und zog ihn am Arm, »ich möchte die Festivitäten nicht versäumen.«

Julius schüttelte den Kopf. Das Bild der zwei kleinen blonden Kinder mit ihren Engelsflügeln, geknickten Schmetterlingen ähnlich, ließ ihn nicht mehr los. Eine schreckliche Vorahnung schien ihn niederzudrücken. So viele Kinder... Jammer und Wehklagen... Schmerz und Dunkelheit... Einsamkeit und Tod... Er taumelte im grellen Sonnenlicht.

»Ach, zum Kuckuck noch mal«, sagte Lucia, »krieg bloß nicht wieder eine deiner Anwandlungen. Es sterben andauernd Menschen. Diese zwei kommen garantiert in den Himmel, nachdem sie auf diese Weise gestorben sind. Dem alten Stinkstiefel wird es mal nicht so gut ergehen. Komm schon, Nordlicht. Sei nicht so zart besaitet.«

Aber er wollte nicht mitgehen. Sie erspähte einen Freund und ließ Julius bei den Trümmern stehen. Er wollte etwas tun, wollte den Eltern in ihrem Kummer beistehen, wollte aufschreien, mit dem Himmel hadern.

Schließlich kehrte er durch Straßen voller ausgelassener Menschen in das Haus des Zimmermanns zurück, wo er allein in seiner Kammer hockte, bis die Dunkelheit das Knallen des Feuerwerks und die Klänge von Musik und Tanz zu ihm herübertrug. So saß er da, das Herz schwer von der Traurigkeit der Welt, während sich die Medici im Palazzo Strozzi zu einem sechziggängigen Festmahl hinsetzten und der Vollmond hoch über Fiesole dahinschwebte.

Endlich ging er zu Bett, fand aber keinen Schlaf und lauschte dem lärmenden Trubel. In der Morgendämmerung stand er auf und begab sich umgehend ins Atelier.

Er malte ein Bild mit den zwei kleinen Engeln, die von erwachsenen Engeln in den Himmel hinaufgetragen wurden – eine Umkehrung der üblichen Darstellung –, machte davon eine Kopie und schickte den trauernden Familien jeweils ein Bild als Beileidsgeschenk.

Es kam keine Reaktion. Später irgendwann entdeckte er die Bilder auf dem Gebrauchtwarenmarkt, ausgezeichnet mit einem beschämend niedrigen Preis.

Er sah Lucia nicht wieder. Fra Bartolomeo gestattete ihm, bei einer Kreuzabnahme, an der er gerade arbeitete, die Gestalt der Magdalena (nicht ihr Gesicht) zu malen. Julius malte aus dem Gedächtnis. Es war Lucia.

Drei Monate später hörte er aus Bois-le-Duc, sein Meister Bosch sei erkrankt und wünsche, daß er nach Hause komme. Er gehorchte mit Bedauern, empfand aber zugleich eine eigenartige Zwangsläufigkeit, denn obwohl er Florenz liebte und Bartolomeo ihm Geld anbot, damit er bliebe, spürte er, daß sein Glück im Norden lag und daß diese angenehme, gewalttätige, korrupte, unbeschwerte, gefährliche und anmutige Stadt für ihn lediglich eine lehrreiche und anregende Episode darstellte.

Eines Abends stattete er seinem Philosophenfreund einen Besuch ab, um sich zu verabschieden.

»Ich denke, du wirst nicht zurückkommen, Julius«, sagte der alte Mann.

»Aber gewiß doch«, entgegnete Julius, der es nicht fertigbrachte, seine bösen Vorahnungen einzugestehen.

»Ich glaube nicht. Aber ich glaube, daß du dich an unsere Gespräche erinnern wirst. Daß uns die Erinnerung verbinden wird, als würden wir uns genauso unterhalten wie jetzt. Du erinnerst dich doch noch an unsere Erkenntnisse Plotins *scala mystica* betreffend?« Ammanatis Augen leuchteten wie Kerzen in einem Totenschädel.

»Daß alle Formen der Schöpfung eine schrittweise Entwicklung darstellen und ihre höchste Stufe und Vollkommenheit im Menschen erreichen…«

»Sehr gut. Und wonach müssen wir streben?«

»Nach dem Zustand des unschuldigen Adam, auf daß eine Wiedergeburt in die Einfachheit, Schönheit und Reinheit der ursprünglichen menschlichen Natur möglich werde, denn sie wurde von Gott nach seinem Ebenbild erschaffen.«

»Und was ist Liebe?«

»Sie ist ein Sakrament, die Verkörperung des Einsseins unserer Stammeltern. Darüber hinaus ist sie die Ursache, das Wesen und die Substanz der Schöpfung. Die göttliche Eigenschaft der Schönheit weckt das Verlangen nach dieser Schönheit in allen Dingen.«

So lautete mehr oder minder das Credo der Akademie, obwohl Julius auch jetzt noch keineswegs überzeugt war, daß er es begriff.

»Und was ist der Zweck deiner Kunst? Aller Kunst?«

»In der Seele die Sehnsucht danach zu entfachen, in ihre göttliche Heimat zurückzukehren, indem man Bilder und Klänge hervorbringt, die sie an ihre Göttlichkeit erinnern.«

»Du hast gut gelernt«, sagte der alte Mann. »Viele kommen nach Florenz, um herumzuhuren und zu feiern und Geld zu scheffeln, doch letzten Endes ist Florenz eine Blume, von der diejenigen, welche nach Weisheit dürsten, trinken können. Was du gelernt hast, ist vielleicht nicht bequem, aber es ist wertvoll. Gehe in Frieden, Julius, mein Freund. Und mögest du die Sehnsucht deiner Seele finden.«

10

Pilzewetter. Verwaschene Nebel und schwerer Regen. Flüsse und Bäche treten über die Ufer. Braunes Wasser, das in Rinnen zwischen den Bachbetten herabfließt und dort, wo früher ordentliche, dichtbewachsene Weide war, träge Tümpel mit Inseln aus Grasbüscheln bildet. Nässe auf dem Dachgesims, unter dem Dachgesims, an Augenbrauen, an Nasen herabrinnend, Vieh, das sich verzweifelt aneinanderdrängt, Kinder, die wegen des Regens zu lange im Haus bleiben müssen, den Eltern im Weg sind und sich wie kleine Tyrannen aufführen, das ganze Land, das sich in glitschige Nässe und schlechte Laune auflöst. Zu spät, um der Ernte noch zu nützen, zu früh, um etwas anderes zu fördern als den Schimmel an den Wänden; Regen heute und, den Wolken nach zu urteilen, Regen morgen und Regen übermorgen.

Bei Julius' Rückkehr nach Bois-le-Duc gab es ein Überangebot an Pfifferlingen, doch das konnte die triefende Atmosphäre und den bleiernen Himmel kaum wettmachen. Vielleicht war es doch ein Fehler gewesen zurückzukommen.

Im Anschluß an die Sonne, das klare Licht, die Paläste, die braunäugigen Mädchen, die aufgeweckten jungen Leute, die erhabene Gesinnung und die niederen Verfehlungen bildete Brabant eine triste Kulisse.

In der schönen Toskana war es leichter als im flachen Brabant, sich den Menschen als »Mittelpunkt der Schöpfung« vorzustellen.

Als sich Julius unter einem schützenden Dachgesims unterstellte, den Blick über die aufgeweichte Straße und die Bäume wandern ließ, die aus dem Nebel aufragten wie Rauchsäulen, hörte er in Gedanken Ammanati vor dem Hintergrund eines leuchtenden Himmels und goldener Kuppeln und Bögen in seinem sanften, ruhigen Tonfall reden.

»Der Körper des Menschen besteht aus irdischen Elementen, doch sein Geist ist himmlischer Natur. Das vegetative Leben hat er mit Pflanzen gemeinsam, seine Sinne mit den Tieren, seinen Verstand mit dem Geist der Engel. Er gilt als Ebenbild Gottes.«

Doch hier fiel es einem wahrhaftig schwer, sich den Menschen als ein solches Wunderwerk vorzustellen. Rotnasige, blaulippige Bauern, den Blick vom Suff getrübt und dampfend in der Kälte; aufgedunsene Klosterbrüder; breithüftige Bauerndirnen... War der Mensch die *scala mystica* so weit hinuntergerutscht? Was war aus dem ersten Entwurf des Schöpfers geworden?

Julius suchte sich eine Unterkunft in einem Gasthof – das Haus des Fleischers hätte er bei seiner dahinschwindenden Entschlußkraft nicht ertragen –, ging früh zu Bett und fühlte sich am Morgen etwas besser. Sein erster Besuch galt dem Meister. Aleid begrüßte ihn an der Tür, und ihr Gruß war wie üblich nicht gerade herzlich.

»Er war sehr krank«, sagte sie. »Wir haben dich früher erwartet.«

»Ich bin gekommen, so schnell es ging.«

»Das kann ich mir vorstellen. Ich muß darauf bestehen, daß du ihn nicht aufregst.«

»Ist er... Geht es ihm wieder gut?«

»Er hatte einen Gehirnschlag. Sein Arm ist gelähmt, und er ist sehr schwach. Er wünscht dich zu sehen, aber du darfst nur fünf Minuten bleiben. Er könnte noch einen Schlag bekommen, und der würde ihn umbringen.«

Derart zurechtgewiesen, folgte Julius ihr durch den Gang ins

Atelier, wo Bosch, auf Kissen gestützt, in seinem wuchtigen Lehnstuhl saß.

»Da ist Martens aus Florenz«, sagte sie. »Sieh zu, ob du ihn überreden kannst, sich ins Bett zu legen, Martens.«

»Oh... ja, natürlich«, sagte Julius.

»Und vergiß nicht, was ich dir gesagt habe«, fügte sie mit steinernem Blick hinzu.

»Was hat sie gesagt?« fragte Bosch unbeholfen aus dem Mundwinkel. Seine linke Gesichtshälfte hing schlaff herunter.

»Sie hat gesagt, ich darf nur fünf Minuten bleiben und ich darf Euch nicht aufregen.«

Bosch schnaubte und wedelte schlapp mit der rechten Hand.

»Komm hierher ans Licht, Junge, und laß dich ansehen.«

Das Reden bereitete ihm offenbar Mühe. In seinem Mundwinkel sammelte sich etwas Schaum.

Julius ging ans Fenster. Der alte Mann starrte ihn eine Weile grimmig an. Julius wußte, daß er während seines Aufenthalts im Süden größer und etwas fülliger geworden war. Die florentinische Kost war ganz nach seinem Geschmack gewesen, und er hatte bei zahlreichen Gelegenheiten Marco Polo dafür gesegnet, daß er von seinen Reisen die Pasta mitgebracht hatte. Jetzt bot er, wie er wußte, einen recht annehmbaren Anblick. Er war überdurchschnittlich groß, hatte dunkelbraun schimmerndes, leicht gewelltes Haar, ein frisches und zum Glück von Pickeln verschontes Gesicht und auffallend hellblaue Augen (die die an das übliche Braun gewöhnten Florentiner Flittchen reizvoll gefunden hatten); alles in allem ein recht ansehnlicher Bursche.

Das freilich betraf lediglich die äußere Erscheinung. Was er von sich hielt und wie ihm zumute war, stand auf einem anderen Blatt. Keinen Vater zu haben kann bei einem jungen Mann dazu führen, daß er sich in der Welt seltsam unbeholfen fühlt. Er muß alles erst selbst entdecken. Er bekommt nicht Tag für Tag, sozusagen bei jedem Atemzug, mit, wie sich ein Mann zu verhalten hat. Natürlich gilt dasselbe – in anderer Hinsicht –, wenn man keine Mutter hat. Man sieht zwar, was andere Leute tun, aber man selbst muß es bewußt lernen. Ohne ein liebevolles Elternhaus kann man im Grunde kaum begreifen, was Liebe ist.

Julius wußte nicht, was Liebe ist. Freilich konnte er sie bei anderen beobachten, konnte ihren Einfluß erkennen, sich über die Eskapaden wundern, zu denen sie verleitet. Nur selbst spüren konnte er sie nicht. Sie war ein Kästchen in seinem Herzen, das fest verschlossen blieb. Und sogar als er vor dem Großmeister geweint hatte, waren es Tränen des Kummers über sich selbst gewesen.

Obwohl Julius also ein recht gutaussehender junger Mann war und Zuneigung, Loyalität, Beherztheit und viele andere bewundernswerte Tugenden in sich spürte, war er trotz allem ein Einzelgänger – isoliert und gehemmt durch seinen Gemütszustand.

Ob Bosch etwas davon ahnte, konnte Julius nicht beurteilen. Offenbar war ihm noch nicht in vollem Umfang bewußt, wie ernst sein Zustand war. Denn nachdem er so viele kluge Ratschläge und Rezepte erhalten hatte, konnte er die Information zwar mit dem Verstand erfassen, nicht aber vom Gefühl her. Das war noch nicht aufnahmefähig. Es war verschlossen wie eine Rosenknospe.

»Hm«, sagte Bosch schließlich mit dem gewohnten, halb grausamen und halb ironischen – und jetzt etwas schiefen – Gesichtsausdruck. »Du siehst nicht so aufregend aus, daß man gleich einen Herzanfall bekommen müßte. Aber die jungen Damen haben dich sicher als prächtigen Kerl empfunden.«

Julius, dessen Körper sich schmerzlich nach Lucia sehnte, errötete leicht. Manchmal kam sie des Nachts zu ihm, und dann lag er wieder in dem duftenden Spalt zwischen ihren Beinen.

»Eigentlich nicht«, murmelte er.

»Eigentlich nicht«, äffte Bosch ihn nach. »Na gut. Wir wollen ja nicht noch mehr Bastarde in die Welt setzen, oder?«

Julius erstarrte. Das war das Grausamste, was der alte Mann je zu ihm gesagt hatte. Er spürte, wie sein Gesicht blutleer wurde und seine Hände sich unwillkürlich zu Fäusten ballten. Er war nahe daran, auf dem Absatz kehrtzumachen und hinauszumarschieren, aber der lauernde Gesichtsausdruck des Malers ließ ihn innehalten. Er stellte ihn auf die Probe. Er wollte verflucht sein, wenn er sich den Schmerz anmerken ließ; also lächelte er.

»Nein«, sagte er. »Ich möchte die Leichtfertigkeit meines Vaters nicht wiederholen. Er muß meine Mutter recht gering geachtet haben.«

Bosch erwiderte seinen Blick, ohne zu blinzeln; eulenäugig, grimmig.

»Erzähl mir nichts von Florenz«, sagte er. »Zeig es mir. Mit deiner Malerei. Wir erwarten ein paar hübsche stilistische Neuheiten von dir, damit das klar ist. Nehmen wir doch gleich mal ein paar südliche Fleischtöne in Angriff.«

»Ja, Herr«, sagte Julius.

»Martens«, rief Boschs Frau aus dem Gang.

»Paß auf, Junge«, sagte Bosch plötzlich drängend. »Ich möchte dir etwas außerhalb der Stadt zeigen. Besorge ein Pferd und einen Wagen. Es sind nur ein paar Meilen. Nächste Woche. Abgemacht?«

»Nein, Herr. Dazu ist mir mein Leben zu lieb. Eure Frau würde mich umbringen.«

»Um die kümmere ich mich. Nächsten Mittwoch, einverstanden? Neun Uhr früh. Weißt du noch, daß ich dir *Das Jüngste Gericht* in der Kathedrale gezeigt habe? Die Religion des Hasses? Jetzt zeige ich dir die andere Seite.«

»Die andere Seite, Herr?«

Die Tür ging auf, und da stand Boschs Frau wie der Engel mit dem Flammenschwert im Paradies.

»Das Paradies«, murmelte der alte Mann hartnäckig. »Licht und Leben.«

»Die Zeit ist um, Martens«, sagte Aleid. »Es ist Zeit zu gehen.«

Es war keine Aufforderung. Es war ein Befehl.

»Mittwoch, denk daran«, sagte der Maler.

»Was ist Mittwoch?« fragte seine Frau.

»Kümmere dich nicht darum, Frau«, sagte der alte Mann in einem Ton, der sie zum Schweigen brachte. »Die Sache geht nur mich und den Jungen etwas an. Ich muß verreisen, wie du sehr wohl weißt, und ich werde diese Reise machen, auch wenn es meine letzte sein sollte.«

11

Wie durch ein Wunder hatte es zu regnen aufgehört. Die Sonne schien, und die Erde dampfte wie eine Mähre.

Julius fand sich, wie verabredet, um neun Uhr mit einem Ponywagen ein und hielt nicht ohne gewisse Befürchtungen vor Boschs Haustür an. Schon möglich, daß Bosch keine Angst vor seiner Frau und ihren steinernen Augen hatte, aber er, Julius, hatte Angst. Und er wußte auch nicht, was er tun würde, wenn der alte Mann auf der Reise plötzlich krank werden sollte. Er wußte nicht einmal, wohin sie fuhren. Das Unternehmen schien unter lauter ungünstigen Voraussetzungen stattzufinden.

Er band das Pony fest und klopfte.

Aleids Begrüßung fiel heute kühler als lauwarm aus. Julius spürte den frostigen Hauch, sobald sie die Tür aufmachte.

»Falls ihm irgend etwas zustößt, Martens«, sagte sie, »werde ich dich persönlich zur Verantwortung ziehen.«

»Es war nicht meine Idee, werte Frau Bosch«, protestierte Julius.

»Versuche nicht, dich da herauszureden. Du bestärkst ihn noch in seiner Verrücktheit. Er ist ein sehr kranker Mann.«

»Unsinn, Aleid«, sagte der alte Maler, der durch die Halle geschlurft kam. »Julius wird sich um mich kümmern, stimmt's, Junge? Wir lassen es ganz gemächlich angehen.«

»Na gut, nimm dieses Stärkungsmittel und den Korb mit, Martens«, sagte Aleid, wobei sie ihm beides mehr oder minder zuwarf, »und wenn ihr bis vier Uhr nicht zurück seid, werde ich dir das Leben sauer machen.«

Julius wußte, daß sie es ernst meinte.

»Sie meint es nicht ernst«, sagte Bosch, als er endlich auf dem Sitz des Einspänners Platz nahm.

Julius ergriff die Zügel, und sie fuhren los.

»Ich glaube, sie mag mich nicht besonders«, sagte er.

Es war das erste Mal, daß er darüber sprach.

»Sie muß viel aushalten«, sagte der Maler. »Sie hat kein leichtes Leben.«

Wer hatte das schon? dachte Julius, während der Einspänner über die Pflastersteine rumpelte.

»Wohin?« fragte er.

»Geradeaus.«

Sie nahmen die Straße nach Brügge, fuhren spritzend durch die Überreste der Überschwemmung. Die Wälder und Felder zu beiden Seiten dampften. Der alte Mann schien in Tagträume versunken.

»Warum fahren wir hin, wo immer wir hinfahren, Meister?« fragte Julius.

Obwohl der alte Mann offenbar keine Lust zum Reden hatte, machte es Julius verlegen, völlig stumm dazusitzen.

»Wart's ab«, sagte Bosch geheimnisvoll.

»Hm. Na gut.«

Sie zockelten eine Weile dahin. Julius unternahm einen zweiten Vorstoß.

»Wann habt Ihr eigentlich *Das Jüngste Gericht* gemalt?« fragte er.

Diesmal war der alte Mann etwas auskunftsfreudiger. Er streckte zweimal sämtliche Finger der rechten Hand aus.

»Zehn«, sagte er und versank abermals in Schweigen, als befände er sich bereits zur Hälfte in einer anderen Welt.

»Vor zehn Jahren also«, bemerkte Julius. »Es kommt mir so vor, als hättet Ihr mit diesem Gemälde etwas ganz Neues gemacht.«

Der große Maler drehte den Kopf und fixierte ihn boshaft.

»Was meinst du damit?«

»Ich meine die Grisaille in Sint Jan, die man sieht, wenn das Triptychon zugeklappt ist. Ich habe sie mir gestern noch einmal angesehen. Eine ganze Szene in nur einer Farbe zu malen, das ist außergewöhnlich. Es ist wie bei Mantegna… in der Bildhauerei…«

Der alte Mann regte sich bei diesen Worten furchtbar auf – dabei hatte Julius gedacht, sie würden ihm schmeicheln, doch sie schienen ihn derart aufzuwühlen, daß Julius das Pony zum Stehen bringen und seinen Reisegefährten am Umhang festhalten mußte, damit er nicht vom Wagen fiel.

»Die Ausführung ist nichts, der Inhalt alles«, verkündete Bosch schließlich. »Fahr weiter.«

Julius ließ die Zügel schnalzen, und schweigend setzten sie ihren Weg fort. Warum soll ich mich mit diesem mürrischen alten Kerl belasten? dachte er. Seit Italien spielte er nicht mehr so bereitwillig den Fußabstreifer.

»Bei Eurer Hölle auf der rechten Tafel hat man das Gefühl, als wäret Ihr dort gewesen«, sagte er ziemlich dreist.

Der alte Mann sah ihn aus wäßrigen Augen schief an.

»War ich auch«, sagte er.

Gegen Mittag gelangten sie zu ein paar Häusern, die sich am Ende eines Fahrweges, etwa eine Meile von der Hauptstraße entfernt, um mehrere Bauernhöfe gruppierten. Es waren Feldarbeiterhütten, eine heruntergekommene, baufällige Bierschenke mit bemoostem Schilfdach und fleckigen Wänden und ein niedriges, scheunenähnliches Gebäude, das sich als Kapelle entpuppte. Im Eingang zur Schenke stand ein glutäugiger Mann mit einem flickenbesetzten roten Umhang, der eine Art Turban auf dem Kopf trug und sie beobachtete, als sie näher kamen. Auf dem Dach des schäbigen Gebäudes standen, vor dem Wind geschützt, ein paar Schäfer, einer mit einem Dudelsack, und hielten niedergeschlagen Ausschau nach etwas, was sich hinter den Neuankömmlingen befand.

»Die gefallen mir gar nicht«, sagte Julius, der wünschte, er hätte ein Schwert mitgenommen.

»Sie können uns nicht sehen«, sagte der alte Mann und deutete damit an, daß diese Leute etwas sahen oder nach etwas Ausschau hielten, was völlig jenseits der Wirklichkeit lag, die sie beide verkörperten. »Sie haben den Saft getrunken.«

Julius hatte das sonderbare Gefühl, in ein Gemälde seines Meisters zu geraten. Die Tatsache, daß Bosch kaum sprechen konnte, machte das Ganze noch seltsamer und einem Traum noch ähnlicher.

Etwas aus der Fassung gebracht, band Julius das Pony an und half dem alten Mann vom Wagen. Er fühlte sich zunehmend unbehaglich. Warum hatte ihn der alte Knabe nur hierher gebracht?

Ein Mann kam mit zwei Bechern gewürztem Wein heraus, den er ihnen anbot.

»Trink«, sagte der alte Mann. »Das ist besser als ein Stärkungsmittel.«

»Wer sind diese Leute?« fragte Julius den Meister und zeigte auf die Männer auf dem Dach.

»Ausschau Haltende und Wartende«, lautete die gedämpfte Antwort.

Das Sprechen schien ihm schwerer zu fallen. Julius konnte nur hoffen, daß er hier draußen, meilenweit von allem entfernt, keinen Anfall bekam. Aleid würde ihm das nie verzeihen.

»Wonach halten sie Ausschau?«

»Wart's ab.«

Wieder hatte Julius das sonderbare Gefühl, in eine Situation hineingezogen zu werden, die eigenartiger war als die Wirklichkeit, in der er lebte. Hatte der Trank etwa ein Betäubungsmittel enthalten?

»Jetzt sind wir bereit einzutreten«, sagte Bosch, stellte den Becher ab und führte Julius zu dem Vorbau des kleinen Gebäudes, auf das der Blick der Ausschau Haltenden gerichtet war.

Er hob den Sperriegel an und drückte die schwere Holztür auf.

Julius hätte die merkwürdige Ausstrahlung, die wie ein Lufthauch von dem Gebäude ausging, nicht genau beschreiben können. Er fühlte sich an einen Freudengesang aus Burgund erinnert: »Woher wehet uns dieser göttliche Duft?«

Er mußte an den Vorratsschrank seiner Hauswirtin in Florenz denken, den sie stets verschlossen gehalten hatte – an diesen Duft nach Gewürzen und frischem Gebäck, Honig und Kräutern, Orangenschalen und Rosinen... Aber dieser Hauch war mehr als ein Duft. In Italien hatte er in den Reiseberichten des Marco Polo gelesen, dieser sei in Cathay mit heilenden Nadeln gegen Rückenschmerzen behandelt worden...

»Als die erste Nadel in meinen linken Fuß zwischen der großen und der zweiten Zehe drang, war mir, als würde etwas aus mir ausströmen – eine leise Kraft oder ein Rinnsal, das ich deutlich wie Blut oder eine dünne Flüssigkeit empfand –, doch als ich hinsah, war nichts zu erkennen.«

So verhielt es sich mit der Kapelle. Die Ausschau Haltenden spürten es auch. Sie reckten die Hälse nach vorn und tauchten in das ausströmende Etwas ein.

»Wo sind wir hier?« fragte Julius den alten Mann verwundert.

»Das hier ist die Kapelle der Liebe«, lautete die Antwort.

»Und jetzt mußt du mir versprechen, daß du mit keinem Menschen, der nicht an dem Geheimnis teilhat, jemals über das redest, was ich dir zeigen werde.«

»Ich verspreche es«, sagte Julius, der plötzlich gar nicht mehr ungeduldig mit dem alten Mann war.

Sie traten ein.

Es war ein winziger Raum, kaum groß genug, um mehr als zehn oder zwölf Personen aufzunehmen, aber von einem perlgrauen Licht durchflutet, das von dem Bild auf der Außenseite eines hinter dem Altar hängenden, geschlossenen Triptychons ausging. Zuerst hielt Julius es sogar für ein Buntglasfenster, doch sobald sich seine Augen an den Raum gewöhnt hatten, erkannte er, daß es sich um ein Gemälde handelte.

Es stellte eine Kugel dar, die Erde offenbar, bedeckt mit durchsichtigen Wolken, aus denen ein sanfter Regen auf einen Boden fiel, der ihn dankbar aufsog, eine bewaldete Landschaft mit Wiesen und Hügeln und Flüssen, die in ein ruhiges Meer mündeten. Es war eine neuerschaffene Welt, unverdorben, voller Erwartung…

Der alte Mann humpelte, auf Julius' Schulter gestützt, nach vorn zum Altar und betrachtete ihn voller Genugtuung.

»Hier, Junge, der dritte Schöpfungstag. ›…aber Feuchtigkeit stieg aus der Erde auf und tränkte die ganze Fläche des Ackerbodens.‹ Oder, wie es in den Psalmen heißt: ›*Rorate coeli*…‹ Es ist das Ei des Alchimisten, die Blase des Lebens, der Augenblick, in dem die Welt befruchtet wird. Mach sie auf, und zum Vorschein kommt der Mensch, die Krone der Schöpfung…«

Damit schlug er mit einer plötzlichen Bewegung, die Julius überraschte, den linken Flügel des Triptychons auf. Mit einem Schlag war die kleine Kapelle mit Licht und Farbe erfüllt, mit Farbtönen von solch frischer Süße und Herrlichkeit, daß Julius beinahe in Verzückung geriet.

»Was ist das? Habt Ihr das gemalt?«

»Die Hand, das war ich. Mir wurde dieses Glück zuteil. Der Plan stammt... von einem anderen.«

Julius betrachtete das Gemälde eingehend.

Der linke Flügel des Triptychons stellte den Garten Eden dar, soviel erkannte Julius; doch obwohl es ein Garten Eden war, wich er grundlegend von allen Darstellungen ab, die Julius bislang gesehen hatte. Zunächst einmal handelte es sich bei der Gestalt des Schöpfers wiederum nicht um Gott Vater, sondern um Gott Sohn – einen jungen Mann in einem langen Gewand, rosafarben wie die Dämmerung, mit langen, hellen Haaren und Bart –, der das Handgelenk der soeben erschaffenen Eva festhielt, um den lebendigen Puls ihres Blutes zu tasten. Neben ihm streckte Adam voller Verwunderung die Beine aus, um mit den Fußspitzen die Füße Gottes zu berühren.

»Das ist die Hochzeit unserer Stammeltern«, sagte der alte Mann, »die feierlich vom Schöpfer vollzogen wird. Der aus dem Geist geborene Adam und die aus der Erde geborene Eva. Unsere zweifache Natur...«

Hinter dieser Gruppe erhoben sich Bäume und Hügel, sprudelnde Quellen und Berge, halb Pflanzen, halb Mineralien, wie Julius noch nie welche gesehen hatte. Davor und auch dahinter gab es Tiere, teils vertraut, teils Fabelwesen und teils Traumgestalten. Die Bilder tanzten und drehten sich vor seinen Augen... Sicher war dieser Wein... Aber da war noch etwas Seltsames... er würde es in Worte fassen können, wenn er einen Augenblick Zeit hätte... dieser Leopard, der im Maul ein...

Wieder streckte der alte Mann die Hand aus und klappte den rechten Flügel des Triptychons auf. Nun leuchtete die durchscheinende Farbe, die bisher nur zur Hälfte zu sehen war, in ihrer ganzen Fülle, als wäre sie nicht nur von schlichten Pigmenten durchdrungen, so lebendig, daß man sie wie einen Klang empfand. Und wirklich glaubte Julius aus weiter Ferne den Gesang der Vögel zu hören, das Geräusch vieler Stimmen, das

Stampfen von Hufen, das sanfte Murmeln der Brise, Gesang und das Plätschern vieler Wasserläufe, alles miteinander verschmelzen wie zu einem sommerlichen Konzert.

»Nun, Junge, was siehst du?«

Trotz seiner Verzückung wunderte sich Julius über den Tonfall des alten Mannes; auf einmal erlebte er eine andere Seite an dem stichelnden, mürrischen Meister, den er kannte. Eine priesterliche, feierliche, tiefsinnige Seite.

»Was siehst du?« Die Worte kamen aus der Dunkelheit wie der Aufruf eines Priesters an seine Gemeinde. »Sprich.«

Julius räusperte sich. »Ich sehe …«

Seine eine Hälfte wollte sagen, fühlte sich dazu gedrängt, sagte dann auch, als er endlich Worte dafür fand: »Ich sehe ein wunderbares Gemälde, das die sinnlichen Begierden des Fleisches zeigt. Überall nackte Menschen … die sich ohne Scham vergnügen … Menschen in sonderbaren Knollen und Flaschenkürbissen … die alles mögliche miteinander machen … Ich sehe eine Warnung an uns alle, uns vor der Wollust des Fleisches in acht zu nehmen. Ich sehe Ungehorsam gegen das fünfte Gebot: Du sollst die Ehe nicht brechen … Ich sehe …« Julius geriet durch die Szene ziemlich aus der Fassung; ihm wurde heiß zwischen den Schenkeln.

»Du schaust nicht richtig hin, Junge.«

»Ich glaube doch, Herr.«

»Schau genauer hin. Diese Tafel stellt ebenfalls das Paradies dar. Sie ist die Fortsetzung der ersten, siehst du? Da ist eine durchgehende Landschaft. Die Hochzeit im Garten Eden war gesegnet, Junge. Adam und Eva haben eine ganze Schar Kinder. Diese Paradiesbewohner tollen nackt und ohne Scham zwischen den fremdartigen Früchten und Bäumen umher, mein Sohn, denn Natur und Gott sind hier eins. Sieh dir den eiförmigen Teich an, umrundet von zeugungsfähigen Tieren, sieh dir das Gras und das Wasser an, Junge. Überall wirst du heilige Sinnlichkeit entdecken. *Crescere et multiplicamini.* Schau in die Luft und sieh, wie sich die Seele in Geist verwandelt und dem Einssein entgegenschwebt...«

Das waren die Worte, die ich hätte sagen wollen, wenn sie mir nur eingefallen wären, dachte Julius. Das ist das Land, in dem ich sein wollte, wenn ich nur dorthin gelangen könnte.

Sein Meister stand verzückt vor dem Gemälde, und sein leuchtendes Gesicht spiegelte die Befriedigung seiner Geschöpfe wider. Dann hörte Julius ihn seufzen und spürte seine Hand so schwer auf der Schulter lasten, als würde ihn eine unerträgliche Bürde zu Boden drücken.

»Und jetzt«, rief Bosch, »jetzt sieh dir... ach... den Unterschied zwischen dieser Szene und der rechts daneben an. Die eine strahlend, fruchtbar, harmonisch, voll natürlicher Kraft, Eintracht und Liebe... und die andere... Es ist zu schmerzhaft...«

Der alte Mann schien wahre Höllenqualen zu leiden.

»Ist alles in Ordnung, Herr? Wollt Ihr Euch hinsetzen?«

»Nein, nein.«

Der alte Mann erholte sich etwas.

»Und jetzt«, fuhr er fort, »betrachte die Schrecken der Hölle, da, gleich daneben.«

Julius blickte auf den rechten Flügel des Triptychons, von dem er anfangs den Blick instinktiv abzuwenden versucht hatte. Denn ebenso wie der Mittelteil liebliche Klänge auszusenden schien, gab es hier nichts als Mißtöne. Die Farben waren düster, wie es dem Thema entsprach: kalte, blauschwarze, bleigraue und purpurbläuliche Schattierungen, Tümpel aus Dunkelheit, erleuchtet von unstet zuckendem Licht, das wie von Vulkanen ausgespuckt wirkte und heimtückisch aus einer Vielzahl von Öffnungen schoß. Namenlose Kreaturen, die aussahen, als wären sie aus dem Urschleim von Alpträumen hervorgekrochen, traktierten die Sünder wie lebendiges Fleisch. Ein geborstenes Gebilde, halb Kadaver, halb Eischale, das im Innern eine üble

Spelunke beherbergte, ruhte auf Baumstämmen, deren aufgebrochene Strünke in zwei im eisigen Wasser festgefrorenen Kähnen standen... Hilflos dahinschlitternde, von einer teuflischen Kraft getriebene Gestalten schwirrten auf ein Loch im Eis zu, in dem sie ertranken. Ein satanischer Vogel, der auf einem hochbeinigen Stuhl hockte, verschlang die Schuldigen und schied die Verdammten aus. Eine Schweineäbtissin liebkoste lüstern einen ehemaligen Notar. Musikinstrumente, Lauten und Bratschen, kreuzigten und verschlangen die Gottlosen... Ein Sünder rutschte die Klinge eines Küchenmessers hinunter. Ein riesiger Schlüssel, der möglicherweise als Symbol für das Rätsel gedeutet werden konnte, hatte sich in ein Folterinstrument verwandelt. Eine Laterne, die Licht hätte spenden können, entpuppte sich als Gefängnis. Oben links wurden zwei riesige, wachsgelbe Ohren von einem penisartigen Skalpell durchtrennt... Julius taumelte einen Schritt zurück. Er konnte den Anblick nicht länger ertragen.

Boschs Stimme kam aus der Dunkelheit neben dem Altar »Sag mir, was du siehst.«

»Ich sehe die Bestrafung der Schuldigen«, stöhnte Julius. Er hatte das Gefühl, selbst dort zu sein.

»Das stimmt. Das entscheidende Wort ist Schuld. Für uns gehört sie in der Tat zu den schweren Sünden. Denn wenn wir uns schuldig fühlen, empfinden wir keine Liebe, und dann sind wir nicht wie die Kinder jenes Adams und jener Eva auf dem ersten Bild. Natürlich kann nicht jeder Mensch zu der Weisheit gelangen, die Liebe nicht nur als einen Weg begreift, sondern als ein Ziel. Für uns ist Liebe – wahre Liebe – eine Religion. Liebende sind füreinander bestimmt, auf daß Gottes Wille – ›und sie werden *ein* Fleisch‹ – sich erfülle. Einige von uns glauben wirklich, was in Platons *Symposion* geschrieben steht: daß wir, bevor wir geboren wurden, ein Ganzes waren; daß wir bei der Geburt jedoch entzweit wurden und unser Leben damit verbringen müssen, die verlorene Hälfte zu suchen, nach der wir uns so sehnen.«

»Aber… woher weiß man, ob einem jemand… vorherbestimmt ist?«

»Na ja, man weiß es eben.«

»Das klingt zu einfach.«

Die Augen des alten Mannes blitzten in der Dunkelheit. »Einfach? Manchmal ist das das Schwierigste überhaupt. Und manchmal kommt die Bestimmung zu früh oder zu spät. Manchmal ist sie… verflucht schwer…«

Er hörte, wie Bosch nach Luft rang und dabei vor Anstrengung fast weinte.

»Geht es Euch gut, Herr?« fragte er wieder.

»Es geht schon, es geht schon«, sagte Bosch endlich. »Nun, Junge, da wir nicht mehr viel Zeit haben, was fällt dir sonst noch auf… an meiner Hölle…?« Jetzt rang er nach Luft, und seine Sprache wurde immer undeutlicher.

»Nun ja, Herr, sie ist noch nicht fertig. Über dem Kadaver ist noch eine Lücke. Und ganz oben, dahinter, ist der Hintergrund noch nicht ausgefüllt.«

»Genau… und deshalb bist du hier… Junge… Du… du sollst es vollenden.«

»Ich, Herr?« Julius war bestürzt. Das hier war Bosch in vollendeter Form. Er selbst war erst achtzehn. Er hielt sich für gut, aber…

Bosch unterbrach seine Gedanken. »Du. So ist es beschlossen. Ich… kann nicht mehr.« Im schimmernden Licht des Paradieses wirkte der alte Mann totenbleich. »Versprich es mir, Junge.«

»Ich schwöre es, aber… was soll ich denn malen?«

Die Frage klang fast wie ein qualvoller Aufschrei. Es war, als müßte man eine Bibel fertigschreiben, ohne daß einem die Offenbarung zuteil wurde.

Doch statt einer Antwort zeigte der alte Mann mit zitternder

Hand auf die rechte Tafel. Dann griff er sich an die Seite und sank zu Boden.

12

Die Heimfahrt war ein Alptraum.

Julius war aus der Kapelle gestürzt, um Hilfe zu holen, aber von den Ausschau Haltenden und Wartenden war nichts mehr zu sehen. Die klapprige Schenke war leer, der Schankkellner, der ihnen den Trank gebracht hatte, verschwunden. Nur das an einem Zaun festgebundene Pony stand noch da. Geduldig rupfte es das Gras ab und wartete darauf, daß ihm die verrückten Menschen sagten, was es zu tun hatte.

»Hilfe!« schrie Julius.

Auf einem Feld in einiger Entfernung tanzte ein Paar träge zu den Klängen eines Dudelsacks. Im Hintergrund, vor einem Gehölz, schlugen zwei Männer einen dritten zusammen und fesselten ihn. Auf einem fernen Hügel erhob sich – war das möglich? – ein riesiger Galgen.

Julius wischte sich über die Augen und rannte in die Kapelle zurück. Sein Meister lag auf dem Fußboden, schnaufte sonderbar und gab merkwürdige Geräusche von sich.

Es blieb Julius nichts anderes übrig, als ihn unterzufassen und auf die Straße hinauszuschleifen – keine leichte Aufgabe, da Bosch ein schwerer Mann war; und noch schwieriger war es, ihn hochzuhieven, über die Rückwand des Wagens zu wuchten und auf den Boden zu legen. Doch irgendwann hatte er es dank der Kraft, die ihm die Verzweiflung verlieh, geschafft; der alte Mann lag da wie ein pralles Kissen. Julius schob ihm ein Bündel unter den Kopf und versuchte ihm etwas von dem Stärkungsmittel einzuflößen, doch er würgte nur ein bißchen, und auf seinen Lippen bildeten sich Blasen.

Das geduldige Pony war alles andere als ein flotter Traber. Und obwohl Julius befürchten mußte, daß sein Meister starb, bevor sie zu Hause ankamen, hätte er sich eher einen doppelt so langen Weg gewünscht – ja am liebsten wäre er der Fliegende Holländer gewesen und in alle Ewigkeit gemächlich dahingetrottet –, als Aleid Boschs zornigem Gesicht früher als nötig gegenübertreten zu müssen.

Als er das Gefährt vor dem Haus zum Stehen brachte, bestand sein einziger Trost darin, daß es erst halb vier Uhr war.

13

Der alte Mann erlangte das Bewußtsein wieder und hielt noch eine Zeitlang durch, und er fragte auch noch einmal nach Julius, obwohl sich Aleid ein paar Tage lang weigerte, ihn zu ihm zu lassen. Ihr Mann war jetzt nicht mehr in der Verfassung, seine furchteinflößende Autorität geltend zu machen.

Schließlich gab sie nach, denn auf ihre Art liebte sie ihn – vielleicht zu sehr. Jetzt allerdings erkannte sie das Unvermeidliche und ließ Julius ein letztes Mal rufen.

Er war überrascht, denn die verbale Abreibung, die sie ihm verpaßt hatte, als er Bosch bewußtlos nach Hause brachte, hatte sich nur deshalb in Grenzen gehalten, weil sie den alten Mann so schnell wie möglich ins Bett verfrachten wollte.

»Es geht rasch bergab«, sagte sie ernst, aber nicht mehr so frostig zu Julius. »Du darfst ihn nicht anstrengen. Wenn er nicht antwortet, dann deshalb, weil es ihm zu viel Mühe macht.«

Sie führte ihn ans Krankenlager und ging hinaus.

Julius erschrak, als er sah, wie sehr sich sein Meister verändert hatte. Das vertraute Gesicht war geschwollen und aufgedunsen. Die Hände, die so stürmische und prachtvolle Visionen heraufbeschworen hatten, lagen nutzlos auf der Tagesdecke. Jeder

Atemzug tat ihm weh. Nur die Augen, wie austrocknende, von einer zurückweichenden See hinterlassene Lebenstümpel, bewegten sich leicht, als er ins Zimmer trat.

»Julius.« Seine Lippen formten die Worte, für die die Stimme kaum mehr ausreichte.

»Meister.«

Eine Weile schwiegen sie, doch irgendwann mußte Julius die Frage stellen, die ihn die ganze Zeit gequält hatte.

»Was soll ich malen? In der Hölle, meine ich.«

Schweigen. Nach einer langen Pause versuchte er es mit einer anderen Frage, die ihn beschäftigte.

»Wer ist mein Vater? Ihr habt einmal gesagt, daß Ihr ihn kennt.«

Wieder Schweigen. Julius wünschte sich so dringend eine Antwort, daß er den alten Mann am liebsten geschüttelt hätte. Aber es hätte niemandem genutzt. Er nahm einen neuen Anlauf.

»Das mit der Liebe...«, begann er.

Ein angedeutetes Lächeln huschte über das Gesicht des alten Mannes. Er streckte die Finger seiner rechten Hand aus und winkte Julius heran. Julius fühlte sich ermutigt. Diesmal hatte er das richtige Thema angeschnitten.

»Komm her, Junge«, wisperte Bosch. »Was ist damit?«

»Die Kirche behauptet, die Frauen seien den Männern unterlegen. Stimmt das? Die Priester sagen, das Zölibat sei der Idealzustand. Euer Paradies sagt etwas anderes.«

»Männer und Frauen...« – die Stimme war so leise, daß sich Julius tief hinunterbeugen mußte, um sie zu hören, aber wenigstens war Bosch bei klarem Bewußtsein – »... sind so ungleich wie Erde und Wasser. Unterschiedlich... nicht unterlegen. Das ist leicht zu beantworten. Was die Ehe betrifft, so betrachtet die Kirche sie als Zugeständnis... als ein Zugeständnis an die menschliche Schwäche... im besten Fall, als eine bequeme juristische und finanzielle Einrichtung… die nichts… aber auch gar nichts… mit… Liebe… zu tun hat.«

Er verwendete das Wort ›Liebe‹ so, wie andere Menschen, die im Sterben lagen, ›Jesus‹ sagen würden, dachte Julius.

»Aber warum ist die Liebe dann so wichtig, wenn sowohl Kirche als auch Staat sie ignorieren?« fragte er hartnäckig.

»Sie ignorieren sie nicht. Sie erkennen ihre Macht. Deshalb haben sie ihre Tempel darauf gebaut… wie auf ein heidnisches Heiligtum… und haben versucht, sie zu verstecken… Weil sie Angst davor haben. Das ist der springende Punkt…«

Das Reden hatte den alten Mann ziemlich angestrengt.

Julius ergriff seine Hand und wollte sich verabschieden, doch Bosch hielt ihn fest, so daß Julius den Mut aufbrachte, seine letzte Frage zu stellen – die ewige Frage, die schwierigste von allen.

»Was ist Liebe?« stieß er endlich hervor.

»Ach… Liebe…«

Diesmal war es mehr als ein Schatten. Ein Strahlen, ein Ausdruck vollkommener Glückseligkeit überzog sein Gesicht wie Wellengekräusel von einem fernen Ozean.

»Ahhh…«

Der alte Mann schloß die Augen und tauchte in den Klang dieses Wortes ein. Wieder herrschte Schweigen, während die See zurückwich.

Julius dachte über die Liebe nach, konnte aber um nichts in der Welt eine Antwort finden. Er hatte das furchtbare Gefühl, daß er, wenn er sie begriff, feststellen würde, daß er sie die ganze Zeit gekannt und nie zu schätzen gewußt hatte, wie einen alten verrosteten Schlüssel.

»Liebe?« würde er dann sagen. »Ach die, die habe ich letzte Woche weggeworfen. Sagt bloß nicht, ich hätte sie gebraucht.«

»Tut uns leid«, würde man ihm antworten, »ohne sie kommst du hier nicht rein…«

»Ich glaube, Ihr habt mir die Antwort gegeben«, sagte er zu seinem Meister.

Langsam lockerten sich die Finger, die seine Hand festhielten. Er küßte den alten Mann auf die Stirn und wollte sich aus dem Zimmer schleichen, wohl wissend, daß er ihn nicht wiedersehen würde.

Als Julius die Tür erreichte, gingen die Augen plötzlich noch einmal auf. Schmerz durchzuckte das alte Gesicht.

»Ach... du...« Es war wie ein verbittertes Ausatmen, bei dem sich der alte Mann halb aus den Kissen erhob.

Zwei Tage später war Bosch tot.

Der Gottesdienst in der Stadtkirche war großartig. Der *insignis pictor* wurde mit angemessenem Pomp begraben. Julius saß in der Seitenkapelle und betrachtete *Das Jüngste Gericht*. Wo immer sein Meister sein mochte, er war zuversichtlich, daß er nicht durch diese Tür gehen würde, an der als Gastgeber ein Dämon mit einem Gitterrost im Bauch stand.

Aber welche fürchterliche Vision mochte er auf seinem Sterbebett gehabt haben? Julius dachte darüber nach, während der Chor *Dies Irae* sang, kam jedoch nur zu dem Ergebnis, daß er selbst nicht gerne mit solch haßerfüllten Augen sterben wollte.

14

Julius war einigermaßen überrascht, daß ihm Bosch in seinem Testament nichts vermacht hatte außer ein paar Sachen aus dem Atelier – Pigmente, Pinsel, unbearbeitete Leinwand, eine kleine für ihn typische Studie von einer lebensechten, phantastischen Nonnenhexe, deren Körper aus einem dickbäuchigen Krug bestand – und gerade so viel Geld, daß er sich für sechs Monate ein Atelier in der Stadt mieten konnte.

Irgendwie hatte er mehr erwartet, nachdem ihn der alte Mann

so dringend gebeten hatte, seine Hölle zu vollenden. Wovon sollte er seiner Meinung nach leben?

Und natürlich bekam er auch nichts von Aleid, deren Gesicht ihm jetzt verschlossen war.

Er konnte unmöglich zu den Fleischersleuten zurückkehren, deren einziges Interesse an ihm dem Freund des berühmten Malers galt. So blieb ihm nichts anderes übrig, als sich eine Bleibe zu suchen und sich als Maler in der Stadt niederzulassen.

Hinterlassenschaft hin oder her, er vermißte seinen alten Meister mehr, als er geglaubt hätte, und da er sein Versprechen, das Gemälde zu vollenden, einzulösen gedachte, fuhr er zu dem Weiler mit der seltsamen Aussicht zurück, um das Triptychon abzuholen und es in das kleine Atelier zu bringen, das er in der Entengasse gefunden hatte.

Natürlich hatte er dem neuen Großmeister der Bruderschaft – einem eher kleinen, rundlichen Mann mit aufgestülpten Lippen und schmierigen Händen – von seinem Auftrag erzählt, doch zu seiner großen Überraschung behauptete dieser, nichts von dem Gemälde zu wissen.

»Das klingt äußerst interessant«, sagte er. »Aber unser guter Bruder Bosch hat uns immer wieder überrascht.«

Julius hatte so eine Ahnung, daß er das Triptychon nicht mehr in der Kapelle vorfinden würde. Und so war es auch. Der Raum war in Dunkelheit getaucht. An den Fenstern und am Altar hingen Spinnweben. Die ganze Pracht war verschwunden. Als er wieder ins Freie trat, war der Weiler leer bis auf einen Dorftrottel, der an der Tür eines Bauernhauses lümmelte. Auf den Feldern waren Leute, aber weder fand ein Überfall statt, noch wurde getanzt. Auch von einem Galgen war weit und breit nichts zu sehen.

Verwirrt kehrte Julius nach Hause zurück – halb erleichtert, halb mit schwerem Herzen.

Er erkundigte sich bei Aleid, die jedoch von dem Werk weder

etwas wußte noch etwas wissen wollte. Boschs Werkstatt war geschlossen; die Maler, die dort gearbeitet hatten, waren von dem alten Meister großzügig bedacht worden und inzwischen alle ihrer Wege gegangen.

Julius gab die Suche auf und begann sich ernsthaft nach Aufträgen umzusehen. Den Anfang machte er natürlich bei der Bruderschaft, doch die hatte sich, wie er feststellen mußte, seit den Tagen des geheimnisvollen Juden traurig verändert.

Freilich wurde er willkommen geheißen und nach seiner Rückkehr aus Italien, wie versprochen, als vollwertiges Mitglied aufgenommen. Die diversen Festlichkeiten, die es zu Boschs Zeiten gegeben hatte, waren offenbar eingeschränkt worden. Jetzt legte die Bruderschaft den Schwerpunkt fast ausschließlich auf eher konventionelle religiöse Anlässe, obwohl sie so besitzergreifend war wie eh und je. Sie wollte das Geld ihrer Mitglieder, sie wollte ihre Zeit, und sie wollte ihr Talent.

Nein, hier gab es etwas richtigzustellen. Anscheinend wollte sie nicht Julius' ganzes Talent. Den italienischen Anteil wollte sie im Grunde gar nicht. Das Fleisch machte den Brüdern angst. Sie wollten Julius als Schatten seines Meisters – aber als blassen Schatten. Sie verlangten dieselbe Sorte religiöser Gemälde.

»Aber weniger kontrovers«, sagte der neue Großmeister.

Und es überraschte Julius keineswegs, daß sie sie praktisch umsonst wollten.

Natürlich ließen sich Entschuldigungen dafür finden. Das Durchschnittsalter der Brüder lag jetzt höher. Luthers rege Tätigkeit hatte dazu geführt, daß die Obrigkeit abweichende Meinungen ungleich gewissenhafter verfolgte. Junge Leute anzuwerben brachte Gefahren mit sich. Ein Begharde, der ein Mädchen verführt hatte, indem er ihr ein Erlebnis versprach, das sie an die Pforten des Himmels führen würde, war hier in der Stadt wegen Ketzerei vor Gericht gestellt und verurteilt worden; er wurde in den Fluß geworfen und gesteinigt, bis er ertrank.

Das alles bewog den Vorstand der Bruderschaft zu einer konservativeren Einstellung. Und in gewisser Weise war das ja eine Erleichterung. Die Vorstellung von Zusammenkünften im Adamskostüm – die Bosch ein paarmal in seinen Bemerkungen hatte anklingen lassen – war durchaus nicht sonderlich reizvoll, wenn Julius seine Mitbrüder betrachtete.

Wie dem auch sei, Julius malte für die Brüder ein Bild nach dem anderen für einen Hungerlohn, wobei er sich bemühte, ihre Anweisungen entsprechend umzusetzen.

»Bitte noch ein Jüngstes Gericht für die Kapelle des Hospitals. Diesmal mit einer richtig aufwühlenden Hölle ...«

Es war heikel, die vorgegebenen Symbole umzusetzen und sie mit Hilfe stilistischer Mittel, die der Süden ziemlich modifiziert hatte, in die Träume und Alpträume des Nordens einzuflechten. Am Ende lief man Gefahr, weder die Auftraggeber noch sich selbst zufriedenzustellen. Ja, seine künstlerischen Fähigkeiten wußten sie zu schätzen, aber der neumodische Ansatz gefiel ihnen nicht.

»Zu sinnlich«, sagten sie dann. »Das entspricht eigentlich nicht unserer Vorstellung von unseren Stammeltern.«

Oder: »Das ist keine Hölle. Das sieht ja aus, als würde es richtig Spaß machen.«

Oder: »Ich weiß, was mir gefällt – das jedenfalls nicht.«

Julius wäre um ein Haar nach Florenz zurückgekehrt – nur hatte er kein Geld, und Florenz machte offenbar auch schlechte Zeiten durch.

Und so werkelte er weiter, unglücklich mit seiner Arbeit und mit sich selbst, hatte nur wenige Freunde und war dem Geheimnis des verschlossenen Kästchens in seinem Herzen keinen Schritt näher gekommen.

15

Nach dem Tod seines Meisters vergingen Jahre, in denen sich bedauerlicherweise nichts in Julius' Leben änderte. Es war so, wie die Astrologen und Alchimisten sagten: »Wie oben, so unten.« Und es waren schlechte Zeiten in Brabant und in ganz Europa.

Mit der Tuchindustrie ging es bergab, die Lutheraner zogen über die Katholiken her und umgekehrt, ganze Familien wurden gespalten, es gab Mißernten, und die Gerüchte, das Ende der Welt stünde unmittelbar bevor, mehrten sich – geschürt von jenen Anhängern der Lehre vom Tausendjährigen Reich Christi, den Anabaptisten oder Wiedertäufern, die sich in Holland rasch ausbreiteten und allmählich massiv mit der Obrigkeit in Konflikt gerieten. Und zu allem Unheil sickerten – da aufgrund habsburgischer Ehepolitik das Herzogtum Burgund an Kaiser Karl fiel und dieser zum unumschränkten Herrscher wurde – immer mehr Spanier in die Niederlande ein und brachten den Schatten der Unterdrückung mit.

Diese Entwicklungen hinterließen Spuren: Die Aufträge wurden spärlich, und die Bruderschaft verwandelte sich mehr und mehr in den würdevollen kleinen Orden, der sie zuvor nur dem Anschein nach gewesen war – eine religiöse Gruppierung mit ungefähr soviel Sinn für Übernatürliches wie ein Hefekuchen.

Wenn Julius es sich leisten konnte, malte er Bilder für sich selbst und machte Studien für einen Garten der Liebe, den er später einmal in südländischer Manier malen wollte, freilich nicht ohne eine gewisse nördliche ›Fremdartigkeit‹ – denn schließlich war er ein Produkt beider Schulen. Die wenigen Freunde, denen er diese Vorarbeiten zeigte, machten ihm Mut, aber davon kam auch keine Butter aufs Brot. Auf die mußte er noch so manchen langen Sommer und auch Winter verzichten. Brot und Schmalz waren seine tägliche Kost, hinuntergespült mit so wenig Bier, daß es kaum der Rede wert war.

Dann endlich passierte etwas völlig Unvorhergesehenes, das zwar nichts an den äußeren Umständen seines Lebens änderte, ihm jedoch eine völlig neue Wendung gab.

Julius erinnerte sich genau an den Tag. Er hatte an einem langweiligen Auftrag gearbeitet, den ihm die Bruderschaft vermittelt hatte (an deren Zusammenkünften er gerade noch oft genug teilnahm, um Arbeit von ihr zu erhalten). Es handelte sich um einen Zyklus der Todsünden für das Refektorium eines Nonnenklosters, und an jenem Tag arbeitete er zufällig an der Wollust. »Nichts zu Aufwühlendes für die Klosterschwestern«, lautete die Direktive.

Freilich ließ sich die Wollust schwer so darstellen, daß sie nicht wollüstig aussah. Die Florentiner hätten sich bei der Wollust derart ins Zeug gelegt, daß sie vor Schlüpfrigkeit getrieft hätte. Nicht so die 's-Hertogenboscher (wie sich die Oberschicht jetzt nannte, nachdem sie keine Burgunder mehr waren). O nein. Die Wollust hatte blitzsauber und ekelerregend auszusehen.

»Könnten wir nicht vielleicht ein Mädchen bekommen – nicht zu sehr entblößt, nichts von dieser florentinischen Liederlichkeit –, deren Scham von einer, sagen wir, Kröte bedeckt wird? Euer alter Meister Bosch war sehr gut, was Kröten betraf. Ja. Das ist genau das Richtige. Wir hätten bitte gerne eine Kröte. Da haben die Nonnen dann was zum Grübeln.«

Julius erinnerte sich sogar an die Stunde.

Es war an einem Spätnachmittag im Oktober. Er unterbrach seine Arbeit, ohne den Pinsel aus der Hand zu legen, und ließ seinen Blick durch das Atelier zum Fenster wandern, in dem, wie gerahmt, die Turmspitze der Sint-Jan-Kirche zu sehen war. In diesem Augenblick schlug die Turmuhr fünf. Das Tageslicht verblaßte allmählich, und auf einmal merkte Julius, daß er Hunger hatte – mehr Hunger als sonst, denn einfach nur Hunger wäre ihm gar nicht aufgefallen.

Er betrachtete noch einmal das Bild, das er gemalt hatte. Er hatte irgendwo eine dicke, ausgestopfte Kröte aufgetrieben, die er, wie gewünscht, auf der Scham des Modells plaziert hatte. Daß das Mädchen sie so festhielt, als würde sie ihr Genuß bereiten, war sein Einfall gewesen – nicht ganz im Sinne der Auftraggeber. Natürlich war das nur eine mögliche Deutung. Julius war durch eine gute Schule gegangen. Man hätte auch behaupten können, daß sie sie wegstoßen wollte...

Er war zufrieden mit der Kröte und dem Modell, einem hübschen Bauernmädchen – etwas zu dünn für den florentinischen Geschmack, aber so drall, wie er es hier im Norden riskieren konnte. In 's-Hertogenbosch hatte man noch immer eine Vorliebe für kleine, hohe Brüste und runde Bäuche.

Er machte den letzten Pinselstrich und trat einigermaßen zufrieden zurück.

»Das ist alles für heute, Anneke. Komm bitte morgen wieder um dieselbe Zeit«, sagte er zu dem Mädchen.

Sie legte die ausgestopfte Kröte bereitwillig weg und trat splitternackt hinter ihn, um sich das Bild anzusehen. Julius war ziemlich verwirrt über ihre plötzliche Nähe. Sie hatte recht hübsches, flachsfarbenes Schamhaar, das ihr Geschlecht keineswegs bedeckte. Sie linste ihm über die Schulter, stupste ihn dabei mit einer Brustwarze. »Mensch«, sagte sie, »Ihr müßt ganz schön komisch im Kopf sein.«

»Komisch? Das ist ein religiöses Gemälde, Anneke.«

»Verquer, wenn Ihr mich fragt. Eine Kröte auf meinem Dingsda? Das ist doch krank.«

Er lächelte sie an.

»Das ist symbolisch, Anneke. Die Kröte verkörpert die Sünde der Wollust.«

»Wollust ist etwas, was man genießt. Aber Kröten sind nicht unbedingt das, was ich mir unter einem Spaß vorstelle«, sagte sie und warf ihm einen schrägen Blick zu. »Da wüßte ich schon was Besseres.«

»Guten Abend, Anneke.«

Er hatte in Italien gelernt, wie man mit Modellen umgehen mußte. Regel Nummer eins besagte, daß man nie mit einem Modell schlief, bevor man das Bild fertig hatte. Wenn man diesen Fehler machte, wurden sie nur besitzergreifend, anzüglich und unkooperativ.

»Seid Ihr sicher, daß Ihr sonst nichts mehr von mir wollt?«

Anneke schlenderte, mit dem Hintern wackelnd, zur Tür.

»Nein, nichts. Gute Nacht.«

Achselzuckend warf sie sich ihre Sachen über, setzte ein verdrießliches Gesicht auf und schloß die Tür mit einem leisen Knall.

Armes Mädchen, dachte er. Jetzt geht sie hin und wälzt sich aus schierem Kummer mit irgendeinem Dummkopf, wird schwanger, heiratet ihn, bekommt zwölf Kinder und verliert ihre sündige Figur. Warum soll ich eigentlich nicht jetzt mit ihr schlafen, solange sie so ist, wie sie ist? Was ist daran so schlecht? Warum male ich eine Kröte und nicht einen keuchenden Vorfahren?

Genau in diesem Augenblick klopfte es an die Tür.

Da er annahm, daß es Anneke war, reagierte er nicht. Sie konnte ja wieder hereinkommen, wenn sie wollte. Er wartete, aber nichts geschah. Er spürte, wie sich seine Lenden regten, und wünschte sie zurück. Komm zurück, Anneke.

Noch immer nichts. Schließlich stürzte er erbost zur Tür und riß sie auf. Da war niemand.

Ein Päckchen kippte ihm auf die Füße.

»Anneke«, rief er.

Keine Antwort.

Er öffnete das Päckchen und holte eine sorgfältig zusammengerollte Leinwand hervor. Es war eine exakte Kopie von Boschs Triptychon, vollendet bis auf den oberen Teil der Hölle. Außerdem enthielt es einen kleinen Beutel mit Geld und ein Briefchen.

»An Julius Martens, Maler in Bois-le-Duc«, hieß es da. »Es gilt als vereinbart, daß Ihr Meister Hieronymus Bosch zugesagt habt, sein Werk mit dem Titel *Das Tausendjährige Reich*, auch genannt *Das Paradies auf Erden* oder *Der Garten der Lüste*, von dem eine Kopie beiliegt, zu vollenden. Hiermit erhaltet Ihr den Auftrag, dies zu tun, d. h., die als Hölle bezeichnete Tafel zu Eurer vollständigen Zufriedenheit und im Einklang mit dem Stil des Gemäldes zu vollenden. Bis dahin – wie lange es auch dauern mag – sollt Ihr vierteljährlich entlohnt werden. Wenn Ihr fertig seid, werdet Ihr, in eigener Person oder durch einen vertrauenswürdigen Boten, die Hüter der Kapelle benachrichtigen. Eure Zustimmung zu diesen Bedingungen gebt Ihr durch die Einbehaltung des Euch im voraus überlassenen Geldes.«

Die Nachricht war nicht unterzeichnet. Er hätte eine Falle der Obrigkeit sein können. Ihre Spione waren überall. Aber irgendwie glaubte Julius das nicht. Wie sollte sie über die Kapelle und das, was darin vorging, Bescheid wissen? Es hatte keinen Zeugen gegeben.

Er untersuchte den Beutel. Nicht viel. Gerade ausreichend, um die Miete für drei Monate zu bezahlen. Durchaus kein Vermögen, aber für jemanden, dessen Magen vor Hunger knurrte, mehr als genug, um zu feiern.

Wieder klopfte es an der Tür.

Eilig machte er auf, und da stand Anneke.

»Ich bin zurückgekommen«, sagte sie schlicht. »Ich dachte, Ihr hättet vielleicht einen Wunsch.«

»Geh und hol uns eine Wurst und etwas Brot und Wein, sei so lieb. Dann hätte ich gern, daß du deine Kleider ablegst.«

Sie begann ihre Kleider abzulegen.

»Na ja, auch gut«, sagte er.

Es erschien ihm sinnlos, sich, wie er das früher oft getan hatte, über die Reihenfolge der Dinge zu beschweren.

16

So einfach sollte es jedoch nicht werden, obwohl er sich entschlossen an die Arbeit machte.

Tagelang experimentierte er mit Ideen herum, fertigte Kopien der Kopie an, um sich einzuarbeiten.

Mit der Wollust geriet er in Verzug, was ihm den Tadel der Bruderschaft und Annekes Ungeduld eintrug.

»Ich habe keine Lust, ewig mit einer Kröte auf der Möse hier herumzusitzen, damit Ihr's wißt. Zum Schluß schlägt dieses verfluchte Ding noch Wurzeln.«

Ihr Verhältnis hatte dazu geführt, daß sie aufsässiger und besitzergreifender geworden war, genau wie Julius befürchtet hatte.

»Du wirst nach Stunden bezahlt«, sagte er nachsichtig.

»Schon, aber … aber denkt nicht, ich hätte nichts Besseres zu tun.«

»Was hast du denn zu tun, Anneke?«

»Na ja, irgend so ein Maler hat neulich gesagt, er brauchte vielleicht eine Magdalena. Und Nuttenarbeit gibt's auch. Jedenfalls habe ich Wichtigeres zu tun, als hier herumzuhocken.«

Er wünschte, sie würde, außer hier herumzuhocken, ab und zu ein bißchen mehr Wasser und Seife benutzen. Allmählich begann sie ziemlich zu riechen.

Er beschloß, konzentriert an der Wollust weiterzuarbeiten und sie sich vom Hals zu schaffen. Die Hölle schob er vorübergehend beiseite.

Doch sobald er die Wollust fertiggestellt hatte und Anneke ihm nicht mehr auf die Nerven ging, kam der nächste Auftrag. Die Nonnen waren so angetan von der Wollust, daß er die anderen sechs Todsünden für sie malen sollte.

»Es ist eine ungeheure Ehre«, sagte der Großmeister der Bruderschaft, als er es Julius mitteilte. »Die Nonnen können uns ganz erheblich nützen.«

Natürlich war die Bezahlung ein Witz, nachdem die Bruderschaft ihren Anteil kassiert hatte. Trotz des zusätzlichen Geldes seiner mysteriösen Auftraggeber befand sich Julius nach wie vor in einer kritischen finanziellen Situation. Die Miete war erhöht worden, die Preise für Lebensmittel waren gestiegen...

»Na gut, einverstanden«, sagte er.

Manchmal fragte er sich, warum er der Bruderschaft nicht endgültig den Rücken kehrte. Nicht zum ersten Mal sann er darüber nach, was für eine farblose Einrichtung sie jetzt verglichen mit der großartigen und geheimnisvollen Zeit des Juden war. Aber ein paar von den Brüdern waren anständige alte Kerle. Und die Bruderschaft war die einzige Familie, die Julius besaß. Außerdem war, dazu stand er nach wie vor, jeder Auftrag besser als gar keiner. Er kannte ein paar Künstler in der Stadt, die von Almosen lebten. Die Fertigstellung der Hölle hatte keine Eile. In dem Brief war ihm keine Frist gesetzt worden.

Und so nahm er den Zorn in Angriff, es folgten die Hoffart, der Neid und die Gefräßigkeit und schließlich der Mißmut und der Geiz. Er war froh, daß Boschs Darstellung der *Sieben Todsünden* eines seiner frühesten und am wenigsten ausgereiften Werke war. Es ragte nicht ganz so groß vor ihm auf, drängte den Auftraggebern seinen Stil nicht so nachhaltig auf wie etwa ein Jüngstes Gericht oder eine Versuchung.

Die Gefräßigkeit war besonders vertrackt, sorgte aber dafür, daß Julius und zwei hungernde Maler sich von den Überresten ernähren konnten.

Während dieser ganzen Zeit ruhte die Hölle auf einer Staffelei – zum Schutz vor neugierigen Blicken verhängt – in seiner Schlafkammer über dem Atelier. Doch obwohl sie zugedeckt war, hatte er sie stets vor Augen, und seine Gedanken wanderten in jeder freien Minute zu dem Problem zurück.

Über dem ausgetrockneten Gerippe, dem geborstenen Ei, war eine beachtliche Lücke. Er ließ sich alles mögliche einfallen, um sie zu schließen – unzüchtige, erschreckende Dinge –, aber dadurch gewann das Bild nichts hinzu. Und was war mit dem fehlenden Hintergrund? Klippen und Abgründe? Vulkane? Feuerschlünde? Über den Hintergrund machte er sich nicht so viele Gedanken. Der wird sich von selbst ergeben, sobald ich das zentrale Problem gelöst habe, dachte er.

Manchmal wachte er nachts auf und arbeitete bei Kerzenlicht an dem Stück Papier, das er auf seiner eigenen groben Kopie der Kopie über die Lücke geklebt hatte.

Er versuchte es mit Teufeln, einem Kobold, einem Schlangenkopf, der eine lüsterne Nonne verschlang…

Eigenartigerweise schien das Problem größer zu werden, je mehr er darüber nachdachte. Allmählich artete es zu einer Besessenheit aus. Er fürchtete sich davor, keine andere Arbeit zu haben und sich ständig damit befassen zu müssen. So kam es, daß er Aufträge annahm, die er normalerweise abgelehnt hätte.

Das Geld traf regelmäßig ein, alle drei Monate, in einem kleinen Beutel. Daß es so häufig kam, erschreckte ihn. Zwölfmal, dreizehnmal, vierzehnmal… Fast fünf Jahre waren vergangen, und noch immer war er der Fertigstellung keinen Schritt näher.

»Ihr seid blaß«, sagte der Großmeister der Bruderschaft eines Tages. »Ihr kümmert Euch nicht genug um Euch selbst. Was Ihr braucht, ist eine Frau.«

»Eine Frau?«

Dieser Gedanke war ihm noch nie ernsthaft in den Sinn gekommen. Wie konnte er heiraten, wenn er keine Ahnung von der Liebe hatte? Er schüttelte den Kopf.

»Liebe«, sagte er. »Ich weiß nicht…«

»Liebe!« rief der Großmeister. »Wer hat denn was von Liebe gesagt?«

Julius war empört. Ebensogut hätte ein Bischof sagen können, er glaube nicht an die Auferstehung. Doch offenbar war es sinnlos, sich mit dem Mann darüber zu streiten. Vielleicht lag der Irrtum ja bei ihm; vielleicht hatten auch Bosch und der Jude sich geirrt; vielleicht war die Religion der Liebe nichts als ein Hirngespinst, und er war sein Leben lang einem Irrwisch nachgelaufen.

Sicher war es einfacher, die Sache pragmatisch zu betrachten wie sein Gegenüber.

Warum sollte er weiterhin an etwas glauben, was er nicht begriff, nach einem inneren Bild streben, das ihn an den Rand des Wahnsinns brachte? Er war erschöpft. Er war arm. Vielleicht war Heiraten die Lösung. Man brauchte sich nur anzusehen, was es dem alten Bosch eingetragen hatte.

»Ich… ich kenne niemanden…«, sagte er.

Die einzigen Mädchen, die ihm einfielen, waren Modelle und Kellnerinnen, Mädchen aus der Stadt, die völlig ungeeignet gewesen wären.

»Es gibt da eine junge Dame…«, fing der Großmeister an, stockte dann aber. »Ich weiß nicht recht, mag sein, daß sie… zu gut für Euch ist…«

»Zu gut für mich?«

»Ja. Sie ist vermögend und von vornehmer Geburt. Ihr Vater könnte unserem Orden viel Gutes tun. Er ist ein Rechtsgelehrter.«

Julius war seltsam entzückt, als er von ihren Vorzügen erfuhr.

»Ist sie… wohlgestaltet?«

»Und ob sie das ist! Überaus attraktiv.«

»Könntet Ihr es nicht vielleicht einrichten, daß ich ihr vorgestellt werde?«

»Bei der nächsten Probe für die Zunftspiele«, sagte der Großmeister, der sich das Ganze zweifellos vorher ausgedacht hatte – oder darum gebeten worden war. »Wir dachten, Ihr könntet vielleicht ein paar Masken anfertigen, und sie... nun... vielleicht könnten wir sie ja bitten, beim Nähen der Kostüme zu helfen.«

17

Sie war die Tochter des Advokaten Willem Duynstee, der für die einschüchternde Art seiner Strafverfolgungen bekannt war. Sie hieß Blommardine.

Sobald Julius ihr vorgestellt wurde, gab sie ihm deutlich zu verstehen, daß sie das Treffen arrangiert hatte.

»Ihr seid in Italien gewesen, nicht wahr?«

Er bestätigte das, während er sie taxierte. Sie war ein eher kleines Mädchen mit graziler Figur – sie würde den Brüdern als Wollust gefallen, dachte er – und einer ebenso lebhaften wie gewinnenden Art. Er glaubte deutlich auch einen starken Willen an ihr zu bemerken, auch wenn sie jetzt alles tat, um ihn zu bezaubern.

»In Florenz«, sagte er.

»Florenz? Mein Gott, habt Ihr ein Glück! Ich wünschte, ich wäre ein Mann und könnte in der Gegend herumstreunen.«

»Ich bin nicht gerade in der Gegend herumgestreunt«, sagte er. »Ich habe malen gelernt.«

»Das ist dasselbe«, meinte sie lächelnd, als wollte sie sagen, sie wüßte, was Maler so treiben.

»Ihr seid ein Waisenkind«, sagte sie. »Stimmt das?«

Er war froh, daß sie nicht das Wort Bastard gebraucht hatte. Freilich hatte er sich inzwischen daran gewöhnt, aber lieber war es ihm doch, wenn man es nicht weitererzählte.

»Meine Mutter ist auch gestorben, als ich noch klein war«, sagte sie.

Er hatte das deutliche Gefühl, als gäbe es noch mehr Gemeinsamkeiten, konnte sie aber nicht benennen. Das Mädchen hatte etwas Vertrautes und zugleich Beunruhigendes an sich. Er witterte eine Gefahr, die ihn trotz seiner angeborenen Vorsicht reizte.

Danach trafen sie sich ein paarmal in der Kirche – sie hatte ihm gesagt, daß sie dort sein würde; in ihrem Sonntagskleid sah sie wirklich sehr einnehmend aus. Später ließ sie ein Billett im Atelier abgeben, in dem sie ihn zu einem heimlichen Spaziergang am Fluß aufforderte. Sie küßten sich im Schutz der Weiden.

Da er an die florentinischen Sitten und die Malermodelle gewöhnt war, kam er gar nicht auf den Gedanken, daß das, was er da machte, tollkühn war.

Sie lenkte das Gespräch, ganz allgemein, auf das Thema Ehe, doch Julius hielt das nicht unbedingt für eine gute Idee. Er gab ihr eine freundliche, aber unverbindliche Antwort.

Das unvollendete Gemälde verfolgte ihn nach wie vor. Eine Hölle ohne Mittelpunkt. Er hatte sich in letzter Zeit selbst merkwürdig ohne Mittelpunkt gefühlt.

Er kehrte ins Atelier zurück, ging einem weiteren Stelldichein mit der jungen Dame aus dem Weg und dachte nicht mehr an sie, bis ihr Vater ihn eines Tages zu sich rufen ließ.

Blommardine hatte beiläufig erwähnt, Julius könnte ja vielleicht ein Porträt von ihrem Vater malen – die Notarsgilde, der er angehörte, legte großen Wert auf solche Dinge –, und so nahm er für den Fall, daß er eine erste Skizze anfertigen müßte, Papier und Kreide mit.

Willem Duynstee begrüßte ihn ohne ein Lächeln – von Blommardine war weit und breit nichts zu sehen – und führte ihn in einen Raum, der ihm offenbar als Büro im eigenen Haus diente. Er deutete auf einen besonders unbequemen Stuhl.

»Nehmt Platz«, befahl er.

»Danke«, sagte Julius freundlich lächelnd, obwohl er spürte, daß etwas nicht stimmte.

Es folgte ein langes Schweigen.

»Wünscht Ihr ein Porträt, Herr?« fragte Julius nach einiger Zeit und deutete auf seine kleine Papierrolle und die Kreide.

Der Advokat fixierte ihn weiterhin mit finsterem Blick. Er war sehr groß und hager. Wie konnte ein so auffallend großer Mann eine so winzige Tochter haben? Das Schweigen zerrte an Julius' Nerven. Er unternahm einen neuen Vorstoß.

»Vielleicht ein Bild von Eurer Tochter? Mir persönlich sind Porträts lieber als die metaphorischen oder allegorischen Bilder, die heutzutage so häufig verlangt werden. Ich sage das nur für den Fall, daß Ihr glaubt, ich würde nur metaphorische oder allegorische Bilder malen.«

Immer noch Schweigen.

»Solltet Ihr allerdings eine metaphorische oder allegorische Szene wünschen, kann ich Euch die freilich auch malen.«

Endlich sprach der Advokat.

»Ich bin im Augenblick nicht an metaphorischen oder allegorischen Szenen interessiert. Oder überhaupt an irgendeiner Szene. Ich hoffe, wir haben keine Szenen nötig. Ich wollte nur versuchen dahinterzukommen«, sagte er, »was meine Tochter Blommardine an Euch findet, aber ich kann es beim besten Willen nicht ergründen.«

»Oh«, sagte Julius.

Er war beunruhigt, daß die Unterredung seine Beziehung zu Duynstees Tochter betraf, und zugleich erleichtert, daß der Mann ihn offensichtlich nicht mochte. Diese Erleichterung war von kurzer Dauer.

»Solltet Ihr allerdings versuchen, Euch Eurer Verpflichtung ihr gegenüber zu entziehen – der ich widerwillig meinen Segen erteilt habe –, wird es eine Szene geben, wie Ihr sie Euch bei Eurer ganzen metaphorischen und allegorischen Philosophiererei niemals erträumt habt.«

»W... welcher Verpflichtung?«

»Nun, daß Ihr ihr die Ehe angetragen habt und sie Euer Angebot aus irgendeinem Grund angenommen hat. Wie ich von ihr höre, wollt Ihr es Euch jetzt anders überlegen. Darf ich der gerichtlichen Verfolgung wegen Vertragsbruchs, die Ihr zu gewärtigen habt, noch meinen ganz persönlichen Zorn hinzufügen?«

Es war eine solch abgefeimte Lüge von seiten Blommardines, daß Julius beinahe gelacht hätte. Sie war nur einmal in seinem Atelier gewesen, angeblich weil sie sehen wollte, ob sich sein Stil dafür eignete, ihren Vater zu malen.

Er verkniff sich jedoch das Lachen, weil Willem Duynstee offenbar der Typ Mann war, der ein Kichern in dieser Situation nicht besonders freundlich aufgenommen hätte. Wie zum Teufel sollte er aus dieser Geschichte herauskommen?

»Ich... äh... ich kenne sie kaum, Herr«, wagte Julius einzuwenden.

»Das hättet Ihr Euch vorher überlegen sollen.«

Da kam dem Advokaten ein Gedanke. Julius konnte ihn langsam heraufziehen sehen wie einen Sturm auf See, der Nebelwände hinter sich herschleppt.

»Sie ist doch nicht etwa... schwanger, oder? Ihr habt doch nicht das Tier mit den zwei Rücken gemacht? Mein Gott. Denn wenn dem so wäre, müßte ich Euch womöglich vernichten.«

»Ganz gewiß nicht.«

»Na ja, das ist das einzig Gute an dieser traurigen Geschichte.«

Das Ganze war so unwahrscheinlich, daß Julius es plötzlich nicht mehr ertragen konnte.

»Herr«, platzte er heraus, »es stimmt einfach nicht. Ihr müßt mir glauben. Ich habe ihr gegenüber nicht ein Wort von Heirat gesagt.«

Der große Mann betrachtete Julius eine Weile unbewegt mit finster zusammengezogenen Brauen. Sein starrer Blick enthielt eine genau kalkulierte Mischung aus Abscheu und Drohung. Im Gerichtssaal erzielte er damit eine legendäre Wirkung, die zur

Folge hatte, daß manch Unschuldiger gestand, in den Kanal geworfen und zu Tode gesteinigt wurde.

»Verzeihung«, sagte er. »Ich habe nicht ganz verstanden. Was habt Ihr gesagt?«

Julius spürte, wie sich ein riesiger Klumpen Schuld in ihm zusammenballte. Absurderweise begannen seine Augen zu tränen. Bekenntnisse, wahre und eingebildete, bebten auf seinen Lippen.

»Ich muß nachdenken«, sagte er. »Ich brauche Zeit.«

»Aber gewiß sollt Ihr Zeit haben«, sagte der Advokat. »Bis nächsten Sonntag. Aber wir wissen, wie die Antwort lauten wird, nicht wahr?«

Als Julius hinausging, sah er, daß Blommardine an der Tür gelauscht hatte. Er beachtete sie nicht.

Es war ein trostloser Tag gewesen, der auch durch die Reaktion des Großmeisters nicht aufgehellt wurde, dem er umgehend Bericht erstattet hatte.

»Du solltest sie heiraten«, sagte er.

»Aber weder sie noch ihr Vater gehören der Bruderschaft an.«

»Dann mußt du sie eben dort einführen. Er ist ein wichtiger Mann. Für uns wäre das eine äußerst nutzbringende Beziehung.«

Diese Seite der Angelegenheit hatte er bereits betont.

»Und was ist mit der Heiligkeit der vorbestimmten Liebe?«

»Wenn du es dir fest vornimmst, wirst du feststellen, daß Blommardine durchaus die vorbestimmte Partnerin sein könnte, auf die du seit Anbeginn der Zeiten gewartet hast. Angeblich ist sie reich, wohlerzogen…«

»Verwöhnt…«

»Du wirst ihr den Weg zeigen. Vergiß nicht, sie ist Erde. Du bist Geist. Denk darüber nach, mein Sohn.«

Menschen, die immer eine Familie gehabt oder vielleicht sogar unter zuviel Familie gelitten haben, fällt es schwer, sich in einen Menschen hineinzuversetzen, der ohne Eltern aufgewachsen ist. Wer ohne die Tröstungen der Liebe aufgewachsen ist, fühlt sich stets versucht, sich einer Familie anzuschließen oder selbst eine zu gründen.

Wenn die Bruderschaft meinte, er solle Blommardine heiraten, hatte sie vielleicht recht, überlegte Julius auf dem Heimweg. Vielleicht war es Hybris, sich einzubilden, daß er es besser wußte. (Natürlich nicht, wie sich herausstellte. Es war lediglich der Instinkt, sich zu schützen – ein Instinkt, der ihm sagte, daß eine Frau, die vor der Ehe so wenig auf seine Gefühle achtete, später wohl kaum große Opfer bringen würde.)

Wie dem auch sei, Julius erklärte sich bereit, das Mädchen zu heiraten. Ihr Vater war nicht überrascht.

»Jetzt lasse ich euch allein, damit ihr ungestört miteinander reden könnt«, sagte er und verließ das Zimmer. »Ich brauche mir den frischverliebten Unsinn nicht anzuhören.«

Blommardine sah aus wie eine Katze, die nicht nur die Sahne bekommen hatte, sondern obendrein noch die Butter. Julius fragte sie, warum sie gelogen hatte.

»Ach«, sagte sie. »Ihr seid in Italien gewesen. Ihr kennt Euch aus mit Liebe und Tod… mit Päpsten… und Gift. Ich bin nie von hier weggekommen. Ihr habt die Welt gesehen. Ich langweile mich so. Ich dachte, Ihr könntet mir etwas zeigen, was ich noch nicht kenne. Ach, und außerdem hätte ich gerne, daß Ihr mich nackt malt. Tut Ihr das? Ich kann mir nichts Unartigeres vorstellen. Ich werde mich garantiert naß machen.«

Er schätzte ihren kleinen Busen mit geübtem Blick ein.

»Natürlich«, sagte er, um seinen Mangel an Begeisterung zu verbergen. »Ihr könnt für eine meiner Sünderinnen Modell stehen, wenn Ihr wollt.«

»Das würde ich gerne tun.«

Wie sich herausstellte, hatte sie eine ziemlich gute, eher knabenhafte Figur – nicht unähnlich einigen Nackten, die der alte Bosch zu malen pflegte –, die Brüste hoch und klein und nicht viel Po und Bauch. Zudem war sie eine begeisterte und unternehmungslustige Geliebte.

Das waren ihre guten Eigenschaften. Ansonsten hatte sie eigentlich nur schlechte. Nein, das war ungerecht. Das Problem war, daß sie stets Unruhe stiften mußte.

Es war ein Pech, daß sie keine Kinder bekommen konnte. Natürlich gab sie ihm dafür die Schuld.

»Ich wette, bei deinem Vater hat es nur zu einem gereicht«, sagte sie manchmal, »und das kam außerhalb der Ehe zustande. Und jetzt bin ich mit einem Bastard verheiratet, der es nicht schafft, einen legitimen Balg zu zeugen. Vielleicht sollte ich es lieber anderswo versuchen.«

Julius lebte in der Angst, daß sie ihre Drohung wahrmachen würde – er hätte sehr gern ein eigenes Kind gehabt –, doch vorerst gab es keine Anhaltspunkte dafür, ob sie es versuchte oder nicht. Manchmal schob sie die Schuld auf das Wasser oder ganz allgemein auf die Umgebung.

»Wir müssen von hier weg«, sagte sie dann. »Wir müssen nach Brügge ziehen.«

»Was soll ich denn in Brügge?«

»Nackte Mädchen anglotzen, genau wie hier.«

»Ich brauche Aufträge. In Brügge gibt es bereits eine Menge Maler.«

Er war einmal in Brügge gewesen. Es war Venedig ohne die Wärme. Er konnte sich nicht vorstellen, dort zu leben.

»Ich könnte in Brügge nicht arbeiten.«

Sie zuckte die Achseln.

»Mein Vater würde für unseren Unterhalt aufkommen. Vielleicht würde er zu uns ziehen.«

Julius schauderte. Die Vorstellung, in Brügge zu wohnen, nicht zu arbeiten und mit Blommardine und ihrem Vater im selben Haus zu wohnen, war ein Alptraum, der Boschs Phantasien bei weitem übertraf.

»Brügge kommt nicht in Frage«, wiederholte er mit jener seltenen Entschlossenheit, die seine Frau als endgültig erkannte.

»Einverstanden, nicht Brügge«, sagte sie. »Aber irgendwo anders.«

Da von Unterhalt die Rede war, fragte er sich, was aus dem Geld geworden war, das angeblich mit der Heirat einhergehen sollte. Bisher war wenig davon zu sehen gewesen. Eine kleine Unterstützung hie und da wäre ihnen nicht ungelegen gekommen.

18

Nach einem schwierigen Nachmittag mit den Kröten – und einem noch schlimmeren Abend mit den Brüdern, die mit wachsender Ungeduld auf die Ablieferung des letzten in Auftrag gegebenen Bildes drängten – kehrte Julius nach Hause zurück und traf Blommardine beim Packen an.

Einen Augenblick lang hüpfte sein Herz, da es aussah, als wollte sie ihn verlassen, aber ihre Begrüßungsworte machten seine Hoffnungen zunichte.

»Wir ziehen nach Rensburg, Dummkopf.«

»Rensburg? Warum nach Rensburg? Rensburg ist doch deutsch, oder?«

»Rensburg ist doch deutsch, oder?« äffte sie ihn nach. »Ist das alles, was dir dazu einfällt, du Jammerlappen? Was spielt denn das für eine Rolle? Wir sprechen doch ihre Sprache, oder etwa nicht?«

Alle Leute, die in der Nähe der Grenze wohnten, sprachen Deutsch.

»Ich weiß, daß es in Rensburg eine schöne Kirche mit bemerkenswerten Glasfenstern gibt, auf denen Szenen aus der Apokalypse dargestellt sind«, sagte Julius freundlich.

»Szenen aus der Apokalypse«, wiederholte sie höhnisch. »Szenen aus der Apopo-kaka-lypse. Kannst du nicht mal an was anderes denken? Immer nur Kunst…«

»Und Musik«, ergänzte er, denn für Ammanati war Musik geradezu eine fixe Idee gewesen (mit Hilfe von Harmonien, die auf dem richtigen Verhältnis von Tönen zueinander beruhten, ließ sich jene Wahrheit erkennen, die jenseits des Hörbaren lag).

»Kunst und Musik… Du kannst wohl an nichts anderes denken.«

»Mir erscheint das ausreichend«, sagte er.

»Ausreichend? Selbst wenn es sich auszahlen würde, wäre es nicht annähernd ausreichend. Schau uns doch bloß an!«

Das tat er.

»Wir sind nicht am Verhungern«, sagte er.

»Das Leben besteht aus mehr als aus Essen«, entgegnete sie. »Obwohl wir weiß Gott nicht gerade üppig leben. Aber das habe ich nicht gemeint. Ich meinte, schau uns an. Ich habe einen Mann geheiratet, der mir interessant erschien. Einen Mann, der umhergereist ist, der die Welt kennt, der mir wunderbare und geheimnisvolle Dinge zeigen würde. Und was habe ich bekommen? Einen Mann, der von Kröten besessen ist.«

»Und von Kunst und Musik«, fügte er hinzu.

»Kunst, Musik und Kröten.«

»Dann ist das also der Grund, warum wir nach Rensburg ziehen? Um den Kröten zu entkommen?«

»Teilweise.«

»Warum noch?«

»In Rensburg tun sich derzeit die aufregendsten Dinge auf der ganzen Welt.«

»Und die wären?«

»Ich habe neulich einen interessanten Mann kennengelernt.«

»Er müßte schon ziemlich interessant sein, um einen zum Umzug in eine andere Stadt zu bewegen.«

»Er ist ausgesprochen interessant.«

Julius schüttelte den Kopf.

»Das glaube ich erst, wenn ich mich selbst davon überzeugt habe.«

»Du würdest einen interessanten Mann nicht mal dann erkennen, wenn er sich vor dir in die Lüfte erheben und dir ins Gesicht pissen würde.«

Er sah sie prüfend an. Vor einiger Zeit war ihm klargeworden, daß sie nicht ganz richtig tickte; bei allen ihren Vorschlägen mußte man sich erst vergewissern, ob sie nicht einen Haken hatten.

»Hat er das denn gemacht?« fragte er freundlich.

Sie schnaubte.

»Er ist ein Täufer«, sagte sie. »In Rensburg wird es Ärger geben. Sie haben den katholischen Fürstbischof zum Teufel gejagt und die Lutheraner hereingelassen. Und das ist erst der Anfang. Es wird ganz schönen Ärger geben, das kann ich dir prophezeien...«

Genau das war es, was ihr so gefiel. Allerdings hatte ihr Plan zweifellos gewisse Vorteile, überlegte Julius. Zum einen würde es bedeuten, daß sich ihr Vater und die Mitbrüder in wohltuender Entfernung befanden. Zum anderen würde ihm das ersparen, sich weiterhin mit Bildern herumquälen zu müssen, die ihm zuwider waren. Wenn es in Rensburg ein neues Regime gab, war es ja möglicherweise von den Ideen der Renaissance – und der Reformation – beeinflußt. Augen, die Klassisches und Allegorisches zu schätzen wußten, waren vielleicht gespannt auf das, was ein moderner Maler aus dem Norden zustande brachte. Und wenn dann noch stimmte, was er gehört hatte – er hatte Blommardine nichts davon gesagt, weil er es grundsätzlich für klüger hielt, ihr solche Informationen vorzuenthalten –, nämlich daß in Rensburg eine Vision von einem neuen Himmel und einer neuen Erde Gestalt annehmen sollte, dann wäre es für jemanden, der bereits von den Gedanken des Tausendjährigen Reiches Christi durchdrungen war, Wahnsinn, nicht dabeizusein, um die Ereignisse mit eigenen Augen zu sehen, sie hautnah mitzuerleben und mit dem Stift festzuhalten.

In Florenz wäre es schwieriger gewesen, sich auf so etwas einzulassen, aber hier oben im nebligen Norden fiel es einem leichter zu glauben, daß die Endzeit unmittelbar bevorstand. Selbst der große Luther hatte das bestätigt, ausnahmsweise in Übereinstimmung mit seinem Erzfeind, dem Propheten und Märtyrer Thomas Müntzer. Heftige Meinungsverschiedenheiten gab es lediglich in der Frage, ob das Reich Gottes im Himmel oder auf Erden Gestalt annehmen würde.

Die gelasseneren Neuplatoniker in der Academietta neigten eher zu der Theorie einer möglichen Vervollkommnung auf Erden. Julius erinnerte sich an viele Debatten über dieses Thema. Aber vielleicht, flüsterte ihm ein winziger Teil seines Ich zu, vielleicht könnte es ihm ja gelingen, in jenem Schmelztiegel von Sitten und Gebräuchen, den das Ende der Welt mit sich bringen würde, die Fesseln seiner auf einem Irrtum beruhenden Ehe abzuschütteln und die wahre Ergänzung und Liebe zu finden, die ihn so gewiß erwartete wie das Schicksal.

Wenn er zu einer solchen Verbindung fand – wie die von Adam und Eva auf dem linken Flügel von Boschs Triptychon –, würde ihm vielleicht auch die Vision zuteil, die er benötigte, um seine Arbeit am rechten Flügel zu vollenden.

Blommardine gegenüber erwähnte er nichts von alledem, da er allmählich argwöhnte, daß sie eine Hexe war; und obwohl er eine zarte Zuneigung zu den Kröten gefaßt hatte, mit denen er arbeitete, hatte er nicht das Bedürfnis, selbst in ein Symbol der Wollust verwandelt zu werden.

Zweiter Teil

Ich trat in den Garten der Liebe
Und sah, was ich niemals geschaut:
Wo ich früher im Grünen gespielt,
War eine Kapelle erbaut.

WILLIAM BLAKE, *Der Garten der Liebe*

I

Der Holländer kam im Frühjahr. Sie erinnerte sich deshalb daran, weil auf der Straße noch hartnäckige kleine Flecken Schnee lagen und die Bäume kahl waren und sich schwarz gegen den Himmel abzeichneten.

Sie sah zufällig aus dem Fenster, als der Mann auf der Straße daherkam. Sie sah oft aus dem Fenster. Das gehörte zu den Dingen, die man als achtzehnjähriges Mädchen in Rensburg tat. Und da tauchte er auf – nicht eiligen Schrittes wie unbedeutende Menschen, die eine Hebamme holen oder einer Schlägerei entgehen wollen, aber auch nicht dahintrödelnd. Er ging zielstrebig, als wüßte er genau, wohin er ging und was geschehen würde. Für einen Fremden war das bemerkenswert.

»Das ist er.«

Sie drehte sich um. Frieda, ihr altes Kindermädchen, war auf Pantoffeln hereingekommen und blickte über ihre Schulter auf die Straße hinaus.

»Wer ist das, Frieda?«

»Aber das ist doch der Täufer, Kind. Du hast mich einmal gefragt, was das Böse ist, und ich habe gesagt, kümmere dich nicht darum, das erfährst du noch früh genug.«

Frieda war eine fromme Katholikin, die der katholischen Kirche die Treue hielt – zu jener Zeit eine Seltenheit in Rensburg – und jede Gelegenheit nutzte, um ihren Abscheu über das, was sich in der Stadt abspielte, zum Ausdruck zu bringen.

»Wie ist sein Name?«

»Sein Name ist Legion«, sagte Frieda angewidert.

»Kennst du ihn denn?«

»Ich habe von ihm gehört und ihn mal gesehen, als er hier war.«

»Ist er denn kein guter Mensch?«

»Gut? Na hör mal, er ist der Teufel.«

Elisabeth beobachtete schweigend, wie der Mann auf ihre Haustür zukam. Sie mochte es nicht glauben; doch die alte Frau nahm den Namen des Bösen nicht leichtfertig in den Mund.

»Warum kommt er zu uns, Frieda?«

Wieder dieser Ausdruck, als würde sie an einer Schlehe saugen.

»Er kommt, um mit deinem Vater zu reden.«

Elisabeth ging stets davon aus, daß ihre Kinderfrau alles wußte; und Frieda schürte diese Überzeugung nach Kräften. Tatsächlich wußten die alten Weiber mit ihrem gut funktionierenden Nachrichtennetz besser Bescheid über alles, was in der Stadt Rensburg vorging, als der Aldermann der Gesamtgilde.

»Und warum sollte er das wollen, Frieda?«

»Fragen über Fragen. Ich vermute, er möchte mit ihm reden über …«

Frieda unterbrach sich.

»Über was, Frieda, über was möchte er reden?«

Aber die alte Frau ließ sich nicht aus der Reserve locken. Elisabeths Vater war ein wohlhabender, einflußreicher Mann und der Meister seiner Gilde; so war es nicht weiter merkwürdig, daß ein Fremder Konrad Harting einen Besuch abstatten wollte. Aber warum ein Mensch, den ihre Kinderfrau als den Teufel bezeichnete? Es war alles sehr verwirrend. Doch Frieda schwieg beharrlich.

»Du wirst noch früh genug dahinterkommen. Ich muß jetzt Anna Bescheid sagen, daß er da ist.«

Elisabeth beobachtete, wie der Mann schließlich von Billa, der Dienstmagd, eingelassen wurde, und fragte sich, welche Schlechtigkeit sich hinter diesem hohen Hut, hinter diesem prüfenden Blick verbergen mochte. Sie hörte, wie die Haustür geschlossen wurde, und kurz danach ertönte die dröhnende Stimme ihres Vaters, der den Gast willkommen hieß.

Die Vorstellung, daß ihr Vater den Teufel begrüßte, gefiel ihr gar nicht, auch wenn das nur das Gerede der alten Frieda war. Der Teufel war im Haus. Obwohl Elisabeth normalerweise nicht übermäßig fromm war – bislang hatte sie die Kirche eher als gesellschaftliche denn als religiöse Institution empfunden –, bekreuzigte sie sich.

Was konnte der Teufel, abgesehen von seinem grundsätzlichen Interesse am Einsammeln von Seelen, von ihrem Vater wollen?

2

Zufällig hatte Elisabeths Vater, Konrad Harting, eine kleine Schwäche.

Nicht daß er kein starker und vitaler Mann gewesen wäre. Das schon. Aber gerade bei solchen Persönlichkeiten machten sich Schwächen am deutlichsten bemerkbar.

Er war in eine Familie hineingeboren, die Verbindungen zum niederen Adel besaß, aber magere Zeiten hatte durchmachen müssen, und hatte ein kleines Geschäft geerbt, aus dem er sehr schnell ein blühendes Geschäft gemacht hatte. Jetzt, mit fünfzig, besaß er ein stattliches Haus in einer der Hauptstraßen der Stadt, dazu drei Läden und zwei Lagerhäuser in angemessener Entfernung. Hinter einem der Lagerhäuser gab es einen Schuppen mit einer Destillieranlage, in dem Stärkungsmittel, allerlei Essenzen und kraftspendende Tränke hergestellt wurden.

In der Tat war das Destillieren ein Geheimnis seines Erfolgs, da es noch eine Neuheit darstellte, erst kürzlich aus Frankreich eingeführt, in dessen südwestlichem Teil, der Gascogne, die Araber diese Kunst vor etwa einem Jahrhundert hinterlassen hatten.

Konrad hatte die Entwicklungsmöglichkeiten dieses Verfahrens rasch erkannt und einen ehemaligen Alchimisten eingestellt, der die Prozedur überwachte.

Als er jetzt in seinem Arbeitszimmer saß, spürte er, daß seine Kräfte noch nicht nachgelassen hatten. Ihm war, als sei er zwanzig Jahre jünger. Und doch ging es ihm besser als vor zwanzig Jahren, denn jetzt hatte er Erfolg. Er war ein angesehener Bürger, bei wenigen beliebt, von vielen beneidet. Man hätte denken sollen, daß für ihn nichts unerreichbar war. Andere Leute hätten alles darum gegeben, womöglich sogar ihre Seele, um in seiner Haut zu stecken.

Und trotzdem, dachte er, trotzdem hatte er Grund zu einer gewissen Unzufriedenheit. Schön und gut, daß ihn die anderen beneideten, aber sie hatten ja keine Ahnung.

Eigentlich gab es zwei Gründe für seine Unzufriedenheit. Erstens hatte seine Frau, die andauernd kränkelte, ihm nur eine Tochter geschenkt; und obwohl das Mädchen ganz in Ordnung war, soweit das bei Töchtern möglich ist, war sie eben doch nur eine Frau; und es gab noch immer Leute, die ernsthaft bezweifelten, daß eine Frau überhaupt ein menschliches Wesen war. Die Frage war bei der Synode von Mâcon aufgeworfen worden. In den Augen der Kirche waren die Frauen die »Pforten des Satans«, und im großen *Hexenhammer*, dem *Malleus maleficarum*, wurde das ganze Geschlecht als »teuflisch« bezeichnet. Er brauchte einen Sohn. Eigentlich brauchte er, wie dieser Heinrich von England, eine neue Frau.

Denn das war der zweite Grund für seine Unzufriedenheit. Er war ein Mann mit einer ungeheuren sexuellen Energie. Sie fand ihr Ventil bei einer Reihe kleiner Satanspforten in den Bordellen, aber er wußte genau, daß sich das mit seiner Position nicht gut vereinbaren ließ.

Natürlich ging er regelmäßig zur Beichte. Allerdings war er nicht überzeugt, daß der Mensch, der ihm die Beichte abnahm, um ein Haar besser war als er. Es kursierten jede Menge Geschichten über das, was die Nonnen und Mönche so trieben. In Anbetracht dessen, wie es derzeit um die Kirche bestellt war und wie die Wertvorstellungen verfielen, konnte man sich zudem nicht darauf verlassen, daß sich so ein Beichtvater nicht davonstahl und bei den Nachbarn alles herumplapperte.

Das war einer der Gründe, warum sich Konrad zu den neuen Lutheranern hingezogen fühlte. Bei denen wußte man, woran man war. Die erdreisteten sich nicht, sich zwischen Gott und den einzelnen zu stellen. Die versahen die Bibel nicht mit Erläuterungen. Vielmehr forderten sie einen auf, selbst zu denken – und zu beten.

Und noch etwas gefiel ihm an ihnen: Sie nisteten sich nicht in der Geschäftswelt ein und machten einem – von Steuern befreit – Konkurrenz, wie das die Katholiken taten. Eigentlich kaum zu glauben. Er zahlte doch tatsächlich Steuern, damit ihm eine Horde Klosterbrüder sein Geschäft wegschnappte. Natürlich hatte es eine ganze Menge solcher Fälle gegeben, in denen sich der Klerus auf unfaire Weise bereichert hatte, so daß er nicht als einziger Grund zur Klage hatte. Aber es brachte sein Blut in Wallung. Wenn man sich vorstellte, daß sie einfach mit Klosterprodukten in den Lebensmittelhandel einstiegen!

Von allen Seiten hörte man dieselben Klagen. Aber man hatte es noch immer mit einem römisch-katholischen Fürstbistum zu tun. Im Laufe der Jahre hatte man gelernt, mit solchen Ärgernissen zu rechnen. Solche Dinge waren schon früher vorgekommen; sie hätten sich zweifellos gegeben und wären wieder vorgekommen, und dann wäre es wieder von vorn losgegangen. Aber dieser spezielle Fürstbischof machte genau im falschen Augenblick einen dummen Fehler.

»Wirklich dumm«, murmelte Konrad. Er schenkte sich noch ein Glas fränkischen Wein ein, während er in Gedanken die Umstände durchspielte, die zu der unguten Situation geführt hatten.

Jedermann wußte, daß es in einem Fürstbistum nicht in erster Linie auf den Bischof ankam. Die entscheidende Rolle spielte das Kapitel der Diözese, das ihn wählte. Das war die eigentliche Macht hinter dem bischöflichen Thron. Natürlich bestand das Kapitel aus den hohen Tieren der Region – Baronen und niederem Adel, größtenteils Grundbesitzern, nur selten Priestern. Normalerweise wählten sie einfach einen der Ihren zum Bischof, ob er nun zum Priester geweiht war oder nicht; Hauptsache, es war jemand, bei dem man sich darauf verlassen konnte, daß er im Interesse seiner Standesgenossen und des Klerus handelte.

Es war allgemein bekannt, daß die meisten Angehörigen des Kapitels reiche Pfründen und Kanonikate hatten, die ihnen ein saftiges Einkommen sicherten – Geld, das zum größten Teil durch die Steuern hereinkam, die die Stadt entrichten mußte. (Natürlich waren Domkapitel und Klerus weitgehend von der Steuerlast befreit.)

Im Laufe der Jahre hatte sich die Stadt Rensburg Zugeständnisse erworben, indem sie um Steuern feilschte. Der Staat brauchte immer Geld, und wenn man Ausreden erfand oder die Zahlungen einfach verzögerte – vor allem in Zeiten guter Ernteerträge, in denen man nicht erpreßbar war –, konnte man dem Domkapitel das Leben recht schwer machen.

»Frischen Wein«, rief Konrad.

Er wurde allmählich beschwipst – warum auch nicht? Billa kam herein und schenkte ihm Wein nach. Er hielt ihr Handgelenk fest, damit sie nichts verschüttete – vielleicht eine Spur zu lange. Wo war er gleich wieder? Ach ja, beim Kapitel und bei der Stadt, dachte er, während er sein Gesäß auf dem Stuhl zurechtrückte.

Seit kurzem lief das Spiel andersherum. Die Pest war ausgebrochen, drei Mißernten (der Preis für Hafer hatte sich verdreifacht), ein bewaffneter Bauernaufstand in einem anderen Landesteil im Süden... das war genau das Richtige, um dem

Domkapitel mit Macht wieder zu einer vorteilhafteren Position zu verhelfen. Und diesmal war »Macht« das entscheidende Wort. Es hatte sämtliche Zugeständnisse, die sich die Stadt erworben hatte, zurückgenommen, und noch einige andere dazu.

Der Gipfel der Ironie und der – wie es die Bürger empfanden – Ungerechtigkeit bestand darin, daß jedesmal, wenn ein neuer Bischof gewählt wurde, für diese Ehre ansehnliche Summen an die römische Kurie entrichtet werden mußten. Normalerweise hätte ein Bischof gut zwanzig Jahre reichen können, aber eine Pechsträhne und mangelnde Gesundheit führten dazu, daß innerhalb von nur drei Jahrzehnten vier Bischöfe ernannt werden mußten, und der letzte war eindeutig einer zuviel. Als ob das noch nicht ausgereicht hätte, war dieser letzte nicht einmal ein Priester.

All das wäre auszuhalten gewesen und ausgehalten worden; die Bürger von Rensburg waren im großen und ganzen ein geduldiger und fügsamer Haufen. Aber dann tat dieser Bischof ohne Priestergewand etwas sehr Dummes: Er versuchte, die Diözese an den benachbarten Bischof von Paderborn zu verkaufen, ohne das Kapitel auch nur um Erlaubnis zu fragen.

In seltener Einmütigkeit ergriff das Kapitel für ein kurzes, aber verhängnisvolles Intermezzo die Partei der Stadtbevölkerung.

Der Zufall wollte es, daß die Sache der Lutheraner bereits heftig von einem überzeugenden jungen Prediger namens Hans Hass unterstützt worden war, dem Sohn eines Schmieds, der dank seiner außergewöhnlichen Begabung eine Universitätsausbildung genossen hatte. Hass hatte mit leidenschaftlichen Predigten im Namen der lutherischen Bewegung die Kirchen gefüllt und sich geschworen, die Stadt in den Schoß der lutherischen Kirche zu führen, wobei ihn die Gilden in gewisser Weise unterstützten.

Den endgültigen Gnadenstoß versetzten den Römisch-Katholischen dann der Rücktritt des Bischofs, der versucht hatte, seine Diözese samt Fürstentum zu verkaufen, und der Tod seines Nachfolgers im Anschluß an eine weitere Steuerrunde für die Stadt.

»Wir können uns keinen neuen Bischof leisten! Wer will denn überhaupt einen neuen Bischof?« riefen die Stadtbewohner bei Versammlungen und Demonstrationen, die von Tag zu Tag lauter wurden.

Das war für die Gilden das Stichwort zum Handeln.

Bevor der nächste Bischof herangekarrt werden konnte, setzten die Gilden, unterstützt von der Bevölkerung und zumindest einem Teil des Kapitels, in sämtlichen Kirchen Rensburgs lutherische Priester ein. Der designierte Bischof war nicht in der Lage, die Stadt zu zwingen oder wenigstens zu überreden, ihren neuen Glauben aufzugeben. In jenem Jahr wurde Rensburg als *urbs Lutheranorum* anerkannt.

Es war ein schwieriges Jahr für die Stadt gewesen, und daß das Jahr 1533 näher rückte, hatte diese Schwierigkeiten noch vergrößert. Es gab Leute, die schon seit Jahren behaupteten, daß das Ende der Welt oder der Anfang der Letzten Dinge für das Jahr 1533 vorbestimmt sei. Der Umsturz der bestehenden Ordnung war von alters her ein Zeichen für den Anbruch des Tausendjährigen Reiches Christi. Einige Leute in Rensburg wandten sich bereits dem bevorstehenden Jüngsten Gericht zu.

Mit alledem – und den üblichen Härten eines strengen Winters – hätte Konrad noch fertig werden können. Echte Sorgen bereitete ihm etwas anderes. Er beschäftigte sich so eingehend wie möglich mit seinem Lebensmittelhandel, aber der Umgang mit Würsten und Erzeugnissen aus seinem neuen Destillierapparat würde die glühende Hitze seines Blutes nie kühlen können.

Er hatte das Gefühl, den ganzen Tag in Flammen zu stehen. Nachts überfielen ihn wilde Träume, die ihm nur vorübergehend Erleichterung verschafften. Allmählich glaubte er, das Opfer eines Inkubus zu sein, mit einem Fluch belegt worden zu sein – aber von wem? Sein Mißtrauen konzentrierte sich immer mehr auf die alte Frieda. Sobald er in der Nähe war, murmelte und brummelte sie vor sich hin.

Er versuchte es mit einem Arzneitrank vom Apotheker, doch der färbte lediglich seinen Stuhl gelb. Er versuchte es mit Beten, aber dabei kam auch nichts Besonderes heraus.

Das Ganze wäre kein Problem gewesen, wenn er unverheiratet gewesen wäre. Er hätte sich irgendein munteres Wesen zum Heiraten gesucht und sie die ganze Nacht hindurch reiten können. Aber er war verheiratet. Und obwohl seine Frau kränkelte, war sie noch ausgesprochen lebendig.

Und dann erzählte ihm eines Tages Anfang Januar ein kleiner Beamter vom Gerichtshof, ein gewisser Ignaz Schwenk, den er einmal zufällig im Elendsviertel der Stadt getroffen hatte, von den Lehren der Brüder und Schwestern des Freien Geistes, oder zumindest von einer bestimmten Sekte innerhalb dieser Bruderschaft, den sogenannten Adamiten. Diese glaubten, wie er von Schwenk erfuhr (und Gerüchte dieser Art waren ihm bereits zu Ohren gekommen), an den Zustand der Unschuld vor dem Sündenfall; genauer gesagt, an die Schönheit und Heiligkeit des Geschlechtsaktes, den sie mit dem für den Aufstieg in mystische Ekstase gebräuchlichen Ausdruck *acclivitas* bezeichneten oder als »Pfad zu den Höhen« oder sogar als »Christerie«.

Die Vorstellung dessen, was diese Adamiten veranstalteten, beschäftigte Konrad ganz gewaltig.

»Erzählt mir mehr«, hatte er Schwenk gedrängt, als sie sich das nächste Mal begegneten.

»Kommt.« Verschwörerisch winkte Schwenk ihn heran. »Gehen wir ein paar Schritte; man sollte lieber vermeiden, zu nahe an Türen und Fenstern über diese Dinge zu reden.«

Der kleine Mann hatte etwas Schäbiges an sich, aber Konrad unterdrückte seinen Widerwillen.

»Was wißt Ihr noch über diese Adamiten?« fragte er.

Schwenk stieß ein widerliches Kichern aus.

»Angeblich«, sagte er vertraulich, »auch wenn ich nicht bezeugen kann, daß es stimmt, vollziehen sie den Akt auf eine ganz besondere Art und Weise, so wie Adam und Eva im Paradies. Es ist die vergessene Kunst.«

Die vergessene Kunst! Konrad spürte das Blut in seinen Ohren pochen. Dies war der nur Eingeweihten zugängliche Garten der Lüste.

»Sprecht weiter«, sagte er mit belegter Stimme, »erzählt mir mehr davon.«

»Für den feinsinnigen Geist«, fuhr Schwenk durchaus bereitwillig fort, »kann Sinnlichkeit unter keinen Umständen eine Sünde sein.«

»Keine Sünde?« rief Konrad. »Na so was, was denn dann?«

»Sie ist eine Tugend«, lächelte Schwenk triumphierend. »Durch diese Art von Intimität kann eine Frau sogar keuscher werden als zuvor. Wenn sie zuvor keine Jungfrau war, kann der Liebesakt sie wieder dazu machen. Tatsächlich gehört es zu den zuverlässigsten Merkmalen eines subtilen Geistes, daß er sich ohne Angst vor Gott und ohne Gewissensbisse sinnlicher Begierde hingeben kann. Das Credo der Adamiten lautet *›crescere et multiplicamini‹*.«

»Und wo üben die Feinsinnigen diese Tugenden aus?« fragte Konrad.

»Es gibt da Zusammenkünfte«, antwortete Schwenk mit einem Seitenblick. »Aber ich flehe Euch an, fragt nicht weiter, denn ich habe Verschwiegenheit gelobt.«

»Hört jetzt nicht auf!«

Konrad blieb abrupt auf der Straße stehen und schrie den kleinen Mann an.

»Bitte, beruhigt Euch«, beschwor ihn Schwenk, »diese Stadt hat Augen und Ohren.«

Aber Konrad war von fieberhafter Erregung ergriffen.

»Ich muß wissen, wo sie stattfinden.«

»Habt Geduld«, sagte Schwenk, nickend und grinsend wie ein Affe. »Keine Angst, ich werde Euch hinführen. Der Tag wird kommen, und dann lasse ich Euch rufen. Aber ich bitte Euch, sprecht nicht darüber. Hier sind überall Spione.«

Konrad hatte den ganzen Januar und einen Großteil des Februars gewartet, ohne daß eine Nachricht kam. Die Rauheit der Jahreszeit trug nur dazu bei, seine Hitze zu schüren. Schwenk war wie vom Erdboden verschwunden.

3

Einzig die andere Todsünde, zu der Konrad aufgrund seiner Veranlagung neigte – Hochmut oder Stolz –, konnte ihn vorübergehend von seiner lodernden Lust ablenken.

In der Tat schien sein Ehrgeiz demselben feurigen Bereich seiner Persönlichkeit zu entstammen wie die Lust – einem Ort voll ungeduldiger, rastloser Brände, einem Mikrokosmos der Hölle, dem Quell jener Energie, die ihm bereits zu einem Vermögen verholfen und ihn an die Spitze seiner Zunft geführt hatte. O ja, er hatte es in seinem Gewerbe zum Erfolg gebracht. Gildemeister wurde man nicht ohne weiteres; auch wenn man zugeben mußte, daß die Kramer nicht zu den ranghöchsten Gilden gehörten. Die Richter und Notare, die Ärzte, die Bankiers, die Wollweber und Seidenspinner, sogar die Kürschner – sie bildeten quasi den Adel, die sogenannten *gildae maiores*.

Es war noch nie vorgekommen, daß der Meister einer zweitrangigen Gilde Vorsteher des Gesamtgildenrates wurde. Doch Konrad, der auf seinem Kontorstuhl hin und her rutschte, mit einem Briefbeschwerer in Gestalt einer Rheintochter herumspielte, sich dabei auf den Abakus zu konzentrieren und die

Triebkraft, die sich in ihm regte, in neue Bahnen zu lenken versuchte, hatte das Gefühl, als läge angesichts solcher Leidenschaft und Tatkraft kein Amt in der Stadt mehr außerhalb seiner Reichweite. Er könnte der Aldermann, der Vorsteher der Gesamtgilde, werden, er wäre der richtige Mann, ihn würde man wählen. Es gab absolut keinen Grund, warum die Kramer nicht in den ersten Rang des Gildewesens aufsteigen sollten. Andere hatten es auch geschafft; die Bankiers zum Beispiel. Früher waren sie einfach nur Geldverleiher gewesen. Erst vor kurzem hatte man sie aufgewertet. Um wieviel lebenswichtiger für die Menschheit im allgemeinen und die Stadt im besonderen war seine Zunft! Einen Schuldschein konnte man schließlich nicht essen.

Dieser Gedanke beschäftigte ihn schon lange, doch jetzt gab ihm der völlige Stillstand seines Geschlechtslebens, die aufgestaute, kaum mehr erträgliche innere Unrast den Anstoß, politisch tätig zu werden. Die Wahl des neuen Aldermanns der Gesamtgilde sollte in sechs Wochen stattfinden. Die Katholiken waren wegen ihrer Steuern und Privilegien aus dem Rennen; die Lutheraner hatten gute Chancen…

Er machte sich daran, strategische Vorbereitungen für seinen Aufstieg zu treffen.

Dann plötzlich, an einem kalten Morgen Ende Februar, schickte Schwenk ihm eine Nachricht mit der Aufforderung, ihn in einer Stunde vor der Getreidebörse zu treffen. Die Minuten schleppten sich dahin, als wäre die Zeit eingefroren, doch als endlich ihrer fünfundfünfzig vergangen waren, griff Konrad nach Hut und Umhang und eilte – geradezu unbeherrscht vor gespannter Erwartung – zu dem großen Platz. Und sogleich sah er auch Schwenk, der im Windschatten des Gebäudes stand und mit kurzsichtigen Augen gierig nach ihm Ausschau hielt wie eine Barbe nach ihrem Frühstück.

Einen Augenblick lang spielte Konrad mit dem Gedanken umzukehren. Der Mann hatte so gar nichts Einnehmendes an sich. Das Ganze war Wahnsinn. Er war ein ehrbarer Bürger …

Allerdings, überlegte er, was wäre, wenn es doch einen verborgenen Weg gäbe? Wäre es nicht tragisch zu sterben, ohne von solchen Früchten gekostet zu haben?

»Kommt, Herr«, sagte Schwenk und winkte ihn mit Verschwörermiene zu sich, »ich habe eine Einladung für Euch.«

Konrad verschlug es vor Aufregung fast die Sprache. Sein Hosenbeutel fühlte sich an, als wollte er gleich aufplatzen wie eine Mohnkapsel. Schwenk führte ihn hinter einen Stützpfeiler, wobei er sich betont gründlich umsah, um sich zu vergewissern, daß niemand sie beobachtete.

»Ihr habt Interesse an den Überzeugungen der Bruderschaft Adams, unseres großen Vorfahren, bekundet. Heute abend findet eine Zusammenkunft statt. Möchtet Ihr daran teilnehmen?«

Konrad bemühte sich vergebens, einen unbeteiligten Eindruck zu machen.

»Ja«, sagte er achselzuckend, »diese Zusammenkunft interessiert mich ungemein. Was habe ich zu tun?«

Er leckte sich die Lippen, lehnte sich mit dem Gesäß an die Hausmauer. Selbst der eisige Wind trug nicht dazu bei, seine Hitze zu kühlen.

»Vor allem«, sagte Schwenk, »dürft Ihr niemandem entdecken, was sich bei der Zusammenkunft abspielt und wo sie stattfindet, sonst habt Ihr mit schrecklichen Folgen zu rechnen. Wollt Ihr das schwören?«

Der kleine Mann schien auf merkwürdige Weise an Autorität gewonnen zu haben, dachte Konrad. Warum bin ich ihm gegenüber so fügsam? Er ist doch nur ein Handlanger.

»Ich schwöre«, sagte er mit deutlichen Anzeichen der Ungeduld. »Haltet Ihr mich für ein Schwatzmaul?«

»Es gibt Leute, die uns gerne vernichten würden«, sagte

Schwenk. »Es gibt Leute, die unsere Zusammenkünfte als Gotteslästerung bezeichnen würden. Ihr wißt sicher, welche Strafen der Obrigkeit unter diesem Schlagwort zu Gebote stehen.«

Konrad gab ihm zu verstehen, daß er darüber Bescheid wußte.

»Sehr gut«, sagte Schwenk. »Kommt um fünf Uhr hier in die Kellerräume, in die sogenannten Hypokausten, in denen sich die Öfen für die Heißluft befinden, mit der das Gebäude beheizt wird. Da wird man Euch die Augen verbinden und Euch in den Versammlungsraum führen. Habt Ihr das verstanden?«

»Ja. Wie soll ich mich für den Anlaß kleiden?«

»Eure Kleidung spielt keine Rolle.«

»Gut.«

»Dann sehe ich Euch zur vereinbarten Stunde.«

Schwenk verabschiedete sich, und Konrad ging in einem Zustand, der an erotischen Taumel grenzte, nach Hause. Der Augenblick, der ihn in seinen lebhaftesten Visionen beschäftigt hatte, stand unmittelbar bevor! Ein wirres Durcheinander von Phantasien tobte in seinem Kopf und versetzte seine Lenden in Aufruhr. Als er nach Hause kam, hörte er seine Tochter auf der Laute spielen und dazu singen. Sie brach ab, sobald er ins Zimmer trat, doch er bedeutete ihr fortzufahren.

»Spiel weiter«, sagte er, ungewohnt beifällig. »Was für ein Stück ist das?«

»Es ist ein englisches Lied«, sagte sie. »Ein weltliches, fürchte ich.«

Normalerweise hätte er die Stirn gerunzelt, denn es war Fastenzeit, und er glaubte, es würde von ihm erwartet, daß er – ungeachtet seiner eigenen Neigungen, ja vielleicht gerade deshalb – seine Familie zu rechtschaffenem Betragen anhielt. Diesmal allerdings lächelte er.

»Wir können nicht immer nur ernst sein, wenn wir jung sind«, sagte er. »Wie lautet der Text?«

»›Komm her zu mir, mein' Liebe hold‹«, sagte sie.

»Sing weiter«, forderte er sie auf.

Die Melodie und ihre schöne, klare Stimme gefielen ihm. Und waren diese Empfindungen den Lehren der Adamiten zufolge nicht heilig? War nicht in ihren Augen Scham die einzige Sünde? Sie spielte weiter, während er, umhüllt von wohliger Vorfreude auf den vor ihm liegenden Abend, dasaß und sich freute, daß die Bande der Selbstbeherrschung, wenn nicht gar der Schuld, plötzlich von ihm abfielen. Freilich würde es nicht angehen, seiner Tochter von solchen Dingen zu erzählen. Fleischeslust war eine zu üppige Kost für die Jugend. Und Schuld, sofern man sich schuldig fühlen mußte, war entweder eine zu pikante Sauce oder eine zu bittere Arznei...

Den Rest des Tages brachte Konrad mit ähnlichen Träumereien und in selten milder Stimmung zu. Er besuchte sogar seine Frau in ihrem Zimmer.

»Konrad? Was führt dich hierher?«

Wie krank sie aussieht, dachte er. Die blasse Schönheit war durchscheinend grau geworden wie jene Schälchen, die Reisende aus Cathay mitbrachten. Einen Augenblick lang überfiel ihn ein heftiges Schuldgefühl, weil er sie so vernachlässigte – die pikante Sauce, die unerträglich bittere Arznei.

»Ich wollte dir einen Frühlingsgruß bringen«, sagte er.

Er hatte die Schneeglöckchen auf dem Rückweg von seiner Verabredung mit Schwenk auf dem Markt entdeckt.

»Blumen?«

Ihr blasses Gesicht rötete sich vor Freude.

»Ich fürchte, ich habe dich in letzter Zeit vernachlässigt«, sagte er. »Du weißt ja, wie das ist. Die Geschäfte... die Stadt...«

»Ich verstehe schon. Ich bin nicht sehr unterhaltsam. Lieschen kümmert sich liebevoll um mich. Sie erzählt mir, was sich so tut. Ich glaube, wir leben in einer seltsamen Zeit. Die Menschen reden vom Ende der Welt. Der Fürstbischof ist gestorben. Ich glaube, ich muß auch bald...« Ihre Stimme verlor sich.

Sie hatte im Laufe der Jahre festgestellt, daß es besser war, zu wenig zu sagen.

»Aber, aber«, sagte er, mit dem Abscheu des Egoisten davor, Dinge zu hören, die ihn beunruhigen könnten.

»Es stimmt schon«, fuhr sie schließlich fort. »Ich werde nicht mehr lange dasein.«

Er widersprach ihr nicht. Die Wahrheit stand ihr ins Gesicht geschrieben. Noch ein paar höfliche Floskeln, dann ging er. Der Geruch des Krankenzimmers widerte ihn an.

4

Als es endlich Abend wurde, wusch er sich, kleidete sich um und ging durch die hereinbrechende Dämmerung abermals zur Getreidebörse. Dort angekommen, blickte er sich aufmerksam um, um sich zu vergewissern, daß er nicht beobachtet wurde, drückte die Seitentür auf, die Schwenk ihm gezeigt hatte, und ging die Stufen zu einem kleinen Kellergewölbe hinunter, von dem aus mehrere Türen weiterführten, alle geschlossen und abgesperrt. Da hielt Konrad inne. Auf einmal witterte er Gefahr. Hier war kein Mensch. Es war ein Streich, eine Spitzbüberei, womöglich eine Falle. Er probierte nochmals die Türen aus und wollte die Stufen bereits wieder hinaufsteigen, als er hinter sich eine Stimme vernahm.

»Macht die Augen zu.«

Unwillkürlich drehte er sich halb um.

»Ihr müßt gehorchen, sonst wird es Euch schlecht ergehen. Macht die Augen zu«, befahl die Stimme.

Konrad kannte die Stimme zwar nicht, befolgte jedoch die Anweisung. Jemand verband ihm die Augen fest mit einer Binde.

»Kommt, ich werde Euch führen«, sagte die Stimme.

Durch eine der Türen gelangten sie in einen langen Korridor, danach ging es weiter durch eine zweite Tür, eine kurze Treppe hinauf, einen Gang entlang und eine Wendeltreppe mit siebenundvierzig Stufen nach unten.

»Jetzt«, sagte Konrads Begleiter, »dürft Ihr Eure Kleider ablegen, nicht aber die Augenbinde.«

Einen Augenblick lang spielte Konrad mit dem Gedanken, sich zu weigern. Seine Befürchtung, es könnte sich um eine Falle handeln, war keineswegs zerstreut. Gab es etwas Lächerlicheres als ein geachtetes Mitglied der Gesamtgilde, das seinen kichernden Feinden in unbekleidetem Zustand vorgeführt wurde, noch dazu in Erwartung eines Abenteuers, dessen Sinn und Zweck zu erraten es keines Erasmus' bedurfte?

»Befolgt den Befehl«, sagte die Stimme. »Absoluter Gehorsam ist die Voraussetzung dafür, daß Euch Zugang gewährt wird. Neben Euch steht ein Stuhl für Eure Kleider.«

Konrad unterdrückte seine Befürchtungen und tat wie geheißen. Es war warm in dem Raum, zweifellos dank der Heizöfen in den Hypokausten, jener (für diese Region untypischen) Überreste aus der Zeit, in der die Stadt ein römisches Militärlager gewesen war. Sich zu entkleiden war keine Zumutung.

»Trinkt jetzt das hier«, sagte die Stimme. »Es ist *aqua vitae Edensis.*«

Ein Becher wurde an seine Lippen geführt, und er trank. Die Flüssigkeit war leicht bitter, schmeckte jedoch nicht unangenehm. Er erkannte darin eine Art von Destillat, das er selbst hätte gebrannt haben können; und er spürte, wie eine sanfte Hitze durch seinen Körper strömte, als wären seine Blutgefäße von einer Flamme in Brand gesteckte Zündschnüre.

»Und nun«, sagte die Stimme, »zählt bis zehn, und entfernt die Augenbinde.«

Konrad nahm die Binde ab und blinzelte in das Kerzenlicht, das ringsum hell leuchtete und von den spiegelbehangenen Wänden zurückgeworfen wurde. Er war allein.

Er betrachtete sein Spiegelbild – ein gutgebauter Mann, inzwischen zu einer leichten, durchaus angemessenen Korpulenz neigend, die sich zum erstenmal in seinem Leben plastisch bemerkbar machte. Er stellte fest, daß der Reiz der Situation, möglicherweise verstärkt durch den Trank, den er zu sich genommen hatte, Spuren an seinem Glied hinterlassen hatte. Sein erster Impuls war, sich wieder in seinen Umhang zu hüllen, da er sich schämte. Es war nicht klug, sich so sehen zu lassen.

Doch plötzlich sprang vor ihm, zwischen zwei Spiegeln, eine Tür auf; zwei wunderschöne junge Frauen, vollkommen nackt, traten auf ihn zu und nahmen ihn in ihre Mitte. Er ging mit ihnen; verwirrt, beschämt, sich bedeckend, so gut es ging, wobei sein Glied zu einer vollen und, wie es ihm vorkam, geradezu grotesken Erektion anschwoll; und je mehr er es zu verdecken suchte, um so größer wurde es.

Es war das Erregendste und zugleich Beschämendste, was ihm je widerfahren war. Gleichzeitig schien das *aqua vitae* eine eigenartige Passivität bei ihm hervorzurufen, so daß er, selbst wenn er den Wunsch verspürt hätte zu fliehen, ihm nicht hätte nachkommen können.

Der Raum, in den er geführt wurde, war ein runder Saal mit einem prächtigen Deckengewölbe, warm, aber nicht drückend warm, die Wände gesäumt mit Menschen, die er nicht kannte und die, im Kreis stehend, sein Eintreten beobachteten. Auch sie waren alle vollständig nackt.

Sobald sich Konrad und seine zwei Begleiterinnen näherten, teilte sich der Kreis. In seiner Mitte stand ein hochgewachsener Mann mit rotgoldenem Haar und stechend blauen Augen, der eine schöne, dunkelhaarige Frau an der Hand hielt. Beide gingen auf Konrad zu, um ihn zu begrüßen.

»Willkommen Konrad«, sagte der Mann. »Ich bin Adam, das heißt Christus. Und das ist Eva, meine Gefährtin.«

Adam-das-heißt-Christus hatte einen leicht ausländischen

Akzent, den Konrad für holländisch hielt. Eva hingegen kam eindeutig aus Rensburg.

Eigentlich hätte die ganze Angelegenheit absurd sein müssen, aber für Konrad besaß sie die sonderbare Logik eines Traums.

»Warum bedeckst du dich mit der Hand, Konrad?« fragte Adam-das-heißt-Christus.

Konrad errötete unwillkürlich. Es war schon schwierig genug, eine monumentale Erektion zu verbergen, ohne daß einen auch noch jemand darauf ansprach.

»Ich...«, stotterte er. Weiter kam er nicht.

»Schämst du dich deines Geschlechts? Wir kennen hier keine Scham. Nimm seine Hand weg, Magdalena.«

Die schönere seiner beiden Begleiterinnen nahm die anstößige Hand weg und drückte sie gegen die ihre. Dabei streifte sie – zufällig oder mit Bedacht – seinen Leib, und Konrad begann, zutiefst entsetzt, zu ejakulieren.

Verstört und verwirrt blickte er um sich, da er allgemeine Heiterkeit und höhnisches Gelächter erwartete, doch sämtliche Gesichter verrieten Freude und Entzücken. Magdalena griff sogar nach einem Kelch, um seinen Strom mit geübtem Geschick aufzufangen. Auf einen Wink Adams trat jemand aus dem Kreis mit einem Krug Wein hinzu und goß etwas davon in das Gefäß.

Sodann reichte Magdalena den Kelch überall herum, und jeder trank voll heiliger Ehrfurcht einen Schluck, als handelte es sich um ein Sakrament.

»Ein vielversprechender Anfang, Konrad«, sagte Adam, nachdem er und Eva die Zeremonie beendet hatten. »Spontaneität ist ein Zeichen größter Tugendhaftigkeit. Später, wenn du dich an unsere Gepflogenheiten gewöhnt hast, wirst du wahrhaft die Höhen auskosten – die *acclivitas* oder ›Christerie‹, wie wir es nennen –, die der Weg zu Gott sind. Lasset uns beten.«

Es folgte eine Andacht, die im wesentlichen aus Gebeten, Gesängen und einer kurzen Predigt bestand. Konrad saß wie betäubt da – man hatte ihm einen Stuhl gebracht – und lauschte den Worten Adams, der die Heiligkeit des nackten Körpers und die Erhabenheit der Liebe rühmte, da dies, wie er behauptete, der Zustand unserer Stammeltern vor dem Sündenfall gewesen sei.

Schließlich wurden zwei andere Türen aufgestoßen, hinter denen eine festliche Tafel zum Vorschein kam. Konrad aß und trank, während er neben Magdalena saß und spürte, wie seine Lenden abermals zu erwachen begannen. Von draußen hörte man Lieder, in denen die Keuschheit geschmäht und die Wonnen der Vereinigung gepriesen wurden. Magdalena ergriff Konrads Hand und führte sie zwischen ihre Beine...

Adam stand auf und bat um Ruhe.

»Nun ist es Zeit für den Tanz und das Liebeslager, meine Kinder. Denn bedenket, die Keuschen sind nicht würdig, in das himmlische Königreich einzugehen. Gehet hin, seid fruchtbar und mehret euch; bevölkert die Erde...«

Konrads Erinnerungen an die nun folgende Stunde oder mehr waren verworren. Bilder von nackten Gliedmaßen, üppigen Brüsten und schwellendem Fleisch, von Haar, feucht wie Brunnenmoos, und warmen, offenen, roten, umhüllenden, süßen, weit geöffneten Aaahs und Ooohs...

Er erwachte zu Hause in seinem Bett mit der Gewißheit, daß er gekostet hatte, wonach er sich so lange gesehnt hatte, und daß sein Leben nie wieder so sein würde wie zuvor.

Doch weiter geschah mehrere Wochen lang nichts, so daß Konrad schon glaubte, daß die ganze Episode ein Traum gewesen sei, hervorgerufen durch den Trank, den man ihm in den Hypokausten gegeben hatte. Er konnte nicht umhin, erleichtert zu sein. Seine außerordentliche Unbedachtheit hätte ihn zugrunde richten können. Das Ganze war Wahnsinn gewesen.

Gleichzeitig verspürte er, während die Tage dahingingen, wieder ein Verlangen nach diesen verbotenen Früchten, die ihm so köstlich erschienen waren, so unerhört leicht zu pflücken.

Und dann, an jenem Tag im März, stattete ihm, ohne eingeladen oder angemeldet zu sein, ein Mann einen Besuch ab, der den hohen Hut der Wiedertäufer trug.

5

»Er sagt, er hat eine Nachricht von Fräulein Magdalena«, sagte Billa, die Dienstmagd.

Angst und die Erinnerung an sinnliche Begierde regten sich bei der Erwähnung dieses Namens in Konrads Herzen. Er hatte sich eingeredet, daß alles, was geschehen war, in der Dunkelheit rings um das unterirdische Gemach begraben lag.

Als Billa den Mann hereinführte, gab sich Konrad alle Mühe, unbeteiligt zu wirken, da er den Eindruck des erfolgreichen Kaufmanns und Bürgers erwecken wollte, der viele Sorgen hatte und wenig Zeit für Besucher erübrigen konnte.

»Was kann ich für Euch tun, Herr, äh…?«

»Mein Name spielt keine Rolle«, sagte der Mann. »Verzichten wir auf die Spielchen, Meister Harting. Obwohl wir uns noch nicht begegnet sind, weiß ich eine Menge über Euch. Eure Hauptsünden sind Hoffart und Wollust. Ihr habt Euren Samen verspritzt wie Onan im…«

»Schsch…«

Konrad errötete verlegen und blickte nervös zur Tür.

»Nicht so laut«, sagte er eindringlich.

»Schon gut«, fuhr der Mann fort. »Ich dachte mir schon, daß Ihr nicht darauf erpicht seid, daß Eure verborgenen Großtaten ans Licht oder einem Dienstboten zu Ohren kommen.«

Es entstand eine Pause. Konrad spielte mit einem Stäbchen Siegelwachs herum.

»Was wollt Ihr hier?« platzte er plötzlich heraus. Halb hoffte er, der Mann würde Geld verlangen.

»So ist es schon besser«, sagte der Mann. »Es ist viel besser, wenn wir offen miteinander sind. Und nachdem Ihr Euch so in aller Öffentlichkeit verströmt habt, wissen wir ja, wie offen Ihr sein könnt.«

Mit einem taumeligen Gefühl der Übelkeit im Magen fand sich Konrad mit der Vorstellung ab, daß dieser Mann, diese Leute (wer immer sie waren) ihn am Haken hatten und nicht mehr loslassen würden.

»Was wollt Ihr?« fragte er wie betäubt.

»Gott der Herr braucht Euch«, lautete die Antwort.

»Wozu braucht er mich?«

»Die Endzeit steht uns unmittelbar bevor, und die Auserwählten – von denen einige auch jetzt noch nicht wissen, welches Geschick ihnen vorherbestimmt ist, und die in ihrer Einfalt noch immer im Vorhof der Wahrheit verharren, die ihnen jedoch geoffenbart werden wird –, sie, die Auserwählten und die zukünftigen Auserwählten, brauchen eine Zuflucht und eine Bastion für die Zeiten, die da kommen. Man wird sie aus Holland vertreiben; wahrhaftig, hinauswerfen und verleumden wird man sie. Und es ist ihre Bestimmung, nach Rensburg zu kommen.«

»Nach Rensburg? Aber …«

»Daran gibt es nichts zu rütteln, mein Freund. Wie ich höre, sind durch die letzte Seuche einige Häuser leer geworden. Die Lutheraner haben diese Gelegenheit dazu genutzt, den Fürstbischof abzulösen. Jetzt benötigen wir Eure Hilfe, um dafür zu sorgen, daß sie ebenfalls abgelöst werden.«

»Verstehe.«

Konrad überlegte rasch. Er saß in der Falle, und er wußte es. Dieser Mensch oder auch seine Hintermänner würden nicht zögern, ihn bloßzustellen. Es gab ihm einen Stich, wenn er an die Stadt dachte, in der er aufgewachsen war und der er stets die Treue gehalten hatte. Jetzt war er drauf und dran, sie zu verraten… seine Familie… seine Freunde… Sekundenlang schwankte er. Und dann dachte er daran, wie weit sein Vorhaben, sich die höchste Position in der Stadt zu erobern, gediehen war und daß er besser als jeder andere – sicher besser als der rückgratlose derzeitige Aldermann – dafür sorgen könnte, daß der Stadt mit alledem ein ordentlicher Dienst erwiesen würde.

Der Mann konnte offenbar seine Gedanken lesen.

»Das ist kein Verrat. Das ist eine Verherrlichung. Eure Stadt wird unter Eurer Führung in das himmlische Königreich eingehen.«

»Und… mein Lohn?«

»Ihr werdet eine höchst angesehene Stellung bekleiden. Ihr werdet zur Rechten der Heiligen sitzen.«

»Trotz meiner… äh…« Konrad wollte seinen wunden Punkt nicht noch einmal erwähnen, wußte aber, daß sein Besucher ihn bestimmt nicht vergessen hatte.

»Gewiß«, sagte der Mann. »Wer ohne Sünde ist, werfe den ersten Stein. Natürlich kommt es darauf an, daß Ihr bereut.«

Konrad hielt es nicht für schwierig zu bereuen. Nicht wieder in die Hypokausten zu gehen wäre viel schwieriger, aber das schien die Abmachung nicht zu beinhalten.

»Was soll ich tun?« fragte er.

»Wir wünschen, daß Ihr mit Hilfe Eurer guten Beziehungen zum Rat dafür sorgt, daß unsere Brüder hier freundlich aufgenommen werden. Sie benötigen Essen und Trinken und außerdem ein Dach über dem Kopf. Und die Möglichkeit zur freien Religionsausübung.«

Konrad rieb sich das Kinn und überlegte.

»Warum sollen sie denn aus Holland ausgewiesen werden?«

»Aus demselben Grund, aus dem sie aus Kleve ausgewiesen wurden.«

»Und warum wurden sie aus Kleve ausgewiesen?«

Der Mann fixierte ihn mit funkelnden Augen.

»Wollt Ihr den Sendboten des Herrn ausfragen?«

»Es wäre angebracht, daß ich Bescheid weiß. Ich könnte ebenfalls gefragt werden.«

»Na gut. Der gesegnete Melchior Hoffmann, der Prophet, der viele Länder nah und fern durchwandert und die Wiederkehr Christi und das Tausendjährige Reich predigt, hat die nördlichen Provinzen Hollands für einen längeren Aufenthalt erwählt. Dort predigte er und sprach zu uns von einer Zeit der ›Drangsale‹ – und zugleich vieler Zeichen und Wunder –, die wir derzeit überall ringsum beobachten und die uns genau in diesem Jahr, nämlich fünfzehnhundert plus die dreiunddreißig Lebensjahre Christi, den Anbruch des Millenniums bringen wird. Ist Eure Frage damit beantwortet, Bruder?«

»Aber warum wurden seine Anhänger ausgewiesen?«

»Sie zogen mit der Zeit riesige Menschenmassen an. Das machte die Obrigkeit unruhig.«

»Haben sie nicht auch das Gemeineigentum gepredigt?«

»Das ist eine arge Übertreibung.«

»Aber wird die hiesige Obrigkeit nicht auch unruhig werden?«

»Ihr seid die Obrigkeit, Bruder.«

»Ich bin nicht die einzige Autorität.«

»Ihr werdet derjenige sein, auf den es ankommt.«

»Und wenn ich ebenfalls unruhig werde?«

»Warum solltet Ihr? In den Tagen vor der Endzeit werdet Ihr zu denen gehören, die das Volk führen. Man wird Euch in dieser Welt ehren und bedienen, für Eure Bedürfnisse wird gesorgt werden…«

Der Mann machte eine Pause.

»O ja«, sagte Konrad. »Natürlich.«

»Für alle Eure Bedürfnisse, Bruder«, sagte der Mann mit Betonung auf dem zusätzlichen Wort.

Konrad hatte das Gefühl, daß dieser Mann tatsächlich alles über ihn wußte, mehr als er selbst. Die funkelnden Augen drangen durch ihn hindurch bis ins Mark. Alle seine Bedürfnisse...

»O ja«, sagte Konrad abermals, wobei er die Beine übereinanderschlug, da er die altvertrauten Regungen spürte.

»Ihr werdet im Zweiten Königreich zur Rechten des Messias sitzen«, sagte der Besucher abschließend. »Das ist für einen Menschen Ehre genug. Was meint Ihr dazu?«

Wieder dachte Konrad über sein Leben nach. Es war bequem, abgesichert (soweit das in diesen unruhigen Zeiten möglich war), aber... konnte er wirklich garantieren, daß die Kramer in die Gesamtgilde aufgenommen würden? War nicht der Wunsch der Vater des Gedankens, wenn er sich einbildete, er könnte der Aldermann sämtlicher Gilden werden? Hatte er vielleicht nicht schon erreicht, was er erreichen konnte? (Woher kamen diese Gedanken?) Mußte er nicht in Kürze damit rechnen, daß es mit seiner Gesundheit bergab gehen, daß das Fehlen eines männlichen Erben Probleme aufwerfen, daß sich sein Einfluß verringern würde... daß er impotent würde? Andererseits schien sich dieser Mann, der mit seinem stechenden Blick und seiner niemals lächelnden Intensität sonderbar überzeugend war, auf der Schwelle zu etwas Großartigem zu befinden – das über den Verstand ging, nicht aber über den Glauben. Und dann war da natürlich noch diese kleine Geschichte mit dem geheimnisvollen Beischlaf im Paradies...

»Sagtet Ihr, alle meine Bedürfnisse?« Er wandte sich seinem Besucher zu. »Ja. Ja, ich werde es tun.«

6

Der Besucher blieb, um mit ihnen zu essen. Elisabeth fühlte sich in seiner Gegenwart äußerst unwohl. Zunächst einmal war sein

Dankgebet viel zu lang, fast schon eine Predigt. Sie hatte erwartet, daß ihr Vater ein gewisses Unbehagen, wenn nicht gar deutliche Unruhe erkennen lassen und mit einem leisen Hüsteln Ungeduld signalisieren würde; doch aus irgendeinem Grund schien er die ganze Angelegenheit todernst zu nehmen. Und als sie lächelte, sah er sie stirnrunzelnd an.

Der Mann unternahm keinen Versuch, während des Essens ein Gespräch anzufangen, antwortete jedoch auf die Fragen ihres Vaters höflich, aber knapp.

Schließlich wagte sie eine Bemerkung über eine Reise nach Holland, die sie einmal mit ihrem Vater unternommen hatte und auf der ihr die Geschichte von dem Jungen und dem Deich zu Ohren gekommen war; doch er ging nicht darauf ein. Da sie annahm, er hätte sie vielleicht nicht verstanden (denn ihr Vater legte Wert darauf, daß die Frauen in seiner Umgebung angemessen leise sprachen), wiederholte sie, was sie gesagt hatte, und fügte eine Frage hinzu.

»Stimmt es, daß der Junge das Meer mit der Hand aufgehalten hat?«

Noch immer keine Antwort.

Der Holländer wandte sich von ihr ab und sprach ihren Vater an.

»Bei den Heiligen gilt es als ungeziemend«, sagte er, »daß eine junge Frau einen Ältesten des Volkes anspricht, ohne dazu aufgefordert worden zu sein. Es ist in der Tat höchst ungewöhnlich, daß einem solchen Wesen – denn Ihr wißt, welch sündhafte Gefäße die Frauen sind – überhaupt gestattet wird, mit einem von ihnen das Brot zu brechen.«

Elisabeth wurde rot wie eine Erdbeere. Ihr Vater würde den Mann gewiß zurechtweisen. Konrad senkte jedoch feierlich und geradezu unterwürfig den Kopf.

»Wir müssen uns mit den Gepflogenheiten der Heiligen erst vertraut machen«, murmelte er. »Wenn ich das nächste Mal die Ehre habe, Euch zu bewirten... werden wir allein speisen.«

Jetzt war es der Gast, der sich feierlich verbeugte. Hier gab es entschieden zu viele feierliche Verbeugungen, dachte Elisabeth, die zu essen aufgehört hatte. (Wer wollte denn schon mit einem Heiligen essen?)

Sie spürte, wie die Blicke des Mannes jetzt auf ihr ruhten, sie durchbohrten, ihre Kleider aufknöpften, ihre Röcke hochhoben, auf ihrem Körper verweilten, weniger prüfend, dachte sie später, als fordernd – ja, das war es, er erhob Anspruch auf sie –, und dann weiterwanderten zu ihren Gedanken und zu ihrer Seele, die sie inständig hoffte verbergen zu können, denn er sah aus wie jemand, der alles an sich reißen würde. Was hatte die alte Frieda gleich wieder gesagt?

»Er ist ein Teufel.«

Allmählich spürte sie seine Macht, die ihren Widerstand zunichte machte. Seine Augen – hell, humorlos, von innen erleuchtet wie das Fenster eines Brennofens – machten sie benommen. Voller Verzweiflung sagte sie das erstbeste, was ihr einfiel.

»Stimmt es, daß Ihr ein Teufel seid, oder ist das nur Gerede?«

»Aber Elisabeth!«

Bebend vor Zorn stand ihr Vater auf.

»Ja, Vater?«

Sie wußte, daß sie einen Fehler begangen hatte, aber sie konnte einfach nicht anders.

»Geh in dein Zimmer. Ich werde später mit dir reden. Doch bevor du gehst, entschuldigst du dich bei unserem Gast.«

»Das tue ich nicht.«

Ihr Vater ging auf sie zu, als wollte er sie schlagen.

Der Holländer hob die Hand.

»Sie muß bestraft werden«, sagte er, »aber nicht jetzt. Zuerst laßt mich ihre sündhafte Frage beantworten. Ja, es stimmt, junges Fräulein, daß uns unsere Feinde manchmal als Ketzer und sogar als Teufelsgezücht bezeichnen. Es macht mich stolz, daß mich gewisse Leute einen Teufel nennen, und Euer Vater wird Euch zweifellos befragen, wer eine solche Verleumdung ausgesprochen hat. Was Eure Frage betrifft, so laßt mich folgendes sagen: Für die Sündigen bin ich ein Teufel und für meine Freunde ein Heiliger. Ich bin mehr. Ich bin Gott.«

Elisabeth verschlug es den Atem. Sie hatte das Gefühl, dieser Mann müsse niedergestreckt werden, wenn nicht von Gott, dann zumindest von ihrem Vater, der stets sehr hitzig auf ketzerische Reden reagiert hatte. Doch er wies den Mann noch immer nicht in seine Schranken, sondern sah ihn sanftmütig an, als wären seine Worte für ihn eine Erleuchtung gewesen.

»Ihr…«, sagte sie schließlich atemlos. »Ihr seid Gott? Aber das ist…«

»Ketzerei? Blasphemie? Überlegt. Gott ist in uns. Ist das richtig?«

»Ich glaube schon.«

»Wenn Gott in uns ist, dann müssen wir Gott sein. Gott kann nicht ein Teil von etwas sein. Er ist alles. Folglich bin ich Gott. Und Ihr, sogar Ihr als Frau, könntet ebenfalls Gott sein, sofern Ihr nur die Anforderungen zu erfüllen vermögt.«

»Wenn ich Gott bin, darf ich nicht geschlagen werden«, sagte sie. »Gott darf man nicht schlagen.«

»Wer sagt das? Sie haben Ihn gekreuzigt, oder etwa nicht? Geht jetzt.«

Elisabeth blieb unschlüssig sitzen. Sie würde sich in ihrem eigenen Haus nicht von einem Holländer herumkommandieren lassen, selbst wenn er Gott war. Doch jetzt machte ihr Vater seine Autorität geltend.

»Geh in dein Zimmer, Elisabeth. Und entschuldige dich für deine Unverschämtheit.«

»Ich entschuldige mich für meine Unverschämtheit«, murmelte sie.

Der Holländer neigte unbeteiligt den Kopf, und Elisabeth verließ eilig das Zimmer, bevor ihr die Tränen kamen. Er sollte nicht sehen, daß sie weinte.

Als sie später weinend in ihrem Zimmer saß, fragte sie sich, was über ihren Vater gekommen war. Daß er manchmal launisch war, wußte sie. Wenn es darum ging, andere einzuschüchtern und zu tyrannisieren, konnte er es mit jedem aufnehmen; aber im Grunde war er stets sein eigener Herr, ein Mensch, der andere führte. Jetzt schien er sich aus irgendeinem Grund damit zu begnügen, einem anderen zu folgen. Was war in ihn gefahren? Gott? Der Teufel? Es war alles sehr rätselhaft.

Später ließ Konrad sie zu sich rufen. Sie machte sich auf Schläge gefaßt, obwohl er sie seit ihrer Kindheit nicht geschlagen hatte. Doch zu ihrer Überraschung lächelte er.

»Er mag dich«, sagte er.

»Er mag mich? Er hat eine merkwürdige Art, das zu zeigen, Vater.«

Diese positive Reaktion war ihr nicht nur unangenehm, sondern beunruhigte sie irgendwie.

»Er ist ein bemerkenswerter Mann«, sagte ihr Vater und rieb sich das Kinn. »Meinst du, du könntest ihn mit der Zeit liebgewinnen?«

7

Zehn Tage und eine Ratswahl später ging Konrad zu der Versammlung des Rates der Gesamtgilde, der sich aus den Meistern aller Rensburger Gilden zusammensetzte. Konrad wußte, daß er – obwohl er nur Meister einer rangniederen Gilde war – um ein Haar ihrer aller Aldermann geworden wäre. Im letzten Augenblick jedoch war er vom Meister der Tuchhändler überrundet worden, was ihn zutiefst kränkte. Hatte ihm nicht der Holländer einen erfolgreichen Wahlausgang mehr oder minder garantiert, so daß er seine eigenen Bemühungen eingeschränkt hatte? Oder hatte dieser ihm lediglich zeigen wollen, daß er sein Ziel nicht allein erreichen konnte?

»Ich dachte, das Amt des Aldermanns sei mir sicher«, beschwerte er sich bei seinem Freund Folz aus der Schreibergilde.

»In letzter Minute machte ein Gerücht die Runde, daß Euer... na ja... Privatleben einer genaueren Prüfung womöglich nicht standhalten könnte«, sagte Folz. »Und der Aldermann muß über jeden Tadel erhaben sein. Ich habe den anderen natürlich gesagt, daß mir nichts dergleichen bekannt sei, aber ich fürchte, der Same war ausgestreut, wenn Ihr diesen Ausdruck entschuldigen wollt.«

Konrad fragte sich, ob Folz wirklich ein so guter Freund war, wie er geglaubt hatte. Er hatte einmal den Fehler begangen, sich ihm anzuvertrauen. Freilich hatte Folz Angst um seine eigene Position. Die Schreibergilde hatte durch die Erfindung des Buchdrucks einen schweren Rückschlag erlitten. Es gab sogar Gerüchte, denen zufolge sie von der Druckergilde geschluckt werden sollte – und dann wäre Folz sein Meisteramt los gewesen.

Jetzt war Konrad alles klar. Folz hatte ihn angeschwärzt. Na ja, er würde schon sehen, wer wen anschwärzen würde, sobald der Spieß umgedreht wurde.

Konrad lächelte, als er auf dem Weg zum Rathaus Folz auf der Straße traf. Er durfte sich keinen Augenblick anmerken lassen, daß er wußte, daß Folz ihn verraten hatte.

»Na, wie gehen denn die Geschäfte?« fragte er ihn.

»So la la. Allerdings wird es nie mehr so sein wie früher. Jede Woche erscheinen neue Bücher.«

»Die Buchdruckerei bringt nichts als Ärger«, pflichtete ihm Konrad bei, obwohl er nichts dagegen hatte, wenn sie Folz Ärger bereitete. »Durch sie gelangt Wissen in die falschen Hände.«

»Genau meine Meinung«, sagte Folz. »Seht Euch zum Beispiel die Bibel an. Da steht so einiges drin, was lieber ein Geheimnis bleiben sollte.«

»Und trotzdem«, meinte Konrad, »könnte man argumentieren, daß die Verbreitung von Wissen die Stellung der Schreiber im Grunde verbessert.«

»So?« fragte Folz. »Wie denn das?«

»Je mehr sich die Gelehrsamkeit ausbreitet, Folz, mein Freund, um so mehr Leute wird es geben, die Eurer besonderen Fähigkeit bedürfen. Denn dann müssen mehr Hauptbücher geführt, mehr Berichte verfaßt, mehr Urkunden ausgezeichnet werden.«

Folz' Gesicht hellte sich auf.

»Daran hatte ich nicht gedacht.«

»Ihr müßt nur die Augen offenhalten, um die Möglichkeiten zu erkennen, die sich bieten.«

»Aber im Augenblick könnte die Situation kaum schlechter sein. Denkt nur an den Einmarsch der Türken, die letzte Seuche, die Hungersnot, den Preis für Tinte... Als wenn wir nicht schon genug berappen müßten, auch ohne daß schon wieder ein neuer Bischof...«

»Na ja, wenigstens das ist vorbei.«

»Es würde mich wundern, wenn wir diese Katholiken nicht wiedersehen würden. Die kommen garantiert wieder angeschlichen.«

»Wenn Ihr mich fragt, dann sind die Lutheraner nicht weit genug vorgeprescht«, sagte Konrad, der, innerlich lächelnd, die Gelegenheit beim Schopf ergriff. »Die machen noch immer gemeinsame Sache mit den Fürsten und Herzögen. Für die Stadtbewohner taugt dieser Glaube nicht.«

»Da könntet Ihr recht haben«, meinte Folz. »Daran hatte ich noch gar nicht gedacht. Vielleicht ist an diesen Täufern doch etwas dran.«

»Seltsam, daß Ihr das sagt.«

»Wieso seltsam?«

»Wie ich höre, sind einige von denen in Holland ziemlich ungerecht behandelt worden. Eigentlich wäre es nicht mehr als ein Akt der Nächstenliebe – von kommerziellen Vorteilen ganz zu schweigen –, wenn wir ihnen hier eine Zuflucht bieten.«

Folz' Augen begannen zu leuchten. Wie konnte er je ein Freund gewesen sein, dachte Konrad; der Mann war ein opportunistischer Schwachkopf.

»Was meint Ihr mit ›kommerziell‹?«

»Na ja, Ihr wißt ja, daß wir durch die letzte Seuche – wartet mal – zweitausend Einwohner verloren haben. Das sind zweitausend Menschen, die Nahrung, Kleidung, ein Dach über dem Kopf und, jawohl, Schreiberdienste gebraucht haben. Und hier bietet sich eine Gelegenheit, die Lücke ein bißchen aufzufüllen.«

»Sollen wir denn zweitausend Menschen aufnehmen?«

»Aber nein. Wo denkt Ihr hin! Vielleicht ein- oder zweihundert. Aber was für hundert, Folz! Von Eurem Standpunkt aus sind sie ideal. Sie betrachten Maschinen, wie etwa die Druckerpresse, als Teufelswerk. Sie sind die idealen Kunden für Eure Zunft. Denkt nur an die Traktate, die sie aufgezeichnet, an die Bücher, die sie geführt haben wollen – denn sie glauben ja, daß das Tausendjährige Reich Christi nahe ist. Für sie ist jeder Tag wichtig. Und Ihr wißt ja, wie fleißig diese Sorte Zuwanderer für gewöhnlich ist.«

Folz' Miene hellte sich von Minute zu Minute mehr auf.

»Und Ihr, Harting, glaubt Ihr auch, daß das Tausendjährige Reich nahe ist?«

»Ich gebe mir Mühe, aufgeschlossen zu sein, Folz«, entgegnete Konrad, ausnahmsweise wahrheitsgemäß.

Er wußte wirklich nicht recht, was er glauben sollte. Natürlich hatte er bei den Entwicklungen, die er darlegte, seinen persönlichen Vorteil im Auge; die mögliche Diskreditierung des neuen Aldermanns, die Wahrscheinlichkeit, in nicht allzu ferner Zukunft selbst in dieses Amt nachzurücken, eine einflußreiche Position, wie immer die Sache ausgehen mochte, verbunden mit persönlichem Gewinn (auch Heilige mußten essen) – alles in allem würde er gut abschneiden, egal, wie sich die Dinge entwickelten. Aber dazu kam noch etwas anderes. Der Holländer besaß ohne Zweifel eine besondere Gabe. Er wirkte irgendwie besessen – vielleicht war er sogar ein echter Prophet. Falls das Tausendjährige Reich tatsächlich bevorstand, falls auch nur die geringste Möglichkeit bestand, wäre es in jedem Fall gut, auf Nummer Sicher zu gehen. Vielleicht waren die vielen Katastrophen in letzter Zeit ja wirklich Vorboten der Endzeit, wie der Heilige gesagt hatte. Die Tatsache, daß der Mann fremd in der Stadt war, machte die Behauptung irgendwie glaubwürdiger. Über einen Rensburger, der ihm eine solche Geschichte aufgetischt hätte, hätte Konrad nur die Nase gerümpft.

»Man muß aufgeschlossen sein! Da habt Ihr ganz recht«, sagte Folz. »Also, was ist zu tun?«

»Ich werde dem Rat die Bitte der Holländer vortragen«, sagte Konrad. »Vielleicht darf ich mit Eurer Unterstützung rechnen?«

Um ein Haar hätte er »diesmal« hinzugefügt, konnte es aber gerade noch unterdrücken. Folz brauchte nicht zu wissen, daß Konrad wußte, was für eine miese Ratte er war.

8

Jedermann hatte schon immer gewußt, daß eigentlich die Gilden die Stadt regierten – vor allem seit der Bischof und das Kapitel das Feld geräumt hatten. Nach außen hin gab es zwar einen Stadtrat und einen Bürgermeister, doch im großen und ganzen bestimmten die Gilden, was zu geschehen hatte, da viele Gildevorsteher gleichzeitig auch Mitglieder des Rates waren. So kam es, daß Konrad mit besonderem Interesse an der Versammlung der Gildemeister teilnahm.

Man konnte nicht wissen, wie sie ausgehen würde. Der Meister der Tuchhändler, der Konrad um Haaresbreite besiegt hatte, war ein imposanter Mann mit einem Mondgesicht, der nicht so dumm war, wie er aussah. Seine Haupteigenschaft, die im politischen Taktieren bestand, sollte ihm allerdings zum Verderben werden. Ein stärkerer Mann hätte auch eine unpopuläre Entscheidung durchgesetzt; ein klügerer hätte erkannt, daß er es nicht beiden Seiten recht machen konnte.

Die Sitzung in einem Nebenraum des großen Gildehauses – eines vornehmen Gebäudes mit einem steilen, von Kragsteinen getragenen Dach – fand im August statt. Die Meister der einzelnen Gilden versammelten sich in ihren Festgewändern und nahmen an einem langen Tisch Platz, an dessen Ende, auf einem mächtigen Eichenstuhl, ihr Vorsitzender saß. Ihre pelzbesetzten Roben hoben sich prächtig von der dunklen Wandtäfelung ab. Wir sind wie ein Päckchen Karten, dachte Konrad, und ich werde es mischen.

Der Meister der Tuchhändler klopfte mit seinem Hammer auf den Tisch, und die Versammlung begann. Zunächst wandte man sich Routineangelegenheiten zu; Finanzen wurden diskutiert; für den Meister der Weinhändler, der kürzlich verstorben war, wurde ein Ersatzmann vorgeschlagen. All das war zu erwarten gewesen. Und dann ließ der Aldermann die Bombe platzen.

»Als nächstes«, sagte er, »kommen wir zur Frage der Bischofswahl.«

Erstaunt sahen die Gildemeister einander an.

»Wieso Bischof? Wir sind jetzt ein lutherischer Stadtstaat.«

»Trotzdem, als Stadtstaat brauchen wir einen Fürstbischof. Das wird ein rein weltliches Amt sein.«

»Das war es immer«, murmelte Konrad.

Mehrere Gildemeister sprangen auf.

»Nein, nein«, riefen sie.

»Ruhe«, rief der Aldermann, klopfte mit seinem Hammer auf den Tisch und sah sich mit seinem Mondgesicht nach allen Seiten um, um festzustellen, wo sein Vorteil lag.

»Keine Bischöfe mehr, keine Steuern mehr, keine Priester mehr«, rief die Versammlung.

Da erhob sich Konrad.

»Brüder«, sagte er, »wir wollen unsere Zeit nicht mit ungehörigen Streitereien vergeuden. Die Entscheidung liegt für uns klar auf der Hand. Wir müssen entweder deutlich machen, daß wir uns von den – wie es viele von uns empfinden – schlechten alten Zeiten losgesagt haben, in denen es lediglich geduldet wurde, daß wir unserem jeweiligen Gewerbe nachgingen...«

»Zugunsten des Klerus«, warf jemand ein.

Konrad blickte in die Runde und lächelte. Es war Folz.

»Ja, der Klerus hat in der Tat mehr profitiert als irgendeiner von uns«, fuhr er zügig fort. »Wir müssen entweder deutlich machen, daß wir uns losgesagt haben... oder, Brüder, wir müssen wieder dahin zurück, daß wir in unserer eigenen Stadt eigentlich nur Handelssklaven sind. Wir haben doch sicher keinen so weiten Weg zurückgelegt, um uns kurz vor der Ankunft im gelobten Land zur Umkehr bewegen zu lassen. Was ist Euch lieber?«

»Freiheit, Freiheit«, rief die Mehrheit.

»Nun, äh...«, sagte der Aldermann, dem das Ausmaß seiner Fehleinschätzung bewußt wurde, »das erscheint mir ein einstimmiger Beschluß. Wir müssen das Domkapitel fragen...«

»Nicht fragen«, sagte Konrad, »wir teilen ihm mit.«

»Es gibt kein Kapitel«, rief Folz. »Das hier ist eine freie Stadt.«

»Das Kapitel ist abgeschlossen«, rief irgendein Witzbold.

Der Aldermann seufzte. Der Dompropst, Baron von Linfeld, hatte ihm die großartigsten Möglichkeiten in Aussicht gestellt – die Übereignung von Grund und Boden, ein Herrenhaus, vielleicht sogar die Erhebung in den niederen Adel –, sofern er die Gilden dazu überreden könnte, zu dem alten Zustand zurückzukehren. All das mußte jetzt ohne Zweifel warten. Er fragte sich, ob der Dompropst sein Angebot möglicherweise auf Eis legen würde – wahrscheinlich nicht. Dabei hatte er sich bereits als Ritter gesehen. Wirklich zu dumm. Dieser Harting mußte erfahren haben, daß er Folz bestochen hatte, damit dieser für seinen Wahlsieg sorgte.

Konrad erhob sich abermals.

»Wir müssen ein Zeichen setzen, Brüder, das unseren ehemaligen Herren ein für allemal deutlich macht, daß wir es ernst meinen. Etwas, was ein Schock für sie ist und uns gleichzeitig nützt. Hat jemand einen Vorschlag?«

Jetzt bist du dran, Folz, dachte er. Wollen mal sehen, ob du weißt, wo dein Vorteil liegt. Doch Folz blieb sitzen, blickte aufmerksam von einem Sprecher zum nächsten, während die einzelnen Gildemeister Vorschläge machten.

»Was haltet ihr davon, wenn wir den gesamten Kirchenbesitz beschlagnahmen?«

»Zu massiv«, sagte Konrad. »Zu rigoros. Sie würden mit einem kleinen Trupp einmarschieren und ihn sich zurückholen – und die ganze Stadt gleich dazu. Dafür sind wir im Augenblick zu schwach. Wir müssen geschickt vorgehen.«

»Wir könnten doch bekanntgeben, daß der Rat Steuern für die Wahl eines neuen Bischofs erhebt.«

»Das würde einen Aufstand geben«, sagte Konrad. »Auch das würde die Soldaten auf den Plan rufen. Oder man könnte es gegen uns verwenden. Wann haben die Bürger dieses Gebäude zum letzten Mal gestürmt?«

»1441«, sagte jemand.

»Und was ist passiert?«

»Sechs Räte wurden mit Knüppeln erschlagen.«

»Damit ist die Frage beantwortet, denke ich«, sagte Konrad

gelassen. »Mit dem Volk muß man sehr behutsam umgehen. Es ist, als würde man einen Homunkulus aus der Flasche lassen. Man kann nie wissen, was er anstellt.«

»Warum versuchen wir nicht einfach... Zeit zu gewinnen?« schlug der Aldermann vor, der sich bemühte, das Ruder wieder an sich zu reißen. »Das wäre staatsmännisches Verhalten. Viele Leute schauen auf uns. Wir wollen nichts überstürzen. Wer weiß, vielleicht kommt bald eine Zeit, in der wir mächtige Beschützer brauchen. Wir leben in schlimmen Zeiten.«

Konrad hörte mit Mißfallen, daß sich ein oder zwei Stimmen dieser Meinung anschlossen.

»Die Türken sind derzeit im Osten«, sagte der Meister der Goldschmiede. »Wer weiß, ob sie nicht bald nach Norden kommen?«

Konrad sprang noch einmal auf.

»Brüder, das ist Eurer unwürdig. Haben wir nicht alles, was der Mühe wert war, mit ein bißchen Beherztheit zustande gebracht? Ohne mannhaften Mut werden wir in die Knechtschaft zurückfallen. Freiheit gibt es nicht umsonst. Man muß sie sich verdienen. Wenn es so einfach wäre, würden das alle tun.«

Zufrieden registrierte er das beifällige Gemurmel, das diesmal ihm galt. »Nun«, sagte er, ohne Folz anzusehen, »noch irgendwelche Vorschläge?«

Folz stand langsam auf und blinzelte wie eine Ratte in die Runde, um abzuschätzen, was die Mehrheit hören wollte. Nachdem er offenbar zu einem Entschluß gelangt war, begann er zu sprechen.

Ich bringe ihn um, dachte Konrad – und war entsetzt und gleichzeitig erheitert, als er feststellte, daß er es ernst meinte –, ich ermorde ihn, wenn er jetzt einen Fehler macht.

»Brüder«, sagte Folz, »wenn ich in den Sprachen der Menschen und Engel redete, hätte aber der Liebe nicht, wäre ich dröhnendes Erz oder eine lärmende Pauke...«

Konrad begann zu lächeln. Er wußte, daß alles gut werden würde. Er achtete kaum mehr auf das, was Folz noch zu sagen hatte.

»... ein Akt der Nächstenliebe, diese unterdrückten Menschen aufzunehmen... aus Kleve und aus den Niederlanden und Brabant... wie Heilige... fleißig... anstelle derer, die die letzte Seuche dahingerafft hat... eine Steigerung unserer wirtschaftlichen und, wie ich glaube... moralischen Größe. Gleichzeitig... in den Augen der... eine Unverschämtheit gegenüber Bischof und Kapitel, die auf gar keinen Fall Täufer in der Stadt dulden...«

Endlich nahm Folz wieder Platz. Er hatte seine Sache gut gemacht. Im Hintergrund hörte man bereits zustimmende Rufe. Konrad erhob sich zum letzten Mal.

»Ich glaube«, sagte er, »daß unser Bruder Folz eine geniale Idee gehabt hat. Sie wird unsere Feinde erzürnen, aber sie können schlecht mit Gewalt dagegen angehen. Ich unterstütze seinen Vorschlag und möchte jetzt gerne ein Mißtrauensvotum gegen unseren Aldermann beantragen.«

»Ich schließe mich an«, sagte der Meister der Buchdrucker.

»Augenblick mal«, sagte der Aldermann.

»Wer ist dafür?« fragte Konrad.

Zwanzig Hände gingen hoch. Er hatte sich gründlich vorbereitet.

»Dagegen?«

Fünf Hände meldeten sich, darunter die des Aldermanns.

»Antrag angenommen. Und jetzt möchte ich vorschlagen, daß an seiner Stelle Bruder Folz gewählt wird... Ich weiß, daß es selten vorkommt, daß ein Aldermann abgesetzt wird. Wann ist das das letzte Mal geschehen?«

»1441«, sagte eine leise, hinter einem Wandschirm verborgene Stimme.

»Schlechte Zeiten verlangen entschiedene Maßnahmen«, verkündete Konrad. »Und das bedeutet eine starke Führung. Dafür?«

Einundzwanzig Hände gingen hoch.

»Ich erkläre die Versammlung für beendet«, sagte Folz.

Am nächsten Tag ernannte er Konrad, auf dessen Ersuchen, zu einem Vertreter der Gesamtgilde im Rat der Stadt. Es war eine offizielle Ernennung. Zwar geschah derzeit wenig im Rat – es wurde viel beratschlagt und kaum etwas unternommen –, aber trotzdem war es nützlich zu wissen, welche Funken gemeinschaftlicher Entschlossenheit es hier noch geben mochte. Selbst jetzt durfte nichts als selbstverständlich betrachtet werden.

9

Die Heiligen hatten sich in Marsch gesetzt. Ein langer Zug, begleitet von mehreren Gepäckkarren, auf denen die Jüngsten und Schwächsten mitfuhren, schleppte sich auf der Straße von Nimwegen in Richtung Grenze und nach Rensburg. Ihr Anführer ging an der Spitze des Zuges – David Mosman persönlich. Obwohl er erst vierzig war, wurde sein Gesicht von silbernem Haupt- und Barthaar umrahmt wie von einer Wolke; er war ein Mann der Tat – einer, der beflügelte, unterstützte, ermahnte. Zwischendurch warf er die Arme empor, worauf die gesamte Prozession zum Stehen kam, und begann zu beten. Dann wieder besang er in selbstverfaßten Hymnen die Reise in das Neue Jerusalem. Er hatte die enorm wichtige Organisationsarbeit hintangestellt, um diesen ersten großen Pilgerzug zu begleiten.

Am Ende des Zuges ging ein Mann von ganz anderer Wesensart, der sich aus Rensburg davongeschlichen hatte, um sich ihm anzuschließen. Er nannte sich Enoch. Enoch dachte beim Gehen über die Position des Führers der Heiligen nach. Jetzt und hier war der Anführer der Anführer, dachte er. Aber war er der wahre Führer? Er konnte es nicht beurteilen. Noch stand er im Schatten. Aber er spürte – ein Rucken des goldenen Fadens verriet es ihm –, daß es einen gab, der sich erst noch offenbaren würde, der Auserwählte Gottes, der wahre Messias. Diese Gewißheit erfüllte ihn insgeheim mit wilder Freude. Wer es auch sein mochte, er konnte nicht weit weg sein, denn die Stunde des Tausendjährigen Reiches war sehr nahe.

Alle Vorzeichen waren eingetroffen. Auch jetzt konnte man sie noch miterleben. Erst gestern hatten ein paar Heilige in den Wolken ein riesiges Pferd gesehen. Ein anderer hatte aus einem Brunnen Blut hochgezogen. Das Beste freilich war, daß ihnen Gott in drei Tagen die Tore von Rensburg öffnen würde – einer Stadt, die noch vor zwei Jahren ihre abscheulichen Messen in den Tempeln des Antichrist gefeiert hatte. Es war in der Tat ein Wunder, bei dem er lediglich als bescheidenes Werkzeug gedient hatte. Oder vielmehr war er imstande gewesen, es mit herbeizuführen, weil Gott nicht nur mit ihm war, sondern in ihm.

O ja, er hatte das leichtfertige deutsche Mädchen schockieren wollen, als er sagte, er sei Gott. Aber er hatte es nicht leichtfertig dahingesagt. Er war Gott – Gott Sohn, der sich in Gott den Heiligen Geist einflocht, aber noch nicht in Gott den Schöpfer. Denn wäre er Gott der Schöpfer, könnte er die Bäume dazu bringen, sich vor ihm zu verneigen, wenn er vorbeiging. Das konnte keiner der anderen. Nicht einmal der Anführer.

Und dann dachte er: Gott würde das auch nicht tun. Was würden sich verneigende Bäume Gott schon nützen? Das war eine jener eitlen Versuchungen, wie der Teufel sie Gott in der Wüste geschickt hatte.

»Ich bin ein Werkzeug, kein Sklave«, rief er plötzlich aus.

Es war eine Eingebung. Er hatte diese Worte nicht gedacht. Die Parole wurde von allen ringsum aufgenommen. Die Heiligen hatten einen Sinn für eingängige Slogans. Sie pflanzte sich bis zur Spitze des Zuges fort.

»Ich bin ein Werkzeug, kein Sklave.«

Der Anführer und er würden kehrtmachen, sobald sie die Pilger bis an die Tore von Rensburg gebracht hatten. Noch war die Zeit nicht ganz reif für sie. Die Heiligen mußten unter dem Spülicht der Stadtbevölkerung wirken wie Hefe. Erst dann konnte das Destillieren und Veredeln beginnen.

»O Gott«, betete er beim Gehen, und es folgte ein selbstverfaßtes Bittgebet, das eine weitere Verbreitung erleben sollte. »Wie soll ich dich nennen, der du nicht benannt werden kannst? Wie soll ich von dir sprechen, da über dich zu sprechen nur Widersprüche erzeugt? Denn wenn ich sage, ich sehe dich, heißt das nichts anderes, als daß du dich siehst. Wenn ich sage, ich kenne dich, heißt das nichts anderes, als daß du dich kennst. Wenn ich sage, ich liebe dich, heißt das nichts, denn in mir ist nichts, was dich lieben könnte, außer du selbst; und deshalb liebst du nur dich selbst... Ach, lieber Gott, laß mich mich selbst – das bist Du – durch mein Du-Sein suchen...«

Er sollte weniger disputieren und lieber zusehen, daß sich der goldene Faden verlängerte.

10

Ein Lüftchen, das vom Fluß her wehte, umschmeichelte die Linden, als Pastor Hans Hass nach der Sonntagmorgenmesse mit der gewohnt feierlichen und entrückten Miene, hinter der sich Selbstzufriedenheit verbarg, nach Hause ging.

Von der Kate des armen Hufschmieds, in der er geboren war, hatte er einen langen Weg bis hierher zurückgelegt. Angeborene Intelligenz und ein rastloses Naturell hatten ihn zuerst auf die Universität gebracht und von dort aus in die Arme der Lutheraner – denen er geholfen hatte, sich in Rensburg durchzusetzen und die Stadt für sich zu gewinnen.

Seine Selbstzufriedenheit war an diesem Morgen besonders ausgeprägt. In seiner Predigt war er von einem Text ausgegangen, den keine geringere Autorität als Melchior Hoffmann ausgelegt hatte. Es war ein Risiko gewesen, aber es hatte sich gelohnt.

Er hatte den berühmten Prediger, Visionär und Wanderpropheten Hoffmann – einen Schüler von Thomas Müntzer, der die Bauern in ihrem tapferen, wenn auch verhängnisvollen Krieg gegen den sächsischen Kurfürsten angeführt hatte – kennengelernt, als dieser vor etwa einem Jahr den Norden Deutschlands besuchte.

Hoffmann hatte sich eine Weile in Köln aufgehalten, und Hass war dorthin gereist, um mit ihm zu reden; er hatte mit eigenen Ohren gehört, daß der Prophet davon überzeugt war, daß die Wiederkehr Christi und das Tausendjährige Reich unmittelbar bevorstanden. Anschließend war Hoffmann in den nördlichen Teil der Niederlande weitergezogen und hatte dort für die Verbreitung jener kämpferischen Form des Wiedertäufertums gesorgt, die sich jetzt ihren Weg nach Deutschland bahnte.

Hoffmann war ebenfalls zurückgekehrt, ohne jedoch in Rensburg Station zu machen, und hatte auf dem Weg nach Straßburg (wo er den Rest seiner Tage in einem Käfig zubringen mußte) Hass erneut zu sich rufen lassen. Dieser mußte ihm versprechen, das Mäntelchen des Luthertums abzuwerfen, sobald der Geist zu ihm sprach, und von Stund an für die Täufer zu predigen.

Dies war in der vergangenen Nacht unmißverständlich geschehen. Es war ein Samstagabend gewesen – das war deshalb von Bedeutung, weil er am nächsten Morgen predigen mußte und wußte, daß die Kirchengemeinde, wie stets bei ihm, vollzählig versammelt sein würde.

Eine Stimme, die direkt von oben zu kommen schien, hatte ihn aus dem Schlaf gerissen.

»Hans… Hans…«

»Ja«, flüsterte er etwas furchtsam, da er nicht wußte, was er davon halten sollte. »Ja, wer ist da?«

»Predige den Buchstaben des Herrn, Hans. Der Buchstabe ist C. Die Zahl ist V.«

Das war alles. Hass hatte sich aufgerappelt, um eine Kerze anzuzünden, doch als er endlich den Feuerstein geschlagen und den Zunder angeblasen hatte, war nichts zu sehen. Im Grunde hatte er es gewußt. Es war die Stimme des Geistes gewesen.

In dieser Nacht fand er keinen Schlaf mehr. Die Zahl ist V, der Buchstabe ist C. Was konnte das bedeuten? Und dann fiel ihm ein, wie begeistert Hoffmann von Papst Clemens' fünftem Brief gewesen war. Er hatte ihm diesen sogar in der neuen deutschen Übersetzung des Humanisten Franck geschenkt.

Er blätterte sie durch, bis er den Abschnitt fand, den er suchte. Ah, das würde die Städter aufrütteln und aufhorchen lassen! Das würde die Fettwänste zittern und die Gebeine der Dürren schlottern lassen.

Kaum jemand hatte sich an diesem Morgen in der Kirche geregt, als er auf die Kanzel hinaufgestiegen war und auf das Meer von Gesichtern hinabgeblickt hatte – ja, sie erwarteten heute etwas, es lag so ein Gefühl in der Luft, als wären Engel in der Stadt. Wie anders es doch jetzt in den Kirchen zuging, dachte er, als bei den dekadenten Menschenansammlungen, die die römisch-katholischen Götzendiener gestattet, ja sogar gefördert hatten – Hausierer, die Zuckerzeug verkauften, Galane, die ihren Damen Handküsse zuwarfen, Prostituierte, die ihrem stinkenden Gewerbe nachgingen. Jetzt war Schluß mit alledem. Schluß mit dem Zuzwinkern und dem Lächeln. Nachdem er sich vergewissert hatte, daß sie ihm ihre volle Aufmerksamkeit schenkten, trug er den ausgewählten Text vor.

»›Da fing bald an …‹«, begann er, hielt dann inne und ließ den Blick über die Menge wandern.

Man hätte eine Stecknadel fallen hören. Er benutzte gern solche schauspielerischen Tricks – warum auch nicht? (Trotz seines abgeschlossenen Universitätsstudiums war Hass eher ein Demagoge als ein Philosoph.)

»›Nimrod‹«, fuhr er fort. »›Nim-rod‹.«

Er betonte beide Silben gleich stark, so daß sie sich lächerlich anhörten; und damit bekam auch der Mann, der diesen Namen trug, etwas Lächerliches.

Noch immer gab die riesige Gemeinde keinen Laut von sich, nicht einmal ein unterdrücktes Husten. Hass erwärmte sich für sein Thema. Die Sache begann ihm Spaß zu machen.

»›Da fing bald an Nimrod zu herrschen.‹«

Wieder hielt er inne und blickte abermals forschend um sich, fing den Blick einer kleinen Frau in den hinteren Bankreihen auf, den eines Jungen, eines alten Bürgers und brachte sie allesamt dazu, beschämt die Augen niederzuschlagen.

Dann wurde sein Ton durch und durch sachlich.

»Mein heutiger Text stammt aus dem fünften Brief des Papstes Clemens.«

Nur wenige hatten je von diesem Brief gehört, und wenige interessierten sich dafür. Er stammte aus einer dubiosen Quelle und war vermutlich eine Fälschung. Aber für die Gemeinde war er das Evangelium.

Hass schaltete wieder auf seine eindringliche Sprechweise um.

»›Da fing bald an Nimrod zu herrschen.‹«

Er hielt abermals inne und kehrte zu seinem normalen Predigtton zurück.

»Ihr erinnert euch doch an Nimrod, nicht wahr? Nimrod war ein berühmter Jäger. Jagen – ja, das tat er gern. Vom Regieren hingegen hielt er nicht sehr viel. Obwohl er König war, ging er lieber auf die Jagd, als zu regieren. Ihm war es egal, ob Krieg herrschte oder eine Seuche oder Hungersnot. Wenn das Volk zu ihm sagte: ›Gib uns Brot‹, dann antwortete Nimrod: ›Sieht aus, als wäre heute ein guter Tag, um Eber zu jagen.‹«

Bei einem anderen Prediger wären die Leute vielleicht versucht gewesen, an diesem Punkt zu lächeln. Aber dieser junge Mann mit seinem rhetorischen Talent und diesen Augen, die Gedanken lesen konnten, hatte etwas Einschüchterndes an sich.

Zufrieden darüber, daß er jetzt ihre ungeteilte Aufmerksamkeit hatte, fuhr Hass mit seinem Text fort.

»›Da fing bald an Nimrod zu herrschen, und wer bass mocht, tat den andern in den Sack, und sie fingen an, die Welt unter sich aufzuteilen und um das Eigentum zu zanken. Da kam auf das Mein und Dein, daß sie zuletzt so wild wurden, daß sie von den wilden Tieren kaum zu unterscheiden waren. Da wollte einer edler und besser sein als der andere, ja sein Herr sein, da doch Gott alle Dinge für alle gemeinsam hat erschaffen, wie wir noch heute gemeinsam Luft, Feuer, Regen und Sonne genießen und alles, was sich der diebische, tyrannische Mensch nicht kann unterwerfen und beherrschen…‹«

Er legte eine Pause ein. Und plötzlich atmeten angesichts dieses unmißverständlichen Aufrufs zur Revolution alle gleichzeitig hörbar aus – es war ein Geräusch, als würde ein riesiges Gebläse zusammengepreßt. Und mit diesem Geräusch schienen die Leute noch etwas anderes als Luft auszublasen – einen Geist, der, solange er nicht in Worte gefaßt wurde, formlos war, diffus, im Dunkeln wirkte, jetzt aber, wie der Geist aus der Flasche, befreit war und draußen umging.

11

Am nächsten Tag, einem Montag, kamen die Täufer aus Holland vor den Toren der Stadt an. Die Torhüter hatten von der Gesamtgilde Anweisung, ihnen aufzumachen, und so strömten sie, Loblieder singend, in die Stadt. Sie wurden zum Marktplatz geleitet, wo sich die Bürger aufgeregt versammelten. O ja, Flüchtlinge hatten sie schon früher erlebt, aber so wie diesmal war es nie gewesen. Man hatte unweigerlich das Gefühl, daß etwas Wunderbares, Seltsames, ja sogar leicht Beängstigendes im Gange war.

Während sie die Ankunft der Heiligen erwarteten, drehte sich das Gespräch der Bürger um Pastor Hass' Predigt vom vergangenen Tag.

»Er hat gesagt, in der Frühkirche hat alles Eigentum allen gemeinsam gehört. Damals hat es kein Silbergeschirr gegeben und keine fetten Äbte«, sagte ein arbeitsloser Zimmermann.

»Und auch keine Steuern«, sagte ein Fremder mit einem hohen Hut, in dem zur Zierde ein halber Pfeil steckte.

»Und keine verfluchten Könige und Adeligen, die die Armen unterdrückt haben, und die haben sich das auch noch wie Packesel gefallen lassen«, sagte ein Maurer, der aus einer Bierschenke kam.

Plötzlich ertönte auf der Straße, die zum Westtor führte, ein Schrei: »Sie kommen. Die Heiligen. Laßt sie hochleben!«

»Ich hab gehört, die glauben an die freie Liebe«, sagte ein Färbergehilfe, infolge seines Gewerbes rot wie ein Teufel.

Die Heiligen zögerten keinen Augenblick. Sie marschierten, noch immer Loblieder singend, samt ihren Karren zu dem leeren Fleck vor dem Rathaus, den man für sie frei gelassen hatte. Hier stand Konrad, mit Elisabeth an seiner Seite – darauf hatte er hartnäckig bestanden – auf den Stufen, um sie zu begrüßen.

Während sie sich aufstellten, wurden sie von der Stadtbevölkerung bejubelt und beklatscht wie siegreiche Truppen und nicht etwa wie aufgezwungene Verwandte, deren Vergehen darin bestand, daß sie in ihrem eigenen Land zuviel Unruhe gestiftet hatten.

Für Elisabeth war das eine gute Gelegenheit, sich diese merkwürdigen Leute anzusehen, von denen sie schon so viel gehört hatte. Die Ähnlichkeit zwischen ihnen und dem Holländer, der ihren Vater aufgesucht hatte, war offenkundig. Sie trugen genau dieselben düsteren Gewänder und feierlichen Mienen und wirkten ebenso entrückt wie er, auch wenn keiner ihm im Auftreten glich oder dieselbe unerschütterliche Geradlinigkeit ausstrahlte, die einen frösteln machte. Sie wußte, daß die meisten von ihnen Weber aus Leiden waren, dem Zentrum der Tuchmacherei. Ihr Vater hatte ihr erzählt, daß diese Leute allein in ihren Hütten gearbeitet hatten – die Wolle wurde gebracht und der Stoff abgeholt, wann und wenn es den Kaufleuten paßte, und gezahlt wurde ebenfalls der Preis, der ihnen paßte. Sie wurden nicht von Gilden vertreten, denn wo jeder für sich zu Hause arbeitete, konnten Gilden nicht funktionieren. Sie waren verzweifelt. Und das Täufertum hatte sie gerettet und ihnen neue Hoffnung gegeben.

»Wie es uns allen Hoffnung und Anregung geben muß«, sagte ihr Vater. »Und uns helfen wird, unsere Augen etwas entschlossener auf den Himmel zu richten und weniger auf oberflächliche Dinge, die in Zeiten wie diesen fehl am Platze sind.«

Er wiederholte diese Gedanken in seiner Begrüßungsrede. Er beschrieb die Neuankömmlinge als hart arbeitende, anständige Menschen mit einwandfreiem Lebenswandel, die man aufgrund von Fehlern, die in seinen Augen Tugenden waren, aus ihrem Land vertrieben hatte. Er forderte seine Mitbürger nachdrücklich auf, ihnen zuzuhören, von ihnen zu lernen und mit der Zeit vielleicht sogar ihre leuchtende Hoffnung und ihren Glauben an die Errichtung eines Neuen Jerusalem zu übernehmen. Wer weiß? Vielleicht sogar hier in Rensburg.

Elisabeth, die zu diesem Anlaß ein neues Kleid angezogen hatte, um ihrem Vater Ehre zu machen, hatte das Gefühl, als etwas leichtfertig und auf Äußerlichkeiten bedacht aufzufallen, und ließ aus Nervosität ihren Blick wandern. Es war ihr bewußt, daß einige Augen aus dem Rathaus zusahen – Augen, die keineswegs so überglücklich waren, wie die ihres Vaters es zu sein vorgaben; Augen von Kaufleuten, die Verdienst und Risiko abwägten. Wenn ich einer von denen wäre, würde ich eher an Profite als an Propheten denken, überlegte sie. In der Stadt gab es bereits eine ganze Menge arme, arbeitslose und hungernde Menschen. Vielleicht wäre es besser, nicht alle diese Holländer aufzunehmen, sondern erst einmal die Armen, die bereits da waren, mit Nahrung und Kleidern zu versorgen – Menschen, die sich frohgemut mit so gut wie nichts abgefunden hatten, aber womöglich mit gutem Grund verzweifelten, wenn sie dieses bißchen noch teilen sollten.

Sie überlegte, ob sie ihrem Vater dies nicht zu bedenken geben sollte, doch dafür war es jetzt etwas zu spät.

Allem Anschein nach waren es ungeheuer viele Holländer – viel mehr als die rund hundert, von denen der Mann gesprochen hatte; vierhundert kam schon eher hin, dachte sie.

Ihr Vater beendete seine Ansprache unter heftigem Beifall. Die Heiligen sahen allmählich so aus, als hätten sie nichts gegen eine Suppenküche und einen Platz, um sich niederzulegen.

Pastor Hass trat vor, um ein paar Worte zu sprechen.

12

Wäre Elisabeth in eine andere Familie aus derselben Schicht hineingeboren, hätte sie die damals übliche Durchschnittserziehung erhalten. Selbstverständlich Lesen und Schreiben, Grammatik, etwas Logik (die einer Frau nicht beizubringen war, wie ihr Vater behauptete), ein paar Brocken Französisch (da man so dicht an der Grenze zu Burgund wohnte), vielleicht etwas Musik – Laute beispielsweise oder das in Mode gekommene Spinett; und vielleicht ein bißchen Zeichnen. Doch zufällig hatte sie eine außergewöhnliche Mutter, deren Vater Professor an der Universität Paderborn gewesen war.

Das Interesse am Lernen ist innerhalb einer Familie ein so dominantes Merkmal wie braune Augen; und Elisabeths Mutter Hilde sorgte dafür, daß ihre Tochter eine umfassende Bildung erhielt. Obwohl sie ihr Zimmer kaum verlassen konnte – sie litt nach Aussage der Ärzte an übermäßiger Blutarmut, die Ohnmachtsanfälle verursachte und sie auf die Dauer körperlich schwächte –, hatte sie Elisabeth mit fünf Jahren das Lesen beigebracht und seitdem ihr Wissen und Verständnis stetig erweitert. Gerade weil sie in ihrer Bewegungsfreiheit so eingeschränkt war, besaß sie diese Möglichkeit. Eine gesündere Frau hätte sich um den Haushalt gekümmert oder sich in wohltätige Arbeit gestürzt.

Hilde lebte in ihren Gedanken, sie lebte für ihre Tochter.

»Aber was nützt denn dieses viele Wissen?« fragte ihr Mann ungeduldig.

Er war ungeduldig mit ihr gewesen, seit er sie kennengelernt hatte. Damals hatte ihr seine Energie gefallen. Und ihm hatte ihre außergewöhnlich blasse Schönheit gefallen. »Wie eine Wassernymphe«, pflegte er zu sagen. »Wie ein bleiches Wesen aus dem Teich.« Aber das war lange her. Es war ohnehin eine arrangierte Ehe gewesen – gegen den ausdrücklichen Wunsch ihrer Mutter.

»Was für eine Verschwendung deiner Bildung«, hatte sie damals gesagt, doch Hildes Vater war unerbittlich gewesen.

»Harting wird es weit bringen«, hatte er gemeint. »Im Grunde hat er es jetzt schon weit gebracht. In diesen unruhigen Zeiten ist es gar nicht schlecht, einen Kramer in der Familie zu haben. Ihr gebildeten Leute habt immer dieses Vorurteil gegen den Handel.«

Es stimmte, daß Hildes Mann es weit gebracht hatte – und sich ebensoweit entfernt hatte von ihr und von dem, was sich in jener ersten Zeit zwischen ihnen beiden an Zärtlichkeit abgespielt hatte. Ironischerweise sagte er jetzt dieselben Dinge über seine eigene Tochter wie Hildes Vater damals über sie. Es gab einen häßlichen kleinen Reim, den er mit der törichten Miene eines Menschen, der sich auf Sprichwörter beruft, immer wieder zitierte.

»›Zu viel Latein, zu wenig Stickereien‹«, tönte er weise, und: »Sorge dafür, daß ihr Verstand sauber und ihre Finger emsig bleiben.«

Wenn er den Spruch dann wiederholte, begann sie jedesmal zu schreien, sofern sie die Kraft dazu aufbrachte.

Für eine normale Kaufmannstochter war das Spektrum der Tätigkeiten, die sich für eine junge Dame schickten, damals eng begrenzt.

Es reichte von Handarbeiten auf der einen bis zum Kirchgang auf der anderen Seite. Ansonsten umfaßte die Liste Blumenarrangements, Hauswirtschaft und dezenten und unaufdringlichen Gesang. Man durfte bescheidene Spaziergänge unternehmen, und auch die Herstellung stärkender Sülzen wurde gebilligt.

Elisabeth hatte das Glück, von ihrer Mutter mehr Anregungen zu erhalten als der Durchschnitt der jungen Mädchen in Rensburg; für Kräuter und ihre Heilwirkung interessierte sie sich zum Beispiel so sehr, daß sie vorhatte, ein Buch über die heimischen Kräuter zu verfassen; trotzdem erwartete man von ihr, daß sie sich intensiv mit Blumenarrangements, Rezepten, feiner Nadelarbeit, Madrigalen und Religion beschäftigte, was sie mit mehr oder weniger großer Begeisterung auch tat. ›Religion‹ war vielleicht das falsche Wort. ›Kirche‹ war besser, denn Kirche und Religion waren zwei Paar Stiefel.

Bei den Katholiken war die Kirche eine recht fröhliche Angelegenheit gewesen. Sie war ein Treffpunkt, ein zentraler Ort, an dem die jungen Männer den hübschen Mädchen Augen machten – auch Elisabeth war öfter zugezwinkert und -genickt worden, als sie zählen konnte. Zwar hatte sie es nie darauf angelegt, aber ganz unempfänglich konnte man dafür auch nicht sein. Und es trug in jedem Fall zur Auflockerung der Predigten bei, bei denen sich die fetten Priester wie Schweine in ihrem Trog suhlten. Die Kirche war der Ort, an dem man sich verabredete und an dem Briefchen ausgetauscht wurden.

Im Grunde trugen das Zuzwinkern und Beäugen, die Prostituierten, die ihrem Gewerbe nachgingen, und die Andenkenverkäufer, die Kopf-oder-Zahl-Spiele hinter den Pfeilern und die Kinder mit ihren Reifen, das Schreien der Säuglinge und die Spatzen im Gebälk, das Getratsche und die Skandale, das Fallenlassen von Kopftüchern und das Flattern der Herzen, das Sichheben und -senken und manchmal gar das Entblößen von Brüsten dazu bei, daß sich Elisabeth im Hause Gottes sehr viel wohler fühlte als bei den flammenden Reden eines Täufers, der es kaum erwarten konnte, einen auf ewig in Sack und Asche zu sehen, in einer derart entrückten Kirche, daß man hätte meinen können, alle wären schon ganz benommen hierhergekommen. Aber ihrem Vater gegenüber mochte sie das nicht sagen, denn er hatte immerhin mitgeholfen, die Ausländer in die Stadt zu holen, und alle wußten das. Als sie es einmal gewagt hatte, eine Bemerkung über dieses Thema zu machen, war er purpurrot angelaufen wie Knabenkraut. Folglich behielt sie ihre Meinung für sich und kehrte zu ihren Kräutern und Büchern zurück – fast jeden Monat kam ein neues hinzu, das ihre Mutter offenbar irgendwie ins Haus schmuggeln ließ –, unterbrach ihre Lektüre, um Besuche im Krankenzimmer und Spaziergänge in den Flußauen zu machen, wo die Eisvögel anscheinend noch nichts von der unmittelbar bevorstehenden Auflösung der Welt und dem Ende aller Zeiten mitbekommen hatten.

Es war eine sonderbare Zeit, gewissermaßen in der Schwebe zwischen zwei Ordnungen, mit den Füßen in der sumpfigen Vergangenheit, dem Kopf in den sich zusammenbrauenden Wolken des Zornes und der Gerechtigkeit. Es war eine sonderbare Zeit; aber sie war noch voller Wärme und Farbe und jenem belebenden Gefühl der Erwartung, das Pflanzen wachsen und junge Mädchen morgens aufwachen und ohne Grund glücklich sein läßt.

Jeden Morgen, wenn Elisabeth aufstand, riß sie das Fenster weit auf und sog gierig die Luft ein, blies ihre Backen auf und sagte: »Ich liebe, liebe, liebe...«

Aber was liebte sie? Die Stadt, die Welt, das Unbekannte – alles und nichts. Liebe, Liebe, Liebe...

»Ich kann nur hoffen, daß dich dein Vater nicht hört«, sagte die alte Frieda zu ihr. »Der verheiratet dich, ehe du dich's versiehst. Väter hören dieses Wort nicht gerne. Er hat zweifellos Pläne mit dir.«

»Pläne?«

»Er möchte dich verheiraten.«

»Verheiraten...«

Sie lachte. Der Gedanke war lächerlich und doch irgendwie erfreulich.

»Mich würde keiner mögen«, sagte sie.

»Die schon.«

»Mich nicht.«

Bei dem Gedanken mußte sie wieder lachen.

»Was ist mit diesem Teufel?« fragte Frieda.

»Welchem Teufel?«

»Dem Holländer.«

»Mein Vater möchte doch nicht etwa, daß ich den heirate? Du machst Witze. Schreckliche alte Frieda.«

Eine Wolke, schwarzblau, huschte von Westen her über den Himmel, obwohl nach wie vor die Sonne schien. Die alte Frieda bekreuzigte sich.

»Vermutlich hast du recht, ich mache Witze, mein Lämmchen.«

»Ich werde nur aus Liebe heiraten«, verkündete Elisabeth.

13

Konrad und seine Freunde hatten kein ganz leichtes Spiel. Es gab viele Leute in der Stadt, die allmählich bestürzt darüber waren, wie sich die Dinge entwickelten.

Natürlich hatte es Spaß gemacht mit anzusehen, wie der Bischof und das Domkapitel gedemütigt wurden, wie der alte Klerus verdrängt wurde und die neuen Lutheraner ihren Platz einnahmen. Denn wie hatten diese Leute frohlockt, als es ihnen gelang, sämtliche Zugeständnisse, die sich die Stadtbevölkerung in den Zeiten des Überflusses hart erkämpft hatte, wieder an sich zu reißen! Wie rachsüchtig waren sie in den Zeiten der Hungersnot und der Pest gewesen! Aber waren es nicht wenigstens Leute, die man kannte, die die eigene Sprache sprachen und mit den hiesigen Gepflogenheiten vertraut waren? Waren sie nicht, obwohl sie sich in der Vergangenheit manchmal niederträchtig verhalten hatten, der jetzigen Situation vorzuziehen, einer Stadt voller Arbeitsloser und verzweifelter fremder Menschen?

In Anbetracht dieser Stimmung schlossen sich Katholiken und Lutheraner zusammen – ein ziemlich aussichtsloses Bündnis, wie einige ältere Klosterbrüder meinten, aber unumgänglich, da der Teufel mit der Peitsche knallte.

Natürlich wurde Konrad für die Aufnahme der Täufer verantwortlich gemacht und bekam die Ablehnung vieler Ratsherren zu spüren, die ihrerseits Resolutionen mit der Forderung verabschiedeten, der redselige Hass müsse unter Androhung der Ausweisung aus der Stadt zum Schweigen gebracht werden, nachdem seine Predigten immer eindringlicher wurden. Doch Konrad hielt unerbittlich daran fest, daß es richtig gewesen war, den Schwachen und Hilflosen Zuflucht zu gewähren.

»›Gesegnet sind jene‹«, zitierte er in der Ratsversammlung, »›gesegnet sind jene, die den Armen und Schwachen beistehen.‹ Ich zweifle nicht daran, Brüder, daß wir gesegnet werden für das, was wir getan haben, und der Name Rensburg in großen Lettern in die Annalen der Nächstenliebe eingehen wird. Ich entschuldige mich nicht für meinen Standpunkt.«

Nach dem Eintreffen der Täufer in der Stadt war ihm ein besonderer Besuch im unterirdischen Versammlungsraum zugestanden worden. Vielleicht nicht ganz so aufwendig wie beim letzten Mal, aber zweifellos erregend. Sinnlicher Genuß war für ihn inzwischen wie eine Droge. Er brauchte ihn immer wieder. Und man hatte ihm versprochen, daß ihm Adams Geheimnis bald enthüllt würde.

»Was den Prediger Hass betrifft«, fuhr Konrad fort, »so bezweifle ich, daß seine Anhänger euch so nahe an seine Kirche heranlassen würden, daß ihr ihn hinausjagen könntet. Mag sein, daß er übereifrig ist, aber seine Frömmigkeit läßt sich nicht leugnen. Ist das in unserer Stadt inzwischen ein Verbrechen?«

Die Ratsherren rutschten auf ihren Stühlen hin und her.

Sie erreichten tatsächlich die Ausweisung von ein paar weniger bedeutenden Täuferpredigern, aber dieser Triumph war nur von kurzer Dauer. Das Geschrei der Bevölkerung rief sie bald wieder zurück.

Als der Frühling in den Sommer überging, steigerte sich die Erregung. Zu dem fieberhaften Zustand des politischen Klimas passend, wurde es ein außergewöhnlich heißer Sommer. Daß Tag für Tag die Sonne herunterbrannte, trug nicht gerade dazu bei, die Inbrunst der Täufer abzukühlen oder die Befürchtungen der eher konservativen Städter zu dämpfen. Etwas würde geschehen – das konnte man spüren. Die Stadt wurde von einer Art Hysterie ergriffen. In den ärmlicheren Vierteln brachen Tumulte aus. Fanatiker zerrissen ihre Kleider und stießen Prophezeiungen aus.

Zu diesem Zeitpunkt trafen die ersten holländischen Apostel ein, um sich in der Stadt niederzulassen – zwei von David Mosman, dem Führer der Bewegung, persönlich entsandte Männer.

14

Die Täuferbewegung in Nordeuropa, die seit Beginn des Jahrhunderts immer mehr an Boden gewonnen hatte, ließ sich auf die Dauer nicht mehr aufhalten. Wenn ein Anführer gestürzt wurde, trat sofort ein anderer an seine Stelle – und Hoffmann, der in Straßburg in einen Käfig gesperrt wurde, hatte den Prophetenstab zwei Jahre zuvor an diesen Mosman, einen ehemaligen Fischhändler aus Haarlem, weitergereicht.

Mosman jedoch war ein ganz anderer Mensch als Hoffmann. Während Hoffmann Fügsamkeit gepredigt und seine Anhänger aufgefordert hatte, die letzten Tage in stiller Ergebenheit abzuwarten, war Mosman mit seinem jugendlichen Gesicht und den weißen Haaren ein Aufwiegler.

»Die Gerechten«, predigte er in Haarlem, »müssen zu den Waffen greifen. Sie müssen kämpfen und dreinschlagen, niederhauen und töten, um den Weg für das Tausendjährige Reich Christi zu bereiten. Es ist mir offenbart worden, daß die Erde von Priestern und Fürsten gesäubert werden muß. Wir werden die Gottlosen fortschwemmen, Brüder. Wir werden sie zerschmettern wie ein irdenes Gefäß.«

Von Haarlem sandte er die Apostel überall dorthin aus, wo die Menschen daran glaubten, daß der Heilige Geist auf die Täufergemeinden herabgekommen war. In jeder Stadt tauften sie Erwachsene in ungeheurer Zahl und setzten Bischöfe mit der Befugnis zu taufen ein. Dann zogen sie weiter, während sich aus der frisch bekehrten Stadt neue Apostel auf wieder neue Gemeinden verteilten. Es war wie Pfingsten – oder wie eine Seuche, je nachdem, wie man es betrachtete.

Einer der zwei holländischen Propheten, die jetzt nach Rensburg kamen, war ein Mann, der sich Elia nannte. Er war ein zierlicher, ungeduldiger, herrischer Bursche mit weithin schallender Stimme, durchdringendem Blick und einem gewaltigen schwarzen Wust aus Haaren und Bart. Unter den ranghöheren Heiligen gab es mehrere von diese Sorte – harte, geradlinige, unversöhnliche Männer.

Der zweite Mann war ein ganz besonderer Heiliger. Zwar konnte er es, was seine Höllenfeuer-Predigten betraf, mit allen anderen aufnehmen, aber man hatte den Eindruck, als sei er unter den Heiligen eine Art Beobachter. Er sah eher über die Leute hinweg als in sie hinein. Er war bereits etliche Male in der Stadt aufgetaucht und wieder verschwunden, und so würde er es auch in Zukunft halten, denn das war eben seine Art.

Fierens war keineswegs sein richtiger Name. Er hatte ihn einmal in einer aus dem Englischen übersetzten alchimistischen Abhandlung über die Eigenschaften des Feuers gelesen und des Klanges wegen angenommen. Feuer war schließlich gleichermaßen verzehrend wie reinigend.

Sein ursprünglicher Name, den er allerdings längst abgelegt hatte, lautete Uitwaarden. Er hatte ihn viele Jahre und viele Meilen hinter sich gelassen. Es war ein unhandlicher, spießiger Name, der einem auserwählten Mann schlecht anstand.

Doch als er, mit Elia an seiner Seite, die Stadt abermals durch das Westtor betrat, gab er als Namen wiederum Enoch an, jenen Namen, unter dem er zusammen mit dem Anführer den ersten Einwanderungszug in die dafür vorgesehene Stadt geleitet hatte.

Nachdem die kurzen Formalitäten erledigt waren, wies man den beiden Neuankömmlingen den Weg zu den Lagerhäusern, in denen ein Großteil der Zuwanderer vorübergehend untergebracht war.

Allmählich breiteten sich Gerüchte aus.

Denjenigen, die ihre Bibel kannten, entging die Bedeutung der beiden Namen durchaus nicht. Elia und Enoch waren die Propheten, die der Überlieferung zufolge zur Erde zurückkehren sollten, um Zeugnis gegen den Antichrist abzulegen, und deren Erscheinen die Wiederkehr Christi ankündigen sollte.

Eine Woche lang geschah gar nichts – und dann begann es in der Stadt zu brodeln. Erst in einer Kirche und dann in einer zweiten wurden Gemeinschaftstaufen abgehalten. Hass gehörte zu den ersten, die wiedergetauft wurden, und bei den nachfolgenden Massenveranstaltungen dieser Art spielte seine Kirche eine wichtige Rolle. Nonnen, wohlhabende Bürgersfrauen und letzten Endes mindestens ein Drittel der gesamten erwachsenen Bevölkerung, vorneweg die Frauen, wurden mit Weihwasser besprenkelt; auf diese Weise wurde ihnen ein neuer Anfang auf dem wahren Weg ermöglicht. Hass wurde zum Bischof ernannt.

Einige leicht zu beeindruckende Bürger gingen daran, ihren Besitz zu verteilen.

15

Zu den ironischen Seiten jener verwirrenden Zeit gehörte, daß bestimmte Grundsätze der Religion der Liebe – vor allem das Teilen und die Gemeinsamkeit, auf die großer Wert gelegt wurde – zunehmend eine Religion der Feindseligkeit entstehen ließen. Denn das Spiel der Propheten hieß Zwietracht. Auch wenn sie, in milder gestimmten Augenblicken, darauf verwiesen, daß sie einen geistigen Kreuzzug führten, daß es ihnen im Vorfeld des Tausendjährigen Reiches um die Seelen ging, gab es wenig Zweifel, daß ihre Vorstellung von einem Königreich auf Erden (in dem sich alle Menschen die Reichtümer dieser Welt teilten) den Armen und den Besitzlosen, den Einfältigen und den Entwurzelten, den Gewalttätigen und den Verbrechern auf Anhieb zusagte; und daß Gewalt das Mittel sein würde, mit dem sie dieses Königreich herbeiführen würden.

Sie entfachten Haß – den Haß der Unterdrückten (und derer, die sich für unterdrückt hielten) auf ihre Unterdrücker. Haß war der Motor, der ihre Machenschaften vorantreiben würde ... Haß, der im Namen des Allmächtigen seine Netze ausbreitete ...

Es war noch immer viel zu heiß, und die Ernte war verdorrt. In der Stadt machten sich erste Anzeichen von Unruhe bemerkbar. Brände brachen aus – nicht schwerwiegend, aber besorgniserregend; Schlägereien rund um die Bierschenken, Unruhen in den Elendsvierteln, Einbrüche in die Lagerhäuser unten am Fluß; Staub, ein heißer, unangenehmer Wind und keine absehbare Wetteränderung ...

Eines Abends brachen in der Nähe des Marktplatzes Tumulte aus. Es begann eigentlich recht harmlos damit, daß der Besitzer eines Marktstandes einen Zigeuner verprügelte, den er beim Stehlen erwischt hatte, weitete sich dann aber zu einer Auseinandersetzung zwischen ein paar übriggebliebenen, einheimischen Katholiken und zugewanderten Täufern aus. Ein Bettelmönch, der zufällig vorbeikam, vermutlich weil er Rensburg verlassen wollte, geriet zwischen die Fronten, wurde brutal zusammengeschlagen und starb. Die Justizbehörden gingen der Sache nie auf den Grund.

Die Lebenshaltungskosten waren gestiegen, da ein Teil des Handels in der Stadt zusammengebrochen war. Wer viel Geld hatte, stellte fest, daß es jetzt weniger wert war, und wer wenig oder gar keines hatte, verzweifelte immer mehr (und die neuen Prediger schürten diese Verzweiflung noch).

Da es für die Stadtwache zunehmend schwieriger wurde, mit der Situation fertig zu werden, beantragte sie beim Rat dringend Verstärkung. Neuerliche Kämpfe brachen aus, als die Raufbolde unter den Zugewanderten versuchten, den Mädchen der Stadt ihre Vorstellungen aufzuzwingen.

Die ersten Läden schlossen, die ersten Geschäfte gingen bankrott. Aufgrund eines dummen Versehens war eines Tages nicht mehr genug Geld in den Schatzkammern des Rathauses, um die städtischen Angestellten zu bezahlen. Obwohl schnell Abhilfe geschaffen wurde, verbreitete sich das Gerücht, daß die Stadt zahlungsunfähig sei.

Im Arbeitsleben der Stadt machte sich allgemeine Trägheit breit. Die Leute wollten nicht mehr arbeiten, weil es ihnen sinnlos erschien. Der Handel lebte nicht wieder auf – warum sollte man ein Geschäft eröffnen, wenn die letzten Tage unmittelbar bevorstanden? Die Zinsraten der Wucherer schnellten in die Höhe. Gewinne verpufften im Nu. Die Moral sank. Auch wenn die Menschen einige Begleiterscheinungen des neuen Glaubensbekenntnisses nicht ganz verstanden, begriffen sie doch genug, um zu wissen, daß das »Tu, was du willst« sie von den meisten Verpflichtungen freisprach. Die alten Werte schienen samt und sonders zu verfallen. Die Menschen, die sich Gedanken machten, verloren alle Hoffnung. Und diejenigen, die von den Sitten und Gebräuchen der Vergangenheit in Schach gehalten worden waren, verfielen in tiefe Apathie oder schlugen über die Stränge. Die Kirche bot keinen Trost, der Staat bot wenig Schutz.

Nur die Heiligen verharrten im Gebet, scheinbar ohne die Unruhen, die ringsum mit jedem Tag zunahmen, zu bemerken und sich darüber Sorgen zu machen – oder wenn, dann in dem Bewußtsein, daß diese Unruhen das letzte Kapitel der Weltgeschichte ankündigten.

16

Auf den Sommer folgte der Herbst, und mit dem heißen Wetter schien auch etwas von dem Fieber aus der Stadt zu weichen. Die Ernte wurde eingebracht – auch diesmal wieder sehr mager. Michaeli kam und ging. Die Täufer richteten sich in ihren Unterkünften ein, und die Einwohner der Stadt – die vielen, die geblieben waren, entweder weil sie sonst nirgendwohin konnten oder weil sie keinen Grund sahen fortzuziehen – gewöhnten sich allmählich an die hohen Hüte, an das nasale, pathetische Schwadronieren und das sonderbare Treiben einiger extremer Mitglieder der neuen Gemeinschaft, auch wenn das Gerede vom »gemeinsamen Besitz aller Dinge« viele Bürger beunruhigte.

Doch hinter den Kulissen herrschte alles andere als Ruhe. Enoch, der ranghöhere der beiden Heiligen, stattete Konrad tägliche Besuche ab, und Elisabeth bekam wiederholt mit, wie sich die beiden im Arbeitszimmer, in dem sie sich stundenlang einschlossen, über Dokumente und Landkarten gebeugt, ernsthaft unterhielten.

Es war nur gut, daß Elisabeth nicht wußte, worüber sie redeten, denn neben anderen Themen, die zur Sprache kamen, hatte Fierens in der Tat Interesse an ihr bekundet.

»Sie ist ein geeignetes Gefäß«, erklärte er Konrad, »eine passende Gefährtin für einen Heiligen. Ich bereite für den Anführer den Weg in dieser Stadt, die, wie uns offenbart wurde, das Neue Jerusalem sein soll, unser gesegneter Wohnsitz...«

Konrad schluckte. Die Absichten des Mannes waren nicht mißzuverstehen. Es war ihm bewußt, daß nur seine Schwäche ihn dazu verleitet hatte, seine Tochter dieser Situation auszusetzen, und plötzlich kamen ihm Bedenken, die er jedoch rasch unterdrückte. Er konzentrierte sich ganz auf die finanzielle Seite der Vaterschaft. In dieser Beziehung unterschieden sich seine Vorstellungen nicht von denen der meisten anderen Männer seines Standes. Auch wenn man sein Kind noch so liebte, und er liebte Elisabeth wirklich (auch wenn seine Liebe in gewisser Weise nur ein Auswuchs seiner zwanghaften Persönlichkeit war, seiner Selbstbesessenheit), war bei einer Tochter Strenge gleichbedeutend mit Güte. »Frauen sind dazu da, zu dienen und zu gebären«, hatte sein eigener Vater immer gesagt. Es hatte keinen Sinn, sie zur Eigenwilligkeit zu erziehen. Dynastien gründeten sich nicht auf Zuneigung.

»Ihr stimmt mir nicht zu?« fragte Fierens, der ihn prüfend ansah. »Ihr denkt, daß sie eines Heiligen unwürdig ist? Oder vielleicht, daß ein Heiliger ihrer unwürdig ist?«

»O nein, durchaus nicht«, sagte Konrad. »Sie ist nur noch sehr jung.«

»Um so besser«, entgegnete Fierens. »Dann war noch keine Gelegenheit, sie zu verderben. Ist sie wiedergetauft worden?«

»Nein«, sagte Konrad.

»Dann müssen wir das arrangieren. Bringt sie morgen mittag in die Johanniskirche. Elia wird die Zeremonie abhalten.«

»Möglicherweise möchte sie nicht…« Konrad verhaspelte sich; trotz seines sonstigen Hochmuts brachte er es nicht fertig, angesichts von Fierens' stählernem Blick seine Befürchtungen auszusprechen. »Möglicherweise ist sie noch nicht bereit für einen so wichtigen Schritt.«

»Dann müßt Ihr sie eben vorbereiten.«

Ich werde mich nicht schuldig fühlen, dachte Konrad, denn Schuld ist die einzige Sünde. Gut möglich, daß eine neuerliche Taufe genau das ist, was Elisabeth braucht; und was könnte ehrenhafter sein als eine Verbindung – falls es das ist, was dieser Mann im Sinn hat – mit einem der bedeutenden Männer unserer Zeit, einem Anführer der Letzten Tage? Außerdem, welche Alternativen hätte es gegeben? Diesen geckenhaften Sohn des Tuchhändlers Heinrich? Diesen Einfaltspinsel Ludwig? Dieses Würstchen Peter? Allein bei dem Gedanken an diese Kandidaten ging es Konrad schon besser. Er lächelte den Holländer an und dachte dabei an die nächste Zusammenkunft der Adamiten.

»Ich werde dafür sorgen, daß sie morgen in der Kirche ist, und wenn ich sie an den Haaren hinschleifen muß.«

Die Grobheit dieses Bildes gefiel ihm, weil sie jedes Gefühl der Schwäche auslöschte.

»Gesprochen wie ein Heiliger«, sagte Fierens. »Und jetzt wollen wir unsere Strategie für Eure Ernennung zum Aldermann der Gesamtgilde erörtern.«

17

Elisabeth war entsetzt, als sie erfuhr, daß ihr eine zweite Taufe bevorstand. Sie war selbst überrascht, daß sie auf diese Eröffnung so heftig reagierte.

»Aber Vater«, sagte sie. »Ich bin doch schon getauft. Die Kirche verlangt nur eine Taufe. Ich heiße Elisabeth nach der Mutter von Johannes dem Täufer. Und gefirmt worden bin ich auch.«

»Schweig, Tochter«, sagte Konrad. »Es ist deines Vaters Wille. Das muß genügen.«

»Es ist dein Wille. Es ist der Wille des Holländers. Aber ist es auch Gottes Wille?« fragte sie mit dem Mut der Verzweiflung.

Er hob die Hand und schlug ihr ins Gesicht. Blind vor Tränen taumelte sie zurück.

»Du wagst es, mit mir zu rechten?« sagte er. »Geh in dein Zimmer, und bitte Gott um Verzeihung. Ich kenne Gottes Willen besser als du, du halsstarriges Mädchen. Sieh zu, daß du morgen zum Gang in die Kirche bereit bist, sonst setzt es Schläge.«

Verzweifelt stolperte Elisabeth aus dem Zimmer, während Konrad vor Zorn auf den Tisch schlug. Sie hatte ihn wütend erlebt, aber so wütend noch nie. Es war, als wäre der Teufel in ihn gefahren. Dabei erinnerte sie sich noch gut daran, wie er Verstecken mit ihr gespielt hatte und wie ein Schachtelteufel aus dem Schrank im Kinderzimmer gesprungen war.

Eine Stunde später klopfte es an seine Tür. Da er annahm, seine Tochter würde sich vielleicht entschuldigen wollen, rief er sie herein. Zu seiner Überraschung kam seine Frau am Arm der alten Kinderfrau Frieda ins Zimmer. Sie sah totenbleich aus und mußte sich am Türrahmen festhalten.

»Du?« rief er überrascht. »Was machst du hier unten?«

Es wunderte ihn, daß sie überhaupt imstande gewesen war, ihr Zimmer zu verlassen. Ziemlich unwillig stand er auf und half ihr auf einen Stuhl. Ein paar Sekunden lang war sie zu erschöpft, um zu sprechen. Konrad bedeutete Frieda, sie allein zu lassen, doch seine Frau schüttelte den Kopf und hielt Frieda am Arm fest.

»Was gibt es?« fragte er ungeduldig. »Tut mir leid, aber ich habe im Augenblick furchtbar viel zu tun. In Anbetracht dieser vielen neuen Leute in der Stadt habe ich große Mühe, genügend Lebensmittel heranzuschaffen. Die Versorgung mit Bohnen ist völlig unzureichend. Und der Rat tritt zu jeder Tages- und Nachtzeit zusammen.«

Er achtete sorgfältig darauf, die Nacht zu erwähnen, um damit seine nächtlichen Ausflüge zu begründen. Er brauchte sich deshalb nicht schuldig zu fühlen, aber es war auch nicht sinnvoll, Klatsch und Tratsch heraufzubeschwören.

»Ich komme wegen Elisabeth«, sagte seine Frau nach einer Weile.

Konrads Gesicht verdüsterte sich.

»Was ist? Ist sie heulend zu dir gerannt?«

»Keineswegs. Sie kommt jeden Mittag zu mir. Ich habe gesehen, daß sie geweint hatte, und sie nach dem Grund gefragt.«

»Und sie hat dir gesagt, daß ich wünsche, daß sie sich taufen läßt?«

»Und sie hat geantwortet, daß sie bereits getauft ist. Das war eine gute Antwort, Konrad, und es war ungerecht von dir, sie zu schlagen.«

»Was?« Mit funkelnden Augen stand er wieder auf.

»Ich bitte dich, Konrad, reg dich nicht auf.«

»Nimm dich in acht, Weib. Ich weiß, daß du krank bist, aber bei Gott, ich werde nicht dulden, daß du so mit mir redest.«

»Bei Gott, das werdet Ihr, Herr«, warf die alte Frieda ein. »Das geht jetzt schon lange genug so. Die ganze Stadt ist verrückt geworden und Ihr ebenfalls. Ihr seid auch getauft.«

»Und wiedergetauft, Alte. Nachdem du so unverschämt bist, dich einzumischen, kannst du es ebensogut erfahren. Ich würde von meiner Tochter nichts verlangen, was ich nicht selbst getan habe.«

»Du?« fragte seine Frau entsetzt.

»Vor ein paar Wochen. Wie du siehst, geht es mir deshalb nicht schlechter. Mir sind keine Hörner gewachsen.«

»Keine Hörner«, murmelte die alte Kinderfrau, »aber ein Schwanz, möchte ich behaupten.«

Irgendwie hatte Konrad bei dieser Bemerkung das Gefühl, daß sie etwas wußte. Ob ihm jemand gefolgt war? In dieser Stadt gab es überall Augen und Ohren, und sie alle erstatteten dem Bund der alten Weiber Bericht. Plötzlich wurde er eiskalt und ruhig. Welchen Sinn hatte es zu toben? Die Welt näherte sich ihrem Ende. Die Mitglieder seines Haushaltes hatten zu gehorchen, sonst würden sie nicht mehr lange seinem Haushalt angehören.

»Wenn Elisabeth morgen nicht in der Kirche ist«, erklärte er ruhig, »werdet ihr zwei mein Haus verlassen und euch eine andere Bleibe suchen müssen.«

»Das könnt Ihr nicht machen«, schrie die alte Kinderfrau. »Eure Frau wird sterben.«

»Ihr müßt euch entscheiden«, sagte Konrad. »Es ist weiß Gott wenig, was ich von meiner Tochter verlange. Wenn ihr ihre Partei ergreift, muß ich schlicht und einfach sagen, daß ich nicht mehr mit euch unter einem Dach zu wohnen wünsche. Und jetzt muß ich mich leider wieder meinen Geschäften zuwenden.«

18

In diese aufgewühlte Stadt waren Julius und Blommardine ein paar Wochen zuvor an einem sengend heißen Spätsommertag gekommen, mit einem Karren, der mit ihrer Habe beladen war und eine Staubfahne wie einen Kometenschweif hinter sich herzog –

ein Vorzeichen, das Julius ebenso passend wie beunruhigend fand. Blommardine gegenüber erwähnte er es nicht; aber er redete ohnehin nicht sehr viel mit seiner Frau. Sie war, wider Erwarten, ausgesprochen guter Laune.

»Da ist es«, sagte sie, als der Wagen stehenblieb und sie plötzlich die Stadt vor sich liegen sahen. »Von dort mußt du mich mit den Füßen voraus wegtragen.« Julius hatte auf den breiten Fluß hinuntergeblickt, der sich durch Rieselwiesen schlängelte und plätschernd an die Mauern der alten Stadt mit ihren Türmen und Kirchturmspitzen, Werkstätten, Lagerhäusern, Schleusen und Wetterhähnen schlug. Flankiert von sanften, bewaldeten Hügeln wirkte Rensburg eher verschlafen und ganz und gar nicht wie eine Stadt, für die Blommardine sich hätte begeistern können.

»Mit den Füßen voraus?« sagte er endlich. »Wenn wirklich die Endzeit bevorsteht, werde ich nicht die Möglichkeit haben, dich irgendwohin zu bringen. Am Jüngsten Tag sitzen wir alle im selben Boot – oder in irgendeinem anderen Gefährt, das der Allmächtige für geeignet hält und für uns bereitstellt. Das Narrenschiff vielleicht.«

»Schon gut, du Schlaumeier. Warum mußt du immer alles so wörtlich nehmen? Ausschlaggebend ist doch, daß ich endlich weiß, was ich will.«

»Und was willst du?«

»Ich will hier leben.«

»Gut.«

Schweigend trotteten sie weiter.

Als sie sich dem Stadttor näherten, begegneten sie mehreren Wagen und einigen Reitern, die die Stadt offenbar gerade verlassen hatten. Als ein Reiter auf sie zukam, hielten sie an.

»Wo wollt Ihr hin?« fragte er. »Und woher kommt Ihr?«

Es war ein älterer Mann, mager und knochig, der jedoch einen wohlhabenden Eindruck machte. Julius hielt ihn für einen Geistlichen, der, aus welchem Grund auch immer, keine Ordenstracht trug.

»Wir fahren in die Stadt«, antwortete Julius. »Wir kommen aus 's-Hertogenbosch in Brabant.«

»Ich an Eurer Stelle würde auf dem schnellsten Weg dorthin zurückkehren«, sagte der Mann.

»Ich fürchte, das geht nicht«, sagte Julius. »Wir haben unser Haus verkauft und für Rensburg bereits Vorkehrungen getroffen.«

»Zu dumm«, sagte der Mann. »Seid ihr Katholiken?«

»Ja«, sagte Julius. »Ich denke schon.«

Blommardine, die geradezu irritierend überzeugend das bescheidene Weibchen mimen konnte, warf einen schüchternen Blick auf den Mann und lächelte, mit eingezogenem Kopf wie eine Nonne, zu ihm hinunter.

»Sag ihm, er soll seinen Kopf in Schweinemist stecken«, flüsterte sie Julius ins Ohr.

»Die Stadt ist verloren, zumindest vorläufig«, sagte der Mann. »Soweit ich feststellen kann, sind hier alle verrückt geworden. Es ist mir ein Rätsel, warum Gott keinen Blitz schickt, um diesen gottlosen Ort zu vernichten. Das hier ist Sodom und Gomorrha mit einer Prise Babylon.«

»Danke für Eure Warnung«, sagte Julius. »Wo wollt Ihr hin?«

»So weit weg wie möglich. Auf alle Fälle bis Paderborn, wo ich dem Fürstbischof Bericht erstatten werde. In Rensburg reden die Leute nur noch von der Endzeit. Ich bin keineswegs sicher, ob sie damit nicht recht haben, aber nicht aus dem Grund, den sie annehmen. Ein solches Ketzertum darf nicht ungestraft bleiben.«

»Es ist aber doch eine freie Stadt, Herr«, sagte Blommardine mit glockenheller Stimme.

»Frei oder nicht«, entgegnete der Mann, »es gibt so etwas wie das Böse. Die Türken sind frei, und doch müssen sie in ihre

Schranken verwiesen werden. Die Albigenser waren frei, und doch hatten sie einen Kreuzzug verdient. Die Taboriten...«

»Um Himmels willen«, sagte Blommardine, »wir brauchen keine Predigt von einem Priester, der seinen Rock versetzt hat. Komm schon, Julius. Wir wollen keinen halben letzten Tag mit diesem ausrangierten Pfaffen verplempern.«

»Tut mir leid, Herr«, sagte Julius.

»Gebt acht auf Eure Frau, Herr«, sagte der Mann. »In meinen Augen beträgt sie sich wie eine Hexe.«

»Das ist eine freie Stadt«, sagte Blommardine frech. »Ich kann sagen, was ich will.«

»Freiheit gibt es überhaupt nicht«, sagte der Mann. »Wir haben die Freiheit, die Mauern unseres Gefängnisses zu entdecken, und Ihr werdet bald feststellen, was für ein Gefängnis das ist. Ich wünsche Euch einen schönen Tag.«

»Blödes altes Arschloch«, sagte Blommardine, als sie dem davonreitenden Alten nachschauten.

»Es ist ein Pech, daß du die Menschen so sehr haßt«, sagte Julius.

»Es ist nicht mein Pech, sondern ihres.«

Er wünschte, sie wäre im Bett nicht so raffiniert gewesen.

19

Sie waren über Nacht in einem Gasthof abgestiegen und bezogen am nächsten Tag ein Quartier in der Bärengasse in der Nähe der Michaelikirche. Es war kein Problem, eine halbwegs ordentliche Unterkunft zu finden, da eine ganze Reihe wohlhabender Familien fortgezogen waren. Ein Vorzug dieser Stadt, auf den Blommardine auch gleich hinwies, bestand darin, daß Unterkünfte dieser Art vergleichsweise billig waren. Nur in den ärmlichen Vierteln gingen die Mieten nicht hinunter.

Julius fand auch bald ein Atelier, das weit genug, aber nicht zu weit entfernt in einer kleinen Seitengasse über einer Tischlerwerkstatt lag und durch ein Seitenfenster, das auf den Kirchhof hinausging, gutes Nordlicht bekam; hier begann er wieder zu malen. Nicht an dem Gemälde, das er bald aufs neue würde in Angriff nehmen müssen – das Rätsel, das wie ein schlechtes Gewissen in seinem Hinterkopf hockte –, sondern Bilder, bei denen er seinen Arm lockern und sich in seiner Kunst üben konnte. Die Kirche, Trauernde zwischen den Gräbern, Engel; ein Porträt des Tischlers und seiner Frau, mit dem er die Miete zahlte.

Später werde ich Zeit haben, dachte er. Ich werde den Garten auspacken und ihn auf die Wand kopieren. Vorerst soll er ruhig in seiner Hülle liegenbleiben.

Trotzdem spürte er hie und da die Macht dieses Bildes, das unter seinem Sackleinen leuchtete; ein Licht unter einem Scheffel, das darauf wartete...

Blommardine machte sich inzwischen mit der Stadt vertraut. Bald wußte sie umfassend Bescheid über deren jüngste Geschichte und die aktuelle Politik. Sie war dem Holländer mit dem schwarzen Bart begegnet, dem Propheten Elia, und schien positiv beeindruckt.

»Ich habe ihn auf dem Stadtplatz getroffen«, berichtete sie, »und ihn gebeten, mich zu segnen. Da ihm meine Aussprache auffiel, hat er gefragt, woher ich komme. Ich habe es ihm gesagt, und da meinte er: ›Ah, Ihr seid also Holländerin. Dann müßt Ihr natürlich wiedergetauft werden.‹ Und als ich nein sagte, entgegnete er, ich solle morgen in die Kirche kommen, dann würde er mich selbst taufen. Also das ist ein Mann...«

Sie erzählte Julius, wie beeindruckend, wie weise und mit welch scharfem Verstand begabt Elia sei, wie sehr er sie an Christus erinnere und daß er so ganz anders sei als Julius. Julius, der es für möglich hielt, daß der Mann vor dem Stadttor recht gehabt hatte und Blommardine wirklich eine Hexe war, nahm ihr wiedererwachtes Interesse mit Erleichterung auf. Ob es der Religion galt oder, wie er vermutete, dem Mann, der diese verkündete, war ihm im Grunde gleichgültig. Eine interessierte Blommardine war allemal ungleich angenehmer als eine gelangweilte Blommardine.

»Du solltest aus dem Haus gehen und dir ansehen, was sich hier so tut«, erklärte sie ihm. »Zeig ein bißchen Interesse. Er wird die Welt verändern.«

»Ich dachte, er wollte sie zu Ende bringen«, sagte Julius.

»Verändern, beenden, das ist doch alles dasselbe, oder? Ende ist Veränderung. Ignorieren kannst du das jedenfalls nicht.«

»Ich ignoriere es nicht«, sagte Julius. »Ich bin dafür aufgeschlossen, das ist alles.«

Tatsache war, daß er um so weniger an diese nördliche Vorstellung vom Ende der Welt glaubte, je mehr er darüber hörte. Er konnte buchstäblich sehen, wie sein florentinischer Lehrer den Kopf schüttelte und lachte. Sie hatten einmal genau dieses Thema erörtert. Julius hatte Ammanati erklärt, es würde allgemein angenommen, daß es 1533 soweit sei.

»Warum ausgerechnet fünfzehnhundert und dreiunddreißig Jahre nach Christi Geburt? Warum nicht eintausend und vierunddreißig? Oder eintausend? Oder zweitausend? Oder fünf Millionen und neunzehn? Oder in irgendeinem Jahr, das dir gerade einfällt? Gott läßt sich nicht durch Symbole und beliebige Zahlen einengen. Wenn er der Welt ein Ende machen will, stelle ich mir vor, daß er sie wie ein Buch zuklappt – schnapp! Und niemand könnte irgend etwas dagegen tun«, sagte der alte Mann.

»Aber was ist mit den Prophezeiungen, mit der Bibel?«

»Panikmache. Großmannssucht. Prophetisiererei. Jeder kann das Ende voraussagen und wird immer einen Grund finden, warum es nicht eintritt. Und dann sagt er eben, das Ende kommt nächstes Jahr. Oder im Jahr danach. Aber ich verstehe nicht, warum man so ein Ende braucht. Wir müssen alle irgendwann einmal sterben. Das ist für uns das Ende der Welt. Wer braucht da noch mehr Ende? Der ganze Witz bei unserer Selbstvervollkommnung besteht doch darin, daß jeder von uns in der Zeit, die ihm zur Verfügung steht, auf seine Art zu dem Einen zurückkehrt. Wenn Gott uns seine Absichten so offensichtlich kundtut, wie die Katastrophenverkünder behaupten, wird dadurch alles zu einfach. Das Ende der Welt? Quatsch! Jeder kann gut sein, wenn man ihm eine Pistole an die Schläfe hält. Glaubst du wirklich, daß Gott so zu Werke geht?«

Julius wünschte sich nicht zum ersten oder letzten Mal wieder in den geistig gesunden Süden zurück.

Schon während der ersten Tage seines Aufenthalts in dieser nördlichen Festung, wo er von verrückten, griesgrämigen Menschen umgeben war, gab es Augenblicke, in denen er sich einbildete, das Licht der Vernunft sei im Begriff zu erlöschen. Manchmal hatte er das dringende Bedürfnis, diese Stadt einfach zu verlassen, wieder in die fortschrittliche Welt des Südens zu fliehen. Dann wieder gab es Zeiten, in denen er aus irgendeinem Grund überzeugt war, daß seine Zukunft hier lag. Irgend etwas erwartete ihn hier, inmitten dieser außergewöhnlichen Ereignisse – vollkommene Liebe, Vereinigung und Erfüllung –, was er sonst nirgendwo finden würde.

Vielleicht hatte Blommardine recht. Er sollte wirklich mehr aus dem Haus gehen. Es gab Sehenswürdigkeiten anzuschauen, Dinge zu entdecken, vielleicht sogar ein paar Aufträge an Land zu ziehen… Der vollkommenen Liebe würde man nicht in einem einsamen Atelier begegnen.

»Ich wette mit dir, daß du es nicht tust«, sagte Blommardine ein paar Wochen später. »Wetten, daß du nicht den Mumm hast, es zu tun. Dazu bist du viel zu heidnisch.«

Sie bezeichnete Julius' Vorliebe für den Neuplatonismus stets als heidnisch, ohne sich selbst je im geringsten für Religion interessiert zu haben. Die Kirche, ja, die war stets eine willkommene Abwechslung gewesen. Aber um die kniffligen Einzelheiten des Glaubens hatte sie sich nie gekümmert – bis jetzt. Jetzt führte ihre Besessenheit von dem Propheten Elia, einer (ihrer Meinung nach) im Vergleich zu seinem eher unscheinbaren Kollegen Enoch majestätischen Gestalt, dazu, daß sie zu einer fanatischen Anhängerin des neuen Glaubens wurde.

»Tatsache ist, daß du dich irrst«, entgegnete Julius. »Ich interessiere mich brennend für den Hokuspokus dieser Leute.«

»Das ist kein Hokuspokus. Die Wiedertaufe ist eine der wesentlichen Voraussetzungen für die Erlösung«, zitierte sie.

»Sie ist eine der wesentlichen Voraussetzungen dafür, daß ich Skizzen von der Stadt machen kann und Aufzeichnungen, die die Ereignisse dokumentieren. Ich habe die Absicht, mich morgen taufen zu lassen.«

»Wer braucht schon Dokumente, wenn es keine Geschichte mehr gibt?«

»Angenommen, du irrst dich? Dann werden es äußerst aufschlußreiche Dokumente der Sinnlosigkeit sein.«

»Ich bin nicht sicher, ob ich überhaupt zulassen soll, daß du getauft wirst«, sagte Blommardine. »Mir scheint, du hast eine völlig falsche Einstellung. Mir scheint, du bist durch und durch destruktiv. Elia hat mir aufgetragen, nach Leuten wie dir Ausschau zu halten.«

Sie stürzte sich Hals über Kopf in diese Sache, doch ihre Drohung, ihn beim Propheten anzuschwärzen, machte sie nicht wahr, so daß Julius sich am nächsten Tag mit neununddreißig anderen Kandidaten – »vierzig entsprechend den Tagen, die Christus in der Wüste verbracht hat«, denn alles mußte eine symbolische Bedeutung haben – im Mittelgang der Johanniskirche neben dem uralten sächsischen Taufbecken aufstellte, das, mit steinernen Schnörkeln und Schlangen umkränzt, von früheren Siegen über den Teufel kündete.

An alle Täuflinge waren Chorhemden ausgeteilt worden, so daß sie ein recht erfreuliches Bild abgaben, wie Julius fand.

Viele von ihnen waren, ihrem Gebaren und dem Haarschnitt nach zu schließen, Nonnen oder ehemalige Nonnen (denn viele hatten in letzter Zeit ihre Klöster verlassen). Ein unbedeutender Heiliger lief geschäftig hin und her, während alle darauf warteten, daß Elia aus der Sakristei kam.

»Einer fehlt«, sagte er, »das ist recht ärgerlich. Wir können nicht anfangen, ehe es nicht vierzig sind. Vierzig entsprechend den Tagen, die Christus in der Wüste verbracht hat. Komm schon, komm schon. Elia wird mir Vorwürfe machen, wie ich ihn kenne. Ah, da bist du ja, Kind. Jetzt aber schnell. Du kommst fürchterlich spät. Es ist ungehörig, den Propheten warten zu lassen.«

Julius drehte sich um, um festzustellen, wer diesen Ausbruch verursacht hatte, und sah ein blasses Mädchen mit goldblondem Haar und in einem weißen Kleid, das vom Portal auf die Gruppe zueilte. Unter den leuchtendblauen Augen hatte sie dunkle Ringe, die von Kummer und vielleicht auch Schlaflosigkeit zeugten. Julius' erster Impuls war Mitleid. Sie wollte offenbar nicht an der Zeremonie teilnehmen, sondern wurde dazu gezwungen.

Sein zweiter Impuls war ein Wiedererkennen. Er lächelte sie an, ohne zu überlegen, aber mit einem ungeheuren Gefühl der Erleichterung. Sie erwiderte seinen Blick, wobei sich ihre blauen Augen weiteten, und wandte sich dann wieder dem umherflitzenden kleinen Mann zu, der ihr ein Chorhemd hinhielt –

unnötig, da sie bereits in Weiß gekleidet war, aber sie schlüpfte hinein.

Julius konnte seine Erregung kaum verbergen. Alle guten Vorsätze, sich die Zeremonie genau einzuprägen, waren vergessen. Es gab nur einen Grund, der ihn hierhergeführt hatte: der Liebe zu begegnen, für die er erschaffen worden war, der er sich unausweichlich zuwenden und der er treu bleiben mußte, bis sie ein Fleisch und eine Seele waren, die vollkommene Verbindung von Erde und Geist, Lilie und Drachen (wie die Alchimisten es nannten), die Ammanati, viele hundert Meilen fern von hier in Florenz, unter einem goldenen Bogen sitzend und von der toskanischen Sonne umflutet, als die höchste Stufe menschlichen Glücks und, mehr noch, als das eigentliche Ziel des menschlichen Daseins gepriesen hatte.

»Das Universum wurde durch Liebe erschaffen und wird durch Liebe erhalten – nicht durch die Liebe des Tieres, denn die ist ganz Erde, auch nicht durch die Liebe des Heiligen, denn die ist ganz Himmel, sondern durch die Liebe der Seele, die das vollkommene Band dazwischen darstellt, da sie beides in entsprechendem Maß beinhaltet.«

Julius, der vor Glück kaum den Blick zu heben wagte, wandte sich noch einmal um und sah, daß das Mädchen fast genau gegenüber zwischen den anderen Frauen stand. Sie hielt den Blick gesenkt, doch er hatte den Eindruck, daß sie ihn bemerkt hatte. Regten sich in ihr dieselben Gedanken? Hatte sie denselben hellen Lichtstrahl des Wiedererkennens gespürt?

Alle weiteren Nachforschungen wurden durch Elias Eintreffen unterbrochen, der wie eine Gewitterwolke in die Kirche fegte. Er war ein stolzer Prophet, der es, wie sein Gehilfe angekündigt hatte, nicht mochte, wenn man ihn warten ließ.

»Wer von euch ist zu spät gekommen?« fragte er finster.

Das Mädchen wollte schon antworten, doch da hob Julius die Hand.

»Das war ich, tut mir leid. Bitte entschuldigt.«

Da er spürte, daß ihm der Gehilfe gleich widersprechen würde, erzählte er hastig eine Geschichte von einem Vorzeichen, das er unterwegs gesehen hatte, einer kreuzförmigen Wolke, die über der Stadt stillzustehen schien, während die anderen Wolken weiterzogen.

Er erzählte so überzeugend, daß ihm die anderen Täuflinge durchaus zu glauben schienen. Immerhin war er der vorletzte gewesen. Wenn die Leute nicht so bereitwillig geglaubt hätten, stünden sie jetzt nicht hier.

Der Prophet fiel ihm ins Wort.

»Schon gut. Eine Vision ist eine Vision. Sie sollte ohne Zweifel dazu dienen, dich anzuspornen, nicht dich aufzuhalten. Laßt uns nun mit der Wirklichkeit, der Wiedertaufe, fortfahren, denn ihr alle befindet euch in diesem Augenblick im Zustand der Ungnade. Wenn ihr jetzt, jetzt in diesem Augenblick, sterben würdet, würdet ihr zur Hölle fahren. Also schnell, dalli, kommen wir zum Geschäft, zu eurer Erlösung.«

Als die Andacht begann, warf das Mädchen Julius einen verstohlenen Blick zu. Was mochte er bedeuten? Verwirrung? Dankbarkeit? Wußte sie, wer er war – der Eine?

Dieser Gedanke quälte ihn, während sich Elia mächtig ins Zeug legte. Vermutungen schwirrten ihm derart laut durch den Kopf, daß er glaubte, sie müßten über das Singen und die Gebete hinweg zu hören sein. Er setzte sich hin, wenn er hätte niederknien sollen, stand auf, wenn er sich hätte setzen sollen.

»Paß lieber auf, Hellseher«, knurrte der Gehilfe, der heftig an seinem Chorhemd riß, als die Predigt begann.

»So sprach der Herr«, sagte Elia voller Leidenschaft. »Könige, Priester, Herren, alle Großen müssen sich vor den ärmsten Bauern verneigen. Die Reichen müssen sich den armen Schluckern unterwerfen, sonst werden sie bitter dafür bezahlen. Ihr aber, ihr Edlen, weinet nur und klaget, weinet nur, ihr Ehrenmänner, ihr schicklichen Prälaten und ihr reichen Herren, über das Elend, das über euch kommen wird… Denn wir, die wir auf den Propheten hören, wir werden alle Dinge gemeinsam besitzen, und nichts, was wir haben, werden wir unser eigen nennen, denn wir sind angekommen am Ende der Zeiten, da nur die Auserwählten errettet werden und die, die übrigbleiben, wie Unrat in den Abgrund fahren werden…«

In diesem Stil ging es eine halbe Stunde lang weiter, bis Elia abrupt, fast mitten im Satz, innehielt.

»Und jetzt«, sagte er, »zum Tauchbecken.«

Die Täuflinge hielten die Luft an. Was redete er da? War irgend etwas völlig verquer gelaufen? Hatte man sie an den Folterknecht verraten? Sogar Julius wurde etwas bleicher. Über solche Dinge machte man keine Witze.

»Ah, ich sehe, wie ihr zusammenzuckt«, sagte Elia. »Ihr seid Marionetten am Ende des Sündenfadens. Die Schuld läßt euch zusammenzucken, oder wovor habt ihr sonst Angst? Sind vielleicht Hexen unter euch?«

Kein Mensch rührte sich. Die Reihen der Chorhemden wirkten wie starre Wachsfiguren.

»Also gut«, fuhr Elia fort, »dann braucht ihr nicht zu erschrecken, wenn ich vom Taufbecken als dem Tauchbecken spreche. Denn wie das Tauchbecken eure Schuld oder Unschuld beweist, wird auch dieses geweihte Wasser euer Herz durchdringen, und wenn es eure Stirn berührt, werdet ihr feststellen, daß es euch wie Balsam aus Gilead besänftigt oder wie Meerzwiebel brennt und sich in die Tiefe eurer Seele hineinfrißt. Und nun tretet vor. Die Damen zuerst…«

Dieses »Die Damen zuerst« wirkte so aberwitzig stillos – hatte der Mann Castiglione gelesen? –, daß Julius beinahe laut aufgelacht hätte. Es enthüllte den Funktionär unter der äußeren Schale des Täufers. Was war er früher gewesen? Ein städtischer Folterknecht? Julius bemerkte, daß das Mädchen ihn wieder ansah, die zarte Stirn leicht gerunzelt, so daß sich über der Nase eine kleine Falte bildete. Er erwiderte ihren Blick, mit dem er Ergebenheit signalisierte. Sie trat vor, um sich mit Taufwasser besprengen zu lassen.

Als Julius an die Reihe kam, fragte er sich kurz, ob das Wasser seinen schuldigen, ungläubigen Geist wirklich verbrühen würde – um so schuldiger, weil er verheiratet war und kein Recht hatte, in ein junges Mädchen verliebt zu sein. Aber das geweihte Naß rann lediglich über seine Wangen, wobei ein Tropfen zögernd an der Nasenspitze hängenblieb, den er in Anbetracht von Elias unheilvollem Blick nicht wegzuwischen wagte.

Ein Täufling, ein nervöser junger Mann, dessen Gesicht an ein Schaf erinnerte, fiel wahrhaftig zu Boden, preßte die Hände an den Kopf und stieß ein paar herzzerreißende Schreie aus, doch Elia nahm ihn offenbar nicht ernst.

»Es ist der Teufel, der da herauskommt. Bald wird es ihm wieder gutgehen. Ich gebiete dir zu verschwinden, Beelzebub«, mahnte er. Julius hatte den Eindruck, daß der junge Mann entsprechend instruiert worden war, um die Prozedur etwas zu beleben.

Als die Zeremonie endlich vorüber war und noch ein Loblied gesungen wurde – Text und Melodie waren Julius unbekannt und erinnerten ihn eher an ein Volkslied als an eines der schönen alten Kirchenlieder, mit denen er aufgewachsen war –, entließ der Heilige die Getauften mit einer Drohung und einem Segen.

Julius konnte Blommardines Begeisterung für diesen Kerl nicht verstehen. Er war genau derselbe Typus wie ihr Vater – rigoros, grimmig, absolut unempfänglich für ihr Arsenal an subtilen Pfeilen und Spitzen, schikanös, geradlinig wie ein Stock, ein großer, harter, grausamer, strenger, tyrannischer, penibler, bärtiger, funkeläugiger, knochenzermalmender, redegewandter Holzklotz von einem Mann.

Julius trat aus der Kirche in die spätherbstliche Sonne hinaus. Elia hatte das blonde Mädchen aus irgendeinem Grund zurückgehalten und sprach mit ihr in der Vorhalle. Julius konnte sich nicht vorstellen, weshalb. Sie war noch blasser geworden und hatte unmerklich geschwankt, als das Wasser über sie gesprenkelt wurde – vielleicht hatte der Prophet das bemerkt und schlug ihr jetzt eine besondere Form der Unterweisung vor. Julius schauderte bei dem Gedanken. Ebensowenig hätte eine Motte einen Zitronenfalter darüber belehren können, was Farbe bedeutet.

Endlich schien der Prediger ihr eine Frage zu stellen. Sie schüttelte den Kopf, und dann gingen sie zusammen über den Kirchhof. Als sie an Julius vorbeigingen, gab dieser vor, sich intensiv mit einem Grabstein zu beschäftigen, obwohl er auch diesmal wußte, daß sie ihn ansah. Als die zwei das überdachte Friedhofstor hinter sich gelassen hatten und in sicherer Entfernung waren, heftete sich Julius an ihre Fersen. Sie konnte doch unmöglich mit in sein Quartier gehen, dachte er. Das würde ich nicht ertragen. Dagegen müßte ich etwas unternehmen.

Doch sie lenkten ihre Schritte in ein wohlhabenderes Stadtviertel, und Julius wurde klar, daß der Prophet wohl kaum in dieser Gegend wohnte. Sein Platz war bei seinen Leuten.

Während sich die kleine Prozession vorwärts bewegte, hatte der Verfolger wie so häufig das Gefühl, selbst verfolgt zu werden. Natürlich war das absurd, aber er drehte sich doch ein- oder zweimal um, um sich zu vergewissern, daß dem nicht so war.

Wenig später blieben das Mädchen und ihr Begleiter vor einem großen Haus in der Breiten Straße stehen. Unterwegs hatte Julius das deutliche Gefühl gewonnen – er war überzeugt, daß die Sehnsucht seines Herzens sein Urteilsvermögen nicht trübte –, daß das Mädchen den Mann loswerden wollte. Und jetzt wußte er, daß es stimmte; mit einem raschen Kopfschütteln und einem höflichen angedeuteten Knicks öffnete sie die Haustür, rannte geradezu ins Haus und machte dem Mann die Eichentür vor der Nase zu.

Der Heilige blieb einen Augenblick stehen und ging dann die Straße zurück, die sie gekommen waren. Nach einer Weile begann er mit den Armen zu fuchteln, als wollte er etwas abwehren, was drohend auf ihn herabstürzte.

»Ihr aber, ihr Vornehmen und Reichen... weinet nur und klaget... gebt alles weg... laßt nicht zu, daß einer hortet... Kauert nieder vor dem Gericht... Blut auf diese verderbte Stadt... Bereuet und verteilt aufs neue...«

Ein paar Köpfe tauchten an Fenstern auf, aber die Umverteilung ließ offenbar auf sich warten.

»Er ist großartig, findest du nicht?« sagte Blommardine, die plötzlich neben Julius auftauchte. Dann war es also seine Frau gewesen, die ihm gefolgt war. Er hätte es wissen müssen. Er brauchte einen Augenblick, um zu antworten. Er war noch zu benommen von der Vision der Vollkommenheit, von seiner eigenen Vervollkommnung. Zumindest wußte er, wo das Mädchen wohnte. Er konnte feststellen, wer sie war, und große Taten für sie vollbringen. Ihm war nach Singen zumute.

»›Komm her zu mir, mein' Liebe hold'‹«, trällerte er.

»Kein Grund, sarkastisch zu werden«, sagte Blommardine. »Ich habe gesehen, wie du den beiden gefolgt bist. Du bist eifersüchtig, stimmt's? Aber warum sollte ein Spatz eifersüchtig auf einen Adler sein? Du gehörst einer anderen Schicht an, mein Lieber. Entspann dich. Streng dich nicht so an. Sonst platzt du noch.«

»Anscheinend interessiert er sich... für eine andere«, sagte Julius, um sie zu ärgern, obwohl ihn bereits der Gedanke schaudern ließ.

»Dieses kleine Flittchen!« Blommardine warf verächtlich den Kopf in den Nacken.

»Den Eindruck hatte ich nicht.«

»Alle Frauen sind Flittchen, wenn sie es darauf anlegen.«

»So?«

»Wie dem auch sei, werd bloß nicht scharf auf sie. Elia interessiert sich nur für sie, weil Enoch ein Auge auf sie geworfen hat. Enoch wird ihr seine heilige Rute reinschieben, du Fischgesicht.«

Eine eisige Hand, kälter als das Taufwasser, umklammerte Julius' Herz, aber er wagte nicht, sich seine Besorgnis anmerken zu lassen. Das hätte ihm Blommardine nie verziehen.

»Du hast eine ausgesprochen abscheuliche Art, dich auszudrücken«, sagte er gleichgültig. »Ich sollte dich in den Stock schließen, weil du so eine zänkische Hexe bist.«

»Schön wär's!« sagte sie. »Na ja, dann würde ich dich wahrscheinlich in eine Kakerlake verhexen.«

Als sie das sagte, hatte er das eigenartige Gefühl, daß sie nicht scherzte.

Was machte er hier an diesem Ort, in diesem Leben? Es war wie ein Traum, der jeden Augenblick in einen Alptraum übergehen konnte.

21

Die Entwicklung der Ereignisse hatte den Gildenrat überrascht. Er war es nicht gewohnt, rasch zu handeln, und Folz, der Aldermann, war dem Druck der augenblicklichen Situation offensichtlich nicht gewachsen.

»Ich habe ständig Kopfweh«, sagte er zu Konrad. »Ich glaube wirklich, daß ich nicht sehr viel mehr ertragen kann. Meine Frau beklagt sich, daß sie mich gar nicht mehr sieht.«

»Es muß eine ungeheure Belastung sein«, murmelte Konrad voller Mitgefühl.

Man hatte ihm mitgeteilt, daß Folz' Wein auf Konrads Anordnung hin mit einem Sud versetzt worden war. Zahlreichen anderen Ratsmitgliedern hatte man ähnliche Tränke verabreicht. Es herrschte allgemeine Panikstimmung. Infolge der Vertreibung von Bischof und Domkapitel waren dem Gildenrat eine Menge zusätzlicher Verwaltungsaufgaben zugefallen. Diese hätte man noch bewältigen können, aber infolge der jüngsten Entwicklungen war die Stadtverwaltung noch zusätzlich unter Druck geraten. Zweifellos würden die Lebensmittel bald knapp werden, was auf mehr Esser, Diebstahl in großem Stil und eine schlechte Ernte zurückzuführen war. Soviel war sicher. Schlimmer jedoch war das heillose Durcheinander im Bereich der Rechtsprechung und der Finanzen, das sich aus den Predigten der Täufer über die Gleichheit aller Menschen ergab. Deren Glaubensbekenntnis sagte den verschiedenen sozialen Schichten auf unterschiedliche Weise zu.

Es gab Gildemitglieder, die plötzlich ihre Wucherei einstellten und sämtliche bei ihnen ausstehenden Schulden erließen. Einige wiederum zahlten nichts von dem Geld zurück, das sie anderen schuldeten. Ein paar wohlhabende Bürger gingen, beseelt von den tagtäglichen leidenschaftlichen Belehrungen, dazu über, als liebevolle Brüder zu leben, alles zu teilen, was sie besaßen, dem Luxus zu entsagen und allen Überfluß den Bedürftigen zu schenken. Auf diese Weise wurden viele bald selbst bedürftig und freuten sich darüber, obwohl sie der Stadt damit eine zusätzliche Bürde auferlegten.

Gleichzeitig verbreitete sich die Kunde von den Ereignissen in Rensburg weit und breit unter den Obdachlosen, den Entwurzelten, den Arbeitslosen und den Arbeitsunfähigen.

»Und so sind sie gekommen, die Holländer und die Friesen. Die Bösewichter aus allen Landesteilen, die nirgends bleiben konnten, die... versammelten sich dort... Flüchtlinge, Verbannte, mißtätige Bürger... Leute, welche das Vermögen ihrer Eltern durchgebracht und nichts für sich durch eigenen Fleiß erworben hatten... welche sich von Jugend auf dem Müßiggang ergeben und auf Borg gelebt hatten… welche der Geistlichkeit nicht der Religion, sondern des Geldes wegen übelwollten… und welche vorgaben, die Gemeinschaft der Güter einzuführen wie die Apostel – bis sie, des Mangels überdrüssig, darauf bedacht waren, die Klerisei und die wohlhabenden Bürger zu plündern und zu berauben…«

So beschrieb ein vertriebener Mönch die Zustände.

Es gab nach wie vor einige Leute in der Stadt, die nur allzu klar erkannten, was da geschah, aber offenbar war niemand in der Lage, dem Wahnsinn Einhalt zu gebieten. Und natürlich betrachtete die Mehrheit der Bevölkerung die Entwicklung inzwischen mit wachsender Befriedigung. Ihrer Ansicht nach konnte die Herrschaft der Heiligen nicht bald genug anbrechen.

Als Weihnachten – oder die Christzeit, wie die Täufer es beharrlich nannten – näher rückte, ähnelte die Regierung der Stadt mehr und mehr einem kopflos umherrennenden Huhn, das einmal in die eine Richtung hastete und dann wieder in die andere.

Gehirn und Nervensystem wurden mit den Problemen, die ihnen Tag für Tag aufgebürdet wurden, nicht mehr fertig. Mehrere Gildemeister forderten die Rückkehr des Bischofs, irgendeines Bischofs. Andere stellten sich einen Stadtrat mit erheblich erweiterten Befugnissen vor. In diesem Stadium – es fiel der erste Schnee – machte Konrad (stets mit einem gelassenen Fierens an seiner Seite) seinen Schachzug. Diejenigen seiner Kollegen, die mehr auf Ordnung bedacht waren, hatten festgestellt, daß sein Ressort – die städtische Lebensmittelversorgung – besonders gut geführt worden war. (Einige Wochen zuvor war beschlossen worden, daß einzelne Leute, die sich auf bestimmten Gebieten sehr gut auskannten, die politische Verantwortung für diese Bereiche übernehmen sollten.)

Es war allgemein bekannt, daß die Lebensmittelvorräte knapp wurden, aber Konrad hatte es durch äußerst geschickte Einkäufe und sorgfältiges Haushalten geschafft, wenigstens einen ausreichenden Vorrat an Grundnahrungsmitteln anzulegen, um die Bevölkerung über den Winter zu bringen. Woher er sie bezog und wo sie aufbewahrt wurden, blieb sein Geheimnis. Gelegentlich hieß es denn auch, daß Konrad die Stadt über ihre Mägen beherrschte. Seinen Kollegen gefiel das nicht unbedingt, doch waren sie dankbar, daß überhaupt Vorräte da waren. Man durfte gar nicht daran denken, was eine Lebensmittelknappheit – und daraus erwachsende Unruhen – bei so vielen Menschen in der Stadt bedeutet hätte.

»Brüder«, sagte Konrad bei einer Versammlung der Gesamtgilde – vorausgegangen war eine ausnehmend schwache Diskussion über die Gefahr, daß wegen des Zuzugs von Flüchtlingen die Cholera ausbrechen könnte –, »mir scheint, daß von unserem Rat zuviel verlangt wird. Wir sind Gildemitglieder und Geschäftsleute, keine Politiker. Würden wir nicht alle gern zu unseren Geschäften und unserem Gewerbe zurückkehren, wenn das ginge, und die Stadt von Leuten regieren lassen, denen es Spaß macht, über Wasserversorgung und Kanalisation und Leprakrankenhäuser zu reden? Ich für meinen Teil würde gerne auf dieses andauernde Kopfweh verzichten...«

»Ich auch...«, echote Folz.

»Ich auch...«, pflichtete ihm ein anderer bei, dem ebenfalls der erwähnte Trank verabreicht wurde.

Bald nickten die meisten Ratsmitglieder zustimmend und bekräftigten, daß sie es gründlich satt hatten, für diese vielen Zuwanderer die Verantwortung zu übernehmen. Es war einfach ungerecht. Mit der Gesamtgilde hatte das nichts mehr zu tun.

»Ich stimme euch zu, Brüder«, sagte Konrad, »und ich denke, wir sollten den Rücktritt des Aldermanns Folz akzeptieren...«

»Was?« stotterte Folz. »Ich habe meinen Rücktritt nicht angeboten.«

»Aber sicher doch«, sagte Konrad. »Ihr sagtet, Ihr würdet gerne verzichten. Das habe ich Euch schon viele Male sagen hören, und diesmal habt Ihr es ganz deutlich ausgesprochen. Ich denke, wir sollten ihn gehen lassen, Brüder, wenn auch nur äußerst widerwillig…«

»Hört, hört«, sagte der Meister der Apotheker, der Folz nie gemocht hatte und dem Konrad diverse Heilkräuter hatte zukommen lassen. »Äußerst widerwillig.«

Andere stimmten ihm zu. Folz sah entrüstet und zugleich erleichtert aus.

»Also wirklich, ich… ich weiß nicht, was ich sagen soll.«

»Sagt nichts, Ihr guter und treuer Diener«, riet ihm Konrad. »Wir alle wissen, welche Opfer Ihr gebracht habt. Und jetzt müssen wir uns eine Alternative überlegen. Nein…«, er hob die Hand, »…nicht einfach nur einen anderen Aldermann, sondern einen anderen Rat. Wir wissen, wie gründlich der Stadtrat angesichts der Schwierigkeiten in letzter Zeit versagt hat. Die Gilden haben die Stadt regiert. Doch jetzt müssen wir unseren Gildenrat nach außen hin öffnen, um mit diesem Notfall fertig zu werden. Selbstverständlich müssen ihm einige unserer Leute angehören, denn schließlich müssen unsere Interessen gewahrt werden. Vielleicht sollte sogar einer aus unserer Zunft den Vorsitz führen. Ich würde das sehr gerne übernehmen. Gewiß bedeutet das eine Belastung, aber ich fühle mich verantwortlich, weil ich diese armen Leute in die Stadt geholt habe, und werde diese Verantwortung auf mich nehmen und dafür sorgen, daß für uns alle Gutes daraus erwächst. Unser Aldermann muß zurücktreten – er sieht in letzter Zeit gar nicht gut aus –, und ich werde seinen Platz einnehmen. In dieser Zeit des Mangels ist es durchaus angebracht, daß der Aldermann des Gildenrates zugleich Lebensmittelhändler ist. Sind wir uns darin einig?«

Es war noch nie vorgekommen, daß sich jemand selbst als Aldermann vorgeschlagen hatte. Die Gildemeister sahen einander hilflos an. Die Entscheidung war ihnen mehr oder minder aus der Hand genommen.

»Ich finde, wir sollten seinen Vorschlag annehmen«, sagte der Meister der Apotheker, der an die Lieferung Malagettapfeffer dachte, die Konrad ihm in Aussicht gestellt hatte. »Und ich werde dem neuen Rat trotz der beträchtlichen persönlichen Belastung gerne zur Verfügung stehen.«

Ein paar andere nickten.

»Aber welche Leute sollen im neuen Rat sonst noch sitzen?« fragte der Meister der Kürschner, ein kleiner, an eine Wühlmaus erinnernder Mann mit einer Vorliebe für fränkischen Wein, die zu befriedigen sich Konrad alle Mühe gegeben hatte.

»Für mich ist klar«, sagte Konrad, »daß wir einige unserer neuen Freunde dabeihaben müssen. Ein paar von denen, die so beredt von der Kanzel herunter sprechen, sollten die Möglichkeit bekommen, auch im Rat gehört zu werden. Natürlich sollen sie keine Mehrheit erhalten, denn wir alteingesessenen Rensburger wollen das Ruder ja nicht aus der Hand geben. Aber wenn wir ihnen gar keine Stimme geben, liefert ihnen das, fürchte ich, einen Grund zur Klage und führt womöglich zu Unruhen unter ihren Anhängern. Nun denn, wollen wir abstimmen? Ich darf noch hinzufügen, daß ich im Fall eines negativen Ergebnisses die Verantwortung für die Lebensmittelversorgung wohl oder übel abgeben muß; die Entscheidung möchte ich freilich keineswegs beeinflussen.«

Er brauchte nicht zu erläutern, daß seine Worte eine versteckte Drohung enthielten. Wenn er zurücktrat, mußte man damit rechnen, daß sich ein Teil der Vorräte, die er in geheimen Lagern aufbewahrte, womöglich auf rätselhafte Weise in Luft aufgelöst hatte, wenn man sie benötigte.

Doch die Abstimmung verlief nach Wunsch. Der Gildenrat wurde umgebildet – sechs Gildemitglieder (vier davon Konrads Leute), vier Vertreter des niederen Adels, die sich stets geärgert hatten, daß sie dem früheren Gremium nicht angehört hatten, und fünf Vertreter der Täufer.

Eines allerdings wußten die Gilden nicht, nämlich daß vier der von ihnen benannten Mitglieder und zwei Adelige bereits wiedergetauft waren.

Niemand kam auf die Idee, den Rat der Stadt oder den Bürgermeister aus Höflichkeit von der Bildung des neuen Gildenrates zu unterrichten. Die konnten ruhig warten; an dieser Haltung ließ sich ablesen, wie unzufrieden man mit ihrer Amtsführung war...

22

Endlich war es soweit. Er konnte es nicht mehr aufschieben. Das eingewickelte Bild – nein, nicht einfach eingewickelt, sondern wie ein Baby behutsam in Tücher gehüllt – lehnte an der Wand, wo Julius es bei seiner Ankunft verstaut hatte und wo es jeden Tag stumm, aber beharrlich seine Aufmerksamkeit gefordert hatte. Jetzt, berührt von dieser Liebe, werde ich es schaffen, dachte er. Er konnte spüren, wie sich Teile seines Bewußtseins, seines Herzens, wie eine gerettete Rose entfalteten. Wenn ich erst einmal das Glück begreifen kann, dachte er, werde ich auch die Verzweiflung verstehen und das Bild vollenden können.

Er legte das Selbstporträt beiseite, an dem er gearbeitet hatte, und holte das Bild, legte es auf den Tisch und entfernte die Tücher. Endlich lag es da, leuchtete ihm warm und voller Leben entgegen.

Daß es nur eine Kopie war, wußte er; trotzdem besaß es diese bemerkenswerte Lebendigkeit, die ihm schon in der Kapelle aufgefallen war. Das hier war kein Bild; es war etwas Lebendiges.

Er wußte bereits, was er damit machen würde. Die Wand hatte er schon vorbereitet. Er würde es auf die Atelierwand kopieren – überlebensgroß –, so daß es zu einem Bestandteil seines täglichen Lebens würde. Dann würde sich ihm das Geheimnis sicherlich offenbaren.

Er betrachtete es abermals, atmete es geradezu ein. Es war unglaublich, daß man so viele Einzelheiten so präzise reproduzieren konnte, ohne daß dabei die Komplexität oder die eindrucksvolle Unmittelbarkeit verlorengingen. Es war mit derselben eigenartigen Leichtigkeit gemalt worden, die im Spätwerk des alten Mannes eine so große Rolle spielte. Manche Leute behaupteten sogar, er habe Engel und Teufel für sich arbeiten lassen.

Da lag es nun, getreulich kopiert, und blickte ihm entgegen, während er es anstarrte, als hätte er es nie zuvor gesehen.

Er konzentrierte sich auf die mittlere Tafel, schaltete jegliches Denken aus und ließ das Bild auf sich wirken.

Es bestand aus drei Ebenen. Zunächst der Vordergrund; dort herrschte eine merkwürdig gelassene Sinnlichkeit, und abgesehen von einem Mann mit strahlenden Augen – offensichtlich die einzige bekleidete Gestalt auf dem Bild –, der aus der unteren rechten Ecke hervorlugte und auf das schöne Mädchen mit einer Blase vor dem Mund deutete, das sich vor ihm wie in Trance auf einen Ellbogen stützte, überwogen im allgemeinen Frauen.

Frauen – mit Früchten gekrönt; nackt bis auf die eine oder andere seltsam pflanzenartige, gefiederte Samenhülle, die einige von ihnen umgab; radschlagend, tröstend, zärtlich, sinnlich, unschuldig, geschickt, erfahren …

In diesem vorderen Teil gab es auch Vögel, gleich eine ganze Prozession – ein Rotkehlchen, eine Ente, einen Dompfaff, einen Eisvogel –, die aussah, als käme sie aus dem Garten Eden zu ihrer Linken; einer dieser Vögel gibt einem in den Klauen des Todes befindlichen Mann unter ihm erfrischende Trauben zu essen.

Dann ein riesiger Fuchsschmetterling, der an einer gewaltigen Distel saugt, in deren schellenförmiger Wurzelknolle ein anderer Sterbender von zwei Gefährten umsorgt wird; einer von ihnen fühlt seinen Puls.

Wieder dieser Puls, dachte Julius mit einem raschen Seitenblick auf die linke Tafel, wo Christus ihn bei seiner soeben erschaffenen Eva tastet. Und die Schmetterlinge – spielten sie nicht eine große Rolle in Ovids *Metamorphosen*, die in der Akademie in Florenz so gründlich studiert wurden? Der Schmetterling mit seiner sonderbaren Lebensgeschichte – war er nicht ein Symbol für Unsterblichkeit?

Ein anderer Ausschnitt zog seinen Blick auf sich. Ein junger Mann steckte seinem Kameraden ein Büschel Blumen in den Anus. Es hätte lächerlich wirken müssen und erschien doch auf merkwürdige Weise natürlich, als sollte damit bekräftigt werden, was sein Meister Bosch ihm über den menschlichen Körper erzählt hatte.

»Vergiß, was dir die Prediger über den Körper und seine Funktionen erzählen«, hatte er gesagt. »Was ist diese Frau, nach der dich so gelüstet? Ein stinkender Beutel voller Schleim und Gestank. Das wollen sie dir einreden. Aber ich sage dir, Junge, der Körper ist etwas Wundersames, Alchimistisches, eine seltsame Maschine, die aus totem Fleisch, Gras und Wasser Feuer und Gedanken erzeugt.«

In Florenz hatte Julius, anfangs mit einem flauen Gefühl im Magen, einer Anatomiestunde beigewohnt (in der ausnahmsweise eine Leiche seziert wurde) und sich in der Tat gewundert über die Knollen und Blasen, die Fädchen und Lungenbläschen, die Röhren und Ventile, die notwendig waren, damit der Mensch denken konnte …

Und hier auf diesem Bild befanden sich, wie ein Widerhall dieser Vorstellung, seltsame Gebäude, Portale, Tore, Zwiebeln, Röhren, merkwürdige, von dicken Adern durchzogene Früchte … ein mit Rogen beladener Fisch neben einem weiteren Mann, der sein Leben aushauchte.

Die Männer hauchten ihr Leben aus. Dahinsiechende Frauen gab es nicht. Und weil Frauen den Vordergrund beherrschten, beherrschten sie das Bild ... auch wenn hinter ihnen, im mittleren Abschnitt, die Männer auf ihren teils recht sonderbaren Reittieren im Kreis um den Teich sprengten ... da war die Lebenskraft ... die Energie ... und die Mädchen spielten im Wasser herum ... während dahinter ...

Julius ertappte sich dabei, daß seine Gedanken zu Elisabeth wanderten. Wo mochte sie sein? Wie sollte er es anstellen, ein Treffen zu vereinbaren? Warum mußte er verheiratet sein?

Komm, komm, Schluß mit den Klagen, ermahnte er sich. Und Schluß mit dem Grübeln, jedenfalls für heute. Noch ein paar Pinselstriche und später vielleicht ein Glas Wein – falls es mir gelingt, in dieser gottverlassenen Stadt welchen aufzutreiben.

23

Natürlich hatte sie ihn bemerkt. Wie konnte man jemanden nicht bemerken, der einen ansah, als wäre man wichtiger als das Ende der Welt? Und als er diese Entschuldigung für ihr Zuspätkommen vorgebracht, als er in dem Augenblick die Schuld auf sich genommen hatte, in dem sie vor Angst und Demütigung beinahe in Ohnmacht gefallen wäre – das war unglaublich ritterlich gewesen. Freilich war ihre Saumseligkeit ganz und gar ihre Schuld gewesen. Sie hatte es einfach nicht fertiggebracht, sich wegen einer solch ärgerlichen Zeremonie zu beeilen. Und trotzdem mußte sie hingehen, weil sie es nicht ertragen konnte, ihre Mutter so bekümmert zu sehen. Daß der eigene Mann ihr drohte, sie aus dem Haus zu jagen! Es war eine Schande. Sie haßte ihren Vater dafür. Und obwohl sich ihre Kinderfrau vorsichtig ausgedrückt hatte, wußte sie, daß Frieda ebenfalls empört war.

Als also dieser junge Mann aufgestanden war und sich dem Zorn des Predigers ausgesetzt hatte, hatte sie sofort Sympathie für ihn empfunden. Das war ausgesprochen tapfer und ritterlich gewesen. Und dann war er ihr nach Hause gefolgt, während der schreckliche Elia sie über ihren Lebenswandel ausgeforscht hatte... und er selbst war von einer kleinen, verschwommenen Gestalt in Schwarz verfolgt worden... Es war alles recht mysteriös – vielleicht ein bißchen beunruhigend –, aber im großen und ganzen gefiel ihr dieses Interesse. Es war besser, als sich von einem glutäugigen Täufer Vorträge über die Offenbarung halten zu lassen.

Sie hatte den unguten Verdacht, daß ihr Vater vorhatte, sie mit dem anderen Propheten, diesem Enoch, zu verloben. Alles schien darauf hinzudeuten.

Normalerweise konnte ein neunzehnjähriges Mädchen in Rensburg davon ausgehen, daß ihre Eltern eine Heirat für sie arrangierten, aber Elisabeth war nie auf die Idee gekommen, daß auch ihr das passieren könnte. Sie hatte mit dem Gedanken gespielt, Nonne zu werden, denn im Kloster hätte sie ihre Studien fortsetzen können – und obwohl sie ein gesundes Mädchen war und einen Körper besaß, der bei den jungen Männern der Stadt bereits Bewunderung erregt und ihr gelegentlich einsame Freuden beschert hatte, sagte ihr die Vorstellung, diesen Körper mit Hans, Peter oder Franz teilen zu müssen, so wenig zu, daß sie dann schon lieber in ein Kloster gehen wollte.

Doch dieser Ausweg war ihr aufgrund der jüngsten Ereignisse in Rensburg versperrt. Die Klöster waren entweder geschlossen oder von den Täufern übernommen worden. Sie konnte sich schlecht dorthin flüchten, um einem der Köpfe der Bewegung aus dem Weg zu gehen.

Das beste wäre ein anderer Heiratskandidat gewesen – jemand, der ihr zusagte und an dem ihr Vater nichts auszusetzen haben konnte; oder, falls er Einspruch erheben sollte, jemand, mit dem sie davonlaufen konnte. Aber wenn sie es recht bedachte, konnte sie schlecht weglaufen und ihre kranke Mutter hilflos zurücklassen. Nach dem letzten Ausbruch des Vaters verließ sie sich nicht mehr darauf, daß er sie weiterhin freundlich behandeln würde. Vielleicht würde er dem Beispiel des englischen Königs folgen und versuchen, sich ihrer zu entledigen. Nicht einmal die Konfession würde er dazu wechseln müssen. Das war bereits geschehen!

Als hätte die Mutter Elisabeths mißliche Lage erkannt, wurde sie plötzlich deutlich schwächer und nahm ihr damit diese Sorge ab. Das Ende, so lange hinausgezögert, konnte nur noch eine Frage von Tagen sein.

Den größten Teil dieser Tage und die halben Nächte verbrachte Elisabeth im Krankenzimmer, wo sie, abwechselnd mit der alten Frieda, Wache am Bett der Sterbenden hielt.

»Du darfst nicht sterben, Mutter«, beschwor sie sie einmal, als sie glaubte, sie schliefe. »Was soll ich ohne dich anfangen?«

Doch die Mutter schlug die Augen weit auf, und ein feines Lächeln umspielte ihre bleichen Lippen.

»Ich komme den Letzten Tagen um Haaresbreite zuvor«, sagte sie. »Wer weiß, was geschehen wird, wenn das das Ende aller Dinge ist? Vielleicht treffen wir uns alle ein paar Tage später im Paradies und sehen Frieda beim Knödelessen zu.«

Friedas Vorliebe für diese Köstlichkeit war ein Familienscherz.

»Aber angenommen, da ist nichts? Überhaupt nichts?«

Sie sah sich verstohlen um. Solche Mutmaßungen wurden in Rensburg nicht gerne gehört, egal, welcher Konfession man angehörte.

»Dann werden sie alle ziemlich dumm dastehen«, sagte ihre Mutter, während sie auf ihr Kissen zurücksank und die Augen wieder schloß.

»Mutter«, sagte Elisabeth leise, aber drängend. »Mutter, ich glaube, ich habe mich verliebt.«

Aber das müde Bewußtsein driftete davon, wurde mit jedem schwachen Herzschlag weiter und weiter fortgespült.

24

Fierens war in jungen Jahren nie ein Erfolg vergönnt gewesen. Seine Mutter war ein Bauernmädchen aus Bois-le-Duc, sein Vater Bürgermeister in einem Dorf in der Umgebung. Die beiden waren nicht verheiratet, da der Vater bereits eine Frau hatte.

Fierens' Vater starb wenig später bei einer Fieberepidemie, die im Dorf ausgebrochen war. Seine Mutter litt an Wahnvorstellungen und fing an, Grimassen zu schneiden, so daß der Junge in die Obhut des Kirchspiels gegeben und in eine Schule geschickt wurde.

Obwohl er ein reges Interesse am Theaterspielen entwickelte, konnte er dem Unterricht nicht viel abgewinnen und schwänzte immer öfter die Schule, so daß er wiederholt Schläge bekam. Doch mit der Zeit schmeichelte er sich, mit etwas Glück und Glaubwürdigkeit – er konnte sehr überzeugend sein, wenn er es darauf anlegte –, bei einem alten Kuchenbäcker und seiner Frau ein, die ihn als Lehrling annahmen.

Bei den älteren Bäckergehilfen war er unbeliebt, weil er immer Unruhe stiftete – nur nicht beim Teigrühren; darauf war er nicht sonderlich versessen. Aber er bewies schon damals politisches Geschick, wenn er eine Seite gegen die andere aufwiegelte und dafür sorgte, daß er auf seiten der Gewinner stand. Er war unfähig, Freundschaften zu schließen, und beurteilte andere Menschen – etwas zu offensichtlich – lediglich unter dem Aspekt, ob sie ihm von Nutzen sein konnten.

Absurderweise war er der Liebling des alten Bäckerehepaars. Da die beiden keinen Sohn hatten, wäre es durchaus denkbar gewesen, daß sie ihm das Geschäft später einmal vererbt hätten.

Aber ein anderer Lehrling, der zufällig Fierens' Tagebuch entdeckte, zeigte es den lieben Alten, und noch am selben Nachmittag saß Fierens auf der Straße. Offenbar hatte er sie als alte Kleckerbäcker bezeichnet und sich in einer einprägsamen Passage über ihre Schlafzimmergewohnheiten lustig gemacht.

Vielleicht war es unklug von Fierens, überhaupt Tagebuch zu führen; aber ein Mensch, der niemandem vertraut, gerät leicht in Versuchung, alles dem besten Freund der Einsamen anzuvertrauen, einem Blatt Papier. Es war dumm von ihm, diesen besten Freund irgendwo herumliegen zu lassen, wo man ihn finden und dazu benutzen konnte, dem Verfasser zu schaden. Fierens führte seine Aufzeichnungen auch später weiter, beging diesen Fehler aber nie wieder. Er rächte sich an den alten Kleckerbäckern, indem er, bevor er das Haus verließ, einen Batzen Schweinemist in den Teig für die Cremetörtchen rührte. Und er freute sich diebisch, als er erfuhr, daß sie den Leuten besser schmeckten als sonst.

Die folgenden vier Jahre hielt er sich mit Mühe über Wasser, nächtigte in billigen Quartieren und half tagsüber in Bäckerläden in der Umgebung aus, wo man es nicht so genau nahm. Selbst wenn er gewissenhaft gewesen wäre, hätte er keinen guten Kuchenbäcker abgegeben. Essen war für ihn, ähnlich wie die Menschen, von praktischem Nutzen. Es war nicht nötig, daß es ihm schmeckte (allerdings ging er nicht so weit, Schweinemist zu essen).

Das war wohl kaum die rechte Einstellung für einen angehenden Meister seines Gewerbes. Mit dreiundzwanzig endlich begründete er ein eigenes Geschäft. Kein Wunder, daß es ein Mißerfolg wurde. Die Schuld gab er einer Verschwörung der Reichen. So saß er wieder auf der Straße.

Nichts schien ihm zu gelingen. Und doch... Vor ihm lag etwas, was auf ihn wartete; das wußte er genau. Es ließ ihn weitermachen, als ihn der nächste Arbeitgeber hinauswarf. Es ließ ihn weitermachen, als sein Mädchen schwanger wurde – normalerweise hätte ihm das nichts ausgemacht, aber da es sich um die Tochter des Chefs handelte, wurde er vor die Tür gesetzt.

Nicht seine Schuld. Er war ein gutaussehender Bursche. Die Mädchen mochten ihn. Aber er fand derlei Dinge viel zu beschränkt: »Ich liebe dich, wollen wir heiraten?«

Nein, wir werden nicht heiraten, wenn es sich vermeiden läßt. Es gibt noch etwas anderes, was mich aus diesem Sahnetorten-Leben herausholen wird.

Und dann entdeckte er aufs neue das Theater. Zu Schulzeiten hatte er sich immer gern die Mysterienspiele und die feierlichen Umzüge angesehen, die Festwagen bei den Aufmärschen der Gilden, den Mummenschanz und die Scharaden, die Tänze und die Kaspereien, aber all das hatte er aufgeben müssen, bis eines Tages ein Bäckermeister mit dem Finger auf ihn deutete und sagte: »Du.« – »Wer, ich?« – »Du hast den kurzen Strohhalm gezogen« und ihm erklärte, er sei dazu auserkoren, den unterhaltsamen Beitrag der Bäcker zu dem alljährlichen Umzug zu gestalten.

Es war eine Welt für sich – ein anderes Land –, mit allem Drum und Dran: Kostümen und Kulissen, Figuren und Schauspielerei, Lachen und Tränen (Tränen mochte er besonders gern), Mord und Zerstörung … Vor allem war es eine Welt, die Fierens, auch wenn sie für Panik und unvorhergesehene Katastrophen anfällig war (die fahrbare Bühne brach mitten während der Darbietung der Bäcker zusammen und verdarb alles, was sonst mit Sicherheit ein Erfolg geworden wäre), weitgehend nach eigenem Gutdünken befehligen konnte. Im Theater konnte er den lieben Gott spielen – manchmal ganz konkret, denn viele Themen stammten aus der Bibel. Er konnte mit Gott auf vertraulichem Fuß verkehren, etwa wenn er seine eigene Version von *Lubber, der Schafsdieb* schrieb, inszenierte und Gott spielte. Er begann zu ahnen, wie es sein mußte, Gott zu sein …

Auf diese Weise bekam er einen Vorgeschmack auf etwas, was er nicht in Worte fassen konnte, etwas, neben dem sich das Kuchenbacken recht schal ausnahm. Und doch blieb ihm nichts anderes übrig, denn schließlich mußte er seinen Lebensunterhalt verdienen. Zugleich legte ihm eben diese Notwendigkeit Fesseln an und degradierte ihn zu einem von vielen Rädchen im Getriebe. Er hätte gern sein Leben lang weiterhin Stücke geschrieben und auf der Bühne gestanden, denn dabei fühlte er sich frei. Er spürte deutlich, daß die Phantasie ihn wie ein Blatt ergriff und in die Luft wirbelte. Aber was nützte das, wenn seine einzige Pflicht darin bestand, Teig zu rühren und Plätzchen auszustechen? Er wußte, daß er dazu fähig war, diesen Leuten zu befehlen, sie zu biegen und zu formen wie Lebkuchen.

Bald wurde er von zwei weiteren Bäckermeistern hinausgeworfen und trieb sich wieder einmal auf der Straße herum.

Während dieses entwurzelten Daseins in Leiden – einer Stadt, die eine Wirtschaftskrise durchmachte – hörte er in den Schenken die ersten wilden Reden, die besagten, daß alle Menschen gleichermaßen ein Recht auf Eigentum, Geld und Nahrungsmittel hätten, nicht nur die Reichen, und daß es die Pflicht der Gläubigen sei, sich diese Dinge anzueignen, wenn und wann sie wollten. Auf diese Art von Reden hatte Fierens sein Leben lang gewartet. Sie hörten sich an, als würden sie genau den Ärger heraufbeschwören, den er sich zunutze machen konnte.

»Verzeiht, Bruder«, sagte er eines Tages zu einem jungen Mann, der sich mit ein paar Freunden über diese Dinge unterhalten hatte, »woher habt Ihr dieses ganze Gewäsch?«

Für den Fall, daß Spitzel zugegen waren, wollte er nicht zu interessiert erscheinen. Erst vor zwei Tagen war ein Mann von der Brücke in den Kanal geworfen und so lange untergetaucht worden, bis er ertrank, nur weil er bei einem Humpen Bier gesagt hatte, er glaube nicht an das Fegefeuer. So lief das in Leiden. Fierens hatte nicht die Absicht, sein Leben mit Wasser vollgesogen zu beenden. Er war ein Gefäß, das darauf wartete, gefüllt zu werden. Eine wichtige Sache, ein Ziel, eine Berufung – das war das ihm vorherbestimmte Geschick, nicht dreckiges Kanalwasser.

Aber hier tat sich etwas, das spürte er.

»Das ist kein Gewäsch«, sagte der Mann. »Außerdem, wer hat Euch nach Eurer Meinung gefragt?«

»Schon gut, dann eben kein Gewäsch. Wo kann ich mehr darüber erfahren?«

»Hier. Ihr seid doch keiner von diesen Spitzeln, oder?«

»Drücken wir es mal so aus«, sagte Fierens, während er den Mann taxierte, »ich glaube nicht an das Fegefeuer. Glaubt Ihr daran?«

»Nein«, sagte der Mann. »Wirklich und wahrhaftig nicht. Es ist nur ein Trick, mit dem sich die Kirchenmänner bereichern. Da solltet Ihr mal den alten Mosman predigen hören – das ist der Anführer dieser Leute. Ihr solltet ihn die holländische Bibel lesen hören. Er ist ein richtiger Bibelgelehrter.«

»Und wo wäre das?«

Der Mann gab ihm die Adresse eines Lagerhauses, in dem solche Zusammenkünfte stattfanden.

»Ich danke Euch. Ich werde gleich hingehen.«

»Kenne ich Euch nicht von irgendwoher?« fragte der Mann.

»Ich bin Euch noch nie im Leben begegnet«, sagte Fierens und beglückwünschte sich dazu, daß er sich einen Bart hatte wachsen lassen.

Der andere war – ein bedeutungsvoller Zufall – der Junge, der den Kleckerbäckern sein Tagebuch gezeigt hatte. Auf dem Weg zum Lagerhaus schaute Fierens im bischöflichen Ordinariat vorbei und zeigte den Mann wegen Ketzerei an.

»Er glaubt nicht an das Fegefeuer«, sagte er. »Ist ganz leicht zu erkennen. Er ist Kuchenbäcker. Sein Wams ist an einem Ärmel ganz weiß, da, wo er den Mehlbottich gestreift hat.«

Nicht halb so weiß, wie sein Gesicht aussehen würde, wenn er eine Hand auf seiner Schulter spürte oder nachdem er einen ganzen Nachmittag im Kanal getrieben war, dachte Fierens. Das würde eine gute Szene abgeben. In Gedanken schrieb er sie bereits nieder.

Die Andacht war in vollem Gang, als Fierens das genannte Gebäude erreichte. Zu seiner Überraschung stellte er fest, daß es zum Bersten gefüllt war. Die Gemeinde sang ein ihm unbekanntes holländisches Lied. Er blieb hinten stehen und tat so, als würde er mitsingen. Als das Lied zu Ende war, stieg ein Prediger mit einem jungen, von silbernen Haaren umrahmten Gesicht auf eine provisorische Kanzel.

»Dein Name, Fremder«, sagte eine Stimme neben ihm. »Wir wollen hier keine Schnüffler, die nicht die Absicht haben mitzumachen.«

Fierens machte den Mund auf, um zu antworten, aber der Mann auf der Kanzel kam ihm zuvor.

»Glaube«, sagte er. »G … L … A … U … B … E. Ein einziges Wort. Ein ungeheuerliches Wort. Was bedeutet es? Ich will es euch sagen. Es beinhaltet den gewaltigen Unterschied zwischen der Hölle … muß ich euch von der Hölle erzählen? Von der Folter der Flammen, die nie erlöschen, der unablässigen, bitteren Reue, dem Verlust, dem Mangel, der Dunkelheit, der Sehnsucht, die sich nie erfüllen wird, der Hoffnungslosigkeit, der Verzweiflung, der schrecklichen Kälte, den ekelhaften Würmern, dem Gestank, dem Dreck, den verzweifelten Schreien, dem nagenden Elend, dem Anblick eurer Lieben … eurer Kinder … der Kleinen, die das Feuer verzehrt und doch nie verbrennt … nein, nein. Ihr wißt über die Hölle Bescheid … und ihr seid auf dem Weg dorthin. Du … und du … und du. Jeder einzelne von euch. Ihr wißt über die Hölle Bescheid, denn es ist gut zu wissen, wohin man geht. Glaube … das ist der gewaltige Unterschied zwischen der Hölle … und der Erlösung …«

»Dein Name, Fremder«, wiederholte die Stimme.

»Oh. Fierens«, antwortete er ungeduldig, ohne sich die Mühe zu machen, einen falschen Namen zu nennen, was sicher klug gewesen wäre. (Uitwaarden hatte er vor langer Zeit abgelegt.)

Er war hingerissen, entzückt, überwältigt. Hier war das Feuer, das sein Inneres erfüllen und dort weiterbrennen würde. Kein Wunder, daß ihm sein Leben so leer und sinnlos erschienen war. Er hatte auf diesen Augenblick gewartet, auf diese Offenbarung, diesen Angelpunkt der Macht. Das Theaterspielen, sein größtes Vergnügen, war belanglos neben dieser fulminanten Predigt.

»Erlöse uns«, rief eine Frau aus der Menge.

Andere griffen den Ruf auf.

»Erlöse uns, erlöse uns.«

»Ich kann nicht«, rief der silberhaarige Prediger. »Ich kann es nicht. Nein, auch wenn ich es könnte, würde ich es nicht tun. Denn ihr könnt nur durch euch selbst erlöst werden. Nur durch den Glauben werdet ihr den Himmel erlangen. G … L … A … U … B … E. Und was ist Glaube? Kann mir das jemand sagen?«

Die Menge in dem überfüllten Lagerhaus sog jedes seiner Worte gierig auf. Fierens konnte die Kraft spüren, die von diesem Mann ausging, der, während er sich hierhin und dorthin wandte, jeden einzelnen beherrschte und in seinem Sinne lenkte. Aber Fierens erkannte noch etwas anderes, das ihn mehr bewegte als die flammende Rede. Er erkannte einen unsichtbaren Silberfaden, der vom Dach herunterkam und direkt hinter der Hirnschale in den Kopf des Predigers führte. Wenn die Menge aus Marionetten bestand, die an Drähten aus silbernen Klängen geführt wurden, dann war der Prediger ein Engel. Diesen Zustand des Engelseins mußte er, Fierens, jetzt anstreben – eine direkte Verbindung zu Gott. Sein Streben mußte sich darauf richten, einen eigenen Faden zu spinnen und auszudehnen – irgendwie wußte er, daß es ein goldener Faden sein mußte. Er mußte zu Gottes Spinne werden und die kleinen Fliegen in das goldene Netz der Erlösung locken.

All das erkannte er instinktiv. Er mußte nicht darüber nachdenken. Es geschah binnen einer Sekunde, während die Menschen ringsum ihre Definitionen für G ... L ... A ... U ... B ... E ausspuckten. Der Augenblick der Erleuchtung ging vorüber und ließ Fierens benommen zurück. Er lehnte sich an einen Balken und hörte sich an, wie die Gebildeteren aus der Menge – es gab ein paar, die wie Mönche aussahen und allem Anschein nach ihre Gelübde gebrochen hatten – mit ihrem Latein angaben.

»Es bedeutet *credere deum*«, sagte einer. »Der Glaube an die Existenz Gottes.«

»Es bedeutet *credere deo*«, sagte ein anderer. »Das Annehmen der Heiligen Schrift.«

»Vor allem«, rief ein dritter, »bedeutet es *credere in deum*, was nichts anderes ist als der erlösende Glaube.«

Angesichts derart gescheiter Beiträge verstummten alle anderen, doch den Prediger schien das nicht zu beeindrucken.

»Schweinemist«, rief er.

Dieser volkstümliche Rüffel beeindruckte die Menge. Einen Augenblick lang ertönte leises Gelächter. Fierens nahm die besondere Form der erwähnten Exkremente als Zeichen.

»Ruhe«, rief der Prediger. »Die Heilige Schrift sagt, daß Jesus geweint hat, aber davon, daß er gelacht hat, ist nie die Rede. Lachen ist Teufelswerk. Stöhnt, wenn ihr wollt, weint meinetwegen. Werft euch flach auf den Boden und bebt vor Entsetzen. Aber haltet euer Lachen unter Verschluß und behaltet euer dümmliches, affektiertes Lächeln für euch. Denn die Zeit ist nahe... näher, als es sich irgendeiner von euch vorstellen kann... da wir alle zur Rechenschaft gezogen werden. Das Jahr des Herrn 1500 liegt hinter uns. Darüber hinaus bleiben nur noch die Jahre, die Christus auf Erden verbracht hat; das sind dreiundddreißig. Wir haben nur noch zwei Jahre, um uns vorzubereiten. Also, wollt ihr jetzt wohl die Münder zuklappen und ernst sein? Wollt ihr leben, oder wollt ihr sterben?«

»Leben, Herr«, schrie die Menge. »Wir wollen leben. Sprich uns vom Glauben.«

»*Credo* dies, *credo* das, *credo* an mein heiligmäßiges Hinterteil. Darin nämlich besteht die Obszönität der Päpste, daß sie die Wahrheit mit lüsternem Latein bemänteln. Bis jetzt hattet ihr keinen Glauben...«

Er fixierte die ehemaligen Geistlichen, die in ihren Holzpantinen dahockten. Ihre Nachbarn drehten sich ebenfalls um, um sie anzustarren.

»Tut uns leid, tut uns leid«, murmelten sie.

»Bis jetzt hattet ihr keinen Glauben. Ihr wart voller Verzweiflung. Bei der Sorte Glauben, den ihr bis jetzt hattet, konntet ihr nicht erlöst werden. Ach, heiliger Glaube, ihr habt die ganze Zeit geschlafen. Euer *credo in deum*, euer Glaubensbekenntnis – ist das euer Glaube? Ein Schwindel ist es, ein historischer Glaube...«

Und so ging es eine Stunde lang weiter – mahnend, einschüchternd, drohend, schmeichelnd und beschwatzend, bis die Menge vor lauter aufrichtigem Glauben taumelte. Aber noch war der Prediger nicht zufrieden. Er gab eine Vorstellung, die alles übertraf, was Fierens je erlebt hatte.

»Oh, ich kenne euch«, sagte Mosman. »Jetzt seid ihr ganz davon beseelt. Ihr könntet kein Wässerchen trüben. Aber anschließend werdet ihr nach Hause gehen und bald wieder schlechte Gedanken wälzen, ihr werdet betrügen und unken und schnauben, und euer Glaube wird von euch abfallen. Ihr werdet ihn ablegen wie euer bestes Gewand und wieder in eure schmierigen Alltagsgewohnheiten verfallen. Aber ich sage euch, macht euch bereit. Behaltet euer bestes Gewand an. Tragt euren Glauben wie eure Haut, denn der Bräutigam wird kommen. In der Zwischenzeit schleicht, wie wir sehen können, der Antichrist durchs

Land. Milch- und Blutregen, Kainsmale, Hungersnöte, Seuchen – der Schwarze Tod und die Franzosenkrankheit, die, ich darf euch erinnern, im Jahr 1500 hier ihren Anfang nahm (falls ihr meinen solltet, daß Daten nicht von Bedeutung sind) –, monströse Mißgeburten, die in Deutschland offenbar das Ausmaß einer Epidemie annehmen, Gräber, die sich auftun, Hexen, Kriege, Invasionen von Ungläubigen… das alles sind Vorboten, die das Ende ankündigen. Sputet euch. Haltet euch bereit. Wachet und betet. Bewahrt den Glauben. Seht euch die Ungerechten sehr genau an. Behaltet sie im Auge. Ihre Tage sind gezählt. Der Weg für die Wiederkehr muß bereitet werden. Mißachtet das Gesetz, sofern es nicht Gottes Gesetz ist. Behaltet den Feind im Auge. Schleift eure Schwerter. Legt eure Schilde bereit. Blut muß vergossen werden, bevor Tränen getrocknet werden können. Unsere nächste Versammlung findet morgen um sechs Uhr hier statt. Und jetzt lasset uns singen: ›Gott ist mit mir, Gott ist in mir‹ auf die Melodie von ›Alt Zeeland mein‹.«

Als sich die Versammlung zerstreute, wartete Fierens ab, bis sich der Prediger von der kleinen Traube Bewunderer losgemacht hatte, die ihn umringte. Endlich kam der große Augenblick. Er trat vor ihn hin.

»Ich heiße Fierens«, sagte er. »Ich bin gekommen, um zu erlösen und erlöst zu werden. Ich bin beides, Schrift und Wort.«

Der Prediger Mosman musterte ihn mit finster zusammengezogenen Augenbrauen – die unter dem silbernen Haar um so dunkler wirkten. Er war sehr groß, einen halben Kopf größer als Fierens, und eine kämpferische Erscheinung. Sein ganzes Auftreten erinnerte an Johannes den Täufer.

»›Ein Jude‹«, sagte er endlich, »›zeugt den Antichrist mit seiner eigenen Tochter… er beschneidet sich selbst…‹«

»›Er beschneidet sich selbst‹«, fuhr Fierens prompt fort, da sich die Worte von selbst auf seiner Zunge formten, »›und triumphiert über jene, die ihn leugnen, während sie niedergestreckt, verbrannt, gekreuzigt oder bei lebendigem Leib vom Feuer verzehrt werden.‹«

»Es ist gut«, sagte Mosman. »Du kennst den Feind. Jetzt müssen wir dich auf den Kampf vorbereiten.«

In den folgenden Tagen widmete sich Fierens den von Mosman angeordneten Studien. Obwohl er sich früher wenig für Religion interessiert hatte, erfüllte sie jetzt sein Leben. Er ging bald so geschickt mit Texten um wie der Anführer und konnte es im Disput mit den Besten von ihnen aufnehmen.

Vier Wochen nach ihrer ersten Begegnung war Fierens nach Mosmans Ansicht bereit für die Wiedertaufe. Die Zeremonie wurde von Mosman persönlich abgehalten, und als Fierens triefend aus dem Wasser auftauchte, konnte man auf den Lippen des Anführers geradezu die Worte lesen: »Das ist mein geliebter Sohn.« Allerdings gab es keine Taube in seiner Kirche – nur ein alter Rabe saß oben im Gebälk und krächzte eine unheilvolle Antwort.

Unter den Heiligen herrschte wenig Eifersucht. Fierens war eben eindeutig zu Großem berufen. Und die ganze Zeit spürte er, wie der goldene Dotter seines Schicksals begann, sich zu vervielfachen, Gestalt anzunehmen, Junge auszubrüten…

25

Der Winter brach in diesem Jahr früh an und war ungewöhnlich hart. Der Fluß fror zu. Vögel fielen tot vom Himmel.

Dank Konrads umsichtiger Haushaltung drohte keine unmittelbare Lebensmittelknappheit, aber die Kosten dafür, daß er die Täufer und ihre Gefolgschaft warm hielt und mit Lebensmitteln versorgte, stellten eine immer lästigere Bürde dar.

Die Leute begannen zu murren, und es kam zu Raufereien, als erzürnte Ladenbesitzer sich weigerten, die Gutscheine entgegenzunehmen, die die Gesamtgilde an die Zugewanderten ausgegeben hatte.

Julius und Blommardine blieben von diesen Unruhen weitgehend verschont, da sie vergleichsweise wohlhabend und außerdem Bürger eines anderen Staates waren. Die Probleme anderer Länder sowie deren Politik erscheinen einem seltsamerweise nie so gravierend wie die des eigenen Landes.

Blommardine nahm die Situation ganz auf die leichte Schulter.

»Elia sagt, daß gewisse Härten unvermeidlich sind«, erklärte sie Julius. »Wir leben im Zeitalter des Antichrist. Die Mühsale verschwinden nicht einfach im Handumdrehen. Die Beklemmung kann schon noch eine Nacht anhalten. Aber was er gar nicht mag, sind Miesepeter wie du, die im Angesicht der Freude, die uns am Morgen erwartet, Besorgnis und Verzagtheit verbreiten.«

Julius ging nicht darauf ein. Es war immer klüger, sich auf die Zunge zu beißen, wenn Blommardine von Elia sprach.

Eine Woche später erfolgte der Schlag. Eines Nachmittags, als das Tageslicht schon verlosch, platzte Blommardine aufgelöst in sein Atelier, auf der Wange eine gefrorene Träne, mit bebenden Lippen und einem kleinen Rotztröpfchen im Nasenloch, das beim Atmen auf und ab wanderte.

»Kein Wunder, daß du erkältet bist, wenn du so herumläufst«, bemerkte Julius.

Sie machte sich nicht die Mühe zu widersprechen.

»Elia geht fort«, sagte sie, warf sich aufs Sofa und ließ ihrer Wut freien Lauf.

Julius war an solche Ausbrüche gewöhnt und wartete geduldig ein paar Minuten ab, näherte sich ihr schließlich mit einem sauberen Pinseltuch, um ihr das Gesicht abzuwischen, sobald sich der Sturm gelegt hatte.

Offenbar wurde der Heilige anderswo gebraucht und wollte nach Neujahr abreisen.

»Das tut mir leid«, sagte Julius.

»Einen Dreck tut es dir«, schluchzte Blommardine.

»Vielleicht schicken sie ja einen anderen Heiligen«, sagte Julius.

»Es wird nie einen zweiten Heiligen wie Elia geben«, schniefte sie.

Aber da irrte sie sich.

26

Entgegen allen Voraussagen kam Elisabeths Mutter wieder zu Kräften; sie erholte sich so gut, daß sie nach einer Woche wieder feste Nahrung zu sich nehmen konnte, und als Elisabeth nach dem Frühstück hereinschaute, traf sie sie aufrecht im Bett sitzend und Briefe lesend an.

»Guten Morgen, mein Liebes«, sagte sie lächelnd. »Ich sehe gerade ein paar Sachen durch. Dabei habe ich diesen Brief meiner Mutter gefunden, den sie mir unmittelbar vor meiner Hochzeit geschrieben hat. Wir haben im selben Haus gewohnt, aber sie hat mir einen Brief geschrieben. Seltsam, findest du nicht?«

»Darf ich ihn sehen?« fragte Elisabeth.

»Ich lese ihn dir vor«, sagte ihre Mutter. »Er ist voller Kleckse.«

Sie begann mit ihrer leisen, klaren Stimme zu lesen.

»›Meine liebe Hilde, da wir dich jetzt nicht mehr so häufig sehen werden, möchte ich versuchen, dir auf diesem Weg zu sagen, welche Freude es war und ist, dich als Tochter zu haben. Die Ehe ist, genau wie das Leben, eine verwirrende und nicht immer nur befriedigende Angelegenheit, aber ich habe den Eindruck, daß du zwei Eigenschaften besitzt, die dir auf deinem Weg helfen werden.

Eine hast du erworben – nämlich Bildung. Bildung ist freilich ein zweischneidiges Schwert, denn je mehr du weißt, um so weniger scheinst du paradoxerweise zu wissen. Aber ohne Bildung sind wir schlimmer als die Tiere, denn sie können ja nichts anderes als dahintrotten oder betteln oder bellen. Es gibt auch Männer, die nichts anderes im Sinn haben als jagen oder kämpfen, rauben oder töten. Diesen sollte man aus dem Weg gehen oder sie, wie den Ritter in Castigliones *Buch vom Hofmann*, gut einölen und in den Waffenschrank hängen, bis sie benötigt werden. Solche Männer hassen jegliche Bildung, weil sie für ein Tier der Dunkelheit wie brennendes Feuer ist. Laß dich von ihnen trotzdem nicht davon abbringen, denn ohne dieses Licht wirst du nie einen Weg finden. In Italien begreifen die Menschen diese Dinge eher. Wir hier oben im Norden leben noch immer im Dunkeln.

Deine andere große Tugend ist die gute Laune. Damit meine ich nicht nur das Lachen, denn das kann boshaft oder grausam sein. Ich meine die unbeschwerte Freude an dem, was das Leben zu bieten hat, ohne die ständig nagende Sorge, was sein könnte. Für eine Ehe kann ich mir nichts vorstellen, was von größerem Vorteil wäre; denn Ehemänner, deren Aufgabe es ist, den Himmel zu stützen, sind häufig sehr viel rastloser veranlagt. Vermutlich verstehst du, was ich meine.

Ich kann mir gut vorstellen, wie du jetzt lächelst und dich fragst, warum ich das alles niedergeschrieben habe, da du es doch bereits weißt. Vielleicht geschieht es zu meinem eigenen Wohl – was du mir hoffentlich verzeihen wirst. Gedanken haben die Eigenschaft, über die Ränder der Zeit hinabzugleiten und nichts zurückzulassen als ein bißchen Staub. Das geschriebene Wort ist ein Riß in der Wand, zu dem du zurückkehren kannst.

Er besagt: Deine Mutter war hier. Sie liebt dich. Wo und wann immer du diese Zeilen liest – jetzt oder irgendwann später –, werden sie diese unveränderliche Botschaft enthalten. Ich hoffe, sie bereiten dir so viel Freude, wie du mir bereitet hast, mein

Kleines, mein großes Mädchen, meine erwachsene und demnächst heiratende Tochter.‹«

Als sie zu Ende gelesen hatte, stellte Elisabeth fest, daß sie Tränen in den Augen hatte. Sie sah ihre Mutter an, die sie anlächelte.

»Ich wünschte, ich hätte Großmutter gekannt«, sagte sie.

»Jetzt kennst du sie«, sagte ihre Mutter und steckte die Briefe weg. »Sie war genauso wie dieser Brief, nur noch liebenswürdiger. Und jetzt beeil dich, es ist Advent, und du mußt in die Kirche gehen. Daß wir diese komischen Prediger in der Stadt haben, ändert noch lange nichts an der Geschichte.«

Elisabeth gab ihr einen Kuß und erhob sich, um zu gehen. Irgend etwas veranlaßte sie, sich noch einmal hinunterzubeugen und ihre Mutter zu umarmen. Die Schultern kamen ihr schrecklich mager vor, die Wärme der bleichen Wangen kaum spürbar.

»Wofür war denn das?« lachte ihre Mutter. »Heute ist wohl mein Glückstag.«

Als Elisabeth aus der Kirche zurückkam, fand sie das Haus in Aufruhr. Billa, die Dienstmagd, trocknete sich in der Eingangshalle die Augen ab, und der Doktor kam gerade die Treppe herunter.

»Was ist denn los?« fragte sie.

»Eure Mutter, tut mir leid«, sagte der Arzt. »Sie hatte einen Anfall. Es hätte jederzeit passieren können. Ich habe es mit Blutegeln versucht, aber es war zu spät.«

»Blutegel?« schrie Elisabeth. »Ihr Blut war ohnehin schon so dünn wie Wasser.«

»Beruhige dich, Elisabeth«, sagte ihr Vater, der aus seinem Arbeitszimmer kam. »Es ist eine barmherzige Erlösung.«

27

Wäre Fierens Straßenkehrer oder Soldat oder gar Handlanger eines Alchimisten gewesen, hätte man die Ursachen für seinen Fanatismus vielleicht dort suchen können. Aber eine Backstube… Welche Leidenschaft konnte eine solche Umgebung mit ihrem Blätterteig und ihrem Marzipan aufgewühlt haben? Dennoch eignete sich Fierens rasch ein paar raffinierte Kunstgriffe, eine gewisse Geschicklichkeit und die Kunst der Selbstdarstellung an, die sich seine neuen Mentoren bald gezielt zunutze machten.

Was sie nicht begriffen – wie denn auch? –, war die Tatsache, daß Fierens' Bewußtsein in den Himmel hinaufreichte wie ein Faden; oder eine Jakobsleiter, auf der die Engel herabsteigen.

Manchmal redete er denn auch mit Engelszungen. Unversehens gab er wunderschöne Worte von sich, die er nie zuvor gehört hatte. Das geschah stets, wenn er allein war. Er begriff, daß das ein Zeichen war und daß er vorerst niemandem das Ausmaß und die Bedeutung dieser Geschehnisse enthüllen durfte.

Mosman gegenüber deutete er jedoch an, daß es ihn drängte zu predigen, da er Visionen von Predigten gehabt hatte, die mit Blut in den Wolken geschrieben standen; Mosman war beeindruckt und hatte dafür gesorgt, daß Fierens eine Gemeinde und eine Kirche zum Predigen bekam – und es waren kolossal gute Predigten; so gut, daß Mosman ihn im Laufe der Zeit vor immer größeren Kirchengemeinden predigen ließ. Als nächstes betraute er ihn mit einer heiklen Mission in Rensburg, dann mit der Aufgabe, die Pilger in die Stadt zu geleiten, und schließlich legte er ihm die Verantwortung für die vollständige Bekehrung der Einwohner in die Hände. Fierens war eine sonderbare Mischung aus Visionär und Machiavellist und für Aufgaben dieser Art bestens geeignet. Dank seines bemerkenswert guten Aussehens und Auftretens war er der ideale Mann für eine Mission, bei der Frauen eine entscheidende Rolle spielen sollten.

Er war überdurchschnittlich groß, von schlankem Wuchs, hatte ein frisches Gesicht und glatte rötlichblonde Haare, wirkte jedoch wegen seiner großen Augen, die so dunkelbraun waren, daß sie fast schwarz aussahen und wie mit Öl überzogene Oliven glänzten, verklärt – falls man das so nennen kann. Diese Augen besaßen eine sonderbar magische Anziehungskraft, die sich zu verstärken schien, sobald er zu sprechen begann, und einen nicht mehr losließ. Ungewöhnlich war auch seine Stimme, deren Eindringlichkeit so hartnäckig war wie ein Leierkasten, dessen Gedudel sich so ins Ohr schlich, daß man es nicht mehr los wurde. Außerdem besaß er die Gabe, stets zu wissen, was man gerade dachte – ein Kunststück, das er von den Engeln oder auch während seiner Zeit in der Bäckerei gelernt hatte, wo die Kunden in seiner Anwesenheit ganz ungeniert redeten, weil er ja nur ein Kuchenbäcker war und damit quasi zum Inventar gehörte.

Dank dieser Eigenschaften machte seine politische Karriere in Rensburg Fortschritte, während er in Gedanken stillschweigend seine Vision vom Sohn Gottes nährte, dessen Zeitalter jetzt im Anschluß an das des Vaters und das des Heiligen Geistes – jeweils 750 Jahre während, die nun vorüber waren – angebrochen war und dessen Ich auf Erden zu werden des Menschen Chance und Bestimmung war. Er selbst könnte dieser Mensch sein, das spürte Fierens. Er könnte Herrscher stürzen und die Welt neu gestalten. Es gab noch viel zu tun; aber er merkte, daß sein Bewußtsein, auf dem dieser sonderbare Druck lastete und das seinen goldenen Spinnwebfaden höher und immer höher hinaufschraubte, mit jedem Tag weiter emporströmte.

Im Neuen Jahr, dem letzten überhaupt, würde die Zeit reif sein. In der Zwischenzeit mußte er seine Verhandlungen in Sachen Verlobung abschließen, denn es gab keinen Zweifel, daß er eine Braut haben mußte, und er wußte auch, wer es sein würde. Sie erfüllte die zweifache Anforderung, einmal die ideale wiedergeborene Eva-Maria zu sein und gleichzeitig die Tochter des einflußreichsten Mannes der Stadt. In diesem Stadium mußte sowohl die geistige als auch die irdische Dimension vorhanden sein. So wie oben mußte es auch unten sein.

Natürlich mußte er Mosman in den Plan einbeziehen. Mosman war vor ihm dagewesen. Ein Zwist oder Wettbewerb kam nicht in Betracht; die Dinge lagen weder in seiner noch in Mosmans Macht. Mosman war sein Johannes der Täufer. Ob ihm das klar war oder nicht. Gott würde diese Deutung liefern, wenn Er die Zeit für gekommen hielt…

28

Weihnachten verlief in diesem Jahr in Rensburg recht trübselig. Die meisten Lutheraner und sämtliche Täufer hielten nichts davon, ein in ihren Augen päpstliches Fest zu begehen, so daß die meisten traditionellen Vergnügungen drastisch eingeschränkt wurden. Was das Festessen anging, gab es wegen der vielen neuen Stadtbewohner, der Beanspruchung des Stadtsäckels, der Bischofssteuer des letzten und der schlechten Ernte dieses Jahres reichlich wenig, woran man sich hätte gütlich tun können. Ein paar alteingesessene Familien taten ihr Bestes, um weihnachtliche Fröhlichkeit aufkommen zu lassen, aber über der Stadt schwebte die Vorahnung von einem bevorstehenden Ereignis – ob verhängnisvoll oder wunderbar, war schwer festzustellen; so oder so ließ es die üblichen Weihnachtsbräuche ziemlich überflüssig erscheinen.

Im Hause Harting herrschte eine besondere Stille; der Tod von Elisabeths Mutter warf einen Schatten, der selbst in normalen Zeiten das Feiern unmöglich gemacht hätte. Es war schon merkwürdig, welchen Einfluß diese Frau ausgeübt hatte, ohne je ihr Schlafzimmer zu verlassen. Die Dienstboten waren beinahe ebenso tief bekümmert wie Elisabeth, und die alte Frieda war untröstlich. Nur Konrad schien unbeeindruckt von dem Ereignis. Natürlich trauerte er pro forma, aber Elisabeth spürte deutlich, daß er mit dem Herzen nicht dabei war.

Als Weihnachten vorüber war, hielt Konrad seiner Tochter einen kurzen Vortrag darüber, daß Trauer auch eine Form des Sichgehenlassens sei und daß das Leben weitergehen müsse. Unter anderem sprach er auch vom Heiraten und meinte, sie solle sich darauf freuen.

»Heiraten!« rief sie. »Aber das ist das letzte, was ich möchte.«

»Wieso das?« fragte er. »Was hast du dir denn sonst gedacht?«

»Ich denke im Augenblick nur an den Tod meiner Mutter«, erklärte sie bitter.

Als sie den Brief gesucht hatte, den ihre Mutter ihr vorgelesen hatte, stellte sie fest, daß er von ihrer Hand stammte und an sie selbst gerichtet war. Daraufhin mußte sie nur noch mehr weinen.

»Hüte deine Zunge, Mädchen, und sei dankbar, daß du noch einen Vater hast«, sagte ihr Vater.

»Einen grausamen Vater, der vom Heiraten redet, obwohl seine eigene Frau noch kaum im Grab liegt«, entgegnete sie empört.

Fluchend sprang er auf und stieß dabei das Tintenfaß um. Der dunkle Fleck breitete sich geradezu bedrohlich auf dem Tisch aus.

»Bei Gott«, sagte er, »wenn du noch einmal so mit mir redest, bekommst du den Stock zu spüren, junge Dame hin oder her.«

Auf einmal war er ihr völlig fremd. Freilich hatte sie ihn schon viele Male wütend erlebt. Aber es kam ihr vor, als treibe ihn jetzt etwas anderes, als sei er nicht mehr Herr seiner selbst, sondern schleppe sich auf allen vieren dahin, ein von einer Kröte in Schach gehaltener Stier. Das erschreckende Bild besänftigte sie. Fast tat er ihr leid. Er war puterrot vor Zorn. Vielleicht sollte sie ihm eine Portion Mädesüß verabreichen.

»Es tut mir leid, Vater.«

»Das will ich hoffen.«

»Ich möchte nicht mit dir streiten – nicht nachdem Mutter erst einen Monat tot ist. Jetzt sind nur noch wir zwei da. Ich werde mich um dich kümmern.«

»Ich habe dir doch gesagt, daß du nicht ständig von deiner Mutter reden sollst. Wer trauert, läßt sich gehen. Das sagen die Täufer auch. Das Leben muß weitergehen. Deine arme Mutter war seit zehn Jahren ohnehin halb tot.«

»Sie war in ihrem Krankenzimmer lebendiger als die meisten Leute draußen auf der Straße«, entgegnete Elisabeth heftig.

»Da haben wir es schon wieder. Widerreden, nichts als Widerreden.«

»Ich meine doch nur«, sagte sie verzweifelt, »daß ich sie geliebt habe. Dagegen hat du doch sicher nichts einzuwenden?«

»Es ist an der Zeit, daß du einen Ehemann lieben lernst«, sagte Konrad ernst, »und wie es der Zufall will, habe ich einen für dich gefunden.«

»Gefunden? Aber... Ihr wollt doch sicher meine Meinung dazu hören?«

»Dafür sehe ich keinen Grund. Es handelt sich um eine Entscheidung, die besser die Eltern treffen sollten.«

Freilich wurden Ehen üblicherweise arrangiert, aber irgendwie hatte Elisabeth in ihrem Fall immer mit einem liberaleren Vorgehen gerechnet.

»Meine Mutter hätte das nie gewollt«, sagte sie und mußte die Tränen zurückhalten.

»Die Heirat deiner Mutter wurde genauso arrangiert wie bei allen anderen.«

Elisabeth verkniff sich die auf der Hand liegende Entgegnung, daß sie damit offenbar nicht glücklich geworden war.

»Darf ich den Namen des glücklichen Burschen erfahren?« fragte sie kühl.

»Gewiß«, sagte ihr Vater. »Es ist Herr Fierens.«

»Fierens?« stieß sie hervor.

Es hatte genug Vorwarnungen gegeben, aber trotzdem war es ein Schock, es so deutlich ausgesprochen zu hören.

»Jawohl, er ist es.«

»O Gott.« Wie von einem Axthieb getroffen, sank sie auf einen Stuhl.

»Gut«, sagte ihr Vater. »Wie ich sehe, bist du überwältigt von der Ehre. Du hast allen Grund dazu.«

Fieberhaft suchte sie nach Ausreden.

»Ich werde ihn nicht heiraten. Er ist Priester.«

»Er ist Prediger, kein Priester. Und selbst wenn – bei den Lutheranern ist das erlaubt.«

»Es ist zu kurz nach dem Begräbnis.«

»Du wirst vor Ostern heiraten. Das erscheint mir eine angemessene Frist.«

»Aber ich liebe ihn nicht«, platzte sie heraus.

»Was spielt das schon für eine Rolle?« entgegnete ihr Vater ruhig.

»Ich mag ihn nicht einmal.«

»Aha. Demnach hast du wenigstens eine Meinung. Offenbar interessierst du dich wenigstens für ihn. Er jedenfalls interessiert sich für dich.«

»Er kennt mich doch gar nicht«, sagte sie. »Es muß reine Begierde sein. Er hat aufgrund bloßer Äußerlichkeiten Feuer gefangen.«

»Sprich nicht so respektlos von fleischlicher Begierde«, sagte Konrad schwerfällig. »Sie ist uns von Gott gegeben. Wir müssen die Geschenke der Natur benutzen.«

»Nur solange sie nicht uns benutzen, Vater.«

»Was… was meinst du damit?«

Es hatte doch gewiß niemand über seine Besuche in den Hypokausten geplappert? Ihre folgenden Worte verschafften ihm Gewißheit.

»Ich meine einfach, Vater, daß ich nicht mit einem Mann verlobt werden möchte, der lediglich Gefallen daran hat, mich anzusehen, nachdem meine liebe Mutter so viel Zeit darauf verwendet hat, meine anderen Talente zu fördern.«

Elisabeth weinte beinahe vor lauter Anstrengung, vernünftig zu bleiben.

»Ich bin sicher, daß er auch deinen Geist mögen wird«, sagte Konrad ungeduldig, »solange du so vernünftig bist, den seinen zu mögen. Und jetzt genug der Worte. In dieser Stadt tun sich große Dinge, und einer der wichtigsten Beweger, einer der Fürsten der Veränderung, wünscht dich zur Gemahlin. Könnte es denn in ganz Rensburg ein angemesseneres Paar geben?«

Plötzlich sah sie den Mann vor sich, der für sie in der Kirche gelogen hatte, diesen Mann mit seinen freundlichen, belustigten, melancholischen Augen und dem verwirrten, intelligenten Gesicht. Wo mochte er jetzt sein? Was machte er in dieser Stadt? An diesem Ort, bei dem sie allmählich das Gefühl bekam, sie würde ihn ziemlich eilig verlassen, wenn sie hier nicht zu Hause wäre.

Sie seufzte erschöpft. Der Kummer und die Auseinandersetzung mit dem Vater hatten ihr arg zugesetzt. Vielleicht würde morgen früh ja alles in Ordnung sein. Vielleicht würde sie aufwachen und feststellen, daß das Ganze ein Alptraum gewesen war.

29

Julius hatte das Triptychon in der unglaublich kurzen Zeit von drei Wochen auf die Wand übertragen, aber dann kam er nicht mehr weiter. Die Bilder wirbelten und trommelten in seinen Ohren, aber noch immer sagte ihm die Liebe nicht, was er wissen mußte. Wieder sah er sich nach anderer Arbeit um.

Während er in der Stadt umherging und versuchte, nicht auf

sein schmerzendes Herz zu achten, wurde ihm allmählich klar, warum ihn sein Lehrmeister Bosch nach Florenz geschickt hatte. Es ging nicht einfach darum, die Florentiner blind nachzuahmen. Vielmehr galt es, zu einer Gleichung zu gelangen, einer Vermischung des Südens mit dem Norden, des Gotischen mit dem Klassischen – der zwei Pole, die durch den Stil seines Meisters und den seiner Lehrer verkörpert wurden. Jetzt erkannte er, daß er in der Vergangenheit zu sehr von Florenz beeinflußt gewesen war. Er hatte seinen Wurzeln den Rücken gekehrt. Eine Zeitlang war das unumgänglich, aber es hatte zu lange angehalten. Die Stadt Rensburg verlangte, verdiente ein gewisses Verständnis für den Norden. Hier sah man grotesk häßliche Menschen auf den Straßen herumlaufen und in den Kirchen predigen. Hier galt es, als Menschen getarnte Ungeheuer auszumachen.

Julius spürte, wie in ihm aufs neue ein Verständnis für diese Welt des Nordens erwachte, wie ein Nebel emporstieg, der das florentinische Licht und die Sonne der Vernunft zwar trübte, nicht aber völlig überschattete.

Mit der Zeit fand er Kunden für seine Porträts. Zu seinen neuen Klienten gehörte auch die Frau eines wohlhabenden Fleischers, deren Gesicht an ein kleines rosa Schweinchen erinnerte. Er schmeichelte ihr, indem er ihr etwas menschlichere Züge verlieh, aber doch etwas von dem schweinchenhaften Ausdruck beibehielt, was dem Fleischer und seiner Gemahlin freilich entging. Julius wurde für die Arbeit ordentlich entlohnt und mit Würsten behängt. Es folgten neue Kunden und weitere Einkünfte.

Nun war es üblich, daß der Gesamtgildenrat ein Porträt des jeweiligen Aldermanns malen ließ. Der Fleischer schlug vor, Julius mit Konrads Porträt zu beauftragen, und die anderen stimmten ihm, wie es sich gehörte, zu.

Natürlich war das kein reiner Zufall. Julius hatte Nachforschungen angestellt und herausgefunden, wer der Vater des schönen Mädchens war und in welchen Kreisen er verkehrte. Dabei stieß er auf den Namen des Fleischers. Man muß dem Glück eben ein bißchen auf die Sprünge helfen.

So kam es, daß Julius an einem klaren, hellen Morgen Anfang Januar vor dem Haus in der Breiten Straße stand und an die Tür klopfte. Er hatte viele Male davon geträumt. Die Dienstmagd würde die Tür aufmachen, der Vater würde noch eine Weile in seinem Arbeitszimmer zu tun haben, die Tochter würde ihm unterdessen Gesellschaft leisten, und sie würden sich gut verstehen... Was danach geschah, ging aus seinen Träumen nicht deutlich hervor. Der Verstand freilich sagte ihm, daß schon seine Träume Wahnsinn waren. Er war verheiratet. Das Mädchen kam aus gutem Hause. Es gab absolut keinen Grund, optimistisch zu sein. Das hinderte sein Herz jedoch nicht daran, unter dem schweren Umhang heftig zu pochen.

Er hob die Hand und klopfte forsch an die Tür. Schritte näherten sich, der Riegel wurde zurückgeschoben, und der erste Teil seines Traums nahm Gestalt an: Die Dienstmagd erschien, schwarz gekleidet, umrahmt vom Türstock. Er hatte erfahren, daß die Mutter des Mädchens gestorben war, und jetzt fragte er sich, ob man auf ein Porträt Wert legte, wenn man in Trauer ging. Die Dienstmagd ließ ihn jedoch anstandslos ein.

»Kommt herein, Herr, wir haben Euch erwartet, aber der gnädige Herr hat noch zu tun. Wollt Ihr mir bitte folgen?«

Sie führte ihn in einen kleinen, mit ein paar schweren Stühlen und einem Eichentisch möblierten Salon.

»Das junge Fräulein wird gleich herunterkommen«, sagte sie.

»Danke.«

Sie machte einen Knicks und ließ ihn voller Freude über sein Glück zurück. Es verlief alles nach Plan.

Fünf Minuten später waren andere Schritte draußen zu hören, leichter als die der Magd. Die Klinke wurde heruntergedrückt, die Tür ging auf, und da stand sie.

Elisabeth, in Trauerkleidung, bot einen entzückenden Anblick. Das schwarze Kleid betonte ihre frische Gesichtsfarbe, die verblüffend hellblauen Augen und das goldblonde Haar fast mehr, als es helle Kleidung getan hätte. Ihre Brüste straften den schwarzen Stoff Lügen. Die kleinen Füße spitzten in dunklen Pantoffeln unter dem Kleid hervor.

Sie glaubte im Grunde selbst nicht, daß Männer von ihrem Aussehen unbeeindruckt blieben. Sie hatte sich sogar Mühe gegeben, um möglichst gut auszusehen, weil auch sie von dieser Begegnung geträumt hatte. Die alte Frieda hatte spioniert und ihr berichtet, daß der soeben eingetroffene Maler niemand anderer war als der Mann, der in der Kirche ihre Haut gerettet und ihr auf ihren Nachmittagsspaziergängen in respektvoller Entfernung gefolgt war.

Vielleicht, sagte sich Elisabeth, würde ein Wunder geschehen und dieser Mann könnte sie vor der Zukunft bewahren, die ihr Vater für sie geplant hatte. Aber würde er sie mögen, wenn er sie kennenlernte?

Auch ihr Herz schlug wie wild.

Sie sahen sich lange an, da ihnen die Worte fehlten.

Endlich setzten beide zum Sprechen an.

»Ich …«

»Ich …«

Sie brachen in Gelächter aus. Es war Liebe bei der ersten Silbe.

Elisabeth machte einen neuen Anlauf. »Wollt Ihr …«

»Werdet Ihr …«

Sie hatte seit dem Tod ihrer Mutter nicht mehr gelacht. Sie hob die Hand wie ein Schulkind, um zu signalisieren, daß sie etwas sagen wollte. »Bitte sprecht weiter«, sagte er. »Entschuldigt.«

»Ich wollte mich gerade entschuldigen.«

»Nein, ich muß mich entschuldigen.«

Das Gespräch schien in eine Sackgasse zu münden. Sie holte tief Luft und setzte nochmals an.

»Mein Vater hat noch zu tun«, sagte sie blitzschnell. »Aber wollt Ihr vielleicht einen Schluck Wein trinken und ein paar Minuten mit mir vorliebnehmen, denn außer mir gibt es hier niemanden.«

»Beides gerne.«

Sie holte eine Karaffe aus einem Schränkchen und schenkte ihm ein. Er nippte anerkennend. Der Wein war gut. Vermutlich durfte man das bei einem Lebensmittelhändler erwarten.

»Ich weiß, was Ihr macht und wie Ihr heißt«, sagte sie, während sie ihn flüchtig betrachtete. »Was gibt es sonst noch Wissenswertes?«

»Eine Menge winziger Kleinigkeiten«, entgegnete er.

Sie hatte sich nicht geirrt, was sein Gesicht betraf – aufmerksam, intelligent, ein bißchen unglücklich, aber humorvoll. Er war eine gute Erscheinung, beinahe groß zu nennen, anmutig in seinen Bewegungen; das braune, schimmernde Haar, das sich um leicht spitz zulaufende Ohren lockte, verlieh ihm das Aussehen eines Lebewesens aus dem Wald, eines Fauns. Plötzlich stellte sie sich vor, wie er auf der Wiese tanzte.

»Tanzt Ihr?« fragte sie ihn.

»Nicht in dieser Stadt«, sagte er. »Ich glaube nicht, daß die Lutheraner viel von derlei Dingen halten. Aber in Italien habe ich getanzt.«

»Italien«, rief sie erfreut. »Ihr wart in Italien?«

»Ich habe in Florenz studiert«, sagte er.

»Ach, Florenz«, sagte sie. »Meine Mutter hat oft davon gesprochen. Sie hat ein Leben lang davon geträumt.«

Sie wollte von ihm nach Florenz gebracht werden – jetzt gleich –, fort aus dieser Stadt.

»Ich muß Euch etwas sagen«, sagte er, »da wir keine Zeit haben und niemand weiß, ob ich noch einmal Gelegenheit haben werde, Euch das zu sagen: Ihr seid das schönste Mädchen, das mir je unter die Augen gekommen ist. Ich liebe Euch, obwohl es hoffnungslos ist, und solltet Ihr jemals einen Menschen brauchen, der notfalls für Euch sterben würde, so bitte ich Euch, denkt an mich. Habt Ihr von den Adamiten gehört? Von der Religion der Liebe?«

Bevor sie antworten konnte, ertönten draußen schwere Schritte, die Tür wurde aufgerissen, und Konrad betrat den Raum.

»Ah, der Maler«, rief er. »Beim Picheln mit meiner Tochter, wie ich sehe. Schickt sich das denn, meine Liebe?«

»Wie meinst du das, Vater?«

»Du wirst demnächst deine Verlobung bekanntgeben. Darfst du da einem jungen Mann, den wir nicht kennen, Wein kredenzen?«

Julius versuchte sie zu verteidigen.

»Sie hat mir lediglich aus Höflichkeit...«

»Schweigt, Maler.«

Konrad lächelte freudlos, um zu zeigen, daß er keinen Groll hegte.

Maler, ha! dachte Julius. Warum bezeichnet er mich nicht gleich als Schmierfinken? Doch die tiefere Bedeutung dessen, was der Mann gesagt hatte, dämmerte ihm erst allmählich. Entsetzt sah Julius das Mädchen an. Stand sie wirklich auf der Schwelle zur Ehe? Sie hatte nicht diesen Eindruck erweckt – obwohl er zugeben mußte, daß sie gar keine Zeit gehabt hatte, irgendeinen Eindruck zu machen. Was hatte sie zum Beispiel von seiner Liebeserklärung gehalten? Wußte sie, daß er verheiratet war? Vermutlich nicht. Ihre Reaktion war bestimmt nicht ablehnend gewesen, denn das hätte er instinktiv gespürt. Ja, ihre Wangen hatten sich mit Farbe überzogen. Ihre Augen hatten gefunkelt. Der Hauch eines Lächelns hatte ihre Lippen umspielt. Aber warum dachte er so etwas? Die Nachricht von ihrer Verlobung hatte seine Hoffnungen zunichte gemacht. Und seine Hoffnungen konnten selbst im günstigsten Fall nur leere Hülsen sein. Er mußte ihr die Wahrheit sagen. Gleichzeitig konnte er es kaum ertragen, den Zauber zu brechen, der ihm so unerwartet vergönnt gewesen war.

Er bemerkte, daß in Gegenwart des Vaters eine Veränderung in dem Mädchen vorgegangen war. Ihre Fröhlichkeit und ihre Natürlichkeit waren schlagartig verschwunden, und zum Vorschein gekommen waren Schwermut und innere Unruhe.

»Nachdem du beschäftigt warst, Vater, hielt ich es für meine Pflicht, unseren Gast zu unterhalten.«

»Gut, gut. Genug der Worte. Jetzt zum Geschäft, Maler. Ihr solltet lieber in meinen Laden kommen, wo Ihr mich in meiner gewohnten Umgebung erleben könnt. Schließlich braucht ein Porträt einen Hintergrund, und was würde sich da bei einem Kramer besser eignen als ein großer Laib Käse oder eine Speckseite? Ihr sollt mich mit Butter und getrockneten Erbsen umgeben, Maler. Ihr sollt mich würzen und in Essig einlegen, wenn Ihr wollt.«

Nach seinem barschen Auftritt zeigte sich der Mann von seiner humorvollen Seite. Aber in seinen Augen lag noch immer etwas, was Julius nicht gefiel; das Lächeln drang nicht bis zu ihm und dem Mädchen vor. Sein Bild würde das einfangen.

»Gut, gut«, sagte Konrad. »Worauf warten wir noch? Laßt uns anfangen. Das Licht wird bald verschwinden, und Ihr laßt Euch sicherlich nach Tagen bezahlen. Ich kenne Euch Malergesellen.«

Sie eilten in den Schnee hinaus und hüllten sich im Gehen in ihre Umhänge, während Elisabeth, das Herz voller Hoffnung und Zärtlichkeit, ihnen von der Schwelle aus nachsah. Der Maler liebte sie! Es mußte eine Möglichkeit geben, dem Holländer zu entkommen. Solange es keine Alternative gegeben hatte, hatte sie nicht den Mut aufgebracht, sich den Wünschen ihres Vaters zu widersetzen, aber jetzt… Nun, wenn alles andere fehlschlug, konnten sie zusammen weglaufen… Wenn die Liebe wirklich seine Religion war, würde er das tun. Es war fast wie im *Roman de la Rose...* Die Liebe würde einen Weg finden, wie allgemein bekannt war...

In der Zwischenzeit mußte sie sich auf die Begegnung mit ihrem ungeliebten Freier am heutigen Abend vorbereiten. Sie machte die Haustür zu und lief leichten Fußes und mit noch leichterem Herzen die Treppe hinauf.

Die alte Frieda, die alles belauscht hatte, seufzte bei ihrem Anblick. Es gab Ärger im Haus und Ärger in der Stadt, und kein Mensch konnte wissen, was der Allmächtige vorhatte.

30

Fierens war allerbester Laune. In Rensburg verlief alles so gut, daß Mosman bereits plante nachzukommen. Das war ein deutliches Zeichen für seinen Erfolg, denn die Täufer hatten in vielen Städten ihre Zellen. Es bedeutete, daß das Unternehmen in Rensburg erfolgreicher gewesen war als anderswo, und Mosman hatte wohl eindeutig erkannt, daß er, Enoch-Fierens, und nicht Elia (der bereits seinen Marschbefehl erhalten hatte) für den Sieg verantwortlich war. Natürlich wußte Fierens, daß dem so war, aber es kam darauf an, daß andere ebenso dachten.

Das wiederum bedeutete, daß Rensburg jetzt als das Zentrum der Bewegung angesehen und er, Fierens, der stellvertretende Befehlshaber sein würde. Nein, nein, korrigierte er sich, nicht der stellvertretende Befehlshaber, sondern der zukünftige Anführer.

Bevor es jedoch soweit war, bevor Mosman auch nur in die Stadt kommen konnte, mußten noch einige Dinge in die Wege geleitet werden. Die Übernahme der Stadt mußte abgeschlossen sein. Um dieses Thema zu erörtern – und auch, um um die Hand der Kramerstochter anzuhalten –, machte sich Fierens an diesem Abend auf den Weg zu dem Haus in der Breiten Straße. Während er so dahinging, hatte er den Kopf voller Pläne. Er besaß die seltene Eigenschaft, blitzschnell umschalten zu können und von seiner Leiter und den Diskursen mit den Seraphim herabzusteigen und Strategien zu ersinnen, die auf komplizierte und raffinierte Weise auf dem Boden der Tatsachen fußten.

So kam es, daß er in der Stadt von Anfang an ein Agentennetz aufgebaut hatte, wobei er Heilige und Abtrünnige, Unzufriedene und Störenfriede ebenso als Zuträger und Handlanger benutzte wie Leute, die seine Sache aufrichtig und fanatisch vertraten.

Die Personen, die sich in den unterirdischen Heizkellern der Getreidebörse versammelten, gehörten tatsächlich einem heidnischen Ableger des Liebeskultes an, deren es in den Städten im Norden eine ganze Reihe gab. Die mit einer Nonnenhaube bekleidete Eva-Maria war die Hohepriesterin der Astarte, der Weißen Göttin. Adam diente dem Attis. Sie und ihresgleichen waren gerne bereit gewesen, bei der Irreführung Konrads mitzuspielen, da ihnen als Gegenleistung Schutz gewährt wurde. Selbstverständlich würden sie für ihr böses Tun bestraft werden, wenn es an der Zeit war.

Es war ein gutes Beispiel für das Fierens von Gott verliehene Talent, andere zu beherrschen. Er spielte einmal mit dieser Schwäche und einmal mit jener. Er machte es sich zur Aufgabe, Schwachstellen auf sämtlichen Ebenen aufzuspüren. Was für ein Glück war das doch für Rensburg und für die Menschheit! Einen reinen Machiavellisten hätte man vielleicht noch im Zaum halten können; aber ein Machiavellist, der sich als Gottheit betrachtete, war ebenso unnachgiebig wie unwiderstehlich…

Und so ging Fierens in Gedanken versunken weiter, ein paar Täufern, die ihm begegneten, mechanisch zunickend und ohne die steinernen Gesichter jener Bürger zu beachten, die ihn kannten und seinen Einfluß beklagten. Zu gegebener Zeit würden sie schon umschwenken. Er verachtete sie, weil sie weder die Kraft zum Widerstand hatten noch das Organisationstalent; doch auch wenn er auf geballten Widerstand gestoßen wäre, hätte er sie verachtet. Was sich derzeit in dieser Stadt abspielte, war nicht nur Geschichte, sondern das Ende der Geschichte. Sie würden vom Rad der Zeit zermalmt werden.

Fierens' Miene verfinsterte sich vorübergehend, als er Konrad in Begleitung eines ihm unbekannten jüngeren Mannes durch eine Seitengasse aus der Richtung seines Ladens kommen sah. Es paßte ihm nicht, wenn Fremde mit Konrad verkehrten. Er mochte überhaupt keine Fremden. Er wußte gern über alle Leute Bescheid: was sie machten, welchen Gott sie anbeteten, ob ihre Frauen glücklich waren, welche Speisen sie bevorzugten, ob sie zuviel tranken... Sein Gehirn war vollgestopft mit Personalakten.

Konrad begrüßte ihn.

»Werter Herr Fierens, wie schön, Euch zu sehen. Darf ich Euch Julius Martens vorstellen. Er wird mich porträtieren.«

Aha, demnach war der Mann ein Maler, ein gefährlicher Menschenschlag voller Träume und Hirngespinste. Sie wurden vom Licht beherrscht und waren doch keine Gestalten des Lichts.

Fierens sah ihn durchdringend an, und der Mann hielt seinem Blick stand. Keinem der beiden gefiel, was er sah. Der Heilige sah Ärger auf sich zukommen: Deine Visage gefällt mir nicht, Maler, dachte er. Ich kenne dich. Ich habe dich in den Akten. Julius sah etwas Schlimmeres. Auch er hatte ein ausgeprägtes Gespür für Gesichter. In diesem lag etwas, was er wiedererkannte und was ihm gar nicht behagte.

»Das ist Herr Fierens, der meine Tochter heiraten wird«, sagte Konrad herzlich. »Ich hoffe, daß ich nichts überstürze, Fierens, denn ich weiß wohl, daß wir uns über die Formalitäten noch nicht geeinigt haben.«

»Wenn es Gottes Wille ist«, sagte Fierens demütig.

Julius warf dem Mann noch einen Blick zu – diesmal voller

Entsetzen –, der Fierens nicht entging. Es war schon schlimm genug, daß sich ein anderer mit der einzigen Liebe seines Lebens verloben sollte, für die er erschaffen worden war – das war inzwischen Julius' beglückende Überzeugung –, aber daß es sich dabei um einen dieser frömmelnden, geheimniskrämerischen Kerle mit den hohen Hüten und den näselnden Stimmen handelte, empfand er als den Gipfel der Gemeinheit. Und dann fiel ihm ein, wer dieser Mann war. Im Laufe der Jahre hatte sein Gesicht Fleisch angesetzt und sah jetzt, wie Julius zugeben mußte, wirklich gut aus. Neid und Stolz hatten die Mundwinkel eingekerbt. Aber es konnte nur Uitwaarden sein. Beinahe hätte er ihn in die Rippen geboxt, hielt sich aber zurück. Uitwaarden hatte kein Anzeichen des Erkennens von sich gegeben. Vielleicht erinnerte er sich nicht mehr an ihn. Womöglich war es besser, ihn nicht an ihre letzte Unterhaltung in 's-Hertogenbosch zu erinnern, die viele Jahre und viele Meilen weit zurücklag.

Wenn er jetzt aneckte, würde Konrad ihn auf der Stelle fortschicken, denn wie es aussah, hatte er unbegreiflicherweise Gefallen an diesem Burschen gefunden. In diesem Fall würde Julius Elisabeth nicht ohne weiteres wiedersehen können; und das war für ihn lebensnotwendig.

»Was wolltet Ihr sagen?« fragte Fierens mit seiner übernatürlichen – seiner Ansicht nach engelhaften – Antenne für anderer Leute Gedanken.

»Ich wollte sagen, der Wille Gottes ist der einzige Wille, dem wir vertrauen können«, sagte Julius, der hastig nach einer anderen als der groben Antwort suchte, die ihm auf der Zunge lag.

»Das versteht sich von selbst«, sagte Fierens rüde und marschierte in Richtung des Hartingschen Hauses davon.

»Morgen um zehn Uhr«, sagte Konrad zu Julius.

»Ich werde dasein«, antwortete dieser.

Es handelte sich zwar nur um das Geschäftskontor ihres Vaters, aber immerhin besser als nichts.

»Seid Ihr sicher, daß Ihr im Augenblick die Zeit für Porträtsitzungen erübrigen könnt?« fragte Fierens betont laut, als Konrad ihn eingeholt hatte. »Für meine Begriffe schmeckt das zu sehr nach Eitelkeit. Es ist ausgesprochen spießig.«

»Der Rat wünscht es. Es wäre nicht sehr geschickt…« Den Rest der Erklärung konnte Julius nicht mehr hören. Er vermutete, daß Eitelkeit zwar ein Laster des Aldermanns der Gesamtgilde war, aber nicht das, bei dem Fierens gezielt eingehakt hatte. Während sich die zwei, einer hinter dem anderen, den Weg durch die verschneite Straße bahnten, riß Fierens plötzlich die Arme hoch, um das Gleichgewicht nicht zu verlieren, und einen Augenblick lang sah es so aus, als würde er wie ein Teufel auf Konrads Rücken reiten.

»O Gott«, betete Julius, »laß das nicht Dein Wille sein. Laß nicht zu, daß sie es tut, Gott. Mach, daß es einen Weg gibt.«

Oder hatte Er die Welt satt und spielte mit dem Gedanken, allem ein Ende zu machen, wie diese Leute anscheinend glaubten?

31

Blommardine hatte sich von dem Verlust Elias erholt, hatte aber kein neues Ventil für ihr Interesse gefunden, das sich jetzt, in Ermangelung von etwas Besserem, wieder ihrem Mann zuwandte.

Als Julius nach Hause kam, lief sie auf und ab wie ein eingesperrtes Wiesel. Das kalte Wetter sagte ihrem Temperament nicht zu. Ihr war es viel lieber, draußen herumzurennen, die Nase in Dinge zu stecken, die sie nichts angingen, spitze Bemerkungen auszuteilen, Gerüchte zu verbreiten, versteckte Andeutungen zu machen und Schwachpunkte aufzustöbern.

Sie würde eine ungleich bessere Frau für Fierens abgeben, dachte Julius. Sie ist wie geschaffen für diesen Mann.

»Wo bist du gewesen, Storchenbein?« fragte sie, sobald er hereinkam. »Den ganzen Tag fort und nicht mit einem Gedanken bei deinem kleinen Frauchen.«

O Gott, dachte Julius, jetzt wird sie sinnlich.

»Ich kann nur hoffen, daß du dir kein kleines Flittchen zugelegt hast. Ich würde ihr die Augen auskratzen.«

Warum mußte ich in diese Lage kommen? dachte er. Ich habe den einfachen Weg gewählt. Der einfache Weg ist das breite Tor zu einem harten Leben.

»Du bekommst jetzt eine Suppe, und dann gehen wir ins Bett«, erklärte sie ihm. »Ich habe mir ein paar neue Sachen ausgedacht, die wir probieren können.«

»Ich bin… ein bißchen müde«, sagte er. »Es war ein langer Tag.«

»Ach, scheiß drauf«, sagte sie. »Erzähl mir bloß nicht, du hast deine Tage. Bist du ein Mann oder ein Hermaphrodit? Warum gehst du nicht zu einer dieser Attis-Zeremonien und läßt dich kastrieren?«

Julius schluckte seine Antwort hinunter – daß er allein sein wollte; daß er sich scheiden lassen wollte wie Heinrich VIII. von Anna von Kleve; daß ihre ganze Ehe ein Irrtum war, den sie eingefädelt hatte, aber daß er ihr keinen Vorwurf machen konnte, weil er mitgespielt hatte.

Im Augenblick wußte er nur, daß er auf keinen Fall ein Risiko eingehen wollte. Seine einzige Hoffnung, Elisabeth wiederzusehen, bestand darin, den Status quo aufrechtzuerhalten – zumindest vorläufig. Sobald Blommardine Wind von seiner Zuneigung zu einer anderen Frau bekam, würde sie keine Ruhe geben, bevor sie nicht alles zerstört hatte. Und aus ihrer Perspektive betrachtet, mußte er zugeben, daß das ihr gutes Recht war.

»Na gut«, sagte er möglichst freundlich. »Dann fahr mal die Suppe her.«

»Und als Nachspeise?« erkundigte sie sich, während sie, eine Hand auf die Hüfte gestützt, den Rock schürzte.

»Als Nachspeise«, sagte er, »hätte ich gern ein kleines Pummelchen.«

Es wäre nicht so schlimm gewesen, wenn es ihm nicht solches Vergnügen bereitet hätte.

Es ist schwer, dem Vergnügen zu widerstehen, wenn es einem guten Zweck dient; aber trotzdem fühlt man sich am nächsten Tag miserabel.

32

Fierens saß in Konrads Arbeitszimmer, den Blick auf den Kamin gerichtet, und war sehr zufrieden mit dem Verlauf, den das Gespräch bisher genommen hatte. Sein Gastgeber schien seit ihrer ersten Unterhaltung vor einigen Monaten geschrumpft zu sein. Er wirkte wie ausgehöhlt. Er wurde ausgesaugt – im wahrsten Sinne des Wortes, wenn man den Berichten aus den Hypokausten auch nur den geringsten Glauben schenken durfte. Um so besser würde er sich als Gefäß für die Werke Gottes eignen. Freilich durfte er keinen schwachen Eindruck machen; das auf keinen Fall. Er mußte als Führer des Volkes auftreten, der Gott im Kopf und Fierens im Bewußtsein hatte.

Fierens fand an der Art und Weise, wie Konrad bestochen wurde, nichts auszusetzen. Der Zweck heiligte die Mittel. Hinzu kam, daß die Sünde der Wollust, auch wenn sie den Papisten ein Greuel war, in seinem persönlichen Schwarzbuch nicht so schwer wog. Er hatte früher viele Frauen gekannt, und der Genuß, den ihm der Geschlechtsakt verschafft hatte, war für ihn nebensächlich. Was er wirklich genossen hatte, war die Macht.

Er hatte Sex nie als sündhafter empfunden als ein Niesen, und der Erzengel Amiel hatte dies insgeheim bestätigt.

In den Psalmen wurde angedeutet, daß sogar Gott geniest und die Ägypter »mit dem Schnauben seines zornigen Atems« zerstreut hatte. Wenn Gott niesen konnte, konnte Er auch zeugen, sagte Amiel. Hatte Er nicht die Welt hervorgebracht? Das Niesen war eine ausgezeichnete Parallele: eine krampfartige Blähung der Macht. Vorerst würde er diese Offenbarung vor den Heiligen geheimhalten; sie könnte sie von ihrem direkten Kurs abbringen. Doch wenn Gott durch ein Niesen seinen Willen kundtat, war es auch denkbar, daß Er durch das Zeugungsorgan Einfluß nehmen konnte.

Während er über diese Dinge und über die bevorstehende Verlobung mit Konrads schöner Tochter nachsann, dachte er: Ich bin kein sinnlicher Mann, wobei der Mann in mir gemeint ist, der noch auf dem Erdboden steht. Das Streben nach dem Neuen Jerusalem ist unendlich großartiger, und Göttlichkeit ist das Großartigste überhaupt. Aber es wäre widersinnig, sich zurückzuhalten, wenn man, wie in diesem Fall, den Pfeffer unter der Nase hat. Ich werde mit den Besten um die Wette niesen. Denn es ist guter und scharfer Pfeffer.

Und doch strahlte dieses Mädchen etwas aus, was einem solche Gedanken verbot … etwas Helles und Kaltes und Brennendes, was einen veranlaßte, sich abzuwenden …

Er blickte auf, als Konrad mit diversen Papieren wieder ins Zimmer kam. Ich werde mich nicht kaputtpfeffern lassen wie dieser Bursche da, dachte er. Wenn man keinen Pfeffer verträgt, sollte man sich von den Hypokausten fernhalten.

»Nun«, sagte Fierens. »Ihr kennt unseren Plan. Glaubt Ihr, Ihr könnt Euch jetzt um den Rat kümmern?«

Konrad zeigte auf eine Namensliste. Obwohl die Heiligen die Ratsherren verachteten, gab es noch immer einige Bürger, die von ihnen Standfestigkeit, wenn nicht gar Führung erwarteten.

»Diese vierzehn sind auf unserer Seite. Die sechs, die ich angekreuzt habe, sind unsichere Kandidaten. Und auf dieser Liste hier steht die Gegenpartei: Katholiken oder überzeugte Lutheraner. Von denen sind es acht.«

»Dann steht es vierzehn beide«, sagte Fierens stirnrunzelnd. »Das reicht nicht ganz.«

»Ich glaube, einer von den Unentschlossenen ist für uns. Dieser Backhaus...«

»Trotzdem, falls einer unserer Kandidaten krank werden sollte, wird es für uns riskant. Könntet Ihr bei den anderen Unentschlossenen nicht etwas unternehmen?«

»Na ja...«, sagte Konrad zweifelnd. »Das ist ziemlich schwierig.«

»Soviel ich weiß, ist ein weibliches Mitglied Eurer Gesellschaft...«

»Welcher Gesellschaft?«

»Ihr wißt schon, welche ich meine. Wie ich höre, möchte sie der Obrigkeit von den Vorgängen berichten. Ein plötzlicher Anfall von Keuschheit. Zu dumm. Ich fürchte, sie wird ihren Bericht mit diversen Namen garnieren.«

»Aber Ihr habt mir doch versichert, daß keine Gefahr besteht «

»Es besteht auch keine Gefahr. Solange Eure Fraktion auf dieser Liste überwiegt. Alles ist miteinander verzahnt; ein Rädchen greift ins andere. Diese Stadt ist wie eine Spieluhr. Die Rädchen drehen sich. Die Figuren tanzen. Das solltet Ihr eigentlich wissen.«

»Eigentlich schon.«

Geräuschvoll trank Konrad ein paar Schlucke Wein.

»Denkt nochmals nach. Läßt sich denn gar nichts machen?«

»Na ja... einer von ihnen, ein gewisser Hessing, ein Lutheraner, schuldet mir Geld.«

»Na also, dann...«

Fierens machte eine zupackende Geste.

»Aber er ist ein alter Freund.«

»Dann sollte er auch loyal sein. Gut. Das ist einer.«

»Und einem anderen, Stumpf heißt er, macht die schlechte Ernte zu schaffen.«

»Dann ist er also verwundbar? Schnürt ihm die Luft ab.« Fierens deutete einen Würgegriff an. Konrad gab einen kaum hörbaren Seufzer von sich. Solche Praktiken schadeten dem Geschäft. Geschäfte beruhen nun mal auf gegenseitigem Geben und Nehmen.

»Ihr seid ein harter Mann, Fierens.«

»Hart für Gott, Meister Harting, hart für Gott. Da darf man nicht nachlassen. Gut so, das ist hervorragend. Jetzt haben wir siebzehn auf unserer Seite, und die anderen können bestenfalls elf aufbringen. Ihr habt drei Wochen Zeit, um etwas zu unternehmen.«

»Gut«, sagte Konrad.

»Und jetzt wollen wir uns die Jungfer ansehen. Ihr habt ihr doch gesagt, daß ich sie für geeignet halte?«

»Das habe ich.«

»Und fühlt sie sich geehrt?«

»Sie ist jung, Herr Fierens. Ihre Mutter ist erst vor kurzem gestorben. Ihr müßt Geduld mit ihr haben.«

Konrad nahm eine silberne Glocke vom Tisch und läutete gebieterisch.

»Geduld? Wenn das Ende der Welt unmittelbar bevorsteht? Ihr niest zu häufig, Bruder Harting. Ich fürchte, das hat Euer Gehirn durcheinandergerüttelt.«

Konrad sah den Mann verblüfft an. Ab und zu sagte er Dinge, bei denen man das Gefühl hatte, es würde eine Stimme durch ihn sprechen, die von weit her kam, aus einem fernen Land; in einer Sprache, die sich fremdartig anhörte. Sie machte einen Teil der außergewöhnlichen Wirkung aus, die er auf andere ausübte. Manchmal schien es sich um die Stimme Gottes zu handeln, manchmal – war das möglich? – um die des Teufels.

Wo blieb das Mädchen nur? Konrad hatte ihr aufgetragen, sich von ihrer besten Seite zu zeigen und herunterzukommen, sobald er klingelte. Er klingelte ein zweites Mal. Fierens blickte himmelwärts, als erhielte er von dort Botschaften. Endlich ging die Tür halb auf, und herein kam Elisabeth in einem unkleidsamen schwarzen Kittel; das Haar hatte sie unter eine Haube gestopft.

Konrad runzelte die Stirn.

»Ich habe dir doch ausdrücklich gesagt, du sollst dein bestes Kleid anziehen, Elisabeth. Das ist respektlos gegenüber unserem Gast.«

Fierens hob eine Hand. Elisabeth sah von ihrer schlechtesten Seite besser aus als die meisten Mädchen von ihrer besten, dachte er. Er spürte ein deutliches Kitzeln in der Nase. Und doch – was an ihr mochte diese andere Empfindung bei ihm wachrufen?

»Setz dich, Elisabeth.«

Sie nahm mit gesenktem Kopf Platz. Fierens sprach mit ihr wie mit einem Kind.

»Du bist ein hübsches Mädchen.«

»Danke, Herr.«

»Hat dir dein Vater gesagt, daß wir uns verloben werden?«

»Ja, Herr. Er hat davon gesprochen.«

»Und was meinst du dazu?«

»Ich meine, ich würde lieber sterben, Herr.«

»Aber Elisabeth!«

Ihr Vater sprang mit wutverzerrtem Gesicht auf. Aber wieder hob Fierens die Hand.

»Bitte, Meister Harting. Das Mädchen hat ein Recht auf eine eigene Meinung. Sie würde lieber sterben, sagt sie. Ich hoffe, das wird nicht nötig sein. Ich möchte zu gerne wissen, warum sie so übertreibt. Vielleicht gibt es einen hübschen jungen Kavalier, an dem sie Gefallen gefunden hat?«

»Wenn es den gibt, dann werde ich ihn bei Gott…«, begann Konrad zu poltern.

Es war merkwürdig, daß seine Tochter derzeit seine schlechtesten Eigenschaften zutage förderte – fast wie ein Spiegel, in dem er Dinge sah, die für ihn verloren waren.

Abermals fiel Fierens ihm ins Wort.

»Laßt sie reden.«

»Ich bin in keinen Mann verliebt, den ich kenne«, sagte sie.

Das stimmte durchaus, denn sie kannte ihn nicht.

»Na, seht Ihr«, sagte Konrad erleichtert.

»Und trotzdem«, beharrte Fierens, »ist da etwas. Aber keine Angst, ich werde es herausfinden, denn ich beabsichtige dich zu heiraten, Mädchen. Und du mußt natürlich zustimmen. Ich denke, die Hochzeit wird im März sein. Oder im April – ein freundlicher Monat für eine Hochzeit. Falls es nicht schon zu spät ist. Kommt jetzt. Ich habe viel zu erledigen. Kümmert Ihr Euch um Eure Listen, Harting. Und du, Mädchen, um dein Herz. Einen guten Abend Euch beiden.«

33

Es hatte keinen Sinn, jeden Tag in den Lebensmittelladen zu gehen. Vielleicht hätte das jemandem genützt, der für sein Leben gern aß und Bohnen und Linsen über alles liebte. Aber im Kontor zu sitzen und einen ungeduldigen Vater zu malen brachte Julius der Tochter ebensowenig näher, wie wenn er das Hinterteil des Antichrist gemalt hätte.

Allerdings sprach der Vater gelegentlich von ihr. Ja, er schnitt das Thema mit einer Frage an, bei der Julius beinahe den Pinsel hätte fallen lassen.

»Seid Ihr verheiratet, Maler?«

»Äh …«

Was sollte er antworten? Wenn er ja sagte, könnte das Elisabeth zu Ohren kommen, bevor er sich erklären konnte. Sagte er nein, würde er womöglich als Lügner dastehen. Aber dann würde Elisabeth es ohnehin erfahren. Besser war es, Zeit zu gewinnen.

»... nein«, sagte er.

»Ihr scheint unschlüssig. Seid Ihr denn im Zweifel?«

»Nein, keineswegs. Ich habe nur etwas Ölfarbe weggewischt. Bewegt Euch nicht...«

Sein Modell begann unruhig den Kopf zu drehen.

»So ist es recht. Zuviel Öl mag ich nicht«, sagte Konrad und hielt still. »In dieser Stadt gibt es zuviel Öl und Schmiere. Du schmierst mich, und ich schmiere dich.«

Er hört sich gern reden, dachte Julius. Aber ihm mußte ja nicht gefallen, was Harting tat, da es jetzt nicht mehr in seiner Macht stand, es zu verhindern.

Als Julius sich von seinem Schock erholt hatte, beschloß er, Konrad wieder auf das Thema Ehe zu lenken. Wenn man es sich recht überlegte, war es trotz allem ein vielversprechendes Gebiet.

»Ihr habt mich gefragt, ob ich verheiratet bin, Herr. Wie kommt Ihr darauf?«

»Ach, einfach so.«

Er nahm einen neuen Anlauf.

»Einmal hätte ich beinahe geheiratet.«

»Beinahe, so? Was ist geschehen?«

»Ich habe kalte Füße bekommen.«

»Aha, kluger Junge.«

»Sie hatte eine Menge Geld und ein Mundwerk wie eine Ratsche.«

Konrad lachte rauh.

»Das kommt häufig vor«, sagte er, »nur fehlt meistens die erste Eigenschaft. Das Mundwerk ist immer vorhanden. Nehmt meine Tochter...«

War das eine Aufforderung?

»Ich wäre glücklich«, murmelte Julius.

»Was habt Ihr gesagt, Maler?«

»Ich sagte, wirklich? Hat sie wirklich ein solches Mundwerk?«

»Das weniger, aber einen Willen wie der Teufel. Ich karre den besten Mann in der Stadt heran, aber wird sie einer Verlobung zustimmen?«

»Wird sie?«

»Den Teufel wird sie!«

Julius' Herz machte einen Satz, bekam aber gleich wieder einen Dämpfer.

»Fierens glaubt, sie interessiert sich für jemand anderen, was sie abstreitet. Aber er wird sie trotzdem heiraten. Mir ist noch kein Mann begegnet, der wie er alles bekommt, was er will…«

Ein Gehilfe kam herein.

»Ja, Christoph, was gibt es?«

Julius seufzte. Sie wurden andauernd unterbrochen. Gehilfen, die sich nach dem Käsepreis erkundigten, die wegen einer Bestellung von eingelegtem Gemüse nachfragten… Es wurde allmählich unmöglich, den Mann dazu zu bringen, seine Stellung beizubehalten.

»Da ist ein gewisser Hessing, der Euch sprechen möchte, Herr. Dringend. Eine Privatangelegenheit, sagt er.«

Konrad seufzte verärgert.

»Tut mir leid, Maler, ich muß ihn hier herein bitten. Macht es Euch etwas aus, draußen zu warten?«

Julius machte es etwas aus, ziemlich viel sogar. Die Arbeit ging ohnehin recht mühsam voran. Er rückte seine Staffelei zur Seite und schickte sich an, den Raum zu verlassen. Als er die Tür aufmachte, stürmte ein liebenswürdig wirkender, leicht schafsgesichtiger Mann Ende Vierzig mit freundschaftlich ausgestreckten Armen an ihm vorbei auf Konrad zu. Das war Hessing, der Meister der Steinmetze, der wegen der ausstehenden Zahlungen vertriebener Geistlicher in Schwierigkeiten war.

»Ihr wolltet mich sehen, lieber Freund. Was kann ich für Euch tun? Wie ich sehe, gibt es immer noch viele Leute, die essen. Wuuunderbar. Tut mir leid«, sagte er zu Julius.

Julius schloß die Tür, setzte sich draußen im Flur auf einen Sack Bohnen und wartete. Im Laden hinter ihm herrschte geschäftiges Treiben. Von drinnen drang das Auf und Ab der Stimmen an sein Ohr. Er rückte sein Gesäß auf den Bohnen zurecht und machte sich auf eine frustrierende Warterei gefaßt. Die Zeit drängte. Fierens war da draußen und legte es darauf an, Unruhe zu stiften.

Es mußte eine Möglichkeit geben, Elisabeth wieder allein zu sehen. Er war allmählich wie besessen von ihr. Jede Minute seines Lebens, die er fern von ihr verbrachte, war verloren. Es war, als würde sich das Paradies, das sein Meister gemalt hatte, jener geheimnisvolle Ort voller Wärme und Farbe, Düfte und Fruchtbarkeit, an dem es ewiges Glück und ewige Erfüllung gab, nur auftun, wenn ihrer beider Liebe vollkommen zusammengefügt wurde. Sie hatte das Schloß; er hatte den Schlüssel.

Während er auf seinem Bohnensack hin und her rutschte und über diese Dinge nachdachte, wurde ihm bewußt, daß die Stimmen im Kontor inzwischen lauter geworden waren. Er hörte weinerliches Flehen und eine barsche Abfuhr. Dann wurden die Stimmen wieder leiser. Die Tür ging auf, und Hessing kam mit beschämter Miene heraus. Wortlos ging er an Julius vorbei. Julius wartete noch eine Weile und begab sich dann wieder ins Kontor, wo Konrad haßerfüllt hinter seinem Schreibtisch saß.

»Das Geschäftsleben ist eine harte Angelegenheit, Maler. Ihr seid besser dran, wenn Ihr bei Eurer Kunst bleibt«, sagte er.

»Kunst ist auch ein Geschäft«, entgegnete Julius. »Und ich werde mit diesem Auftrag nie fertig, wenn wir weiterhin gestört werden. Könnten wir nicht zu Hause in Eurem Arbeitszimmer arbeiten? Ich benötige Euch dort auch nicht die ganze Zeit…«

Konrad überdachte den Vorschlag. Er erschien ihm sinnvoll.

Schließlich mußte er noch das Gespräch mit Stumpf über die Bühne bringen.

»Wie steht's mit dem Hintergrund?« fragte er.

»Ich habe mir schon Skizzen gemacht«, antwortete Julius. »Außerdem kann ich den später einfügen. Was ich brauche, ist das Gesicht. Es wird gewiß nicht lange dauern.«

»Also gut, Maler. Wir machen es so, wie Ihr sagt. Zu Hause ist es sicher angenehmer. Dort stört uns niemand.«

34

Doch Julius fühlte sich gestört. Elisabeth so nahe zu wissen machte es ihm fast unmöglich, den Pinsel zu halten. Er war wie im Fieber.

»Was ist los, Maler?« fragte Konrad gereizt, als ihm der Pinsel zum dritten Mal aus der Hand fiel. »Habt Ihr vielleicht Schüttelfrost?«

»Nein, nein. Alles ist bestens. Ich arbeite nur zügig. Es geht glänzend voran.«

Und so war es. Die Dringlichkeit des Augenblicks und die vibrierende Atmosphäre schlugen sich in seinem Pinselstrich nieder. Mochte seine Hand auch fiebrig sein, war sie doch recht lebendig. Konrads wohlgeformter Kopf und sein kraftvoller Gesichtsausdruck waren vollendet getroffen – und doch lag etwas Unbestimmbares hinter den kalten Augen, dem Schwung der Lippen, was andere Eigenschaften ahnen ließ: etwas teilweise Grausames, fast Wildes und doch Reuevolles, als spielte sich im Innern dieses Mannes ein Kampf ab.

Julius bekam Elisabeth in den ersten zwei Tagen kaum zu Gesicht. Einmal kam sie auf Zehenspitzen herein.

»Darf ich es sehen?«

»Wenn es fertig ist, Kind. Wir sind in Eile«, sagte Konrad.

Kein Zweifel, dachte Julius, die Anwesenheit seiner Tochter machte ihn unruhig. Sie machte alle beide unruhig. Er selbst hatte keine Ruhe mehr gefunden, seit er sie zum ersten Mal erblickt hatte. Paradoxerweise war eben die Aussicht, bei ihr Ruhe zu finden, so beunruhigend. Aber hat sie diese Ruhe auch schon für die Welt verkörpert, überlegte Julius, oder für sich selbst, bevor ich sie in ihr erblickt habe? War Ruhe ihre besondere Gabe? Verleiht die Liebe dem geliebten Menschen Eigenschaften und Dimensionen, die zuvor zusammengerollt, ungenutzt, hinter einem Vorhang lagen? Bewirkt sie bereits dasselbe bei mir? Werden wir uns je entfalten und aufblühen wie diese phantastischen Blumen und Früchte im Garten Eden? So arbeitete und träumte Julius vor sich hin, glücklich, wenn seine Liebe nah war, unglücklich in ihrer Abwesenheit, bis Konrad plötzlich in seine Gedankenwelt einbrach.

»Genug für heute, Maler. Ich muß jetzt gehen.«

Jetzt, dachte Julius, jetzt könnte es klappen.

»Darf ich weiterarbeiten, solange es noch hell ist?«

»Ihr dürft. Und laßt Euch nicht von meiner Tochter stören.«

Julius konnte sein Glück kaum fassen, als der Kramer das Haus verließ und die Tür hinter ihm zuschnappte.

Wo war sie? Würde sie kommen? Er lugte in die Halle hinaus. Er konnte schlecht im Haus umherschleichen. Irgend jemand würde ihn sehen – die Dienstmagd, die Kinderfrau – und ihn bei Konrad verpfeifen. Wo war sie? Sie hatte ihren Vater doch sicher weggehen hören.

Plötzlich hörte er hinter sich eine Stimme.

»Hier bin ich.«

Verblüfft drehte er sich um. Sie stand im Türrahmen. Sie hatte sich umgezogen, ein blaues Kleid; das Haar trug sie offen. War sie ihm zuvor schön vorgekommen, so empfand er sie jetzt fast als zu schön, um sie anzusehen; sein Herz tat einen gewaltigen Schlag.

»Mein Herz ist ein Drachen«, sagte er zu ihr. »Bitte haltet die Schnur gut fest.«

Frieda, die hinter der Tür zum Treppenhaus horchte, machte ein ernstes Gesicht. Die Dienstmagd Billa, die hinter der Tür zur Küche lauschte, lächelte.

»Wir sollten lieber wieder ins Arbeitszimmer gehen«, sagte Elisabeth.

Sie gingen ins Zimmer, und während er die Tür schloß, betrachtete sie das Bild.

»Es ist gut«, sagte sie. »In seinen Augen liegt etwas, wovon ich glaubte, niemand sonst würde es sehen. Ihr habt es entdeckt.«

Er betrachtete sie verstohlen wie ein kleiner Junge, der vor dem Geburtstag sein Geschenk entdeckt hat.

»Ich liebe Euch«, sagte er.

»Ich finde, Ihr solltet mir mehr von Euch erzählen«, sagte sie.

Also erzählte er: von seiner Kindheit als Bastard, von seinem berühmten Meister, von Florenz und seinem Atelier dort, seinen Lehrern und seinen Freunden, davon, wie ihm sein Meister die Kapelle und den Garten der Liebe gezeigt hatte, vom Großmeister der Bruderschaft, von seiner anhaltenden Unfähigkeit, den letzten unvollendeten Teil der Hölle zu malen, davon, daß er auf der Suche nach Aufträgen nach Rensburg gekommen war. Er erzählte ihr, daß er an die Religion der Adamiten glaubte, teils weil sein Meister sie gelehrt hatte, teils weil sie den Vorstellungen seiner florentinischen Lehrer entsprach, und größtenteils, weil er das Gefühl hatte, daß er tief im Herzen stets um ihre Wahrheit gewußt hatte. Die Welt begann in Liebe und wurde durch Liebe aufrechterhalten. Und wie Adam und Eva Geist und Erde waren, durch die Liebe in vollkommener Harmonie verbunden, so daß sie eins wurden, so mußte jeder Mensch, ob Mann oder Frau, nach seiner vollkommenen Ergänzung suchen, durch die er zu einem Ganzen wurde. Julius hatte immer gewußt, daß es diesen anderen Menschen, diese Frau, irgendwo gab. Jetzt hatte er sie gefunden. »Ihr seid die eine«, sagte er schlicht, nachdem er seine Erzählung beendet hatte.

Sie sah ihn eine Weile an, wobei ihr Blick nicht auf der Oberfläche verweilte, sondern in ihn hineinsah.

»Und das ist alles?« fragte sie.

Er brachte es nicht übers Herz, es ihr in diesem Moment zu sagen – das würde er später nachholen. Die Erwähnung Blommardines hätte diesen Augenblick mit einem Schlag zerstört. Es würde Erklärungen und Dementis geben müssen. Allein durch das Attribut ›verheirateter Mann‹ würde sich eine Kluft zwischen ihnen auftun. Wenn ihre Liebe erst ein bißchen stabiler war, wenn sie das aushalten konnte, dann wäre der richtige Zeitpunkt.

Er hatte nicht die Absicht, sie zu täuschen. Es war dieselbe kleine Schwäche, deretwegen er in die Ehe geschlittert war. Es war ein pragmatisches Vorgehen. Optimistisch. Unentschuldbar. Er hatte es bereits ›Das sanfte Tor‹ getauft. Und er wußte, wohin es führte. Das alles wußte er, aber er log.

»Das ist alles«, sagte er.

Sie sah ihn unverwandt aus Augen an, deren hellblauer Glanz durch ihn hindurch zu leuchten und in weiter Ferne nicht erkennbare Möglichkeiten zu erblicken schien, stand auf, ergriff seine Hand und legte sie unter ihre linke Brust.

»Nehmt mein Herz«, sagte sie, »und mich dazu. Ich vertraue Euch vollkommen. Wir müssen diese Stadt sofort verlassen.«

Er war überwältigt von ihrer Freude, aber gleichzeitig beunruhigt über ihr Drängen. Irgendwann mußte er ihr das mit Blommardine sagen; aber nicht heute.

»Sofort?« fragte er zweifelnd.

»Wenn nicht früher.«

Er wußte, daß sie recht hatte. Aber was war mit Blommardine?

»Wir müssen noch einige Vorkehrungen treffen«, erklärte er ihr. »Wir können nicht einfach ohne alles fortgehen. Wir müssen überlegen, wohin wir gehen und was wir mitnehmen sollen; und ob dein Vater uns verfolgen wird. Wir brauchen Zeit zum Überlegen.«

»Ihr irrt Euch, Maler«, sagte sie betrübt.

Er wußte, daß sie recht hatte – aber er brauchte nicht mehr als einen Tag. Nur noch einen Tag, um die Tatsache zu verdauen, daß sie ihn liebte; nur eine kurze Abwesenheit, die der Liebe mehr Gewicht verleihen würde. Der Mörtel war noch nicht getrocknet…

»Kommt morgen wieder«, sagte er. »Dann reden wir darüber. Ich werde behaupten, daß ich nicht weitermalen kann, bevor ich nicht neue Pigmente angerieben und ausprobiert habe. Bis morgen habe ich einen Plan gemacht. Vertraut mir.«

»Das tue ich«, sagte sie, »von ganzem Herzen. Aber ich habe Angst. Angst vor dieser Stadt und vor diesem Mann…«

»Und vor Eurem Vater?«

»Ich habe keine Angst vor meinem Vater. Ich habe Angst um ihn.«

»Kommt, Allerliebste«, sagte er, »wir wollen uns küssen und auseinandergehen. Wenn Euer Vater zurückkommt, darf er mich nicht hier antreffen. Es ist schon dunkel.«

Er umarmte sie und spürte, wie sie mit ihm verschmolz. Sie hingen aneinander wie Tautropfen an einem Sommerfaden.

Endlich rissen sie sich atemlos voneinander los. Ihre Augen blieben an seinen haften, als würden beide von den ineinandergreifenden Rädchen eines florentinischen Uhrwerks gesteuert.

»Ich muß jetzt gehen«, sagte er. »Werdet Ihr morgen kommen?«

»Ich werde es versuchen«, sagte sie. »Ich würde gern das Paradies sehen, von dem Ihr gesprochen habt.«

Er beschrieb ihr den Weg zu seinem Atelier.

»Ich habe noch immer Angst«, sagte sie. »Sogar mehr als zuvor.«

»Kommt«, sagte er. »Ihr müßt Mut fassen. Ich werde nicht zulassen, daß uns etwas Schlimmes zustößt. Was kann denn in ein paar Tagen schon Böses geschehen?«

Als sie das Zimmer verließen, hörten sie ein leises Scharren aus dem hinteren Teil des Hauses.

»Wer ist da?« rief Elisabeth.

Sie bekam keine Antwort.

»Die Katze«, sagte sie. »Sie schlüpft aus der Küche und spielt mit dem Teppichläufer herum.«

»Auf Wiedersehen«, sagte er und gab ihr für den Fall, daß jemand zuhören sollte, förmlich die Hand. »Ich hoffe, es ist mir gelungen, Euch etwas von unserer Malkunst zu zeigen.«

»Aber ja«, entgegnete sie, während sie ihn wieder mit diesen strahlenden Augen ansah. »Ich glaube, ich habe jetzt mehr Verständnis dafür.«

Die Nachtluft draußen auf der Straße war schneidend kalt. Der Mond schien voll von einem wolkenlosen Himmel, und der Schnee warf das Licht wie von einer Decke aus Silberkristallen zurück. Nur unter den überhängenden Dächern gab es dunkle Schneisen. Als Julius die Straße überquerte, wandte er sich um, um noch einen Blick auf das Haus zu werfen, und glaubte zu sehen, wie sich in dessen Schatten etwas noch Dunkleres bewegte.

»Wer ist da?« rief er.

Keine Antwort. Es wurde allmählich spät. Er zog seinen Umhang fester um sich und machte sich auf den Heimweg.

35

Gerüchte in der Stadt, zuwiderlaufende Gerüchte, Geflüster in den Schenken, Zusammenkünfte in verlassenen Lagerhäusern, verstohlene Blicke, Zeichen auf den Gassen, hingekritzelte Botschaften in der Kirche, Vorzeichen am Himmel – eine Konjunktion von Mars, Saturn, Venus und der Sonne im Wassermann (dem Sternzeichen der Revolution sowie der Philosophie) in Opposition zu Jupiter –, hastig anberaumte Ratsversammlungen, Kündigungen von Darlehen, sämtliche Ställe und Scheunen ringsum zum Bersten voll mit Menschen und noch immer Scharen von Bettlern, arbeitslosen Bedürftigen, Andersdenkenden, Verbrechern und Unzufriedenen, die aus allen Himmelsrichtungen in die Stadt strömten, Menschenmassen, die sich auf geheimnisvolle Weise wie Vogelschwärme versammelten und dann auf ebenso geheimnisvolle Weise weiterzogen.

Allmählich machte sich, vor allem unter den Neuankömmlingen, die Kürzung der Essensrationen bemerkbar.

Eine Masernepidemie brach aus.

Immer mehr eigenartige Frauen tauchten auf – Nonnen, die, angeregt von dem redegewandten Hass, aus ihren Klöstern ausgebrochen waren. Er predigte jetzt, im Namen der Täufer und der sogenannten Libertiner oder Spiritualen, daß nur jene erlöst würden, die »den lebendigen Christus« empfingen. Er unterschied deutlich zwischen dem Christus der Geschichte – der den Weg zur Erlösung aufgezeigt und damit Großartiges geleistet hatte – und dem »lebendigen«, dem »inneren« oder »spiritualen« Christus, der in der Seele des Individuums geboren wurde. Und nur dieser lebendige Christus, behauptete er, könne den Menschen das Heil bringen. Aber erst mußte er das Elend des »Kreuzes« erleiden. Krankheit, Armut, Verfolgung, die alle geduldig ertragen werden mußten; furchtbare Seelenqualen, Weltverdrossenheit, Hoffnungslosigkeit, Verzweiflung, Angst, Entsetzen.

Erst wenn das erreicht war, wenn die Seele vollkommen nackt und bloß war, konnte die unmittelbare Verständigung mit Gott beginnen. Doch war der »lebendige Christus« erst einmal in die Seele eingegangen, dann für immer und ewig; der betreffende Mensch würde zu einem vom Heiligen Geist beseelten Wesen. Hass – verzückt, großartig, einige meinten sogar, von goldenem Glanz durchflutet – sprach von der Möglichkeit, »Gott zu werden«. Die vollständige Einsicht in den göttlichen Willen und ein Leben in vollkommener Übereinstimmung damit vorausgesetzt, wären solche Geistwesen hervorragend geeignet, die Landkarte der Geschichte zusammenzurollen und beim Ende der Welt den Vorsitz zu führen, sagte er.

Die begeisterungsfähigeren Nonnen pfiffen auf ihre Gelübde und strömten aus den Klöstern, warfen ihre Tracht und ihre Hauben ab und zogen an, was sie gerade in die Finger bekamen. Manche zogen sich sogar nackt aus und befolgten Hass' Anweisungen damit wortwörtlich, erduldeten Gespött und zuweilen Vergewaltigung in dem Bewußtsein, daß es sich lediglich um die notwendigen Demütigungen und Leiden handelte. Andere, ihre Schwestern im Lebendigen Christus, taumelten in zu großen oder zu kleinen Kleidungsstücken umher, boten ein abstoßendes oder mitleiderregendes Bild, ausgehungert, ohne ein Dach über dem Kopf, voller Frostbeulen, manchmal mit erfrorenen Gliedern, wobei sie ihr Elend in vollen Zügen genossen.

36

Elisabeth hatte die oberste Tür im Treppenhaus geöffnet, wie Julius ihr gesagt hatte.

Der Raum war nahezu dunkel, als sie eintrat. Das Licht, das sich durch eine Ritze in den Fensterläden hereinzwängte, ließ eine Scheibe Wand und Boden sichtbar werden, die die Schwärze ringsum erst recht betonte. Sie war überrascht und etwas ängstlich; doch ein Feuer, das auf dem Feuerrost knisterte, warf einen schwachen, heiteren Schimmer auf einen herangerückten Stuhl.

»Kommt herein«, forderte er sie auf. »Meine Liebste. Gott sei Dank, daß Ihr kommen konntet.«

Allmählich nahmen ihre Augen den Raum in groben Zügen wahr – ein Rechteck, spärlich möbliert mit Sofa, Tisch und Staffelei. Hier also verbrachte er seine Tage, während er an sie dachte, wie er sagte.

»Behaltet Euren Umhang an, wenn Ihr wollt«, sagte er, nervös vor lauter Freude, sie zu sehen. »Ich fürchte, es ist ziemlich kalt. Ich habe das Feuer gerade erst angemacht. Etwas Wein? Oder Gebäck? Meine... Wirtin, Ihr wißt schon. Sie backt recht selten... Eigentlich schmeckt es gar nicht schlecht.«

Es war wahrhaftig ungewöhnlich gewesen, daß Blommardine ihm Gebäck mitgegeben hatte. Er fühlte sich schuldig, weil er Elisabeth das Gebäck seiner Frau anbot, aber etwas anderes hatte er nicht. Sie nahm ein Stück und knabberte daran.

Es schmeckte eigenartig, aber nicht unangenehm.

»Schließt einen Augenblick die Augen«, sagte er und ging ans Fenster.

»Was bekomme ich zu sehen?«

Sie konnte hören, wie er die Fensterläden öffnete.

»Jetzt«, sagte er. »Macht sie auf.«

»Oh«, rief sie. »Das ist wirklich außergewöhnlich.«

Dort links an der Wand waren Gott, ein irgendwie vertraut aussehender Adam und Eva. Gott – Gott Sohn, denn er sah aus wie Jesus – hielt Evas Handgelenk, tastete den Puls ihres frischen Blutes und freute sich daran. Und links davon saß Adam im Gras und berührte mit seinen ausgestreckten Zehen den Saum von Gottes fließendem hellrotem Gewand, als würde der Strom des Lebens sie allesamt verbinden und zu einem machen. Und überall ringsum – vor, neben, hinter ihnen – diese erstaunlichen

Kreaturen, diese Vögel und Salamander, diese geflügelten Pferde mit Greifenköpfen, diese Teiche mit sonderbaren Springbrunnen – voller Glöckchen und Türmchen und Spitzen –, diese Berge und Höhlen, diese Bäume und, ja, auch der bewußte Baum.

»Aber das ist erst der Anfang«, sagte er. »Kommt, mein Herz, seht hier herüber.«

Und er führte sie ein Stück weiter, dorthin, wo sich der Hintergrund aus Hügeln und Landschaft fortsetzte... aber davor, darüber – diese Wunder und dieses Entzücken, diese Glocken, Muscheln, Kürbisse, Gläser, Kristalle, Höhlungen, diese sonderbaren Früchte und, vor allem, diese Menschen! Nackte Menschen, Menschen, die sich selbst bewunderten, sich gegenseitig neugierig ansahen, betrachteten, berührten, erkundeten, die einander, und auch sich selbst, zärtlich liebten. Menschen, die einherschritten, in Kavalkaden dahinritten, ausgelassen waren, badeten, in Kähnen auf dem Wasser schwammen, auf üppigen Hinterteilen riesige rote, pralle Früchte balancierten; die zu riesigen Vögeln hinkrochen, hinauflugten, sich anschmiegten, sich von ihnen mit Beeren füttern ließen. Aus Früchten bestehende Menschen oder aus Menschen bestehende Früchte. Lauter nackte Menschen – mit einer Ausnahme – und alle unschuldig und glücklich, obwohl sie mit etwas beschäftigt waren, was die meisten Leute, die Elisabeth kannte, als schändliche, ja unsägliche Ausschreitungen bezeichnet hätten.

Für ein guterzogenes Mädchen war es schockierend. Und unwiderstehlich.

»Was bedeutet das?« fragte sie. »Ich habe noch nie im Leben etwas so Schönes gesehen.«

»Es ist eine Kopie vom letzten Gemälde meines alten Meisters. Es ist ein Rätsel. Alles hat eine Bedeutung, die ich zu ergründen versuche. Aber im Grunde glaube ich, daß es den Schlüssel zum Glauben der Adamiten enthält.«

»Das heißt… erklärt es mir noch einmal…«

»Durch die Liebe – und einen aufrechten Charakter – können wir das höchste irdische Glück erlangen. Und wenn es uns gelingt, den einen Menschen zu finden, der wahrhaftig für uns bestimmt ist, wie Adam und Eva füreinander – unsere Stammeltern, entstanden aus einem –, können wir eins in Gott werden und zu dem absoluten Einssein zurückkehren, das Gott ist. Das glauben die Adamiten.«

»Und glaubt Ihr es?«

»Früher nicht.«

»Und jetzt?«

»Jetzt schon, allmählich, glaube ich, schon.«

Sie ließ den Blick über die gemalte Szene schweifen – fast als könnte sie in das Bild hineintreten. Erst über das zarte Grün des Vordergrunds, bevölkert mit schlanken weißen – und schwarzen – Körpern. Dann über den See hinweg auf die duftende, grünlichgelbe Wiese, auf der die Kavalkade fröhlich im Kreis ritt. Und schließlich weiter zum Hintergrund des Sees, in dem phantastische Meerjungfrauen und andere Gestalten schwammen, an dessen Ufern merkwürdige Eier Samen ins Wasser verströmten und erstaunliche, fruchtartige Gebilde, deren Formen sie hätten erröten lassen müssen, Vögel wie ejakulierten Samen in einen unglaublich friedlichen blauen Himmel bliesen, an dem absonderliche Gebilde und engelhafte Wesen wie geflügelte Drachen dahinschwebten und sich in der sanften Brise tummelten.

Nur mit Mühe konnte Elisabeth die Augen von der Wand losreißen. Es tat beinahe weh, in die winterliche Welt Rensburgs mit ihrem kalten Licht und ihren rauhen Schreien zurückzukehren. Sie konnte die Geräusche dieser anderen Welt fast noch hören: Lachen, stolzes Hufgetrappel, freundliche Gespräche, den Gesang der Vögel, so lieblich, daß er jede Nachtigall beschämt hätte, das Plätschern des Wassers und das Gemurmel einer Vielzahl sich liebender Menschen.

Aber Julius war noch da. Das wog alles auf.

»Das ist der schönste Ort auf Erden«, sagte sie zu ihm.

Er ergriff ihre Hand, und sie küßten sich.

In beider Bewußtsein gab es keinen Zweifel, daß er ihr Adam war und sie seine Eva. Es kam ihnen vor, als seien sie seit dem Schöpfungstag zusammengewesen; getrennt durch etwas, was so gut wie keine Rolle spielte, und jetzt wieder vereint.

»Seht genauer hin«, sagte er und führte sie zurück zu der ersten Szene, in der Adam und Eva Gott berührten.

Und wirklich, die Frau hatte *ihr* Gesicht und *ihren* Körper, und als sie genau hinsah, stellte sie fest, daß Adam Julius war.

Sie war nicht schockiert über die Entdeckung, daß er sie gut genug kannte, um sie nackt zu malen, obwohl er sie nie zuvor unbekleidet gesehen hatte. Auf ihrer Brust war tatsächlich ein kleines Muttermal, von dem er offenbar gewußt hatte. Sie war nicht einmal überrascht, sie beide an diesem entscheidenden Punkt des menschlichen Daseins vorzufinden. Er liebte sie, sie liebte ihn. Die Liebe war es, die sie beide zu ihrem eigenen und ihrer beider Ursprung zurückgebracht hatte.

Wieder ergriff er ihre Hand und führte sie ans andere Ende des Gemäldes. Ein Mann sah sie direkt an: mit wachen Augen, aufmerksam, willensstark und wissend; ein Gesicht, das Erinnerungen zu wecken schien, die jenseits der menschlichen Erkenntnis lagen. Er deutete mit dem Finger auf eine sich zurücklehnende Frau, die wiederum *ihre*, Elisabeths, Züge trug. Neben ihm stand ein Glaszylinder mit einem schwarzweißen Vogel.

»Seht«, sagte sie. »Er ist als einziger bekleidet. Als einziger außer Gott.«

»Er war zu Lebzeiten meines Meisters der Großmeister. Nach dessen Tod verschwand er, und sein Platz wurde von einem unbedeutenden Mann eingenommen. Dieser Mann war ein Magus. Mein Meister meinte, er sei ein Pythagoräer, möglicherweise sogar der berühmte ägyptische Maler Hermes Trismegistos. Er konnte seine Gestalt verändern. Seht Ihr die Nebelkrähe neben ihm? Sie ist auch am Anfang zugegen. Mein Meister behauptete, das sei eine seiner Wandelgestalten. Er war am Schöpfungstag zugegen. Das war sein früheres Dasein. Noch heute füttere ich alle Nebelkrähen, die ich sehe.«

»Das ist Hexerei«, sagte Elisabeth. »Habt Ihr keine Angst?«

»Es ist Magie, aber keine Hexerei. Ich hätte eher Angst, wenn es keine Magie gäbe.«

»Warum hat diese Frau mein Gesicht?«

»Das ist wieder Eva, die erlöste Eva.«

»Seht«, sagte Eva plötzlich.

»Was ist?«

»Er hat sich bewegt.«

»Wer?«

»Der Mann auf dem Bild.«

»Ein Streich, den das Licht spielt«, sagte Julius. »Ich bin kein Magier.«

»Vielleicht irrt Ihr Euch. Kommt näher. Haltet meine Hand.«

Sie traten dicht an das Gemälde heran und blickten unverwandt auf den Mann, der sie nach wie vor unbeirrt ansah.

»Er kann sich nicht bewegen«, sagte Julius. »Ich habe ihn geschaffen. Er besteht nur aus Farbe. Ich habe diesen Raum ausgemalt, damit er mich an Euch erinnert und an die Liebe, an meinen Meister und an dieses Bild, das noch vollendet werden muß. Und um mich in seinem Malstil zu üben, der mir ziemlich schwerfällt. Wenn ich das geschafft habe, werde ich frei sein.«

»Frei?« wiederholte sie.

Wie sehr würde auch sie eine solche Freiheit schätzen!

Was dann geschah, konnte Elisabeth nie zufriedenstellend erklären, aber zu dem Zeitpunkt erschien es das Allernatürlichste. Der Magier sah die beiden an und winkte sie zu sich.

Die frische grüne Wiese schien sich bis zu ihnen hin auszudehnen, die Geräusche, die Elisabeth anfangs beim Betrachten des Bildes zu hören geglaubt hatte, umhüllten sie aufs neue, und der Duft von tausend Blüten und Früchten hing in der Luft wie Weihrauch.

Hand in Hand traten sie aus der Kälte des Ateliers in die Wärme des Paradieses, wo ihre Kleider von ihnen abfielen wie Schmetterlingslarven.

Sie betrachteten einander in ihrer Nacktheit voller Freude und Zärtlichkeit. Es war so selbstverständlich wie die von Duft erfüllte Luft, die sie einatmeten, daß sie sich irgendwo an diesem herrlichen Ort lieben würden, aber es gab keine Eile, keine triebhafte Ungeduld. Das hier war eine Welt voller Unschuld und Zärtlichkeit. Zärtlichkeit und Reife waren die Geheimnisse des Gartens.

Der Magier sprach nicht zu ihnen. Das war nicht nötig; sein Blick drückte alles aus – Aufforderung, Willkommen, Billigung. Auch sonst unterbrach niemand seine Beschäftigung, denn alle waren zu sehr in Betrachtung, Gespräche, akrobatische Kunststücke, fruchtbare Verspieltheit und in die Rituale der Liebe versunken, um sich zu ihrem Eintreten zu äußern oder sie zu fragen, was sie in ihrer Mitte zu suchen hätten.

Und so gingen sie dahin, bestaunten die leuchtendbunten Vögel und Schmetterlinge, kosteten von den Früchten, sogen die von den Bäumen herabwehenden Düfte ein, badeten, berührten die wunderlichen, kürbisförmigen Hülsen und Schalen, die auf dem Wasser dahinschaukelten, sahen sich – ohne Lüsternheit oder Scham – die erfinderischen und unermüdlichen Kapriolen der Liebenden an, streichelten Reh und Einhorn und gelangten schließlich an ein Gestade; ein Junge trug eine gewaltige blaue Muschel herbei, in deren riesiger, geöffneter Schale ein seidenweiches Bett aus Perlmutt zum Vorschein kam, und legte sie für sie auf den Boden – und sie schlüpften hinein und legten sich hin, und die Schale schützte sie taktvoll vor Blicken.

Die Wanderung durch den Garten hatte offenbar alle ihre Sinne geschärft. Der leichte Wind erschien ihnen wie eine Liebkosung, der Duft der Blumen wie Wellen in einem Meer der Wohlgerüche. Und als sie sich einander zuwandten und sich berührten, war es ihnen, als sei ihre Haut so hauchzart und fein, daß jede Empfindung geradewegs in den Kern ihres Seins vordrang. Und es schien ihnen wahrhaftig, als seien sie ein Wesen. Er spürte seine Hände auf ihrem Körper – auf ihren hellen, von einer Erdbeere gekrönten Brüsten, ihrem weißen Hals, ihren Schenkeln, ihrer Blüte, die ihren schimmernden Tau in die Perlmuttschale verströmte –, all das konnte er spüren, als wäre es sein eigener Körper.

Und auch sie erlebte diese erstaunlichen Empfindungen, als sie seine Männlichkeit hielt, mit der Zunge liebkoste und daran saugte und ihre Hände darüber hinweg und rundherum gleiten ließ und an den Tröpfchen leckte, die wie Tränen aus einer Pflaume sickerten.

Und als sie sich endlich vereinigten und eins wurden, ganz miteinander verschmolzen, war es, als würde *ein* Wesen im Kreis reiten und immer im Kreis, auf und ab, ein und aus, in einer unglaublichen, wilden, köstlichen Kavalkade sinnlichen Genusses und üppiger Fülle, weiter und weiter ... ach, möge es niemals enden, und höher und höher hinauf zu diesem roten, gespannten, zum Zerreißen gedehnten, knolligen, gehörnten, geäderten, gewaltigen ... ja ... ach ... Aaaah ... Schwirren aufstiebender Vögel, die in verrückter, köstlicher, samenerfüllter Wonne davonflogen bis an die äußersten Grenzen der Wahrnehmungsfähigkeit, während die Libellenengel vor immerwährendem Entzücken über das Sein jubelten und jauchzten.

Eine Ewigkeit später, vielleicht auch nur eine Minute, fand sich Elisabeth angekleidet wieder, neben Julius vor dem Gemälde stehend und auf den Magier blickend, der bewegungslos verharrte.

»Mein Meister war ein bedeutender Mann«, sagte Julius, »der zu Lebzeiten seiner Kunst wegen geehrt wurde. Aber ich bin nicht sicher, ob er je Liebe erlebt hat. Und ich dachte, mir würde es ebenso ergehen. Ich bin ohne Liebe aufgewachsen. Es ist traurig, ein Bastard zu sein.«

Erinnerte er sich nicht an das, was geschehen war? Sie brachte es nicht über sich, ihn zu fragen.

»Jetzt ist es nicht mehr so traurig«, sagte sie.

Er sah sie an. Sie war so schön, daß es ihm weh tat.

»Nein«, sagte er. »Da habt Ihr recht.«

Und im Stillen dachte er, zwischen uns hat sich etwas ereignet, von dem sie weiß und ich nicht. Vielleicht weiß sie mehr von der Liebe als ich. Es ist traurig, ein Bastard zu sein.

Warum spricht er nicht mit mir, dachte sie. Ist es geschehen? War es ein Traum?

»Was hat diese Lücke zu bedeuten?« Sie brannte darauf, ihre plötzliche, eigenartige Unruhe zu überspielen, und deutete auf die rechte obere Ecke der Wand.

Dieser ganze Teil war verhängt gewesen, als sie das Paradies betreten hatten, aber jetzt lagen die Tücher am Boden. Sie zeigte auf die noch ausgesparte Stelle.

»Ach«, sagte er betrübt, »wenn ich die vollendet habe, wird das eine ungeheure Erleichterung sein; aber ich weiß noch nicht, womit ich sie ausfüllen soll. Die Bruderschaft, die im Besitz des Originalgemäldes ist, bezahlt mich gut für diese Arbeit, denn damit wäre die dritte Tafel des unvollendeten Werks meines Meisters fertiggestellt. Es geht um den richtigen Einfall, und dann muß ich die ganze Tafel kopieren und zurückschicken. Aber bisher war es eine langwierige und beschwerliche Suche.«

»Was soll es denn werden?« fragte sie, während sie das Stück Wand genauer betrachtete. »Ich kann nicht glauben, daß es Euch schwerfallen dürfte, Euch noch mehr Freude vorzustellen. Aber hier entdecke ich nichts anderes als Entsetzen.«

»Keine Freude mehr«, sagte er. »Das ist die Hölle. Es ist die Strafe für diejenigen, denen keine Gnade zuteil wird – und meine Strafe für das, was ich nicht weiß. Ich bin noch nicht soweit, aber ich arbeite jeden Tag daran. Diese Stadt liefert eine Menge Anregungen.«

Ein Schatten hatte sich zwischen sie gesenkt. Die schrecklichen Bilder an der Wand wirkten bedrückend. Warum konnte sie ihn nicht fragen, ob er sich daran erinnerte, mit ihr im Paradiesgarten gewesen zu sein? Es war entweder zu albern – man ging nicht einfach in ein Gemälde hinein – oder zu wichtig, um danach zu fragen. Sie schämte sich.

Bei ihm hingegen legte sich ein Nebel aus Selbstmitleid, der scheinbar aus dem Nichts kam, über die unvorstellbare Freude. Seine Seele zog sich zurück. Warum konnte er ihr nichts von Blommardine sagen?

»Bis Montag«, sagte er. »Dann machen wir Pläne für unsere Flucht.«

37

Hass war in seinem Element. Er genoß es, Reihe um Reihe zu ihm emporgewandter Gesichter zu sehen, reglos wie Sonnenblumen, hingerissen; und dann zu hören, wie sie bei einem zeitlich genau bemessenen Hieb die Luft anhielten… Mehr wollte er nicht. Aufwühlen, umschmeicheln, schöntun, beschwatzen, wachrütteln, erregen, aufpeitschen, verletzen, in blinden, um sich schlagenden Wahnsinn treiben. Er liebte dieses Gefühl, wenn sich die Menge unter seinem Einfluß bewegte, er liebte es, sie zu streicheln und zu lenken und ihr seine Worte einzuträufeln. Hass war ein Mann ohne Sexualtrieb im üblichen Sinn. Ihn entzückte das hier. Ja, er glaubte voller Leidenschaft an das Tausendjährige Reich, doch ein objektiver Beobachter würde bestätigen, daß das der Zweck war, der seine Mittel rechtfertigte. Manchmal ertappte er sich dabei, daß er nach einer guten Predigt eine Erektion hatte.

Fierens waren Hass' Begabung und seine Vorlieben natürlich nicht entgangen. Sie stellten keine Bedrohung dar; ganz im Gegenteil. Man konnte sie sich ebenso zunutze machen wie Konrads Wohlstand und Einfluß.

Nach einer besonders flammenden Rede, die fast eineinhalb Stunden gedauert hatte, unterhielt sich Fierens mit Hass in der Sakristei. Es war am Morgen nach Julius' Gespräch mit Elisabeth.

»Der Augenblick wird bald dasein«, sagte er. »Ich werde Euch irgendwann in den nächsten Tagen ein genaues Datum nennen. Eure Predigt heute morgen war hervorragend. Bleibt auf dieser Linie. Wir müssen kurbeln und kurbeln, bis ...«

»Bis?« fragte Hass, während er etwas unter seinem Rock zurechtschob. »Bis was, Herr Fierens?«

Fierens sah ihn an. Er hatte einen großen Kopf wie ein Trottel, glatte schwarze Haare und ein rundes, bleiches Gesicht. Es war erstaunlich, daß ein Mensch mit einem so wenig einnehmenden Äußeren die Menge derart mitreißen konnte, aber so hatte Gott es nun einmal eingerichtet. Wenn er nicht auf der Kanzel stand, war er im Grunde ein ziemlich magerer kleiner Mann.

»Bis der Lenz anbricht, Herr Hass.«

»Der Lenz? Ihr meint, der Frühling?«

Und der will die Universität besucht haben, dachte Fierens.

»Bis der Lenz anbricht, Herr Hass.«

»Aha. Und dann ...«

»Dann werden die Letzten Tage anbrechen. Ihr kennt die Prophezeiungen.«

»Halleluja«, sagte Hass, da er hoffte, daß auch dann noch Predigten benötigt würden.

»Ach, und noch etwas. Ich werde Euch in Bälde bitten, alles für eine Hochzeit vorzubereiten. Sie soll vor Ostern stattfinden, in drei Wochen.«

»Eine Hochzeit? Wer heiratet denn?«

»Ich selbst, mein lieber Hass, wer denn sonst?«

»Ja, richtig«, sagte Hass. »Glauben wir noch an die kirchliche Trauung?« fragte er nach einer Weile.

»Bei der Tochter des Aldermanns schon. Feierlichkeiten haben noch immer ihre Berechtigung. Und diese wird die unauflösliche Ehe der Täufer mit der Stadt symbolisieren.«

38

Da Sonntag war, hatte Elisabeth ihren Vater in die Kirche begleitet und dort Pastor Hass' beredten Ausführungen gelauscht.

Sie empfand es als problematisch, ja sogar etwas widerlich, daß sie sich von dem kleinen Mann ebenso mitreißen ließ wie alle anderen Leute ringsum. Die Art und Weise, wie sie sich als Masse bewegten – einmal auf die Knie sanken, dann wieder aufstanden, einmal jubilierten, dann wieder wehklagten – hatte etwas Absurdes und zugleich Abstoßendes an sich. Sie war nie besonders versessen auf irgendwelche Gruppenerlebnisse gewesen. Und heute erst recht nicht, denn das, worüber sie nachdenken mußte, war beileibe keine gemeinschaftliche Angelegenheit. Vielmehr ging es darum, daß eins und eins Eins ergibt.

Allerdings verschaffte ihr die lange Predigt die Möglichkeit, über ihr Gespräch mit dem Maler nachzudenken. Sie gestand sich offen ein, daß sie sich auf eine ganz besondere, höchst eigenartige Weise zu ihm hingezogen fühlte; und trotzdem spürte sie, daß etwas unausgesprochen geblieben war; daß, nachdem sie ihm ihr Herz geschenkt hatte, ihre Liebe nicht auf zunehmend festem Boden fußte, sondern auf immer dünner werdendem Eis.

Dieses Gefühl beunruhigte sie, denn auch wenn sie ihm instinktiv vollkommen vertraut hätte, gab es noch zahlreiche andere gefährliche Hindernisse, die es zu überwinden galt – nicht zuletzt den unversöhnlichen Widerstand ihres Vaters. Ihr Vater favorisierte Fierens, soviel stand fest. In gewisser Weise waren sie aneinander gekettet. Ihre Verlobung mit ihm war aus der Sicht der Täufer mehr als eine Eheschließung aus einer bloßen Laune. Sie hatte eher Bündnischarakter.

In Gedanken sah sie jetzt, wie Fierens den Kopf drehte und bemerkte, daß sie nicht auf die Predigt achtete, sah, wie er ihr kaum wahrnehmbar zunickte; nicht aus Liebe, nicht einmal tadelnd, sondern als wollte er sagen: »Ich sehe dich. Ich weiß, was du denkst. Ich weiß etwas, was du nicht weißt.« Bei dem Gedanken schauderte sie.

Warum war Julius gestern nicht bereit gewesen, mit ihr fortzugehen? Freilich hätten sie es nicht getan. Sie wußte, daß man so etwas planen und vorbereiten mußte. Aber die schlichte Zustimmung hätte ihr genügt. Irgend etwas verschwieg er ihr. Nicht seine Liebe – sie spürte, daß er es damit ernst meinte –, aber etwas ebenso Wichtiges, ohne das Liebe im Grunde gar keine Liebe sein konnte. War es denkbar, daß er ihr nicht die Wahrheit sagte?

Als die Andacht endlich zu Ende war, befürchtete sie, Fierens würde sich erbieten, sie und ihren Vater nach Hause zu begleiten; doch zu ihrer Erleichterung sah sie ihn hinter der Kirche verschwinden.

Ihr Vater stand vor dem Kirchenportal herum, wo er Freunden und Kollegen zunickte und sie begrüßte. Er genoß die kleinen Vorrechte, die seine Position in der Stadt mit sich brachte. Als Aldermann des Gesamtgildenrates – selbst wenn einige Leute behaupteten, daß der Rat nicht mehr das war, was er einmal gewesen war – durfte er eine gewisse Wertschätzung und etwas Respekt erwarten.

Es fiel auf, daß sich unter den Leuten, die ihm bei dieser Gelegenheit ihre Achtung bezeugten, deutlich mehr Zugewanderte befanden als Bürger aus alteingesessenen Familien. Doch falls Konrad das registriert haben sollte, ließ er es sich nicht anmerken und kehrte bester Laune nach Hause in die Breite Straße zurück.

»Siehst du, Tochter, welchen Einfluß wir in der Stadt haben?«

»Ja, Vater.«

»Und das«, sagte ihr Vater, »ist erst der Anfang.«

39

Am Nachmittag desselben Tages lief eine kleine Gestalt so eilig die vereiste Breite Straße entlang, daß sie fast schon dahinglitt. Die alte Frieda sah sie kommen. Sieht ganz so aus, als würde es Ärger geben, dachte sie. Und als die Gestalt – die sich als energische Frau mit geröteten Wangen entpuppte – näher kam, stellte sie befriedigt fest, daß sie ihr bekannt vorkam. Sie hatte diese Frau wiederholt in der Umgebung des sogenannten Propheten Elia gesehen. Elia! Bei dem Gedanken verdrehte sie die Augen gen Himmel. Elia! Also ich bitte Sie. Es war ein Wunder, daß sie angesichts dieser Gotteslästerung nicht alle tot umfielen.

Sie überlegte, wo die kleine Hexe hingehen mochte; und als sie stehenblieb und an Hartings Haustür klopfte, legte sich Friedas Gesicht in ebenso besorgte wie angewiderte Falten. Wo dieses Wesen auch hinging, es kam nichts Gutes dabei heraus. Die alten Weiber würden sie im Auge behalten müssen.

»Macht auf«, rief die Frau. »Ich möchte zu Harting.«

»Was ist denn bloß los?« fragte Elisabeth, die zu der alten Frau ans Fenster trat. An den Fenstern auf der gegenüberliegenden Straßenseite tauchten noch mehr Gesichter auf.

»Kommt heraus, Harting. Bewegt Eure Knochen.«

Man hörte, wie der Riegel zurückgeschoben wurde und die Dienstmagd versuchte, die Frau zu beruhigen.

»Nun, was gibt es?« ertönte Konrads Stimme.

»Ihr solltet mich lieber hineinlassen, sonst verkünde ich es der ganzen Straße.«

Frieda und Elisabeth sahen einander besorgt und verblüfft an. Die Frau trat über die Schwelle und verschwand aus ihrem Blickfeld. Sie hörten, wie sich die Tür des Arbeitszimmers schloß, und dann war es eine Weile still.

»Was mag das bedeuten?« fragte Elisabeth.

»Nichts Gutes, da kannst du sicher sein«, entgegnete die alte Frau. »Eigentlich müßte man die ganze Stadt in die Ecke stellen und ihr eine Narrenkappe aufsetzen, so daß alle Welt es sieht.«

40

Konrad war durch das Klopfen und das Geschrei aus seinem Nachmittagsschlaf erwacht und bekam einen furchtbaren Schreck. Er glaubte, ein Teilnehmer der unterirdischen Zusammenkünfte sei gekommen, um ihn bloßzustellen. Als er später darüber nachdachte, wurde ihm freilich klar, daß dies nahezu unmöglich war. Es läge nicht in Fierens' Interesse, ihn der Verachtung der Allgemeinheit preiszugeben; Konrad spielte in seinen Plänen eine zu wichtige Rolle. Aber einen Augenblick lang hatte ihn doch Panik ergriffen. Er hatte Dinge getan – oder mit sich machen lassen –, von denen niemand etwas wissen durfte.

»Also«, sagte er, noch immer etwas verstört, da er sich noch nicht ganz gefangen hatte, zu der jungen Frau. »Was wollt Ihr?«

»Eure Tochter.«

»Wie bitte?«

»Es geht um Eure Tochter. Sie erschleicht sich die Zuneigung meines Mannes.«

»Eures Mannes. Ich weiß nicht, was Ihr meint, Frau.«

»Da.«

Sie deutete auf das unfertige Porträt in der Ecke.

»Das bin ich«, sagte Konrad, der noch immer nichts begriff.

»Er hat es gemalt. Ihr dummer alter Kauz.«

Konrad betrachtete erst das Bild und dann die Frau, und langsam dämmerte es ihm.

»Na, ist der Groschen gefallen?« fragte Blommardine. »Reizend, wenn die Tochter des Gildemeisters den Ehemann einer Fremden in der Stadt verführt.«

»Davon weiß ich nichts«, sagte Konrad schleppend, und dann schrie er: »ELISABETH!«

»Haltet mich zurück«, sagte Blommardine, »sonst kratze ich ihr die Augen aus.«

Konrads Ruf drang bis ins obere Stockwerk.

»Was hast du denn angestellt, mein Liebes?« fragte Frieda. »Irgendwas, worüber ich Bescheid wissen sollte?«

»Ich bin verliebt, das ist alles.«

»Das habe ich mir schon gedacht. Ist es der Maler?«

»Ja.«

»Warum kannst du denn keinen netten Burschen aus Rensburg lieben?«

»So funktioniert das nicht.«

»ELISABETH! KOMM SOFORT HERUNTER!«

Im Kopf der alten Kinderfrau nahm ein Verdacht Gestalt an. Sie hatte von ihren Informantinnen erfahren, daß Blommardine verheiratet war, allerdings nicht, mit wem.

»O mein Gott«, sagte sie. »Sie ist mit ihm verheiratet.«

»Wer? Schnell, Frieda.«

»Dein Maler. Er ist ein verheirateter Mann.«

»Ich glaube dir nicht.«

»Geh schon, mein Liebes. Geh nach unten. Sieh den Tatsachen ins Auge.«

Elisabeth ging langsam hinunter, während eine schreckliche Angst an ihrem Herzen nagte wie die Schlange an den Wurzeln des Lebensbaumes.

Ihr Vater erwartete sie grimmig am Fuß der Treppe.

»Nun, mein Fräulein«, sagte er, »da hast du ja schöne Dummheiten gemacht.«

Er führte sie am Ohr in sein Arbeitszimmer wie ein kleines Kind.

»Miststück.«

Blommardine stürzte sich auf Elisabeth und zog sie an den Haaren. Konrad hielt die beiden auf Armeslänge auseinander.

»Beherrscht Euch, Gnädigste«, sagte er zu Blommardine, »und laßt hören, was Ihr meiner Tochter vorzuwerfen habt.«

»Könnt Ihr es leugnen, daß Ihr meinen Mann verführt habt?«

»Ich habe niemanden verführt. Wer ist Euer Mann?«

»Julius, der Maler, unglücklicherweise.«

Dann stimmte es also, dachte Elisabeth. Er hatte ihr doch etwas verschwiegen. Plötzlich fühlte sie sich schwach. Sie bekam kaum mehr Luft. Konrad fing sie wenig behutsam auf und warf sie fast auf einen Stuhl. Seine Grobheit ließ sie wieder zu Bewußtsein kommen.

»Ihre Schuld hat sie eingeholt«, sagte Blommardine.

»Sie ist krank«, sagte ihr Vater, der nicht wußte, ob er zornig oder verärgert sein sollte. »Tretet zurück. Sie braucht Luft.«

»Schöner Schock, was?« sagte Blommardine etwas freundlicher. »Ihr solltet besser achtgeben, wem Ihr schöne Augen macht.«

Elisabeth konnte sich nicht vorstellen, wer es ihr gesagt haben sollte. Und dann fiel ihr das Geräusch an der Küchentür ein. Billa! Sie hatte sie ein paarmal mit Fierens reden sehen. So war das also; sie wurde in ihrem eigenen Haus bespitzelt. Sie würde nicht weinen, nicht vor dieser Frau. Außerdem schienen ihr Tränen allein völlig unzureichend. Sie hatte alles verloren – Liebe,

Glauben, Achtung, Würde, das Vertrauen ihres Vaters... einfach alles, ihre Jungfräulichkeit eingeschlossen, obwohl sie das natürlich nicht wußten.

Sie starrte ausdruckslos vor sich hin.

»Ich habe niemanden verführt!« sagte sie. »Es war Liebe, sonst nichts. Aber das spielt jetzt keine Rolle mehr.«

»Dann ist es ja gut«, meinte Blommardine. »Hauptsache, Ihr wißt Bescheid. Laßt bloß die Finger von ihm. Er ist viel zu leicht zu beeindrucken. Allerdings auch vertrauenerweckend, das gebe ich zu. Ihr seid nicht die erste. Er hat ein verteufelt einnehmendes Wesen. Dabei würde man denken, daß er kein Wässerchen trüben kann.«

Konrad begleitete sie hinaus, freundlich, Entschuldigungen murmelnd, als ginge es darum, für die Wahl des Gildemeisters Stimmen zu werben.

»Es tut mir ja so leid, daß man Euch solchen Ärger bereitet hat... Ich bedaure...«

Er fühlte sich stark zu ihr hingezogen. Im Bett war sie sicher ein rechter Kobold. Als er sie schließlich mit einem Winken verabschiedet hatte, kehrte er ins Arbeitszimmer zurück.

»Nun, mein Fräulein...«

»Es tut mir leid, daß ich dich in diese peinliche Lage gebracht habe.«

»Mich? Du hast dich selbst in eine peinliche Lage gebracht. ›Ich liebe keinen Mann, den ich nicht kenne‹«, äffte er sie nach. »Morgen weiß die ganze Stadt von dieser Geschichte. Wie kannst du dich von einem verheirateten Mann überlisten lassen... das ist wahrhaftig der älteste Trick.«

Sie glaubte nicht, daß es die ganze Stadt erfahren würde. Fierens würde schon dafür sorgen.

»Ich habe mich von ihm zu nichts überlisten lassen, Vater. Ich... mochte ihn. Wir haben uns unterhalten. Er hat mir von sich erzählt. Er war in Italien. Das ist doch kein Verbrechen.«

»Er hat dir nicht alles über sich gesagt.«

»Nein… nein, nicht alles.«

Plötzlich merkte sie, daß sie gegen ihren Willen weinte; dicke, verzweifelte Tränen um einen entschwundenen Traum.

»Nicht alles, nicht alles«, schluchzte sie.

»Na ja, eines ist jedenfalls geregelt«, sagte ihr Vater etwas sanfter.

»Was denn?«

»Morgen kannst du deine Verlobung mit Fierens bekanntgeben.«

Sie hatte nicht die Kraft zu widersprechen.

Er hob das Porträt von der Staffelei und warf es in den Kamin. Als es Feuer fing, begann die Farbe zu schmelzen, rann über die Stirn seines Ebenbilds, tropfte als karminrotes Rinnsal über seine Wange.

41

Blommardine wirkte an jenem Sonntagnachmittag ungewöhnlich ruhig. Julius fragte sich, ob sie ihre Tage hatte, was normalerweise dazu führte, daß sie sich wie ein rohes Ei behandeln ließ, aber ein rasches Nachrechnen ergab, daß dies nicht der Fall war.

Es kam kein Gespräch zustande, weder während des kalten, dürftigen Abendessens, das sie ihm hinknallte, noch danach, als er vor dem Feuer saß und daran dachte, daß eins und eins Eins ergab, wofür er ungeheuer dankbar war. Er hätte auf keinen Fall gewollt, daß Blommardines schrilles Gekeife seine Visionen von vollkommener Ganzheit unterbrach. Doch im Verlauf des Abends nahm ihr Schweigen etwas Bedrohliches an. Er hatte diese Art von Schweigen schon früher erlebt, und normalerweise war es der Vorbote eines Sturms.

»Alles in Ordnung?« wagte er sich endlich vor und sah zu

Blommardine hinüber, die mit rasender Geschwindigkeit an etwas nähte, was nach einem Geschirrtuch aussah.

»In Ordnung?« versetzte sie, ohne ihn anzusehen. »Was soll denn das heißen?«

»Ich frage ja nur«, sagte er sanft. »Es interessiert mich eben.«

Sie fauchte wie eine Katze, äußerte sich aber nicht weiter dazu.

Achselzuckend wandte er sich wieder den Flammen zu. In ihrem züngelnden Possenspiel erblickte er jetzt, da er wußte, daß Elisabeth die Seine werden konnte, alle nur denkbaren strahlenden Möglichkeiten. Jetzt mußte er ihr nur noch gestehen, daß er unangenehmerweise verheiratet war. Er wußte, daß das schwierig werden würde. Sie würde bestimmt Einwände haben. Aber wenn er ihr die Überzeugung der Adamiten darlegte, nämlich daß das eigentliche Sakrament die Liebe war und nicht die Ehe – eine Tatsache, die sie sicher instinktiv begriff –, dann würde alles verziehen sein, und sie könnten sich in aller Ruhe aus dem Staub machen. Na ja, ganz so ruhig nicht. Schließlich mußte man noch mit dem abscheulichen Fierens fertig werden. Bei dem leisesten Hinweis auf irgendwelche Vorbereitungen würde der Mann einschreiten, bevor sie verschwinden konnte. Er mußte morgen mit Elisabeth reden, mußte sich eine List ausdenken, um mit ihr allein sein zu können. Ja, er würde behaupten, an Konrads Rock weiterarbeiten zu wollen, während sich der Gildemeister in sein Geschäft begab …

Julius lehnte sich in seinem Stuhl zurück. Blommardine war vermutlich ins Bett gegangen. Offenbar war er eingedöst. Im Haus herrschte eine Grabeskälte, als hätte sich der Winter hier einquartiert. Er beugte sich vor und stocherte in der Asche herum. Ein Stückchen Schlacke fing plötzlich Feuer, loderte auf, sprang empor und verlosch wieder zu Asche wie eine Seele, die zu ihrem Schöpfer zurückkehrt. Ein insgesamt fröhlicherer Lebenslauf, dachte Julius, als er den meisten Menschen hierzulande vergönnt war. Was für ein Unterschied doch bestand zwischen dem hoffnungsvollen Humanismus und jener grauenvollen Sicht einer verderbten Menschheit, deren einzige Hoffnung ein strafender Gott war, mit dem diese schrecklichen Prediger hausieren gingen. Es war einleuchtend, daß Menschen, die für schlecht gehalten wurden, auch schlecht wurden. Aber genau das wollten die Prediger natürlich – schlechte Menschen, die vor ihrer eigenen Schlechtigkeit Angst hatten.

Plötzlich entdeckte Julius – es war wie ein Erkenntnisfunke – an der Auffassung seines alten Meisters von der Hölle eine neue Seite. Bei seinen düsteren Visionen handelte es sich nicht um eine Hölle des Satans, sondern um eine Hölle der Menschheit, eine Hölle der Prediger – eine verderbte Menschheit ohne Glauben, der Natur entfremdet, von Gott verlassen, voneinander getrennt, von Teufeln gepeinigt. Kein einziger Verdammter unternahm etwas, um seinen Leidensgenossen zu helfen. Die Sünde, so schien es, war eine selbstsüchtige Angelegenheit …

Ein letzter Funke glomm auf und erstarb. Julius schauderte, stand auf und ging nach oben. Das Schlafzimmer war von innen verriegelt, und an der Tür hing ein Zettel.

»KOMM MIR BLOSS NICHT NAHE«, stand darauf.

Julius zog die Schultern hoch. Ihm war das nur recht. Er holte sich eine alte Decke aus der Truhe, hüllte sich in seinen Umhang und richtete sich vor dem Feuer zum Schlafen ein.

Es war kein erholsamer Schlaf. Früh am Morgen stand er mit steifen Gelenken auf. Das Feuer wollte nicht auf seine Bemühungen ansprechen, so daß er viermal zur Zunderbüchse greifen mußte. Als Blommardine endlich auftauchte, reagierte sie ähnlich – nur daß sie auf überhaupt nichts ansprach. Schweigend verzehrten sie ihr Frühstück, das aus einem Schluck Bier und trockenem Brot bestand. Das Hammelfleisch, dessen Fettrand sich eigenartig grünlichgelb verfärbt hatte, mochte er gar nicht ansehen.

»Dieser Hammel da«, sagte er, »ist wie eine Krankheit. Du solltest ein Kreuz an die Tür der Speisekammer malen und ihn heute abend heimlich begraben.«

Keine Antwort.

Wenig später kroch das erste Licht über den Himmel, und Julius stand auf.

»Ich muß ins Atelier und die Farben für den heutigen Tag vorbereiten«, sagte er. »Ich bin sicher, du entschuldigst mich.«

Blommardine wandte ihr Gesicht einem scheußlichen Marienfigürchen zu, das sie an die Wand gehängt hatte, um ihn zu ärgern. Ihm war es inzwischen gleichgültig, was sie tat. Sollte sie ihre scheußliche Statuette ruhig anstarren, bis sie blau im Gesicht wurde oder so grün wie Hammelfett. Er würde bald seine vollkommene Liebe sehen; alles andere war unwichtig. Nachdem er seinen Umhang aufgehoben hatte, ging er entschlossenen Schrittes in den Morgen hinaus.

Die Sonne stieg langsam am klaren Himmel herauf, überzog die schneebedeckten Straßen mit einem an Botticelli erinnernden rosigen Goldhauch. Es war, als hätte die Natur mit einem Streich allen Haß und alle Häßlichkeit fortgewischt, die sich in der Stadt angesammelt hatten. Julius beschloß, einen Umweg zu machen. Ein Gefühl unbändiger Hoffnung ergriff ihn. Vor Freude begann er zu laufen und Luftsprünge zu machen, glitt dahin, stolperte und fiel beinahe hin; lauthals lachend lief er weiter, teils vor Freude, teils weil er so erleichtert war, nicht mehr bei Blommardine zu sein; vor allem aber, weil das Wiedersehen mit Elisabeth unmittelbar bevorstand.

Er stimmte ein altes Weihnachtslied an: »Es ist ein Ros entsprungen…«

Die alten Lieder hatten ihm an Weihnachten gefehlt. Warum sollte nicht jetzt eines singen?

Ein Fenster flog auf, und beinahe hätte ihn ein Schwall Schmutzwasser getroffen.

»So früh schon betrunken? Schämt Euch«, rief eine Frauenstimme.

»Es war doch gerade erst Weihnachten, oder?« rief Julius zurück. Ein Täufer, der des Wegs kam, runzelte die Stirn und ging auf ihn zu.

»Wer seid Ihr, daß Ihr von Weihnachten sprecht? Wenn überhaupt, dann heißt das Christzeit. Heilige Messen sind ein Graus. Und außerdem ist die Christzeit längst vorbei. Euer Name?«

»Ich heiße Eros«, sagte Julius glücklich. »Ich bin die Liebe, kennt Ihr mich nicht?«

»Ergreift ihn«, schrie der Täufer. »Er ist ein Teufel und ein Freund der Teufel.«

Er lief ihm mit einer in Anbetracht seiner knochigen Knie erstaunlichen Geschwindigkeit nach, so daß Julius Mühe hatte, ihn abzuhängen. Ein paar andere Täufer – sie waren derzeit überall – schlossen sich der Jagd an, aber Julius, der die Gassen besser kannte, konnte ihnen letzten Endes doch entfliehen.

»Du entkommst uns nicht, Eros«, schrie der erste Täufer enttäuscht. »Auch wenn du jetzt entwischst, ich kriege dich schon noch, Eros. Ich vergesse nie ein Gesicht.«

Julius drehte sich um und machte eine obszöne Geste, bevor er in eine Seitengasse flitzte, durch die er – auf Schleichwegen – schließlich zur Tischlerwerkstatt gelangte. Nachdem er sich vergewissert hatte, daß er seine Verfolger abgeschüttelt hatte, öffnete er leise die Tür und schlich auf Zehenspitzen ins Atelier hinauf.

Oben angelangt, machte er sich eilig an die Arbeit. Er hatte mehr Zeit als beabsichtigt für den Weg gebraucht. Ist ja auch idiotisch, in deinem Alter Luftsprünge zu machen, dachte er. Du hättest dich ganz schön in Schwierigkeiten bringen können. Jetzt misch deine Farben, leg die Pinsel bereit, mach die Palette sauber... hurtig, hurtig. Die vertrauten Tätigkeiten beruhigten ihn. Das tat gut. Er mußte klar denken.

Endlich war er fertig, und zehn Minuten später stand er, etwas keuchend, vor Konrads Haustür. Während er klopfte, blickte er nach oben, weil er hoffte, seine Geliebte zu erspähen, doch am Fenster war kein liebes Gesicht und kein Schatten zu sehen. Sicher sprang sie schon eilig die Treppe herunter, um vor Billa an der Tür zu sein und ihn voller Glück einzulassen…

Doch es war nicht Elisabeth, die ihm die Tür aufmachte, und auch nicht Billa. Es war Konrad persönlich, und allem Anschein nach war er nicht in guter Verfassung.

»So«, sagte er zu Julius, »Ihr seid es also.«

Er machte keine Anstalten, ihn hereinzulassen.

»Ja«, sagte Julius schließlich. »Ich kann es nicht leugnen.«

»Es wäre besser für Euch, wenn Ihr das könntet«, entgegnete der ältere Mann rätselhaft.

»Ich fürchte, ich verstehe nicht recht«, sagte Julius, obwohl sich in dem Bereich, den der alte Franciabi in seiner Anatomielektion als *viscera minima* bezeichnet hatte, ein furchtbares Unbehagen zusammenbraute. Was mochte die morgendliche Begrüßung zu bedeuten haben?

»Nun, dann kommt herein, Maler«, entgegnete Konrad unfreundlich, »dann werdet Ihr schon Aufklärung erhalten, und wenn ich sie in Euch hineinprügeln muß.«

»Ich hoffe, das wird nicht nötig sein«, sagte Julius peinlich berührt. »Gefällt Euch vielleicht etwas an dem Bild nicht?«

Konrad stieß die Tür zu seinem Arbeitszimmer auf, und da saß Elisabeth mit bleichem Gesicht und hielt den angekohlten Rahmen mit der Leinwand in Händen, in deren Mitte anstelle des väterlichen Gesichts ein rußgeschwärztes Loch war. Sie blickte nicht auf, als die beiden hereinkamen.

»Gefällt Euch vielleicht etwas an dem Bild nicht?« wiederholte Julius wie betäubt.

»Vielleicht gefällt mir etwas an dem Maler nicht«, erklärte Konrad düster.

»Oh.«

Ein gewaltiger Schlag traf Julius ins Kreuz – so plötzlich, so unerwartet, daß er automatisch auf die Knie fiel. Am schlimmsten jedoch war das Geräusch, das Elisabeth von sich gab – ein gräßliches Einsaugen der Luft, das sich wie ein schriller Schrei anhörte, so, als verspürte sie den Schmerz am eigenen Leib.

Julius glaubte, es müsse ein Herzanfall sein. Er hatte gehört, daß Leute diese Empfindung als eine Art Schlag in die Rippen beschrieben hatten.

Wieder sah er Elisabeth an. Es war ihm, als hätte sich die ganze Welt verlangsamt. Nichts schien sich zu bewegen. Plötzlich entglitt die zerstörte Leinwand ihren Händen und fiel krachend zu Boden. Der Schmerz und die Angst in ihrem Gesicht veränderten sich nicht, und ihre Hände umklammerten weiterhin die leere Luft, als wäre die Leinwand noch da.

Schmerz durchströmte ihn, sobald der Schock nachließ. Er wandte sich an Konrad, um ihn um Hilfe zu bitten, wollte ihm erklären, daß er offenbar irgendeinen Anfall hatte.

»Helft mir«, sagte er. »Ich habe... eine Attacke...«

Und dann sah Julius den schweren Knotenstock in seinen Händen. Konrad hatte ihn doch nicht etwa geschlagen?

»Ja«, sagte dieser mit einem grausigen Lächeln, »Attacke ist genau das richtige Wort.«

Und er schlug wieder zu, diesmal auf die Schultern. Und wieder fiel Julius vornüber, diesmal auf die Hände.

»Was? Was?« war alles, was er herausbrachte.

»Eure abscheulichen Schliche sind entdeckt worden. Meine Tochter verführen, das könnte Euch so passen.«

Wieder ein gewaltiger Hieb, diesmal aufs Gesäß. Julius konnte und wollte sich hier vor seiner Geliebten nicht wie ein kleiner Junge ducken und schlagen lassen. Er rappelte sich auf, rot im Gesicht, während ihm Tränen des Schmerzes aus Nase und Augen rannen.

»Ich habe Eure Tochter nicht verführt. Wer behauptet das?«

»Das braucht Euch nicht zu kümmern. Mich interessiert, was *Ihr* gesagt oder nicht gesagt habt.«

»Ich habe gesagt, daß ich sie liebe. Ich liebe sie nach wie vor.«

Er wandte sich um und sah wieder Elisabeth an. Ihr Gesichtsausdruck hatte sich nicht verändert. Sie war in ihrem eigenen Alptraum gefangen. Als er sich umwandte, fiel wieder ein schrecklicher Hieb, der seine Oberschenkel traf. Und wieder fiel er hin, halb über die Armlehne eines Stuhls.

»Es geht um das, was Ihr nicht gesagt habt, Maler. Schon schlimm genug, einer den Hof zu machen, die höher steht als Ihr. Aber schlimmer ist es, viel schlimmer, Maler, einem solch kostbaren Juwel den Hof zu machen...«

Er unterbrach sich. Julius rappelte sich wieder auf. Er war kein Feigling – oder nur manchmal, aber nicht jetzt. Er würde sich von diesem brutalen Kerl nicht so behandeln, so demütigen lassen, ohne sich zu wehren. Er sah sich nach einer Waffe um. Wenn dieser Mann es auf einen Kampf anlegte, dann würde er sich wenigstens verteidigen. Der Feuerhaken neben dem Kamin erschien ihm geeignet. Aber Konrad war noch nicht fertig.

»...nachdem Ihr bereits verheiratet seid. Nachdem Ihr mich angelogen und gesagt habt, Ihr seid nicht verheiratet. Aber Ihr seid es, nicht wahr, Maler? Ihr seid verheiratet...«

Von Elisabeth kam wieder dieses schreckliche, unwillkürliche Stöhnen, und Julius verließ jeglicher Kampfgeist. Sie wußte also Bescheid! Was für ein Tor er doch gewesen war, es ihr nicht gleich zu sagen! Welche Schwäche, welch schaler Optimismus, welche Dummheit es doch gewesen war zu glauben, die Bosheit würde ihm nicht auf die Schliche kommen. Er hatte jede Strafe verdient, die ihm zuteil wurde.

»Verheiratet, verheiratet, verheiratet...«, schrie Konrad und schlug bei jeder Wiederholung des Wortes auf ihn ein.

Julius drehte sich wie ein Ochse im Kreis und ließ die Hiebe auf sich herunterprasseln; er weinte nicht vor Schmerz, sondern aus Scham und wegen seiner Dummheit.

»Und etwas anderes war sogar noch schlimmer, Maler. Ihr wißt doch, was das war, Maler? Ihr wißt es doch, Maler? Ihr wißt es doch?«

Es hagelte noch mehr Fragen und Hiebe.

»Ich weiß es, ich weiß es«, schrie Julius. »Ich weiß es, ich weiß es, ich weiß es.«

»Was war es denn, Maler?«

»Ich habe ihr nicht *gesagt*, daß ich verheiratet bin.«

Noch ein gewaltiger Hieb, der ihn zu Boden streckte. Noch einmal dieses schreckliche Geräusch von Elisabeth, die sich noch immer nicht bewegte. Konrad trat ihn jetzt obendrein noch mit Füßen.

»Warum, Maler? Warum habt Ihr es nicht gesagt? Sagt es ihr jetzt.«

»Weil ich schwach war... Ich wollte Gewißheit haben, daß sie mich liebt... bevor ich es ihr sagte...«

»Und liebst du sie immer noch?«

»Ja. Ich würde für sie sterben.«

»Das sollst du.«

Julius verlor allmählich das Bewußtsein. Ein Auge war halb zugeschwollen. Eine Rippe fühlte sich an, als sei sie gebrochen. Blut strömte aus seinem Kopf. Und noch immer fielen die Schläge.

»Und jetzt wollen wir hören, was deine wahre Liebe zu sagen hat. Sag es ihm, Elisabeth. Liebst du ihn noch immer, nachdem er dich so getäuscht hat? Nun? Schnell, Mädchen. Rasple nur Süßholz, wenn du es wagst.«

Konrads Stock hob sich abermals, als wollte er sie schlagen. Trotz seiner Verletzungen richtete sich Julius halb auf und sah den älteren Mann derart haßerfüllt an, daß dieser sich eines Besseren besann.

»Liebst... du... ihn?« wiederholte er und schlug erneut auf Julius ein.

Die Frage hing in der Luft, unbeantwortet.

»Ja... N... nein?« wiederholte Konrad und schlug bei jeder Silbe zu.

Plötzlich, unerwartet und erschreckend nach dem langen Schweigen, brach Elisabeth zusammen.

»Hör auf, hör auf.«

»Ja... oder nein?...«

»Nein.«

Die Silbe, die sich ihr entrang, hörte sich an wie das Knarzen eines Baumes.

Schlagartig hörten die Hiebe auf. Julius trieb zwischen Ohnmacht und Bewußtsein hin und her.

»Bist du sicher?« fragte Konrad. »Du möchtest nicht vielleicht deine Meinung ändern? Ich glaube, du möchtest! Ich spüre, daß du schwach wirst.«

»Ich könnte ihn niemals lieben. Er hat die Liebe verraten. Ich will ihn nie wiedersehen.«

»Habt Ihr das gehört, Maler?«

Julius, zwischen Ohnmacht und Bewußtsein, stöhnte.

»Dann ist es ja nur gut, daß sie zur Vernunft gekommen ist, nicht wahr? Es würde unmöglich angehen, daß sie einen anderen liebt, wo sie doch an Ostern im Dom Herrn Fierens heiraten wird.«

»Schlagt weiter«, murmelte Julius. »Ich habe alles verdient. Weiter...«

Diesmal verlor er für längere Zeit das Bewußtsein. Als er wieder zu sich kam, lag er in einem Schneehaufen, der aussah wie in Morgenröte getaucht, nur dunkler – eher Pontormo als Botticelli, dachte er zusammenhanglos. Jeder einzelne Knochen im Leib, der Schädel eingeschlossen, pochte, stach oder brannte – oder alles zugleich. Sein Gesicht bestand aus lauter blauen

Flecken. Die Nase blutete, und ein Auge war inzwischen völlig zugeschwollen. Der linke Arm schien nicht mehr zu gebrauchen.

Zwei alte Frauen beugten sich über ihn.

»Du hattest wohl Ärger, Kleiner«, sagte die größere.

»Ich denke, das weiß er selbst, Irmgard«, meinte die andere. »Wo wohnst du denn, mein Schatz?«

Julius machte den Mund auf und versuchte zu reden, aber seine Lippen waren ihm im Weg.

»Ganz schön grausam, was sie dir angetan haben«, sagte die, die Irmgard hieß, »aber heutzutage ist Grausamkeit an der Tagesordnung.«

Sie benetzte seine Lippen mit Schnee, und dann halfen sie ihm auf die Beine.

»Geht's jetzt besser, Schätzchen?«

»Nicht viel«, brachte er mühsam heraus.

»So ist es gut. Na ja, wenigstens haben wir dich zum Aufstehen und zum Sprechen gebracht. Ich dachte schon, du würdest dich nie mehr rühren. Wo wohnst du gleich wieder?«

Sie brachten ihn durch ruhige Seitengassen nach Hause. Es waren wenige Leute unterwegs, aber ein paar betrachteten das Trio voller Neugier.

»Er ist schwer gestürzt«, sagte Irmgard zu einem wißbegierigen Täufer.

Obwohl Julius völlig zerschlagen war, registrierte er die Freundlichkeit der alten Frauen. Es hatte nicht nur Kraft, sondern auch Mut erfordert, ihm zu helfen.

Als sie bei seiner Behausung ankamen, dankte er ihnen, so gut es ging, und meinte, sie seien die zwei Gerechten, deretwegen Gott die Stadt verschonen würde.

»Verlaß dich nicht drauf, Schätzchen«, sagte die kleinere. »Wer weiß, wie lange wir noch hier sein werden. Meinst du, du kommst zurecht?«

Er nickte und hielt sich am Türpfosten fest, während sie

davonschlurften, gütige alte Amseln in einer Stadt voller Krähen.

»Erwarte bloß kein Mitleid von mir«, sagte Blommardine, als er ins Zimmer taumelte. »Was meinst du, wie mir zumute ist?«

42

Die folgenden Tage waren für Julius' Bewußtsein schmerzhafter als für seinen Körper, obwohl dieser weiß Gott genug schmerzte. Die körperliche Attacke war vorbei, aber innerlich ging die Bestrafung weiter. Warum war er ein solcher Esel gewesen? Der gesunde Menschenverstand hätte ihm doch sagen müssen, daß Ehrlichkeit die notwendige Voraussetzung für Zuneigung war – von Liebe ganz zu schweigen. Warum hatte er solche Angst davor gehabt? Wenn dies der ihm vorbestimmte Partner fürs Leben war, wenn dies das Sakrament war, das die Ehe aufhob, dann hätte er eigentlich darauf vertrauen können, daß sie das ebenso empfinden würde wie er. Aber er hatte nicht darauf vertraut und, wie in einer gräßlichen Parodie eines alten Ritterromans, die Prüfung nicht bestanden, so daß der Zauber nicht wirken konnte. Er war Sir Gawain, ihr Vater der Grüne Ritter. Er war Tristan, sie Isolde.

Februar, der finsterste Monat überhaupt, war endlich vorüber. Als »die Dunkelheit vor der Morgendämmerung« hatte sein Lehrer Ammanati ihn in den letzten gemeinsamen Tagen in Florenz bezeichnet, in denen sich ihre Gespräche von der Kunst auf die Natur verlagerten. »Ein kurzer, blinder Monat, trostlos wie ein skandinavischer Zwerg.« Endlich war der März angebrochen, doch es schien, als seien sie in einem immerwährenden Februar gefangen. Er mußte daran denken, wie Ammanati bei diesem Monat, dessen bloße Erwähnung einen bitteren Geschmack im Mund hinterließ, die Mundwinkel verzogen hatte.

Jetzt war Julius besonders deutlich bewußt, daß er auf Ammanatis oder eines anderen Rat und Freundschaft verzichten mußte. Von Blommardine konnte er beides nicht erwarten. Warum sie ihm sein gebrochenes Herz eigentlich so verübelte, war ihm unklar. Immerhin hatte sie ihre leidenschaftliche Begeisterung für Elia offen gezeigt, und er war keineswegs der erste Mann gewesen, für den sie sich interessiert hatte. Sie machte, was sie wollte; das war schon immer so gewesen, und ihm hatte es nichts ausgemacht, solange sie nicht die Franzosenkrankheit nach Hause brachte. Sie ging durchs Land wie die Pest. (Einige Leute behaupteten, Luther hätte ohne diese Knochenschmerzen, die wie eine Heimsuchung Gottes aussahen, nie ans Ruder gelangen können.) Aber genug davon. Warum sollte es ihr etwas ausmachen.

Irgendwann fragte er sie danach, ohne eine Antwort zu erwarten, eigentlich nur, um überhaupt etwas zu tun. Er konnte das Haus noch nicht verlassen. Wenn er eine längere Strecke ging, wurde ihm schwindlig. Daher setzte er sich ans Feuer, tat so, als würde er in der Bibel lesen, und sprach gelegentlich mit der Zimmerdecke, die ihm manchmal sehr niedrig, aber stets aufmerksam vorkam.

»Ich möchte bloß wissen, warum es ihr etwas ausmacht, Decke«, sinnierte er. »Ich kann es einfach nicht begreifen. Oh, ich hätte nicht von ihr erwartet, daß sie mich warnt. Aber es erstaunt mich doch, daß sie so rachsüchtig ist. Ich wüßte nicht, daß ich ihr jemals etwas angetan hätte. Man tut einer Hexe nichts an, wenn man sich seiner selbst nicht absolut sicher ist, Decke.«

»Hör endlich auf, mit dieser verdammten Decke zu reden«, sagte Blommardine plötzlich und schleuderte ihr Geschirrtuch auf den Boden. »Was *du* tust, ist mir scheißegal. Ich habe nicht dich als Person geheiratet... ich habe dich als Idee geheiratet, als einen Passierschein irgendwohin, ins Land der Zitronenbäume. Verstehst du, was ich meine?«

»Sie redet mit mir, Decke. Kaum zu glauben.«

»Es geht ums Prinzip. Kapiert?«

»Absolut nicht«, sagte Julius.

»Natürlich nicht. In dieser Beziehung warst du schon immer ein bißchen unterentwickelt, nicht wahr, mein Süßer?«

»Du benutzt den Passierschein doch ohnehin nie«, bemerkte er nach einer Pause. »Er bringt dich nirgendwohin. Wir fahren nirgendwohin.«

»Was ist aus den Reisen geworden, den Zusammenkünften mit berühmten Leuten, dem von allen verehrten *insignis pictor*? Schau dir van Eyck an, der den Herzog von Burgund zum Ritter geschlagen hat. Der hat es richtig gemacht. Was ist aus dem Künstlerleben geworden?« fragte sie.

»Was ist aus der Künstlerfrau geworden? Wir hätten auf ganz unspektakuläre Weise glücklich sein können. Kinder... Nachbarn... Geranien... aber davon wolltest du ja nichts wissen. Du wolltest nur Unheil stiften. Das ist das tägliche Brot einer Hexe.«

Sie sah ihn aus grünen Augen an, die sich zu seiner Überraschung mit feuchtem Glanz überzogen.

»Ich hatte Sehnsucht nach dem Leben«, sagte sie. »Und du hast es gefunden. Das ist das Unheil. Das kann ich dir nicht verzeihen.«

Eine Frau kennt man nie wirklich, auch wenn man noch so lange mit ihr gelebt hat, dachte er.

43

Als das Kopfweh nachließ, konnte Julius wieder aus dem Haus gehen. Er stattete seinem Atelier einen Besuch ab und versuchte ein bißchen zu malen, doch bald verschwamm ihm alles vor Augen, so daß er aufhören mußte. Es war ohnehin zu kalt. Ein eisiger Wind wehte aus Nordosten, und es hatte wieder zu schneien begonnen. Er verließ das Atelier und begab sich unsicher – den linken Arm noch in der Schlinge – in die Breite Straße, blieb dort in einer Seitengasse stehen und blickte hoffnungsvoll zum Hartingschen Haus hinüber. So weit war es gekommen. Er, der an der Himmelstür gestanden hatte, mußte jetzt an zugigen Ecken lauern. Er spielte mit dem Gedanken, Kieselsteine an ihr Fenster zu werfen, ließ es aber bleiben. Einmal glaubte er eine Bewegung in einem der oberen Zimmer wahrzunehmen und winkte verzweifelt. Aber es kam keine Reaktion. Als er sich in das Dunkel der Ebergasse zurückzog, empfand er seinen Verlust wie eine Wunde, deren Schmerz nie abklingen würde.

Er wußte, daß es töricht von ihm war, auch nur daran gedacht zu haben, aber in seiner Verzweiflung konnte er keinen klaren Gedanken mehr fassen. Die Hochzeit mit Fierens sollte in einem Monat stattfinden. Die Rache, die dieser ihm als Junge geschworen hatte, hätte nicht ausgeklügelter sein können. Irgendwie mußte er das verhindern. Wenn alles andere fehlschlägt, dachte er, muß ich ihn umbringen. Aber bei dieser Vorstellung erfaßte ihn eine neue Woge des Zweifels.

In der Academietta war einmal darüber diskutiert worden, ob es jemals gerechtfertigt sein konnte, einen Menschen zu töten. Julius wußte nicht mehr genau, zu welchem Ergebnis sie gelangt waren, erinnerte sich aber, daß Thomas Morus in seinem Dialog *Utopia* (veröffentlicht im Sterbejahr seines Meisters) die Ansicht vertreten hatte, der Meuchelmord am Herrscher eines benachbarten (feindlich gesinnten) Staates sei einem Krieg vorzuziehen. Und schließlich war es ein Krieg, den Fierens und seine Heiligen führten. Ein Krieg gegen die bestehende Ordnung, ein Krieg gegen das Gesetz, ein Krieg (das war der schwerste Vorwurf) gegen die Liebe. Die Folgerung mußte demnach lauten, daß Fierens tatsächlich ins Jenseits befördert werden sollte. Konnte er das selbst erledigen? Er war kein kriegerischer Mensch. Er hatte einmal den Auftrag erhalten, ein Huhn zu töten, und dabei eine furchtbare Schweinerei angerichtet. Und doch konnte er unmöglich einen anderen dazu bringen, eine solche Verzweiflungstat an seiner Stelle zu begehen – selbst wenn er jemand Vertrauenswürdigen hätte finden können.

Es sah so aus, als müßte er wirklich Vollstrecker und Nutznießer zugleich sein. Daß er den Arm in der Schlinge trug, war nicht gerade von Vorteil, aber der rasende Roland und unzählige andere historische Helden hätten das ohne Zweifel geschafft.

Positiv fiel ins Gewicht, daß Fierens eine undurchsichtige Gestalt war. Sein Kommen und Gehen erfolgte heimlich. Einer, der so verstohlen kam und ging, konnte leicht in einer Seitengasse überfallen werden.

Julius nahm sich vor, den Mann zu beobachten, und die finstere Ebergasse schien ihm so gut wie jede andere geeignet, um damit anzufangen. Der Zufall wollte es, daß seine Wachsamkeit belohnt wurde. Fierens, der von seinem Talent zum Mummenschanz profitierte, schlüpfte zumindest zeitweise in die Rolle des zukünftigen Bräutigams, während er in seinem Herzen den Weg für jenen großartigeren Bräutigam ebnete. Sein goldener Faden schwebte hinter ihm her, wenn er zwischen der Breiten Straße und dem Hauptquartier der Täufer hin und her eilte.

Manchmal saß er bei Elisabeth, las ihr aus den Schriften von Thomas Müntzer oder David Joriszoon oder einem anderen anerkannten Apokalyptiker vor. Dann wieder unternahm er mit Konrad lange Spaziergänge zur Stadtmauer und zu ihren Türmen und Toren; oder zu den Lagerhäusern, in denen Lebensmittel aufbewahrt wurden; oder zum Sitzungssaal der Gesamtgilde, wo die Versammlungen absichtlich so in die Länge gezogen wurden, daß sämtliche gemäßigten Mitglieder aus Langeweile den Saal verließen.

Wohin Fierens auch ging, Julius, eine auffällige Gestalt mit bleichem Gesicht (dessen Narben allmählich verblaßten) und dem Arm in der Schlinge, folgte ihm.

Gleichsam als Ergänzung zu seinem eigenen drängenden Gefühl lag eine sonderbare Atmosphäre in der Luft, die sich ringsum immer stärker bemerkbar machte. Etwas würde geschehen. Mittlerweile war die Stadt, wie Julius' Herz, beinahe zum Bersten voll. Außerhalb der Mauern ächzte und murrte der aufgestaute Fluß, als würde auch er die allgemeine Spannung spüren.

Und noch immer spukte Julius durch die Straßen, wartete auf eine gute Gelegenheit und bereitete sich innerlich darauf vor, sie zu nutzen.

Als er eines Tages, nachdem Fierens in einer endlosen Ratssitzung verschwunden war, nach Hause ging, begegnete er ein paar Jungen aus Täuferfamilien, die Schneebälle warfen.

»Ach ja«, sinnierte er, »manche Dinge ändern sich nicht. Kinder bleiben Kinder, auch wenn ihre Eltern verrückt geworden sind.«

Als er näher kam, bemerkte er, daß sie auf ein kleines schwarzes Bündel zielten, das im Schnee lag. Als er noch näher hinging, stellte er fest, daß aus dem Bündel ein verschrumpelter Arm herausragte.

»Hört auf«, schrie er die Jungen an. »Was macht ihr da?«

Ein Schneeball, hart wie ein Stein, traf ihn mitten auf die Brust. Plötzlich außer sich vor Zorn, packte er den Stock der alten Frau (denn als solche entpuppte sich das Bündel) und ging damit auf die Jungen los. Noch immer Schneebälle werfend, liefen sie davon. Einer drehte sich um und schrie zurück.

»Wieso regt Ihr Euch so auf, Herr! Sie ist doch eine Hexe, stimmt's? Eine papistische Hexe!«

Aber da liefen sie schon weiter, um anderswo Unfug zu treiben.

Julius ging zu der alten Frau zurück, die sich inzwischen aufgesetzt hatte. Abgesehen von einer Schramme auf der Backe war sie offenbar nicht verletzt.

»Sie haben Fenster eingeschlagen«, sagte sie. »Und ich habe gesagt, sie sollen das bleibenlassen. Da sind sie auf mich losgegangen! Du erkennst mich nicht, Schätzchen, stimmt's?«

»Nein«, sagte er. »Sollte ich?«

»Ich habe dich damals gefunden, als du im Schnee gelegen hast.«

»Aber ja«, sagte er. »Das wart Ihr. Nochmals danke. Sonst wäre ich gestorben.«

»Eine Liebe ist der andern wert«, sagte sie. »Wir brauchen mehr gute Taten und dergleichen, wenn wir diese Bande überstehen wollen.«

Ihre Geste galt nicht den Jungen oder der Straße oder gar der Stadt, sondern der ganzen Welt.

»Ich habe Kriege erlebt«, sagte sie, »ich habe Dürrezeiten und Hunger und Mißernten erlebt. Ich habe Überschwemmungen erlebt und die Pest, aber so etwas habe ich noch nie erlebt.«

Julius begleitete sie bis zu ihrer Haustür. Ein paar Köpfe lugten schüchtern aus den umliegenden Fenstern. Da die alte Frau als Katholikin bekannt war, wollte niemand etwas mit ihr zu tun haben.

»Wir müssen zum heiligen Judas Thaddäus beten«, sagte sie zu Julius.

Er ging nach Hause, während die untergehende Sonne die Ränder der gewaltigen Wolken, die vom Horizont heraufzogen wie der Antichrist persönlich, blutrot färbte.

44

Die Nacht war stets eine gefürchtete Zeit, selbst in einer so großen Stadt wie Rensburg.

Schreie blieben unbeachtet. Man wußte nie, ob sie echt waren oder nur eine List, um einen nach draußen zu locken und in

Stücke zu schneiden und einem anschließend die gesamte Habe zu stehlen und die Ehefrau und die Dienstmägde zu vergewaltigen.

Die Menschen verrammelten ihre Türen. Im Winter strichen Wölfe durch die Außenbezirke der Stadt. Niemand verließ das Haus, es sei denn, er hatte höchst dringliche Geschäfte zu erledigen.

Mit dem Eintreffen der Täufer und der kunterbunten Schar an Raufbolden, Raubmördern, kleinen Ganoven, Besitzlosen, Desperados und allen möglichen Verrückten, die in ihrem Kielwasser folgten, verschlechterte sich die Situation erheblich.

Selbst Julius – und er war wahrhaftig verzweifelt – versuchte nicht, Fierens nach Einbruch der Dunkelheit nachzuspüren. So kümmerte er sich auch kaum darum, als er eines Abends lautes Gezeter und Hallogeschrei auf der Straße hörte. Geschrei war etwas Alltägliches. Wäre man jedesmal, wenn jemand keifte, aufgestanden, um aus dem Fenster zu sehen, wäre man nie mit dem Abendessen fertig geworden.

Er saß gerade am Feuer und überflog eine Platon-Übersetzung, die er entdeckt hatte und die sogar hier in der Stadt gedruckt worden war. Noch immer kämpfte er mit der schwierigen Frage, ob man einen Menschen töten durfte. Würde er es fertigbringen? Sollte er es tun? Platon lieferte im Grunde genommen keine konkreten Antworten. Mord spielte bisher in keiner seiner Schilderungen von einem guten Leben eine Rolle. Und was würde Elisabeth dazu sagen? Würde sie ihm überhaupt jemals verzeihen? Ihrem sanften Wesen würde ein Mord, auch der Mord an einem Ungeheuer, gewiß widerstreben. Aber was blieb ihm anderes übrig?

Blommardine war im Bett. Dort schien sie derzeit den größten Teil des Tages zu verbringen. Ihre Leidenschaft war eingedämmt.

»Uauuu, uauu«, ertönten ferne Schreie.

»Wölfe?« fragte er die Decke. »Doch nicht mitten in der Stadt?«

»Berröö, berröö…«

Nein, das Geheul hörte sich eindeutig nach Menschen an. Aber was mochten sie um diese Zeit da draußen zu suchen haben?

»Berröö, berröö…«

Der Lärm kam näher; und nach und nach konnte er hören, daß er von Stimmengemurmel begleitet wurde. Offenbar bahnte sich da irgendein Tumult an.

»Berröö, berröö…«

Hier handelte es sich nicht um normale Betrunkene oder räubernde Horden. Julius legte sein Buch weg, löschte die Kerze und spähte aus dem Fenster. Plötzlich hatte er das schauderhafte Gefühl, daß die Meute kam, um ihn zu holen. War es möglich, daß ihn der Täufer, der ihm nachgelaufen war, aufgespürt hatte? Verstohlen lugte er hinaus, bemüht, sein Gesicht nicht sehen zu lassen.

»Bereut, bereut! Bereut den Unflat und den Morast eurer Sünden! Bereut! Folgt mir! Kommt sogleich in den Dom und bereut!« rief eine Stimme, die er zu kennen glaubte.

»Kommt in den Dom. Der Herr ist nahe!« wiederholte die Menge.

»Kommt sogleich, ihr alle. In den Dom…«

Beruhigt, daß der Aufruf nicht ihm persönlich galt, schaute er weiterhin zum Fenster hinaus. Zu seiner Verwunderung sah er Konrad und Fierens an der Spitze einer rapide anwachsenden Menschenmenge die verschneite Straße entlangstürmen. Weil er neugierig auf die Wirkung eines solchen Aufrufs war und weil jederzeit die Möglichkeit bestand, daß sich Elisabeth (vermutlich unfreiwillig) in der Menge befand, griff er nach Hut und Umhang und wollte soeben das Haus verlassen, als Blommardine vollständig angezogen neben ihm auftauchte.

»Glaub ja nicht, daß ich mir den Spaß entgehen lasse«, sagte sie. »Jetzt wird es allmählich ernst.«

Gemeinsam gingen sie hinaus und wurden bald von der heranstürmenden Menschenmenge verschluckt, die, wie Julius auffiel, vorwiegend aus Frauen bestand – einige von ihnen, vor allem ehemalige Klosterschwestern, warfen sich, von religiösem Taumel erfaßt, bereits in den Schnee.

»Bereut, bereut«, wiederholte sich der Ruf an der Spitze.

»Lieber Jesus, komm und nimm mich«, riefen die Visionäre, »erfülle mich. Mache mich zu deinem Ebenbild.«

Ein paar schrien sogar: »Er ist in mich gefahren! Oh! Oh! Aaaah! Ich bin Er.«

Vierschrötige Männer mit Zahnlücken gingen am Rande der Menge, die schweißroten, derben Gesichter von Fackeln erhellt, Anhänger der Täufer, die aber nur an Brutalität glaubten, lächelten den Frauen verschlagen zu und tasteten nach ihren Knüppeln.

Wie ein Erdrutsch strömte die Masse in den Dom, und als er keine Menschen mehr faßte, kam die Bewegung endlich zum Stillstand, und die Leute verstummten – bis auf ihr Keuchen, das ihren dunstigen Atem emporwirbelte, so daß er wie ein großer Heiligenschein über ihnen schwebte. Jetzt wandten sich alle Gesichter erwartungsvoll nach oben, als Fierens und Konrad auf die Kanzel stiegen.

Konrad, dessen Brustkorb sich vor göttlicher Eingebung noch hob und senkte, ergriff als erster das Wort.

»Brüder und Schwestern, viele von euch sind gebürtige Rensburger und kennen mich. Ich bin so lange der Aldermann der Gesamtgilde von Rensburg, bis die Zeit kommt (und das wird bald der Fall sein), in der solche Dinge nichts mehr bedeuten. Für diejenigen, die mich nicht kennen, sei gesagt, daß dieser ganz und gar weltliche, zeitlich begrenzte Titel bedeutet, daß ihr mir vertrauen könnt. Ich bin nicht irgendein betrügerischer, aufdringlicher Hochstapler, der auf seinen Vorteil bedacht ist. Wenn ich also sage, daß Rensburg zum Sitz der Auserwählten erkoren ist, dürft ihr davon ausgehen, daß ich euch nicht hinters Licht zu führen versuche, sondern damit eine wahre Tatsache verkünde. So gewiß, wie ich hier vor euch stehe, läuft die Zeit für die Welt ab. Der Antichrist geht um. Der große Tag des Tausendjährigen Reiches Christi steht unmittelbar bevor. Und nur diejenigen, die ihre Sünden bereuen, nur die werden hier in Rensburg gerettet werden. Und jetzt übergebe ich das Wort an den Propheten, dessen Anwesenheit in unserer Mitte beweist, daß der Wendepunkt unmittelbar bevorsteht, und der uns zugleich den Weg zur Erlösung weist. Sprecht zu den Leuten, Bruder Fierens.«

Fierens stand gelassen mit verschränkten Armen da und ließ den Blick über die gewaltige Menschenansammlung schweifen.

»Sprecht zu den Menschen, Bruder Fierens«, flehte Konrad ihn an.

Fierens sah noch immer auf die Menge herab, drehte dabei den Kopf hierhin und dorthin, um das Böse in jedem einzelnen Herzen aufzuspüren.

»Bruder Fierens, wollt Ihr nicht sprechen? Bittet ihn, zu euch zu sprechen«, forderte Konrad die Menge auf.

Es erhob sich ein Gemurmel, das rasch anschwoll.

»Sprich zu uns, wir flehen dich an. Hilf uns. Wir wollen gerettet werden. Verschone uns …«

»Er kann euch nicht hören«, rief Konrad. »Bittet ihn nochmals.«

»SPRICH ZU UNS, FÜHRE UNS, RETTE UNS, SEI UNS GNÄDIG«, brüllten die Leute.

Plötzlich bewegte sich Fierens. Sein Arm schoß in einem Fünfundvierzig-Grad-Winkel in die Luft. Stille senkte sich herab wie ein Vorhang. Es war eine beeindruckende Vorstellung.

Julius sah sich nach Blommardine um und entdeckte sie zu seiner Überraschung neben sich. Die vertraute Unzufriedenheit und Boshaftigkeit waren aus ihrem Gesicht verschwunden, und ihre Haltung drückte schieres Entzücken aus. Aber ihr Blick war nicht auf Fierens gerichtet, sondern auf einen Neuankömmling, einen hochgewachsenen Fremden, dessen Gesicht jünger wirkte, als die es einrahmende weiße Haarwolke vermuten ließ, und der wie ein Prophet von einer kleinen Empore über dem Eingang zum Altarraum stand und herabsah.

»Nieder auf die Knie«, sagte Fierens mit einer Stimme, die einem angst machte. »Ihr alle, jeder einzelne. Auf die Knie.«

Und sein ausgestreckter Arm zeigte zu Boden. Die ganze Versammlung kniete widerspruchslos nieder, was in Anbetracht des herrschenden Gedränges erhebliches Geschick erforderte. Da knieten sie, zitternd, erwartungsvoll, sich fürchtend vor dem Peitschenhieb. Wieder herrschte Stille.

»In Gottes Namen, sprecht zu Ihnen, Bruder Fierens«, rief Konrad.

»Warum sollte ich zu Menschen sprechen, die so tief in Sünde verhaftet sind?«

»Seht doch, sie bereuen.«

»Das ist Getue, nichts als Heuchelei. Das sind die Kleider der Reue. Streift eure Kleider ab!« rief er plötzlich.

Verunsichert blickten die Leute zu ihm auf. Es war kalt. Er meinte doch bestimmt nicht...

»Seht Ihr«, sagte Fierens zu Konrad beinahe im Plauderton. »Sie wollen ihre Kleider nicht abstreifen. Da seht Ihr, wie ernst sie es mit ihrer Reue meinen. Sie machen sich nicht einmal die Mühe, ihre äußeren, sichtbaren Kleider abzulegen. Wenn sie schon die Kleider nicht ablegen, um wieviel unwahrscheinlicher ist es, daß sie das Deckmäntelchen der Reue ablegen und ihre wahre Beschämung und Zerknirschung zeigen... Ich könnte schwören, daß sie morgen einen neuen Mantel anziehen. Ich gehe wohl besser nach Hause.« Fierens nahm sein Buch und drehte sich auf der Kanzel um, aber Konrad hielt ihn zurück.

»Seht ihr, was ihr angerichtet habt«, schrie Konrad zu den Leuten hinunter. »Wehe euch, ihr Kleingläubigen! Ihr wollt nicht einmal tun, was unser Prophet verlangt. Er möchte sehen, ob ihr wahrhaft bereit seid, euch der Sünde ganz und gar zu entledigen. Was ist los mit euch?«

Inzwischen fingen ein paar ehemalige Nonnen bereits an, sich zu entkleiden. Genau deswegen hatten sie das Kloster ja verlassen. Schon bald rissen sich nahezu alle Versammelten die Wämser vom Leib und die Strümpfe von den Beinen. Es begann eine chaotische Massenentkleidung, bei der Röcke über Schultern geschlagen, Unterhemden aufgeschnürt und Schuhe von den Füßen geschleudert wurden. Leute, die sich ihrer Nacktheit anfangs schämten, zeigten sie zunehmend stolz vor. Noch nie in der Geschichte des Domes hatte es ein derartiges Schauspiel gegeben. Bleiche behaarte Hinterteile, hängende Busen, niedliche Brüstchen, stummelartige, rote, mit Flaum umsäumte Glieder… Julius' Augen bot sich ein Bild, wie es nur jene der allerjüngsten niederländischen Tradition verhafteten Meister der Mannigfaltigkeit – etwa van Eyck oder auch sein Meister Bosch, der Nestor des Bizarren – hätten gemalt haben können.

Doch seine Tagträumerei wurde herb unterbrochen.

»Es gibt noch immer einige unter euch, die die Sünde nicht ablegen wollen«, schrie Konrad und sah dabei Julius an. »Der Prophet wird nicht sprechen, bevor ihr nicht alle euren Stolz abgelegt habt.«

Eifrige Hände schossen vor und griffen nach ihm. Hut und Umhang wurden ihm heruntergerissen, und unzählige Arme – vorwiegend von Frauen – griffen darunter.

»Komm schon, Bruder. Runter mit dem Zeug. Immer schön brav.« – »Für wen hält der sich eigentlich?«

Er konnte den Schweiß und die Ausdünstungen der nackten Leiber ringsum riechen. Es war sinnlos, Widerstand zu leisten.

Neben sich bemerkte er Blommardine, bereits nackt, die

Brustwarzen vor Kälte aufgerichtet (zumindest nahm er an, daß es an der Kälte lag), die unverwandt zu der prophetischen Gestalt auf der Empore hinaufblickte.

»Gebt auf meinen Arm acht«, bat er eindringlich, während er so würdevoll wie möglich aus seiner Kniehose stieg; von der Strumpfhose konnte er sich jedoch nicht ganz befreien und spürte, wie sie ihm um die Knöchel schlotterte.

Anderen Leuten, die eher aus Neugier als aus Glaubensgründen in den Dom gekommen waren und nicht die Absicht hatten, sich bis auf die Haut zu entblößen, wurde ähnliche Hilfe angeboten, die sie mit unterschiedlich großer Bereitschaft oder Empörung annahmen. Ein Nachtwächter, ein feister, alter, Generationen von Rensburgern bekannter Bursche, der gekommen war, um nach dem Rechten zu sehen, bekam beinahe einen Gehirnschlag, als sein Kopf in seinem Wams steckenblieb, und stolperte nacktärschig wie ein Kannibale hinaus. Es war ein Anblick – der ganze Dom bot einen Anblick –, bei dem sich ein normaler Zuschauer halb totgelacht hätte. Aber hier wurde nicht gelacht. Niemand wagte zu lachen. Jede Bekundung von Heiterkeit wäre streng geahndet worden. Hier ging es um ewiges Leben oder unwiderruflichen Tod.

Endlich war es soweit: Die ganze riesige Versammlung war, wie der Prophet es befohlen hatte, splitternackt und kniete demütig am Boden. Und nun sprach der Prophet.

Fierens konnte spüren, wie der goldene Faden leuchtete und ihn leitete, sobald er den Mund auftat. Er brauchte die Worte nicht erst zu wählen.

»Seht euch an«, sagte er. »Seht euch nur an. Nein, schaut euch nicht um. Schaut euch selbst an. Gefällt euch, was ihr da seht? Riecht an euch. Ja… los, weiter… ihr riecht übel. Der Gestank eurer Sünde steigt empor. Ihr seid eine Schande. Ihr seid Scherben… Warum sollte irgend jemand euch lieben? Warum sollte Gott euch lieben?«

Er machte eine Pause, damit die Versammlung einen Seufzer ausstoßen konnte. Dann hob er abermals die Hand.

»Aber«, sagte er, »und es gibt ein Aber... Gott kann machen, daß ihr wieder frisch riecht. Ja, Gott kann euch wieder lieblichen Duft verleihen. Ja, ihr, die ihr wahrhaft bereut, könnt frischer duften als die Wasser von Abana und Parpar. Gott kann euch schön machen – ja, sogar euch da unten mit euren Verbänden und euren Geschwüren –, schöner, als Engel es sich vorstellen können. Jetzt seid ihr nackt. Aber Gott wird euch in Herrlichkeit kleiden. Denn diese Stadt ist... als einzige auf Erden... dazu berufen, gerettet zu werden. GERETTET! Sie einzig und allein. Wißt ihr, was das bedeutet? Nicht eine Stadt, nicht ein Ort, nicht ein Dorf, nicht ein Weiler, nicht ein Haus, nicht eine Hütte wird übrigbleiben. Ihr aber... ihr habt die Möglichkeit, ewiges Leben zu erlangen. Dunkelheit wird die Erde bedecken. Und Zerstörung in solchem Ausmaß und derart entsetzlich, daß die bloße Vorstellung mein Herz so bedrückt, daß ich kaum weitersprechen kann...«

An dieser Stelle legte er eine Pause ein und griff sich an die Brust. Die Versammelten verharrten auf den nackten Knien.

»An Ostern wird es soweit sein«, fuhr er endlich fort. »Diejenigen, die wahrhaft bereuen und errettet werden wollen, müssen in der Stadt bleiben. Der Rest muß sich durchschlagen, so gut es eben geht. Bleibt auch nur ein Sünder zurück, wird diese Stadt – wie alle anderen – vollkommen vernichtet... Nein, nein«, rief er mit abwehrend erhobenen Händen. »Verlangt nicht von mir, daß ich euch diese Zerstörung schildere. Der Erdboden, in Stücke gerissen, Schlangen, die sich aus dem Abgrund emporschlängeln, böse Geister, geflügelte Schreckgespenster, Harpyien, Gorgonen, Ungeheuer, deren bloße Nennung euch in den Wahnsinn treiben würde. Von der Mutterbrust gerissene Säuglinge, zertrampelte Kinder, Männer und Frauen mit hervorquellenden Augäpfeln, rissiger Haut, hervorbrechenden Eingeweiden, berstenden Knochen … und über alledem … der Antichrist … schuppig, geschwänzt, gehörnt, mit Hufen, gewaltig wie ein Berg, Schädel spuckend wie Traubenkerne …«

Er sackte zusammen und schien einer Ohnmacht nahe. Konrad stützte ihn. Die Versammlung stöhnte und kreischte.

»Das ist die Auflösung der Welt, die zu sehen mir vergönnt war«, fuhr er mit ruhigerer Stimme fort. »Kleidet euch jetzt an und geht nach Hause. Der Ruf wird an euch ergehen. Seht zu, daß ihr ihm folgt.«

Es dauerte einige Zeit, bis alle den Dom verlassen hatten. Blommardine wandte sich mit leuchtenden Augen an Julius.

»Hast du ihn gesehen? Ich bin verliebt«, sagte sie. »Jetzt können wir wieder Freunde sein.«

»Gut«, sagte Julius.

Er hatte Elisabeth in der Menge gesehen, nackt.

45

Früh am nächsten Morgen sah man Männer zu zweien oder zu dreien gleichgültig das Quartier der Täufer verlassen und auf den Marktplatz gehen, wo einer von ihnen einen Stand aufbaute.

Er sah aus wie ein Stand für die Webwaren, die einige Handwerker unter den Täufern, zumeist Flüchtlinge aus den holländischen Tuchstädten, durchaus erfolgreich an ihre neuen Nachbarn in der Stadt zu verkaufen pflegten.

Diesmal jedoch enthielt der Verkaufsstand – obwohl er von außen ganz normal aussah – eine Ladung Waffen; und als sich ein paar hundert Täufer auf dem Marktplatz eingefunden hatten, ergriffen sie die Schwerter, Dolche und sogar ein paar Hakenbüchsen, die unter den Wämsern versteckt lagen, umringten den Marktplatz und stürmten das Rathaus. Daß sich zu diesem Zeitpunkt kein Mensch drinnen befand, störte sie nicht im geringsten. Ihnen ging es um die Örtlichkeit, nicht um die Menschen. Was war ein Bürgermeister schon ohne sein Amtszimmer?

Als die Beamten und, etwas später, der Bürgermeister eintrafen, stellten sie fest, daß sie nicht hineinkonnten.

»Tut mir leid«, sagte der kräftige, rotgesichtige Mann an der Tür. »Unter neuer Leitung.«

»Was... was hat das zu bedeuten?« stammelte der Bürgermeister. »Aus dem Weg, Burschen.«

»Ihr könnt nicht rein, Häuptling, so sieht's aus.«

»Das ist doch unerhört...«

»Unerhört«, wiederholten ein paar andere Ratsmitglieder.

Aber niemand schien sich auf einen Kampf mit den bewaffneten Besetzern einlassen zu wollen.

»Weggegangen, Platz gefangen«, sagten die bewaffneten Besetzer. »Jetzt gibt es hier einen Rat der Täufer.«

Es wurde eine Versammlung der Gesamtgilde einberufen, zu der man Konrad aus seinem Kontor holen ließ, wo er gerade das jüngste Gebräu seines alchimistisch geschulten Branntweinbrenners verkostete.

»Nun, was gibt es?« fragte er unwirsch, als er seinen Platz unter dem Baldachin eingenommen hatte. »Ich kann nur hoffen, daß es wichtig ist. In diesen unruhigen Zeiten ist Zeit Geld. Wie mir scheint, wird diese Stadt nur noch von uns Geschäftsleuten zusammengehalten.«

»Die Angelegenheit ist wahrlich ernst, Meister Harting«, sagte der Meister der Messerschmiede, ein rechtschaffener Mann, der es mit der alten Religion hielt. »Offenbar haben sich diese Halunken bewaffnet und sich im Rathaus verbarrikadiert. Wir haben den Stadtrat gebeten, an unserer Sitzung teilzunehmen.«

»Strenggenommen geht das die Gilden trotz unserer erweiterten Verfassung nichts an«, sagte Konrad. »Aber es wird uns ein Vergnügen sein zu helfen. Sie haben also die Macht im Rathaus übernommen. Seid Ihr sicher?«

»Natürlich bin ich sicher«, warf der Bürgermeister ein, hinter dessen bombastischem Auftreten sich ein eher schwacher Mann verbarg (ohne ihn wäre die Stadt gar nicht erst in diese Misere geraten). »Ich wurde persönlich abgewiesen und beleidigt.«

»Das ist eine Beleidigung für die ganze Stadt«, sagte der Meister der Messerschmiede. Viele andere pflichteten ihm bei. In der Tat wurde dadurch der Stolz der Bürger verletzt, und Konrad wußte das. Die Tatsache, daß ein Großteil der Gildemeister und Ratsherren die Ereignisse der vergangenen Nacht als Entweihung des Doms empfanden, förderte die Kompromißbereitschaft nicht unbedingt. Doch Konrad, der auf die Entrüstung vorbereitet gewesen war, hatte noch einen Trumpf im Ärmel.

»Meine Herren«, sagte er, »Brüder« – und begleitete seine Worte mit beschwichtigenden Gesten –, »das hier ist kein bewaffneter Aufstand.«

»Ich sage Euch, es ist einer«, schrie der Bürgermeister.

»Da irrt Ihr Euch, Herr. Es handelt sich nicht um einen Affront gegen die Stadt, sondern vielmehr um einen Appell an die Stadt.«

»Verdammt komische Art von Appell«, schnaubte der Meister der Gürtler, noch so ein sittenstrenger, verknöcherter Kerl, der das Feld würde räumen müssen.

»Es ist keine Invasion, auch kein Affront, glaubt mir.«

»Was denn dann?«

»Es ist ein Protest.«

»Ein Protest?« sagte der Bürgermeister und verdrehte die Augen zu den Dachsparren hinauf.

»Verdammt komische Art von Protest«, meinte ein städtischer Verwaltungsbeamter, ein langer Kerl mit Triefnase.

»Wie würdet ihr protestieren, wenn ihr zahlenmäßig unterlegen wäret, noch dazu in einem fremden Land, sozusagen Israel in Ägypten ... wie würdet ihr euch anders Gehör verschaffen als dadurch, daß ihr einen deutlichen Standpunkt bezieht?«

»Aber mit Waffen?«

»Wie denn sonst, wenn nicht mit Waffen? Wenn sie auf den Knien zu euch gekommen wären... und das sind sie...«

»Sind sie nicht«, sagte der Meister der Messerschmiede. »Sie sind nicht ein einziges Mal auf Knien angekommen... Außerdem sind wir nicht Ägypten.«

»Das ist bildlich gesprochen, meine Herren. Sie sind in jeder Beziehung Bittsteller. Wir haben ihnen zu essen gegeben... wir haben ihnen zu trinken gegeben...«

»Das kann man wohl sagen«, sagte der Meister der Bierbrauer.

»...aber was wir ihnen nicht gegeben haben, ist das Köstlichste überhaupt.«

»Unsere Töchter«, sagte ein Witzbold irgendwo am unteren Ende.

Es war allgemein bekannt, daß Konrads Tochter Elisabeth einen der Ihren heiraten sollte.

»Wer hat das gesagt?« fragte Konrad scharf.

Schweigen trat ein. Keiner meldete sich.

»Bei Gott«, sagte Konrad, der die Beherrschung verlor, »wenn das eine Gelegenheit für billige Retourkutschen und persönliche Anspielungen sein soll, kann ich mich ja zurückziehen und es euch überlassen, eure ›Eindringlinge‹ allein loszuwerden. Aber ich warne euch. Wenn ihr die Sache falsch anpackt, dann habt ihr im Nu eine Schlacht am Hals.«

Ein für Konrad befriedigendes ängstliches Flattern ging durch den Saal. Sie hatten sich daran gewöhnt, andere die Arbeit machen zu lassen. Er würde diesen Witzbold schon erwischen.

»Aber nein, Meister. Ich bin sicher, es war nicht bös gemeint. Der Meister Faßbinder hat die schlechte Angewohnheit, seinem Mundwerk die Zügel schießen zu lassen.«

Das also war die kleine Ratte. Sehr gut, Meister Faßbinder, wir werden Euch in ein Faß stecken und aus der Stadt prügeln.

»Ich bitte Euch, fahrt fort, Meister. Ihr sagtet gerade…«

»Das Köstlichste überhaupt ist die Freiheit.«

»Freiheit? Sie haben doch Freiheit«, sagte der Bürgermeister. »Sie können kommen und gehen. Im großen und ganzen kommen sie. Was wollen sie denn noch?«

»Sie wollen, daß ihr das Grundrecht der Gewissensfreiheit anerkennt.«

Man hörte, wie alle im Saal geräuschvoll die Luft einsogen. Gewissensfreiheit! Was verstanden sie darunter? Wo hörte sie auf? Abgesehen von einer Minderheit, die mit den Täufern sympathisierte, bestand der Rat vorwiegend aus Lutheranern und einer Prise schweigsamer Katholiken. Die Vorstellung von der vollständigen Gewissensfreiheit des einzelnen war Luther ein ebensolcher Greuel wie dem Papst. Luthers Betonung des Wortes setzten diese Leute die Betonung des freien Geistes entgegen…

»Aber, aber…«, stotterte der Bürgermeister. »Wir… die haben nicht einmal wir.«

»Ich habe Euch doch gesagt, daß es sich um einen Protest handelt«, sagte Konrad. »Wenn sie auf den Knien angekommen wären, wäre das eure Antwort gewesen. Aus diesem Grund haben sie zum Schwert gegriffen. Wie wird eure Antwort jetzt lauten? Krieg? Werdet ihr die Stadtmiliz mobilisieren und sie mit blutiger Gewalt aus der Stadt jagen? Oder werdet ihr ihnen gewähren, wonach ihre Seelen dürsten, und die Großherzigkeit walten lassen, für die diese Stadt in ganz Deutschland berühmt ist?«

»Wie können wir ihnen etwas geben, was wir unserer Überzeugung nach selbst nicht haben sollten?« fragte der Meister der Messerschmiede.

»Wenn es falsch ist, werden sie dafür verdammt werden. Ist es richtig, wird es uns zum Segen gereichen. Nun, ihr Meister, wofür entscheidet ihr euch? Ich gebe euch mein Wort – und wenn ich mich irre, dürft ihr mit Waffen gegen sie vorgehen –, ich gebe euch mein Wort, daß sich dieser Protest auflösen wird, wenn ihr ihnen ihre demütige Bitte gewährt. Sie werden die Besetzung des Rathauses aufheben. Und sie werden friedlich wie Lämmer in ihre Quartiere zurückkehren.«

»Nur noch eines, Meister«, sagte der Bürgermeister. »Habe ich recht gehört, daß Ihr gestern nacht durch die Straßen gelaufen seid und die Sünder zur Buße aufgerufen habt? Und daß Ihr sie dazu gebracht habt, sich im Dom allesamt bis auf die Haut auszuziehen?«

»Es war das bewegendste Erlebnis meines Lebens, Bürgermeister. Ja. Ich stehe auf der Seite der Bußfertigen. Und diese Menschen… nackt? Ich habe keine Nacktheit gesehen… nur Menschen, die ihre Sünden abgestreift haben. Wir leben in harten Zeiten, Bürgermeister, und ich für meinen Teil halte die Entschlossenheit der Täufer und ihren festen Willen, sich die Bürde aufzuladen – und zwar jeder einzelne von ihnen –, für eine ungleich verantwortungsbewußtere und würdevollere Haltung als die erbärmlichen Ausflüchte einer angeblichen Religion, die wir in einigen Bereichen beobachten können.«

Mehrere Stimmen im Saal (unter denen Konrad die von Stumpf und Hessing ausmachte) riefen: »Hört, hört«, und die Mienen ringsum hellten sich auf. Das war die Art von Sprache, die die Ratsherren halbwegs verstanden. Sie erinnerte sie daran, warum sie den Fürstbischof ursprünglich aus der Stadt gejagt hatten.

»Also, ihr Meister, wollen wir abstimmen?«

Eine ansehnliche – wenn auch nicht überwältigende – Mehrheit stimmte dafür, daß Konrad mit den Täufern reden und sie auffordern sollte, das Gebäude ohne Aufruhr oder Blutvergießen zu verlassen.

Das tat er denn auch im Laufe des Nachmittags. Die Wachposten mit ihren roten Gesichtern räumten anstandslos das Rathaus und zogen ab, begleitet von einigen ernstzunehmenden Täufern, die die von Konrad überbrachte Botschaft von der Gewissensfreiheit mit ungeheurer Begeisterung aufnahmen und spontan ihre Hymne »Bereitet den Pfad, wascht rein ihn mit Blut« zu der Melodie von »Als Weiden einst ich sammeln ging« anstimmten.

Nach diesem erfolgreichen Ausgang war man sich einig, daß die beiden Gremien – der Rat der Stadt und der Gildenrat – jetzt zusammengelegt werden sollten und Konrad über den Kopf des derzeitigen Amtsinhabers hinweg zum Bürgermeister ernannt werden sollte.

Dritter Teil

Ich werde Wunder erscheinen lassen droben am Himmel und Zeichen unten auf der Erde: Blut und Feuer und qualmenden Rauch. Die Sonne wird sich in Finsternis verwandeln und der Mond in Blut, ehe der Tag des Herrn kommt, der große und herrliche Tag. Und es wird geschehen: Jeder, der den Namen des Herrn anruft, wird gerettet.

APOSTELGESCHICHTE 2.19–21

I

Der Bischof, der kein Bistum mehr hatte, war ein hektischer kleiner Mann mit einer dominierenden Schwester. Er war kein Kirchenmann, sondern hatte das Bistum von dem Geld gekauft, das er mit einer Silbermine auf den Ländereien seiner Familie verdient hatte. Er war weder durch und durch schlecht noch ganz und gar dumm; doch wie viele Angehörige seiner Schicht hatte er, bis jetzt, wenig unternommen, um seinen Verstand zu schärfen.

Im Augenblick hielt er sich nicht, wie es hätte sein sollen, im bischöflichen Palais in der Stadt auf, sondern im nahe gelegenen Schloß eines Barons, des Mannes seiner Schwester, bei dem er notgedrungen Zuflucht gesucht hatte. Er wußte natürlich, daß er sich zu einer Zielscheibe des Spotts gemacht hatte. Und seine Schwester bestätigte ihm das auch noch alle fünf Minuten.

»Es ist so demütigend«, sagte sie. »Ich schäme mich so. Ich kann nirgends mehr mit erhobenem Kopf hingehen. Theo meint, wir müssen etwas unternehmen.«

Theo war ihr Mann, ein Mensch, der für die Jagd, für Trinken und Essen, seine Hunde und das Verführen von Bauerndirnen lebte – in dieser Reihenfolge.

Der Bischof hatte das alles schon früher gehört.

»Hat jemand meinen besten Hosenbeutel gesehen?« sagte er. »Ich weiß, daß ich ihn irgendwo liegengelassen habe.«

Reich verzierte, ins Auge springende Hosenbeutel waren der letzte Schrei, und selbst von weltlichen Bischöfen wurde erwartet, daß sie welche trugen, vor allem von weltlichen Bischöfen, die ihre Bistümer verloren hatten und meinten, ihren Pep (wie sein Schwager es hartnäckig nannte) zur Schau stellen zu müssen.

»Zeig ihnen deinen Pep«, sagte der Baron an jenem Abend nach dem Essen wieder einmal.

»Ja, ja«, sagte der Bischof. »Mach ich schon.«

»Das ist das einzige, was sie begreifen«, erklärte ihm sein Schwager.

Das einzige, was der Bischof begriff, war, daß er nicht mehr viel länger bei seinem Schwager wohnen konnte.

»Vermutlich meinst du, ich soll Stärke demonstrieren«, sagte er.

»Geh hinaus, und tritt sie dorthin, wo es weh tut. Ich werde dich begleiten. Die Jägerei war in letzter Zeit ohnehin gräßlich.«

»Es sind ziemlich viele«, wandte der Bischof ein. »Sie haben mir sehr deutlich zu verstehen gegeben, daß sie mich nicht in der Stadt haben wollen. Ich habe getan, was ich konnte; obwohl es mir gegen den Strich ging, habe ich die lutherische Gemeinde anerkannt. Aber selbst das war nicht genug. Ich habe gemerkt, daß mich der Rat draußen haben wollte. Und dann kamen diese Täufer daher, und das Menetekel war unübersehbar.«

»Bekloppte«, sagte Theo. »Banditen, Verbrecher, Schwärmer und Schwadroneure, Gottes Dreschflegel. Ein Scheißhaufen, wenn du mich fragst.«

»Ich habe versucht, die Leute zu warnen. Der Himmel weiß, daß wir sämtliche Geschichten von ihren Exzessen in Holland gehört haben. Aber ich hätte nie gedacht, daß sie hier Fuß fassen würden. Ich wünschte, ich wäre wieder in Lippstadt.«

»Ja, ja, der Bauernkrieg«, knurrte Theo und trank einen kräftigen Schluck Rheinwein aus seinem Humpen. »Dieses ganze Gerede vom Jüngsten Tag, wo sie doch nichts anderes wollten als Kuchen und Pasteten und unsere Ländereien. Das hätte uns stutzig machen müssen.«

Der Bischof wünschte, Theos Wolfshund würde nicht dauernd auf die Binsenmatten pinkeln. Das ganze Zimmer stank danach.

»Ich kann nicht einfach mit Soldaten in die Stadt einmarschieren«, sagte der Bischof. »Sie würden uns nicht reinlassen.«

»Dann tritt das Tor ein. Dich haben sie ja auch ziemlich schnell mit einem Tritt hinausbefördert.«

»Sie haben mich nicht hinausbefördert. Ich bin gegangen«, sagte der Bischof eingeschnappt. »Meine Position war unhaltbar.«

Theo räusperte sich geräuschvoll.

Er wußte, was er getan hätte.

Doch der Bischof hatte noch nicht aufgegeben. Obwohl er nicht von Natur aus tapfer war, besaß er eine gewisse Hartnäckigkeit, und der Gedanke an das viele Geld, das er für seine Wahl verschwendet hatte, war ihm zuwider. Ja, er war gewählt worden, vom Kapitel; aber wo waren seine Wähler jetzt? Fortgejagt – Position unhaltbar, genau wie bei ihm.

Allerdings bestand noch eine – recht gute – Möglichkeit, daß die Täufer zu weit gehen würden. Sollten sie ruhig über das Ziel hinausschießen, dann würde er an der Spitze eines Trupps Landsknechte (Theo wußte, wo er die herbekam) einmarschieren und die Stadt von ihrem Leid erlösen. Die Stadt müßte ihn natürlich erst bitten zurückzukommen. Und diesen Augenblick würde er genießen. Der Bischof wartete den richtigen Zeitpunkt ab.

Und tatsächlich bot sich ganz unerwartet eine Gelegenheit. Ein Page stürzte mit einem Brief herein, der von der Stadt kam. Gespannt las ihn der Bischof.

»Das ist es, das ist es!«

Er fehlte nicht viel, und er hätte getanzt.

»Was ist es denn?« fragte Theo. »Sitzt der Hosenbeutel zu stramm?«

»Ein bewaffneter Aufstand. Sie sind zu weit gegangen. Sie haben den Marktplatz mit bewaffneten Horden in ihre Gewalt gebracht. Jetzt können wir einmarschieren. Die Stadt wird uns mit offenen Armen empfangen.«

»Ich besorge die Männer.«

In der Umgebung des Schlosses gab es genügend Leute, um eine ansehnliche Truppe zusammenzustellen, und wenn die Stadtbewohner sie sahen, würden sie sich ihnen anschließen…

Das zumindest dachte der Bischof. Doch als er, eine unerwartete Periode milderen Wetters nutzend, vor den Stadttoren ankam, waren sie verschlossen.

»Was soll das?« fragte Theo. »Wo bleibt der Empfang? Die offenen Arme? Ist deine Stadt etwa eine Frau, die nein sagt, wenn sie ja meint?«

»Macht auf«, rief der Bischof mit seiner schrillen Stimme, »macht eurem Fürstbischof auf.«

»Mach dein Arschloch auf«, rief eine höhnische Stimme von einem der Türme.

»Ich verlange den Bürgermeister zu sehen.«

»Der Würgermeister kommt gleich. Geh nicht weg.«

Es entstand eine lange Pause, in der Theo allmählich unruhig wurde.

»Laß uns lieber eine Kanone holen«, sagte er. »Damit schießen wir die Scheißkerle schon herunter.«

»Weißt du, die haben da drinnen auch Kanonen«, entgegnete der Bischof. »Die haben alle möglichen Sachen da drinnen.«

Ein Teil der bewaffneten Horde betrachtete die Befestigungsanlagen voller Anerkennung, der andere eher besorgt.

»Ich hätte keine große Lust, diese Bande zu belagern«, meinte ein alter Soldat. »Die Mauer da hat eine hübsche Krümmung. Und seht ihr da die Geschützlafetten? Die decken jeden Zollbreit Boden ab, egal, in welche Richtung man schaut.«

Theo ritt um die Stadt herum bis hinunter zum Fluß und mußte zugeben, daß es offenbar nirgends eine Schwachstelle gab.

»Daran ist dieser verdammte Fluß schuld, der fast im Halbkreis bis an die Mauern heranreicht. Das erspart ihnen, ringsum Kanonen aufzustellen. Gute Lage, wer immer diese Stadt gebaut hat.«

Endlich erschien Konrad in Bürgermeisterrobe und Amtskette.

»Ich bin der Bürgermeister«, rief er. »Was veranlaßt Euch, bis an die Zähne bewaffnet hier aufzukreuzen?«

»Wir kommen als Freunde«, schrie der Bischof zurück. »Wie wir gehört haben, gab es einen bewaffneten Aufstand. Wir sind gekommen, um euch zu beschützen. Macht auf.«

Damit gab er seinem Pferd die Sporen und sprengte auf das Tor zu, das jedoch hartnäckig geschlossen blieb.

»Seid Ihr der sogenannte Bischof?« rief Konrad hinunter.

»Ich bin der Bischof.«

Vor Wut trommelte er mit den Fäusten ans Tor.

»Wir brauchen keine Hilfe, Meister Bischof. Der Rat wünscht Eure Einmischung nicht. Wir dachten, wir hätten uns deutlich ausgedrückt. Für Euch ist kein Platz in dieser Stadt. Allerdings möchten wir nicht, daß Ihr ohne einen Tribut abzieht. Nachdem wir unsere Quartalssteuern nicht entrichtet haben, dürfen wir Euch statt dessen vielleicht diesen Zehnten anbieten?«

Als der Bischof erwartungsvoll nach oben blickte, wurde ihm ein riesiger Eimer voller Hühnereingeweide und unsäglicher anderer Dinge ins Gesicht geschüttet.

Bekleckert und übelriechend kehrte er zu seinen Kampfgefährten zurück. Ein paar Soldaten begannen zu kichern, aber mit einem wütenden Blick machte Theo der allzu offensichtlichen Heiterkeit ein Ende. Hüpfende Schultern gab es trotzdem noch Am Bischofshut klebte noch ein Hahnenkamm, der im Rhythmus mit dem Schritt der bischöflichen Stute wippte. Theo zupfte ihn angewidert ab und schleuderte ihn zu Boden wie einen Fehdehandschuh.

»Dir ist doch klar, was das bedeutet, oder?« sagte er.

»Was bedeutet es denn?« fragte der Bischof.

Er würde den Geruch nach ranzigem Hühnerklein nie loswerden. Zum Glück war seine Schwester nicht dabeigewesen.

Theo ritt ein paar Pferdelängen weiter und sagte mit theatralischer Miene: »Das bedeutet Krieg.«

2

Das Menetekel war deutlich sichtbar für jene Lutheraner und die noch übrigen Katholiken, die es sehen wollten. Die Macht der Täufer nahm mit jedem Tag zu. Inzwischen waren ihre Exzesse von offizieller Seite sanktioniert. Was bedeutete Gewissensfreiheit denn im Grunde? Die Freiheit, genau das zu tun, was man wollte: zu stehlen, sich Dinge anzueignen, herumzuhuren, zu vergewaltigen, zu verwüsten, sogar zu morden. All das war (zumindest theoretisch) akzeptabel, solange man Lust danach verspürte.

Es dauerte nicht lange, bis viele wohlhabende Bürger Lust verspürten, mit dem, was sie an Wertsachen tragen konnten, aus der Stadt zu verschwinden. Hatte es im Dom nicht geheißen, daß die Sündigen fortziehen mußten? Wenn sie in den Augen der Leute sündig waren, war es sicher besser, rasch zu verschwinden, freiwillig.

Fierens sah sich die Vorbereitungen für den Abmarsch zusammen mit dem rotgesichtigen Mann an, den er zum Profos ernannt hatte, dem die Zuwanderer unterstellt waren und den er schon bald mit umfassenderen Aufgaben betraute. Dieser Mann war früher Gefängniswärter in Utrecht gewesen.

»Meint Ihr, wir sollen sie aufhalten?« fragte der ehemalige Gefängniswärter.

»Laßt sie gehen«, sagte Fierens. »Wir brauchen sie nicht. Sie würden nur Ärger machen.«

»Ihre Wertsachen wären doch nützlich.«

»Die Zeit ist noch nicht reif«, sagte Fierens. »Laßt sie gehen«, wiederholte er.

Schweigend standen sie da und beobachteten die Vorbereitungen. Aus einer Kiste, die plötzlich aufging, regnete Silber auf die Straße. Der unselige Besitzer sprang von seinem Karren herunter und wedelte mit den Armen die Täufer weg, die wie Bienen herbeischwärmten und sich darauf stürzten. Endlich ergriff Fierens das Wort.

»Wenn unser Anführer kommt…«

»Er ist da. Ich habe ihn gesehen«, sagte der Profos.

»Wenn er sich selbst ankündigt, dann ist die Zeit gekommen«, entgegnete Fierens.

Er wußte, daß Mosman eingetroffen war. Mosman hatte die Angewohnheit, am Rande des Geschehens herumzuschnuppern, bevor er sich zu erkennen gab.

»Bald ist es soweit«, schaltete sich Gott unvermittelt über den goldenen Faden ein. Diese Botschaft versetzte Fierens in goldene Schwingungen und verlieh seiner Seele Flügel.

»Ostern, sagt Ihr, Herr?« vergewisserte sich Fierens.

»Das Ende wird vor Ostern kommen«, bestätigte Gott.

Die Karren setzten sich in Bewegung. Unter den abziehenden Honoratioren der Stadt entdeckte Fierens die Meister der Messerschmiede, der Silberschmiede und der Bierbrauer.

»Dieser Silberschmied hat viel zu schleppen«, sagte er bedauernd, »das spüre ich.«

Plötzliche Gedanken und Worte ließen den goldenen Faden aufleuchten. Die Umstehenden sahen den Propheten zucken wie eine Marionette. Der Geist war in ihn gefahren.

»An die Brüder, an die Heiligen, unsere Nachbarn, wo immer sie auch sein mögen, ruft sie herbei, auf daß sie mit ihren Familien nach Rensburg kommen. Sagt ihnen, die Erde wird vor Ostern zerstört, doch Rensburg wird gerettet werden. Rensburg, das Neue Jerusalem. Nahrung, Kleidung, Geld, Behausungen werden für sie bereitstehen. Aber sie sollen Waffen mitbringen. Waffen sollen sie mitbringen…«

Der Profos kritzelte auf die Schiefertafel, die er stets bei sich trug und die zum Notieren von Namen und Ausrechnen von Reichtümern so nützlich und zum Festhalten plötzlicher Eingebungen geradezu unverzichtbar war.

Die Eingebung nahm ein abruptes Ende. Fierens blickte sich blinzelnd um, sein schönes Gesicht und der schöne Körper gewannen auf merkwürdige Weise ihre Sterblichkeit zurück.

»Habt Ihr alles, Profos?«

»Daß man die Aufrechten nach Rensburg rufen und daß sie Waffen mitbringen sollen.«

»Ah ja. Sorgt dafür, daß das geschieht. Die Botschaft soll auf der Stelle verbreitet werden. Wir dürfen keine Minute verlieren.«

»Ich werde mich darum kümmern, Herr. Wir lassen eine öffentliche Erklärung aufsetzen, kopieren und binnen einer Stunde absenden.«

»Ihr seid ein umsichtiger Mann, Profos. Ihr habt die Erlösung hundertfach verdient.«

»So es Gottes Wille ist.«

»Es ist Gottes Wille«, sagte Fierens leicht gereizt. »Habe ich Euch das nicht soeben gesagt?« Er wandte sich um und betrachtete die lange Reihe Karren, die sich langsam in Bewegung setzte, als das Tor geöffnet wurde und die abziehenden Familien sich auf die offene Straße hinauswagten. Einige von ihnen wußten angeblich nicht einmal, wohin sie wollten. Das Wetter war wieder umgeschlagen. Obwohl es für ein so gewagtes Unternehmen bitterkalt war, obwohl Kinder und alte Menschen dabei waren, hatte Fierens kein Mitleid. Die da waren nicht die Auserwählten. Sie würden, ob sie Zuflucht fanden oder nicht, ohnehin bald untergehen, denn dies waren die Letzten Tage.

3

Die Reaktion auf den Aufruf zeigte sich beinahe unverzüglich. Es hatte in den Wäldern ganze Lager gegeben, durchgefrorene Scharen hoffnungsvoller Menschen, die Wölfen und Wetter getrotzt und nur auf den Ruf gewartet hatten. Friesländer, Brabanter, Holländer und Dänen wälzten sich in solchen Massen in die Stadt, daß sie die ursprünglich herbeigeströmten Lutheraner an Zahl allmählich übertrafen.

Fierens hatte dafür gesorgt, daß seine Männer diese Leute in Empfang nahmen und unterbrachten – teils in den Häusern, die die wohlhabenden Kaufleute geräumt hatten, teils in den Geschäften und den leeren Lagerhäusern und teils in requirierten Quartieren von Einwohnern, die zu große Angst hatten oder zu sehr an der Stadt hingen, um sie zu verlassen.

Fierens traute den Stadtbewohnern nicht. Sie lebten zu behaglich. Er setzte auf die Besitzlosen. Das Datum ihrer Ankunft war kein Zufall. Er hatte den Zeitpunkt ihres Eintreffens peinlich genau kalkuliert. Jetzt, nachdem Konrad amtierender Bürgermeister war, konnte Fierens loslegen.

Der stellvertretende Bürgermeister war eine Niete, ein kleiner Notar namens Heinrich Blaeber, der andauernd aufpaßte, was Konrad wohl machte, und dann im nächsten Augenblick dasselbe tat. Seine Kandidatur war ebenfalls eingefädelt worden. Das Ganze entwickelte sich genau nach Plan, dachte Fierens – das grandioseste Schauspiel aller Zeiten, bei dem jede Szene saß und jeder Schauspieler auf sein Stichwort hin im richtigen Augenblick auftrat.

Mosman würde sich bald zu erkennen geben. Damit begann ein neuer Akt. Wie dieser ablaufen würde, wußte Fierens noch nicht. Der goldene Faden verriet nichts. Er würde es erfahren, wenn es an der Zeit war.

Bis dahin mußte unbedingt ein schockierendes Ereignis eintreten – das war immer gut –, und dann sollte dieser Akt mit einer feierlichen Note ausklingen.

4

Julius hatte das Bild an der Wand mit einem Laken verhängt, teils um es vor neugierigen Blicken zu schützen – immerhin war es ein Mysterium, das nicht ungebührlich zur Schau gestellt werden durfte – und teils, damit es ihn nicht zu sehr erdrückte, solange er an anderen Themen und Aufträgen arbeitete. Und die brauchte er, sonst hätte er Blommardine um Geld angehen müssen, und das wollte er auf keinen Fall.

Sogar jetzt, während er zu Hause hockte, dachte er über diese Hölle seines Meisters nach – durchflutet von Licht aus keiner erkennbaren Quelle, ein Kunstgriff, den auch Leonardo da Vinci angewandt hatte –, dachte, obwohl er eine Leinwand für das Porträt einer Notarstochter hätte vorbereiten sollen, über die Hölle nach, die er sich selbst bereitet hatte.

Eine Nebelkrähe, schwarz und weiß, hockte auf dem Fenstersims, zusammengekauert, pochte einmal ans Fenster, als wollte sie hereinkommen und an dem Licht und der Wärme teilhaben, die ihr versagt waren; weiß für die Liebe, schwarz für die Unmöglichkeit.

Ach, Liebe, Liebe! Warum hast du mich verlassen?

Weil du verheiratet bist, antwortete die Krähe.

Unsere Stammeltern haben nie geheiratet. Die Ehe ist eine ökonomisch-rechtliche Institution, die nichts mit Liebe zu tun hat. Sie ist eine Sünde, wenn sie nichts mit Liebe zu tun hat, entgegnete Julius.

Die Krähe legte den Kopf schräg und sah ihn an.

Warum habe ich dann geheiratet? Ich habe geheiratet, weil ich nicht wußte, was ich sonst hätte tun sollen, weil ich Heimweh nach dem Süden hatte, weil ich Angst vor dem Auftrag hatte, weil mir der neue Großmeister gleichgültig war, weil meine Hexe es so wollte, weil mir alles wie ein Traum erschien, bis ich anfing zu lieben.

Tap-tap-tap, machte die Krähe.

Die Liebe, mußt du wissen, ändert alles, fuhr Julius fort. Das haben sie mir beigebracht, aber im Grunde habe ich ihnen nicht geglaubt. Ich dachte, letzten Endes wäre es meine Aufgabe, zurechtzukommen, zu überleben. Man hat mir das Schiff des Ruhms angeboten, aber ich habe mich für eine Herzmuschel entschieden. In Florenz wurde mir gesagt, der große Dante habe behauptet, die Schöpfung sei ursprünglich nicht durch Gesetze entstanden und erhalten worden, auch nicht durch Geld, sondern durch reine Liebe – und ich dachte: Was? Ich? Dichter sagen eben solche Sachen. Und dann… geschah es. Es war, als träte man aus einer grauen Landschaft in einen Regenbogen.

Gib mir ein paar Krümel, sagte die Krähe.

Julius stand auf, ging an den Schrank, holte ein Stück Brot heraus, das er für seine eigene Mahlzeit aufgespart hatte, und warf es dem Vogel hinaus, der es mit feierlicher Miene annahm.

»Ei, ei«, sagte Blommardine, die gerade hereinkam. »Wir müssen uns ganz schön reich fühlen, wenn wir es uns leisten können, Krähen zu füttern. Hast du vielleicht Geld für einen Auftrag bekommen?«

Aber sie war guter Laune. Noch wußte sie nicht, wer der Prophet auf der Empore gewesen war, aber ihr Instinkt sagte ihr, daß sich das schon noch herausstellen würde. Sie mochte diese Stadt mit ihren Spannungen und ihren Offenbarungen. Und wirklich hatte ihr ein kleines Vögelchen – keine Nebelkrähe, sondern ein gewöhnlicher kleiner Spatz – ins Ohr geflüstert, daß sich just in dieser Nacht etwas ereignen würde. Was immer es sein mochte, sie war bereit. Sie blühte auf, wenn sich Unheil zusammenbraute, und die Chancen standen gut, daß der bedeutende Mann (denn das war er ihrer Überzeugung nach) die Hand im Spiel haben, auf der Empore stehen und die Fäden ziehen würde.

»Gehst du weg?« fragte Julius, der ihren Umhang bemerkte.

»Messerscharf geschlossen. Paß bloß auf, daß du dir mit deinem Scharfsinn nicht den Sack abschneidest.«

Krachend fiel die Tür hinter ihr zu. Julius stellte zu seiner Überraschung fest, daß er keine Abneigung mehr gegen Blommardine empfand. Seit er liebte, hatten sich seine Gefühle gewandelt. Er hatte Mitleid mit ihr. Eigentlich war sie recht tapfer.

Dann wieder mußte er an Elisabeths unmittelbar bevorstehende Hochzeit denken und empfand Mitleid mit sich selbst.

Er konnte nichts dagegen tun. Er hatte wildromantisch mit dem Gedanken gespielt, sie zu entführen, doch abgesehen von praktischen Erwägungen wie der, wie er an sie herankommen sollte, hätte der lautstarke Protest, den ein solcher Schritt ausgelöst hätte, dazu geführt, daß man sie rasch wieder eingefangen hätte. Aus Nordost war ein verspäteter Schneesturm herangefegt. Die Straßen waren wieder aufgeweicht, die Wälder gefährlich, der Fluß nicht zu durchwaten, die Wege zugeschneit. Eine rasche Flucht war nicht möglich. Und sich in der Stadt zu verstecken war erst recht unmöglich, da sämtliche Winkel und Ecken von Menschen überquollen. Man konnte kaum noch einen Kaninchenstall aufmachen, ohne daß man einen zusammengekauerten Täufer darin fand.

Zudem war es gar nicht gesagt, daß sie damit einverstanden gewesen wäre, mit ihm zu fliehen, selbst wenn er es geschafft hätte. Eigentlich nahm er sogar eher das Gegenteil an. Warum sollte sie mit jemandem fliehen wollen, der sie schändlich belogen hatte? Der vor ihren Augen von ihrem Vater gedemütigt worden war?

Nein, er konnte ihre Einstellung durchaus verstehen. Er würde Zeit brauchen, um ihr alles zu erklären, um die Liebe ihre Wirkung tun zu lassen – was seiner Überzeugung nach möglich war, aber das brauchte Zeit. Und er würde es nicht damit erreichen, daß er sie an der Türschwelle schnappte und einfach mitnahm. Das wollte ausführlich beredet und geplant werden. Und unterdessen verschlang die Uhr die Stunden.

Endlich raffte er sich auf, einen Brief zu schreiben, in dem er ihr sein Herz offenbarte; er gab ihn einem der wenigen alten Weiber, die sich noch in der Stadt aufhielten (einige hatten sich dem Exodus angeschlossen), und bat sie eindringlich, ihn der Kinderfrau zu übergeben, ohne sich vom Hausherrn dabei erwischen zu lassen. Doch ob er seine endgültige Bestimmung erreichte, wußte er nicht. Sonst konnte er vorläufig nichts tun.

Er hatte die Möglichkeit gehabt, ins Paradies zu gelangen, und sie wegen einer überaus abgeschmackten Sünde verspielt. Der Grund für Evas Vertreibung war wenigstens noch originell gewesen, dachte er.

Er zog sich in sein kaltes Atelier zurück, nahm das Laken von der Wand ab und versuchte aufs neue zu malen, raffte sich wieder einmal auf, nach dem Grundgedanken zu forschen, nach den Gestalten, dem Konzept. Die ersten zwei Tafeln überwältigten ihn, wie jedesmal; das war das Problem – das Gemälde war einfach so gut. Allein schon die kunstfertige Maltechnik seines Meisters – die klaren Farben, die Fülle an Ideen, die Disziplin in der Gestaltung – hemmte ihn. Wie konnte er eine solche Vision vollenden? Ein falscher Ton würde alles verderben.

Er rief sich die von Ammanati weitergegebenen Lehren des Ficino wieder in Erinnerung.

»Der Zweck der Kunst« – Julius konnte die ruhige, getragene Stimme hören, fast als würde die florentinische Sonne den Raum durchfluten und der Duft reifer Pfirsiche von der Wand herüberwehen –, »der Zweck der Kunst und der Musik besteht darin, in der Seele die Sehnsucht zu wecken, in ihre göttliche Heimat zurückzukehren – indem sie Anblicke und Klänge hervorbringen, die sie an ihr göttliches Wesen erinnern.«

Welche Anblicke und Klänge kamen für eine Hölle in Betracht, die sein eigenes zerrissenes Bewußtsein, von dem eines anderen ganz zu schweigen, an so etwas erinnern könnten?

Letzten Endes gab er es wieder einmal auf, legte Holz nach, stöberte im Atelier herum und entdeckte ein unfertiges Bild mit dem Sumpfland, den Rieselwiesen am anderen Flußufer und der Brücke im Hintergrund, das er im Sommer angefangen und an dem er aus irgendeinem Grund nicht weitergearbeitet hatte. Es gefiel ihm jetzt ganz gut. Landschaften – das war etwas, was der Maler aus dem Norden denen im Süden hatte beibringen können! Der Wind auf dem Gras. Das war kein schlechter Effekt. Und das Gefühl der Weite über den Feldern, die Perspektive... Der alte Wie-hieß-er-gleich-wieder in Bologna, Pacioli, hätte anerkennend genickt...

Julius begann an dem angefangenen Bild weiterzuarbeiten. Irgendwo in einer Mappe mußten noch ein paar Skizzen dazu sein... Ja, da waren sie. Er hatte sich nicht geirrt, was das Gras betraf: Langes Sumpfgras war es gewesen; silberbraun an der Oberseite, graugrün unten. Es sah aus wie die Mähne eines mächtigen, windzerzausten Tieres.

Wieder einmal hatte Julius die Fertigstellung der Hölle hintanstellen müssen. Eines Tages würde er es schaffen, das war sicher, aber jetzt, zumal bei dieser bitteren Kälte und der nagenden Verzweiflung im Herzen, mußte er sich mit Licht und Farbe befassen.

Und so malte der Künstler weiter; die Rieselwiesen des Sommers kräuselten sich unter seinem Pinsel im Wind einer längst verwehten Brise, während draußen Schnee fiel – dick, unnachgiebig, Konturen verwischend wie der Staub der Zeit.

5

Wieder Lärm in dieser Nacht, diesmal von weit her, ein bellender, berstender Lärm wie ein höllisches Inferno – und selbst aus der Entfernung die Geräusche der Bosheit, des Grolls, der Häßlichkeit, die das Schöne angreift, und jenes besondere Knacken, das beim Verbrennen von Büchern entsteht. Geduckte Gestalten, dahinhuschender Rauch, plötzlich emporschießende, züngelnde Flammen, klirrendes Glas, das Reißen von Stoff, derbe Triumphschreie, hämisches Rufen, splitterndes Holz, zerschellender Marmor, dumpfe Axthiebe an Türen...

Julius wachte abrupt aus einem Traum voll diffuser Gewalt auf. Über das Kissen hinweg tastete er nach Blommardine, doch die war nicht da. Er setzte sich auf und zog das Bettzeug fester um sich, als ihm einfiel, daß er, erschöpft vom Malen, früh zu Bett gegangen war, noch bevor sie heimgekommen war.

Als er jetzt in weiter Ferne undeutliches Stimmengewirr vernahm, vermutete er, daß sie möglicherweise in Schwierigkeiten geraten war. Er war nicht sonderlich besorgt. Es hatte noch nie eine Situation gegeben, mit der sie nicht fertig geworden war, wenn sie sie nicht gar angezettelt hatte.

Er stand auf, holte seinen Umhang und eilte auf die Straße hinaus, wo er sich anderen, die wie er aus dem Schlaf gerissen worden waren, anschloß.

Es hatte aufgehört zu schneien. Die Nacht war ruhig. Nur in der Ferne hörte man Getöse.

»Was ist das, Nachbar?« fragte ihn ein Mann.

Julius zuckte ratlos die Achseln.

»Es ist der Dom, darauf möchte ich wetten«, sagte ein anderer Mann. »Ich habe da so ein Gerücht gehört. Unser schöner Dom. Wie können sie das nur tun?«

»Wie können wir nur zulassen, daß sie das tun?« rief wieder eine andere Stimme.

Julius sah sich den Betreffenden genauer an. Es war ein korpulenter Mann namens Mattheson, ein Sattler, den er flüchtig kannte.

»Still, Nachbar, wenn Ihr in dieser kalten Nacht Eure Kleider anbehalten wollt«, sagte jemand.

»Wenn Ihr Euren Kopf aufbehalten wollt…«

»Ich gehe wieder ins Haus. Ich kann euch nur raten, duckt euch, behaltet den Kopf unten…«

Julius ging mit ein paar anderen Männern in die Richtung, aus der der Lärm kam. Er drang tatsächlich aus dem Dom, wie sein Nachbar behauptet hatte. Sobald er in Sichtweite war, konnte man im Feuer- und Fackelschein, der aus dem Kirchenraum fiel, hüpfende Schatten ausmachen und Rauchschwaden, die aus den zerbrochenen Fenstern quollen. Von drinnen war das Krachen und Klirren von Steinen und Glas zu hören.

»Bis hierher und nicht weiter, meine Herren«, sagte eine drohende Stimme.

Einer der schwergewichtigen Schergen trat hinter der Ecke eines Armenhauses hervor.

»Was ist denn da los?« fragte Mattheson.

»Das geht Euch nichts an«, sagte der Scherge.

»Aber sicher geht es uns etwas an«, sagte Mattheson laut. »Das ist unser Dom. Was machen sie denn da?«

»Heini«, rief der Scherge leise.

»Jo«, kam eine Stimme aus dem Dunkeln.

»Der Kerl da behauptet, es tät ihn was angehn, was da drin los is.«

»Was tut er?«

»Er meint, es geht ihn was an.«

»Soso.«

Aus der Dunkelheit kam ein noch beleibterer Scherge auf sie zu.

»Er will also wissen, was da los is, richtig?«

Er sah demonstrativ über Mattheson hinweg.

»So ungefähr.«

»Tät mich nicht wundern, wenn er mitmachen will.«

»Hört sich wie 'n echter Spaß an«, pflichtete ihm der andere bei. »Ich kann's ihm nicht verdenken.«

»Isses das?« wollte der Riese auf einmal von Mattheson wissen. »Isses das, was du vorhast? Reingehn und denen helfen?«

»Ganz sicher nicht«, antwortete Mattheson. »Was da drin geschieht, ist ein Sakrileg. Eine Entweihung. Das ist unser Dom. Zweihundertfünfzig Jahre alt. Er gehört der Stadt.«

»Ach ja?« sagte der Riese. »Und das hört sich wie 'ne Gotteslästerung an. Ich hab immer gedacht, er gehört Gott.«

Julius fand, daß sich Mattheson zuviel auf seine Schultern lud. Vielleicht hatten ihn Konrads Schläge tapferer gemacht; jedenfalls mischte er sich jetzt ein.

»Natürlich gehört er Gott, aber gebaut und so prächtig ausgestaltet hat ihn die Stadt.«

»Oho, schaut euch bloß das Muttersöhnchen an«, sagte der erste Scherge.

»Halt's Maul, wenn du weißt, was gut für dich is, du Arschloch«, sagte der Riese und gab Julius einen Stoß, daß dieser der Länge nach in den Schnee fiel, wieder auf den verletzten Arm. »Möchte noch jemand was sagen, meine Herren?«

»Ich finde trotzdem, daß es nicht richtig ist«, sagte Mattheson.

Von den anderen kam kaum hörbar zustimmendes Gemurmel.

»Na gut, weißt du, was?« sagte der Riese. »Wie wär's, wenn du mich begleitest und wir sehn uns die Sache mal 'n bißchen an? Nein, nein. Ihr anderen macht, daß ihr heimkommt. Nur der Schlaumeier da. Er will was sehen, also soll er. Wer Ohren hat zu hören, der höre.«

Daß ihm das Bibelzitat eingefallen war, schien ihn zu befriedigen.

»Geht nicht, Mattheson«, sagte einer.

»Er hat doch gesagt, ihr sollt heimgehn, und er meint's ernst«, sagte der erste Scherge drohend. »Ich persönlich möchte lieber nicht erleben, daß er bös wird.«

»Geht nach Hause«, schrie der Riese und drosch mit seinem Knüppel auf den Boden, daß eine silberne Kaskade pudrigen Schnees wie ein Feuerwerk aus Eiskristallen über den Platz stob.

»Schon gut, schon gut.«

Langsam entfernten sie sich. Julius, der sich den verletzten Arm hielt, rappelte sich auf und folgte ihnen.

»Also, du Schlaumeier«, sagte der Riese ruhig und sachlich zu Mattheson, »hier lang, wenn ich bitten darf.«

Kein Mensch sah den Sattler jemals wieder.

Am Morgen waren sämtliche Statuen im Dom – darunter ein paar sehr alte und wertvolle und viele ausnehmend schöne – entweder mit Kot beschmiert oder völlig zerstört. Die meisten Buntglasfenster waren so beschädigt, daß man sie nicht mehr reparieren konnte. Es gab nicht ein Bild, das nicht zerfetzt, zerstochen oder verbrannt worden wäre (mindestens zwei späte Dürer und ein van der Weyden waren auf diese Weise vernichtet worden). Und alle Bücher, die dem Dom gehörten – eine ganze Bibliothek mit bebilderten Handschriften und seltenen alten Drucken von unschätzbarem Wert –, waren in Flammen aufgegangen.

Die Täufer waren mit ihrer Arbeit hoch zufrieden.

»Ihr sollt keine steinernen Götzen verehren«, sangen sie (auf die alte Melodie der Deichbauer, ›Kommt, öffnet flink das Schleusentor‹).

Sie waren in der Tat so zufrieden, daß sie die nächsten Tage damit zubrachten, allen Kirchen und Klöstern der Stadt denselben Dienst zu erweisen. Und so wurde alles Schöne in der Stadt Rensburg in kürzester Zeit zu einer Rarität.

Als Blommardine nach Hause kam, sehr spät, durchgefroren,

aber hellauf begeistert, stellte sich Julius schlafend. Am nächsten Tag fragte er sie nicht, wo sie gewesen war.

Die Zerstörung von so viel Schönem und Gutem machte ihn ganz krank. Hatte nicht der große Cosimo de' Medici geglaubt, daß die Schönheit der materiellen Welt im Menschen die Sehnsucht nach geistiger Schönheit wecken und er auf diese Weise seine göttliche Natur entdecken würde? Die Zerstörung solcher Kunstschätze zeugte von einer ganz anderen Gesinnung.

Plötzlich bekam Julius schreckliche Angst. Vielleicht stimmte es ja doch, daß die Welt ihrem Ende zuging. War der Antichrist hier, in Rensburg? Hätte er Elisabeth doch nur weit von hier fortbringen können.

Wäre sie nicht gewesen, hätte er sich dem inzwischen rapide schrumpfenden Zug von Abwanderern angeschlossen und möglichst viele Meilen zwischen sich und diesen entsetzlichen Ort gebracht.

6

Elisabeth erhielt Julius' Brief, der von einer alten Frau getreulich an die nächste weitergereicht worden war, aber er brachte ihr wenig Trost. Sie wußte, daß er sie liebte, und jetzt erklärte er ihr, warum er sie belogen hatte: aus menschlicher Schwäche, aus Angst, sie zu verlieren. Aber das half nichts. Daß er sich auf die Religion der Liebe berief, half auch nichts. Das hier war die reale Welt. Die Religion schien derzeit niemandem sonderlich viel zu helfen. Er war verheiratet. Sie sollte heiraten. So lagen die Dinge nun einmal. Liebe hatte damit nichts zu tun. Insgeheim gestand sie sich sogar ein, daß sie ihn noch immer liebte, aber zugegeben hätte sie das nie. Es war Pech, aber das Leben ging eben weiter.

Ihre Mutter freilich – aufgewachsen mit dem alten Evangelium der Romantik, dem *Roman de la Rose* – hätte ihr erklärt, daß die köstlichsten Prüfungen für die Liebe in ihrer Unerreichbarkeit liegen; die Rose ist eine belagerte Festung, die sich, im konkreten Leben, nicht ergeben darf, obwohl sie der Kunst, der Poesie und endlosen intellektuellen Spielereien als Inspiration dienen kann. Doch Elisabeth hatte für den *Rosenroman* nie sonderlich viel übrig gehabt. So viel Sinnlichkeit, Subjektivität und Gleichnishaftigkeit erschienen ihr unzeitgemäß. Sie gehörten der finsteren, angsterfüllten Vergangenheit an und hatten im Licht der neuen Lehren keinen Platz mehr. Das hatte sie auch ihrer Mutter erklärt, und die hatte gelacht.

»Auch wenn wir zugeben müssen, daß das Ganze ein Spiel ist, ist es doch ein Spiel mit dem Ziel, das Leben – vielfach eine brutale, gefährliche Angelegenheit, was immer die neue Lehre behauptet – etwas kultivierter zu gestalten. Und wenn der Himmel nicht mehr ist als die Rose…« An diese Stelle hielt sie inne.

»Was ist die Rose, Mutter? Ist das die Liebe?«

»Die Rose ist unser Geschlecht, Kind. Und wenn das der Weg zum Himmel ist, dann ist er weiß Gott kurios.«

Elisabeth hatte darauf gewartet, daß ihre Mutter weitersprach, aber sie schwieg noch eine Weile.

»Und was ist die Hölle in dem Buch, Mutter?« fragte Elisabeth schließlich.

»Also, na ja, die Hölle ist eine interessante Angelegenheit. Sie ist denen vorbehalten, die die Gebote der Natur und der Liebe nicht befolgen.«

Es war schon gut so, dachte Elisabeth, während sie die Träne wegwischte, die stets in ihren linken Augenwinkel trat, wenn sie an ihre Mutter dachte und daran, daß sie selbst das ganze Geschwätz des *Roman* von sich gewiesen hatte. Andernfalls hätte sie sich in diesem Augenblick womöglich selbst in der Hölle geglaubt.

Die Schneiderin kam ins Zimmer. Elisabeth war selten allein in diesen Tagen. Entweder war die Schneiderin da oder ihr Vater oder der zukünftige Ehemann oder der Prediger Hass, der ihr wieder und wieder die Hochzeitsandacht der Täufer erläuterte.

Die Schneiderin, eine Täuferin aus Antwerpen – Fierens hatte sie ausgesucht, weil sie fremd in der Stadt war –, war ausgesprochen harmlos mit ihrem Mund voller Stecknadeln, die sie daran hinderten, über das Ende der Welt zu schwatzen, aber ihr Vater kam ihr so fremd vor wie Hass, und Fierens erschien ihr überhaupt kaum mehr wie ein Mensch.

»Seid nicht beunruhigt«, sagte er zu ihr. »Ich werde Euch nicht nur zu meiner Frau machen, sondern zu etwas ungleich Glorreicherem.«

Er ging nicht ausführlicher auf dieses Versprechen ein. Seine Augen schienen in diesen Tagen auf etwas gerichtet, was in weiter Ferne lag und seine Aufmerksamkeit vollständig in Anspruch nahm. Es war, als wäre man mit einem Baum zusammen im Zimmer. Elisabeth machte das nichts aus. Es war besser, wenn er nicht über sie nachdachte. Im Grunde hoffte sie sogar, daß sich daran auch nach der Hochzeit nichts ändern würde.

Fierens würde sein Leben weiterführen und sie das ihre – freilich sah das Leben in Rensburg im Augenblick nicht sehr vielversprechend aus, aber sie hatte ihre Erwartungen, einst so hoch gesteckt, notgedrungen so weit heruntergeschraubt, daß sie sich auf das Fleckchen Erde unter ihren Füßen beschränkten. Dieses Sinnbild hatte ihr ihr Vater empfohlen.

»Du leidest keinen Hunger, stimmt's? Keine Schmerzen. Du hast ein Dach über dem Kopf. Kleider. Bücher. Musik. Was willst du denn noch? Die jungen Leute heutzutage wissen nicht, wie gut es ihnen geht. Richte deinen Blick zum Himmel, und bete zu Gott um Dankbarkeit. Wenn das, was unsere Freunde hier sagen, stimmt – und ich glaube ihnen –, stehen wir an der Schwelle zu dem größten Augenblick in der Geschichte der Menschheit. Die Letzten Tage stehen unmittelbar bevor. Wie kleinmütig ist es da, wenn du mäkelst, murrst und bleich aussiehst!«

Diese und ähnliche Belehrungen ihres Vaters hatten bei ihr eine abgestumpfte, resignierte Haltung herbeigeführt, und wenn manchmal ein Funken Leben oder eine Erinnerung an glückliche Zeiten durchbrach, wurden sie gleich wieder von den bitteren Wassern der Hoffnungslosigkeit und der Schuld erstickt.

7

Mosman gab sich jetzt in der Stadt zu erkennen. Die große Gestalt mit dem schwungvollen silbernen Bart erschien eines Morgens auf dem Marktplatz und setzte zu einer Predigt über die Apokalypse an.

Die Kunde verbreitete sich rasch, und bald lauschten tausend, zweitausend Menschen dem berühmten Prediger. Er hatte Fierens im voraus von dieser Kundgebung verständigt, so daß alles gut vorbereitet war. Die Täufer strömten in Scharen aus ihren Quartieren, um abermals die Botschaft ihres Anführers zu hören.

»Hungersnot, Krieg, Pest und Tod gehen um im Land«, rief Mosman, »und niemand außer den Auserwählten wird verschont werden. Beeilt euch, du und du und du, ihr alle, die ihr die neue Taufe nicht erhalten habt, und macht euch bereit, Gott eure Seelen zu öffnen, eins mit Gott zu werden, denn Seinen eigenen Arm hier in dieser Stadt wird er gewiß nicht vernichten. Draußen hingegen... ach, meine Brüder und Schwestern... in welch schlimmen Nöten werden sie sein... welche Unbilden, welche Mühsal, welch großes Elend wird ihnen auferlegt werden, wenn sich die Erde auftut und die Berge Feuer speien...«

Fierens blickte aus dem Hintergrund auf die Szene herab; halb in Anspruch genommen von jeder Bewegung, jeder Nuance des Mienenspiels; halb oben im Firmament, unendlich viele Meilen weit entfernt, der Handlung seines Manuskripts folgend.

Alles verlief nach Plan. Mosman improvisierte nicht einmal; er hielt sich Wort für Wort an seinen Text.

Hans Hass war der erste, der am Ende der Predigt vortrat und sich dem Anführer vorstellte.

»Willkommen, willkommen, seid uns willkommen«, sagte er immer wieder. »Ihr müßt unbedingt in meiner Kirche predigen.«

Mosman ließ ihn plappern, bis es ihm zu bunt wurde.

»Alter Plapperjan.«

Hass verstand ihn falsch.

»Babylon? Ihr meint... Babylon? Ihr habt recht. Ich habe es selbst schon gesagt. Ich habe viele Predigten darüber gehalten. Babylon die Große, die große Hure, die...«

»Schweigt.«

Hass war völlig perplex. Noch nie zuvor hatte ihm jemand befohlen, den Mund zu halten. Ganz im Gegenteil, normalerweise hatte man ihn gebeten weiterzusprechen. Er stand mit offenem Mund da. Ein paar Zuschauer, lauter rotgesichtige Männer, begannen zu kichern.

»Ich... ich verstehe nicht recht...«, sagte er schließlich.

»Ich habe nicht Babylon gesagt. Ich sagte Plapperjan.«

»Ja, Plapperjan«, sagten die Rotgesichter. »Quasselmann. Kapiert?«

»Plappern...? Ich plappere nicht. Ich habe nie...«

»Ihr laßt Euch von Eurer eigenen Stimme verführen. Eure Stimme ist eine Metze. Ihr habt verbale Unzucht getrieben.«

»Ich begreife nicht... Wieso? Warum?«

»Eure Kirche? Ihr habt ›meine Kirche‹ gesagt. Das ist eine Gemeinheit. Das ist Dreck. Das ist Stolz.«

Hass erkannte seinen Fehler und versuchte, die Situation zu retten.

»Es war nur so eine Redensart, mehr nicht. Es ist nicht meine Kirche. Es ist die Kirche Gottes. Es ist die Kirche, um die ich mich für Gott kümmere.«

»Nicht *Eure*, nicht *meine*«, donnerte der Prophet, »sondern *unsere*.«

»Gottes Kirche und unsere, gewiß«, verbesserte sich Hass, der einen Weg suchte, um die Diskussion fortzusetzen.

»Wie kann sie die Kirche Gottes und unsere sein, wenn wir und Gott eins sind? Sie ist unsere, sage ich. Nur unsere.«

»Nur unsere.« Die rotgesichtigen Männer griffen den Ruf auf, und die Menge antwortete.

»Unsere, nur unsere, alles, alles ist unser.«

»Kommt, Bruder Hass«, rief Mosman, damit auch alle hören konnten, daß er den Mann wirklich aus der Fassung gebracht hatte. »Kommt, erzählt mir von der Stadt. Ist es eine gute Stadt? Ist es eine schlechte Stadt? Was für eine Stadt ist es, Bruder Hass? Ich habe gehört, daß Ihr Euch gut mit ihren Gepflogenheiten auskennt.«

Mosman lächelte, als wollte er demonstrieren, daß er ebenso gut schmeicheln wie einschüchtern konnte.

»Nun, laßt mich überlegen...«, sagte Hass, dessen Miene sich aufhellte. »Ich glaube, es ist eine...«

»Aber erzählt uns erst«, unterbrach ihn Mosman, »von Gott Vater, Gott Sohn und Gott dem Heiligen Geist.«

»Euch erzählen?«

»Welcher...?«

»Welcher was?«

Hass begann vor Nervosität zu schreien. Eine Ladung Schnee fiel von einem überhängenden Sims, so daß er beinahe in Mosmans Arme sprang.

»Welcher ist der, mit dem wir eins sind?«

»Wir sind eins mit ihnen allen.«

»Das sind wir nicht.«

»Ich verstehe nicht recht.«

»Sagt es ihm, Brüder«, forderte Mosman die Menge auf, »sagt ihm, mit welchem wir eins sind.«

»Ein Gott«, schrie die Menge im Chor. »Ein Gott, ein Volk, ein Tausendjähriges Reich.«

»Seht Ihr?« sagte Mosman, der jetzt einen leiseren Ton anschlug. »Wir sind nicht eins mit dreien. Wir sind eins mit einem. Jenem eifersüchtigen und strengen Vater mit seiner unendlichen Macht, mit dem zusammen wir den Antichrist stürzen und die Herrschaft der Heiligen gründen werden. Die Stunde ist nahe.«

Das Volk drängte sich um den Propheten und berührte sein Gewand, einen langen, ziemlich streng riechenden schwarzen Überwurf. Eine junge Frau erwies sich als besonders aufmerksam. Sie begann Mosmans Füße zu waschen – ein nützlicher Dienst, denn sie waren nicht nur außerordentlich schmutzig, sondern auch blaurot vor Kälte.

»Ist das nicht Gotteslästerung?« fragte Hass ziemlich eifersüchtig.

Er gewöhnte sich nur langsam daran, daß er jetzt nicht mehr so wichtig war.

»Warum Gotteslästerung?« wollte Mosman wissen.

»Nun, eben diesen Dienst erwies Magdalena unserem Erlöser.«

»Habe ich Euch nicht gesagt, habe ich nicht wieder und wieder wiederholt, ach, Ihr elender Mann…«

»Elender Mann«, wiederholte die Menge.

»Der Ihr nicht begreift…«

»Nichts begreift Ihr.«

»…daß es nur einen Gott gibt und daß Er es ist, dem wir dienen.«

»Wir dienen, wir dienen…«, begann die Menge zu singen.

»Nun, ich…«

Hass verhaspelte sich. Offenbar gab es wirklich keine befriedigende Antwort für den hageren Mann mit den funkelnden Augen. Er spürte, wie seine Knie zu zittern anfingen. Ringsum wogte die Menge. Ja, jetzt erkannte er es.

»Ihr habt recht«, sagte er. »Ein Gott. Nicht einer in dreien, sondern einer in einem.«

»Einer in einem«, wiederholte die Menge. »Einer, einer, einer.«

»Ihr seid eine gute Frau«, sagte Mosman zu der Fußwäscherin. »Wie heißt Ihr?«

Strahlend blickte sie zu ihm auf.

»Blommardine, Herr«, sagte sie.

»Eifrige Blommardine«, sagte er zu ihr. »Gesegnet seist du unter den Frauen. Du darfst uns folgen.«

Blommardine warf ihm einen verzückten Blick zu. Mosman wandte sich an Hass.

»Und jetzt«, sagte er, »erzählt mir von der bevorstehenden Hochzeit, die Ihr für den Propheten Enoch abhalten sollt. Er hat mir versichert, daß Ihr der beste Prediger der Stadt seid und unserer Sache voller Begeisterung dient...«

Hass errötete.

»Das ist sehr gütig von ihm«, sagte er.

»Oh, er ist gütig, seid unbesorgt. Und Ihr seid im Herzen auch gütig, das merke ich genau. Ihr habt das Zeug zum Propheten.«

Hass errötete abermals. Er durfte mit diesen Leuten arbeiten. O ja, er hatte ihren Einfluß in Zweifel gezogen. Wer hatte das nicht? Aber er ließ sich nicht leugnen. Was für eine Predigt er im Dom für Enoch und seine Braut halten würde! Und wie sie sich bei seinen Worten wiegen und in Verzückung geraten würden! Aber nein, er mußte sich vor verbaler Unzucht hüten. Trotzdem...

»Kommt, Blommardine, folgt mir auf dem Fuß«, sagte der Heilige. »Hier wird sich bald einiges tun.«

Hass fragte sich einen Augenblick, ob das ein Scherz war, ließ den Gedanken aber gleich wieder fallen.

8

Die Rieselwiesen wurden wieder einmal beiseite gestellt, und Julius stand, wie schon tausendmal, abermals vor seiner Wand und grübelte über das Bild nach. Was als Verpflichtung begonnen hatte, war inzwischen zu einer Obsession geworden. Jetzt hatte er das Gefühl, daß er die Sehnsucht seines Herzens nur dadurch stillen konnte, daß er dieses Rätsel löste. An jenem Morgen war wieder das vierteljährliche Honorar eingetroffen, die kleine Börse auf dem Treppenabsatz. Als müßte man ihn daran erinnern!

Alsdann, an die Arbeit. Und Arbeit bedeutete selbstverständlich Verstehen. Es gab Hinweise auf diesem Bild, die es zu deuten galt.

Die linke Tafel erschien ihm am einfachsten. Dort mußte er anfangen. Aber schon sie gab ihm Rätsel auf. Warum war der Schöpfergott als Gottes Sohn dargestellt? Warum wurde Eva nicht aus Adams Rippe geformt?

Warum gab es beispielsweise den Tod im Garten Eden? Diese Wildkatze, die ein seltsames, langschwänziges Tier im Maul davontrug. Der Vogel mit dem grausigen Schnabel, der einen Frosch verschlang…

»Ohne Leben kann es keinen Tod geben. Und umgekehrt. Das erste, wovon du dich freimachen mußt, ist die Vorstellung, daß der Tod nicht zu Gottes ursprünglichem Schöpfungsplan gehört.«

Hatte er das gesagt? Wer hatte das gesagt? Was bedeutete das für die Hölle? Waren nicht Sünde und Tod unauflöslich miteinander verschlungen, egal, was ihm sein alter Meister gesagt hatte?

Was hatte jener merkwürdige rosafarbene Wasserquell zu bedeuten – halb Pflanze, halb Kristall, auf einer Art Mühlstein ruhend –, aus dessen Öffnung in der Mitte eine Eule hervorschaute? Eine Eule! Bedeutete sie Täuschung? Oder Weisheit?

Was waren das für Wesen im Vordergrund? Der Ibis, der Todesvogel – aber mit drei Köpfen? Was bedeutete jener dunkle Tümpel, aus dem sonderbare Gestalten krochen? Und dahinter, in dem durchsichtigen Quellweiher hinter dem Haupte Gottes, was für Absonderlichkeiten – ein dreiköpfiger Salamander, ein Lebewesen, das aus einer Art lebendiger Amphore spitzte...

Und diese eigenartigen Hügel im Hintergrund... einer, der aussah wie zwei von einem gewaltigen Baumstamm durchbohrte Mühlsteine. Er erinnerte sich, daß Mühlsteine angeblich die Geschlechter symbolisierten – das männliche oben, das weibliche darunter –, hier Seite an Seite. Und was war mit den Vögeln, die in einem verrückten Schnörkel aus dem Felsen schwirrten, wie klingende Noten hervorsprudelten und dann gemächlich, in feierlicher Prozession, zurückkehrten zu einem riesigen zerbrochenen Ei, um sich, unter dem haßerfüllten Blick eines Würgers, eines Todesvogels, zum Schlafen hinzuhocken und auszuruhen?

»Sag mir, Wand, was es bedeutet«, rief Julius. »Hast du mir nicht genug Mühe bereitet? Zeig mir den Schlüssel. Schließe das Tor auf. Drinnen herrscht eine Süße, von der ich kosten muß. Was bedeuten diese Formen, diese Früchte, diese Kavalkaden und Purzelbäume, diese Vögel und Schmetterlinge und Schellfische, diese Seufzer und raunenden Küsse...«

Die Wand schwieg still, wie stets bei solchen Gelegenheiten. Sonderbar, dachte Julius, daß die Landschaft des Gartens Eden der des irdischen Paradieses so ähnlich war – fast als handelte es sich um denselben Ort...

»Ich wünsche von ganzem Herzen, Wand, ich könnte mit Elisabeth dort aufwachen.« In der Welt vor seinem Fenster ging das Leid durch die Straßen, gefolgt vom Wahnsinn; im Bild hingegen erschien ihm das Leben, soweit er es begreifen konnte, so friedlich, so glückselig einfach.

9

Der goldene Faden hatte Gott erreicht.

Fierens spürte es ganz plötzlich – ein gewaltiger Ruck, der als Welle seinen Rücken hinablief.

Als er von seinem Standort auf dem Festungswall auf die Stadt hinunterblickte, wurde ihm klar, daß er daran emporklettern konnte. Ja, das war es, die Stadt wurde kleiner und kleiner. Wie die Spielzeugstadt aus Holz, die er einst besessen hatte, als er noch bei seiner Mutter lebte. Er würde eben jetzt damit spielen. Gott würde durch ihn damit spielen. Oder er durch Gott. Denn Gott kam durch den Faden herunter, um ihm zu begegnen. Das war höchst passend. Er-Gott würde Welt spielen. Er-Gott würde diese Menschen erretten oder vernichten.

Er hatte sich schon immer gefragt, wie es sich wohl anfühlte, der Große Autor allen Geschehens zu sein – Menschen zu paaren und dann wieder neu zu paaren, zu töten und dann wieder neu zu erschaffen. Und jetzt hatte er die Macht – die Macht zu schreiben und die Macht zu spielen.

Und doch durfte die Offenbarung noch nicht bekanntgegeben werden. Das Geheimnis mußte noch eine Weile verborgen bleiben. Alles hat seine Zeit. Er-Gott konnte warten. Hatte Er nicht zahllose Jahrtausende gewartet?

10

Konrad stellte fest, daß seit dem Tag, an dem er dem Maler eine Tracht Prügel verpaßt hatte, sein Verlangen nach Gewalt anhielt. Er hatte zum ersten Mal seit zwanzig Jahren jemanden geschlagen, und jetzt verlangte ihn nach mehr.

Bei der nächsten Zusammenkunft in den Hypokausten (die Teilnehmerzahl hatte sich in letzter Zeit stark verringert) erklärte er Adam sein Bedürfnis. Es gehörte zu den Regeln der geheimen Treffen, daß man offen und ohne Vorbehalt seine Meinung sagte. Allerdings vergewisserte sich Konrad, daß Adam allein war, als er dieses Thema zur Sprache brachte.

»Du möchtest also schlagen?« Adam hob fragend eine Augenbraue. Ihn konnte nichts überraschen.

»Ja.«

»Es gibt Frauen, die das genießen«, meinte Adam nachdenklich.

»Ich will nicht, daß sie es genießen.«

»Verstehe. Das ist schwieriger zu arrangieren.«

»Und es sollen auch keine Frauen sein.«

»Aha. Dann möchtest du also junge Mädchen schlagen?«

»Ich möchte junge Männer schlagen.«

Zum ersten Mal, seit Konrad Adam kennengelernt hatte, schüttelte dieser den Kopf.

»Wir verfolgen die Ziele der Venus, nicht die des Mars.«

Konrad dachte darüber nach. Er hatte nicht vor, die Angelegenheit auf sich beruhen zu lassen.

»Venus und Mars waren doch verheiratet«, sagte er schließlich. »Da müssen sie doch Gemeinsamkeiten gehabt haben.«

Adam seufzte.

»Mag sein, daß es sich einrichten läßt, mein Sohn. Aber du mußt möglicherweise eine Woche warten. Die Situation ist im Augenblick schwierig. Es gibt Leute, die uns übelwollen. In der Zwischenzeit möchte ich dir Gerda vorstellen...«

Gerda ließ sich gerne fesseln, aber das war nicht dasselbe. Konrad spürte förmlich, wie sich die Gewalttätigkeit in seinem Inneren zusammenbraute, als wäre sie sein eigentlicher Samen, hervorgebracht von einer erzürnten Drüse, die sich bei ihm neu gebildet hatte. Seine Angestellten fanden ihn allmählich unausstehlich; seine Tochter erschreckend. Im Rathaus konnte er sich nur mit Mühe zurückhalten, die Schreiber zu schlagen.

Während er jetzt mit einem Krug Wein in seinem Arbeitszimmer saß und seinen Zorn nährte, schreckte ihn ein plötzliches Klopfen an der Tür auf.

»Ja?« rief er und sprang schuldbewußt auf, so daß er den Wein verschüttete. »Jetzt schau bloß, was du angerichtet hast.«

»Miaaocuu.«

Es war Billa. Verschlagen, katzenhaft. Er hatte Billa gehabt. Es war, als würde man einen Panther befriedigen. Bisweilen hatte er in letzter Zeit das Gefühl, daß sie für jemand anderen arbeitete.

»Jetzt schau, was du angerichtet hast«, wiederholte er verärgert.

Billa sah ihn schräg aus den Augenwinkeln an, bückte sich und wischte den Tisch mit einem Tuch ab, das sie bei sich hatte. Zur Zeit passierten häufig solche Mißgeschicke.

»Herr Fierens und ein anderer Herr sind an der Tür. Sie wollen Euch unbedingt sprechen.«

Sie entdeckte noch eine kleine Weinlache und wischte nochmals über den Tisch, wobei ihre von der Arbeit zerschundene Hand erschreckend und schamlos rot von ihren weißen Armen abstach. Sie wußte, was er dachte. So konnte es nicht weitergehen; er mußte sich zusammenreißen.

»Und wisch dir dieses Lächeln aus dem Gesicht«, sagte er.

»Ich lächle nicht, Herr. Das ist mein normales Gesicht.«

»Na gut, dann ändere eben dein normales Gesicht.«

»Soll ich sie hereinführen, Meister Harting?«

»Natürlich, Mädchen. Steh nicht da und wisch herum, steh nicht hier rum, wisch nicht hier rum, mach weiter. Führ sie herein. Ach, und …«

»Ja, Herr?«

Sie richtete sich langsam auf, wobei sie ihn mit einer Brust streifte.

»Hol uns frischen Wein«, sagte er mit belegter Stimme.

Fierens und Mosman wurden hereingeführt, und Konrad begrüßte sie herzlich, zu herzlich. Natürlich war er dem Anführer bereits vorgestellt worden, doch jetzt kam er zum ersten Mal in den Genuß einer Unterhaltung.

»Nehmt Platz, werte Herren. Darf ich Euch etwas Wein anbieten?«

»Wein ist ein Teufelssaft«, verkündete Mosman grimmig.

»Trag den Wein hinaus«, wies Konrad Billa an, die unschlüssig dastand. »Was hat er überhaupt hier zu suchen? Er ist eine Beleidigung für diese guten Menschen.«

»Und bedecke deine Brustwarzen«, sagte Mosman. »Ich hatte nicht damit gerechnet, in einem gottgefälligen Haus so viel Fleisch zu sehen.«

Billa verließ den Raum, trug Krug und Weinkelche und ihre Brustwarzen hinaus, wobei ihr normales Gesicht ziemlich angespannt aussah.

Obwohl sie die Tür geschlossen hatte, hörte Konrad draußen ein Geräusch, vielleicht ein Lachen, vielleicht aber auch Tränen.

Er sah die beiden Männer an. Fierens' gutgeschnittenes Gesicht war undurchdringlich; man konnte nicht ergründen, was er dachte, oder auch nur, wo er mit seinen Gedanken war. Seine Miene war wachsam, aufmerksam, aber seine sonstige Entschlossenheit befand sich jetzt in einem Schwebezustand, als wollte er dem älteren Mann Ehrerbietung erweisen. Konrad fühlte sich plötzlich an den jungen Christus und Johannes den Täufer erinnert.

»Was kann ich für Euch tun, meine Herren?«

»Brüder«, sagte Mosman.

»Brüder«, verbesserte sich Konrad. »Was kann ich für Euch tun? Verlangt, und es soll getan werden.«

Sein Zorn und seine Wollust – war das ein und dasselbe? – verwandelten sich in ungeteilte Aufmerksamkeit. Das war die Wirkung, die diese Männer hervorriefen. Sie redeten über die wichtigste Sache der Welt. Später, nachdem sie gegangen waren, würden die schändlichen Gedanken vermutlich, wahrscheinlich, zurückkehren. Aber jetzt war er ihr Mann.

»Was ist das für eine Stadt?« fragte Mosman.

Er weiß sehr wohl, welche Stadt das ist, dachte Konrad, aber er sagt oder tut nichts ohne Grund.

»Das hier ist die freie Reichsstadt Rensburg«, antwortete Konrad gelassen.

Es entstand eine bedeutungsvolle Pause. Vielleicht brauchte der Fremde nähere Erläuterungen.

»Gegründet an der Stelle eines antiken römischen Lagers am Fluß Renn, befindet sie sich an der Hauptverbindungsstraße zwischen...«

»Eignet sie sich als Neues Jerusalem?« fragte Mosman finster

»Als Neues Jerusalem? Welche Ehre...«

»Es geht nicht um die Ehre für Rensburg. Ein solch weltlicher Aspekt wäre bedeutungslos. Es geht darum, daß die Kinder Gottes dem Vater in Eintracht dienen können, ohne abgelenkt zu werden.«

»Verstehe«, sagte Konrad, der die Ehre trotzdem empfand.

»Das bezweifle ich. Um dem Vater dienen zu können, ohne abgelenkt zu werden, bedarf es einer Stadt, die von aller Unreinheit gesäubert ist.«

»Natürlich«, sagte Konrad und dachte dabei an das Gewölbe unter dem Rathaus. »Wir haben die Bordelle geschlossen.«

»Schweigt.«

Jetzt war Fierens an der Reihe. Er hatte sich mit funkelnden Augen halb von seinem Stuhl erhoben.

»Wagt es nicht, vor dem Heiligen solche Örtlichkeiten zu erwähnen«, zischte er. »Beschmutzt seine Ohren nicht mit derlei Kot.«

»Verzeiht mir.«

Konrad entschuldigte sich nicht oft. Auch jetzt brachte er die Worte nur mühsam hervor.

»Obwohl Ihr groß unter den Männern seid, ist Euer Verständnis beschränkt. Und selbst Eure Größe ist nicht allein Euer Werk.«

Konrad wußte, was er meinte.

»Nein«, gab er zu. »Sie ist mit Eurer Hilfe zustande gekommen.«

»Mit Gottes Hilfe«, kam die donnernde Antwort.

Fierens setzte sich wieder auf seinen Stuhl und zog sich in sich zurück.

Wenn sein zukünftiger Schwiegersohn es etwas an Respekt fehlen ließ, dachte Konrad, mußte er doch zugeben, daß er das verdient hatte. Er, Konrad, bestand aus zwei Menschen – einem überirdischen und einem unterirdischen.

»Wie sollen wir denn nun vorgehen?« fragte er schließlich. »Was muß getan werden, damit die Stadt für die Kinder Gottes geeignet ist? Sagt es mir, und ich werde alles veranlassen, was in meiner Macht steht.«

Welche Antwort er auch erwartet hatte, auf den Vorschlag, der folgte, war er unvorbereitet.

»Töten«, sagte Mosman.

»Töten?« Konrads Stimme überschlug sich vor Überraschung.

»Töten«, wiederholte Mosman.

»Und wen?«

»Alle.«

»Töten?«

Konrad traute seinen Ohren nicht.

»Alle.«

»Alle, die unwürdig sind?«

»Jeden einzelnen.«

»Ihr meint, die Verbrecher, die...« Er mochte nicht »Prostituierten« sagen, weil er befürchtete, die Ohren des Heiligen zu beschmutzen. »...die Zöllner und Sünder.«

»Ich meine nichts dergleichen. Ich meine, tötet diejenigen, die nicht wiedergetauft sind, tötet die sogenannten Lutheraner, tötet die Katholiken, tötet all jene, die an der Lüsternheit der Vergangenheit festhalten. Sie werden beim göttlichen Strafgericht nicht gerettet werden. Nein, fürwahr, da ist es schon besser, sie sterben jetzt und dienen als Exempel.«

»Das könnt Ihr nicht machen.«

Obwohl die Macht sowie die Teilnahme an verbotenem Tun Konrads Gefühl für Moral beeinträchtigt und ihn selbst ein Stück weit hatten verrohen lassen, waren ihm doch noch gewisse menschliche Gefühle geblieben – jawohl, menschliche und auch praktische, denn Moral und praktische Veranlagung gingen häufig Hand in Hand.

»Wenn es Gottes Wille ist, können wir alles machen«, sagte Fierens aus weiter Ferne. »Nichts ist für uns unmöglich.«

»Schon, aber ist es denn Gottes Wille?« fragte Konrad verzweifelt. »Mir sagt Gott etwas anderes. Gott sagt mir, daß wir möglicherweise einen sehr großen Fehler begehen.«

»Zu mir hat Gott nicht so gesprochen«, sagte Mosman.

Er schien verstimmt, weil man ihn übergangen hatte.

»Wenn wir all jene töten, die Ihr genannt habt«, fuhr Konrad fort, »vereinen wir genau die Kräfte, durch deren Feindschaft untereinander die Stadt überhaupt erst in unsere Hände gelangt ist. Damit schaffen wir uns ernstzunehmende Feinde – nicht nur jene, die durch unsere Anwesenheit in der Stadt Schaden erlitten haben, sondern viele, viele andere, die über ein Blutbad empört sein werden. Landgraf Philipp von Hessen, der Kurfürst von Sachsen… ja, und sogar der Kaiser, der kürzlich in Deutschland war, könnte mit ebendem Heer zurückkehren, das er gegen die Türken nie eingesetzt hat. Er kann es gar nicht erwarten zu kämpfen. Das wäre der Vorwand, auf den er nur gewartet hat…«

Er hielt inne, erstaunt über seine eigene Logik.

»Laßt ihn mit hunderttausend Männern kommen, nein, mit

Millionen und Abermillionen. Welche Chance hat er gegen den Allmächtigen?« verkündete Mosman.

Fierens kam herab aus den Gefilden, in denen er sich aufgehalten hatte, und war wieder ganz präsent.

»Vielleicht, Anführer«, sagte er, »hat unser Freund und Bruder Harting recht. Nicht weil Gott, wie Ihr sagt, die Streitmacht des Pharao nicht mit einem Atemzug vernichten könnte, sondern weil es letzten Endes weltliche, Eures Nachdenkens nicht werte Gründe gibt, die ein solches Vorgehen verfrüht erscheinen lassen. Diese Leute zu töten würde Zeit kosten, die ansonsten dem Gebet zugute käme. Es gäbe viele Leichen wegzuschaffen, und der Boden ist gefroren ...«

»Und«, unterbrach ihn Konrad, »es gibt unter ihnen welche, die noch gerettet werden könnten. Laßt uns beschließen, all jene, die nicht auf unserer Seite stehen, nach Eurer Hochzeit mit meiner Tochter fortzujagen. Eine solche Verbindung der ersten Familie der Stadt mit einem Eurer Anführer ...«

»Dem Stellvertreter«, murmelte Fierens unterwürfig, »ich bin immer nur der Stellvertreter.«

»Eine solche Verbindung mit einem Mann, der unter den Heiligen an zweiter Stelle steht, könnte jene ermutigen und beflügeln, die bislang träge gewesen sind.«

Abgesehen von allem anderen wollte er, daß die Feinde, die er in der Stadt hatte, seinen Triumph miterlebten. Vor Toten einherzustolzieren machte keinen Spaß.

»Also gut«, sagte Mosman schließlich. »Aber verkennt eines nicht. Gott könnte die Hauptleute und das Heer mit einem Lidschlag zu Fall bringen. Der Erdboden würde sie verschlucken, als hätte es sie nie gegeben. Gott macht sich nichts aus Kaisern und Königen.«

»Gewiß nicht, Anführer«, sagte Fierens aalglatt. »Doch Gott blickt mit Gefallen auf jene, die ihn nicht ständig um Hilfe bitten. Ich denke, an dem, was Bruder Harting sagt, ist was dran.«

11

Fierens dachte manchmal an das Leben als Kuchenbäcker zurück, das er hinter sich gelassen hatte – nur ab und zu lichteten sich die Wolken, und er konnte wieder in das Haus des Bäckers in Leiden schauen, das Dach abnehmen wie bei einem Puppenhaus und sich selbst neben Dirk und Pim arbeiten sehen. Das erinnerte ihn daran, daß er, wie Christus, eine irdische Gestalt angenommen hatte. Es half ihm zwar, die Männer und Frauen ringsum zu verstehen, nicht aber, ihnen zu verzeihen.

Es ist die Masse, die im Herzen irrt, dachte er. Sie muß bewacht werden, behütet. Aber ich darf ihr Bedürfnis nach einem Schäferhund nicht mit der Rolle des Schäfers verwechseln.

Der Schäfer nämlich weiß, daß der Weg erst durch das Tal des Schattens führt und dann hinauf, immer höher, über die stürmischen Wüsteneien und Einöden zum Paß der Verzweiflung, bevor er sich endlich hinabschlängeln kann zu den Bächen und Weiden des ewigen Friedens. Ich habe genügend Hunde, um sie beisammenzuhalten.

Ich bin in eine Wolke eingehüllt und von Feuersäulen umgeben.

Die Masse kann nicht sehen, wohin sie geht. Das spielt keine Rolle. Könnte sie es sehen, würde sie erschrecken. Das Ende der Welt ist fürchterlich. Es wird nicht leicht zu vollbringen sein. Es ist nicht allein mit der Entthronung des Tyrannen getan, dem Aufblitzen eines Schwertes im Thronsaal. Der Antichrist ist ebenso gewaltig im Täuschen wie im Zerstören. Frösche entspringen seinem Mund, ein schwarzer Hund knurrt wütend aus seinem Hinterkopf, sein Atem ist die Pest; sein ist die Macht über den Wind und die Wasser; seine Keule ist das falsche Kreuz, sein Kot ist Pech, sein Erbrochenes Schwefel; sein Blick ist Verderben; sein Stachel ist der Tod. Doch ich bin der, der treu und wahrhaftig ist, und aus meinem Mund kommt ein scharfes

Schwert. Und obwohl sich die Könige der Erde und ihre Heere versammeln und gegen mich Krieg führen, werde ich sie in Stücke hauen und samt ihren Heeren in den See von brennendem Schwefel werfen. Und wenn all dies vollbracht ist, werden die Aufrechten leben und mit den Heiligen tausend Jahre herrschen... Und ich...

Fierens registrierte, daß jemand leise an die Tür klopfte.

»Ja?«

Es war Konrad.

»Ein paar Leute sind dabei erwischt worden, daß sie Eigentum horten, sogar Geld. Was sollen wir tun?«

Fierens rieb sich den Mund. Er spürte, daß seine Hand zu bluten begonnen hatte.

12

Die Hochzeit fand am neunundzwanzigsten Tag des Monats März statt.

Der Frühling, der sich schon kokett hatte blicken lassen, hatte die Menschen an der Nase herumgeführt. Der Winter war zurückgekehrt, allem Anschein nach mit der Absicht zu bleiben. Das Wetter hatte noch immer nicht umgeschlagen, und es war bitterkalt. Doch wie Konrad vorausgesehen hatte – und weil Fierens dafür gesorgt hatte –, war eine große Menschenmenge bei der Trauung zugegen. Vorbei waren die Tage der Ausgelassenheit und der vollen Bierfässer auf den Straßen; die Hochzeit war das einzige annähernd feierliche Ereignis seit Wochen.

Normalerweise lehnten die Täufer es ab, zuviel Aufsehens um eine Hochzeit zu machen. Das roch nach irdischen Belangen, die stets mit jenen schwachen, aber unendlich bedauernswerten zotigen Untertönen einhergingen. Diesmal jedoch hatte man beschlossen, eine Ausnahme zu machen. Um die üblichen Gebete der Täufer, die Predigt und den Tausch der Ringe sollte sich eine längere Andacht ranken, die im wesentlichen aus weiteren Gebeten bestand, einer zweiten Predigt, mehreren feierlichen Täuferliedern und außerdem einer Phase spontaner »Inspiration«.

Die Lutheraner und die Katholiken, die sich noch in der Stadt aufhielten, ohne getauft zu sein, hatte man wissen lassen, daß sie besonders willkommen seien. Doch die Reaktion auf diese ausdrückliche Einladung war enttäuschend. Die ehrlichen, fleißigen Bürger, die noch in der Stadt weilten, waren entweder zu alt, zu krank oder zu starrsinnig, um sich von einer zweistündigen Andacht in einem kalten Dom ohne die wohltuenden Klänge der Orgel (auch die war bei der Gewaltorgie zerstört worden) locken zu lassen. Außerdem schmerzte es sie, ihre herrliche Kirche verwüstet zu sehen.

Die Leute, die zur Feier kamen, waren die Armen, die Grobiane, die Primitiven und die Gaffer – und natürlich die Gäste der Täufer und ihre Wachtrupps.

Die Turmuhr schlug zwölf, Fierens und Mosman betraten den Dom und nahmen ihre Plätze vor dem kahlen Altar ein (auch er war abgeräumt worden). Hass eilte auf sie zu, um sie zu begrüßen, erteilte Fierens noch allerletzte – und völlig unnötige – Anweisungen, da Fierens die Szene bereits vollständig geschrieben hatte und sie perfekt auswendig beherrschte.

Irgendwo in einer Seitenkapelle kauerte Julius mit klopfendem Herzen und einem Bleiklumpen im Magen und hielt Ausschau nach dem Mann, der »Eros« gerufen hatte.

Ein paar von Konrads Gildekollegen – unter ihnen der Meister der Apotheker und der Meister der Färber – saßen verzweifelt im südlichen Querschiff beisammen und konnten noch immer nicht glauben, was mit ihrem Dom geschehen war und was mit ihrer Stadt geschah.

»Kann man denn gar nichts tun, Meister Schuhmacher? Das ist ja schlimmer als die Plünderung Roms durch die Goten.«

»Es ist zu spät, fürchte ich«, sagte der Meister der Färber. »Die Würfel sind gefallen. Das meine ich ohne Scherz. Und nicht nur die sind gefallen. Ist schon merkwürdig, daß der Sattler einfach so in den Fluß gefallen sein soll. So ein kräftiger Mann.«

Eine Weile saßen sie schweigend da, und ihr Atem schwebte empor wie eine Seele, die einen toten Leib verläßt.

»Habt Ihr gesehen, was sie mit dem Glasfenster von der Bergpredigt angestellt haben? Ich könnte diese Halunken umbringen«, sagte der Meister der Apotheker.

»Ein interessanter Gedanke, Ihr Meister«, sagte eine leise, eisige Stimme hinter ihnen. »Wenn Ihr so etwas in der Kirche sagt, was mögt Ihr dann wohl außerhalb sagen? Ihr kommt wegen Volksverhetzung vor Gericht. Meldet Euch nach der Andacht in meiner Amtsstube. Ich weiß, wer Ihr seid. Kommt ins Rathaus, und fragt nach dem Profos. Wir dürfen nicht zulassen, daß Ihr herumlauft und Mordpläne schmiedet. Ich werde mir Euch sogleich vorknöpfen.«

»Aber…«, wollte ihn der Meister der Färber zur Rede stellen.

Doch da betraten Elisabeth und ihr Vater die Kirche, worauf Chor und Gemeinde den Hochzeitsintroitus der Täufer auf die Melodie von »Ich brat ein Entchen mir heut nacht« schmetterten, daß einem die Ohren dröhnten.

O Braut des Körpers, meine Seele,
Den Gefährten dir erwähle!
Denn der Mensch sei nicht allein.
Zwei mit Gott werden eines sein.

Es folgten mehrere Strophen in ähnlichem Stil, und als sie damit fertig waren, fingen sie wieder von vorn an, weil Elisabeth ziemlich lange brauchte, um nach vorn zum Altar zu gehen. Sie fühlte sich äußerst unwohl. Obwohl sie totenbleich war und vor Kälte fast in Ohnmacht fiel, sah sie in ihrem schlichten weißen Kleid unglaublich schön aus, so daß viele Aaahs und so manches »Ist sie nicht hübsch?« zu vernehmen waren, während sie zum Altar schritt. Sogar Fierens betrachtete sie mit großem Wohlgefallen – hatte er nicht selbst diese Rolle geschrieben? Er war nicht immun gegen solche Dinge (immerhin hatte Gott den Frauen im Interesse der Fortpflanzung Schönheit verliehen).

Er verschwendete eben nur nicht viel Zeit darauf. Das war im Manuskript nicht vorgesehen. Doch so schön Elisabeth auch aussah, Fierens spürte noch immer ein eigenartiges, ja einzigartiges Widerstreben, sie zu berühren. Das war natürlich absurd. Im Brautbett würde sich das zweifellos von selbst erledigen.

Julius betrachtete Elisabeth so voller Liebe, daß er befürchtete, sie würde ihn überwältigen. Während er dastand – es gab keine Sitzbänke, so daß man gut umhergehen konnte –, begann er leicht zu schwanken und wollte sein Hemd ein Stück aufknöpfen.

»Ich will bloß hoffen, daß Ihr da kein Kreuzzeichen macht, Bruder«, sagte der Mann neben ihm mit flämischem Akzent.

»Nein, nein. Mir ist nur etwas flau, das ist alles.«

»Ich hätte schwören können, daß Ihr eine Kniebeuge oder so was machen wolltet.«

»Nein, nein. Bitte. Ist schon wieder gut.«

»Seid Ihr getauft?«

Julius hätte gute Lust gehabt, dem Mann eine Abfuhr zu erteilen, aber er wollte zusehen und zuhören und nicht streiten oder sich ausfragen lassen. Plötzlich fiel ihm ein, wie er seine Glaubwürdigkeit beweisen konnte. »Ich bin mit der Braut zusammen getauft worden. Hier im Dom, vom Propheten Elia. Ich bin ein Freund der Familie.«

Welches Glück hatte er an jenem Tag empfunden! Und wie verzweifelt war er jetzt!

»Ach so, dann ist das freilich was anderes. Habt Ihr Elia gesagt? Prima Täufer.«

»Danke.«

Julius rückte von ihm ab und stellte sich neben einen Pfeiler. Der Mann ließ ihn nicht aus den Augen. Julius schob sich auf die andere Seite des Pfeilers. Die Andacht ging träge voran. Hass hielt die erste Predigt. Irgendwie schien er sein Feuer eingebüßt zu haben. Die Leute begannen zu husten und unruhig zu werden. Er sprach über die himmlische Liebe und darüber, wie sehr sie sich von grober irdischer Leidenschaft unterschied. Das Publikum hatte das alles schon einmal gehört. Es verlangte nach stärkerem Tobak. Endlich kam Hass zum Schluß. Wieder wurde ein Lied gesungen. Das Brautpaar stand noch immer am Altar. Julius konnte sehen, wie Elisabeth zitterte.

Jetzt stieg Mosman auf die Kanzel. Er knüpfte an das erste Lied an.

»Komm«, bellte er. »O Braut des Körpers, meine Seele.«

Das Scharren und Husten hörte auf. Das Licht in dem riesigen, verwüsteten Bau schwand allmählich dahin. Flammen schienen aus Mosmans Augen zu schießen und ein zweischneidiges Schwert aus seinem Mund. Sein Gesicht sah aus wie in Silber gerahmt.

»Nimm mich, schieb mich, beug mich, stoß mich«, rief er. »O Gott, erfülle mich ganz. Ich bin offen nur für dich.«

Eine ehemalige Nonne, die weiter hinten stand, bekam einen Anfall und mußte hinausgetragen werden.

»Wie viele von euch können das sagen? Offen nur für Gott? Ihr Elenden, die ihr mit Gott nur kokettiert...«

Julius nahm die Worte kaum wahr. Sie klangen wie ein gewaltiger, tosender Wind, der um den Kopf brauste und bis in die tiefsten Ritzen des Herzens pfiff. Er mußte sich schütteln. Beinahe hätte er sich verführen lassen. In dem ganzen gewaltigen Gotteshaus waren alle wie gebannt. Endlich beendete Mosman seine Predigt.

Es war Zeit für das Ehegelübde und den Tausch der Ringe.

Julius schüttelte den Kopf. Die Klänge der Predigt rauschten noch immer in seinen Ohren. Er brauchte einen Augenblick, um sich klarzumachen, daß Fierens und Elisabeth als einzige nicht von Mosmans Worten ergriffen waren.

O doch, Fierens wirkte schon ergriffen. Er trug die richtige Miene zur Schau, die anerkennende, leicht verzückte, aber bescheidene Miene eines normalen Propheten und Bräutigams, aber Julius, der sich gut mit Gesichtern auskannte, entdeckte noch etwas anderes darin. War es Überheblichkeit? Vielleicht sogar Langeweile? Oder Geistesabwesenheit?

Elisabeth zitterte noch immer.

Dieser Anblick machte Julius Mut und erfüllte ihn mit einer wilden Sehnsucht, etwas zu tun, irgend etwas, das alldem ein Ende bereiten würde. Unter dem Umhang spürte er den kalten Druck des kleinen Messers am Handgelenk. Jetzt ergriff Hass das Wort.

»Sollte irgend jemand einen gerechten Grund oder ein Hindernis sehen, warum diese beiden Menschen nicht im heiligen Bund der Ehe vereint werden sollten…«

Offenbar glaubten die Täufer zumindest an ein gewisses Festhalten an Traditionen, dachte er. Genau an diesem Punkt sprach Gott zu ihm. Julius konnte es sich nur so erklären – ein Funke göttlicher Eingebung, die plötzliche Gewißheit, daß auch Fierens bereits verheiratet war. Er würde jetzt den Mund aufmachen und es der Gemeinde sagen. Als letzte Zuflucht blieb ihm immer noch das Messer.

»…dann möge er jetzt sprechen«, sagte Hass, »oder für immer schweigen.«

Julius holte tief Luft und trat vor.

13

Er hatte noch keinen Schritt getan, hatte eigentlich erst den Unterschenkel angespannt und die Fußspitze gehoben, als ihn eine kräftige Hand packte und zurückhielt.

»Was macht Ihr da, mein Sohn?« flüsterte eine Stimme.

Julius sah sich um, erschrocken, verzweifelt. Das Kirchenschiff war so vollgepfropft mit Menschen, daß er nicht feststellen konnte, wer geflüstert und ihn zurückgehalten hatte.

»Kommt hinter den nächsten Pfeiler«, sagte die Stimme, »ich warte dort auf Euch.«

Was sollte er tun? Seinen Vorsatz ausführen oder seinem unbekannten Freund (wie er vermutete – aber vielleicht war es eine Falle?) folgen?

»Ihr hättet keine Chance«, bedrängte ihn die Stimme. »Tut, was ich sage.«

Die Worte klangen derart eindringlich und vernünftig, daß sich Julius' erster, verrückter Impuls verflüchtigte. Er konnte nichts beweisen, wenn er jetzt eine Szene machte. Und es würde ihm ergehen wie dem Sattler. Da war es doch besser, zu warten und mit einem Beweis zurückzukommen. Die Ehe würde trotzdem ungültig sein. So unauffällig wie möglich schlängelte er sich nach rechts zum nächsten Pfeiler, wo sich das Gedränge etwas lichtete (denn von dort aus konnte man nur schlecht sehen). Dieser befand sich auf gleicher Höhe mit dem Altar und etwa zwölf Meter davon entfernt, so daß die Sicht durch das Chorgestühl behindert wurde. Auf der Rückseite war er unbearbeitet.

Dort stützte Julius die Hand auf und legte seinen Kopf darauf, als sei er ins Gebet versunken. Da sprach die Stimme wieder zu ihm.

»Habt keine Angst. Es sind noch immer ein paar von uns da, auch wenn wir uns nicht sehen lassen dürfen. Ich glaube, Ihr seid keiner von denen, mein Sohn.«

»Bin ich auch nicht.«

Julius neigte den Kopf etwas zur Seite und erblickte einen kleinen Mann mit einem Gesicht wie eine Kirchenmaus und jener unverkennbar priesterlichen Miene; er war gekleidet wie ein ganz normaler Bürger.

»Gut«, sagte der kleine Mann. »Weniger gut ist freilich, daß Euch einer von denen gesehen hat und offenbar nicht besonders mag. Dreht Euch nicht um. Tut weiter so, als wäret Ihr ins Gebet vertieft. Wenn sie ein Messer bei Euch finden, seid Ihr so gut wie tot.«

»Ich muß etwas unternehmen«, sagte Julius. »Ich kann doch nicht zulassen, daß sie diesen Mann heiratet.«

»Rettet lieber Eure eigene Haut«, riet ihm der kleine Mann. »Wenn man Euch erst bewußtlos geprügelt hat und Ihr mit dem Gesicht nach unten im Fluß treibt, könnt Ihr gar nichts mehr unternehmen. Also, sobald ich fort bin, geht Ihr an der Rückwand des Altars vorbei in die linke Seitenkapelle und drückt auf die mittlere Platte des zweiten, so traurig verunstalteten Grabmals auf der Ostseite. Sobald es sich auftut, müßt Ihr die Treppe hinuntersteigen. Ich werde jetzt gehen. Und paßt auf, daß Ihr unser Versteck nicht preisgebt. Euer Mann wird jeden Augenblick um den Pfeiler kommen.«

Langsam drehte Julius den Kopf und sah sich um, aber der Priester war verschwunden.

Dann wandte er den Blick wieder zurück zum Altarraum und – er konnte nicht anders – zum Altar. Er sah das goldene Blinken, als Hass den Ring nahm. Schon wollte er abermals vortreten. Was immer ihm sein neugewonnener Freund geraten haben mochte, jetzt erhob die Liebe ihre Stimme. Dann geschahen zwei Dinge beinahe gleichzeitig. Irgendwo hinter dem Pfeiler rief eine leise Stimme.

»Halt… du da… Eros…«

Und Elisabeth drehte sich um (wie konnte sie das gehört haben?), erblickte Julius und fiel in Ohnmacht. Hilflos sah er zu, wie ihr Körper zu Boden sank. Irgendwie gelang es Konrad und Fierens, sie aufzufangen, bevor sie auf die Steinstufen schlug. Da sich beide ganz auf sie konzentrierten, konnten sie Julius nicht gesehen haben. Aber der Täufer, der ihn damals im Schnee verfolgt hatte und jetzt hinter dem Pfeiler hervortrat, sah ihn sehr wohl. Zum Glück wurde der Mann durch einen kleinen Strom von Schwärmern aus Westfalen behindert.

Julius nahm Reißaus und rannte los. Er flitzte in die Seitenkapelle, wie der Priester gesagt hatte, und drückte auf die Steinplatte. Das Grabmal tat sich auf, und zum Vorschein kam eine schmale Steintreppe, die in undurchdringliches Dunkel hinunterführte. Schon vernahm er auf der anderen Seite des Altars hastige Schritte. Er hatte panische Angst, eingesperrt zu werden doch es gab keine andere Zuflucht. Er lief hinunter und zog den steinernen Sarkophag über sich. Geräuschlos glitt er an seinen ursprünglichen Platz zurück.

Von draußen hörte Julius das Tappen vorbeilaufender Füße, Rufe und gedämpfte Verwirrung. Die Geräusche verhallten in Richtung des Nordportals, das auf den Kirchhof hinausführte, ein hervorragendes Versteck für jemanden, der fliehen mußte.

Julius tastete sich die Treppe hinunter und gelangte in ein mit einem Tisch und Stühlen ausgestattetes Gewölbe, in dem ihn der kleine Priester und ein lutherischer Pastor bereits erwarteten.

»Du sollst nicht töten«, sagte der kleine Priester, nachdem Julius erklärt hatte, daß er vortreten und Fierens am Altar hatte erstechen wollen, »das ist meine Meinung dazu. Schon gar nicht in Gottes Haus. Und ich betrachte die Liebe auch nicht als Sakrament, obwohl ich in dieser Stadt schon ungleich gefährlicheres Gerede gehört habe.«

»Man müßte es nicht unbedingt als Töten verstehen«, sagte der Lutheraner. »Man könnte es ja vielleicht als notwendigen Unfall interpretieren.«

»Typische Kasuistik«, meinte der Priester.

»Pah«, sagte der Pastor.

Offensichtlich genossen die beiden ihre Debatte.

»Ich habe mir gedacht, wenn ich schon für diesen notwendigen Unfall verantwortlich bin, sollte er passieren, bevor die zwei verheiratet sind. Wahrscheinlich würde ich es nicht übers Herz bringen, ihm einen Unfall zustoßen zu lassen, wenn er erst ihr Mann ist, obwohl ich ihn zutiefst hasse«, sagte Julius und fügte bitter hinzu: »Aber wie dem auch sei, vermutlich ist er das inzwischen, und ich habe nichts unternommen.«

»Wir leben in schrecklichen Zeiten«, sagte der Priester, »wenn wir so reden müssen. Möge Gott uns verzeihen.«

»Amen«, sagte der Pastor.

»Wahrscheinlich hätte ich es ohnehin nicht fertiggebracht, ihn zu erstechen«, sagte Julius. »Es muß einen anderen Weg geben. Ich liebe sie so sehr.«

»Das sehe ich«, sagte der Priester.

Es entstand eine Pause.

»Versteckt Ihr Euch schon lange hier?« fragte Julius schließlich.

»Ein paar Wochen. Genauer gesagt: seit klar ist, daß wir *personae non gratae* sind. Es gibt noch ein paar mehr von uns in solchen Löchern und Verstecken«, sagte der Lutheraner.

»Und wer bringt Euch Essen?«

»Schwarze Vögel«, sagten sie im Chor.

Julius wußte, wen sie meinten. Es war kein Zufall, daß ihn die beiden alten Frauen im Schnee gefunden hatten. Plötzlich fiel ihm Elisabeths alte Kinderfrau Frieda ein, und sein Herz machte einen kleinen Sprung. Es gab zumindest einen Freund in diesem finsteren Haus. Und dann fühlte er sich wieder hilflos.

»Was können wir tun?«

»Wir sind schon eine komische kleine Versammlung«, sagte der Priester. »Ein Lutheraner, ein Katholik und ein Pilger der

Liebe. Wir haben es mit einem schrecklichen und unversöhnlichen Feind zu tun – Ihr wißt doch, wer das ist, oder?«

»Es ist der Satan«, sagten der Pastor und Julius gleichzeitig.

»Es ist der Satan«, wiederholte der kleine Priester, »der sich – eine schlimmere Gotteslästerung gibt es nicht – als Gottes Sendbote maskiert, sogar als Gott selbst; denn diese Leute behaupten, da Gott in ihnen ist, müßten sie Gott sein. Damit ist alles entschuldigt, was sie tun, weil Gott nichts Falsches tun kann. Wenn er bereits verheiratet ist, wie Ihr vermutet, würde das für diese Leute nicht das geringste ändern. Sie würden sagen, seine Frau sei nicht wiedergetauft und die Eheschließung habe nicht unter der Schirmherrschaft der Täufer stattgefunden. Sogar in der katholischen Kirche ist es sehr einfach, sich da herauszuwinden. Seht Euch nur den König von England an…«

»Wir müssen wachsam sein und abwarten, da wir nur noch wenige sind. Vielleicht werden es ja wieder mehr. Aber der Feind wird uns zahlenmäßig immer überlegen sein. Wir müssen irgendwie Hilfe holen, wenigstens den Fürstbischof irgendwie benachrichtigen«, sagte der Pastor, »auch wenn es mich schmerzt, das zu sagen.«

»Dieser Esel«, schnaubte der Priester. »Er hat euch Lutheraner über die Klinge springen lassen.«

»Wer sonst könnte helfen?«

»Er wird nicht in die Stadt einmarschieren. Er müßte sie belagern. Und eine Belagerung ist etwas Fürchterliches.«

»Wir können nichts anderes tun als abwarten. Und beten.«

»Was soll beten schon helfen?« sagte Julius bitter.

»Ihr wäret überrascht«, sagte der kleine Priester. »Wir legen in unserem Beruf großen Wert darauf. Aber jetzt sollten wir Euch lieber hinauslassen.«

»Wieder da hinauf?« fragte Julius beunruhigt.

»Nicht in den Dom. Es gibt andere Wege. Wir haben hier unten eine hübsche Auswahl an Ausschlupfmöglichkeiten. Wie wäre es mit einem Mausoleum? Oder mit einer Schleuse? Ihr solltet lieber einen anderen Umhang tragen und vielleicht einen Hut. Wir haben allerhand Sachen da. Bitte bedient Euch.«

Julius kam der Aufforderung nach, und seine neuen Freunde führten ihn durch ein angrenzendes Gewölbe, einen Tunnel, einen weiteren Raum und schließlich durch ein eisernes Gitter, das wie eine Sperre aussah, sich aber als Tür entpuppte, zu einem Punkt, von dem aus Julius einen kalten, von Wasser gespiegelten Lichtschimmer erkennen konnte.

»Was für ein Labyrinth!« sagte Julius erstaunt. »Wer hat denn alle diese Gänge gebaut? Und wohin führen sie?«

»Mönche«, sagte der Lutheraner. »Das ist nicht das erste Mal, daß es Schwierigkeiten gibt. Sie führen zum Kloster und zum Getreidespeicher, zu einem unterirdischen Brunnen, sogar zu einem Nonnenkloster...«

»Wir sind da«, sagte der kleine Priester. »Von nun an seid Ihr auf Euch gestellt.«

»Wer seid ihr?« fragte Julius. »Ich kenne nicht mal eure Namen.«

»Pastor Joachim«, sagte der Pastor.

»Und Bruder Berthold«, sagte der Priester. »Natürlich sind das nicht unsere richtigen Namen. Setzt Euch nicht mit uns in Verbindung, außer wenn Ihr in Lebensgefahr seid. Wir werden uns melden, wenn die Zeit gekommen ist. Viel Glück, und Gott sei mit Euch. Ihr werdet Ihn brauchen. Die Lage wird sich verschlimmern, bevor sie sich wieder bessert.«

»Schon erstaunlich, nicht wahr?« sagte der Pastor. »Es ist, als würde die Menschheit jedesmal, wenn sie die Wahl zwischen zwei Strohhalmen hat, deren Länge sie durchaus in Erfahrung bringen könnte, den kürzeren ziehen.«

Julius trat hinaus ans Flußufer und sah sich vorsichtig um. Die Sonne ging bereits unter, und Schatten legten sich auf die kleinen Hohlwege, die vom Wasser nach oben führten.

Da er keine Menschenseele sah, drehte er sich um, um sich von seinen neuen Freunden zu verabschieden, aber die waren bereits verschwunden.

14

Elisabeth war aus ihrer Ohnmacht zurückgeholt worden. Wie Fierens später erklärte, war der Schock, der von Mosman ausstrahlenden, furchteinflößenden Kraft so nahe zu sein, einfach zuviel für sie gewesen.

Nach einer kurzen Unterbrechung, in der man der Braut Luft zufächelte und sie mit kaltem Wasser betupfte, nahm sie, nur halb bei Bewußtsein und von ihrem Vater gestützt, abermals ihren Platz vor dem Altar ein, und die Hochzeitszeremonie wurde zu Ende geführt. Später erlitt sie einen Fieberkollaps. Sie hatte sich in der Kirche erkältet. Fierens stimmte mit ihrem Vater überein, daß es besser für sie sei, zu Hause zu bleiben, wo sie gepflegt werden konnte. Noch war sie den Härten des Daseins als Ehefrau eines Täuferführers nicht gewachsen, denn es waren harte Zeiten, die sich ohne Zweifel noch verschlimmern würden. Er besuchte sie weder in dieser Nacht noch in den folgenden Nächten. Sie war krank. Er war beschäftigt. Während er seiner Arbeit nachging, registrierte er die eigenartige Tatsache, daß keine Vereinigung stattfand. Er empfand es beinahe als Erleichterung, denn er hatte das Gefühl, etwas an ihr würde Zeugnis gegen ihn ablegen. Natürlich war das unmöglich, denn ihm standen alle Wege offen. Vielleicht war es Sein Wille, daß sie unberührt blieb. Auf alle Fälle gab es genügend andere Dinge, um die er sich kümmern mußte.

Bei einer Besprechung drei Tage nach der Hochzeit erörterten Fierens und Mosman mit Konrad und ein paar anderen Männern, darunter der Profos und der Anführer der bewaffneten

Horden (ebender, der Julius im Dom verfolgt hatte), das Ergebnis der äußerst regen Teilnahme an der Hochzeit. Man hatte sich davon versprochen, daß dadurch mehr Begeisterung für die Sache der Täufer geweckt würde.

»Gestern waren es ein paar mehr, die sich taufen lassen wollten«, sagte der Anführer, »aber ein Erdrutsch war es nicht. Die Anzahl der Bekehrungen ist drastisch zurückgegangen.«

Konrad empfand diese Nachricht als persönliche Kränkung. Schließlich war er der erste Bürger der Stadt. Die Hochzeit seiner Tochter hätte Hunderte von Mitbürgern beflügeln müssen. Mußte man sie zu ihrer Erlösung prügeln?

»Sie werden den Erdrutsch noch früh genug erleben«, rief Mosman. »Katastrophen unvorstellbaren Ausmaßes. Die Berge werden Schwefel spucken, und dieses Feuer, das ...«

»Ich sehe deutlich, daß Eure Geduld erschöpft ist«, sagte Fierens besänftigend. »Die Hochzeit sollte die Stadt und die Brüder zusammenschweißen. Wir haben getan, was wir konnten.«

»Gewiß haben wir das«, sagte Konrad.

»Es ist an der Zeit, unseren Plan in die Tat umzusetzen – das heißt, wenn unser Bürgermeister uns nicht aus dem Feld schlägt.«

Er lächelte Konrad frostig an.

»Schlagen?« stammelte Konrad.

Wieder typisch Fierens, diese kaum merkliche Betonung des Wortes ›schlagen‹, die eine Möglichkeit andeutete, über die Konrad lieber nicht nachdenken wollte. Er hatte inzwischen zu viele Feinde, und das wußte er.

Konrad schluckte.

»Tut mir leid«, sagte er. »Ich mußte mich um so viele Dinge kümmern. Meine Tochter... Eure Frau...«

Elisabeths Zustand gab wirklich Anlaß zur Besorgnis. In der Lunge begann sich Blut zu stauen. Man hatte den Apotheker rufen lassen, aber sie behandelte sich lieber selbst. Die alte Frieda lief alle fünf Minuten mit Stärkungsmitteln aus Holunderblüten und Lungenkraut treppauf und treppab.

»Meine Familie sind die Gerechten. Meine Gemahlin ist die Gemeinschaft der Heiligen«, sagte Fierens selbstherrlich. »Verwechselt nicht geistige mit weltlichen Angelegenheiten. Und jetzt fahrt fort.«

»Was meint Ihr mit ›aus dem Feld schlagen‹?« murmelte Konrad, in die Enge getrieben, mit rotem Kopf, da er befürchtete, bloßgestellt zu werden.

»Na, hört mal. Daß wir den Plan, den wir neulich abends besprochen haben, in die Tat umsetzen. Daß wir die Stadt von Unreinheit säubern.«

Konrads Erleichterung war deutlich sichtbar und wurde auch gesehen.

»Ich habe niemanden mit Schlägen zu etwas getrieben«, sagte er. »Ich wollte nur das Ergebnis unserer Zusammenkunft abwarten.«

»Also, die Sache ist sonnenklar«, sagte Fierens. »Wer hierbleiben will, muß sich taufen lassen. Alle anderen werden aus der Stadt gejagt.«

»Einfach davongejagt?«

»Noch heute«, donnerte Mosman. »Die Stadt ist voller Unrat. Gott wird das nicht dulden. Hinaus mit ihnen, sage ich.«

»Aber das Wetter ist rauh. Wir sollten wenigstens so menschlich sein, ihnen Zeit zur Vorbereitung zu lassen.«

»Sie haben Zeit gehabt. Wenn sie nicht vorbereitet sind, sind sie törichte Jungfrauen und müssen eben leiden. Sie haben ihren Platz an der festlichen Tafel verwirkt. Sie haben sich selbst die Schuld zuzuschreiben, wenn sie in die Dunkelheit hinausgejagt werden.«

Konrad schluckte. Gewalt hatte für ihn stets etwas mit Wut zu tun gehabt. Kaltblütige Gewalt erforderte mehr Übung. Er war überzeugt, daß er dazu fähig war.

»Also gut«, sagte er. »Wenn es getan werden muß, muß es eben getan werden.«

»Es muß getan werden«, sagte Mosman, »und irgendwann wird es ein Ende haben.«

»Amen«, sagte Fierens. »Halleluja.«

»Ich möchte zu gerne wissen, wer dieser verliebte Bursche war, den Bruder Jeremias gesehen hat«, sagte der Profos. »Irgend etwas an ihm gefällt mir nicht. Und dann die Art und Weise, wie er einfach verschwunden ist. Das Schuldbewußtsein stand ihm ins Gesicht geschrieben.«

»Kümmert Euch nicht darum«, herrschte Fierens ihn an. »Sorgt dafür, daß Eure Männer morgen früh bereit sind, und haltet die Augen offen.«

Er war der einzige, der so mit dem Profos reden durfte. Wenn er wollte, konnte er über andere herfallen wie eine Spinne.

15

Im Verlauf der letzten Wochen waren Namen aufgeschrieben und Adressen notiert worden. An Spionen herrschte kein Mangel. Auf Fierens' Anregung hin hatte der Anführer es sich angelegen sein lassen, all diejenigen willkommen zu heißen, die Groll im Herzen hegten oder von Natur aus mißmutig oder neidisch waren. Es war erstaunlich, wie viele solcher Leute es in der Stadt gab.

So ließ es sich problemlos einrichten, daß sich früh am Morgen, unmittelbar nach dem Hahnenschrei – als sich im Osten der erste Lichtschimmer zitternd durch blaßgelbe Wolkenstreifen am dunklen Horizont schob und die Stadt erleuchtete, die jungfräulich und unschuldig in weichen Schnee gebettet dalag –, die bewaffneten Horden allmählich auf die Straßen verteilten und sich vor den angegebenen Türen postierten.

Es war wieder ein bitterkalter Morgen – aberwitzig kalt für Anfang April. Sogar die Jahreszeiten schienen aus dem Gleis geraten zu sein. Die Männer warteten. Man hatte ihnen eingeschärft, sich still zu verhalten, bis das Signal ertönte. Nur ihr Atem, der wie Blumenkohlröschen emporstieg, hätte die Bürger in ihren Häusern darauf aufmerksam machen können, daß dies der letzte Tag sein sollte, den sie zu Hause verbringen würden.

»He, ich glaube, es ist Zeit zum Aufstehen«, sagte der stellvertretende Meister der Faßbinder (eine Gilde von untergeordneter Bedeutung) zu seiner hübschen kleinen, hochschwangeren Frau. »Es gibt nicht besonders viel Arbeit bei diesen Verrückten mit ihrer Abneigung gegen das Trinken, aber ich möchte trotzdem nicht zu lange schlafen; ich möchte mit Pater Berthold reden, falls ich ihn finde. Bleib du noch im Bett liegen; ich kümmere mich schon darum, daß die Kleinen was zu essen bekommen.«

Die Dienstmagd hatte sie verlassen und sich den Täufern angeschlossen.

»Du bist ein guter Mann«, sagte seine Frau lächelnd. Das stimmte, und genau das sollte sein Verderben werden.

Kaum hatte er seine drei kleinen Jungen und das noch kleinere Mädchen an den Tisch geholt und begonnen, den Brotlaib fürs Frühstück aufzuschneiden, ertönte in der Ferne ein Signalhorn, gefolgt von einem donnernden Schlag an der Haustür. Einer der kleinen Jungen fiel vor Schreck von der Bank.

»Was zum …?« rief der Meister Faßbinder, hob das Kind auf und schrie, während er zur Tür lief: »Schon gut, schon gut. Ihr braucht nicht gleich die Tür einzuschlagen.«

Seine Frau rief aus dem Schlafzimmer herunter.

»Was ist denn los?«

Ein zweiter Schlag, der die Tür hätte treffen sollen, landete auf seinem Kopf, knapp über der Schläfe. Er hielt eine Hand vors Auge und sah durch das herabrinnende Blut einen kleinen Trupp grimmiger Schergen, die im Schnee auf ihn warteten. Einer von ihnen hatte eine Axt in der Hand.

»Was... was hat das zu bedeuten?« murmelte der Faßbinder. »Was wollt ihr? Es muß sich um einen Irrtum handeln.«

Er war zu schockiert, um wütend zu werden.

»Kein Irrtum, Faßbinder. Holt Eure Frau und Eure Kinder auf die Straße heraus.«

»Was?«

»Ihr habt es gehört.«

»Aber... das ist mein Haus.«

»Das *war* Euer Haus.«

»Das muß ein Irrtum sein. Ihr habt die falsche Tür erwischt. Seht in den Urkunden nach. Ich bin ein Freisasse.«

»Ein Dreck seid Ihr.«

»Also so was! Jetzt hört mal zu...«

»Hör du lieber zu, du Scheißfaßbinder. Du bist doch ein beschissener Katholik, stimmt's?«

»Ich bin Katholik, und ich bin stolz darauf. Und ich habe die Absicht, auch einer zu bleiben.«

»Ein Scheißdreck bist du. Deine Frau ist Scheiße. Und deine Brut ist auch Scheiße.«

»Das lasse ich mir von niemandem sagen.«

Inzwischen waren die Frau und die Kinder des Faßbinders hinter ihm an die Tür gekommen. Der Ostwind zerzauste ihr Haar, blies Schneekristalle in den Flur, so daß das kleine Mädchen mit den Zähnen klapperte.

»Was willst du denn dagegen tun, Scheißfaßbinder?«

»Nicht, Franz«, kreischte die Frau, als der Faßbinder zu einem Schlag ausholte, der den Anführer der Schergen nur an der Schulter streifte, da er einen Schritt zurücktrat.

Der Mann mit der Axt hieb dem Faßbinder mit dem stumpfen Ende auf den Kopf. Er fiel um und blieb reglos mit dem Gesicht nach unten im Schnee liegen.

Ein zweiter fing an, ihn gleichgültig zu treten. Die Frau des Faßbinders stieß einen fürchterlichen Schrei aus und eilte ihm zu Hilfe.

»Wagt es bloß nicht«, sagte sie zu den Männern. »Wagt es bloß nicht.«

Der zweite Mann drehte sich um und stieß sie zurück, so daß sie in den Schnee fiel. Jetzt stürzte sich der älteste Sohn auf den Mann, doch der gab ihm eine kräftige Ohrfeige, packte ihn und schleuderte ihn neben die Mutter.

»Böser Mann«, sagte das kleine Mädchen, das gerade erst sprechen gelernt hatte. »Böser, böser Mann.«

»Und du solltest auch lieber die Klappe halten«, sagte der Scherge, den einer seiner Kameraden nur mit Mühe davon abhalten konnte, die Kleine ebenso zu behandeln.

In dem Augenblick kam Mosman – jawohl, der Täuferführer persönlich, ausgemergelt, unbarmherzig, aufrecht – auf seiner Runde mit einer Schar Anhänger die Straße entlang. Er hatte die ganze Nacht im Gebet verbracht und in dieser Sache geistigen Beistand erhalten. Er betrachtete die Szene und zollte ihr finstere, aber entschiedene Anerkennung.

»Hinaus mit euch, ihr Gottlosen«, rief er der Familie zu, ohne auch nur stehenzubleiben, »und kommt ja nie mehr zurück, ihr Feinde des Herrn.«

Der Wind, der seit der Morgendämmerung beständig zugenommen hatte – im Gegensatz zum Licht, dessen schwaches Gelb sich zu einem bleiernen Schwefelgelb verdüstert hatte –, brachte jetzt die ersten Schneeflocken mit, die wie weiße Galeonen auf ihm dahinritten.

»Holt Euch einen Umhang, Frau«, sagte der Täufer, der seinen tretenden Kameraden zurückgehalten hatte, »und holt einen Umhang für Euren Mann und Decken für die Kleinen. Ihr müßt mitkommen. Ich werde ihm helfen.«

Er deutete auf den Faßbinder, der benommen versuchte, sich

aufzusetzen. Sein Schädel war gebrochen, und er sah ziemlich übel aus. Der Schnee fiel jetzt dichter.

»Müssen wir denn fort?« fragte die Frau. »Wie Ihr seht, erwarte ich ein Baby. Und die Kinder sind noch so klein. Müssen wir denn in diesem Sturm fort?«

»Es ist Gottes Wille«, sagte der Mann keineswegs glücklich.

»Nicht der meines Gottes«, entgegnete die Frau heftig. »Nicht der des lieben Jesus. Er hat gesagt: ›Laßt die Kinder zu mir kommen.‹«

»Es ist Gott Vaters Wille«, schrie der Anführer des Trupps. »Und jetzt beeilt Euch. Tut, was der Mann sagt.«

»Was ist mit unseren Sachen? Geld, Wertsachen, meine Ringe? Ich muß sie mitnehmen.«

»Dann bringt sie raus«, sagte der Mann.

»Und etwas zu essen, wenigstens für unterwegs...«

»Gut. Nehmt auch das mit.«

Gegen die Tränen ankämpfend, ging die Frau ins Haus zurück. Inzwischen weinten alle Kinder, mit Ausnahme des kleinen Mädchens, das seinen Vater zu umarmen versuchte. Es war eine Szene, die das Herz eines Caligula erweicht hätte, doch auf Fierens, der um die Ecke gestapft kam, machte sie keinen Eindruck.

»Wie? Trödelt Ihr immer noch herum? Beeilt Euch, beeilt Euch«, rief er. »Das himmlische Königreich wartet nicht auf Bummelanten, Bruder.«

Der hilfsbereitere Täufer wurde strenger.

»Ich komm schon, Bruder. Beeilt Euch da drinnen«, rief er ins Haus.

Die Frau des Faßbinders erschien mit einem Arm voller Kleider. Sie kniete sich hin, zog die Kinder rasch möglichst warm an und lief dann mit ihres Mannes Hut und Umhang zu ihm hinüber. Er machte den matten Versuch, ihr zu helfen.

»Es geht ihm schlecht«, schrie sie den Schergen an. »Ihr habt ihm weh getan.«

»Es wird ihm gleich bessergehen. Der Marsch durch die Kälte wird ihn schon aufwecken.«

»Habt Ihr denn gar kein Mitleid?«

»Kein Mitleid mit den Unreinen. Natürlich könntet Ihr Euch noch immer taufen lassen, dann könntet Ihr dableiben. Wir würden die Tür wieder einsetzen, und Ihr hättet es so behaglich wie nur irgend möglich. Was haltet Ihr davon?«

Es war die Versuchung durch den Teufel persönlich. Man konnte sehen, daß die Frau hin- und hergerissen war.

»Nein«, rief der Faßbinder. »Da würde ich lieber sterben. Aber erlaubt, daß meine Frau und die Kinder dableiben. Habt Mitleid.«

»Wenn einer geht, gehen alle«, sagte die Frau.

»Dann holt die Wertsachen«, sagte der Scherge. »Und das Essen.«

Die Frau ging wieder ins Haus und kehrte sogleich mit zwei Bündeln zurück.

»Die nehme ich«, sagte der Scherge.

»Soll das heißen…?«

Einen Augenblick dachte sie, er erböte sich, die Sachen zu tragen. Und dann wurde ihr klar, daß er sie schlicht und einfach an sich nehmen wollte.

»Ich verfluche Euch, aus dem Grunde meines Herzens«, sagte sie ruhig. »Ihr werdet dieses Jahr nicht überleben.«

Der Mann zuckte die Achseln.

»Nehmt Euch in acht, Frau, sonst werdet Ihr noch als Hexe hingerichtet.«

Sie stützte ihren Mann auf einer Seite, der freundlichere Scherge auf der anderen. Die Kinder warfen so manchen Blick zurück zu dem kleinen Haus, in dem sie glücklich in so rücksichtslos zerstörter Geborgenheit aufgewachsen waren; es war wie ein Traum, in den sich ein Alptraum drängte. Und so bewegte sich der kleine Zug langsam auf den Stadtplatz zu, wo sich über hundert andere, in ähnliche Bedrängnis geratene Familien im Schneesturm versammelten.

Denn dieselbe Szene hatte sich in vielerlei Varianten in der ganzen Stadt abgespielt – hier eine Mutter, die gerade entbunden hatte und mit dem Säugling an der Brust gewaltsam aus dem Wochenbett geholt wurde; dort ein Schwindsüchtiger, der sich die Lunge aus dem Leib hustete; hier eine Urgroßmutter, die durch den Schock den Verstand verloren hatte und ihren Bewachern erklärte, sie würde »bis zum Bäcker mitgehen« und dann wieder umkehren, »um meinen Haferschleim zu essen«; dort ein Musikant mit Familie, dessen Kinder mit ihren zerbrochenen Violen einen mitleiderregenden Anblick boten …

Die meisten kamen aus den wohlhabenderen Stadtbezirken, gaben aber ein Bild bitterster Armut ab. Ihr Geld, ihre Habe, ihre Lebensmittel, sogar die überzählige Kleidung hatte man ihnen abgenommen. Und während sie im Schneegestöber standen, bestieg Mosman ein Podium und begann zu predigen. Er erklärte ihnen, sie müßten die Stadt verlassen, weil sie das Neue Jerusalem besudeln würden. Sie seien mit ihrer schmutzigen Lebensweise verheiratet, und in der Stadt Gottes sei kein Platz mehr für sie. Sie müßten sich durchschlagen, so gut es gehe, und mit dem Antichrist zu Abend essen.

Wie er im Schneesturm so dastand, mit wehendem Umhang, und der Wind ihm durch Haarmähne und Bart fuhr, sah er wahrhaftig aus wie ein Prophet aus dem Alten Testament.

Die Menge der Gläubigen, die sich versammelt hatte, um sich die Vorbereitungen für die Vertreibung anzusehen, spürte das ebenfalls. Er war nicht bloß Jesaja oder Sacharja oder Hananja, er war Moses, der Gesetzesgeber.

»Mosesmann«, begannen sie zu rufen. »Mosman ist Moses. Zerschmettere die Sünde mit deinem Stab, Mosesmann!«

Er setzte den unglücklichen gläubigen Katholiken und Lutheranern hart zu. Aber er gab ihnen eine letzte Chance.

»Da draußen«, sagte er und breitete die Arme aus, »werdet ihr Kälte, Schmutz, Unrat, Wölfe, durch die Wälder fliegende Dämonen, Würmer, feuerspeiende Berge, Abgründe, Höllenschlünde, Angst und Schrecken und ewig währenden Tod vorfinden. Bleibt ihr jedoch hier und laßt euch auf die einzig wahre Art erneut taufen, werdet ihr Freunde finden, Wärme, Essen, Behaglichkeit und die unendliche Güte des ewigen Lebens. Trefft eure Wahl, denn es heißt: jetzt oder nie.«

Einigen von ihnen verging die Lust. Als der Sturm kurz nachließ, ertönte vor den Toren plötzlich ein Geheul, vermutlich ein Hund, vielleicht aber auch ein Wolf. Es bildete sich ein kleines, aber deutliches Rinnsal von Anwärtern auf die unendliche Güte. Andere, darunter mehrere alte Frauen (Frieda allerdings nicht, denn da sie Elisabeth pflegte, hatte man sie verschont), waren standhafter in ihrem Glauben und wichen nicht von der Stelle.

»Öffnet die Tore«, rief Mosman, und die massiven, mit Eisennägeln besetzten Torflügel taten sich weit auf.

Dahinter lagen die Brücke und die nur mit ein paar Pfosten markierte Straße, die an den Wiesen vorbei und dann weiter in den Wald hineinführte.

»Geht«, schrie Mosman, »und möge der Tod mit euch gehen. Vor der Ernte muß das Unkraut aus dem Weinberg gerupft werden... Hinaus, hinaus, sage ich.«

Langsam zockelte der armselige Haufen voran, angetrieben von Schergen, die auf sie einschlugen, und von einem lachenden und johlenden Mob. Ein Lutheraner stimmte plötzlich das Lied »Ein feste Burg ist unser Gott« an.

Das kam völlig unerwartet. Nicht einmal Mosman konnte es verhindern. Immer mehr Leute stimmten ein; sogar die Katholiken. Als sie das Stadttor hinter sich gelassen hatten, waren ihre Stimmen noch immer zu hören – die kräftigen Stimmen der Männer, die sich mit den zitternden Tönen der Greise und dem piepsenden Sopran der Jüngsten vermischten.

»Ein feste Burg ist unser Gott…«

Julius, der auf den Stadtplatz gekommen war, um Skizzen zu machen – er hatte sich vorgenommen, die Heimsuchungen der Stadt möglichst genau festzuhalten –, merkte plötzlich, daß ihm Tränen über die Wangen rannen.

Der Faßbinder starb als erster. Er war mehr tot als lebendig gewesen, als er die Stadt verließ. Seine Frau und seine Kinder weigerten sich, ihn im Stich zu lassen; vor allem die kleine Tochter, die ganz plötzlich in den Armen ihres toten Vaters starb.

Die Mutter starb ebenfalls, nachdem sie vor der Zeit ihr Baby in einem halbwegs geschützten Graben tot zur Welt gebracht hatte, umgeben nur von den eisigen Sternen – das Wetter hatte aufgeklart – und ihren kleinen Jungen.

Die Jungen allerdings überlebten. Ein gütiger kinderloser Schuhmacher nahm sie in seine Obhut.

Einer der Jungen wurde später Inquisitor.

16

Die in der Stadt zurückgebliebenen Lutheraner und Katholiken verhielten sich jetzt recht zurückhaltend. Freilich hatten sie sich aus unterschiedlichen Gründen, die sie selbst nicht als sonderlich rühmlich empfanden, von ihrem Glauben losgesagt; dabei war – durchaus plausibel – Angst das Hauptmotiv. Es gab auch noch andere Erklärungen für ihren Opportunismus: Liebe zur Familie, Liebe zur Stadt, chronische Unentschlossenheit und vor allem ein schwacher Glaube. Vielleicht stand der Glaube auch an letzter Stelle, und alle anderen Gründe wogen schwerer.

Wie dem auch sein mochte, sie mußten alle in der Kälte auf dem Stadtplatz bleiben und sich taufen lassen. Viele kamen sich wie Idioten vor. Andere versuchten verzweifelt, zu eben jener seelischen Erhebung zu gelangen, die man bei den Wiedertäufern in vergleichbaren Augenblicken beginnender Verzückung beobachten konnte – und einigen, jungen vor allem, gelang es tatsächlich, eine »göttliche Eingebung« zu erhalten. Es gab aufrichtige Kniefälle und schwärmerisches Gerede, aber nicht sehr viel. Außerdem gab es eine Reihe von Zynikern, die achselzuckend zur Tagesordnung übergingen, weil sie nicht einsahen, was das ganze Theater bedeuten sollte. Schließlich ging es doch um ein und denselben Gott. (In dieser Beziehung freilich irrten sich die Zyniker.)

Die Zeremonie auf dem Marktplatz dauerte drei Tage, an denen über tausend Menschen getauft wurden. Hass, der noch immer bestrebt war, sich seine Stellung als bester Prediger der Stadt zurückzuerobern, verlor seine Stimme. Julius, der sich einen Bart wachsen ließ, um sich vor seinem Verfolger zu tarnen, hielt alle möglichen Szenen fest – absurde, unheimliche, abgründige und bedrückende.

Anschließend zogen sich alle in ihre Häuser zurück, aber glücklich waren sie nicht. Ein ständig wachsender Schatten breitete sich über die Stadt, eine unheilvolle Stimmung, über die die Menschen, auch die größten Zyniker, nicht länger hinwegsehen konnten.

Es war offiziell verkündet worden, daß in Zukunft jeder Einwohner von Rensburg, der nicht getauft war, kurzerhand hingerichtet würde. Für die normale Stadtbevölkerung war das eine wahrhaft bestürzende Verlautbarung. Freilich hatte es schon zuvor die Todesstrafe gegeben, aber für Kapitalverbrechen, die auch als solche empfunden wurden – Betrug, Mord und (sehr selten) Hexerei oder wiederholte schlimme Gotteslästerung. Aber nicht getauft zu sein?! Das war im Grunde doch nur eine Unterlassungssünde. Daß das ein Kapitalverbrechen sein sollte, traf das Selbstverständnis einer anständigen Stadt direkt an der Wurzel. Doch jetzt war es zu spät, um etwas dagegen zu unternehmen. Den Widerstand hätte man früher organisieren müssen.

Rensburg konnte man nach Ansicht der Rensburger, die hiergebliebenen waren, nicht mehr als anständige Stadt bezeichnen.

Andererseits konnte sich Rensburg, aus der Sicht der Wiedertäufer, jetzt wirklich als Neues Jerusalem bezeichnen. Es war von »Falschgläubigen« gesäubert und nur noch von Kindern Gottes bevölkert, die angewiesen waren, einander nur noch »Bruder« und »Schwester« zu nennen.

Sie gingen davon aus, daß sie jetzt ohne Sünde in einer Gemeinschaft leben konnten, die allein durch die Liebe zusammengehalten wurde. Viele von ihnen, vor allem die jüngeren, die die Kälte, den Mangel an Wohnraum und die dürftigen Essensrationen besser ertragen konnten, glaubten aufrichtig an diese neuartige Lebensform. Andere waren weniger davon überzeugt, fanden aber Gefallen an Mosmans Predigten und den Reichtümern, die er den Gerechten versprach. Wenn die Mächtigen niedergeworfen wurden, mußte das bedeuten, daß die Niedrigen erhoben werden würden. Bei der Neuverteilung würde die Nutzung von Wäldern, Wasser und Weiden sowie das Jagd- und Fischereirecht ganz allein ihnen zufallen. Es würde kein Dienen, keine öffentlichen Abgaben, keine Steuern mehr geben. Die Erde würde ihren Überfluß verströmen, und von den Bäumen würde Honig und süß duftender Kautschuk tropfen.

Kein Mensch zweifelte daran, daß die vergangenen Tage einen Wendepunkt in der Geschichte von Rensburg markiert hatten.

Währenddessen ging Fierens in der Stadt umher, verteilte Rollen und verteilte sie wieder neu, machte Entwürfe und verwarf sie wieder, wartete mit der Geduld eines Strategen auf den Augenblick, in dem er sich, in Glanz und Herrlichkeit gehüllt, zeigen würde. Er hatte das Gefühl, daß aus ihm zwei Menschen wurden – der Dramatiker und der Schauspieler, Gott und Mensch.

17

Elisabeths Lungenstauung hatte sich zu einer Lungenentzündung entwickelt. Ihr niedergeschlagener Zustand vor der Hochzeit hatte nicht gerade dazu beigetragen, ihre Abwehrkräfte zu stärken, und so war sie einfach umgefallen wie ein Kegel. Zumindest erzählte Frieda ihr das, als das Fieber nachließ.

»Du mußt glücklich sein, Kind«, sagte Frieda, während Elisabeth mit einem Waschlappen auf der Stirn dalag und sich in ihrem Kopf alles drehte. »Dein Zustand wird sich nie bessern, wenn du Trübsal bläst.«

»Ich bin verheiratet«, sagte Elisabeth schwer atmend. »Das wird nicht besser.«

»Ja, aber überleg doch mal, Kind. Und sag jetzt nichts. Hör zu. Ruh dich einfach aus. Bedenke, daß ein böser Wind weht, der niemandem etwas Gutes bringt, und daß dir in doppelter Hinsicht der Himmel dieses Fieber geschickt hat. Wir können deine Krankheit wer weiß wie viele Monate in die Länge ziehen, so daß er dir nicht nahe kommen kann.«

Zum ersten Mal lächelte Elisabeth.

»Ich werde sie in die Länge ziehen«, sagte sie. »Sofern sie mich nicht ins Grab zieht.«

»Dich ins Grab ziehen, was für ein Unsinn!« entgegnete Frieda kopfschüttelnd. »Du bist kräftig wie ein Pferd, wenn du es darauf anlegst.«

»Und was ist der andere Grund?« fragte Elisabeth.

Seltsamerweise fühlte sie sich bereits besser.

»Der andere Grund ist der, daß ich hier bin, um mich um dich zu kümmern. Ansonsten hätten sie mich aus der Stadt gejagt wie alle anderen.«

Frieda erzählte ihr, daß sich die Einwohner der Stadt hatten entscheiden müssen, ob sie sich zwangstaufen lassen oder die Stadt verlassen wollten.

»Das ist ja schrecklich! Was wird jetzt aus ihnen? Was wird aus uns allen?«

»Eins nach dem anderen, liebes Kind. Ja, sie sind hinausgegangen auf die Felder und in die Wälder, ohne Obdach, ohne Geld, und ihr Essen müssen sie erbetteln. Die meisten meiner alten Freunde sind fort. Ingrid Heer und Irmgard Rohm, alle fort. Es würde mich nicht wundern, wenn ich sie nie wiedersehe. Nur ein paar sind dageblieben – nicht weil sie feige sind, sondern weil sie gebraucht werden.«

»Gebraucht?«

»Mach dir darüber keine Gedanken. Wir sind nicht alle miteinander verrückt geworden, mehr gibt es dazu nicht zu sagen. Jedenfalls ist es gut, daß ich hier bin, um dir zu helfen. Und wie mir scheint, junge Dame, wirst du Hilfe brauchen.«

»Was… was meinst du damit, Frieda?«

»Du weißt schon, was ich meine.«

Elisabeth, deren Wangen vom leichten Fieber bereits gerötet waren, errötete heftiger. Sie hatte geglaubt, ihre mißliche Lage zumindest etwas länger verheimlichen zu können.

»Wieso… Woher weißt du das?«

»Jetzt komm schon, Mädchen«, sagte die alte Frau. »Ich bin doch nicht von gestern.«

»Tut mir leid, Frieda. Ich hätte es dir sagen sollen. Aber man sieht es doch noch nicht, oder?«

»Vorläufig nicht, jedenfalls kaum, aber das kommt noch. Um so wichtiger ist es, daß es so aussieht, als würdest du kränkeln. Jetzt kommt es uns zugute, daß deine arme Mutter bettlägerig war, nicht wahr? Macht die Sache glaubhafter. Dein Vater ist daran gewöhnt, eine kranke Frau im Haus zu haben.«

Elisabeth segnete ihre Mutter. Jetzt, im Krankenbett, spürte sie deutlich ihren Beistand, spürte, wie sie sie anlächelte und beruhigte. Das gab ihr die Kraft, die Ängste in Worte zu fassen, die sie seit Tagen quälten.

»Mein Vater… Fierens… Ich weiß nicht, was passiert wäre, wenn sie es gewußt hätten. Ich habe mir solche Sorgen gemacht…«

Ihre Augen füllten sich mit Tränen, und sie umarmte die alte Frau.

»Aber, aber, Liebes«, sagte Frieda. »Reg dich nicht auf.«

Da fiel Elisabeth etwas anderes ein.

»Noch etwas, Frieda. Ich möchte nicht, daß er es erfährt.«

»Der Maler?«

»Der Maler.«

»Dieser schlechte Mensch. Wenn dein Vater ihn nicht kräftig verprügelt hätte, würde ich es tun.«

»Vater wußte nicht einmal, daß wir etwas… etwas getan hatten… Wenn er auch nur den Verdacht gehabt hätte, hätte er ihn umgebracht.«

»Du mußt verrückt gewesen sein…«, platzte die alte Frau heraus, fing sich aber gleich wieder.

»Sprich es aus«, drängte Elisabeth. »Es ist nicht schlimmer als das, was ich mir selbst gesagt habe.«

»Es hat keinen Zweck, eine Pusteblume zurückzurufen. Was geschehen ist, ist geschehen. Vielleicht überrascht es dich zu hören, daß ich früher einmal dasselbe getan habe, allerdings nicht mit einem so offensichtlichen Ergebnis.«

»Du?«

»Ja, ich.«

»Ich dachte, wir wären im Paradies«, sagte Elisabeth, deren Gesicht bei dieser Erinnerung so vor Glück strahlte, daß ihr die alte Frau vollkommen verzieh und sich überlegte, daß sie es genauso gemacht hätte – und vor langer Zeit mit diesem dummen Jungen namens Peter ja auch gemacht hatte, an einem Flußufer, verdeckt von haushohem Riedgras. Es war ein Jammer, daß er so kurz danach gestorben war; er hatte sich plötzlich vor Schmerzen gekrümmt und war innerhalb eines Tages gestorben.

»Vielleicht sollte er es trotz allem erfahren«, sagte Frieda leise.

»Nein, nein. Er... ist nicht... geeignet...«

»Du hörst dich schon an wie diese Täufer. Er war schwach, weil er Angst hatte. Aber er liebt dich, das ist sicher. Du darfst keine Vollkommenheit erwarten.«

»Wir haben uns gefühlt wie... Götter...«, sagte Elisabeth merkwürdig berührt.

»Nun, das wart ihr nicht und das seid ihr nicht. Du bist ein dummes Mädchen, und er ist ein ungezogener Junge.«

»Aber ich will nicht, daß er es erfährt, hast du verstanden?«

»Du bist die Hausherrin, mein Liebes. Aber du brauchst ihn vielleicht nötiger, als du denkst.«

»Wie ist seine Frau?« fragte Elisabeth kleinlaut.

»Sie ist klein. Und verrückt, glaube ich. Vielleicht ist das der Grund, warum sie sich mit diesen Wahnsinnigen so gut versteht.«

»Wie meinst du das?«

»Sie ist ganz vernarrt in ihren Anführer. Ob du es glaubst oder nicht, sie hat ihm in aller Öffentlichkeit die Füße gewaschen. Was für eine Unverschämtheit! Gotteslästerung nenne ich das. Und er behandelt sie wie Magdalena persönlich.«

»Magdalena war doch eine Hure, oder, Frieda?«

»Bevor sie sich mit Jesus eingelassen hat, schon. Aber wir wollen doch solche Wörter nicht in den Mund nehmen.«

»Der arme Maler«, sagte Elisabeth. »Es geht ihm sicher recht schlecht.«

»Denk nicht an ihn, denk an dich selbst, junge Frau. Wir müssen eine Möglichkeit finden, dich aus dieser Patsche herauszuholen.«

»Was ist mit Billa? Wird sie es nicht verraten?«

»Überlaß Billa nur mir.«

Damit hatte sie recht. Die alte Frau konnte einen Wasserspeier vom Kirchdach verscheuchen, wenn sie es sich in den Kopf setzte.

»Wenn ich mich erholen soll, brauche ich mehr Huflattich und Holunderblüten«, sagte Elisabeth. »Sie liegen im Schrank im Zimmer meiner Mutter. Ach, und ein bißchen Echten Alant.«

Frieda wollte gleich losrennen, doch Elisabeth rief sie zurück.

»Ich danke dir, Frieda«, sagte sie mit Tränen in den Augen.

»Dafür ist es noch zu früh, Dummchen. Der schönste Dank ist, wenn du wieder gesund wirst.«

18

Bereits vor dem Mißgeschick mit dem Hühnerklein hatten sich der Bischof und Baron Theo – nach geziemender häuslicher Beratung und ermunternden Worten seitens der Schwester des Bischofs – mit zahlreichen benachbarten Städten und Fürstentümern ins Benehmen gesetzt. Danach wurden diese Bemühungen verdoppelt.

»Wir brauchen mehr Schlagkraft«, hatte Theo gesagt, und das stimmte.

Für den Bischof schien es jetzt keinen anderen Ausweg mehr zu geben. Der Wahnsinn ging einfach zu weit. Man mußte ihm ein Ende machen. Außerdem war zu berücksichtigen, wieviel Energie er schon in die Sache investiert hatte.

Die benachbarten Städte und Fürstentümer hatten ihre eigenen Probleme: schlechte Ernten, widerspenstige Massen (von denen zum Glück ein Großteil nach Rensburg abgezogen war), Steuern, harte Winter, den Humanismus, noch mehr Steuern... Nur wenige waren gewillt, etwas herauszurücken, als der Bischof ihnen vorschlug, einen Beitrag in Form von Waffen, Proviant und Landsknechten zu leisten.

»Es ist nicht mein Problem«, meinte der Fürstbischof von Magdeburg, »wenn Ihr es nicht schafft, Euch anständig um Euer Revier zu kümmern.«

Doch darauf wußte der Exbischof von Rensburg eine Antwort.

»Es ist sehr wohl Euer Problem, Fürstbischof. Es ist unser aller Problem. Denn wenn wir diese Täufer nicht ein für allemal erledigen, werden sie noch das ganze Land auf den Kopf stellen. Sie werden sich ausbreiten wie eine Seuche. Ihr dürft sie nicht unterschätzen. Ich habe gesehen, wie sie zu Werke gehen; sie können ungeheuer überzeugend sein. Ich glaube nicht, daß das Versprechen, daß alles verteilt werden soll, was sich in der Speisekammer Eurer Exzellenz oder in Eurem Privatarchiv befindet, bei den Armen Eurer Stadt auf taube Ohren stoßen würde.«

»Nun ja, vermutlich habt Ihr recht. Ärgerlich, höchst ärgerlich. Vielleicht solltet Ihr Euch doch lieber eine Kompanie dieser untätigen Raufbolde nehmen, die sich Soldaten nennen und die ich ständig hier herumhängen sehe – und bezahle, wenn ich das hinzufügen darf. Ach, und vielleicht habe ich irgendwo auch noch ein paar überzählige Kanonen. Die könnt Ihr haben, wenn Ihr wollt.«

Und so ging es weiter. Eine Karrenladung Hakenbüchsen hier, ein Dutzend Tonnen Mehl dort, eine Schwadron Reiter heute, ein verrostetes Belagerungsgeschütz morgen – zähneknirschend, knausrig und in unzureichender Menge zur Verfügung gestellt vom Grafen von Sowieso und dem Bischof von Sowieso – kamen mit der Zeit in Theos Schloß zusammen und warteten darauf, daß ihre Schlagkraft für imposant genug befunden wurde, um die Stadt einkesseln zu helfen und die Bewohner so zu beeindrucken, daß diese bei deren bloßem Anblick vor Schreck auf den Bauch fallen würden.

Und dann eines frühen Abends im arg verspäteten Frühling, gerade als sich der Bischof mit seiner Schwester und Theo zu Tisch setzte, läutete es am Schloßtor Sturm. Sämtliche Hunde begannen zu bellen.

»Was zum Teufel…«, platzte Theo heraus.

Es war ein Ratsherr aus Rensburg mit seiner kranken Frau und vier Kindern – eines davon wäre in der Nacht um ein Haar gestorben –, der sich mühsam durch die überschwemmten Felder gekämpft hatte (das Tauwetter hatte endlich eingesetzt) und die Kunde von ihrer Vertreibung aus der Stadt überbrachte.

»Jetzt reicht es«, schrie der Baron. »Zu den Waffen.«

»Morgen früh«, sagte seine Frau.

»Ich mache mit«, sagte der Bischof.

Und so war es dann auch. Zwei Wochen später, während der Wachablösung an der Stadtmauer, sahen die Täufer von Osten her die Rotte Soldaten herannahen – angeführt von einem Ritter mit wehendem Helmbusch und gefolgt von Kanonen, allerlei Kriegsgerät und dem Troß – und außer Schußweite im Umkreis Stellung beziehen.

In der Stadt herrschte sofort geordnete Geschäftigkeit. Die Ankunft des Feindes kam für Fierens nicht überraschend. Er hatte damit gerechnet. Sobald das kleine Heer auftauchte, kümmerte er sich darum, daß sowohl in der Stadt als auch außerhalb – für geheime Ausschlupfmöglichkeiten hatte er gesorgt – in den benachbarten reformierten Städten, deren Glaube an das Täufertum eher schwankte, Flugblätter verteilt wurden, die verkündeten, die Katholiken hätten die friedliebende, friedlich lebende Gemeinschaft der Heiligen angegriffen.

Wie es der Zufall wollte – wie es vorausgeplant war, wie Fierens es sich ausgedacht hatte; denn es geschah nichts, was er sich nicht zuvor ausgedacht hatte, selbst wenn ihm das noch nicht bewußt war; er streifte die Sterblichkeit erst allmählich ab; noch gab es Bereiche, die für ihn im dunkeln lagen; die Sonne der Ewigkeit erleuchtete nach und nach alle staubigen Ecken, alle verschmutzten Ritzen und würde mit der Zeit alles ans Licht bringen –, wie es also der Zufall wollte, hatte Fierens bereits entschieden, wer die militärischen Maßnahmen in der Stadt leiten sollte.

Seit einiger Zeit war ihm klar, daß Konrad mit seiner überschäumenden Energie und seinem Organisationstalent einen exzellenten General abgeben würde. Und natürlich hatte er die Neigung zur Gewalt in diesem Mann ebenso geweckt, wie er von Anfang an seine Lüsternheit angestachelt hatte. Gott hatte auf ihm gespielt wie auf einer Orgel. Die Sünde ließ sich, in welcher Form auch immer, dazu benutzen, die Tugend zu fördern. Und wenn Konrad den Wunsch verspürte, jemanden zu schlagen, durfte er den Feind schlagen.

Fierens beobachtete ihn jetzt, wie er sich die Belagerer genau ansah, die in einiger Entfernung rund um die Stadt bereits Erdwälle aufschütteten. Bald würde er zurückkehren und Befehle erteilen. Die Leute brauchten Befehle, dachte Fierens. Sie liefen ziellos und wirr umher, lasen die Flugblätter, fragten sich, ob sie das alles einkalkuliert hatten, als sie ihren flohverseuchten Häusern und ihrem kärglichen Leben den Rücken gekehrt hatten, um Kinder Gottes zu werden.

Auf dem Platz erhob sich Gemurmel.

»Es ist eine Sünde, zu den Waffen zu greifen«, sagte ein käsegesichtiger, langnasiger Bursche mit hohem Hut. »Liebet jene, welche euch beleidigen! Ich finde, wir sollten hinausgehen und die Gäste willkommen heißen.«

Ein paar Frauen, vor allem ehemalige Klosterschwestern, waren offenbar seiner Meinung.

Fierens beschloß, daß der Profos mit der kleinen Gruppe ein Wörtchen reden sollte. Wie schwach war doch die Menschheit selbst in der Stunde ihrer größten Chance. Warum hatte er nicht dafür gesorgt, daß Engel die Welt regierten, Wesen, die sich niemals erniedrigen würden oder lügen, neiden oder betrügen, ausweichen oder sich besser dünken, die Beine breit machen oder täuschen? Doch er kannte die Antwort, schon bevor er seine Litanei der menschlichen Oberflächlichkeit beendet hatte. Engel auf die Erde zu schicken hätte bedeutet, das Theaterstück in ein bloßes Tableau zu verwandeln. Ohne die Schwäche der Menschen hätte es kein Schauspiel gegeben. Ohne Irrtum gab es kein Ausprobieren.

Fierens blickte von seiner unermeßlichen Höhe herab und richtete das Wort an die Menge, indem er sich der Stimme Mosmans bediente, den er jetzt mit der Kraft seiner Gedanken herbeigerufen hatte, um den Zweiflern Mut zu machen.

»Fürchtet ihr euch?« fragte Mosman, dem nicht klar war, daß die Rolle für ihn geschrieben worden war. »Beschmutzt ihr eure Hosen, weil ihr glaubt, die großen Buben sind gekommen und schlagen euch mit ihren Stöcken? Ist euer Glaube so schwach, daß ihr euch beim ersten Hindernis zusammenrollt wie ein Kätzchen? Ist eure Gesinnung so niedrig, daß ihr nicht erkennt, welch ungeheure Freude euch gleich um die Ecke erwartet? Vielleicht habt ihr geglaubt, das ewige Leben würde euch auf einem Tablett serviert! Was hat euch auf diese Idee gebracht? Wenn es so leicht wäre, würden alle es bekommen. Dann gäbe es keine Auserwählten. Alle würden sich am Trog der Freude vollaufen lassen. Denkt ihr, daß es das ist, was der Vater möchte? Meine armen, geliebten Brüder und Schwestern – denn ich liebe euch trotz eurer Schwäche –, der Vater möchte Kämpfer, wackere Herzen und eine edle Gesinnung, einen entschlossenen Willen und einen unerschütterlichen Glauben. Er weiß, daß der Antichrist erst zu Fall gebracht werden muß, bevor ihr die süßen, köstlichen Früchte kosten dürft, die unendlich saftigen Freuden, die wie goldene Laternen an den Zweigen im Paradies hängen und die Gläubigen anlocken…«

In diesem Stil ging es noch eine Weile fort, bis der Kampfgeist der Menge kaum mehr im Zaum zu halten war.

»Gehet nun hin«, beendete Mosman seine Ansprache. »Jeder für sich. Fürchtet euch nicht. Der Herr ist mit euch. Sein Arm ist flink, Sein Schild ist breit. Er wird nicht zögern, zuzuschlagen und zu schützen. Aber ihr müßt Ihm zeigen, was ihr tun könnt. Geht jetzt – die Starken in den Kampf und die Schwachen (an Körper, aber nicht an Geist), die Schwachen, um zu arbeiten, zu holen und zu tragen, herbeizuschaffen und instand zu setzen. Auf daß, wenn die Stunde der Gefahr naht, jeder erkennt, daß wir eins sind. Ein Wille, eine Streitmacht, ein unbesiegbares Heer des Vaters. ›Auf sie, auf sie, dieweil das Feuer heiß ist! Laßt euer Schwert nicht kalt werden! Schmiedet pinkepanke auf den Ambossen Nimrods! Werfet ihren Turm zu Boden!‹«

Dieser letzte Ausspruch des großen Heiligen und Märtyrers Thomas Müntzer, der acht Jahre zuvor von der Obrigkeit hingerichtet worden war, weckte laute Begeisterung, so daß Fierens die Leute nur mit Mühe daran hindern konnte, auf der Stelle die Tore zu öffnen und hinauszuströmen, um zu kämpfen.

19

Konrad Harting, Kramer, Lüstling und neuernannter General der Auserwählten, versammelte alle wehrhaften Männer um sich und richtete, seinerseits aus jeder Pore Tüchtigkeit und militärische Disziplin verströmend, das Wort an sie. Seine Ansprache war kurz, und er kam gleich zur Sache.

»Die Truppen da draußen sind klein an Zahl, schlecht ausgerüstet, wenig motiviert, weit weg von zu Hause, ungeschützt im offenen Gelände, wo es lausig kalt ist, und kein annähernd ebenbürtiger Gegner für die Gemeinschaft der Heiligen«, sagte er.

Hurra! Hurra! Hurra! Mützen flogen durch die Luft und ähnliches mehr.

»Aber ihr dürft die Landsknechte nicht unterschätzen. Kämpfen ist ihr Gewerbe. Zwar fehlt es ihnen an Überzeugung,

Glauben und der Bereitschaft, notfalls für ihre Sache zu sterben – oder hat man je von einem Landsknecht gehört, der bereit gewesen wäre, für eine Sache zu sterben? [Gelächter und Gejohle] –, doch es fehlt ihnen gewiß nicht an Übung, Geschicklichkeit und der Bereitschaft, euch für die eure sterben zu lassen. [Stöhnen] Um sie zu schlagen, müßt ihr bessere Soldaten sein; denn wenn wir bessere Soldaten sind und dazu unseren Glauben haben, wer soll uns da noch aufhalten? [Wieder Hurrarufe] Also, wir werden folgendermaßen vorgehen: Du, du und du… ihr nehmt euch jeder ein Dutzend Männer, holt euch sämtliche Schaufeln, Schubkarren, Hacken und Karren, die ihr auftreiben könnt, und fangt an, Schanzen aufzuwerfen. Ich werde euch zeigen, an welchen Stellen wir sie benötigen… Währenddessen teilt ihr restlichen euch in zehn gleich große Kompanien ein, und folgende Männer sollen das Kommando über je eine Kompanie übernehmen…«

Konrad las seine Liste vor, die er zuvor mit Fierens abgesprochen hatte, und teilte den einzelnen Kommandos ihre Aufgaben zu: den Bau von Unterständen und Geschützgräben in der Stadt, die Errichtung von Schanzen, sogar die Organisation einer Feuerwehr. Tag und Nacht wurden Wachen aufgestellt, die sich in einem festen Turnus ablösten.

Es war, als hätte Konrad sein Leben lang auf diese Stunde gewartet. Er dachte gar nicht mehr an die unterirdischen Zusammenkünfte oder an sein Bedürfnis zu schlagen oder an das Geheimnis des paradiesischen Beischlafs.

Bald hatte er sämtlichen Männern, Frauen und Kindern in der Stadt ihre jeweiligen Aufgaben zugewiesen. Und schon bald wurden, unter Konrads fähiger Führung, Ausfälle gegen die Belagerungstruppen unternommen, und die Täufer vergossen bei einem kleinen Scharmützel das erste Blut.

20

Die alte Frieda, die das Kommen und Gehen vom Fenster aus beobachtete, seufzte und betete, wunderte sich und bangte. Die Angelegenheit hatte eine erschreckende Eigendynamik entwickelt. Sie war außer Kontrolle geraten. Das einzig Gute daran war, daß sie Konrad und diesen Mann (sie brachte es nicht übers Herz, seinen Namen in den Mund zu nehmen) davon abhielt, ihre arme junge Herrin zu belästigen.

Ständig nahm sie Briefe des Malers in Empfang, reichte sie aber nicht weiter. Jetzt im Augenblick erschien ihr das nicht sinnvoll. Es hätte ihre Herrin nur beunruhigt. Erst mußte Elisabeth wieder gesund werden, dem Baby zuliebe und auch um ihrer selbst willen.

Der Maler sollte ruhig ein bißchen schmoren, dachte sie. Wenn er etwas taugt, wird er treu bleiben; und wenn nicht, na ja, dann um so besser für sie.

Eins nach dem anderen. Sie ist verheiratet, sie bekommt ein Kind, das nicht von ihrem Mann ist, die Welt spielt verrückt. Für eine Frau, die ein Kind erwartet, ist das wahrhaftig genug…

Unten in der Küche schlug Billa ihre gelbbraunen Augen zur Decke auf und lächelte ihr verschlagenes Lächeln. Sie wußte, daß Geheimnisse ebenso gut waren wie Geld auf der Bank, auch wenn die alte Krähe noch so krächzen mochte…

21

Blommardine hatte einen natürlichen Hang zur Heldenverehrung, auch wenn man ihr diese Eigenschaft nicht auf Anhieb zugetraut hätte. Doch ihre Bitterkeit und ihre Ungeduld rührten im Grunde daher, daß sie nie jemanden fand, der ihren Erwartungen entsprach. Mag sein, daß das etwas mit ihrem Vater zu tun hatte – ein ansonsten kalter und gewalttätiger Mann, der sie abgöttisch liebte –, jedenfalls war sie (vor allem seit seinem Tod) wieder auf der Suche nach einem Mann, der ihr dasselbe angsterfüllte Interesse, denselben Respekt und dasselbe Gefühl der Sicherheit einflößte. Eine Gleichung, die eigentlich nicht aufgehen konnte. Julius war natürlich eine frühe Abweichung von dem Maßstab gewesen, den sie sich zu eigen gemacht hatte. Sie hatte andere Affären gehabt, bevor sie nach Rensburg gezogen waren, aber hier hatte sie endlich ihren Archetypus entdeckt.

Der erste Prophet, Elia, hatte aus der Ferne einen Teil dieser Gefühle in Blommardine entfacht. Offenbar fand sie eine einflußreiche Gestalt dann interessant, wenn der Betreffende groß und streng war und eine ziemlich gewaltsame Form von Liebe predigte. Aber Elia war ein zweitklassiger Heiliger, der nicht genug Phantasie besaß, um das zu erkennen oder gar zu verkörpern, was sie in ihm sah.

Was Julius betraf, so hatte er sich in vieler Hinsicht als Katastrophe entpuppt – das letzte, was sie wollte, war ein Träumer –, doch für sie hatte er die Möglichkeit zur Flucht aus ihrer Umgebung bedeutet, vielleicht sogar vor ihrem Vater, in dessen Anwesenheit sie gelegentlich Gefühle bei sich festgestellt hatte, die sie damals überraschten und verwirrten. Und dann gab es natürlich noch einen anderen Grund, warum sie sich für Julius entschieden hatte, einen Grund, dessen sie sich manchmal schämte, der sie manchmal erheiterte oder gar erregte …

Jedenfalls hatte die grundsätzliche Überlegung gelautet: Es war allemal besser, von zu Hause wegzukommen und einen weitgereisten Mann zu heiraten, der ihr das eine oder andere beibringen konnte. Es hatte nicht funktioniert – ihre Schuld. Sie machte sich keine Illusionen darüber, daß sie diese Ehe selbst in die Wege geleitet hatte. Die wütende Reaktion ihres Vaters auf Julius hatte sie darauf gebracht, daß er in ihrer Anwesenheit womöglich dieselben Schuldgefühle verspürte wie sie. Aber so war es nun einmal, es war eine Tatsache, und wenn es ein Fehler gewesen war, hatte er sie zumindest hierher geführt, wo sie dem Mann begegnete, der alles verkörperte, was sie sich je vom männlichen Geschlecht erhofft hatte – na ja, nicht alles, weil sie sich sein männliches Geschlecht noch nicht erhoffen durfte, allein schon der Wunsch war ungebührlich; doch falls es dazu kommen sollte, würde es das härteste, prächtigste und männlichste Geschlecht überhaupt sein, und es würde sie auf einem Mast schierer Lust in himmlische Gefilde emportragen.

In der Zwischenzeit war sie seine Gehilfin, seine Wachsamkeit, seine Augen und Ohren und Hände. Denn während Konrad und Fierens (sie mochte Fierens nicht; Fierens konnte man einfach nicht mögen) die Verteidigung organisierten – zumindest ging sie davon aus, daß Fierens das tat; man wußte nie so recht, was er machte, denn er tauchte auf und verschwand wieder, ohne selbst tüchtig Hand anzulegen; trotzdem hatte man dieses sonderbare Gefühl, daß er direkt durch einen hindurchsehen, einen mit seinem Blick bis auf die Seele entblättern konnte, was sie, sehr zu ihrem Bedauern, bei Mosman nie empfand – währenddessen also war der Anführer (mit ihrer Hilfe) damit beschäftigt, Rensburg in das Neue Jerusalem umzuwandeln.

»Du hast die Liste der Abgewanderten«, sagte er zu ihr. »Es ist der Wille des Herrn, daß die Habe, das Eigentum und die Häuser dieser Gottlosen von den Heiligen in Verwahrung genommen werden. Ich werde jetzt um geistigen Beistand beten. Du kümmerst dich darum, daß alles abgeholt und in Lagerhäusern untergebracht wird, damit es uns Heiligen jederzeit zur Verfügung steht. Geschäftsbücher, Kontrakte, Pachtverträge und Belege über finanzielle Transaktionen sowie Schuldscheine und Bürgschaften sind zu verbrennen. Hast du verstanden?«

»Ja, Herr.«

»Ich ziehe mich jetzt zum Gebet zurück. Und stör mich ja nicht.«

»Nein, Herr.«

Damit drehte er sich um und begab sich in sein Quartier. Sie liebte ihn dafür, daß es ihm anscheinend gleichgültig war, ob sie da war oder nicht.

Auf die anderen Wiedertäufer machte sie jedoch keineswegs einen schwachen Eindruck. Sie begegneten ihr mit Hochachtung, weil sie die Vertraute des Anführers war, auch wenn ihre Stellung bei den weiblichen Täufern wohl oder übel eine gewisse Eifersucht geweckt hatte.

»Also los, bewegt euch«, rief Blommardine, die mit Hilfe der Frauen den Abtransport all dessen organisierte, was sich in den Häusern befand. »Und nehmt alles mit – Kleider, Bettzeug, Haushaltswaren, Möbel, Lebensmittel –, alles bis hin zur letzten Zwiebel. Bewegt euch, Schwestern.«

»Hört euch diese Wichtigtuerin an«, sagte eine kleine ehemalige Prostituierte aus Delft zu ihrer Nachbarin. »Für wen hält die sich eigentlich? Der stopf ich eine Essiggurke in den Duweißt-schon-was, wenn sie mich so anschreit.«

»Hör auf zu meckern, und schau, daß du weiterkommst. Große Klappe und breite Beine…«

Blommardine war diesem Straßenjargon ohne weiteres gewachsen.

Die Kleine schnitt eine Grimasse und schulterte einen ganzen Schinken.

Diese Frauen hatten zum Teil seit drei Monaten kein Fleisch mehr zwischen die Zähne bekommen und noch nie einen solchen Überfluß erlebt, wie sie ihn jetzt zu sehen bekamen. Blommardine konnte trotz der Unterstützung des Profos und seiner Schergen nur mit Mühe verhindern, daß geplündert und in großem Stil zerstört wurde.

»Jetzt seht ihr«, schrie Fierens, der plötzlich wie ein Teufel aus der Versenkung auftauchte, »jetzt seht ihr, wie diese Elenden gelebt haben, während die Gerechten Hunger leiden mußten. Jetzt seht ihr, wie sie rücksichtslos alles an sich gerissen und sich einverleibt haben, während ihr auf einem verschimmelten Brotkanten herumgekaut und Dreck geschleckt habt. Aber tappt nicht in dieselbe Falle. Dieser Überfluß ist euch geschickt worden, um euch zu versuchen und zu verführen. O ja. Sie haben ihn zurückgelassen, um eure Gedanken von Gott abzulenken. Was ist, Bruder Profos?«

»Die Frau da wollte eine Wurst essen, Bruder.«

»Bringt sie her.«

Die unglückliche Täuferin, eine einfache Frau aus Haarlem, die ganz vergessen hatte, wie eine Wurst aussieht, wurde vor Fierens gezerrt.

»Gebt mir die Wurst.«

Die Frau in ihrer Einfalt gab sie ihm. Es war ein recht vertrocknetes, armseliges Ding.

»Schneidet zwei schmale Streifen von der Wurst ab, und laßt den Rest ganz«, befahl Fierens dem Profos.

So geschah es.

»Und jetzt«, sagte Fierens, »befehlt einem Eurer Männer, der Frau die Hände auf den Rücken zu binden. Steckt ihr die beiden Streifen in die Nasenlöcher, und stopft ihr den Rest in den Mund.«

Die arme Frau begann an den Fesseln zu zerren, aber ohne Erfolg. Die Wurststücke wurden ihr in Nase und Mund geschoben, so daß sie keine Luft mehr bekam.

»Und jetzt genieß deine Wurst«, sagte Fierens, »und laß es allen eine Lehre sein, die die Gemeinschaft der Heiligen bestehlen wollen.«

Die Frau gab fürchterliche Geräusche von sich und lief erst rot an und dann bläulich.

»Laßt sie los«, befahl Fierens. »Wo ist deine Gier jetzt geblieben? Iß dein Abendessen, Schurkin.«

Um sich schlagend und tretend, fiel die Frau zu Boden, wobei sich ihre Röcke bis zur Taille hochschoben. Niemand rührte sich.

»Kümmert euch um sie, bedeckt sie«, sagte Fierens schließlich. »Ihre Scham ist entblößt. Jetzt seht ihr die Schwäche des Fleisches – die erbärmliche, zappelnde Hülle aus Fleisch, die die Hütte unserer Seelen hier auf Erden ist. Aber ach, wie glorreich werden wir am Ende sein.«

Jemand warf einen Sack über sie. Ein anderer zog ihr die Wurst aus der Nase.

»Stirbt sie?« fragte Blommardine, die soeben dazukam und neben die Frau trat. »Hat sie einen Anfall? Was ist denn passiert?«

»Das mußt du sie fragen«, sagte Fierens. »Sie will nicht sterben.«

Das stimmte. Die Frau würgte und hustete und begann wieder zu atmen.

»Jetzt macht weiter mit eurer Arbeit«, sagte Fierens. »Der Antichrist steht nicht da und hält Maulaffen feil.«

An diesem Nachmittag wurden keine weiteren Fälle von Diebstahl gemeldet. Der Zwischenfall hatte eine nachhaltige Wirkung auf die Täufergemeinde. Daß man jemandem mit einem Symbol des Überflusses erstickte! Tatsächlich ging dieses Ereignis in den volkstümlichen Sprachschatz von Rensburg ein, so daß man aus dem Munde eines Rensburgers noch heute hören kann: »Da würg mir doch einer eine Wurst rein«, wenn er seinem Erstaunen Ausdruck verleihen möchte.

22

Mosman tauchte ganz plötzlich wieder aus seiner Kammer auf – hager, ausgemergelt und Moses noch ähnlicher –, lehnte die von Blommardine angebotene Suppe ab und verlas eine Liste mit den

Namen von sieben ›Diakonen‹, die von Gott dazu ausersehen waren, die konfiszierten Bestände zu verwalten.

Gott hatte die Liste vernünftigerweise aus Männern zusammengestellt, die für den Militärdienst zu alt waren.

»Die Bedürftigen«, donnerte Mosman, »nur die Bedürftigen dürfen sich an diese Diakone wenden und werden erhalten, woran es ihnen mangelt. Laßt die Mittellosen, die Kranken und die Leidenden an der Tafel des reichen Mannes essen, wie es in der Schrift geschrieben steht: ›Die Reichen schickte Er mit leeren Händen fort.‹ Aber seht zu, daß ich nicht von Drückebergern und Schnorrern höre, die gesund sind und denen es an nichts mangelt, denn, bei Gott, sie sollen die Peitsche und den Stachel meines Zorns zu spüren bekommen. Wir stehen auf der Schwelle und erheben unsere Augen zu Gott, und Er hält Gericht über uns, die wir hier stehen. Denn bildet euch nicht ein, daß wir unsere Stadt allein dadurch, daß wir sie als Neues Jerusalem bezeichnen, bereits zur himmlischen Stadt gemacht haben Jerusalem muß erst erbaut werden. Jerusalem muß verdient werden. Jerusalem muß erkämpft werden. Der Zeit des Friedens geht die Zeit des Ringens voraus. Sollte mir also zu Ohren kommen, daß einer von euch – irgendeiner – das, was den Heiligen gehört, verschwendet oder Brandopfer widerrechtlich jenem Götzen darbringt, der euer Bauch ist, steht ihm eine harte, rasche und schreckliche Strafe bevor.«

Wie zu erwarten, gab es wenige Anwärter auf die Vorräte. Selbst die Kranken und Schwachen hatten Angst, beschuldigt zu werden, daß sie zu Unrecht etwas verlangten. Das Würgen mit der Wurst hatte seinen Zweck erfüllt.

Wer doch um etwas bat, kam in der Regel in den Genuß der Umverteilung von Gütern, doch die Ausbeute war alles andere als üppig. Dennoch war ein neues Leintuch oder ein Scheffel Bohnen schon von großem Nutzen, wenn man in einem zugigen Lagerhaus hockte und sich die Lunge aus dem Leib hustete oder die Letzten Tage in einem umgebauten Schweinestall zu überleben versuchte. (Die Häuser der Reichen gingen vorzugsweise an die Anführer und die Offiziere des heiligen Heeres.)

Andere Leute jedoch, die Bürger Rensburgs, hatten weniger Grund zur Zuversicht, was die derzeitige Entwicklung betraf. Freilich waren unter ihnen ein paar Opportunisten, die wahrscheinlich alles mitgemacht hätten. Diejenigen, die zu murren und Ärger zu machen begannen (»O ja, ich sehe euch«, summte Fierens aus seinen Höhen, »und ich kriege euch auch«), waren Leute, die nicht viel Zeit für Religion hatten, sich aber gut mit Eigentum auskannten. Ihnen gefiel es gar nicht, daß dieser Fremde daherkam und die Stadt einfach aufteilte, ohne auch nur zu fragen. Für wen hielt er sich eigentlich? Einige von ihnen hatten abgewanderte Freunde und Verwandte, die sich darauf verließen, daß sie sich um ihre Häuser kümmerten.

Bei einer öffentlichen Versammlung, an der nur Bürger der Stadt teilnahmen, formulierte ein Hufschmied namens Grundmann ihren Standpunkt sehr kraß.

»Wer sind diese Leute überhaupt? Wer ist dieser Mann?« rief er. »Wir lassen sie herein, wir geben ihnen Obdach, und wie vergelten sie es uns? Sie zwingen uns mit Tritten zu ihrer Taufe. Jawohl, Nachbarn, wir waren die Schwachen, die ihr Mäntelchen nach dem Wind gehängt haben. Mal ehrlich, könnt ihr das leugnen?«

Allgemeines Füßescharren und schuldbewußte Mienen waren die Antwort.

»Aber die Starken, die Gläubigen, unsere guten Freunde, jawohl – was haben die bekommen? Sie wurden mit Fußtritten aus der Stadt gejagt. Und was haben sie Böses getan? Sie sind für ihre Religion geradegestanden, wie ich es getan hätte, wenn sie mir viel bedeutet hätte. Zufällig war und ist dem nicht so, aber ich respektiere die Leute, auf die das zutrifft. Also, wir haben hingenommen, daß sie vertrieben wurden – und wie das geschah –, und es macht mich ganz krank, wenn ich nur daran denke. Und jetzt sollen wir ruhig zusehen, wie dieser Holländer, dieser Lumpensammler mit seinem hohen Hut, dieser Kuckuck in unserem Nest, die Beute aufteilt und die Häuser und das Zuhause unserer armen Freunde beschlagnahmt. Ich sage euch, Nachbarn, da packt mich die Wut. Dazu kommt noch die lauernde Bedrohung. Heute sind es die Häuser der Vertriebenen. Morgen können es schon die unseren sein... Also, ich denke, wir sollten folgendes tun...«

Seine Zuhörer, glühend vor Empörung, hatten nicht bemerkt, daß sich der frettchenähnliche Schwenk, einer dieser Opportunisten, gleich zu Anfang davongeschlichen hatte. Und jetzt, gerade als der Hufschmied seinen Plan erläutern wollte – er beinhaltete, daß die Tore gestürmt und den Belagerern geöffnet werden sollten –, wurde die Tür aufgestoßen, und Mosman persönlich erschien an der Spitze eines bewaffneten Trupps.

»Ergreift ihn«, rief er.

Die Versammlung war dem Trupp zahlenmäßig überlegen und hätte sich in einem Handgemenge durchaus wirkungsvoll verteidigen können, aber sie ließ die Gelegenheit verstreichen. Der Hufschmied war ein kräftiger Mann, doch als er jetzt von Schwertern und Pistolen umringt wurde, war jeder Widerstand zwecklos.

»Auf den Marktplatz mit ihm«, schrie Mosman. »Und ihr, ihr alle, könnt mitkommen und euch ansehen, wie wir mit den Verrätern Gottes verfahren.«

Sie banden dem Hufschmied die Hände hinter dem Rücken zusammen und schoben und stießen ihn durch die Straßen auf den Marktplatz, wo sich auf rätselhafte Weise bereits eine Menschenmenge versammelt hatte (weniger rätselhaft für Fierens, der die Szene längst geschrieben hatte), die gespannt auf etwas Heiliges oder Schauerliches wartete, was derzeit immer öfter ein und dasselbe war.

Herolde wurden ausgeschickt, damit auch ja die gesamte Einwohnerschaft dem Schauspiel beiwohnte. Dann stieg Mosman, endlich zufrieden, daß ihm die ganze Stadt aufmerksam zuhörte, und gestärkt von der Suppe, die ihm Blommardine schließlich aufgezwungen hatte, auf das Podium – nicht ohne sich vorsichtshalber mit Leibwächtern zu umgeben, falls sich weitere Aufrührer bemerkbar machen sollten.

Nachdem er kurz auf Art und Grund der Festnahme eingegangen war, erklärte er seinen Zuhörern, wie tief gekränkt Gott der Herr sei. »Er ist empört, Brüder und Schwestern. Er ist niedergeschlagen. Er läßt Seinen Kopf hängen. Er kann es nicht ertragen, daß Sein Diener, Sein auserwählter Prophet, beleidigt und verleumdet wird von jenen, die Er für aufrechte Gefolgsleute gehalten hat. Das ist mehr, als Er ertragen kann. Seht, wie sich die Wolken herniedersenken. Er hat geschworen, Seinen Zorn kundzutun, und ich fürchte, jawohl, denn Er ist schrecklich in Seinem Zorn, daß alle Seine Versprechungen – der uns verheißene Sieg, die Zeit des Überflusses, die goldene Ewigkeit, die wir ersehnen –, daß uns all das verwehrt bleibt...«

Ein Stöhnen erhob sich aus den Reihen der Täufer.

»Ja«, fuhr Mosman fort, »es wird uns allen vorenthalten bleiben, wenn dieser gottlose Hufschmied nicht aus der Gemeinschaft der Auserwählten ausgeschlossen wird, abgeschnitten wie ein toter Ast.«

Ein Heulen und Wehklagen erhob sich aus der Menge.

»Schneidet ihn ab«, riefen sie. »Laß uns ewig leben, Herr.«

Es war ein schrecklicher Lärm. Die Täufer schrien regelrecht nach Blut. Trotzdem gab es nach wie vor ein paar Rensburger, die noch Mut im Leib hatten.

Ein früherer Bürgermeister, inzwischen ein alter Mann, ein paar ehemalige Ratsherren und der Meister der Bäcker näherten sich dem Podium. Sofort wurde ihnen der Weg von den Leibwächtern versperrt, aber sie ließen sich nicht abweisen.

»Zurück mit euch.«

»Wir wollen auch etwas sagen.«

»Was gibt's denn?« fragte Mosman finster. »Wer wagt es, den Auserwählten des Herrn zu unterbrechen?«

»Ich«, sagte der ehemalige Bürgermeister.

»Wir«, sagten die anderen.

»So sprecht. Der Herr leiht euch sein Ohr. Wollt ihr eine Entschuldigung vorbringen?«

»Wir wollen sagen, daß dieser Hufschmied zu Unrecht festgenommen wurde. Was das Abschneiden betrifft, von dem Ihr gesprochen habt, so ist das nicht möglich. Immerhin gibt es Gesetze in dieser Stadt.«

»Habt ihr das gehört?« rief Mosman den Täufern zu. »Das sind die Leute, mit denen wir unser Neues Jerusalem teilen müssen. Das sind die, die wir getauft haben. Und was ist ihr Dank? Sie zeigen uns die Zähne! Ihre Stacheln! Sie sind die Nattern an unserem Busen. Reden von Gesetzen! Hier gibt es nur ein Gesetz, nämlich das Gesetz des Herrn; und wir sind sowohl die Richter als auch die Vollstrecker. Fort mit ihnen ins Gefängnis!«

»Das könnt Ihr nicht machen«, rief der Meister der Bäcker, als man sie eilig abführte, wobei der ehemalige Bürgermeister gestoßen wurde und beinahe hinfiel. »Er ist ein alter Mann.«

»Er wird nicht mehr lange alt sein«, sagte Mosman grimmig.

Die Menge freute sich über die schlagfertige Antwort.

»Er wird nicht mehr lange alt sein«, schnatterten sie.

»Und jetzt zu Euch, Hufschmied«, sagte Mosman. »Kniet nieder, und macht Euren Frieden mit Eurem Schöpfer.«

»Das werde ich nicht. Erst möchte ich hören, was Ihr mir vorzuwerfen habt.«

»Das da«, sagte Mosman und stieß ihm einen Dolch, den er aus seinem Gewand zog, in den Magen.

Der Hufschmied stand ein paar Sekunden lang da, betrachtete das Blut und das ekelhafte Zeug, das unter seinem Rock hervorspritzte, und begriff nicht ganz, was eigentlich geschehen war. War das sein Blut?

Die Menge drängte sich um ihn, begierig, keinen Tropfen zu verpassen.

Endlich sank der Hufschmied mit einem Ausdruck des Entsetzens auf die Knie.

»O nein«, sagte er. »O nein… Ich begreife nicht, warum das… notwendig war…«

»Na gut, das da wirst du begreifen«, sagte Mosman.

Damit nahm er einem Leibwächter die Pistole ab und schoß dem Mann ins Auge.

Der Hufschmied kippte nach vorn um, tot, aber noch zukkend.

Die Menge stieß ein abscheuliches »Aahhh« aus, das fast nach körperlicher Erleichterung klang.

»Jetzt wollen wir ein Loblied singen und dann auseinandergehen«, sagte Mosman. »›Blut wäscht unsere Tränen fort‹ auf die Melodie von ›Fädel ein die Ahle spitz‹. Und jetzt alle miteinander.«

23

Das flache Rund der ockerfarbenen Rennbahn, die den Mittelgrund des Paradieses einnahm, enthielt so viele Rätsel wie der vordere Abschnitt.

Julius hatte ihn viele Male mit dem Blick des Malers abgesucht. Hier gab es viel zu bewundern und für ein florentinisches Auge manches zu kritisieren. Das entsprach nicht der Vorstellung des Südens. Es war zu grotesk, zu ungestüm. Und trotzdem, hatte Verrocchio nicht genau das gerühmt?

Er rief sich zur Ordnung. Jetzt war nicht der richtige Augenblick für stilistische Kritik. Er mußte nach dem Inhalt suchen –

oder nach Zeichen und Signalen, die sich entschlüsseln ließen.

Zunächst einmal wies diese vergnügte Szene in der Bildmitte zwei wesentliche Unterschiede zu der ersten Tafel auf. Zum einen vermittelte sie den Eindruck überschäumender Energie anstelle von Verträumtheit und unschuldiger Sinnlichkeit. Und zum anderen ging fast die gesamte Energie von Männern aus.

Zwar befand sich auch hier ein Teich, in dem sich wunderschöne junge Frauen tummelten. Aber rundherum zog ein wirbelndes Männerkarussell seine Kreise – triumphierend, ausgelassen, wild und doch sonderbar geordnet, als bewegten sie sich zum Rhythmus eines unhörbaren Tanzes.

Die gegen den Uhrzeigersinn reitende Kavalkade erinnerte Julius an Wasser, das strudelnd abfloß – mit einer wilden und gleichzeitig von den Naturgesetzen gesteuerten Kraft. Oder an die Sonne …

Die männliche Kraft, ja – erzeugend, fruchtbar, zum Weiblichen hin und durch das Weibliche wirkend; daher der Vordergrund und der Teich mit den Jungfrauen in der Mitte …

Die Reiter auf ihren merkwürdigen Rössern – Keilern, Bullen, Eseln, Hengsten, Einhörnern, Rothirschen, Geißen, Tigern, Panthern, Kamelen – waren allesamt männlichen Geschlechts, manchmal auf geradezu schamlose Weise; ein junger Bursche stand auf einem Bein auf seinem Roß, das Hinterteil, an dem ein Vogel knabberte, in die Luft gereckt – lauter Männer bis auf eine Ausnahme …

Es gab eine bräutliche Gestalt, die vor einem Mann auf einem weißen Zelter saß; beide waren zum Teil in eine riesige rote Glockenblume gehüllt. Vor ihnen ritt auf einem Tiger ein Jüngling, der einen gewaltigen, fruchtbaren Fisch trug. Dieser befand sich genau in der Bildmitte; hier kreuzten sich die vertikale und die horizontale Mittelachse. Er befand sich auf gleicher Höhe mit dem Lebensbrunnen im Garten Eden nebenan.

Also gut, dann los. Drei Abschnitte, drei Tafeln, eine dreiteilige Fächerung der Hand bei dem magischen Zeichen, das das Mädchen im Vordergrund machte – das auch die Brüder beim Schwanenfest gemacht hatten, dreiköpfig der Ibis und der Salamander… drei und abermals drei… aber was hatte das zu bedeuten? Vater, Sohn und Heiliger Geist… drei in Einem… Das konnte kein Zufall sein. Aber das Bild ging über ein konventionelles religiöses Gemälde hinaus. Es hatte ineinander verschachtelte Bedeutungen, wie diese italienischen Schränke, die er in Florenz gesehen hatte und bei denen man nie wußte, welche Teile sich vielleicht nicht öffnen ließen, auch wenn sie noch so massiv aussahen.

Fehlte da nicht noch etwas? Komm schon, komm schon. Florenz, die Akademie, Platon… ja, das war es. Die drei Stufen der menschlichen Existenz… wie hatten sie das genannt? Die *scala mystica*. Leib, Seele und Geist. Das mußte es sein, denn sieh nur, der letzte Abschnitt des Gemäldes, der Hintergrund, wurde von einem durchsichtigen Himmel beherrscht, an dem sonderbare Kreaturen in den Äther schwebten.

Folglich mußten die drei Abschnitte dem entsprechen, was die Neuplatoniker als die Reiche der Sonne, des Mondes und der Erde bezeichneten. »Mit jedem Zeugungsakt sät die Sonne Geist in den Kosmos. Dieser Samen wird vom Mond empfangen, der die Seele gebiert; welche die Erde wiederum mit Materie und Pracht kleidet.«

Schon, schon, aber was bedeutete das? Und diese vielen Menschengrüppchen rechts und links, die sich wie Insekten um Schalen voller silbriger Hinterteile scharten; gespreizte Beine, die eine Meerjungfrau hochhalten; Vögel mit Knollenkörpern und langgezogenen Köpfen…?

Die Lebenskraft schien ein Teil der Antwort zu sein. Die voranstrebende, rastlose, ansteckende Energie, die den Geist anregt, zum Leben erweckt. Aber welches Licht warf das auf die Hölle?

Ich könnte mir dieses Bild das ganze Leben lang ansehen, dachte Julius, ohne auf seinen blumenstengeligen, vogelschnäbeligen Grund zu gelangen.

Was für eine Mühsal war ihm da auferlegt worden! Warum zog er nicht einfach einen Schlußstrich und ließ die ganze Sache hinter sich wie einen lästigen Traum (so kam es ihm manchmal vor)? Warum war er in diesem Bild wie in einem Spinnennetz gefangen? Warum ausgerechnet er?

Es kam ihm vor, als sei ihm eine unerklärliche, lebenslängliche Strafe auferlegt für etwas, was er nicht getan hatte.

Nicht zum ersten Mal wünschte er sich sehnlichst einen Vater und eine Mutter, die seine mißliche Lage etwas hätten erhellen können.

24

Elisabeth brauchte sich vorerst keine Gedanken zu machen, wie ihr Mann die kleine Wölbung aufnehmen würde, die ihren Bauch rundete und sich nur durch kräftiges Bauschen des Unterkleides verdecken ließ. Mosman, Fierens, ihr Vater und die Prediger waren mit etwas ganz anderem beschäftigt – wovon die Täufer seit vielen Monaten träumten, was aber erst jetzt in die Tat umgesetzt werden konnte.

Es ging um das Gemeineigentum.

Hass, der auf seine selbstversunkene Art ein lauterer Mensch war, glaubte fest daran, daß die Reichtümer dieser Welt ein Hindernis für den Eingang in das Königreich Christi und für einen anständigen sozialen Frieden hier auf Erden darstellten. Das legte er an einem Sonntagnachmittag im Anschluß an eine ganztägige Versammlung der führenden Köpfe, bei der auch gebetet wurde, in der Kirche dar.

»Es ist Gottes Wille, meine Brüder und Schwestern, daß wir

das Gemeineigentum wieder einführen, wie es das in den Anfängen gab und wie es sich für die Heiligen Gottes geziemt. Wir müssen alle unsere Habe in einen gemeinsamen Topf tun, der von Diakonen betreut wird, und daraus unseren Bedürfnissen entsprechend leben, denn nur so können wir einander wahrhaft helfen und eine Art heiligen Dienst erweisen. Dementsprechend, meine Brüder, wird alles, was selbstsüchtigen Zwecken und dem Erlangen privaten Besitzes gedient hat, also das Kaufen und Verkaufen, das Arbeiten zum Zwecke des Geldverdienens, das Zinseinstreichen oder Wuchertreiben – und sei es auf Kosten Ungläubiger – oder die Gepflogenheit, den Schweiß der Armen zu essen und zu trinken... das heißt, das eigene Volk und seine Mitmenschen arbeiten zu lassen, um selbst davon fett zu werden... und in der Tat alles, was gegen die Liebe verstößt... alle diese Dinge werden durch die Macht der Liebe und die Gemeinschaftlichkeit bei uns abgeschafft...«

Die Kirchengemeinde schnappte hörbar nach Luft, als die volle Bedeutung dieser Worte ins Bewußtsein der Leute drang. O ja, man hatte einiges bei ihnen beschlagnahmt, sie waren mit den neuen Ideen einverstanden, hatten sich sogar taufen lassen. Im Grunde war ihnen das einfacher erschienen. Sie wollten keinen Ärger. Nur nicht auffallen, lautete ihre Devise. Doch die Vorstellung, daß sie ihr Gold hergeben sollten, ihre Besitztümer, alles, wofür sie gearbeitet hatten... also das war ein bißchen viel verlangt.

»Aha, ihr murrt«, donnerte Hass. »Ihr rutscht auf euren Hinterteilen hin und her, ihr windet euch voller Unbehagen, aber ihr seid nichts als Verräter, jawohl, Verräter an Gott und an euren Mitmenschen, wenn ihr anders denkt. Persönlicher Reichtum ist Gott ein Greuel. Kein Christ und kein Heiliger kann Ihn zufriedenstellen, wenn er nicht in einer solchen Eigentumsgemeinschaft lebt oder dies zumindest von ganzem Herzen anstrebt... Also, Brüder, Gott wünscht, daß ihr heute nach der Andacht all euer Geld und allen goldenen und silbernen Zierat auf dem Elim abliefert. Sollte dies aus irgendeinem Grund nicht zu bewerkstelligen sein, muß es innerhalb von vierundzwanzig Stunden geschehen.«

Fierens, der sich mit dem Profos in der Kirche befand, notierte die Namen derer, denen man bei den Empfehlungen des Predigers ansah, daß ihnen unbehaglich zumute war.

Elim war der neue Name für den Stadtplatz, auf den sich Fierens anschließend mit dem Profos begab, um festzustellen, welche Resonanz der Befehl hatte.

»Die Leute werden mit allen möglichen Ausflüchten kommen«, sagte der Profos auf dem Weg dorthin. »Ihr werdet schon sehen. Es gab echte Schmerzenslaute in der Kirche.«

»Das war der Lärm des Teufels«, sagte Fierens, »verlaßt Euch darauf.«

Es war, als hätte sich sein Gehirn vervielfacht und bestünde jetzt aus Hunderten kleiner, goldener Spinnengehirne, jedes mit einem eigenen, goldenen Zuständigkeitsbereich. Er brachte es fertig, mit dem Profos zu reden, die Befestigungsarbeiten zu überwachen, Mosmans Gedanken beim Beten zu lesen, Konrad zu umgarnen, zwischen den Zelten der Zugewanderten umherzustreifen, über die Anzahl der Tonnen Mehl im Lagerhaus Bescheid zu wissen, mit Gott zu wandeln – alles ohne die Breite Straße zu verlassen, die er hinunterging.

Die Ausbeute auf dem Elim war enttäuschend. Ein paar besonders leidenschaftliche Gläubige schleppten ihre gesamte Habe herbei. Ein wohlhabender Tischler namens Hugwald kam mit einer Schubkarrenladung und einer in Tränen aufgelösten Frau daher. Er war schon immer ein Freund überschwenglicher Gesten gewesen. Es gab noch ein paar andere großzügige Spenden. Der Rest war armselig.

»Habe ich es dir nicht gesagt?« sagte Frau Hugwald zu ihrem Mann. »Aber du wolltest ja nicht hören. Niemand nimmt so etwas ernst. Du hättest es bei einer Geste belassen können, aber du mußtest ja gleich aufs Ganze gehen. Jetzt sind wir ruiniert.«

»Jetzt seid Ihr gerettet«, sagte Fierens, der plötzlich aus seinen Höhen herabstieg, zum Tischler. »Ihr seid gerettet. Aber sie«, fuhr er fort und deutete mit einem bebenden Finger auf die Frau, »sie steht unter Arrest.«

Der Profos schaffte die protestierende Frau fort, während der Tischler seine Habe übergab. Er mochte seine Frau schon seit Jahren nicht mehr.

»Das ist eine Schande«, sagte Mosman, den man herbeirief, um ihm die magere Ausbeute zu zeigen. »Das ist eine Beleidigung Gottes.«

Nach und nach versammelte sich eine Schar einheimischer Bürger, die ihre Besitztümer ganz offenbar nicht mitgebracht hatten. Keiner leistete offenkundigen Widerstand, denn die Lektion mit dem Hufschmied hatte sie tief beeindruckt. Fragen allerdings wurden schon gestellt.

»Gewiß«, sagte ein Mann namens Karlstadt, ein Silberschmied, der endlich vortrat, »gewiß meint Ihr doch nicht unser ganzes Geld? Wie sollen wir denn dann Handel treiben? Ohne mein Silber kann ich nichts machen. Wenn wir nicht arbeiten und handeln können, kommt das Leben in der Stadt zum Erliegen. Wir werden verhungern.«

Mosman trat lächelnd auf ihn zu.

»Armer Mann«, sagte er. »Eure Ohren sind verstopft. Ihr alle, ach, mein armes Volk, was ist mit euch? Hat der Teufel euren Verstand ausgeschaltet? Ist der Antichrist schon so mächtig?«

Die Leute verstummten. Sie fürchteten ihn noch mehr, wenn er lächelte.

»Geht jetzt in eure Häuser«, fuhr Mosman fort, »und tut, wie der Herr befiehlt. Ich will euch alle in einer Stunde wieder hier sehen, mit eurem Geld und euren Goldsachen – ja, und eurem

Silber und euren Edelsteinen –, bereit und mehr als bereit, sie der Gemeinschaft zu übereignen. Habt ihr verstanden? Sind eure Ohren offen?«

Sie nickten unglücklich, auch wenn es noch immer Anzeichen stummen Widerstandes gab.

»Also gut«, sagte Mosman. »Dann geht.«

Ein paar setzten sich in Bewegung; der Rest stand verschüchtert herum.

»Geht«, brüllte Mosman.

Die Versammlung zerstreute sich, als er die Hand nach dem Schwert ausstreckte.

Jetzt trat Blommardine vor und legte dem Propheten ein kleines Häufchen Geld und Julius' goldenen Siegelring – ein Geschenk von Ammanati – vor die Füße, die sie sodann küßte.

»Seht«, sagte Mosman zu der sich zerstreuenden Menge, »ihr werdet von einer Magdalena bloßgestellt. Erhebe dich, Weib. Deine Sünden sind dir vergeben.«

25

Als die Bürger von Rensburg zurückkehrten, waren die Erträge besser – Schubkarren, ja ganze Wagenladungen voller Wertsachen tauchten auf –, aber Mosman war noch immer nicht zufrieden.

Zwei Männer des Profos kreuzten auf und berichteten, sie hätten einen Bürger dabei erwischt, wie er Wertsachen im Garten vergrub. Mosman fiel auf die Knie und betete zu Gott, er möge der Stadt vergeben.

»Denn Du weißt, Gott«, rief er aus, »daß es dort, wo einer bei einer Freveltat ertappt wird, viele gibt, die Freveltaten begehen. Ach, elende Stadt, die Gott um seinen Anteil betrügt!«

Die Leute standen voller Unbehagen da, während er betete.

weil ihnen bewußt war, daß auch sie Geld und Wertgegenstände beiseite geschafft und in den unmöglichsten Winkeln versteckt hatten; noch mehr bedrückte es sie, daß Fierens dem Profos befahl, die Häuser all derer zu durchsuchen, denen man in der Kirche die Unruhe angesehen hatte.

Die Schatten wurden länger. Ein eisiger Wind kam auf und blies bitterkalt über das Kopfsteinpflaster des Elim. Der Profos kehrte mit mehreren vornehmen Rensburgern zurück, die er hatte festnehmen lassen, weil sie Wertgegenstände versteckt hatten.

Endlich rührte sich Mosman. Da seine Knie vom dreistündigen Beten steif waren, kam er kaum in die Höhe, doch Blommardine, die neben ihm Wache gehalten hatte, half ihm jetzt. Die Städter warteten atemlos auf seine Entscheidung. Jetzt würde er sie doch sicher nach Hause gehen lassen, denn es wurde Nacht, und zu Hause warteten Kinder, die etwas zu essen brauchten.

Mosman blickte sich langsam um.

»Ihr brecht Gott das Herz«, sagte er leise. »Ihr seid wie verirrte Schafe, die, obwohl ihnen der rechte Weg gewiesen wird, den Abgrund vorziehen. Ja, ihr könnt jetzt nach Hause gehen. Ich kann euch heute abend nicht mehr ertragen. Warum sollen wir die Zeit unserer tapferen Soldaten damit vergeuden, sie nach Geld suchen zu lassen, das eigentlich bereitwillig abgeliefert werden müßte? Ich überlege ernsthaft, ob ich Rensburg verlassen soll…«

Bei diesen Worten schlugen die Herzen vieler Bürger in der wilden Hoffnung, daß er tatsächlich fortgehen würde, denn sie hatten die Nase gründlich voll. Doch mehrere hundert neue Rensburger, die sich versammelt hatten, um alles mit anzusehen, erhoben lautes Protestgebrüll.

»Verlaß uns nicht… Du bist der Prophet… Führe uns zum ewigen Leben…« Und, verhängnisvoller für die Stadtbevölkerung: »Mach dir um sie keine Sorgen … das hier ist nicht ihre Stadt. Das ist Jerusalem.«

Mosman hob die Hand. »Also gut, ich werde bleiben. Es gibt noch immer ein paar aufrechte Männer in der Stadt. Geht jetzt nach Hause. Es ist schon fast Zeit zum Abendläuten … Nutzt eure Zeit mit Beten und Fasten. Betet für die Unwürdigen, auf daß sie durch Drangsale zu Gottes Gnadenthron gelangen.«

Die Menge zerstreute sich, und die Leute gingen nach Hause, einige zu Lobliedern und Bibellektüre, andere zu geschlossenen Fensterläden und einem kalten Abendessen im Dunkeln. Es war keine gute Idee, sich im eigenen Haus dabei ertappen zu lassen, daß man die Befehle des Propheten mißachtete. Überall gab es Augen – neidisch, boshaft, mahnend –, die es sich zur Aufgabe machten, andere auszuspionieren.

Die Stadt begab sich dankbar zu Bett. Es war der einzige Ort, an dem man sicher sein konnte, daß man weder Predigten zu hören bekam noch angezeigt wurde. Sogar Gott schien ein Auge zuzudrücken, wenn man schlief. Und für seine Träume konnte man nicht zur Verantwortung gezogen werden …

Gegen fünf Uhr, draußen regnete und stürmte es, gab es plötzlich für alle die Stadtbewohner, die sich erst kürzlich hatten taufen lassen, um nicht ausgewiesen zu werden, ein schreckliches Erwachen.

Wieder wußte Fierens, wann er zuschlagen mußte; am tiefsten Tiefpunkt, um die Stunde der geringsten Widerstandsfähigkeit. Er hatte es Mosman eingegeben, Mosman hatte dem Profos den Befehl erteilt, und dieser führte ihn aus.

Julius konnte in seiner Dachkammer über der Tischlerwerkstatt, wo er derzeit häufig schlief, alles hören.

»Raus mit euch, raus mit euch!«

Schläge an Türen, splitterndes Holz, klirrendes Glas. Er konnte sich die verängstigten Gesichter vorstellen, die sich im Dunkeln gegenseitig anstarrten.

»Was ist los?«

»Raus mit euch, raus mit euch!«

»Ich gehe lieber mal nachsehen.«

»Du bringst dich nur selber um.«

»Wir wissen, daß ihr da drin seid. Aufgestanden, alle miteinander. In fünf Minuten seid ihr angezogen.«

»Das ist unerhört.«

»Genau das ist es, wenn ihr euch nicht beeilt…«

Julius sah mit an, wie sein Vermieter und dessen Frau dem Häufchen Unglücklicher folgten, die im Licht der anbrechenden Dämmerung auf den Stadtplatz geführt wurden: Junge, Alte, Kranke, Lahme; all die widerwilligen Täuflinge, die sich mehr denn je sträubten, als sie vor sich aufgereiht die Wachen mit gezogenen Schwertern sahen.

Der Regen hatte aufgehört, dafür fegte jetzt ein bitterkalter, feuchter Sturmwind über den Elim, der winzige Kältedolche durch wollene Strümpfe und hastig umgebundene Tücher stieß.

»Was hat das zu bedeuten? Ich erhebe entschieden Einspruch«, sagte ein alter Schulmeister namens Hecker.

»Schweig!« schrie der Profos und schlug ihn mit der flachen Hand, so daß der Alte mit einem grausigen, dumpfen Geräusch auf das rutschige Kopfsteinpflaster fiel, sich ein paarmal überschlug und dann mit blutendem Kopf reglos liegenblieb.

»Rühr dich bloß nicht«, warnte ihn der Profos, »sonst kriegst du noch mehr.«

»Blut«, sagte Mosman.

Es entstand eine Pause. Mosman mochte Pausen. Sie gaben ihm Zeit, die Botschaften in seinem Kopf zu lesen.

»Blut«, wiederholte er.

Die Leute zitterten. Dieses eine Wort, gepaart mit den gezückten Schwertern, jagte ihnen mehr Kälte ein als jeder noch so scharfe Nordwestwind.

»Ja, ihr habt allen Grund zu zittern«, fuhr Mosman fort.

»Denn Gott hat gesprochen. Wenn Er nicht beschließt, euch zu verzeihen, werdet ihr durch das Schwert umkommen. Die Schwerter der Gerechten werden euch vernichten. Sie werden euch abschneiden wie Bartstoppeln.«

Ein Großteil der Bürger fiel auf die Knie.

»Gnade, o Gott«, riefen sie. »Gnade, Gnade.«

»So einfach ist das nicht«, sagte Mosman. »Das kann jeder, auf die Knie fallen und um Gnade flehen.«

»Gnade, Gnade. Wir bereuen.«

»Wachen«, schrie Mosman. »Tretet drei Schritte vor.«

Die bewaffneten Männer traten forsch nach vorn und blieben stehen.

»Faßt sie an«, sagte Mosman. »Berührt sie. Spürt die scharfe Klinge des Todes. Das ist euer Tod. Berührt ihn. Spürt den stechenden Schmerz.«

Die Wachen hielten ihnen die Klingen hin, und die Städter streckten furchtsam die Hände aus, um über das blitzende Metall zu streichen. Ein paar brutalere Soldaten zuckten mit den Armen, so daß die scharfen Klingen in ausgestreckte Handteller und Finger schnitten. Schmerzensschreie, vermischt mit Wehklagen, erfüllten den Platz.

»Gnade, Gnade.«

Es war grausam kalt.

»Bringt sie in die Kirche Sankt Barnabas«, befahl Mosman, »und sperrt sie ein. Sie müssen Gottes Entscheidung abwarten. Laßt sie zu Gott beten, wie sie noch nie in ihrem Leben gebetet haben – und vielleicht nie wieder beten werden. Schafft sie fort. Der Gestank ihrer Sündhaftigkeit ist eine Beleidigung für jeden anständigen Bürger. Der Elim wird durch ihre Anwesenheit besudelt.«

»Los, Leute, beeilt euch«, sagte der Profos.

»Gnade. Ich habe kleine Kinder«, rief eine verzweifelte Mutter.

Einem Impuls gehorchend, trat Julius vor. Aufgrund seiner eigenen Kindheit hatte er ein offenes Ohr für solche Bitten.

»Ich werde mich um sie kümmern. Sagt mir, wo sie sind.«

Der Profos drehte sich langsam um.

»Ach ja? Ihr wollt Euch um sie kümmern? Wer mögt Ihr denn wohl sein?«

»Eros. Das ist Eros. Eros mit einem Bart. Verhaftet ihn«, schrie eine Stimme, die Julius wiedererkannte.

»Eros? Wir werden uns schon um dich kümmern, Eros«, sagte der Profos. »Wir schicken dich mit all den anderen in die Kirche.«

26

Die Portale schlugen zu, und die riesigen Schlüssel wurden im Schloß umgedreht. Die rund dreihundert Leute im Inneren des verwüsteten Kirchenraums – alle Gemälde und Steinskulpturen waren zerstört, alle Buntglasfenster zerschmettert worden – hörten, wie Holzriegel vorgeschoben und in die Halterungen geschlagen wurden. An ein Entrinnen war nicht zu denken.

Auf den Gesichtern der Menschen rings um Julius spiegelten sich alle möglichen Gefühle – Angst, Entsetzen, Panik, Verteidigungswille, Kompromißbereitschaft, Resignation –, aber er fühlte sich getröstet, als er hie und da auch innere Kraft, Entschlossenheit und sogar jenen Ausdruck bemerkte, den sein Meister im mittleren Teil seines Bildes so sorgfältig festgehalten hatte: liebevolle Umsicht, die sich in jenem Festhalten des Arms ausdrückte, jenem Tasten nach dem lebendigen Puls, mit dem die Frau mit der Frucht den sterbenden Mann tröstete. Genauso wurde ein junger Mann, den Julius noch nie gesehen hatte – er sah aus wie ein unbedeutender Kaufmann –, von seiner Frau festgehalten. Die drei mittleren Finger ihrer anderen Hand zeigten zum Dach hinauf, während der Daumen und der kleine Finger seitlich abgespreizt waren.

Julius ging auf die beiden zu und machte instinktiv dasselbe Zeichen. Sie sahen ihn kommen und lächelten.

»Wie könnt ihr in einer solchen Zeit lächeln?« fragte eine ältere Frau mit grobknochigem Gesicht. »Ihr glaubt wohl, sie meinen es nicht ernst? Und ob sie es ernst meinen. Wir haben gesündigt, nicht wahr? Findet ihr das komisch? Auf uns alle wartet der Richtblock, ihr Sünder.«

Eine junge Frau neben ihr sank ohnmächtig in die Arme ihres Mannes.

»Jetzt seht, was ihr angerichtet habt. Hier«, rief die alte Jungfer laut, »hier ist jemand, der nicht bereut. Wir müssen alle bereuen, sonst kommen wir hier nicht lebend heraus. Bereut, ihr Mistkerle.«

Julius und das Paar entfernten sich. Die Leute waren noch zu durcheinander, um gemeinsam zu bereuen. Jedes Grüppchen verharrte in seinem eigenen Elend.

»Willkommen, Bruder«, sagte die Frau zu Julius. »Ihr kennt das Zeichen, aber ich glaube, daß Ihr noch keiner von uns seid.«

»Noch nicht«, antwortete er. »Ich kenne die Tür. Aber den Schlüssel suche ich noch.«

»Den Schlüssel hast du bereits«, sagte die Frau. »Es geht nur darum, ihn zu erkennen.«

»Habt Ihr denn keine Angst?«

»Wir können gar nichts tun, um die Dinge zu verändern. Falls wir am Leben bleiben, freuen wir uns darüber. Falls wir sterben, gehen wir vom Körper in die Seele über, von der Seele in den Geist. Hier wird alles weitergehen. Das ist die Lehre vom Teich und vom Kreis.«

»Aber habt Ihr denn keine Angst vor Schmerzen?«

»Es gibt nichts Schmerzlicheres als die Reue. Das rückwärtsgewandte Wissen, was hätte sein können. Wir leben freudig, solange wir leben, und wir sterben, wenn wir sterben müssen. Wie lautet das Wort, nach dem Ihr sucht? Ihr kennt es, nicht wahr?«

Julius lächelte das Paar an, und die beiden erwiderten sein Lächeln. Er schloß eine Minute lang die Augen, um sich auf das Wort zu konzentrieren, das er suchte. Er kannte es nur zu gut, aber es tanzte wie ein Irrwisch zwischen Licht und Schatten hin und her. Als er die Augen aufmachte, war das Paar verschwunden.

»Es gibt kein Wasser«, rief jemand. »Wie lange wollen sie uns ohne Wasser hier eingesperrt lassen? Wir werden verdursten.«

»Im Taufbecken ist Wasser«, schrie jemand anderes.

Alle stürzten zum Taufbecken.

»Ich muß mich erleichtern«, sagte ein fetter Kerl mit rotem Gesicht und einem kleinen Schmollmund.

»Das dürft Ihr in der Kirche nicht«, schrie eine andere Stimme voller Panik. »Sie werden uns alle umbringen, wenn wir die Kirche entweihen.«

»Aber ich muß«, stöhnte der dicke Mann. »Ich mache ins Taufbecken, nachdem es jetzt leer ist. Sie werden es nicht merken.«

»Wagt es bloß nicht, ins Taufbecken zu pinkeln. Sie beobachten uns, begreift Ihr das nicht? Wir wissen nicht, wo sie sind, aber sie beobachten uns. Die Jungfer hat recht. Wir müssen bereuen.«

»Ich habe bereut«, schrie wieder eine andere Stimme. »Ich kann nicht noch mehr bereuen.«

Ein nervöser kleiner Mann, der sich bei diversen Umzügen der Zünfte als Vertreter der Notarsgilde einen Namen gemacht hatte, stieg auf die Kanzel und sprach zu der wogenden Menge.

»Mitbürger«, rief er, »wir befinden uns im Zustand der Sünde. Befänden wir uns nicht im Zustand der Sünde, wären wir nicht hier. Das Schwert der Gerechtigkeit hängt über uns Sündern. Wir müssen nicht nur bereuen, wir müssen deutlich sichtbar bereuen. Ich möchte, daß ihr alle mit einstimmt und mit mir zusammen ruft: ›Wir bereuen‹, so daß die vor der Kirche – die, welche uns richten, und vor allem Gott – uns hören können. Ruft mit mir… Wir bereuen.«

»WIR BEREUEN«, rief die Menge.

»Ich möchte den Staub aus dem Gebälk aufwirbeln sehen.«

»WIR BEREUEN.«

»Es hört sich noch immer undeutlich an.«

»WIR BEREUEN.«

»Und jetzt lasset uns singen: ›Wir elenden Sünder alldahier demütig rufen hinauf zu dir‹, daß der Wetterhahn auf dem Kirchturm in seiner Verankerung bebt.«

So ging es weiter, mit immer neuen Gebeten, Wehklagen, Hymnen, Beteuerungen, Sich-auf-den-Boden-Werfen und Kniefällen, die ausgereicht hätten, einen Stein zu erweichen, aber noch immer kam keine Antwort, weder von oben noch von draußen. Die Türen blieben fest verriegelt.

Julius saß in einer Ecke der Kirche und schaute gebannt auf einen in allen Regenbogenfarben schillernden Lichtfleck, den die bleiche Sonne, wie ein winziges Bruchstück der göttlichen Verheißung, durch die zersplitterte Ecke eines Fensters warf.

Auf den Morgen folgte der Nachmittag. Keinem der hier Versammelten war genug Zeit geblieben, um am Morgen wenigstens rasch einen Kanten Brot zu essen, und Hunger und Durst forderten allmählich ihren Tribut. Der fette Mann hatte trotz aller Ermahnungen nicht an sich halten können und sich, so weit wie möglich vom Altar und dem Mittelschiff entfernt, in dem den Glöcknern vorbehaltenen Raum unter dem Turm entleert. Andere folgten ihm, und bald schon drang ein unangenehmer Geruch in das Hauptschiff.

Auf den Nachmittag folgte der Abend, und allmählich sah es so aus, als würde es an diesem Tag keine Heimsuchung mehr geben. Allerdings war das eine fragwürdige Erleichterung, denn je länger die Ungewißheit andauerte, um so unerträglicher wurde sie. Außerdem war eine kalte Nacht in einer zunehmend übelriechenden Kirche, dazu ein leerer Magen und die Aussicht auf ein Todesurteil, nicht unbedingt das, was man benötigte, um sich wohl zu fühlen.

Plötzlich ertönte ein Schrei aus der Nähe des Kirchenportals.

»Sie kommen!«

Die Leute wichen von den schweren Türen zurück, die sich, kläglich in den Angeln quietschend, auftaten. Sämtliche Gesichter wandten sich um, um zu sehen, was auf sie zukam – Leben oder Tod. Julius, der sich bislang als Zuschauer betrachtet hatte, der die Szene dokumentierte (er hatte sogar versucht, eine kleine Kohleskizze anzufertigen, bis er verwarnt wurde, weil er nicht genügend Reue zeigte), spürte jetzt mehr als ein besorgtes Kribbeln im Magen. Diese Schwerter waren scharf wie Rasierklingen. Wie kam es, daß die Frau dem Tod so gefaßt ins Auge gesehen hatte? Er würde lieber jederzeit Reue zeigen. Schließlich war das Leben keine Zeichnung, sondern eine ernsthafte Angelegenheit.

Mosman erschien mit gezogenem Schwert und von Soldaten flankiert.

Er blieb unter dem Portal stehen und blickte stumm in den Kirchenraum, während die Soldaten angesichts der Ausdünstungen die Nase rümpften. Mosmans Schwertarm schoß nach vorn, so daß die Klinge auf die Menge zeigte, und wanderte von einem Gesicht zum nächsten, bis es vor dem Mann mit dem roten Gesicht verharrte.

»Der da«, sagte Mosman.

Zwei Soldaten stürzten vor und ergriffen ihn.

»Nein, nein«, kreischte der unglückliche Mann. »Ich bereue, ich bereue. Ich konnte die Pisse nicht mehr halten. Ich war nicht der einzige.«

Seine fette Frau stimmte in sein flehentliches Bitten ein.

»Nehmt ihn nicht mit. Er ist alles, was ich habe. Er hat eine schwache Blase. Wir bereuen beide. Wir tun alles ...«

»Bringt ihn weg«, sagte Mosman.

Langsam schlossen sich die Türen wieder, während der fette Mann, dem die Knie eingeknickt waren, über die Steinfliesen und hinaus in die überdachte Vorhalle geschleift wurde.

»Sie werden uns alle töten. Ach, rettet ihn, rettet ihn«, schluchzte seine Frau. Aber die Menschen drängten sich zusammen, ohne etwas zu unternehmen. Sie waren zu müde, zu durchgefroren, zu entmutigt. Selbst wenn man sie alle töten würde, heute abend waren sie wenigstens noch am Leben. Vielleicht war es trotz allem besser, zu frieren und Hunger zu haben und zu stinken, als tot zu sein. Wenn überhaupt einer dran glauben mußte, dann war es nur gerecht, daß es den fetten Mann traf. Hatte er das Gotteshaus nicht als erster besudelt?

Trotz seiner intensiven Suche nach der Wahrheit stellte Julius voller Abscheu fest, daß seine Gefühle die allgemeine Stimmung widerspiegelten. Wo war der Gleichmut geblieben, mit dem das junge Paar die Situation betrachtet hatte? Und wo waren die zwei überhaupt? Er ließ seinen Blick durch die vollen Seitenschiffe wandern, konnte sie aber nirgends entdecken. Dabei mußte er an Elisabeth denken. Warum erlaubte sie ihm nicht, sie wiederzusehen? Er hatte gespürt, daß sie ihm verziehen hatte. Das Leben war voller Rätsel, dachte er, aber vielleicht war das im Grunde das Wesen des Lebens. Der Tod war die einzige Gewißheit.

Er hüllte sich locker in seinen Umhang, hockte sich in eine Ecke neben der Kanzel und sank in einen unruhigen Schlummer.

27

Julius wurde von Marschgeräuschen geweckt. Draußen war ein strahlender Morgen.

Krachend flogen die Portale auf, und plötzlich war die Kirche voller Soldaten. Die Bürger rappelten sich auf, so gut es ging, und wichen in Richtung Glockenturm zurück, rieben sich den Schlaf aus den Augen und die Steifheit aus den Gliedern.

Mosman, der mehr denn je wie ein Racheengel aus dem Alten Testament aussah, stürmte auf die Altarstufen und betrachtete sie grimmig.

»Was? Nicht beim Gebet?« fragte er. »Das zeugt nicht von Reue.«

»Der Geist ist willig, aber das Fleisch ist schwach«, rief der kleine Mann, der sich bei den Umzügen hervorgetan hatte. »WIR BEREUEN.«

»Wir bereuen«, wiederholten die Stadtbewohner mit aller Kraft, die sie aufbringen konnten.

»Der Gestank eurer Sünde steigt zum Himmel empor«, verkündete Mosman.

Und ob er das tat. Die Angst war ihnen auf die Gedärme geschlagen, so daß sich die Ausdünstungen aus dem Glöcknerzimmer im Laufe der Nacht erheblich verstärkt hatten.

»Zieht eure Schwerter«, befahl Mosman seinen Männern.

Fünfzig blanke Klingen kamen mit jenem metallischen Ratschen zum Vorschein, von dem einem schlecht werden konnte. Die Menschen stolperten übereinander, als sie in das Glöcknerzimmer zurückwichen, wo sie auf dem Kot, der den Steinboden bedeckte, ausrutschten und sich auf zutiefst erniedrigende Weise beschmutzten.

Julius sah plötzlich einen Hoffnungsschimmer. Es ließ sich unmöglich voraussagen, was Mosman vorhatte. Zu töten, zu verschonen? Es war durchaus möglich, daß Mosman es selbst nicht wußte. (Er wartete tatsächlich noch auf seinen Text.) Das einzige, worauf man sich verlassen konnte, war Schmeichelei. Wenn sie nicht wirkte, hätte das bedeutet, daß sie aus der Mode gekommen war.

Während also alle anderen zurückwichen, sank Julius auf die Knie und rutschte in bußfertiger Haltung auf den Heiligen zu.

»Wir sind in der Tat schuldig«, sagte er. »Wir haben den Tod verdient.«

»Was?« rief Mosman.

Die Leute starrten Julius angewidert und erbost an. Was sagte er da? Den Tod verdient? Das war die Aufforderung zu einem Blutbad.

»Nein, nein«, riefen sie. »Bitte. Er ist keiner von uns. Nehmt ihn, nicht uns.«

»Hier haben wir wenigstens einen ehrlichen Sünder«, sagte Mosman. »Schneidet ihm den Kopf ab, und befreit seine Seele.«

Die Soldaten gingen auf Julius zu, der sich jedoch nicht bewegte.

»Ihr allein...«, rief er plötzlich.

Mosman hob die Hand.

»Haltet ein«, gebot der Heilige. »Ich allein? Was wollt Ihr damit sagen?«

»Ihr allein könnt Fürsprache für uns einlegen. Von allen Menschen findet Ihr allein vor Gottes Augen die Gnade, die uns retten kann. Nur Eure Gebete können den Ausschlag geben. Wir sind schwach. Wir haben uns verirrt, und der Weg liegt im dunkeln...«

Während er sprach, rutschte er langsam auf Knien voran. Die klügeren Leute erkannten jetzt ihre Chance. Sie knieten ebenfalls nieder und rutschten nach vorn.

»Ihr allein«, riefen sie, »Liebling des Herrn.«

Befriedigung gehörte nicht zu den Gefühlen, die sich in Mosmans strengen Zügen ohne weiteres zeigten, aber zweifellos war er geneigt, diesen Gedanken zu akzeptieren. Immer mehr Leute sanken auf die Knie. Bald kroch die ganze Versammlung – erbärmlich, mit bleichen Gesichtern, zitternd, mit ihrem eigenen Kot beschmiert – auf die Altarstufen zu, wo der rachsüchtige Anführer, in seine eigene Großartigkeit versunken, dastand und sich in Gottes Gunst sonnte.

»Gnade«, riefen sie, »betet für uns, setzt Euch für uns ein, Ihr allein könnt es, gesegneter Anführer…«

Jetzt war es Mosman, der auf die Knie sank und zu beten begann. Teils betete er laut, teils in Gedanken, dann wieder murmelte er vor sich hin oder rang mit unsichtbaren Mächten, rief Beschwörungen in fremden Zungen, sackte ob der gewaltigen Anstrengung zusammen und erhob sich dann wieder, als wollte er von den Himmeln Gnade herabzwingen. Er gelangte an einen Punkt, an dem er den Kampf zu verlieren schien. Niedergeschlagen ließ er den Kopf hängen und murmelte: »Wenn es Dein Wille ist, dann geschehe es. Das Blut der Ungerechten muß vergossen werden«, doch mit allerletzter Anstrengung kletterte er noch einmal zum Gnadenthron empor – man konnte beinahe sehen, wie er die unangreifbaren Höhen erklomm; er würde sich nicht abschütteln lassen…

Und diese Menschen, die er so erniedrigt und gedemütigt hatte, begannen ihn zu lieben. Wer sonst würde so um sie kämpfen? Wen sonst kümmerte es im geringsten, ob sie am Leben blieben oder starben? Falls es ihm glücken sollte, würden sie ihm ewig treu ergeben sein.

Sogar ein paar Soldaten waren beeindruckt, auch wenn andere wünschten, er würde sich etwas beeilen. Doch einen Heiligen durfte man nicht drängen, wie ihnen der Profos erklärt hatte. Vier Stunden später war Mosman immer noch am Werk; und erst gegen Mittag hielt er plötzlich inne, erhob sich und trat vor seine Gemeinde hin.

Wieder wurden die Schwerter gezückt. Das Zittern begann

aufs neue. Mehrere Büßer waren im Verlauf der Fürsprache bewußtlos nach vorn gekippt; nachdem man sie jetzt wiederbelebt hatte, starrten sie zusammen mit den anderen gebannt und zitternd auf den Anführer. Es gab keinerlei Hinweis darauf, wie die Entscheidung ausgefallen war.

Nun schritt Mosman an ihnen vorbei, schaute jeden einzelnen durchdringend an und beendete seine Runde schließlich in der Nähe des Portals.

»Stellt euch hier auf«, befahl er den Soldaten.

Als sie mit Geklirr rechts und links von ihm Aufstellung nahmen, sahen sich die Leute verängstigt an. Sollte der Augenblick gekommen sein? Da der Weg versperrt war, konnten sie nur in der Kirche umherlaufen wie Hühner, auf die das Beil wartete. Wie fühlte sich kalter Stahl an, wenn er durch Kniesehnen, Magen und Bauch schnitt?

»Der Vater freut sich, euch in die Gemeinschaft der Aufrechten aufzunehmen«, verkündete Mosman. »Und morgen will ich euer Geld sehen.«

Abrupt machte er kehrt und verließ, gefolgt von seiner Leibwache, die Kirche.

Allgemeiner Jubel brach aus. Es war, als hätte die Stadt nicht etwa eine grauenvolle und demütigende Prüfung bestanden, sondern einen großen Sieg errungen.

Ein paar Leute gratulierten Julius, klopften ihm auf die Schulter und nannten ihn einen guten, anständigen Kerl. Die Frau, um deren Kinder er sich hatte kümmern wollen, bedankte sich bei ihm.

Er ging allein nach Hause. Die Wolkendecke, die sich von Westen her langsam über die Stadt geschoben hatte, überzog jetzt den gesamten Himmel. Die ersten Regentropfen fielen. Der Boden schien zu beben. War das der Anfang vom Ende? Doch dann wurde ihm klar, daß seine Beine zitterten und nicht etwa die Erde.

28

Der dritte Abschnitt des irdischen Paradieses, das Hinterland sozusagen, war der eigenwilligste. Während in den ersten beiden zumindest erkennbar menschliche Gestalten überwogen, war dieser – das Territorium (sofern diese Vorstellung richtig war) des Geistes oder des *νοῦς*, wie die Platoniker es nannten – vorwiegend von sonderbaren Halbmenschen oder gar Nicht-Menschen bevölkert, auch wenn es dort noch immer eine hingebungsvolle Schar Männer gab, die eine überdimensionale Erdbeere anbeteten, und ein paar andere Gestalten, die, zum Teil auf dem Kopf stehend, eine riesige, geäderte, spiegelnde Kugel zierten, die von seltsam fleischigen Türmchen und schmückendem Beiwerk gekrönt war.

Im Zusammenhang mit Spiegelbildern hatte Julius einmal gelesen, man könne, wenn man im Spiegel in die eigene Pupille blickt, seine ursprüngliche Form sehen, den eigenen Geist. Ob die Frau, die auf dem Kopf stand, vielleicht genau das tat? Und was war von den Delphinrittern zu halten, von denen ein Teil mit Meerjungfrauen in den friedlichen Gewässern herumtollten, während andere in einer langen Prozession hinter einem riesigen, rosafarbenen, kristallgespickten Felsgebilde hervorschwammen? Und von den Menschen – ja, es gab noch mehr Menschen –, die in ein gewaltiges, aufgeplatztes Ei krabbelten – oder krabbelten sie heraus? –, so kräftig rosa gemalt, daß sie fast wie Fischrogen aussahen?

Es war ein Badeteich voller Glückseligkeit. In einem winzigen, gehörnten Boot war ein schwarzer Mann zärtlich mit einem blonden Mädchen beschäftigt, während ein anderer auf die beiden zuschwamm. Dahinter und rechts davon erhoben weitere Bauwerke, pflanzlich-kristalline Gebilde, von seltsamen Schrauben und Phiolen durchbohrt und von geäderten Früchten gekrönt – in einem Fall von einem verzückten Jüngling, der sein

Spiegelbild in einer goldenen Kugel betrachtete –, ihre eigenartigen Kuppen.

Was war davon zu halten? Julius hatte das sonderbare Gefühl, daß der beabsichtigte Empfänger des Triptychons nicht die Bruderschaft zu Hause in ’s-Hertogenbosch oder irgendwo anders war. Er selbst war es – eine letzte Botschaft von einem Magus, das Rätsel eines himmlischen Sendboten.

Dieses Ei am Uferrand; bei genauer Betrachtung kehrten die Menschen natürlich dorthin zurück, nicht umgekehrt. Sie kehrten zum Einssein zurück, zur Einheit. Sogar die Körper der Gestalten weiter oben, etwa des Jünglings mit der goldenen Kugel, waren geschlechtslos. Das hier war die Sphäre des Geistes, die, nachdem die Sünde weggewaschen worden war, im Grunde nicht mehr und nicht weniger war als ein Splitter Gottes. Das Gesicht des Jünglings drückte Bewunderung aus, seine versunkene Betrachtung galt nicht dem eigenen Spiegelbild, sondern dem Schöpfer.

An diesem Punkt regte sich etwas in Julius' Bewußtsein, ein Zusammenhang, der sich vielleicht würde herstellen lassen; doch er entglitt ihm wie ein Fisch, bevor er ihn zu fassen bekam. Er würde wiederkommen. Wenn diese Gedankenfische erst einmal zu schwimmen begannen, kehrten sie auch zurück. In der Tat nahmen Fische einen großen Teil dieses oberen Reiches ein. Fische, die nach der Verschmelzung von Mensch und Fisch zu Delphinrittern wurden, waren hier eindeutig Symbole der Fortpflanzung und Fruchtbarkeit, rechts im Bild getragen von einem Engel und links von einem Delphinritter mit einer an einem Speer hängenden, riesengroßen roten Frucht.

Und doch beinhaltete das Symbol noch mehr. Stand der *ἰχθύς* nicht auch für Christus? Und war das nicht der Grund, warum rechts oben in der Ecke, schwebend wie die Verheißung ewiger Ordnung und Erlösung – denn er befand sich unmittelbar an der Nahtstelle zwischen Mitteltafel und Hölle –, der Fisch schwamm, ganz allein, der Eine, zu dem eine Engelsgestalt mit der Frucht der Schöpfung emporflog?

Dieses Bild enthielt so viele Zeichen und Symbole – einige nur für Eingeweihte verständlich, daß Julius, der das Glück hatte, die Schule des Südens wie auch des Nordens durchlaufen zu haben, nur Mutmaßungen anstellen konnte; andere religiös, alchimistisch oder klassisch, so daß er bei intensiver Beschäftigung und mit ein bißchen Glück zumindest zu vernünftigen Interpretationen gelangen konnte.

Zusammengenommen ergaben die ersten beiden Tafeln ein vollständiges Bild der Religion der Antike und der Philosophie Platons – eben jene Kombination, die der Florentiner Philosoph Ficino, ein Freund des Cosimo und zeitweise Lehrer des Lorenzo de' Medici, in seiner Akademie gerühmt hatte, dessen Lehren Julius in der Villa Rosata aus Ammanatis Mund gehört hatte.

Damit schloß sich der Kreis. Wenn Julius recht hatte, betrachtete er da nicht einfach ein außergewöhnliches und wunderschönes Bild oder gar eine verschlungene, traumähnliche Allegorie...

Alle diese Hinweise und Fragen, beantwortete wie unbeantwortete, schwammen wie Fische in seinem Kopf umher, als er, nach einem Tag des Rätselratens, in einer sonderbaren Art nervöser Trance dasaß. Endlich begannen die Antworten wenigstens Gestalt anzunehmen.

Ausschlaggebend waren der Mann und die Frau gewesen, deren Handzeichen er letzte Woche in der Kirche erkannt hatte und die er nicht mehr entdecken konnte, als er später nach ihnen Ausschau hielt. Jetzt erkannte er nicht nur das Zeichen wieder, sondern auch ihre Gesichter – es waren dieselben, die den Betrachter mit auffallend strahlenden Augen aus der rechten unteren Ecke des Bildes anblickten: der Magus, der Großmeister, und seine Braut.

Mehrere rätselhafte Teilstücke fügten sich nach und nach zusammen, und Julius wußte, daß er einen Blick auf den verborgenen Kern des Geheimnisses werfen durfte. Es war, als würde sich das Fenster, das ihm sein Meister Bosch in der Kapelle gezeigt hatte, endlich ein kleines Stückchen weiter auftun.

Das ganze Gemälde – zumindest die ersten beiden Tafeln – war ein Evangelium, das die Lehre der Liebe verkündete. So mußte es sein.

Nicht diese schwer verständliche, geistige, saft- und kraftlose Sorte von Liebe, die manchmal als christliche Liebe ausgegeben wurde: Liebe deinen Nächsten, liebe Gott, liebe jene, welche dir übel wollen und dich beleidigen. Das hier war die wahre Liebe als Sakrament, wie Bosch angedeutet hatte, die konkrete, körperliche Liebe, die als unendlich zärtliche und lustvolle Zuwendung zu dem einen – und keinem anderen – Menschen erlebt wurde, den einem die Vorsehung zugedacht hatte und für den man ebenfalls bestimmt war. Aber darüber hinaus war sie, wie Julius erkannte, ein Symbol für die natürliche Großzügigkeit, die Fruchtbarkeit und die irdische Freude des Lebenskreislaufs – der wiederum ein Symbol für eine höhere Harmonie und Einheit war, durch die zwei Menschen zu einem wurden und sich endlich, zusammen mit Myriaden anderer »Einheiten«, gereinigt und geläutert mit jenem sublimen und unvorstellbaren Eins der Schöpfung vereinen konnten.

War es vielleicht doch das, was der heilige Apostel Johannes, der Liebling der Humanisten, gemeint hatte? »Liebe Brüder, wir wollen einander lieben; denn die Liebe ist aus Gott, und jeder, der liebt, stammt von Gott und erkennt Gott. Wer nicht liebt, hat Gott nicht erkannt; denn Gott ist die Liebe.«

Kein Wunder, daß dem Großmeister so viel an der Vollendung des Bildes lag. Und doch... wie war es möglich, daß er einmal dort in der Kirche war und dann wieder nicht... und daß er nicht älter aussah als damals vor achtzehn Jahren, als das Bild entstanden war? Dieses Bild besaß eine magische Kraft. Mehr noch als ein Evangelium stellte es einen Zugang dar. Obwohl Julius müde war, zwang er sich, sich jetzt ganz darauf zu konzentrieren, sich dem ganz und gar zu öffnen, wie die Gnostiker das bei ihren hermetischen Zeichnungen machten; oder – das hatte er in Florenz erfahren – wie Pythagoras, der über bestimmte Diagramme meditiert hatte...

»Jetzt«, sagte der Großmeister aus dem Gemälde zu Julius, »liegt mehr als die Hälfte deines Weges hinter dir.«

»Was...?« Julius konnte nicht feststellen, woher die Stimme kam. »Was?«

»Das hat nichts zu bedeuten, Julius. Du brauchst dich nicht zu wundern. Man merkt deutlich, daß du kein Pythagoräer bist. Ich bin überall. Schwarz und Weiß, Licht und Dunkel. Das bin ich. Ich war bei Evas Geburt zugegen. Deshalb hat dein Meister sie nach meinen Angaben gemalt. Zu meiner Zeit war ich ein Pharao und eine Stechmücke. Ich habe mich in die Lüfte geschwungen und gekrächzt und bin geschwommen und habe gestochen. Ich bin eine Frau gewesen und ein Panther. Wie lange willst du denn noch herumsitzen?«

»Ich glaube Euch nicht«, sagte Julius. »Ich träume.«

»Welche Rolle spielt das schon?« fragte der Großmeister. »Und jetzt zum Geschäft. Du kennst jetzt die Bedeutung des Gartens Eden und des Paradieses auf Erden. Was wirst du mit der Hölle anfangen?«

»Ich... ich weiß es nicht. Ich weiß nichts von der Hölle, außer daß sie recht widerlich aussieht. Jemand rutscht eine Messerklinge herunter, jemand wird aufgespießt, eine Hure wird von einem Kobold geritten, ein anderer armer Sünder wird an einem harfenähnlichen Ding aufgeknüpft«, zählte Julius fieberhaft auf.

»Nimm die Hölle nicht zu leicht, Julius. Sie ist etwas Fürchterliches. Sogar hier im Paradies kannst du erkennen, wie unruhig alle die sind, die sich in der Nähe der rechten Tafel befinden.«

Julius blickte auf und sah zwei Liebende in einem sich rankenden Netz aus Dorngebüsch zappeln.

»Sie werden freikommen. Aber der Einfluß der Hölle beeinträchtigt sogar unser Paradies. Ich hoffe, du läßt nicht zu, Julius, daß er sich ausweitet. Das wäre nämlich durchaus möglich. Sie könnte alles, was Gott für uns wünscht, verderben und verdunkeln, vergällen und verneinen, genauso, wie das in deiner Stadt im Namen Gottes geschehen ist…«

»Das ist nicht meine Stadt.«

»Sie ist es, bis du sie verläßt, egal, auf welchem Weg.«

Seine Worte ließen Julius innerlich frösteln.

»Was meint Ihr damit?«

»Ich meine, daß ich nichts versprechen kann. Ausschlaggebend sind nur deine Bemühungen. In der Hölle ist eine Lücke, die dein Meister für dich gelassen hat. Und ein Stück Landschaft am oberen Rand, die er nicht vollenden konnte. Du weißt, was du zu tun hast.«

»Und wenn ich es nicht weiß?«

»Wirst du aber, Julius. Kann ich im Augenblick irgend etwas für dich tun?«

»Ich möchte Elisabeth sehen und sie in das Paradies führen.«

»Das kann geschehen. Aber vergiß nicht, Julius, selbst im Paradies mußt du klug sein, bis du erfahren genug bist. Die Dinge sind noch immer nicht ganz so, wie sie scheinen. Als du es das letzte Mal betreten hast, hat es sich gegen dich gewendet… und gegen deine Liebe… deine Liebe…«

Die Gesichtszüge des Magus hörten auf, sich zu bewegen, und wurden wieder zu bloßen Strichen und Farben.

»Wartet«, rief Julius.

Was war denn im Garten geschehen? Aus irgendeinem Grund wußte er es nicht genau.

Die hellen Augen warfen ihm einen raschen Blick zu, der Mund deutete ein Lächeln an…

Julius bewegte sich auf seinem Stuhl und wachte zitternd auf. Er näherte sich dem Bild, sah den Mann in der unteren rechten Ecke durchdringend an und wollte ihn dazu zwingen, ihm ein Zeichen zu geben. Aber er konnte keine Regung in dem Gesicht entdecken, nicht einmal einen Sprung in der Farbschicht.

Er schlug mit den Armen um sich, um sich zu wärmen, und dachte an die Liebe. Er würde ja sehen, ob Elisabeth wirklich zu ihm zurückkam. Was die Hölle betraf... Was war die Hölle? Eine Strafe für die Sünder, eine Folter für die, die nicht bereuten? Das Fernbleiben von Gott? Nichts davon schien die Situation zu treffen. Da war diese merkwürdige Lücke, die sein Meister unter einem runden Tablett mit einem Dudelsack gelassen hatte, neben dem riesigen, ausgetrockneten Kadaver einer – was eigentlich? – einer Ente mit einer phantastischen Schenke im Bauch, deren Kopf und Beine sich in morsche Baumstämme zu verwandeln schienen. Was könnte da möglicherweise hinpassen? Irgendein abscheuliches Folterwerkzeug?

Allmählich wurde es nicht nur dunkel, sondern auch kalt. Ein rauher Wind blies durch jede Ritze der Dachstube, in alle Öffnungen seines Kopfes. Es war Zeit, nach Hause zu gehen. Eines war gewiß: Wenn er Ideen für die Hölle suchte, würde er sie sicher auf der Türschwelle finden.

29

Blommardine war seit vielen Jahren im Besitz des Geheimrezepts für das Elixier. Sie hatte es mutwillig ihrem Vater und Julius verabreicht. Dieser wußte nicht, daß sie es in das Gebäck getan hatte, das sie ihm am Tag jener schicksalhaften Begegnung mit Elisabeth gegeben hatte. Und Mosman merkte jetzt ebenfalls nicht, daß sie es ihm gab. Neben diversen anderen Eigenschaften diente es als Würze für die Liebe. Aber Mosmans Liebe würzte es nicht; oder falls doch, dann wurde sie in einer noch intensiveren Verbindung zum Allmächtigen sublimiert. Das war eine seltene, aber nicht unbekannte Wirkung der sonderbaren Mixtur.

Bei dem Elixier handelte es sich um die Rezeptur einer Hexe, und die Geschichte, wie Blommardine in seinen Besitz gelangt war, setzte sich aus der für sie typischen Mischung aus Wahrheit und Phantasie zusammen. Den wenigen Menschen, denen sie vertraute, erzählte sie, eine Beghine habe ihr das Elixier im Alter von vierzehn Jahren als Gegenleistung für gewisse Gefälligkeiten überlassen. Bei den Beghinen, jenen umherziehenden Bettlernonnen, wußte man nie, ob sie tief religiös waren oder durch und durch unmoralisch. Diese war angeblich durch und durch unmoralisch gewesen. Blommardine erklärte, die Frau habe sich nichts dabei gedacht, ein junges Mädchen zu verführen und ihm obendrein eine solch gefährliche Mixtur anzuvertrauen; aber natürlich wußte sie nicht, mit wem sie es zu tun hatte, denn Blommardine war keineswegs ein gewöhnliches junges Mädchen. Wer sie gut kannte (solche Leute gab es nicht viele, und ihre Mutter war gestorben, als sie noch klein war), ihre alte Kinderfrau etwa, war davon überzeugt, daß sie ein Kind des Satans war. Sie hatte etwas schlichtweg Boshaftes an sich – eine Boshaftigkeit, die nichts mit harmlosem Spaß zu tun hatte, keine tanzende, augenzwinkernde Boshaftigkeit, sondern etwas ungleich Gefährlicheres. Man verdarb es sich nicht mit Blommardine, wenn man wußte, was gut für einen war. Angeblich hatte sie eines Nachmittags »einfach so zum Spaß« eine Schulkameradin in ein Schwein verwandelt, auch wenn niemand es gesehen hatte und das zurückverwandelte Schwein eine unzuverlässige Zeugin war. Doch sie hatte ohne Zweifel etwas Eigenartiges an sich, und die Geschichte mit der Nonne war nicht ihr erstes sexuelles Abenteuer. Sie war in jeder Beziehung frühreif. So hatte sie schon einige Monate nach einem solchen Elixier Ausschau gehalten. Angeblich steigerte es nicht nur die fleischliche Begierde ganz gewaltig, sondern besaß auch noch andere bemerkenswerte Eigenschaften. Obwohl sich die Beghine anfangs gesträubt hatte, ihr etwas davon zu überlassen, hatte sie schließlich nachgegeben, als Blommardine ihr erlaubte, die Hand unter ihre Röcke zu schieben.

Sobald sich Blommardine das Zeug beschafft hatte, probierte sie es unverzüglich aus. Nachdem sie es am folgenden Sonntag abend eingenommen hatte, war sie in einen tiefen Schlummer gesunken – und schon bald spulten sich die sonderbarsten Träume ab, so lebhaft, daß sie mehr als bloße Träume zu sein schienen, und doch hätte keine Realität so erstaunlich sein können. Auf einmal flog sie. O ja, sie hatte gehört, daß Hexen das taten, aber sie hatte nicht mit den konkreten Empfindungen des Fliegens gerechnet. Sie hatte eher eine Art Schweben erwartet. Aber jetzt spürte sie tatsächlich den Wind in den Ohren, wie ein Schwan, der hinabtaucht und sich wieder emporschwingt. Zuerst flog sie über Regionen hinweg, die sie wiedererkannte, über die Straßen von 's-Hertogenbosch – sie erkannte ihr Elternhaus, das Rathaus, die Kirche –, dann führte ihr Flug sie nach Osten auf die deutsche Grenze zu. Wenig später glitt sie über die Wipfel eines Waldes dahin, flog dann in eine Berghöhle hinein, von der aus ein enger Tunnel immer weiter hinabführte in ein fremdes Land, das sie noch nie gesehen hatte.

Hier erhielt sie Essen und Trinken von sonderbaren Wesen mit Vogelköpfen und Eidechsengesichtern auf menschlichen Körpern, die zwar nicht sprechen konnten, ihr aber viele Wunderdinge zeigten – Laternen, die sich von selbst entzündeten, Kutschen, die man nach Belieben rollen lassen konnte, Bilder, deren Gestalten sich bewegten und redeten, Kanonen, die feuerten – puff! – und ganze Städte zerstörten.

Während sie zusah, wurde ihr auf einmal eine herrliche Empfindung in ihrem Schoß bewußt, eine Wärme, ein Verlangen, ein wohltuender Schmerz, der nur durch Berührung geheilt werden konnte. Andere Leute, in Engelsgestalt, aber beiderlei Geschlechts (Engel hatten angeblich kein Geschlecht), hatten sich um sie versammelt. Sie streichelten und liebkosten einander ausgiebig, ohne daß es zur Vereinigung kam, taten die unzüchtigsten Dinge – befühlten Brüste, legten Hände in Lenden, leckten Hinterteile, wobei sie die ganze Zeit wußten, daß Blommardine zusah. Bald konnte sie, auf einem kreuzförmigen Bett liegend, nicht mehr aufhören, sich selbst zu reiben, ihre Brustwarzen zu betasten, ihre Hände in ekstatischer Selbstversunkenheit in sich einzutauchen. Die anderen umringten sie, und sie zeigte sich ihnen. Wohlwollend sahen sie zu, als sie Höhepunkt um Höhepunkt erreichte, und begannen dann, um ihr zu zeigen, daß sich ihre Lust noch steigern ließ, sich mit ihr zu zweit, zu dritt und zu viert zu paaren – wobei sich ihre Gesichter zuweilen in Rüssel und Schnauzen verwandelten, unwiderstehlich tierisch, während ihre Geschlechtsteile, ob männlich oder weiblich, betonte, sublimierte Abwandlungen der menschlichen blieben. Ihr eigenes Geschlecht schien gewachsen und erblüht zu sein und sich (trotzdem) verfeinert zu haben, so daß es ihr das schönste auf Erden schien.

Der Geruch dieser sexuellen Begegnungen war süß und durchdringend wie Ambra. Daran erinnerte sie sich später, denn man hatte ihr gesagt, daß der Geruchssinn in Träumen fehlte. Überhaupt war dieses ganze Erlebnis so intensiv gewesen, daß sie sich weigerte, es für Einbildung zu halten.

Und als sie aufwachte, warm und feucht, fühlte sich ihr Schoß an, als hätte sie wirklich eine ganze Schar Engel empfangen, und sie wußte, daß das, was sie erlebt hatte, auf rätselhafte Weise wirklicher war als das Leben. Der vorherrschende Eindruck hatte jedoch nichts mit Sexualität zu tun, sondern mit Macht – der Macht der Verneinung, der Entweihung und der Dunkelheit.

Sie sah die Beghine nicht wieder, doch hielt sie von da an ständig Ausschau nach dem Elixier. Ohne das war das Leben blaß und schal – obwohl sie sich alle Mühe gab, Vergnügungen zu ersinnen, die ein freilich nur sehr schwacher Abklatsch dessen waren, was sie in jenem Unterland erlebt hatte. Die Hexen, die sie aufsuchte, brachten nur armseliges Zeug zustande – gewöhnliches Bier verglichen mit erlesenstem Rheinwein. Sie las Bücher und probierte alte Rezepte aus; nichts funktionierte wirklich, und ein- oder zweimal wurde sie davon krank.

Und dann eines Tages forderte Aleid Bosch – die eine Freundin ihres Vaters war, wie sie sagte, und ihr wohlgesinnt – sie auf, ihr beim Sichten einiger Papiere ihres verstorbenen Mannes behilflich zu sein. Erst nachdem sich Blommardine mehrere Zeichnungen und Skizzen angesehen hatte – die Gemälde hatte sie nie genauer angeschaut, weil sie religiöse Bilder grundsätzlich nicht für betrachtenswert hielt –, wurde ihr klar, daß der alte Knabe in dieselben Gefilde vorgedrungen sein mußte wie sie. Einige seiner Ungeheuer waren identisch mit denen, die sie an ihren Busen und an andere Stellen gedrückt hatte.

Diese Erkenntnis ließ ihr Herz schneller schlagen. Wenn er dort gewesen war, war er vielleicht auch im Besitz des Geheimnisses. Eifrig arbeitete sie sich durch vier oder fünf Truhen mit Werken, Urkunden und Notizen, an denen Aleid kein Interesse hatte; und als sie endlich einen alten Folianten aufschlug, der Boschs Reisebeschreibungen enthielt, flatterte ein kleines Stück Pergament zu Boden. Beinahe hätte sie es weggeworfen, doch etwas hielt sie zurück. Sie warf einen Blick auf die Aufschrift. »Ein Elixier, welches die Augen öffnet. Nicht leichtfertig einzunehmen.« Darunter waren die Zutaten aufgelistet – einige kannte sie, andere waren ihr völlig unbekannt –, und dann folgten Anweisungen sowohl für die Zubereitung als auch für die Einnahme der Mixtur.

Sie brauchte viele Monate, um alle aufgeführten Bestandteile zusammenzubekommen. Kampfer war kein Problem, Ölkäferextrakt hingegen war schwer aufzutreiben. Am Ende jedoch hatte sie alles beisammen, bereitete an einem langen Sommertag die Mixtur zu, weil sie wußte, daß Julius an einem Auftrag arbeiten würde, und nahm nach Sonnenuntergang eine wohlüberlegte Dosis ein.

Das Ergebnis, wenn auch nicht identisch bis in alle Einzelheiten, war im wesentlichen dasselbe: das Fliegen, das Eintreten in den Garten des Unterlands, ein Bankett, drängende Empfindungen im Schoß, das Kopulieren seltsamer, auf widerliche Weise schöner Untiere, die sie ihrerseits eingehend betrachteten, und schließlich köstlicher, ausgeklügelter, schamloser, duftender Sex, begleitet von jenem bittersüßen Gefühl – tausendmal stärker als bei einem ungezogenen Kind – der Macht über das Verbotene.

Als Blommardine aufwachte, fühlte sie sich wie Prometheus. Sie hatte das Feuer gebracht – zwar nicht vom Himmel, aber von einem viel köstlicheren Ort. Sie beschloß, Julius nichts davon zu erzählen, ihm vorerst noch nichts von dem Elixier zu geben. Das war ihr Geheimnis, ihr Besitz. Julius war ihr Bindeglied zu der blassen Welt des Wachseins. Das brauchte sie, weil sie spürte, daß ihr sonst etwas Langweiliges, aber Notwendiges fehlen würde, ohne das sie nicht überleben konnte . Und überleben wollte sie. Das Erlebnis war viel zu schön, um es in einem Jahr bis zur Neige auszukosten. Sie wollte so weitermachen, bis sie siebzig oder achtzig war, vielleicht für immer. Diese Sache hatte von ihr Besitz ergriffen.

Unterdessen sehnte sie sich – einflußreich und unberechenbar bei Tag – brennend nach der Nacht. Wenn sie in den Stunden des Wachseins mit Julius schlief, versuchte sie mit nervöser Wildheit die Ekstase jenes anderen Ortes einzufangen (was ihr niemals gelang).

Es war kein reiner Zufall, daß ihr Mann Künstler war – ein

Mann, der sich nicht in vollkommener Harmonie mit der Welt befand, den ihre Überspanntheit nicht bekümmerte. Es war kein reiner Zufall, denn sie hatte ihn sich ursprünglich zum Teil deshalb ausgesucht. Sie lebten beide losgelöst vom anderen. Wenige Fragen wurden gestellt und noch weniger beantwortet. In letzter Zeit hatte sie ihm Backwerk ins Atelier gestellt, das das Elixier enthielt, aber es schien keine Folgen zu haben. Es war ohnehin ein Fehler gewesen. Solange sie ihn überhaupt brauchte, brauchte sie ihn so, wie er war.

Doch in den wachen Stunden ihres Lebens verspürte sie noch ein anderes Bedürfnis, das merkwürdigerweise wuchs, je häufiger sie ihre nächtlichen Ausflüge unternahm. Es war ihr, als würde sie eines Tages zu weit abgleiten, würde eines Tages nicht mehr aus jenen Gefilden flüsternder, leckender Küsse zurückkehren, als wäre zuviel des Guten durchaus nicht gut, als könnte die Lust in Schmerz umschlagen, sobald die Verlockung zu einem Käfig geworden war.

Aus diesem Grund hatte sie das Bedürfnis nach etwas Zuverlässigerem, an das sie sich klammern konnte. Sie hatte sich schon immer von starken Männern angezogen gefühlt – daher auch diese Gefühle für ihren Vater, vor denen sie letztlich hatte fliehen müssen, weniger aus moralischen als aus praktischen Gründen (obwohl sie wußte, daß beides zusammenfallen konnte). Bei den Gefühlen, die sie jetzt zunächst dem Prediger Elia und dann Mosman entgegenbrachte, fiel noch etwas anderes ins Gewicht: Diese Männer waren nicht nur stark, sie waren auch gut. Sie konnte im Gleichgewicht zwischen zwei entgegengesetzten Kräften schweben. Vielleicht war es Einbildung, aber die sinnlichen Genüsse im Unterland waren noch intensiver geworden (sofern das möglich war), seit sie in die Rolle der Magdalena geschlüpft war.

Das Problem war nur, daß der dringende Wunsch, mit dem Heiligen zu schlafen, zu einer Obsession wurde. Und obwohl

Blommardine wußte, daß nichts Gutes dabei herauskommen konnte, verspürte sie den unwiderstehlichen Drang, ihm mehr von dem Elixier zu verabreichen. Das erste Mal war es nicht genug gewesen. Natürlich ging sie dabei geschickt vor.

Es war nicht einfach, denn der Heilige aß kärglich, und die Mixtur hatte einen zwar nicht unangenehmen, aber eigenartig fischigen Beigeschmack. Sie versuchte einmal, sie unter seinen Haferschleim zu mischen, doch der besaß nicht genug Eigengeschmack, um die fremde Beigabe zu überdecken. Obwohl Mosman keineswegs ein heikler Esser war – für ihn war Essen eine lästige Pflicht –, schob er den Teller weg.

»Die Hafergrütze hat einen Stich«, sagte er.

»Ihr müßt sie essen, Herr«, drängte sie ihn, aber er schüttelte den Kopf und versenkte sich ins Gebet.

Beim zweitenmal versuchte sie es mit einem ranzigen Fleischeintopf und hatte diesmal mehr Erfolg. Er aß rasch und zog sich in seine Kammer zurück. Später schlüpfte sie hinein und traf ihn selig schlummernd an. Schon wollte sie zu ihm unter die Decke kriechen, als sie draußen Schritte hörte.

Fierens kam herein und fand sie beim Aufräumen des Zimmers.

»Er schläft«, sagte sie.

Sie vermied es, Fierens anzusehen. Er hatte etwas Heimtückisches an sich. Ganz anders als dieser gute Mensch hier mit seiner schlichten Kraft.

»Die Sünde schläft niemals«, entgegnete Fierens mit einem merkwürdigen Seitenblick.

Er wußte, was sie im Schilde führte, aber auch das gehörte zu Gottes Plan.

Als Mosman aufwachte, rief er nach ihr.

»Habt Ihr gut geruht, Meister?«

»Ich habe mich mit den Engeln besprochen«, sagte er. »Ich habe mit den Seraphim geredet.«

»Mit was für einer Art von Engeln, Herr?«

»Es gibt nur eine Art von Engeln.«

Sie ließ das Thema vorläufig fallen. Engel? Welche Regungen mochten sich unter diesem langen, dunklen Gewand verbergen? Er gab ihr keinen Anhaltspunkt. Später erhöhte sie die Dosis noch, aber offenbar fiel sie bei ihm nicht auf sündigen Boden.

Vielleicht wirkte das Zeug bei Männern anders? Oder bei anderen Leuten? Oder überhaupt nur bei ihr? Zu beobachten war lediglich, daß Mosmans Visionen von der Gerechtigkeit und dem kommenden Zorn eindringlicher und beharrlicher wurden.

Sie tröstete sich mit ihren eigenen sträflichen Visionen, in denen sie die Rüsselköpfe und die grotesken Erektionen für die des Anführers hielt und ihre Macht für noch größer als die seine.

30

Sobald Konrad alle Vorkehrungen für die Verteidigung der Stadt getroffen und seine Hauptleute ernannt hatte, ging er daran, die Soldaten in Angriffstaktiken zu drillen.

Es fanden ein paar erfolgreiche Ausfälle statt, und bald war klar, daß die Chancen hervorragend standen, die Belagerer mit einem einzigen Überraschungsangriff in die Flucht zu schlagen. Konrads Streitmacht umfaßte nicht nur ein beachtliches Kontingent an erfahrenen Landsknechten – die Täufer hatten unter den Massen ziellos umherziehender ehemaliger Soldaten, die sich zwischen den Kriegen nach einem ruhigen Job umsahen, viele Anhänger gewonnen –, sondern er war auch selbst auf dem besten Weg, ein guter General zu werden.

Er besaß Phantasie (und eine grausame Ader), er war tapfer, vielleicht ein bißchen halsstarrig – und er jagte den Truppen einen heiligen Schrecken ein, wenn er vorneweg ritt und seine Befehle erteilte. Handeln war für ihn Balsam.

Er teilte Mosman, Fierens, dem stellvertretenden Bürgermeister und anderen führenden Köpfen des Rates mit, daß er bereit sei, und erwartete begeisterte Zustimmung für seine Pläne, doch statt dessen sah er, daß Fierens Mosman etwas ins Ohr flüsterte und dieser daraufhin den Kopf schüttelte.

»Wir sind noch nicht bereit«, verkündete er.

»Aber wir haben die erforderlichen Männer und Waffen«, widersprach Konrad. »Und die Überraschung kommt uns zugute. Ein Schlag, und – puff! – schon werden sie fliehen. Man merkt doch, wie furchtbar schlapp sie sind und wie schlecht sie geführt werden. Sie hocken einfach nur da und unternehmen überhaupt nichts. Sie haben keine Disziplin, keine Ausbildung. Ich verspreche euch einen Sieg.«

»Bruder Konrad ist ein sehr tapferer Soldat«, sagte Fierens diplomatisch, »aber seht Ihr denn nicht, daß diese schwache Bedrohung von außen genau das ist, was wir brauchen, um unsere Herzen im Inneren zu sammeln? Unser Neues Jerusalem ist erst zur Hälfte erreicht. Es gibt noch viel zu erledigen. Die halbe Stadt hat ihr Geld noch nicht in den gemeinsamen Topf getan. Wie kann man sie da als göttliche Gemeinschaft bezeichnen? Jetzt geben uns die unbezahlten Wächter draußen die Möglichkeit, dafür zu sorgen, daß keine Korruption in die Stadt gelangt! In der Zwischenzeit können wir mehr erreichen als gleiche Vermögensverhältnisse für alle. Wir glauben fest daran, daß alle Nahrungsmittel und alle Gebrauchsgegenstände allen gemeinsam gehören sollen. Das ist die Voraussetzung für eine echte Gemeinschaft.«

Er machte eine Pause und sah Mosman ehrerbietig an.

»Alles sollte allen gehören«, verkündete der Anführer. »Mein und Dein darf es nicht mehr geben.«

Obwohl der stellvertretende Bürgermeister nur eine Marionette war, gefiel ihm dieses Gerede ebensowenig wie einigen anderen Ratsherren.

»Ich dachte, wir liefern unser Geld für den Krieg ab«, bemerkte er.

»Ihr liefert euer Geld für den Frieden ab«, entgegnete Mosman heftig. »Für den Frieden Gottes. Das heißt, falls Ihr wirklich Euer ganzes Geld abgeliefert habt, Herr stellvertretender Bürgermeister.«

Der stellvertretende Bürgermeister errötete und wetzte unbehaglich auf seinem Stuhl hin und her. Tatsache war, daß er etwas in einem Blumentopf beiseite geschafft hatte.

»Der Prophet«, fuhr Fierens fort, nachdem er eine Pause gemacht hatte, um die Verlegenheit des stellvertretenden Bürgermeisters einsickern zu lassen, »hat mir gegenüber den Wunsch bekundet, daß wir die Bedrohung durch die Belagerer dazu nutzen, unsere Stadt Gottes zu vervollkommnen. Denn wenn wir in Gott vollkommen sind, wer soll dann gegen uns sein?«

»Das stimmt, in der Tat«, ertönte zustimmendes Gemurmel aus verschiedenen Richtungen.

»Euch, Bruder Konrad, hat unser getreues Oberhaupt, der Anführer, eine besondere Ehre zugedacht«, sagte Fierens zu Harting, denn es gehörte keineswegs zu Gottes Plan, ihn vor den Kopf zu stoßen. »Bitte sagt ihm, Bruder Mosman, was Gott Euch mitgeteilt hat.«

»Das Richtschwert, das Schwert der Gerechtigkeit, soll in Eure Hände gelegt werden«, verkündete Mosman. »Ihr sollt die Geißel der Sünder und der Beschützer der Auserwählten sein.«

Er griff unter den Tisch und holte die Waffe hervor – wahrhaftig eine edle Klinge, die einem Deutschordensritter gehört hatte. Konrad nahm sie mit entsprechendem Dank entgegen. Damit hatte er jetzt die Position des Stadttyrannen inne. Es wäre für ihn und für die Stadt besser gewesen, wenn er sich auf das Kämpfen beschränkt hätte.

Jetzt war er dafür verantwortlich, daß unter Androhung der Todesstrafe alles Geld und sämtliche Wertsachen abgeliefert wurden. Natürlich hatten die Ereignisse in der Kirche St. Barnabas Spuren hinterlassen, und wer sie selbst miterlebt hatte, beeilte sich zumeist, seine Besitztümer abzuliefern. Aber es gab auch Leute in der Stadt, die noch immer nicht überzeugt waren, daß sie ihr hartverdientes Gold einer Horde religiöser Extremisten in den Rachen werfen sollten. Gewiß, sie hatten sich den Täufern angeschlossen. Aber da nicht alle glaubten, daß sie auch am Ruder bleiben würden, leisteten sie Widerstand, indem sie einiges versteckten.

Konrad, der seine dunklere Seite jetzt ungehindert ausleben konnte, begann die Hamsterer unnachgiebig zu verfolgen, während den Tugendhaften von sämtlichen Kanzeln herab einmal großzügig unendliche Seligkeit und beispielloser Wohlstand versprochen und dann zur Abwechslung wieder göttlicher Zorn und die irdische Bestrafung all derer, die etwas zurückhielten, angedroht wurden.

Die Bürger lernten die trampelnden Schritte und das Klopfen an der Tür fürchten, die Konrad und seine Männer ankündigten. Denn dann wurde das Oberste zuunterst gekehrt, ob man schuldig war oder unschuldig. Matratzen wurden aufgeschlitzt, Bodenbretter herausgerissen, Gärten umgegraben und Holzverkleidungen von den Wänden gebrochen. Kamen Bargeld oder irgendwelche silbernen oder goldenen Gegenstände zum Vorschein, wurde Konrads Verhalten milder, ja beinahe liebevoll.

»Na, so was«, sagte er dann, »was haben wir denn da? Ein kleines wertloses Schmuckstück? Ein Erbstück, habe ich recht? Hat Eurer Großmutter gehört? Hat nur Erinnerungswert? O ja, ich verstehe. Ich wünschte, ich würde einen Heller für jedes von mir entdeckte Erinnerungsstück bekommen. Die Leute sind ja so sentimental, was Andenken angeht, nicht wahr? Ich habe sogar schon Leute erlebt, die bei Geld sentimental werden. Wie etwa bei diesem Beutel Münzen, den wir in Eurem Kamin gefunden haben. Nun, was habt Ihr dazu zu sagen?«

»Das ist… Oje, den habe ich ganz vergessen. Keine sentimentale Erinnerung. Meine Frau hat ihn für schlechte Zeiten beiseite getan. Ich hatte ja keine Ahnung, daß er noch da oben ist«, verteidigte sich dann der unglückliche Hausherr.

»Kann leicht passieren.« Konrad konnte ausgesprochen liebevoll und vernünftig tun. »Das Gedächtnis ist schon ein komisches Ding. Wahrscheinlich habt Ihr auch vergessen, daß das Horten von Geld ein Vergehen ist, für das man hingerichtet wird.«

»Also, ich… nein, aber…«

»Aber Ihr habt nicht gedacht, daß das ernst gemeint ist, wollt Ihr das sagen?«

Genau das hatten viele Familienväter gedacht. Immerhin war es ihr Geld.

»Also, ich… Ihr wißt doch, wie das ist…«

An dieser Stelle pflegte Konrad gehässig zu werden.

»Ich weiß genau, wie das ist. Ihr habt Euch eingebildet, Ihr könntet die Gemeinschaft hintergehen und damit durchkommen.«

»Nein, nicht doch. Ich dachte einfach…«

»Einfach! Das ist Betrug, so einfach ist das. Ihr werdet einfach hingerichtet.«

»Nein, nein. Das meint Ihr doch sicher nicht ernst. Schaut, nehmt das Geld. Ich will es nicht. Behaltet es für Euch. Ich werde es niemandem sagen.«

»Ihr seid eine widerliche Kreatur. Glaubt Ihr, Ihr könnt das Schwert der Gerechtigkeit bestechen? Schafft ihn fort. Ihn, und seine vergeßliche Frau auch. Als abschreckendes Beispiel.«

Normalerweise wurde dem Mann erst jetzt klar, daß es ein Fehler gewesen war, seine Frau überhaupt zu erwähnen. Beide sanken auf die Knie. Das passierte mehrere Male. Was für dumme Schafe die Menschen doch waren. Manchmal wünschte sich Konrad, einer würde ihm die Stirn bieten und es zum

Kampf kommen lassen. Das Ergebnis wäre freilich dasselbe, aber es wäre zumindest eine gute Übung.

Dann wurden Mann und Frau abgeführt und eingesperrt. Manchmal wurden sie willkürlich begnadigt; manchmal, wenn Mosman es für angebracht hielt, mit dem Schwert hingerichtet, Konrads Schwert. Dann mußte die gesamte Bevölkerung auf den Elim kommen und zusehen. Konrad genoß den Augenblick des Tötens. Nicht nur wegen der Angst auf den Gesichtern oder weil sich die Leute sträubten und vollschissen. Er genoß die Sekunde, in der der Lebensfunke in den Augen verschwamm; das Zischen der Seele in dem Augenblick, in dem sie den Körper verließ; die Laute der Zuschauer, die erkannten, daß auch sie nichts anderes waren als komplizierte Gebilde aus Fleisch und Knochen, Knorpeln und Röhren. In anderen Fällen wurden die Elenden mit verbundenen Augen auf den Platz geführt, mußten niederknien, wurden belehrt, mit Gebeten überschüttet, mußten ein paar Stunden warten... bevor man ihnen endlich mit der Breitseite des Schwerts kräftig auf den Nacken schlug – dabei wurden sie normalerweise ohnmächtig –, und danach durften sie nach Hause kriechen. Dann wieder bekam der Übeltäter lediglich eine Strafpredigt in der Kirche. Niemand konnte sich auf irgend etwas verlassen.

31

Dank derartiger Methoden gab es innerhalb von drei Wochen in der ganzen Stadt so gut wie kein Privateigentum mehr, weder Geld noch Wertsachen, weder goldene oder silberne Gegenstände noch Edelsteine, weder kostbare Schmuckstücke noch Broschen oder Nippsachen. Es war eindeutig schlimmer, etwas zu besitzen, als es abzuliefern – was natürlich der Zweck der Übung war.

Auf diese Weise gelangte das Neue Jerusalem zu einem beträchtlichen Vermögen, das jedoch nicht innerhalb der Stadt verwendet, sondern für äußere Angelegenheiten ausgegeben wurde. Landsknechte wurden angeheuert, Vorräte für Militär und Bevölkerung eingekauft. Und unaufhaltsam (und von den Belagerern weitgehend unbehindert) strömte Propaganda in Gestalt Neubekehrter und zahlreicher Flugblätter aus der Stadt hinaus.

Wer in der Stadt arbeitete – denn in gewissem Umfang wurde auch weiterhin Handel getrieben; Essen und Kleidung wurden benötigt, Schuhe mußten repariert werden, Fässer geflickt, Gebäude ausgebessert –, wurde nicht mit Geld, sondern in Naturalien bezahlt, und nicht von privaten Auftraggebern, sondern von der Gemeinschaft.

Fierens dachte mit einem seiner Gehirne über diese Dinge nach – ein anderes beschäftigte sich mit Angelegenheiten in weiter Ferne, und wieder ein anderes war noch in Unsagbares versunken –, während er an einem Maimorgen auf der Stadtmauer entlangging.

Er war so klug gewesen (aber war er nicht allwissend?) zuzulassen, daß die Belagerung bestehenblieb, denn das bedeutete, daß der nächste Schritt unter dem Vorwand der Notwendigkeit ausgeführt werden konnte. Natürlich bestand eigentlich keine Notwendigkeit; die Heiligen glaubten an das Gemeineigentum, mußten aber feststellen, daß es unter den neu zum wahren Glauben Gelangten einen gewissen Widerstand gegen dieses Konzept gab. Und wenn es schon gegen einen gemeinsamen Geldtopf Widerstand gab, um wieviel größer würde dieser dann sein, wenn es um den gemeinschaftlichen Besitz alltäglicher Bedarfsgüter wie Nahrungsmittel, Kleidung, Holz, Seife, Haushaltswaren und sogar Heilmittel ging?

Da war es ratsamer, Notwendigkeit vorzuschützen. Fierens wußte (und konnte Mosman seine Gedanken eingeben, so daß dieser es auch wußte), daß sie die Stadt schnellstens auf eine solide Grundlage stellen mußten. Die Belagerung würde über kurz oder lang vermutlich härter werden; außerdem durfte die Umwandlung in die Stadt Gottes keine Sekunde länger als nötig hinausgezögert werden.

Fierens hielt auf seinem Rundgang inne. In der Nähe des Osttors, wo eine Garküche für die Wachen eingerichtet worden war, roch es nach Essen. Er stieg von der Mauer herunter und warf einen Blick in den Raum, in dem zwanzig Männer Gulasch aßen und einem seiner Diakone, einem kurzsichtigen Flamen, zuhörten, der aus dem Buch Jesaja vorlas.

»Woher habt ihr dieses Fleisch?« fragte er.

Er wußte es, wollte aber etwas klarstellen.

Der Flame hörte zu lesen auf und rückte seine Brille zurecht.

»Bruder Fierens?« fragte er.

»Jawohl.«

»Wir haben es aus dem Gemeinschaftslager angefordert«, sagte ein Soldat, der als Koch fungierte. »So wie immer.«

»Das ist unrecht«, sagte Fierens.

»Unrecht? A... a... aber...«, stotterte der Diakon verblüfft.

»Es ist nicht Eure Schuld. Es liegt an unseren Befehlen. Das Essen muß irgendwie aufgetrieben werden, als befänden wir uns mitten im Krieg. Wir dürfen keine Belastung für die zentrale Lebensmittelversorgung darstellen. Zieht das nächste Mal los, und klopft an die Türen der Bürger. Gebt ihnen eine Liste der benötigten Dinge. Immerhin ist es ihre Stadt, die wir verteidigen. Beschlagnahmt, was ihr wollt, und sollte es irgendwelche Schwierigkeiten geben, dann ruft nach dem Schwert der Gerechtigkeit.«

»Gewiß, das werden wir«, sagte der Diakon. »Gilt das auch für Stiefel?«

»Stiefel?«

»Einer der Männer braucht neue Stiefel.«

»Mein und Dein gibt es nicht mehr. Egal, ob Stiefel, Kleidung,

Wurst... die Stadt ist euer Kleiderschrank und eure Speisekammer.«

»Und Bruder Joris dort, soeben aus Antwerpen eingetroffen, hat noch keine Unterkunft. Er ist in einem echten Scheißhaus untergebracht, wenn Ihr den Ausdruck verzeihen wollt«, sagte einer der Männer. »Darf er ein Bett für sich beschlagnahmen?«

»Aber sicher. Habe ich das nicht gesagt? Hat der Herr nicht für alles gesorgt? Es gibt kein Eigentum, das nicht Gottes Eigentum ist. Klopft, und es soll euch aufgetan werden; und wenn nicht, dann tretet die Tür ein. Es ist ein Vergehen, im Neuen Jerusalem eine Tür abzusperren.«

»Diese Bestimmung ist mir nicht bekannt«, sagte der Diakon. »Dabei dachte ich, ich sei auf dem neuesten Stand.«

»Sie ist soeben von unserem Anführer erlassen worden. Sämtliche Türen müssen Tag und Nacht offenbleiben. Kümmert euch darum.«

»Sehr gut.«

»Und wenn sie nicht offen sind, dann wißt ihr, wen ihr zu rufen habt. Das Schwert der Gerechtigkeit ist ganz versessen auf verschlossene Türen.«

Vierter Teil

Seht den mächtigen König der Ehren,
Der kommt, Gott und Satan das
Fürchten zu lehren.
Mir müssen sie dienen allezeit,
Der ich leb' und regiere in
Herrlichkeit...

LAWRENCE CLARKSON, *Ein einzig Auge, keine Dunkelheit; oder Licht und Dunkelheit sind Eins*

I

Die Wälder hatten ihren keuschen Primelbewuchs gegen die üppigen, einladenden Farben von Sumpfdotterblumen, Schöllkraut und Veilchen eingetauscht, und die Geschäftsleute spannten eifrig ihre Markisen aus. Amseln und Drosseln trillerten, als probten sie für den Sängerwettstreit der Meistersinger.

Sogar der Bote der Heiligen blieb stehen, um die Erleichterung zu genießen, die aus der Erde zu sprießen schien. Es war ein harter Winter gewesen.

»Was für ein herrlicher Tag!« sagte er zu den Bäumen über sich und setzte, als unerläßlichen Zusatz, den die Einwohner von Rensburg an jede Bemerkung anfügen mußten, »Gelobt sei der Herr« hinzu.

Ihm war heute aufrichtig danach zumute, den Herrn zu loben, weil er heilfroh war herauszukommen. Normalerweise durfte niemand die Stadttore passieren. Aber weil er jung und gesund war und ein guter Läufer, hatte man ihm die Aufgabe übertragen, Hass' Streitschriften in das Herzogtum von Kleve zu bringen, das die Umwälzungen in Rensburg beträchtlich unterstützte.

Aber er konnte nicht gleich losrennen. Die Luft war zu köstlich. Zu seinen Füßen blühten Anemonen und über ihm Kirschblüten. Sie erinnerten ihn an seine Kindheit, an die Spaziergänge mit dem Vater, auf denen sie für seine Mutter Blumen gepflückt und Zweige geschnitten hatten. Inzwischen waren beide tot, Opfer der Pest vor sechs Jahren.

Ein Schatten legte sich über seine Erinnerungen, den er durch den Gedanken an seine Liebste zu verscheuchen suchte. Es war Mai. Wie sehr er sich wünschte, er könnte mit ihr durch die Wälder streifen und sie, umkränzt und mit Blüten im Haar, nach Hause führen! Er wünschte sich nichts weiter als ein einfaches, unkompliziertes Leben, wie es seine Eltern und Großeltern und deren Eltern vor ihnen geführt hatten. Warum gaben sich die Menschen solche Mühe, Dinge zu verändern, die man nicht verändern sollte? Manche Leute juckte es offenbar – sie brachten es einfach nicht fertig, andere Leute in Frieden zu lassen.

Wie ein Echo des Schattens auf seinem Gemüt fiel ein anderer, handfester Schatten auf den Weg. Als er aufblickte, sah er zwei Männer mit gezückten Schwertern die erdige Böschung herunter- und auf sich zulaufen. Er ließ seine Flugblätter fallen und rannte davon, als sei der Teufel hinter ihm her. Die Männer versuchten ihm zu folgen, gaben es aber bald auf.

»Mit einem Schwert kann man nicht weit laufen«, sagte der eine Mann keuchend zu dem anderen.

Er war ein stämmiger Bursche, der aussah, als würde er überhaupt nur dann ein Stück rennen, wenn man ihm ein Schwert in den Hintern stieß.

»Ohne unsere Schwerter hätten wir ihn im Nu erwischt«, pflichtete ihm sein Kamerad bei, der größer war und einen Bierbauch hatte. »Obwohl, ganz schön schnell war er schon.«

»Der hatte eine Scheißangst.«

»Ich hätte auch eine Scheißangst gekriegt, wenn ich gesehen hätte, wie wir die Böschung runtergerast sind.«

»Aber das hättest du ja nicht, oder?«

»Was?«

»Du hättest uns nicht gesehen, weil du wir gewesen wärst – oder jedenfalls einer von uns.«

»Da komm ich nicht ganz mit.«

»He, was ist denn das? Er hat sein Bündel fallen lassen.«

»Laß mal sehen.«

Der Bierbauch schaute gespannt zu, während der andere das Jutebündel aufschnürte.

»Flugblätter, stimmt's?«

»Und ob es stimmt. Dreckiges Zeug.«

»Lies doch mal vor.«

»Darf ich eigentlich nicht. Du weißt, was der Bischof sagt.«

»Er sagt, das Zeug verdirbt einen. Aber mich kann man nicht verderben.«

»Warum nicht?«

»Weil ich schon verdorben bin.«

Beide lachten aus vollem Hals.

»Also gut. Hör zu. ›Die Ärmsten unter uns, die früher als Bettler verachtet wurden, gehen jetzt so vornehm einher wie die höchsten und vornehmsten Bürger. Durch Gottes Gnade sind wir so reich geworden wie die Bürgermeister und die reichsten Bürger der Stadt.‹«

»Das ist schrecklich.«

»Widerlich ist das.«

»Weißt du, was?«

»Was?«

»Ich bin doch nicht so verdorben, wie ich dachte.«

»Du meinst …?«

»Genau. Wenn es so in der Stadt aussieht, was zum Teufel tun wir dann noch hier?«

Auf diese Weise verlor der Bischof eine ganze Anzahl Männer. Sein Schwager geriet außer sich vor Wut.

Die Flugblätter, die aus der Stadt gelangten, waren so überzeugend, daß die Wiedertaufe inzwischen zu einem Kapitalverbrechen erklärt worden war, nicht nur in der Umgebung Rensburgs, sondern auch im Herzogtum Kleve, im Erzbistum Köln und sogar im fernen Antwerpen.

Berittene Truppen patrouillierten auf den Straßen, Verdächtige wurden verhaftet, und in den Städten wurde eine Vielzahl von Männern und Frauen – viele von ihnen völlig unschuldig – geköpft, ertränkt, verbrannt oder aufs Rad geflochten.

2

Julius saß an der Schleuse, malte und blickte durchs Riedgras hinunter auf den Schlamm. Schlamm war etwas Herrliches, überlegte er. Die Regenfälle des Frühjahrs, die sich in diesem Jahr vom April auf den Mai verschoben und erst vor kurzem nachgelassen hatten, hatten die Flußbiegung in einen feuchten Schlammtümpel verwandelt. Wegen der Belagerung konnte das Vieh nicht hinunter ans Wasser, so daß die Oberfläche unberührt war. Das würde freilich nicht von Dauer sein. Sie würde austrocknen und aufbrechen und abbröckeln. Doch solange sie so blieb wie jetzt, war sie für Julius die herrlichste Erscheinungsform von Nässe; sie erinnerte ihn ein wenig an den Teich im Garten Eden, an dem sich der dreiköpfige Ibis putzte, und an das schlammige Urwasser, aus dem nach Auffassung der Brüder ursprünglich alles Leben aufgetaucht war, vom Schöpfer ans Licht geholt.

Während Julius malte und die Farben des Abendhimmels auf dieser Oberfläche einzufangen versuchte, nahmen in seinem Kopf Verse Gestalt an. Er hatte sich mit dem Reimen immer leichtgetan und damals in Italien mit großem Vergnügen Petrarca gelesen. Das hier war freilich armseliges Zeug, aber dafür war er vermutlich der erste Mensch, der Lobesverse auf den Schlamm schrieb:

Der Schlamm, so scheint mir, wird verkannt.
Ich spreche nicht von Lehm und Sand
Und was am Stiefel hängt.
Nein, Schlamm, der an des Wassers Rand,
Ein Zwitterding, nicht Fluß noch Land,
Die Elemente mengt.

Den Abendhimmel fängt er ein,
Verwandelt ihn und mischt darein,
Was Rosa dunkel macht.
Umbra und Schiefergrau verleih'n
Dem taubeneierblauen Schein
Die Schatten früher Nacht.

Das alte Boot, kieloben, dort,
Es findet einen Ruheort
In seinem sanften Arm.
Auch andre wollen nicht mehr fort.
Ein Buckelgrab ihr letzter Hort –
Er hält sie weich und warm.

Hier sehen wir bestürzt, entzückt,
Spiralen, Schnörkel, ganz verrückt,
Seh'n Male, Spuren, dort ein Loch.
Wes Tritte sind hier eingedrückt?
Hat uns ein Hippogryph beglückt?
Pfeilfüßig Vogel Roch?

Glitzernd liegt er, mitnichten glatt.
So manch Geheimnis er noch hat –
Ablagerung der Flut.
Ob Wäschemangel, Sieb, ob Rad,
Dies alles macht der Schlamm apart.
Den Religionen tut er gut.

Urschlamm, aus dem einst alles kam,
Wo Leben seinen Anfang nahm,
Der Mensch entgeht dir nicht.
Schlamm kehrt zurück zu blankem Schlamm,
und sinken wir, so nimm uns an,
Verwandle uns in Licht!

Zufrieden mit sich, wie man mit einer bescheidenen Begabung für eine andere Kunst zufrieden zu sein pflegt, schrieb er die Verse mit einem Stück Kohle auf ein Blatt Skizzenpapier.

Er empfand sie in gewisser Weise als angemessene Erwiderung auf den bombastischen Unsinn, der sich ringsum abspielte.

Als er jedoch ein Hüsteln hinter sich hörte, verließ ihn der Mut. Fast alles, was man in Rensburg in der Öffentlichkeit tat, konnte einem als Teufelswerk ausgelegt werden, es sei denn, man betete, war Soldat oder arbeitete für das Gemeinwohl. An der Schleuse zu sitzen und alberne Verse zu schreiben war möglicherweise ein Vergehen, für das man eingesperrt wurde oder Schlimmeres. Doch als Julius sich umdrehte, erblickte er zu seiner Freude seinen alten Bekannten aus der Domkrypta, den kleinen katholischen Priester.

Er wirkte kleiner denn je mit seinem zerfurchten Gesicht und der schmalen Brust, die zwischendurch immer wieder von einem hartnäckigen Husten gequält wurde; lächelnd streckte er Julius die Hand entgegen.

»Ich bin heruntergekommen, um mir Gottes Werk anzusehen, die Natur, meine ich, denn dort oben«, er deutete auf die Stadt, »würden sie die Natur noch ihrer Natürlichkeit berauben, wenn sie könnten. Es tut gut, ein Gesicht zu sehen, in dem sich kein Wahnsinn spiegelt. Wie geht es Euch denn so, mein Freund?«

»Nicht so schlecht wie etlichen anderen. Zwar betrifft mich das auch alles, weil ich in dieser Stadt lebe, aber irgendwie fühle ich mich nicht dazugehörig. Ich bin ein Künstler; ich beobachte. Außerdem bin ich verliebt und versuche, ein Rätsel zu lösen.«

»Das ist oft ein und dasselbe, soweit ich gehört habe«, sagte der kleine Mann lächelnd.

»Wahrscheinlich habt Ihr recht. In dem Fall habe ich es mit zwei Rätseln zu tun.«

»Laßt mich Eure Verse lesen«, sagte der Priester.

»Ich bitte Euch, sie sind recht oberflächlich.«

Der kleine Mann, immer wieder vom Husten geschüttelt, las sie aufmerksam. Endlich blickte er auf.

»Sehr amüsant«, sagte er, »und ab und zu recht gut formuliert. Auch wenn ich mir nicht sicher bin, was die Zeile ›Den Religionen tut er gut‹ betrifft. Ihr könntet Euch mehr Mühe geben. Die Leichtfertigkeit am Schluß, nun ja, die ist in diesen schrecklichen Zeiten wohl entschuldbar. Man muß sich an alles klammern, was einen zum Lächeln bringt. Lächeln tut uns gut, müßt Ihr wissen. Davon war ich schon immer überzeugt.« Wieder hustete er.

»Ich finde, daß Ihr nicht genug lächelt, Pater.«

»Das hat nichts zu sagen«, sagte der kleine Priester, »nur eine Erkältung, mehr nicht.«

»Wie steht es denn so mit Euch?«

»Na ja. Die Krypta haben sie entdeckt. Aber zum Glück weder den Geheimgang noch meinen reformierten Freund. Wir haben unser kleines Nachrichtennetz, aber die Leute stecken voller Angst. Ich fürchte, wir müssen die Köpfe einziehen und den richtigen Augenblick abwarten. Ich wünschte nur, ich hätte eine bessere Meinung vom Bischof und seinen Freunden. Der Bischof ist auf seine Art ganz in Ordnung, aber ... ich weiß nicht recht ... Soldaten sind eben Soldaten. Sie plündern. Zerstören. Vergewaltigen. Rauben ... Ich kann mir nicht vorstellen, daß das ein gutes Ende nimmt, obwohl ich, weiß Gott, darum bete.«

»Das solltet Ihr auch, Bruder«, sagte eine kalte Stimme hinter ihnen.

Es war Fierens mit einem Trupp Soldaten.

»Ergreift sie«, befahl er.

Beide wußten genug über diese Leute, um zu versuchen, sich aus der Sache herauszuwinden.

»Mein Freund und ich haben uns den Sonnenuntergang angesehen«, sagte Julius. »Ist das ein Vergehen in dieser Stadt?«

»Schweigt«, sagte Fierens. »Ich weiß, was Ihr getan habt. Ihr habt etwas geschrieben, nicht wahr?«

»Ein kleines Gedicht. Zum Lobe Gottes.«

»Ich mag Schreiberlinge ebensowenig wie Maler. Wir brauchen keine Schreiber und Maler im Neuen Jerusalem. Schreiber und Maler machen nur Ärger. Gott ist der einzige Autor. Zeigt mir das Gedicht.«

Er nahm das Blatt Papier und überflog es.

»Das ist kein Gedicht. Das ist Götzenanbeterei.«

»Ich glaube, Ihr mißversteht das.«

»Mißverstehen?«

Fierens' hübsches, blasses Gesicht wurde so bleich, daß es fast grünlich wirkte.

»Ich mißverstehe? Wißt Ihr, was Ihr da sagt? Ihr sagt, daß Gott mißversteht!«

»Aber… Ihr seid nicht Gott…«

»Ich bin mit Gott.«

»Er ist verrückt«, sagte der kleine Priester.

Fierens riß einem Soldaten das Schwert aus der Hand und wollte es dem Priester in den Leib stoßen; doch im letzten Augenblick überlegte er es sich anders. Langsam breitete sich ein häßliches Lächeln über sein Gesicht.

»Raffiniert«, sagte er, »wie der Teufel, Euer Herr. Aber nicht raffiniert genug, denn mich hat Gott hierher geführt. Ihr wollt, daß ich Euch töte, bevor ich Euch befragt habe.«

»Befragt?« wiederholte der kleine Priester, der jetzt seinerseits bleich wurde.

Er wußte, was damit gemeint war.

»Ihr wißt, was ich meine«, sagte Fierens überflüssigerweise. »Wir haben einen Spion in unserer Mitte«, teilte er den Soldaten mit. »Einen, der den Bischof wieder in die Stadt lassen, uns an den Antichrist verraten und unsere Eingeweide seinen Hunden zum Fraß vorwerfen würde.«

»Das würde ich gewiß niemals tun«, sagte der Priester tapfer. »Was für ein abscheulicher Gedanke.«

Fierens trat einen Schritt vor und schlug ihm mit dem Handrücken kräftig ins Gesicht. Der Priester sackte zusammen, hustete Blut und spuckte einen Zahn aus. Dann trat er wieder vor Fierens und hielt ihm die andere Backe hin.

Es war die mutigste Geste, die Julius je erlebt hatte. Selbst Fierens fühlte sich unbehaglich. Das stand nicht im Manuskript.

»Dafür bleibt noch reichlich Zeit«, sagte er schließlich. »Kommt, Soldaten. Gottes Werk duldet keinen Aufschub.«

Julius warf dem Priester verstohlen einen mitleidvollen Blick zu, aber das Gesicht seines Leidensgenossen war ausdruckslos, das Bewußtsein ganz nach innen gekehrt, denn er wußte, daß ihm nur noch Schmerz und Demütigungen bevorstanden – daß er bereits tot war.

3

Mosman wurde immer radikaler, immer ungestümer, geradezu krankhaft geschäftig, aber ob daran das Elixier oder der unmittelbar bevorstehende Tag der Gerechtigkeit schuld war, konnte Blommardine nicht feststellen. Ihre Träume veränderten sich ebenfalls. Die engelhaften Gestalten wurden immer noch teuflischer, noch unzüchtiger, noch bizarrer; aber nicht weniger angenehm. Es war, als würde sie eine der Ihren, so daß ihr das, was ihr zuvor wunderschön erschienen war, jetzt herrlich abscheulich vorkam. Es war eine Orgie widerwärtiger Wonnen, aus der sie sich weder zurückziehen konnte noch wollte. Entsprechend hatte sich auch ihr Gefühl der Macht – über die Welt, wenn schon nicht über das Fleisch – verstärkt.

In Gedanken, und auch in körperlicher Hinsicht, hatte sie ihre Ehe endgültig hinter sich gelassen. Sie brauchte Julius nicht mehr. Die brodelnde Atmosphäre und die magische Ausstrahlung des Täuferführers machten ihn völlig überflüssig. Sie hatte alles, was sie wollte, schlief jetzt in einem Vorraum vor dem Zimmer des Anführers und kam nur noch nach Hause, wenn sie das Bedürfnis hatte, etwas von dem Elixier zu nehmen oder ungestört zu schlafen.

Die letzte Etappe des Umsturzes, die es Mosman ermöglichte, sich eifriger denn je als Prediger und Vollstrecker zu betätigen, bestand darin, jegliche Bildung in der Stadt zu unterdrücken.

»Die Ungebildeten sind die Unschuldigen«, donnerte Mosman auf eine Gruppe Schulmeister herunter. »Sie sind es, die Gott dazu auserwählt hat, die Welt zu erlösen.«

»Was sollen wir dann den Kindern beibringen?« wollte ein besonders gebildeter Schulleiter wissen.

»Reinheit und das Alte Testament«, antwortete Mosman. »Lehrt sie, den Kampf der Gerechtigkeit zu kämpfen. Lehrt sie zu fasten und zu beten.«

»Das ist nicht gerade der Stoff, der mir geläufig ist.«

»Dann solltet Ihr Euch lieber zur Ruhe setzen und diese Aufgabe jüngeren Männern überlassen. Ihr seid offensichtlich zu alt dafür.«

»Aber …«

»Genug. Die Sache ist entschieden.«

»Ich halte das für eine phantastische Gelegenheit«, sagte ein jüngerer Kollege, ein aalglatter Kerl, den die Kinder nicht ausstehen konnten. »Stellt Euch nur vor, eine ganze Generation jugendlicher Heiliger. Wir können Paraden und Gebetstreffen abhalten, einen eigenen Klub der Heiligen Unschuld für die Zwei- bis Fünfjährigen gründen, mit Abzeichen und Kriegsspielen der Soldaten Christi … Ach, gar nicht auszudenken, was wir alles machen können. Was für eine phantastische Idee, Anführer! Ich hoffe nur, Ihr ernennt dafür jemanden, der genügend Format hat, um das alles auf die Beine zu stellen.«

»Ihr seid hiermit ernannt, Bruder.«

»Oh, ich… na ja… ich habe nicht mit einer solchen Ehre gerechnet, aber… na ja, gewiß. Es wäre mir ein Vergnügen. Ich fange gleich an.«

»Eure erste Aufgabe besteht darin, dafür zu sorgen, daß alle Schulbücher eingesammelt und auf den Elim gebracht werden.«

»Eingesammelt?« fragte der abgesetzte Schulleiter stirnrunzelnd.

»Eingesammelt und auf den Elim gebracht, wo sie verbrannt werden. Im Neuen Jerusalem soll es keine Bücher geben.«

»Keine Bücher in der Schule?«

»Keine Bücher in der ganzen Stadt. Alle, die im Besitz irgendeines anderen Buches als der Bibel angetroffen werden, haben mit schwerwiegenden Folgen zu rechnen. Groß wird ihre Drangsal sein.«

Schwerwiegende Folgen konnte, wie jedermann wußte, alles von einer Standpauke bis zur Hinrichtung bedeuten, so daß die Leute im großen und ganzen kein Risiko mehr eingehen wollten.

Bücher wurden auf den Platz geschleppt und zu einem stetig wachsenden Haufen aufgetürmt – uralte, bebilderte Handschriften von unschätzbarem Wert; dann die durch jene Mainzer Erfindung ermöglichten Massenerzeugnisse: gedruckte Folianten, Oktavbände, Volksbücher, Streitschriften; Abhandlungen über religiöse Themen, Abhandlungen über Abhandlungen über religiöse Themen – damit niemand auch nur auf die Idee kommen konnte, auf irgendeine andere Auslegung der Schrift zu verweisen als auf die der Heiligen; Bücher mit Kochrezepten (das Kochen wurde sehr viel einfacher), Hauptbücher, alchimistische Traktate, heidnische Schriftsteller (die ganz besonders) wie Cicero, Seneca und Vergil; Ritterromane, Gedichte, Dramen, Geschichtsbücher, medizinische Lehrbücher, Bücher über Logik; Euklid, Stundenbücher, Handbücher für ritterliches Benehmen; Castigliones *Buch vom Hofmann*, sogar der berühmte

Hexenhammer, der *Malleus maleficarum.* Alles Futter für die Mühlen der Heiligen.

Die alte und berühmte Dombibliothek – eine der bedeutendsten Sammlungen von Handschriften, Textbüchern und theologischen Werken in Deutschland – war natürlich bereits in der Nacht der Domplünderung im Rahmen einer ausgelassenen Zerstörungsorgie verbrannt worden. Aber die jetzigen Maßnahmen waren weitaus beunruhigender und unheilvoller. Denn dieses Mal ging es nicht nur um religiöses Wissen; es ging um jede Art von Wissen. Und die Stimmung der Heiligen war, mit dem zunehmenden Erfolg ihrer Ausschreitungen, wilder und zügelloser geworden. Zugleich war alles, was sie taten, von einer erschreckenden Vernunft bestimmt – denn wenn man wirklich glaubte, daß das Tausendjährige Reich Gottes nahte, wozu brauchte man dann noch zu lernen?

Julius, der in seiner Zelle hockte – außer dem Boden gab es nichts, um sich hinzusetzen –, dachte über den Glauben nach. Er hatte es immer als merkwürdig empfunden, dem Glauben einen so großen Wert beizumessen. Er hatte ein kleines Loch in der Wand entdeckt – jemand hatte den Mörtel herausgekratzt –, durch das er mit dem Priester flüstern konnte, den er nebenan husten hörte. Man hatte sie eine Nacht und einen Tag lang in Ruhe gelassen, während das Schwert der Gerechtigkeit die Büchersammlung beaufsichtigte.

»Ich bin nicht sicher, daß ich an den Glauben glaube, Pater«, sagte Julius. »Er scheint die Menschen auf schlimme Gedanken zu bringen.«

»Es hängt alles davon ab, was du glaubst, mein Sohn.«

»Aber wären Beweise denn nicht besser?«

»Wenn es so einfach wäre, würden sich alle daran halten. Es gehört nicht viel dazu, die Hand aus dem Feuer zu ziehen, wenn man feststellt, daß sie brennt.«

»Trotzdem haben diese Leute – einige von ihnen, nein viele,

sind arm, ohne ein Zuhause, ungebildet, verzweifelt – einen Glauben gefunden. Man redet ihnen ein, daß der Glaube das Allerwichtigste ist. Wäre es nicht besser, ihnen beizubringen, sich auf ihren Verstand zu verlassen?«

»Würden sie sich nur auf ihren Verstand verlassen, müßten sie verzweifeln.«

Julius mußte zugeben, daß das ein Argument war.

»Aber woher sollen sie wissen, welcher Glaube gut ist und welcher verrückt?«

»Aha. Hier kommt der gesunde Menschenverstand ins Spiel, denn dabei muß einen wieder die innere Vernunft – sofern man auf sie hört – lenken, die Vernunft der Seele. Diese Menschen hören nicht auf die Seele. Sie hören auf sich selbst; auch dann noch, wenn sie glauben, die höchste Stufe erreicht zu haben und eins mit Gott zu werden. Sie wollen nicht mit Gott verschmelzen. Sie wollen, daß Gott mit ihnen verschmilzt...«

Julius hätte sich gerne weiter über dieses Thema unterhalten. Denn hier, unter all der Angst und dem Dreck und dem Elend, war etwas, was zu dem Gemälde hinführte; zu dem Rätsel. Doch draußen hallten schwere Schritte, und die Tür wurde aufgerissen.

Konrad stand drohend unter der Tür, das Schwert der Gerechtigkeit griffbereit, den unvermeidlichen Trupp Soldaten hinter sich.

»Kommt heraus, Maler, und seht Euch zusammen mit Eurem sündigen Gefährten an, was mit den Werken der Götzenanbetung, der Täuschung und des Irrtums geschieht – das Feuer, Maler, das auch Euch erwartet, das auf ewig im Abgrund der Hölle brennt, das jetzt aber darauf wartet, das nutzlose Wort und das eitle Bild zu verschlingen.«

Sie wurden von Wachen hinausbegleitet und mußten zusammen mit anderen Gefangenen auf dem Platz aufmarschieren – unter ihnen auch der ehemalige Schulleiter.

Voller Bestürzung stellte Julius fest, daß nicht nur immer neue Bücher auf den Stapel gehäuft wurden, sondern auch Bilder, die man in Prioreien und Privathäusern von den Wänden gerissen hatte und die jetzt unter Gezischel und Gejohle samt ihren vergoldeten Rahmen auf den Scheiterhaufen geschleudert wurden.

Mosman persönlich hielt die Fackel in die Höhe.

»Seht die geweihte Flamme«, rief er verzückt. »Möge sie auf dem Altar unserer Herzen ein Feuer entfachen und eine Flamme entzünden. Möge sie auflodern und eure eitlen Götzen und falschen Bildnisse verschlingen. Es gibt keine andere Wahrheit als die Heilige Schrift. Es gibt kein anderes Bildnis als Gott.«

»Keine Wahrheit außer der Heiligen Schrift, kein Bildnis außer Gott«, rief die Menge im Chor, während sie Abfälle auf den Haufen warf und sich auf die Bücher stürzte, sie in blinder Zerstörungswut zerriß und besudelte, die Füße durch Ölbilder rammte, Porträts bespuckte, Schnitzereien und Cupidos zerschmetterte. Sie haßte Kunst ebenso wie Bildung.

»Die hausen ja schlimmer als die Wikinger«, flüsterte der Priester. »Ich hätte nie damit gerechnet, so etwas in einem christlichen Land zu erleben.«

Julius wünschte verzweifelt, der alte Mann möge sich seinen Glauben bewahren.

»Ihr müßt an die Vernunft der Seele glauben«, sagte er.

»Ruhe«, schrie ein Wächter.

Der alte Mann umklammerte Julius' Hand, als die Fackel in den Scheiterhaufen gestoßen wurde. Schnell sprang das Feuer über, und Rauch erfüllte die abendliche Luft, während ein leichter Frühlingswind über den Platz und durch die engen Gassen wirbelte. Julius mußte zusehen, wie ein wunderbares Frauenbildnis, sicher italienisch, wahrscheinlich von Pontormo, in hellen Flammen aufging, Blasen warf und in Sekundenschnelle rußgeschwärzt war; ein herrlicher Kupferstich von Dürer, der den heiligen Hubertus mit dem Hirsch zeigte, zerfiel zu Asche;

eine Landschaft von van der Weyden; ein Interieur von van Eyck…

»Ich kann das nicht mit ansehen«, sagte Julius.

»Schaut hin, Maler«, rief Konrad. »Ihr kommt auch noch an die Reihe.«

»Ob sie die Absicht haben, uns zu verbrennen?« flüsterte Julius dem Priester zu.

»Euch vielleicht, wenn Ihr Glück habt«, erwiderte der kleine Mann leise. »Mit mir haben sie vermutlich etwas Raffinierteres vor.«

Es gab nichts zu sagen, nichts anderes zu tun, als zuzusehen. Die Hitze, für die man sonst vielleicht dankbar gewesen wäre, da es allmählich Nacht wurde, hatte etwas von einem Fieber an sich, einer Seuche. Ein paar Meter weiter briet ein Mann Würste und Innereien und verteilte sie an die Menge. Ihn umgab eine regelrechte Karnevalsatmosphäre. Einige Leute sangen Loblieder, andere pinkelten ins Feuer, ein paar taten beides zugleich.

Julius schämte sich, ein Mensch zu sein. Er war fast schon bereit, ins Feuer hineinzugehen, um sich verbrennen zu lassen, und tat einen Schritt nach vorn, wurde aber von einem Wächter grob zurückgerissen.

»Nicht so vorschnell, Maler. Ihr kommt schon noch an die Reihe.«

Das hörte er jetzt schon zum zweiten Mal. Es verhieß nichts Gutes. Endlich führte man sie wieder ins Gefängnis zurück. Julius wurde in seine Zelle gestoßen, der Priester hingegen mußte warten; er sollte an einen anderen Ort gebracht werden.

»Auf Wiedersehen, Maler«, sagte der kleine Mann. »Vielleicht treffen wir uns wieder im Paradies.«

»Ihr kommt nicht ins Paradies. Ihr kommt in die Hölle«, sagte der Wärter.

»Das ist die Frage«, sagte der Priester, als sie ihn abführten.

Julius sah seinen Freund nicht wieder. Später erfuhr er, daß man ihm die Beine gebrochen, die Fingernägel ausgerissen, die Hoden zu Brei zerquetscht, eine Blockflöte in den Darm gerammt hatte – eine beliebte Methode der Folterknechte; sie sprangen einem auf den Magen, so daß sie pfiff –, aber er hatte trotzdem nichts verraten.

Später bekam Julius Besuch von Mosman. Er hatte sich angewöhnt, Gefangene zu jeder Tages- und Nachtzeit aufzusuchen und ihnen Strafpredigten zu halten. Blommardine, die ihn begleitete, trug seine Bibel. Ihre Augen weiteten sich wie die einer Katze, als sie Julius erblickte, aber sie sagte kein Wort. Nachdem Mosman eine Stunde lang gebetet und Julius die Leviten gelesen hatte, erhob er sich, erklärte ihm, daß es im Neuen Jerusalem keinen Platz für großspurige Götzenanbeter gebe und daß er sich an diesem seinem letzten Tag auf Erden um seine Seele kümmern solle, denn die Stadt würde in einer Zeit der Belagerung ganz gewiß keine Sünder durchfüttern.

»Darf ich mit dem Sünder beten, Herr?« fragte Blommardine.

»Er ist es nicht wert, gerettet zu werden.«

»Es wäre eine gute Übung für mich. Ich habe den Eindruck, Ihr betet so vortrefflich … nun ja, ich möchte gerne sehen, ob ich das, was ich von Euch gelernt habe … anwenden kann.«

»Aber laß dich nicht von ihm täuschen.«

»Jetzt nicht mehr.«

»Was hast du gesagt, Magdalena?«

»Ich lasse mich nicht mehr von der Sprache der Sünde täuschen. Früher einmal war ich leichtgläubig, aber seit ich bei Euch bin … Ihr habt mir die Augen geöffnet, Herr.«

Sie meint es ernst, dachte Julius, obwohl sie dem hehren Heiligen – und sogar sich selbst – etwas vormacht.

»Vor der Tür steht eine Wache«, sagte Mosman, als er ging. »Du brauchst nur zu rufen.«

»Du könntest mich jetzt vergewaltigen«, sagte Blommardine zu Julius. »Ich würde nicht schreien.«

»Lieber nicht, danke«, sagte Julius.

In Anbetracht der Schlinge um den Hals, die ihn erwartete, war ihm nicht nach derlei Dingen zumute.

»Dann könnte ich dich vergewaltigen«, sagte sie. »Würdest du die Wache rufen?«

»Ja, das würde ich, verdammt noch mal. Was willst du denn? Bist du aus Schadenfreude gekommen?«

»Ich bin gekommen, um deine Haut zu retten, Dummkopf. Nur weil du ein miserabler Liebhaber bist, bedeutet das nicht...« Ihre Stimme verlor sich. »Ich habe jetzt bessere Liebhaber, als du dir vorstellen kannst«, sagte sie schließlich.

»Täuferpropheten?« fragte Julius ungläubig.

Man konnte über die Wiedertäufer sagen, was man wollte – und das tat er auch –, aber was die Fleischeslust betraf, waren sie Säulen der Rechtschaffenheit. Es hatte in der Tat bereits Hinrichtungen wegen Ehebruchs gegeben.

»Teufel.«

»Lieber Himmel.«

Sie erzählte ihm von dem Elixier (allerdings nicht, wo sie das Rezept entdeckt hatte).

Er war Blommardine alles andere als dankbar für die Schwierigkeiten, in die sie ihn gebracht hatte – und trotzdem konnte man sie nicht völlig ablehnen. Ihr Verhalten war verwerflich, unverantwortlich, ungestüm, boshaft; und doch hatte man das Gefühl, daß am Ende sie verbrannt werden würde, ob sie das nun wußte oder nicht. Er war entsetzt über das, was sie ihm erzählte.

»Du mußt sofort aufhören, dieses Zeug zu nehmen«, sagte er. »Das war von Anfang an ein Fehler. Wenn es jemand hätte nehmen sollen, dann ich... Schließlich muß ich das Bild vollenden.«

»Bei dir würde es nicht funktionieren. Du bist zu... zu sehr vom Süden beeinflußt. Aber ich wette, daß der alte Bosch dieses Zeug genommen hat. Du brauchst dir nur seine Bilder anzuschauen.«

Er sah sie erstaunt an. Sie sprach selten über Kunst.

»Wie sehen sie denn aus, deine Liebhaber?«

Sie beschrieb sie, und er erkannte die Schweineäbtissin, den Baumhund, den aufgedunsenen Käfermönch und all die anderen, die sein Meister besucht, umarmt oder gesehen haben mußte.

»Da unten kann man nicht viel sehen«, sagte sie. »Man kann die Hände nicht von sich lassen.«

»Weiß Mosman Bescheid?«

»Natürlich nicht. So etwas würde ich ihm nie sagen. Er lebt in einer anderen Welt.«

»In der Hölle, möchte ich meinen«, sagte Julius. »Er hat noch mehr Ähnlichkeit mit einem Teufel als ein Baumhund.«

»Wenn du so daherredest, werde ich gehen. Wache«, rief sie leise.

»Warte«, sagte Julius.

»Habt Ihr gerufen?« sagte der Wächter und öffnete die Tür.

»Ich wollte wissen, wieviel Uhr es ist.«

»Die Kirchturmuhr zeigt kurz nach zwei. Der Anführer hat gesagt, ich soll Euch jetzt rauslassen.«

»Danke. Ich werde bald gehen.«

»In Ordnung.« Der Wächter zog sich zurück, und die Tür wurde wieder verriegelt.

»Hast du sonst jemandem dieses Elixier gegeben?«

»Nur Mosman.«

»Mosman?« wiederholte Julius entgeistert. »Aber der lenkt doch die Geschicke der ganzen Stadt. Das Zeug macht ihn ja noch verrückter.«

»Mich jedenfalls bewahrt er davor, verrückt zu werden«, sagte Blommardine gefühlvoll. »Ohne ihn hätten mich der Baumhund und Konsorten längst geholt. Ihm können sie nichts anhaben. Sie haben keine Macht über ihn. Solange ich bei ihm bleibe, ist alles in Ordnung.«

»Dein Problem ist, Blommardine, daß du kein dünnes Eis sehen kannst, ohne den unwiderstehlichen Drang zu verspüren, darauf zu schlittern.«

»Das ist nur eines meiner Probleme«, sagte sie und nahm ihre Bibel an sich. »Ich muß jetzt gehen. Mag sein, daß ich dich nicht gleich aus dem Gefängnis herausbekomme, aber wahrscheinlich kann ich dir den Tod und die Folter ersparen. Bist du damit einverstanden?«

»Ja«, sagte er. »Danke, Blommardine. Das wäre ein Schritt in die richtige Richtung.«

»Übrigens ist da noch etwas«, bemerkte sie beim Hinausgehen. »Hast du gewußt, daß ich deine Halbschwester bin?«

»Was?« schrie er zutiefst bestürzt.

Doch die Tür hatte sich bereits geschlossen, und er war wieder allein. Er sank zu Boden, heulte vor Enttäuschung und schlug mit den Händen auf die Erde. Er konnte nicht glauben, daß sie ihm das angetan hatte.

»Du hast mein Leben zerstört«, schrie er.

Höhnisches Gelächter aus der Nachbarzelle verriet ihm, daß jemand anders den Platz des kleinen Priesters eingenommen hatte.

4

Während das in ihr wachsende Leben Elisabeth einerseits erschreckte, ja sogar entsetzte – denn wer konnte wissen, was ihr Mann tun würde; Ehebruch wurde mit dem Tod bestraft –, erfüllte es sie gleichzeitig mit einer Freude, wie sie sie nur in Julius' Armen im Paradies erlebt hatte. Sie hatte den Eindruck, daß es ihr jetzt nichts ausmachen würde zu sterben, solange das Kind am Leben blieb. Unglücklicherweise, oder zum Glück, je nachdem, wie sie die Sache betrachtete, hing im Augenblick beides eng miteinander zusammen.

Sie entfernte sich noch immer nicht weit von Haus und Garten, denn das mildere Wetter bedeutete leichtere Kleidung, und gegen Ende Mai ließ sich das Kind allmählich nicht mehr verbergen. Zum Glück war ihr Vater jetzt so beschäftigt, daß er sich nur gelegentlich zu Hause blicken ließ. Er hatte sich ein provisorisches Schlafquartier in der Nähe der Kaserne besorgt, um im Notfall jederzeit bereit zu sein.

Frieda und das inzwischen arg geschrumpfte Häuflein alter Frauen schafften es offenbar noch immer, mit Konrad Schritt zu halten; sobald er sich dem Haus näherte, wurde aus einem Fenster an der Straßenecke als Signal ein grauer Umhang zum Trocknen hinausgehängt. Ein schwarzer Umhang bedeutete, daß Fierens im Anmarsch war, was noch seltener vorkam, weil er (neben seiner Arbeit als Autor) jede Menge Verwaltungsaufgaben am Hals hatte. Trotzdem wußte Elisabeth, daß sie ihm irgendwann in nächster Zeit die Neuigkeit mitteilen mußte. Sie wünschte von ganzem Herzen, sie könnte es Julius sagen! Im Laufe der Wochen hatte sich ihre Erschütterung über seine Unaufrichtigkeit gelegt – sie hatte seinen verzweifelten, reuevollen Brief wieder und wieder gelesen; Zorn und Schmerz hatten sich in Mitgefühl verwandelt, und mit seinem Kind war allmählich auch wieder eine hoffnungsvolle, ungetrübte Liebe in ihr gewachsen. Sie wußte instinktiv, daß ihn die Freude über diese Nachricht überwältigen würde. Aber warum hatte er nicht nochmals geschrieben? Hatte er vielleicht versucht, sich mit ihr in Verbindung zu setzen? Wo war er jetzt? Frieda, die normalerweise alles wußte, versicherte ihr zwar, daß er noch am Leben sei und sie ohne jeden Zweifel liebte, äußerte sich ansonsten aber ungewöhnlich vage zu diesem Thema.

»Was hat das zu bedeuten, Tochter?« fragte ihr Vater, als er eines Tages unangekündigt und mit beträchtlichem Vorsprung vor dem grauen Umhang nach Hause kam. »Du wirst doch nicht aus Trägheit dick werden? Du solltest dich mehr bewegen.«

»Es ging ihr in letzter Zeit nicht gut«, sagte Frieda tadelnd.

»Wenn ich von dir einen Rat möchte, frage ich danach«, sagte Konrad barsch. Daß er jetzt als Schwert der Gerechtigkeit fungierte, hatte seine Manieren nicht verbessert.

»Das stimmt, Vater. Ich habe mich schwach gefühlt. Und Frieda hat versucht, mich aufzupäppeln.«

»Hat dir denn niemand gesagt, daß wir belagert werden? Ich kann es mir in meiner Position nicht leisten, daß meine Familie Fett ansetzt.«

»Nein, Vater.«

»Iß weniger. Beweg dich mehr. Du solltest mehr aus dem Haus gehen. Hilf in der Gemeinschaft.«

Elisabeth hustete ein wenig, um anzudeuten, daß ihre Lunge noch nicht ganz frei war.

»Und wenn du noch krank bist, lasse ich nochmals den Doktor rufen.«

»Nein, nein«, sagte sie rasch. »Es geht mir wirklich schon viel besser.«

Sie wollte nicht, daß ein Arzt seine Nase in ihre Angelegenheiten steckte.

»Na gut. Paß auf dich auf. Wie du weißt, bekleide ich eine hohe Position in dieser Stadt. Mit Fierens verheiratet zu sein ist eine große Ehre. Falls unserem Anführer etwas zustoßen sollte, wird er sein Nachfolger.«

»Ich werde mich bewegen«, sagte sie.

»Hilf im Lazarett. Wir haben schließlich Krieg.«

Er erinnerte sie immer wieder daran.

»Es ist… es ist doch sonst nichts?«

Ihre Augen, stets wachsam, verengten sich, als er sie ansah.

»Sonst nichts?«

Ihr Herz schlug schneller.

»Sonst nichts, was du mir mitteilen möchtest? Keine… freudige Nachricht?«

Es gab keinen Zweifel, worauf er anspielte. Sie zog ihren Bauch ein, so gut es ging.

»Keine freudige Nachricht, Vater.«

»Hmm«, sagte er.

Auf der Straße ertönte ein Ruf. Das Schwert der Gerechtigkeit wurde im Zeughaus gebraucht.

»Komme sofort«, rief er.

Er wandte sich zum Gehen, drehte sich aber noch einmal um.

»Ich werde Fierens sagen, daß es dir bessergeht. Vielleicht sorgt er bald für freudige Nachrichten.«

Die beiden Frauen warteten, bis sich die Tür geschlossen hatte.

»Was hat er damit gemeint, Frieda? Glaubst du, er hat es bemerkt?«

»Ich weiß nicht, mein Täubchen. Bei deinem Vater kann man nie wissen. Seinen Augen kann man so leicht nichts vormachen. Nur mit seinem Hirn stimmt was nicht.«

»Was soll ich tun?«

»Ich weiß es nicht genau, mein Liebes. Wenn die Phantasie versagt, ist die Wahrheit das Beste.«

»Ich werde es ihm sagen müssen, wenn er kommt.«

»Bete zum lieben Gott, mein Kind. Der ewige Gott ist deine Zuflucht, und unten herrschen die ewigen Heerscharen des Bösen. Schade, daß dein junger Mann im Gefängnis ist«, sagte die alte Frau so beiläufig wie möglich.

Es war Zeit für die Wahrheit.

»Im Gefängnis?«

Elisabeth verlor allen Mut. Plötzlich fühlte sie sich elend und klammerte sich haltsuchend an einen Tisch.

»Warum hast du mir das nicht eher gesagt?« fragte sie. »Du hast es mir verschwiegen, oder? Ach, Frieda…«

»Ich wollte nicht, daß du dich aufregst, mein Täubchen. Man hat ihn erwischt, wie er Verse geschrieben und sich mit dem alten Pater Berthold unterhalten hat. Sie haben den armen alten Mann gefoltert und getötet, weil er angeblich Leute versteckt hat, aber er hat nicht geredet. Dein Maler ist vorerst noch nicht draußen. Aber es geht ihm gut.«

»Gott sei Dank.«

Elisabeth überlegte einen Augenblick und lächelte dann, weil sie auf einmal geradezu lächerlich erleichtert und glücklich war.

»Deshalb hat er nicht mehr geschrieben«, sagte sie.

»Mag sein«, sagte die alte Frau. »Ja, vermutlich hast du recht.«

5

Fierens in der Stadt, überall, an der Stadtmauer, in den Munitionslagern, Fierens, der die Lagerbestände überprüft, im Gefängnis umherschleicht, die Ohren an Straßenecken aufsperrt, Andersdenkende verhört, Missetäter schikaniert. Fierens allein in der Dunkelheit auf dem Domturm, Ausschau haltend nach den Feuern der Belagerer außerhalb der Stadt, die wie herabgefallene Sterne in den überfluteten Wiesen unten glitzern...

»Die Zeit ist nah«, sagte Gott. »Am Himmelfahrtstag ist es soweit. Ich werde meinem Diener Mosman ins Ohr hauchen, und er wird von erhabenem Jubel erfüllt sein. Hat er der Stadt nicht versprochen, daß der Tag des Jüngsten Gerichts an Ostern sein wird? Er hat sich geirrt, denn weder habe ich so zu ihm gesprochen, noch hat die Stadt genügend Reue gezeigt. Aber wie dem auch sei, es soll ihm geistige Führung und göttliche Eingebung für ein Werk zuteil werden, das den Heiligen und mir selbst zum Ruhm gereicht. Wenn die Stadt nach einem Zeichen Ausschau hält, soll sie nicht enttäuscht werden. Und du, mein auserwählter Fierens, du sollst endlich zu meinem Thron kommen. Und die letzten Worte im Buch des Lebens sollen geschrieben und das letzte Werk soll vollendet werden, und du sollst mit mir zusammen als Einer thronen in immerwährender Pracht und Herrlichkeit...«

Gott sprach normalerweise im Stil der Bibel, wie es sich gehörte. Er bediente sich Fierens' Stimme, die Seine Botschaft heiser flüsternd aussprach. Eigentlich brauchte Er überhaupt nicht zu sprechen, denn eine Bewußtseinsebene von Fierens war Gott. Natürlich ging Gott auch unabhängig Seiner Wege, tat Dinge, für die Fierens keine Zeit hatte, ließ beispielsweise einen Sturm aufkommen oder ein Kind sterben; aber wenn Fierens sein Gottes-Bewußtsein orten und es dazu bringen konnte, sich eine Zeitlang nicht um den Lauf der Welt zu kümmern, stellte er fest, daß er wirklich ein großes Maß an Gott-Sein daraus beziehen konnte, und so war es auch jetzt.

Er verweilte, in Betrachtung versunken, auf dem Turm des Doms, sann über die Großartigkeit der Botschaften nach, die er und sein Gottes-Bewußtsein untereinander austauschten, bis Es plötzlich verschwunden war. In die Nacht, über die Hügel, in den Raum jenseits der Sterne flog Es davon – der goldene Faden, von den Winden der Ewigkeit verweht wie ein feines Gespinst – und ließ ihn erschöpft zurück... Er klammerte sich an die Mauerbrüstung und ließ den Kopf auf die Hände sinken.

Es war wirklich ungewöhnlich, wie viel Fierens aus diesen Gesprächen schöpfte – anscheinend war er wie ein Mystiker, ein Medium, ein Verrückter imstande, Gedanken und Wahrheiten, über die er eigentlich unmöglich Bescheid wissen konnte, geradewegs aus der Luft zu greifen. Aber schließlich brauchte man auch ungewöhnliche Kräfte, um sich überhaupt einzubilden, daß man selbst, oder auch nur ein Teil von einem selbst, Gott war. So oder so mußte Gott einen berührt haben.

Fierens erwachte aus seiner Erstarrung, hob den Kopf und spürte, wie durch den Stein der Brüstung seine Kraft zurückkehrte. Bisher hatte er seine außerordentlichen Kräfte freilich verborgen. Mosman war nach wie vor der Anführer und – ohne es zu wissen – der Johannes der Täufer für seinen Erlöser. Bisher war Fierens der Arrangeur gewesen, der Produzent, der Mann hinter den Kulissen, derjenige, der die Instrumentierung besorgte, der Schlagzeuger, einer der Hauptdarsteller vielleicht, aber noch nicht der Regisseur, noch nicht der Star.

Seine außerordentlichen Kräfte leuchteten unter dem Umhang. Inzwischen kam es ihm unglaublich vor, daß seine Ankunft auf dieser Erde so gewöhnlich gewesen war. Nachdem er als unehelicher Sohn eines Dorfbürgermeisters auf die Welt gekommen war – wer hätte da gedacht, daß er sich so weit erheben würde, daß er Gott begegnen würde! Einen Bastard hatte man ihn genannt, was sonst. Jetzt hatte er den Verdacht, daß seine heidnische Mutter ihm die Wahrheit womöglich vorenthalten hatte. Je mehr er darüber nachdachte, um so größer wurde seine Gewißheit. Der Dorfbürgermeister hatte lediglich als Ausrede gedient – ein notorischer Schürzenjäger, den seine Mutter (eine sehr unwahrscheinliche Eroberung, da sie ungewöhnlich flink auf den Beinen war) auf Geheiß eines Erzengels als Vater angegeben hatte. Sämtliche Zeichen waren vorhanden. Er war verachtet und abgelehnt worden, schlecht behandelt, mißverstanden, als Bastard verspottet, vom Schulmeister als Faulpelz beschimpft, von den Kuchenbäckern verhöhnt, von Juden betrogen, als er ein eigenes kleines Geschäft aufmachte …

Ja, er war ohne Frage unbefleckt empfangen worden. Und die Art und Weise, wie er alle diese Widerwärtigkeiten durchgestanden hatte – wie er gelernt hatte, das Spiel zu beobachten und zu begreifen, seine Rolle zu schreiben und zu spielen, zu erkennen, wie die anderen Spieler und das Fußvolk reagierten, um die hohen Tiere zufriedenzustellen –, darin zeigte sich die Hand seines Vaters, der ihn lenkte und dazu drängte, seinen Platz auf der größten Bühne überhaupt einzunehmen – nicht der Bühne der Geschichte, sondern der, auf der das Ende der Menschheitsgeschichte spielte.

Er war bereit. Aber erst mußte Mosman seinen Auftritt haben.

6

Eigenartigerweise hatte Mosman die Stadt genau an diesem Punkt vollständig in der Hand. Er genoß – sofern das das richtige Wort war, da Mosman nie irgend etwas wirklich zu genießen schien – die absolute Macht eines Diktators.

Es gab kein Privateigentum mehr. Vermögen, Besitztümer, Lebensmittel, Getränke, Arzneien, Heizmaterial, Kleidung, Pferde, vierrädrige Wagen – kurzum alles ging in die Hände der Gemeinschaft über. Und Mosman hatte die Gemeinschaft in der Hand.

Die Sünde war in vieler Hinsicht ausgerottet. Trunkenheit war so gut wie abgeschafft, weil es nichts zu trinken gab; Gefräßigkeit war beinahe ebenso unmöglich. Faulheit wurde mit der Peitsche bekämpft. *Luxuria* oder Wollust (sofern einem nach einem Abendessen, bestehend aus dünner Wassersuppe mit trockenem Brot und ohne Bier, danach zumute war) durfte nur im ehelichen Bett praktiziert werden; andernfalls erwartete einen das Gefängnis oder Schlimmeres. Und selbst dabei konnte man von seinem Ehegespons wegen übermäßigen Genusses angezeigt werden.

Zorn gab es genügend, aber es war ein gerechter Zorn, der einem von den Heiligen zugestanden wurde; Raufereien, Streitereien jeder Art wurden einem mit Peitsche und Schwert abgewöhnt. Geiz kam nicht in Frage. Für Neid gab es wenig Grundlage, da alle gleich waren. Die einzige Sünde, die wirklich zu gedeihen schien wie eine tropische Pflanze, die endlich die richtige Umgebung gefunden hat, war die extremste Sünde, die ursprüngliche Sünde, die schlimmste Sünde von allen: Stolz.

Stolz pirschte sich an die Reihen der Heiligen heran und spornte sie an wie früher der Ehrgeiz die Seelen der Bürger. Da es keinen Ehrgeiz mehr geben konnte – denn mit den weltlichen Dingen war es vorbei –, konnte man nur darauf hoffen, nicht etwa reicher, klüger, tapferer oder schöner zu sein als alle anderen, sondern besser. Und die Menschen gaben sich enorme Mühe darzutun, um wieviel besser sie waren. Sie beteten stundenlang auf kalten Pflastersteinen. Sie trugen härene Hemden und Schnürmieder, die das Fleisch kasteiten. Ein Mann hatte verkündet, er würde bis zum Tag des Jüngsten Gerichts kein Essen mehr anrühren. (Leider gewann der Stolz die Oberhand über ihn, so daß er sein Leben aushauchte.) Etliche Leute schliefen nicht mehr, da sie sich in Betten voller Scherben legten. Andere sangen ununterbrochen wie die Cherubim und Seraphim, wenn auch nicht so melodisch. Wieder andere geißelten sich und zogen, sich demonstrativ auspeitschend, durch die Stadt.

Auf dem Gipfel dieses Berges von Stolz stand der Anführer. Freilich erkannte er seine Haltung nicht als Stolz. Das tat keiner von ihnen. Aber der Stolz wand und schlängelte sich und schäumte in seinem Inneren – möglicherweise entfacht und unterstützt durch Blommardines Elixier, das ihm zwar nicht die Teufel der Wollust vorgaukelte, ihm aber noch schlimmere Teufel schickte.

Ostern kam und ging. Und es nagte an ihm, daß der Jüngste Tag nicht eingetroffen war, wie er es ursprünglich verheißen hatte. O ja, er hatte den Stadtbewohnern weisgemacht, daß die Schuld bei ihnen lag. Ihre Reue hatte nicht ausgereicht – das war völlig klar. Aber trotzdem hatte man die Leute murren hören, es habe bisher viel zu wenige Zeichen des Himmels gegeben, um das zu untermauern. Gewiß, die Menschen hatten Kreuze am Himmel erblickt. Eine Hündin hatte einen Welpen mit zwei Köpfen geboren. Aber das war lahmes Zeug; jede beliebige Stadt konnte innerhalb einer Woche dasselbe aufweisen.

Mosman betete drei Tage lang. Der Jahrestag des Einzugs der Heiligen in Rensburg war ein angemessener Augenblick für ein grandioses Zeichen göttlicher Zustimmung. Er betete um einen feurigen Streitwagen, aber es zeigte sich keiner. Er fiel in Ohnmacht, weil er nichts gegessen hatte, wurde aber von Blommardine wiederbelebt, die ihm trockenes Backwerk und Wasser brachte. Er begann wieder zu beten, und diesmal schienen seine Gebete erhört zu werden. Er betrachtete sein Schwert, und es schien ihm, als stünde es in Flammen. Hastig erhob er sich und rief nach den elf Männern in der Stadt, die den stärksten Glauben besaßen. Der Stolz trieb hundert an seine Seite.

»Nur elf«, rief er, »die Anzahl der Apostel. Kommt mit mir, du und du...«

Er wählte seine elf aus und eröffnete ihnen, was er vorhatte.

»Gott hat gesprochen«, verkündete er. »Für den Feind besteht keine Hoffnung mehr. Er wird in unsere Hände fallen. Mit diesen elf Getreuen und dem Schwert des Erzengels Michael, das ich in Händen halte, werden wir die Heerscharen Midians besiegen und sie in einer großartigen Schlacht vom Feld schlagen.«

Zu spät erkannte Blommardine, was sie angerichtet hatte.

»Nein, Herr«, schrie sie. »Es sind zu viele. Ihr seid nicht bei Kräften.«

Aber die Heiligen drängten sich verärgert um sie.

»Wage es nicht, am Anführer zu zweifeln. Er hat das Schwert des heiligen Michael. Er wird uns den Feind ausliefern...«

Andere sagten: »Ihr gefällt die Belagerung. Sie sähe es gern, wenn man uns demütigt.«

»Hure«, schrien einige, in erster Linie Frauen, die sich über ihren Einfluß auf den Anführer ärgerten.

»Halte mich nicht auf«, schrie Mosman leidenschaftlich und schüttelte aufgeregt sein weißes Haar. »Laßt die Posaunen erschallen, öffnet das Stadttor.«

»Nein, nein, bitte nicht...« Sie warf sich auf ihn, wurde aber barsch abgeschüttelt. Der kleine Haufen stürmte, unter Anrufung Jehovas, durch das Stadttor und über die Flußauen.

Obwohl das Heer des Bischofs nicht in bester Verfassung, ziemlich undiszipliniert und ungeübt war, hatte es keine Schwierigkeit, sie bis zum letzten Mann niederzumetzeln.

Das war das Ende des silberhaarigen Anführers und der Beginn der goldenen Herrschaft.

7

Als Julius Schritte näher kommen hörte, verließ ihn aller Mut. Man wußte in dieser Stadt nie, ob jemand die Zeit für gekommen hielt, deine Seele freizulassen, wie sie es nannten. Die Zellentür wurde aufgestoßen, und der Kerkermeister streckte den Kopf herein. Julius beschloß, nicht gleich aufzuspringen. Wenn man sich zurücklehnte, konnte man verhindern, daß einem die Knie schlotterten. Die ersten Worte des Kerkermeisters jedoch ließen ihn aus einem anderen Grund schlottern.

»Schwirrt ab«, sagte er.

»Was?«

»Ihr könnt gehen.«

»Aber warum?« fragte er. »Was habe ich nicht getan?«

»Seid Ihr verrückt?« sagte der Kerkermeister. »Steht auf und verschwindet. In dieser Stadt fragt niemand, warum und weshalb. Wollt Ihr Gottes Gnade anzweifeln?«

»Nein, aber die der Menschen«, sagte Julius. »Und ich möchte gerne wissen, warum man mich vierzehn Tage oder länger ohne ein Gerichtsverfahren hier eingesperrt hat.«

»Da kann ich Euch nicht helfen«, sagte der Kerkermeister. »Ich bin nur dazu da, die Leute einzulochen und dafür zu sorgen, daß sie drinbleiben. Aber heraus kommt Ihr vermutlich, weil der Anführer tot ist.«

»Mosman?«

»Kein Geringerer. Zu Hackfleisch gemacht. Der Herr hat ihn verlassen.«

Julius hätte um ein Haar laut gelacht. Das waren großartige Neuigkeiten. Der Mann war ein Ungeheuer – gewesen. Aber etwas im Gesicht des Kerkermeisters hinderte ihn daran zu frohlocken.

»Der neue Anführer«, fuhr der Mann fort, »der neue Anführer behauptet, es läge daran, daß noch Gottlosigkeit unter uns herrscht.«

»Das kann man wohl sagen«, meinte Julius. »Es gibt zuviel Gottlosigkeit, von welcher Seite man es auch betrachtet.«

»Ihr braucht gerade zu reden«, sagte der Kerkermeister. »Ein Knastbruder wie Ihr.«

»Und wer ist der neue Anführer?« fragte Julius, um das Thema zu wechseln.

»Es ist noch nicht offiziell, aber wir Wachen meinen, Bruder Fierens. Ein prima Prediger. Schon mal gehört? Um ehrlich zu sein, ich halte ihn für besser als den Verstorbenen. Er ist einer von uns, falls Ihr wißt, was ich meine. Ein Mann, oder besser gesagt: ein Heiliger, aus dem Volk. Nicht so einseitig wie der bedauernswerte Verstorbene, Gott schenke seiner Seele Frieden. Er wird am Tag der Auferstehung bald wieder bei uns sein.«

Als Julius den Namen des neuen Anführers hörte, verließ ihn abermals der Mut, obwohl er eigentlich halbwegs damit gerechnet hatte. Arme Stadt… aus dem Regen in die Traufe.

»Aber warum läßt man mich frei? Wer hat das befohlen?« fragte er.

»Schaut, Herzchen…«

Der Kerkermeister änderte den Ton. Er mochte keine Fragen. Sie komplizierten nur alles. Er trat in die Zelle und hielt Julius eine Faust unter die Nase, die wie ein Klumpen Rindfleisch aussah und auch so roch.

»Wißt Ihr, was das ist?«

»Eine Faust.«

»Schaut sie Euch genau an.«

»Eine große Faust.«

»Gut, und gleich werdet Ihr sie nicht mehr sehen, weil sie Euch zum Hinterkopf herauskommt. Stellt nicht so viele Fragen. Habt Ihr mich verstanden?«

Von einem Tritt hinausbefördert, verließ Julius eilig das Gefängnis; vor der Tür blieb er kurz stehen und gedachte seines Freundes, des kleinen Priesters, der dort gestorben war; dann ging er im Eilschritt nach Hause, weil er befürchtete, es könnte sich um eine Falle handeln. Vielleicht folgte ihm jemand. Er befürchtete, zu Hause von Soldaten in Empfang genommen zu werden, die ihm irgendeinen Beweis für seinen Verrat oder Unglauben – im Neuen Jerusalem war das ein und dasselbe – unter die Nase halten, ihn erneut festnehmen und wieder ins Gefängnis bringen würden. Derartige Katz-und-Maus-Spiele waren unter der Herrschaft der Heiligen an der Tagesordnung.

Doch bei seiner Rückkehr empfing ihn lediglich Blommardine in einem schrecklichen Zustand. (Die Wohnung, seit einiger Zeit vernachlässigt, war auch in einem schlimmen Zustand, worüber sie sich jedoch weniger aufregte.) Blommardine heulte und war völlig aufgelöst. Sie hatte den ganzen Tag geheult. So wie sie aussah, würde sie das ganze Jahr heulen.

Er hätte fast Mitleid mit ihr gehabt, hätte nicht sie die Katastrophe in seinem Leben verursacht. Unglaublich, daß sie ihn geheiratet hatte, obwohl sie doch wußte, daß das gegen das Gesetz verstieß. War sie wirklich seine Halbschwester? Oder war das nur wieder eines ihrer Spielchen? Während er sie betrachtete, fragte er sich, ob Spielchen das richtige Wort dafür war. War sie nicht eher ein bißchen verrückt?

Normalerweise hätte es ihn glücklich gemacht zu entdecken, daß er eine Halbschwester hatte – die einzig lebende Verwandte.

Die Welt war ein düsterer und gefährlicher Ort, an dem es guttat, eine Familie zu haben.

Aber mit der eigenen Schwester verheiratet zu sein? Das hieß die Nähe denn doch übertreiben. Und für den Fall, daß sie verrückt sein sollte, war da noch der beunruhigende Gedanke, daß vielleicht auch er den Keim der Verrücktheit in sich trug.

»Still«, sagte er endlich und versuchte sie wie ein brüderlicher Ehemann zu trösten.

»Er ist fort, er ist tot«, stöhnte sie immer wieder. »Gebe Gott, ich wäre auch fortgegangen.«

»Sie hätten dich zurückgehalten«, sagte Julius. »Mach dir keine Vorwürfe. Frauen haben auf dem Schlachtfeld nichts zu suchen.«

»Und was ist mit Jeanne d'Arc?« schluchzte sie. »Sie wäre nicht zurückgeblieben, als die Heiligen in den Krieg zogen.«

»Bei Jeanne d'Arc war das etwas anderes. Sie hatte Visionen.«

»Ich habe auch Visionen.«

Diesmal ging sie nicht näher auf die Art ihrer Visionen ein. Julius unternahm einen neuen Vorstoß.

»Wir müssen reden«, sagte er.

»Reden? Reden, reden, reden. Vom Reden wird er auch nicht wieder lebendig. Ohne ihn bin ich verloren. Verdammt.«

»Ach, komm schon.«

»Ach, komm schon?« wiederholte sie grimmig. »Wie kannst du das auch nur annähernd begreifen? Du … du Wurm. Du halber Mann.«

»Halber Bruder«, sagte er, die Gelegenheit beim Schopf ergreifend.

Das schien zu wirken, denn sie hörte auf zu heulen und bekam wieder ihren wachsamen Blick. Boshaftigkeit machte sie immer munter.

»Ach, das.«

»Jawohl, das.«

»Du kannst es ebensogut erfahren. Es spielt ohnehin keine Rolle mehr. Weißt du, wer dein Vater war?«

»Nein.«

»Und deine Mutter?«

»Nein. Ich habe dir doch gesagt... nein.«

Sie lachte bitter, während sie noch Tränen in den Augen hatte.

»Du armer Trottel. Was glaubst du eigentlich, wer du bist?«

Was sagte sie da? Plötzlich spürte er, daß es nicht nur um die Frage nach seinem Vater ging, sondern daß seine ganze Identität in Frage stand.

»Ich bin der, für den ich mich halte«, antwortete er unsicher.

»Nein, bist du nicht«, sagte sie.

Er merkte, daß seine Persönlichkeit schwankte und schlotterte wie geronnene Milch. Als sie das spürte, fühlte sie sich trotz ihres Unglücks besser.

»Wer bin ich denn dann? Nicht... doch nicht etwa der Sohn deines Vaters?« Es wäre schrecklich, der Sprößling eines solchen Ungeheuers zu sein.

Sie warf den Kopf in den Nacken und stieß wieder jenes schreckliche, freudlose Lachen aus.

»Sag es mir«, schrie er sie an.

»Du bist der Sohn meiner Mutter. Mein älterer Bruder...«

»Du meinst...«

»Du bist ihr Bastard.«

Bastard? Es war unvorstellbar, daß eine wohlerzogene junge Frau ein Kind außerhalb, vermutlich sogar vor der Ehe bekommen hatte.

»Hat dein Vater es gewußt?« fragte er.

»Eigenartigerweise nicht.«

»Dann wurde das Geheimnis aber recht gut gehütet.«

»Und ob.«

»Und es hat ihn nicht gestört, daß sie, du weißt schon, keine Jungfrau mehr war?«

»Sie hat ihm eine plausible Geschichte aufgetischt. Ein unglücklicher Sturz in jungen Jahren. Er wollte ihr glauben, also hat er ihr geglaubt. Er begehrte sie leidenschaftlich...«

»Und mein Vater?«

»Du willst es wirklich wissen, was?«

»Natürlich will ich es wissen. Wer bin ich? Sag es mir. Ich dachte, ich würde nie dahinterkommen. Und jetzt erklärst du mir, daß du es die ganze Zeit gewußt hast. Wer bin ich? Warum quälst du mich so? Ich muß wissen, wer die andere Hälfte war. So bin ich nur ein halber Mensch.«

Die nagende Ungewißheit ließ ihn zittern.

»Du bist...«

»Ja? Mein Vater war...«

»Ich weiß es nicht. Wirklich. Tut mir leid.«

Von einer kurzen Schwäche ergriffen, wich er zurück. Eine Mutter aus vornehmem Haus? Jetzt endlich wurde ihm einiges klar. Die lieblose Kindheit, die barsche Lehrzeit, der nie genannte Gönner, der seinen Italienbesuch ermöglicht hatte... es mußte der Großmeister d'Almagaes sein. Aber warum hatte er das unglückliche Mädchen nicht geheiratet? Die Liebe hätte das doch sicherlich geboten?

»Warum? Warum?«

»Warum geschieht irgend etwas? Warum mußte Mosman sterben?«

Sie wollte sich wieder in ihre Ecke kauern, aber Julius packte sie an den Schultern und schüttelte sie heftig.

»Warum?« schrie er. »Sag es mir, du Miststück.«

»Ich weiß nicht, warum«, schrie sie zurück.

»Wer hat es dir überhaupt gesagt?«

»Ich habe bei den Sachen meiner Mutter ein paar Papiere gefunden. Geheimnisvolle...«

»Zeig sie mir. Gib sie mir. Sie gehören mir.«

»Ich... ich habe vergessen, wo sie sind.«

»Ich glaube dir nicht«, brüllte er. »Du hast dir das Ganze nur ausgedacht.«

Aber tief im Innern wußte er, daß das nicht stimmte. Ihre Geschichte war auf schreckliche Weise glaubhaft. Er versuchte es auf einem anderen Weg.

»Und was ist mit deiner Mutter?« fragte er.

»Deiner Mutter«, stellte sie richtig. »Was soll mit ihr sein?«

»Hat sie... ihren einzigen Sohn vermißt?«

»Woher soll ich das wissen? Man kann doch wohl nicht von ihr erwarten, daß sie darüber spricht, oder? Doch nicht bei einem Mann wie meinem Vater. Er hätte sie umgebracht.«

Julius mußte an das frostige Gesicht des Rechtsgelehrten denken und schauderte. Arme Mutter... Plötzlich empfand er eine ungeheure Traurigkeit darüber, daß er sie nicht gekannt, nie ihren Duft gerochen und nie ihre Küsse gespürt hatte.

»Jedenfalls«, fuhr Blommardine fort, »machte sie nie einen sonderlich glücklichen Eindruck, falls das irgendein Trost für dich ist. Und sie ist gestorben, als ich noch klein war. Unglücklichsein tut einem nicht gut. Deshalb werde ich wahrscheinlich morgen sterben.«

Für Julius und seine augenblicklichen Gefühle ihr gegenüber war morgen viel zu spät.

»Und warum hast du mich geheiratet?« fragte er.

»Schließlich habe ich es damals nicht gewußt. Es war einfach Zufall. Es heißt ja, gleich und gleich gesellt sich gern. Es war einfach Pech.«

»Und wann bist du dahintergekommen?«

»Ein paar Jahre später, als mein Vater starb. Ich habe ein paar Kisten auf dem Dachboden durchgesehen.«

»Und warum hast du es mir nie gesagt?«

»Es gab keinen Grund. Ein Ehemann ist so gut wie jeder andere. Und außerdem fand ich dich damals interessant. Später dachte ich dann... warum schlafende Hunde wecken?«

Ein Ehemann ist so gut wie jeder andere, dachte Julius; es sind die Geliebten, die so unterschiedlich sind. Wenn es nach ihr gegangen wäre, hätte sie mit einem Kleiderständer verheiratet sein können. Aber das alles würde sich jetzt ändern. Wenigstens konnte er sich jetzt von ihr befreien. Wenn er es nur früher gewußt hätte! Dann hätte er mit Elisabeth fliehen und hundert Meilen weit weg von dieser verfluchten Stadt in vollkommener Liebe leben können.

»Wir werden eine Annullierung beantragen müssen«, sagte er entschlossen. »Die Kirche wird bei so einem Irrtum, der in bestem Glauben geschah, keine Schwierigkeiten machen.«

»Annullierung?« fragte sie mit großen Augen. »Welche Annullierung? Aus welchem Grund?«

»Aus dem Grund, den du mir soeben genannt hast. Sofern das stimmt.«

»Freilich stimmt es. Aber wo ist der Beweis?«

»Du hast den Beweis.«

»Jawohl, ich habe ihn. Aber ich habe ihn im Augenblick verlegt.«

»Du Miststück.«

Wieder begann sie zu weinen – nicht wegen seiner Worte, sondern wegen ihrer Lebensumstände. Mosman war stark genug gewesen, um sie zu retten, aber er war nicht mehr da.

»Nicht Miststück«, sagte sie.

»Was denn dann?«

»Hexe«, sagte sie. »Hexe ist das richtige Wort. Wußtest du das nicht?«

»Ich glaube schon.«

Sein ganzes Leben wurde ihm allmählich klarer. Er hatte sogar Mitleid mit Blommardine. Das Böse fraß sie von innen auf wie ein Wurm; aber das war nur möglich, weil noch etwas Gutes in ihr steckte. Julius blickte aus dem Fenster. Dunkelheit braute sich zusammen wie die Werke der Sünde.

»Ich muß jetzt gehen«, sagte sie.

»Gehen?«

»Sie rufen mich.«

Sie machte keine Anstalten zu gehen. Ihre Tränen waren inzwischen getrocknet. Eine Veränderung war mit ihr vorgegangen. Ihre Katzenaugen funkelten, und ihre Hände strichen unruhig über ihr Kleid.

»Willst du unsere Ehe nicht annullieren lassen?«

»In dieser Stadt ist alles null und nichtig.«

»Diese Stadt wird nicht überleben.«

»Wenn mit ihr alles vorbei ist, wird es mit uns auch vorbei sein. Möchtest du jetzt mit mir schlafen?«

»Nein! Das wäre Inzest.«

»Um so besser«, sagte sie. »Komm, wir sind in der Hölle.«

Er spürte, wie sich seine Lenden regten. Ihre Stimme klang heimtückisch und verführerisch. Während ihre eine Hand das Mieder aufschnürte, griff die andere nach dem Rocksaum. Unter dem hochgerafften Rock sah er ihren Schenkel; dann schob sie die linke Hand zwischen ihre Beine.

Es war einer jener schrecklichen Augenblicke, in denen es unendlich reizvoll und absolut unvermeidlich ist, das Falsche zu tun – man öffnet eine hübsche kleine Tür und stürzt in einen Abgrund. Andererseits scheint die richtige Entscheidung auf kurze Sicht keinen unmittelbaren Vorteil zu bieten. Sie wirkt lahm, etwas langweilig, entspricht so gar nicht dem, was ein Künstler angeblich tut oder ist. Und doch weiß man genau, was man tun sollte. Der Abgrund ist da, deutlich als ABGRUND gekennzeichnet. Nur ein Tor würde diesen Weg einschlagen. Und trotzdem...

Julius umklammerte das Kruzifix, das ihm der kleine Priester gegeben hatte, dachte an seine arme Mutter und konnte endlich all seine Gedanken auf das Bild seiner Geliebten richten, auf jene Liebe, die ihm so unmöglich fern erschienen war und jetzt –

dank Blommardines Enthüllung – endlich näher zu rücken schien. Seine Scham und seine Schuld hingen jetzt nicht mehr wie Wolken über seinem Wunschbild, sondern entluden sich in Form von Tränen, die ihm in die Augen traten und über seine Wangen rollten. Wie konnte er Inzest mit einer schwesterlichen Ehefrau in Betracht ziehen, wo doch der Garten der Liebe in Sicht war? Als er Blommardine ansah, erblickte er anstelle ihres blassen, jungenhaften Gesichts einen Rüssel, der ihre Gesichtszüge überlagerte. Sie bewegte geschuppte Beine, betastete sich mit Krallen.

»Nein!« schrie er. »Nie wieder. Ich bin fertig mit dir.«

Die Vision verblich. Jetzt sah er wieder Blommardine.

»Wie du willst«, sagte sie. »Gib mir das Gefäß von da drüben.«

Sie zeigte auf ein Bord neben dem Kamin. Er holte den Topf herunter und hob den Deckel, als er ihn ihr gab. Ein berauschender, schwerer, aufwühlender, fischartiger Dunst stieg daraus empor.

»Igitt«, sagte er. »Was ist denn das?«

»Ein Elixier. Höllengebräu. Laß mich jetzt allein. Ich werde schlafen bis morgen abend. Geh in dein Atelier. Du wirst feststellen, daß Fierens dich sehen möchte.«

8

In der Stadt herrschte nach Mosmans Tod allerhand Aufregung. Es wurde behauptet, Gott habe sie im Stich gelassen. Es hieß sogar, so großartig seien die Täufer nun auch wieder nicht.

Fierens ließ die Stadtbewohner auf den Marktplatz rufen und sprach zu ihnen von einer Tribüne herab, die er sich von einem Tischler hatte zusammenzimmern lassen. Im Grunde war es eher eine Art Bühne, da sich dahinter ein Prospekt befand, der je nach Art der Versammlung Soldaten, Spione oder Fachleute für Spezialeffekte verbarg. Fierens konnte nach Belieben eine

Schar Engel daraus emporfliegen lassen, Cherubim und Seraphim, die auf ihren Harfen, Posaunen, Psaltern und Tamburinen spielten – ein Wort genügte –, aber sein Vorgänger Jesus Christus hatte nichts für Demonstrationen dieser Art übrig gehabt. Wasser in Wein zu verwandeln war schon eher sein Stil. Und was für Jesus gut genug war, war auch für ihn gut genug. Wohlgemerkt, Jesus war sanft gewesen. Zu sanft gegenüber den Sündern; zu sanft gegenüber jenen, die nicht bedingungslos glaubten; und viel zu sanft gegenüber jenen, die im Hinblick auf das Jüngste Gericht lasch waren. Jesus war eine Samthand in einem Samthandschuh gewesen. Jetzt war es Zeit für Eisen. Als Jesu Bruder glaubte Fierens diese Dinge sagen zu dürfen, ohne Ihm zu nahe zu treten. Tut mir leid, Jesus, es ist Zeit, das Feld zu räumen.

»Unser Anführer, der Heilige, ist in den Himmel aufgenommen worden«, erklärte er der Menge.

»Und wo wart Ihr?« fragte eine Stimme mit Rensburger Akzent. »Wo wart Ihr, als sie ihr Leben hingegeben haben? Habt Ihr Euch hinter dem Schwert der Gerechtigkeit versteckt?«

Auf Fierens' Wink hin marschierten drei seiner Schergen geradewegs in die Menge hinein. Der vorlaute Bursche, ein Rollkutscher eines Bierbrauers, wurde im Nu ausfindig gemacht. Ein Wort in sein Ohr, ein Handgemenge am Rand der Menschenansammlung, ein Dolch zwischen die Rippen, dann wurde er unauffällig weggeschleift, und der Streit war beigelegt.

Fierens hob die Hand.

»Ach, Brüder. Meine teuren Mitbrüder. Könntet ihr euch nur selbst hören… könntet ihr euch nur selbst sehen… könntet ihr nur eure eigene Widerwärtigkeit empfinden und in euch hineintauchen und euren Atem spüren… Denn dann würdet ihr niederknien und Gott brüllend um Verzeihung bitten. Euer Kamerad – dem bedauerlicherweise schlecht wurde – fragt, wo *ich* gewesen bin. Ich habe gebetet. Hättet ihr gebetet… jeder einzelne von euch… nun, dann hätten sich die Wolken über unseren Köpfen geteilt, und ein Lichtkegel von überwältigender himmlischer Kraft hätte unseren tapferen Anführer und seine Mannen umgeben, und nichts hätte sie aufhalten können, bis sie die ganzen Heerscharen Midians, die sich ihnen entgegenstellten, niedergemetzelt hätten. Kniet jetzt nieder, ihr alle – oje, ist es naß? Werdet ihr eure hübschen Gewänder und eure Kniehosen beschmutzen? Ich will Scherben für euch ausstreuen, und ihr sollt darauf niederknien.«

»Scherben«, rief er.

Jetzt tauchten Soldaten aus dem Prospekt auf und leerten Säcke voller Tonscherben auf den Boden.

»Hinunter, auf die Knie.«

Nach und nach kniete die versammelte Gemeinde, mit einigem Widerstreben und unter beträchtlichen Schmerzen, nieder.

»Und nun, meine teuren und geliebten Mitbrüder, betet, wie ihr noch nie gebetet habt«, befahl Fierens. »Vergeßt den Schmerz. Wenn ihr den Schmerz spürt, bedeutet das, daß ihr nicht inbrünstig genug betet. Und ich möchte, daß ihr voller Inbrunst betet. Betet um Vergebung dafür, daß ihr euren Anführer nicht gerettet habt. Betet für den Sieg über die Ungleichheit. Betet für das Neue Jerusalem. Und betet, ach, ihr guten Leute, betet für unseren neuen Anführer, wer immer es sein mag, auf dessen Schultern die Bürde lasten wird, uns alle zu den fernen Gestaden des Jordan zu führen. Betet ihr auch wirklich?«

»Ja«, schrien die Leute.

»Betet ihr inbrünstig?«

»Ja«, schrien die Leute.

»Spürt ihr den Schmerz?«

»Nein«, schrien die Leute.

»Nun denn, laßt mich euer Gebet hören. Schreit es hinaus. Habt keine Angst. Betet, daß sich der Himmel auftut. Betet, daß die Wolken aufreißen.«

Ein babylonischer Lärm brach auf dem ganzen Platz aus, so

gewaltig, daß die Soldaten im feindlichen Lager jenseits des Flusses jeden Augenblick einen Ausbruch befürchteten.

»Sie sind erbost, weil wir diese Verrückten umgebracht haben«, sagte der Bischof unglücklich. »Ich habe dir gesagt, daß wir Ärger kriegen.«

»Stillgestanden, Wachen«, befahl sein Schwager.

Aber aus der Stadt kam kein Ärger.

Die Menschen auf dem Marktplatz beteten, bis sie sich heiser gebetet hatten, und dann – es war wie ein Wunder –, genau in dem Augenblick, als sie nicht mehr beten konnten, bohrte sich ein grandioser Lichtstrahl durch ein kleines Loch in den Wolken, erleuchtete den ganzen Platz und tauchte Fierens' blasses Gesicht in strahlenden Glanz.

»Auf, auf, erhebt euch. Ach, meine geliebten Mitbrüder, ihr habt es geschafft«, schrie Fierens.

Sie liebten ihn, weil er es geschafft hatte, daß ihre Gebete erhört wurden, daß ihre Knie bluteten. Hatte Fierens geschickt den richtigen Zeitpunkt abgepaßt? Hatte er das Wetter genau beobachtet? Oder hatte Gott ihn auserkoren? Für die Stadtbevölkerung gab es nur eine Antwort.

»Es lebe Fierens, unser neuer Anführer«, brüllten sie. »Möge das Tausendjährige Reich Christi beginnen.«

Falls es nach Mosmans Dahinscheiden irgendeinen Zweifel hinsichtlich der Nachfolge gegeben haben sollte, so hatte Fierens der Stadt seine Herrschaft jetzt erfolgreich aufgezwungen.

Es war eine andere Herrschaft, eher politischer Natur, einleuchtender, raffinierter, gefährlicher – und wahnsinniger, als irgend jemand vermutet hätte.

9

Die Soldaten drangen, ohne anzuklopfen, in Julius' Atelier ein und brachten ihn umgehend in Fierens' Arbeitszimmer im Rathaus. Es war kalt draußen, und es regnete diese dicken, trägen, unheilvollen Tropfen, die einem Wolkenbruch vorausgehen. Wahrscheinlich würde er sich den Tod holen, aber das spielte kaum noch eine Rolle. Auf den Tod vorbereitet zu sein gehörte in jenen Tagen zum alltäglichen Leben.

Er hatte halbwegs damit gerechnet, festgenommen zu werden, und ging davon aus, daß sie ihn ohne Umschweife töten würden. Das Malen war verboten worden, da es gleichbedeutend war mit der Schaffung von Götzenbildern. Tatsächlich war das das erste, was Fierens ihm vorhielt.

»Das Malen ist verboten worden. Es ist gleichbedeutend mit der Schaffung von Götzenbildern. Ich habe Euch schon früher deshalb eingesperrt.«

»Es tut mir leid«, sagte Julius, und das stimmte.

Draußen auf dem Platz spritzte der Regen in kleinen Wassergarben von den Pflastersteinen hoch, als wollte er die Gefährlichkeit der Situation noch betonen.

»Allerdings«, fuhr Fierens fort, »müssen diese großartigen Tage jetzt gefeiert und dokumentiert werden, und die Stadt Gottes bedarf Eurer diesbezüglichen Dienste, so daß es Euch gestattet sein soll, Euer niederes Handwerk weiterhin auszuüben.«

Fierens hatte bei Festzügen und Schauspielen bereits mit Künstlern gearbeitet und wußte deren Begabung für eindrucksvolle Gestaltung zu schätzen. Schon mit ein wenig Geschick ließ sich eine enorme Wirkung erzielen. Außerdem, war es denn nicht angemessen, daß das Bild des Anführers überall in der Stadt gut sichtbar angebracht sein sollte, als Anregung für die Gerechten und als Warnung für die elenden Sünder? Kopien und Kopien von Kopien mußten angefertigt werden.

Also wurde Julius dazu verdonnert, ein Porträt des neuen Anführers zu malen, das ihm die Möglichkeit bot, den Mann und seinen Charakter im Verlauf zahlreicher Sitzungen zu studieren.

Fierens war kein leichtes Objekt. Er hatte eine feste Vorstellung von dem Bild, das er abgeben wollte, und ließ Julius fast einen Monat lang mindestens zwanzig unterschiedliche Posen skizzieren. Endlich traf er die, die Gefallen fand – Fierens im Sitzen, in gebieterischer und zugleich vernünftig wirkender Haltung, die eine Hand leicht erhoben, als wollte er Barmherzigkeit mit den Gläubigen andeuten, das gutgeschnittene Gesicht von majestätischem Ernst, aber mit einem Hauch, einem feinen Hauch Milde um die Augen; um den Kopf nicht gerade einen Heiligenschein, aber doch konzentriertes Licht, das Immanenz suggerierte.

Sobald man sich darauf geeinigt hatte, schritt die Arbeit zügig voran, auch wenn Fierens dazu neigte, in Trance zu verfallen und darüber den gewünschten Ausdruck zu vernachlässigen. Dann wieder ließ er sich über das Ende der Welt aus, über das Wesen des Antichrist und die Herrlichkeit der allgemeinen Auferstehung. Und schließlich erzählte er auch von seiner Zeit im Theater, als wäre das nach wie vor seine Leidenschaft und seine Bestimmung.

Julius überlegte, daß es ein leichtes wäre, den Mann zu töten und die Stadt zu befreien, brachte es aber einfach nicht über sich. Obwohl der Tod in dem Garten Eden seines Meisters gegenwärtig war – und als notwendiger Bestandteil des Bekenntnisses der Brüder zur Liebe angesehen werden durfte –, wurde im Paradies auf Erden nirgends getötet, nur ein wenig gestorben, und in der Hölle gab es nur Gewalt ohne Tod. Von diesem Glauben einmal abgesehen, empfand Julius außerdem einen natürlichen Abscheu vor einer solchen Tat – einen Abscheu, der durch die Gewißheit genährt wurde, daß er von den Wachen aufs übelste gefoltert werden würde, falls er eine solche Tat beging.

So blieb Fierens am Leben, und damit waren alle schlecht bedient. Als das Porträt vollendet war (Fierens hatte darauf bestanden, daß es überlebensgroß sein mußte), war es Ende Juni. Fierens brachte einen Tag damit zu, das Bild zu betrachten, es eine Zeitlang unverwandt anzusehen, sich dann wieder ins Gebet zu versenken. Endlich erhob er sich und äußerte Zufriedenheit.

»Ihr habt brauchbare Arbeit geleistet, Maler«, sagte er. »Und jetzt macht mir zehn Kopien.«

»Zehn Kopien?«

Julius blieb die Spucke weg. Dafür würde er Monate brauchen. Wofür zum Kuckuck brauchte der Mann zehn identische Selbstporträts.

»So lautet mein Befehl«, sagte Fierens.

Sein Ton ließ keinen Widerspruch zu.

»Ich werde Hilfe benötigen«, erklärte ihm Julius.

»Holt sie Euch.«

»Ich muß eine Werkstatt einrichten, einen Gehilfen suchen...«

»Dann tut es. Es gibt noch andere Maler in der Stadt.«

»Also gut«, sagte Julius. »Ich werde mein Bestes tun.«

»Ich brauche alle zehn bis Ende Juli.«

Das war unmöglich zu schaffen, aber Einwände kamen nicht in Frage. Da fiel Julius etwas anderes ein. Vielleicht kam bei diesem riesigen Auftrag doch noch etwas Gutes heraus.

»Was ist mit Eurer Frau, Anführer?«

»Meiner Frau?«

Der Mann warf Julius einen verwirrten Blick zu.

»Wäre es nicht angebracht, auch von ihr ein Porträt zu machen?«

»Angebracht?«

»Sitzend, als Eure Gemahlin...«

»Es wäre nicht angebracht.«

»Aha.«

Der Vorschlag schien ihm zunächst zu widerstreben. Einen Augenblick lang dachte Julius, Fierens würde gleich sagen, er habe gar keine Gemahlin, er sei gar nicht verheiratet. War es denkbar, daß Fierens vorschlagen würde, die Ehe annullieren zu lassen, daß Elisabeth vielleicht doch frei würde? Er hatte seit Tagen nichts mehr von ihr gehört. Vielleicht war sie heimlich aus der Stadt gebracht worden. Julius empfand Freude bei dem Gedanken, daß sie sich womöglich in Sicherheit befand, und Verzweiflung über ihre Abwesenheit, falls dies der Fall war.

Und dann sagte Fierens etwas, was Julius' Fähigkeit, sich seine Gefühle nicht anmerken zu lassen, überstieg.

»Meine Frau«, verkündete er nicht ohne Stolz, »ist Jungfrau.«

10

Die Wahrheit ließ sich nicht länger hinter einer Schürze oder einem Mieder verbergen.

»Du wirst es ihm sagen müssen«, meinte die alte Frieda. »Ich könnte schwören, daß du von Minute zu Minute dicker wirst. Ich habe dieser Billa einen Mordsschreck eingejagt, aber bald braucht sie den Mund nicht mehr zu halten. Alle Welt wird sehen, daß du ein Kind erwartest.«

»Aber ich habe nicht bei ihm gelegen, Frieda. Was wird er dazu sagen?«

»Der liebe Gott wird sich um dich kümmern, mein Liebes. Es ist besser, du erzählst es deinem Mann, als daß er selbst dahinterkommt.«

Und so hatte sie, voller Angst vor den Folgen und dem Zorn ihres Mannes wie auch ihres Vaters, im Rathaus Bescheid sagen lassen, daß sie für einen Besuch des Anführers dankbar wäre.

Zu gegebener Zeit, nach drei für sie qualvollen Stunden, tauchte Fierens am späten Nachmittag auf. Man hörte ein entschlossenes Klopfen an der Tür, und Frieda, die am Fenster Wache gestanden hatte, kam ins Zimmer geeilt.

»Er ist da.«

»Ach, lieber Gott.«

»Du mußt tapfer sein, mein Kind.«

»Ich muß ihn allein sprechen. Ich möchte nicht, daß mein Vater dazukommt.«

»Ich werde ihn daran hindern. Es ziemt sich durchaus, daß du deinen Mann allein siehst, nachdem er dich so lange vernachlässigt hat.«

Frieda eilte nach unten und ließ Elisabeth allein. Draußen vor dem Fenster flatterten die Hausschwalben zwischen den Dachgiebeln umher, ließen sich kurz auf dem Dachgesims nieder und umschwirrten die offenen Fensterflügel.

Die Kastanienbäume, deren Wipfel hinter den Kaminen des gegenüberliegenden Hauses hervorspitzten, reckten ihre letzten Kerzen (in diesem Jahr war alles spät dran) hochmütig in den Himmel. Auf der Straße trottete ein Hund zielstrebig in einer wichtigen Hundeangelegenheit dahin, die nichts mit Bußfertigkeit oder Vergebung der Sünden zu tun hatte.

Die gesamte Natur – selbst die Fliege, die aufdringlich herumschwirrte – schien mit der Lage der Dinge absolut zufrieden. Nur der Mensch, dachte Elisabeth, nur der Mensch hat diese Fähigkeit, das Glück zu betrachten und das Elend zu sehen. Sie empfand plötzlich eine taumelige Sehnsucht nach dem Vater ihres Kindes. Wo war er? Warum kam er nicht?

In dem Augenblick hörte sie Schritte die Treppe heraufkommen – ein Paar Füße, Fierens allein. Das war eine gewisse Erleichterung – nicht genug, um ihre Meinung zu ändern, daß dies der schlimmste Tag in ihrem Leben war, aber sie nahm den Aufschub dankbar an.

Die Tür ging auf, und ihr Mann kam herein.

»Nun, meine Gemahlin«, sagte er, wobei er die Arme verschränkte, die Augen gen Himmel hob und sein Gesicht abwandte. Man merkte deutlich, daß er andere Dinge im Kopf hatte.

Obwohl sich Elisabeth fürchtete, machte die glatte Unhöflichkeit des Mannes sie wütend. Sie war überzeugt, daß er gar nicht bemerkt hatte, daß sie schwanger war. Allmählich bekam sie den Eindruck, daß er auch dann noch so hochmütig und geistesabwesend stehenbleiben würde, wenn sie jetzt auf der Stelle ein Kind zur Welt bringen würde.

»Nun«, sagte sie. »Wollt Ihr nicht Eure Frau begrüßen und sie fragen, wie es ihr geht?«

»Die Kirche ist meine Braut«, antwortete er. »Die Heilige Stadt ist meine Gemahlin.«

Sie fühlte sich versucht zu fragen, warum er sie dann geheiratet hatte, aber sie kannte die Antwort. Er hatte es getan, um die Stadt – und ihren Vater – enger an die Täufer zu binden. Sie war selbst dahintergekommen, und die alte Frieda hatte es bestätigt.

Nachdem sie tief Luft geholt hatte, teilte sie ihm mit, warum sie um diese Unterredung gebeten hatte.

»Ich bekomme ein Kind«, sagte sie.

Fierens war wieder mit Gott gewandelt. Bald würde etwas Großartiges geschehen. Es war Zeit für eine neue Offenbarung. Die Inszenierung dieses Schauspiels über das Leben und den Tod nahm ihn jetzt vollständig in Anspruch. Dinge wie Essen, Trinken und körperliche Belange gingen unbemerkt an ihm vorüber. Niedere Engel kümmerten sich um diese Dinge, während er mit seiner Schöpfung beschäftigt war. Er war hier in diesem Raum, weil seine niederen Engel ihn hierhergeführt hatten. Er sprach die Worte, die sie ihm in den Mund legten. Sein höheres Bewußtsein, seine Schöpferkraft, war in die Betrachtung seines göttlichen Ich versunken und in die Bestimmung seiner Geschöpfe, der Menschen – eine Bestimmung, die sich durch die Ereignisse in dieser Stadt Rensburg erfüllen oder wie ein irdenes Gefäß in Scherben zerspringen würde.

Was hat diese Frau gesagt, ihr Engel?

»Ein Kind?«

»Ja.«

»Aber ich habe sie nicht erkannt.«

»Nein.«

»Was hat das zu bedeuten?«

»Ich habe keinen Mann auf dieser Erde erkannt«, sagte sie, denn die Vereinigung im Paradies hatte bestimmt in einer anderen Welt stattgefunden.

»Aber Ihr seid sicher, daß Ihr ein Kind erwartet?«

»Seht«, sagte sie, stand auf und enthüllte ihre Leibesfülle.

Es entstand eine Pause, in der die Engel die Köpfe zusammensteckten und ihm schließlich das eröffneten, was er geplant und ersonnen hatte.

»Es ist ein Mysterium«, sagten sie. »Sie hat keinen Mann erkannt. Ihr Vater hätte das nie zugelassen. Sie spricht die Wahrheit.«

»Was sagt ihr da?« fragte Fierens die Engel.

Sie sagten es ihm.

»Es ist das Werk des Allerhöchsten.«

»Gewiß ist es das«, sagte er. »Habe ich es nicht die ganze Zeit gewußt? Habe ich dem Maler nicht gesagt, daß sie keine gewöhnliche Gemahlin ist?«

Fierens ließ seine Pläne zur Errichtung der Ewigen Stadt ruhen und kam durch die Sphären des Lichts auf die Erde herab. Elisabeth stellte verwundert fest, daß sein Gesicht einen gönnerhaften Ausdruck annahm.

»Gesegnet seist du unter den Frauen«, sagte er zu ihr.

»Gesegnet?«

»Du hast recht daran getan, dich in dein Gemach zurückzuziehen«, sagte er. »Ich hätte es anordnen sollen, aber ich wußte um deine Klugheit in dieser Sache.«

»Ich verstehe nicht recht.«

»Ich habe dich aus der Ferne befruchtet«, sagte er. »Siehe, eine Jungfrau soll einen Sohn empfangen und zur Welt bringen.«

»Aber…«

»Das ist ein Zeichen. Warte jetzt und wache. Großes tut sich im Himmel und auf Erden. Du bist auserwählt worden unter den Frauen, um mein Gefäß zu sein. Gehe hin in Frieden, und empfange meine Sendboten.«

Er ging ohne ein weiteres Wort und ließ Elisabeth mit dem Gefühl zurück, daß sie von einer Klippe gefallen und auf Daunen gelandet war.

11

Es würde nicht einfach sein, in einer Stadt, die so durcheinandergeraten war wie Rensburg, noch einen Künstler mit dem nötigen Geschick zu finden.

Schließlich erkannte Julius, daß ihm nur ein Weg offenstand. Er mußte zur Stadtwache gehen, um festzustellen, ob es eine Akte über eine solche Person gab; und das bedeutete einen Besuch beim Profos. Aber wäre das nicht eine gute Gelegenheit, Konrad vorher aufzusuchen – ein Höflichkeitsbesuch, um das Schwert der Gerechtigkeit über sein Anliegen zu informieren?

Die Erinnerung an seinen letzten Besuch in diesem Haus ließ Julius schaudern, aber zumindest bestand eine Chance, Elisabeth wiederzusehen. Und es war nicht anzunehmen, daß das Schwert der Gerechtigkeit den Diener des Anführers bei der rechtmäßigen Ausübung seiner Hilfsdienste verprügeln würde.

Am selben Abend noch klopfte er mit heftig pochendem Herzen an die Tür, durch die man ihn so schändlich hinausgeworfen hatte. Ein Schatten am Fenster im oberen Stockwerk verriet ihm, daß die alte Kinderfrau ihn erspäht hatte und ihrer Herrin zweifellos von seiner Ankunft berichten würde.

Endlich wurde die Tür von der Dienstmagd geöffnet, die über sein Erscheinen nicht wenig erstaunt war.

»Den Herrn?« fragte sie. »Seid Ihr sicher, daß Ihr den sprechen wollt?«

»Natürlich bin ich sicher«, sagte Julius laut und deutlich, da er hoffte, Elisabeth würde horchen. »Es ist ein Höflichkeitsbesuch.«

»Höflichkeit, so?« entgegnete das Mädchen frech. »Dann erfahrt Ihr hoffentlich mehr Höflichkeit als beim letzten Mal.«

Sie führte ihn ins Arbeitszimmer, und wenige Augenblicke später kam Konrad herein. Sein Gesicht verriet Erstaunen und Ärger und einen Hauch Neugier. Julius fand, daß er dünner wirkte. Das Feuer, das in ihm gebrannt hatte, war nicht erloschen, hatte sich aber verändert.

»Ihr? Was hat das zu bedeuten? Ihr besitzt die Unverschämtheit, in dieses Haus zurückzukehren? Wollt Ihr nochmals verprügelt werden?«

»Ihr würdet gewiß niemanden verprügeln, der mit einem Auftrag vom Anführer kommt.«

»Vom Anführer? Was kann er von Euch wollen?«

»Ihr habt vielleicht gehört, daß ich ihn porträtiert habe.«

»Das ist mir zu Ohren gekommen.«

»Er hat mich beauftragt, Kopien anzufertigen. Ich brauche mindestens noch einen Künstler – vielleicht auch zwei oder drei. Und ich dachte, bevor ich den Profos frage, ob er welche kennt, gebietet es die Höflichkeit, erst das Schwert der Gerechtigkeit zu fragen.«

»Hmm.«

Es entging Konrad nicht, daß sich die Situation verändert hatte. Seine Miene paßte sich entsprechend an und wurde toleranter. In Rensburg mußte man lernen, sich anzupassen, wenn man oben bleiben wollte. Es war eine Stadt, in der sich die Ge-

gebenheiten ständig änderten. Außerdem fiel ihm das Anpassen heute leichter. Er war bester Laune, weil ihm seine Tochter soeben die Neuigkeit mitgeteilt hatte , daß sie ein Kind erwartete. (Sie war der Meinung, daß Fierens die Angelegenheit mit dem gewünschten Glorienschein umgeben konnte.)

Die Aussicht, Großvater zu werden, entzückte Konrad. Zunächst einmal stärkte das die Stellung seiner Tochter gegenüber ihrem Mann und unterstrich seine Autorität in der Stadt. Zudem würde sich seine Tochter jede noch vorhandene Verliebtheit in den Maler aus dem Kopf schlagen. Und alles in allem bekäme das Leben in dem großen Haus wieder einen eher familiären Charakter. Das Kind würde seinen Großvater lieben. (Wie die meisten Tyrannen wollte Konrad geliebt werden und konnte nicht begreifen, warum das nicht der Fall war. Folglich tyrannisierte er die Leute nur noch mehr.)

»Soso, Maler«, sagte er. »Wie ich sehe, habt Ihr etwas dazugelernt. Jawohl, Ihr dürft den Profos nach Malern fragen. Ich glaube fast, einer sitzt im Gefängnis und wartet auf seine Hinrichtung. Falls nötig, werden wir ihn verschonen und Euch unterstellen. Ich gehe davon aus, daß er um so härter arbeiten wird, wenn er weiß, daß er zurückgeschickt wird, falls er pfuscht. Ich werde selbst mit dem Profos sprechen.«

Julius wollte ihm gerade danken, als es an der Tür klopfte. Es war wieder die Dienstmagd.

»Ihr werdet gebraucht, Herr, sofort, vom Anführer. Draußen steht ein Bote. Wollt Ihr gleich mitgehen?«

»Ja, ja, man hat keine Ruhe«, sagte Konrad wichtigtuerisch. »Sag ihm, daß ich gleich komme. Nichts für ungut, Maler. Ihr versteht doch, was die Ehre einer Tochter bedeutet? Hol Wein für den Maler, Billa.«

»Ja, Herr.«

Das Mädchen schloß die Tür, und Konrad schnappte sich einige Papiere.

»Wollt Ihr noch bleiben und einen Schluck Wein trinken, Maler? Jetzt müssen wir uns keine Sorgen mehr um Euch machen. Ich werde bald Großvater.«

»Herzlichen Glückwunsch, Herr«, sagte Julius matt. Der Erdboden schien sich vor ihm aufzutun.

»Ja, es ist zur rechten Zeit geschehen«, sagte das Schwert der Gerechtigkeit.

An der Tür hielt Konrad inne.

»Danke für Eure Hilfe«, sagte Julius.

»Ich werde mit dem Profos über die Sache sprechen«, wiederholte Konrad. »Scheut Euch nicht, mich jederzeit um Unterstützung zu bitten, wenn Ihr etwas braucht.«

Als Konrad das Haus verließ, kam Billa mit dem Wein zurück. Julius prostete seinem breiten Rücken zu und trank insgeheim auf die Liebe.

Es war einige Zeit her, daß er Wein getrunken hatte, und jetzt entzündete er einen schwachen Hoffnungsfunken in seinem Herzen, das viele Monate lang entmutigt und unbenutzt brachgelegen hatte. Natürlich wußte Julius, daß ein solcher Optimismus unvernünftig und nur dem Wein zuzuschreiben war. Die Tatsache, daß seine Geliebte das Kind eines anderen erwartete, machte jede Wiederaufnahme ihrer Beziehung doppelt unmöglich. Aber schließlich, überlegte er, gedeiht die Liebe unter unmöglichen Bedingungen.

Er grübelte weiter. Irgendwann blickte er auf – und da stand sie.

Er sprang von seinem Stuhl auf.

»Was?« rief er. »Ach…«

Sie rührte sich nicht von der Stelle, sah ihn aber unverwandt an.

»Sprich mit mir«, flehte er sie an. »Sag mir, daß du mich haßt. Nein… daß du glücklich bist.«

»Ich hasse dich nicht«, sagte sie endlich. »Du hast mich

furchtbar verletzt. Aber mit der Zeit habe ich es ein wenig begriffen. Frieda hat einiges über dich herausgefunden... und über...«, sie brachte das Wort kaum über die Lippen, »...und über deine Frau.«

»Meine Frau?« schrie Julius. »Sie ist nicht meine Frau.«

»Sie ist nicht deine Frau?«

Elisabeth wurde bleich und klammerte sich haltsuchend an einen Stuhl. Julius eilte zu ihr und war ihr beim Hinsetzen behilflich.

»Du mußt dich beruhigen«, sagte er. »Bitte... es ist nicht gut für dich.«

Einer plötzlichen Eingebung folgend ging er an die Tür, die nur angelehnt war.

Billa fiel um ein Haar ins Zimmer.

»Hinaus«, schrie er sie an. »Geh hinaus, wo du hingehörst. Sollte ich feststellen, daß du horchst oder Märchen erzählst, bring ich dich um. Hast du das verstanden?«

Er machte ein so grimmiges Gesicht, daß Billa beinahe in Ohnmacht fiel. Stolpernd eilte sie in die Küche zurück.

Julius schloß energisch die Tür und wandte sich wieder Elisabeth zu.

»Sie ist nicht deine Frau?« wiederholte sie, diesmal gefaßter, aber noch immer totenbleich. »Aber du hast doch gesagt...«

»Damals habe ich es nicht gewußt«, sagte er. »Wir waren verheiratet, aber sie hat mir eröffnet, daß sie meine Halbschwester ist. Nach den Gesetzen des Staates und der Kirche können wir nicht Mann und Frau sein.«

»Lieber Gott...«

»Lieber Gott, wahrhaftig.«

Sie sahen einander an. Nach einer Weile streckte sie ihm die Hand entgegen. Er nahm sie und drückte sie an seine Lippen.

»Trotzdem ist das keine Entschuldigung für meine Schwäche«, sagte er schließlich. »Ich dachte, ich sei verheiratet – auch wenn ich vielleicht gespürt habe, daß etwas nicht in Ordnung war –, und ich hätte es dir sagen sollen.«

»Ich glaube, du hast dafür gebüßt«, sagte sie.

»Das haben wir, weiß Gott, beide. Ich für meinen Teil hätte es ertragen können, aber daran schuld zu sein, daß du leidest, du, die ich angebetet habe … die ich anbete«, korrigierte er sich, »das war unverzeihlich.«

Sie sah ihn wieder an, prüfend, forschte in seinem Gesicht wie in einem Text, in dem sie womöglich eine Antwort finden würde.

»Und bist du glücklich?« fragte er nach einer langen Pause. »Jetzt, wo du ein Kind erwartest, sein Kind?«

»Ja«, sagte sie. »Und nein.«

Da war noch etwas anderes. Etwas, was sie ihm nicht sagte.

»Hast du jemals ein Schaf gesehen, das sich in einem Dickicht verfangen hat?« fragte sie. »Es dreht und dreht sich im Kreis, und je mehr es sich abmüht, um so mehr verwickelt es sich, bis es zu fest zerrt und sich selbst erwürgt?«

»Ja, das habe ich«, sagte er.

»So kommt es mir bei uns vor. Bei jeder Begegnung verstricken wir uns offenbar noch mehr.«

»Sag mir, was los ist«, flehte er sie an.

»Das Kind ist von dir«, sagte sie.

12

Nach diesem Gespräch mit Elisabeth war Julius abermals zur Schleuse hinuntergegangen und hatte auf den Fluß geblickt, der jetzt von den letzten, für die Jahreszeit ungewöhnlich schweren Regenfällen (die Heiligen behaupteten, sie seien ein Vorzeichen) angeschwollen war, über die Ufer trat und seinen Tribut an Ästen, Fässern, Wagenrädern und Kadavern zu dem fernen Zusammentreffen mit dem Rhein mitschwemmte. Das Wasser schäumte und scheuerte, bedeckte die schlammigen Auen, die Julius beim letzten Mal inspiriert hatten, und erfüllte ihn jetzt mit Bildern vom Strom und Gegenstrom des Lebens und von den unbarmherzigen und unvorhersagbaren Wendungen des Schicksals.

Die gleiche Verwirrung und der gleiche Aufruhr beherrschten seine Gefühle. Ja, die Hochstimmung überwog bei weitem – daran konnte nichts etwas ändern –, aber sie war durchsetzt von Ängsten. Daß er wie durch Zauberei der Vater ihres Kindes war und trotzdem durch Hindernisse, die sie in Gefahr brachten (daß er selbst in Gefahr schwebte, erschien ihm bedeutungslos), von ihr getrennt – das mußte das raffinierte und vorsätzliche Werk einer besonders boshaften Vorsehung sein.

Elisabeth und Julius hatten sich darauf geeinigt, sich vorläufig nicht zu treffen, es sei denn, seine Pflichten führten ihn notgedrungen in dieses Haus, was zugegebenermaßen unwahrscheinlich war. Er konnte Konrad – trotz dessen entgegenkommenderer Einstellung – nicht gut vorschlagen, ihn seine Tochter malen zu lassen. Dafür waren die Voraussetzungen zu ungünstig.

Und so hatten sie, nachdem sie sich umarmt, sich ewige Liebe versprochen und ein bißchen geweint hatten, Geduld gelobt und geschworen, sich Zeit zu lassen.

»Ich sehe nichts als Unheil in dieser Stadt«, sagte Julius zu ihr. »Irgendwann wird sich eine Möglichkeit zur Flucht bieten, und wir werden sie zusammen nutzen. Aber erst nach der Geburt des Kindes. Bis dahin mußt du dich, dem Kind und dir selbst zuliebe, ausruhen und essen und ein ruhiges Leben führen. Die Zeit wird kommen, in der wir alle Kraft brauchen.«

»Du hast recht«, sagte sie, »aber du wirst uns fehlen. Diese alptraumhafte Stadt ist kein Platz für ein kleines Kind, nicht einmal im Bauch einer so fetten Mutter, wie ich es bin.«

»Dick, nicht fett«, verbesserte Julius sie sanft und legte ihr die Hand auf den Bauch.

»Vielen Dank«, sagte sie lachend.

Und dann weinte sie noch mal ein bißchen, und er umarmte sie wieder, bis es an der Tür klopfte und die alte Frieda hereinkam.

»Es ist Zeit zu gehen, Herr«, sagte sie. »Ich kann diese Billa nicht ewig eingesperrt lassen.«

»Was soll ich ohne dich anfangen?« fragte Elisabeth. »Jetzt, wo ich dich wiedergefunden habe, kann ich dich nicht einfach gehen lassen.«

»Es ist besser so, mein Täubchen«, sagte Frieda. »Sollte auch nur der Verdacht aufkommen, daß du den Anführer betrogen hast, verlierst du deinen Kopf und dein Kind. Was immer er jetzt – Gotteslästerliches – über das Werk des Allerhöchsten sagt, das dicke Ende kommt noch.«

»Sie hat recht«, sagte Julius.

»Gib auf dich acht«, sagte Elisabeth unter Tränen. »Der Kleine braucht seinen Vater.«

Sie hatte beschlossen, daß es ein Junge werden würde. Es mußte ein Junge werden.

»Ich sollte das wissen«, sagte Julius. »Ich hätte meinen Vater auch gebraucht, habe ihn aber nie gefunden.«

Er wollte sie nicht mit der Frage beunruhigen, was geschehen würde, falls es ein Mädchen würde.

»Wie sollen wir denn die Verbindung halten?« fragte sie.

»Wir werden schon Wege finden. Frieda wird uns helfen, oder? Die alten Frauen …«

»Sind fast alle fort, Herr. Nur ich und noch eine, die Ihr kennt. Alle anderen sind fort – vertrieben, gestorben an Krankheit, Alter oder …«

Sie machte die Geste des Halsabschneidens.

»Aber zwei werden genügen«, fuhr sie standhaft fort.

»Du mußt auch auf dich achtgeben, Frieda«, sagte er. »Wir brauchen dich, um auf diese zwei hier aufzupassen. Benachrichtige mich nur im äußersten Notfall. Nicht im Atelier. Ich werde beobachtet. Hinter der Michaelikirche ist das steinerne Grabmal eines Bürgermeisters. Eine der Säulen steht ein wenig schräg. Darunter kann man eine Nachricht hinterlassen. Ich gehe jeden Tag auf dem Friedhof spazieren.«

»Und jetzt müßt Ihr gehen, Herr«, wiederholte Frieda. »Es wäre doch schade, soviel gewonnen zu haben und es zu verlieren, nur weil man gierig ist.«

»Sie wird immer eine Kinderfrau bleiben«, sagte Julius lächelnd.

»Noch einen Kuß.«

Sie umarmten sich, und dann war er fort.

13

Die dringende Vorladung, die Konrad von Fierens erhalten hatte, betraf die Erkenntnis des Anführers, daß die Stadt in ihren Bemühungen, Erlösung zu erlangen, bedauerlich nachgelassen hatte.

Als Konrad eintraf, waren bereits die anderen sechs Mitglieder des inneren Zirkels – der Profos und die fünf ranghöchsten Diakone – versammelt und lauschten einem glänzenden Lagebericht.

Es war schon eigenartig, überlegte Konrad, daß dieser Mann es fertigbrachte, einerseits in himmlische Höhen entrückt zu sein, eng verflochten – wie er selbst erklärte – mit dem Allerhöchsten, und andererseits die praktischen Voraussetzungen für die Bewaffnung und die Lebensmittelversorgung oder, wie jetzt gerade, den empfindlichen Pulsschlag einer ganzen Stadt so peinlich genau im Auge behalten konnte. Wie er diesen Mann liebte und fürchtete…

»Etwas wird geschehen. Das versichere ich euch, Brüder. Die Stadt ist im Winter der Sünde gefangen! Diese schönen Blumen, die wir sehen, trügen. Aber ich spüre, Brüder, daß sich in mir Schößlinge Gottes regen. Ich werde jetzt zum Gebet schreiten. Morgen sollt ihr sehen, wie die Sache ausgeht. Wachet... horcht... habt Vertrauen zum Herrn.«

»Amen«, rief der innere Zirkel.

Am nächsten Tag rannte Fierens in Ekstase nackt durch die Stadt.

Die Nacktheit war symbolisch für das Abstreifen irdischer Fesseln, trug jedoch viel dazu bei, den gutaussehenden Heiligen den Damen der Stadt zu empfehlen. Für einen so heiligen Mann war er sehr gut ausgestattet.

Bald folgte ihm eine bunte Schar von Schwärmern, die ihre Kleider abwarfen und sich an dem Spektakel beteiligten. Schlabberbrüstige Matronen, sich mit Riemen peitschende stadtbekannte Flegel, knochige, ausgehungerte Heilige, die erst kürzlich in die Stadt gekommen waren, nachdem sie unterwegs weiß Gott welche Entbehrungen auf sich genommen hatten... eine wogende Menschenmenge in Hochstimmung, die alles daransetzte, es dem Anführer gleichzutun, der mit Schaum vor dem Mund in fremden Zungen schrie und den niederen Engeln die Führung überließ, während er sich in die Betrachtung einer Gottheit versenkte, die sich seinem verzückten Blick mehr und mehr als Spiegelbild seiner selbst darstellte.

Endlich führten ihn die niederen Engel auf den Stadtplatz zurück, wo er in einen stummen Trancezustand verfiel, der drei Tage andauerte.

Ein Großteil der bunten Anhängerschar ahmte ihn nach; einige allerdings schlichen sich nach einer Weile davon, da ihnen die stumme Trance nicht halb soviel Spaß machte wie wilde Raserei.

Der innere Zirkel, angeführt von Konrad und dem Profos mit seinen Wächtern, hielt Wache und wartete ab, wie der Anführer es angeordnet hatte.

Am vierten Tag erhob sich Fierens und rief – in denkbar sachlichem Ton, als hätte er nur ein Nickerchen gemacht – die gesamte Bevölkerung dazu auf, sich auf dem Marktplatz zu versammeln.

Als alle da waren, bestieg er das Podium und sprach zu ihnen wie folgt:

»Gute Nachrichten, Heilige und Brüder. Wir müssen uns sputen. Es bleibt nicht mehr viel Zeit. Der Herr hat mir jedoch deutlich zu verstehen gegeben, daß wir, wenn unsere Stadt gerettet werden soll – und wir wollen doch gerettet werden...«

»Ja, wir wollen«, riefen Konrad, der Profos und die Wachen.

»Ich kann euch nicht hören«, sagte Fierens.

»JA, WIR WOLLEN«, schrie die ganze Stadt.

»Aber wir können nicht gerettet werden, solange wir eine von Menschen geschaffene Verfassung haben. Wir brauchen eine von Gott geschaffene...«

»VON GOTT«, brüllte die ganze Stadt.

»Und Gott hat befohlen: kein Bürgermeister und kein Stadtrat. Wo kommen in der Heiligen Schrift Bürgermeister und ein Stadtrat vor?«

»NIRGENDS«, gellte die ganze Stadt, denn Bürgermeister und Rat waren noch nie beliebt gewesen: »KEIN BÜRGERMEISTER UND KEIN STADTRAT!«

»Statt dessen hat Gott verfügt, daß das Volk nur einen Anführer haben soll... nämlich mich.«

»Führer, Führer...«

»Und, nach dem Vorbild des altehrwürdigen Israel, zwölf Älteste. Eine Liste dieser Ältesten wird morgen am Rathaus angeschlagen. Vorerst kann ich euch soviel sagen, daß der amtierende Bürgermeister Konrad Harting und einige andere Gildemitglieder dazugehören werden, außerdem ein paar ehemalige Stadträte, denn diese Männer sind euch bekannt, und Gott möchte nicht nur Fremde an eure Spitze stellen. Aber auch Heilige werden dazugehören, denn ihr habt jene, die Gott zu euch geschickt hat, liebgewonnen und schätzen gelernt. So frohlocket denn. Ihr seid von eurem alten, unvollkommenen Regierungssystem befreit und dürft Gott danken für die Freiheit, die ihr jetzt besitzt.«

»DANK SEI GOTT.«

»Aber ganz so einfach ist die Sache nicht, Brüder. Wir befinden uns im Krieg. Nicht nur mit der Sünde in uns, sondern mit jenen Dienern des Antichrist außerhalb der Stadt, die uns übelwollen und uns gerne in den stinkenden Zustand der Sterblichkeit zurücktreiben würden. Unsere Herrschaft, Gottes Herrschaft, verlangt Gehorsam. Die neue Regierung hat absolute Verfügungsgewalt über uns – jawohl, ich schließe mich da als Untertan und als Anführer mit ein. Alle Angelegenheiten, öffentliche wie private, geistige wie materielle, unterstehen ihrer Rechtsprechung. Sie hat die Macht über Leben und Tod. Selbstverständlich haben die Gerechten nichts zu befürchten. Nur die Missetäter müssen zittern. Wir anderen dürfen frohlocken in der Gewißheit, daß der große Tag näher ist denn je. Und um diese unschätzbare Gnade zu feiern, erkläre ich diesen Tag zu einem Festtag. Öffnet die Speicher, Profos. Holt das Brot heraus ...«

»Hoch lebe der Anführer«, rief jemand, »ein dreifaches Hoch auf den Anführer!«

»ER LEBE HOCH, HOCH, HOCH«, brüllte der Pöbel. »FREIHEIT... FÜHRER... BROT...«

»Was zum Teufel hat dieser Lärm in der Stadt zu bedeuten?« fragte der Bischof. »Das gefällt mir gar nicht. Denen sollten die Knie schlottern. Ich dachte, wir hätten ihren Leithammel getötet. Eigentlich müßte sich das schlecht auf die Moral auswirken.«

»Frag mich nicht«, sagte sein Schwager. »In deiner Stadt sind alle verrückt geworden. Ich würde sie nicht zurückhaben wollen, wenn du sie mir auf einem Silbertablett reichen würdest. Ich pack jetzt zusammen und geh nach Hause.«

»Ach, komm schon«, sagte der Bischof. »Wir können doch jetzt nicht aufgeben. Ganz Deutschland würde uns auslachen.«

»Das tut ganz Deutschland bereits«, entgegnete sein Schwager. »Und nicht nur Deutschland.«

14

Als der neue Rat am nächsten Tag zum ersten Mal zusammentrat, wandte sich Julius mit seiner Bitte, ihm die noch in der Stadt befindlichen Künstler zur Verfügung zu stellen, an den Profos.

»Künstler sind Scheiße«, sagte der Profos. »Muß ich deutlicher werden?«

»Der Anführer ist offenbar nicht dieser Ansicht«, entgegnete Julius, den die neuerworbene, bevorzugte Stellung mutig gemacht hatte.

»Nehmt Euch in acht, Maler. Jetzt mögt Ihr vielleicht das Maul aufreißen, aber der Anführer neigt dazu, seine Meinung zu ändern…«

»Paßt auf… Ich möchte keinen Ärger machen. Ich brauche einfach noch ein paar Hände…«

»Dann schneidet Euch welche ab, wenn Ihr wollt.«

Der Profos lächelte grimmig über seinen kleinen Scherz – oder war es gar keiner?

Julius nahm einen neuen Anlauf.

»Meister Harting meint, einer säße möglicherweise im Gefängnis.«

»Ein Künstler? Ich glaube, wir haben ihn gestern aufgeknüpft.«

»Bitte. Kann ich hingehen und nachfragen? Es ist dringend. Der Anführer wünscht bis zum Monatsende zehn Kopien von seinem Porträt.«

»Ach so. Geht mit diesem Zettel ins Gefängnis. Wenn er da ist, könnt Ihr ihn haben. Hat komische Zeichnungen von den Heiligen gemacht, jawohl. Das ist gegen das Gesetz. Demnächst spottet er noch über Gott. Sagt ihm, daß ich ihn im Auge behalte.«

»Gibt es sonst noch welche?«

»Sonst noch was?«

»Künstler, die Euch bekannt sind?«

»Nicht, wenn ich es verhindern kann. Vermute, wir haben sie alle aufgehängt. Das ist gut, wirklich. Wir hängen hier keine Bilder auf. Wir hängen Künstler auf. Haha.«

Wart nur ab, wer zuletzt lacht, dachte Julius und eilte ins Gefängnis hinüber, weil er hoffte, noch rechtzeitig zu kommen, um den sündigen Schmierfinken zu retten.

Der Zufall wollte es, daß der Mann mit knapper Not noch am Leben war. Er sollte am nächsten Tag hingerichtet werden.

»Scheint mir nicht richtig, ihn freizulassen, wo doch der Anführer gerade aus seiner Trance erwacht ist und überhaupt«, sagte der Kerkermeister. »Trotzdem könnt Ihr ihn haben, wenn Ihr wollt. Der Henker wird sich freuen. Von diesen vielen Hinrichtungen hat er schon einen Henkersellbogen.«

Ein kleiner junger Mann mit zerzausten Haaren wurde aus einer Zelle gebracht und stellte sich Julius als Hans-Peter Schedel vor, Maler aus Köln.

»Ich freue mich, Euch kennenzulernen«, sagte er.

»Ganz meinerseits«, antwortete Julius. »Ich hoffe, Ihr könnt malen.«

»Ich habe bei einem Mann gelernt, der für Dürer gearbeitet hat«, sagte er.

Das war ein vielversprechender Anfang.

»Und was macht Ihr in Rensburg?«

»Ich hatte den Auftrag, ein Wandgemälde im Kloster zu malen. Es war eine langwierige Arbeit. Und bevor ich mein ganzes Honorar bekommen hatte, erfolgte die Machtübernahme in der

Stadt. Ich hatte kein Geld, also mußte ich dableiben. Hätte ich diesen Ort bloß nie zu Gesicht bekommen!«

»Kommt mit in mein Atelier, und dann wollen wir sehen, was Ihr tun könnt.«

Als sie durch die Stadt gingen, löste sich ein Bursche von einer Hauswand, an der er gelehnt hatte, und folgte den beiden unbemerkt, während Julius seinem Mitarbeiter von seinen Erlebnissen in der Stadt erzählte.

»Ich wurde hierhergeschickt – warum, weiß ich nicht –, um etwas zu tun – was, weiß ich nicht –, und dabei ist mir die größte Freude und das schlimmste Unglück begegnet«, sagte er.

Er fand Gefallen an dem jungen Mann. Es tat gut, wieder in Gesellschaft eines Malers zu sein.

»Hört sich an wie ein Rätsel.«

»Jawohl. Genau das ist es.«

»Wie das Leben selbst, könnte man sagen.«

Julius lächelte vorsichtig. Es war nicht ausdrücklich verboten, in der Öffentlichkeit zu lächeln, aber es wurde nicht gern gesehen.

»Ja, vielleicht ist das das Wesen des Rätsels. Verratet mir, was Euch ins Gefängnis gebracht hat«, sagte er.

»Nur ein paar Zeichnungen, die ich von meinem Fenster aus gemacht habe, das auf den Platz hinausgeht. Die Heiligen geben wunderbare Vorlagen ab. Man braucht sie gar nicht zu karikieren. Meine Wirtin hat mich angezeigt; man hat mir Verhöhnung vorgeworfen.«

»Hohn und Spott sind nicht erlaubt«, sagte Julius im Tonfall des Profos. Beide lachten.

Inzwischen waren sie beim Haus des Tischlers angelangt, und Julius führte seinen Mitarbeiter über die wackelige Treppe in das Atelier über der Werkstatt hinauf. Er stieß die Tür auf, bat ihn einzutreten und entfernte die Tücher von der Wand. Hans-Peter blieb wie angewurzelt stehen und pfiff durch die Zähne.

»Was um Himmels willen ist das? Das ist erstaunlich... wunderbar...«

»Das ist das Rätsel, oder zumindest ein Teil davon«, erklärte Julius. »Ich habe es an die Wand gemalt, um es gründlicher studieren zu können.«

»Aber es ist doch nicht Euer Werk?«

»Nein. Das ist Hieronymus Bosch.«

»Ich habe von ihm gehört und sogar einiges gesehen.«

»Ich bin in derselben Stadt geboren.«

Der kleine Maler trat vor die Wand und betrachtete das Gemälde genauer.

»Man könnte ein ganzes Leben mit diesem Rätsel zubringen«, sagte er schließlich. »Wißt Ihr denn, was Teile davon bedeuten?«

»In einigen Fällen schon, nicht in allen. Aber das Schwierigste daran ist, daß ich es vollenden muß und nicht glücklich werde, bis es mir gelungen ist. Wie soll man etwas vollenden, dessen Bedeutung man nicht kennt?«

»Vielleicht wird sie Euch offenbart«, sagte der kleine Mann. »Diese Stadt ist noch nicht mit uns fertig.«

Sie standen eine Weile vor dem Paradies auf Erden, das sein Geheimnis wahrte.

»Kommt«, sagte Julius, »ich zeige Euch jetzt das Porträt, das wir kopieren müssen.«

Er zog das Tuch von Fierens' Bild, und der kleine Maler pfiff abermals.

»Nicht schlecht«, sagte er, »das Porträt eines Verrückten. Ihr habt diese Augen getroffen, die Gott sehen und durch die Gott herausschaut. Wir glauben, daß Du kommen wirst, uns zu richten, was? Vielleicht ist Fierens wirklich Gott. Habt Ihr schon mal darüber nachgedacht?«

»Jawohl, das habe ich. Und manchmal erscheint dieser Gedanke ganz glaubhaft. Denn wer, wenn nicht ein Verrückter wie Fierens, hätte so etwas wie diese Stadt erschaffen können?«

Die beiden Männer lachten bitter.

»Kommt«, sagte Julius. »Machen wir uns an die Arbeit.«

Draußen veränderte der Lauscher seine Stellung, um das Ohr besser an die Tür legen zu können.

15

Die erste Tat des Ältestenrats bestand darin, das Geld abzuschaffen (nachdem sie zuvor alles eingesammelt hatten).

Alle Männer, die nicht im Militärdienst standen und für ihren Lebensunterhalt arbeiteten, wurden Angestellte der Stadt. Das Wohl der Gemeinschaft wurde als ausreichender Lohn betrachtet.

Die Gilden, deren Aufgabe es in der Vergangenheit gewesen war, die Löhne zu überwachen und gesetzlich zu regeln, hatten jetzt kaum mehr etwas zu tun und büßten mit ihrer Funktion ihre Existenz ein.

Verbrechen wie Mord und Diebstahl wurden bereits mit dem Tode bestraft, und jetzt wurde die Liste noch um Lügen, Verleumdung, Geiz und Streit erweitert. Aber das war noch nicht alles. Mit dem Tod sollte von nun an auch jede Form von Ungehorsam bestraft werden: ein Sohn, der seinem Vater Böses nachsagte; eine Ehefrau, die ihrem Mann widersprach; jeder, der Gottes Geboten und denen seiner Werkzeuge auf Erden, den Ältesten von Rensburg, nicht gehorchte; alle waren, zumindest theoretisch, Kandidaten für den Sprung ins Jenseits.

Mag sein, daß ein Teil dieser Vergehen nicht immer angezeigt wurde – obwohl es jetzt Fälle gab, in denen Kinder ihre Mütter wegen häuslichen Ungehorsams anschwärzten, und sogar umgekehrt –, doch was immer in der Praxis geschah, das neue Strafmaß diente als Knüppel, um das Volk zu knechten. Man wußte nie, wer einen womöglich anzeigte und weshalb. Man wußte nie, ob das Schwert der Gerechtigkeit und seine Leibwächter nicht vielleicht an die Tür klopften…

Was den ältesten Zeitvertreib der Menschen anging, so fielen die Ältesten darüber her wie ein Sack voller Schwänze, wie Blommardine es feinsinnig ausdrückte. Erlaubt war einzig und allein der Geschlechtsverkehr innerhalb der Ehe zwischen zwei Wiedergetauften – und auch da nur im Interesse der Fortpflanzung (was schwer nachzuweisen war, aber trotzdem in der Gesetzessammlung stand, und mindestens ein Heiliger zahlte die Strafe dafür, daß er der Wollust gefrönt hatte, ohne sich fortzupflanzen). Alles andere, die Ehe mit einem oder einer »Gottlosen« eingeschlossen, galt als Ehebruch und/oder Hurerei, beides natürlich Kapitalverbrechen, die es zu vermeiden galt wie die Pest. Masturbieren war ebenfalls ein Vergehen, so daß die Leute um jeden Preis zu verhindern suchten, sich dabei erwischen zu lassen.

»Fick mich«, sagte Blommardine, als Julius ihr über die jüngste Salve an Verordnungen berichtete, sobald sie verschlafen aus einer Orgie mit allerlei alptraumhaften Figuren auftauchte.

»Ich fürchte, das wäre ein Kapitalverbrechen«, entgegnete Julius.

Er kam nur noch selten nach Hause, da er es vorzog, fern vom Gestank des Elixiers in seinem Atelier zu schlafen.

»Wir sind verheiratet. Wir sind beide wiedergetauft«, entgegnete Blommardine.

»Du bist meine Halbschwester«, beharrte Julius. »Selbst die Heiligen würden das verurteilen.«

»Warum fängst du immer wieder damit an?« fragte sie verärgert. »Jetzt wünschte ich, ich hätte es dir nie gesagt. Es war nur ein Scherz.«

»Du lügst«, sagte er.

»Das mußt du erst beweisen.«

»Gib mir die Papiere.«

»Nein.«

»Das ist Ungehorsam.«

»Geh doch und fick dich ins Knie.«

»Bitte, Blommardine.«

»Also gut, dann schlaf mit mir.«

»Nein.«

»Wer nicht singt, kriegt nichts zu essen.«

»Hör zu«, flehte er sie an. »Ich habe dir nichts getan. Warum willst du dich denn an mir rächen? Ich habe dir geholfen. Ich weiß nicht, warum, aber eigentlich mag ich dich ganz gern.«

»Vielen Dank.«

»Trotzdem können wir kein Ehepaar sein.«

»Also gut«, sagte sie. »Ich laß dich vom Haken. Irgendwann Bald. Aber nicht jetzt. Diese Stadt ist so langweilig. Warum solltest du glücklich sein, wenn ich es nicht sein darf? Warum mußte Mosman sterben?«

»Es war nicht meine Schuld«, sagte er. »Warum krallst du dir nicht diesen Fierens? Wetten, du schaffst es nicht.«

Einer solchen Herausforderung konnte sie unmöglich widerstehen.

»Und was wettest du?«

»Was du willst.«

»Ich nehme dich beim Wort.«

Da fiel ihm ein, daß Fierens, falls sie Erfolg hatte, womöglich in seine eigene Falle tappen und von den Ältesten vor Gericht gestellt würde – was gar nicht schlecht gewesen wäre –, und Blommardine dann natürlich auch; und das wäre hart für die kleine Gans. Er wollte nicht an ihrem Tod schuld sein.

»Vielleicht solltest du das lieber nicht tun«, sagte er.

»Was? Hast du Angst, daß du verlierst?«

»Ich habe Angst, daß du wegen Hurerei aufgeknüpft wirst, wenn du gewinnst. Schließlich bist du meine Schwester.«

»Ach, das«, schnaubte sie verächtlich. »Glaubst du wirklich,

Fierens würde das zulassen? Trotzdem, nett von dir, daran zu denken. Du bist doch kein so übles altes Arschloch.«

»Dann gib mir die Papiere.«

»Gemach, mein Junge. Später.«

16

Der Winter der Enthaltsamkeit, der ausgerechnet in die heitere Jahreszeit fiel, rief in der Stadt eine Menge langer Gesichter hervor. Sogar das Schwert der Gerechtigkeit erschlaffte etwas, obwohl Konrad diese Seite seines Lebens entschlossen hinter sich gelassen hatte – Gewaltsamkeit war ohnehin ein besserer Ersatz für Wollust, und obendrein legal. Trotzdem konnte man nicht umhin, gelegentlich einen süßen Schmerz in den Lenden zu verspüren oder mit Eiweiß auf dem Nachthemd aufzuwachen. Unterdessen kamen alle, die beim Profos angezeigt wurden, ins Gefängnis, und Konrad übernahm selbst die Aufgabe des armlahmen Henkers.

Julius und Hans-Peter arbeiteten zügig an ihren Kopien, auch wenn sich Hans-Peter gelegentlich umdrehte und sehnsüchtig die Mädchen im irdischen Paradies betrachtete.

Draußen kam die Geißelung zu neuen Ehren, da sich die Leute von ihren natürlicheren Neigungen abzulenken versuchten. Selbst solche, die sich zuvor nie sonderlich für fleischliche Genüsse interessiert hatten, wurden ganz zappelig.

Und plötzlich änderte sich alles.

Julius fragte nie und erfuhr auch nie, wie Blommardine diese Veränderung herbeigeführt hatte. Daß sie auf ein Eingreifen ihrerseits zurückzuführen war, bezweifelte er keinen Augenblick.

Eines Tages tauchte sie unversehens auf und sagte: »Du hast verloren.«

»Herzlichen Glückwunsch«, erwiderte er.

Er bezweifelte nicht, daß ihre Behauptung der Wahrheit entsprach. In solchen Dingen log sie nicht.

»Er wird die Polygamie einführen«, sagte sie.

»Was will er einführen?«

»Die Polygamie«, wiederholte sie, als wäre es das Normalste von der Welt.

»Das glaube ich nicht.«

»Hör dich in ein paar Tagen mal draußen um. Sobald er es den Ältesten mitgeteilt hat.«

Er trat ans Fenster und blickte auf die Stadt hinaus. Aus hundert Kaminen stieg Rauch empor. Wäsche schaukelte im leichten Wind. Kinder spielten. Es sah nicht wie Gomorrha aus.

»Angeblich sind sie doch Heilige«, sagte er.

»Sie stellen ihre eigenen Regeln auf. Gott ist in ihnen. Sie sind Jünger des Freien Geistes.«

»Wie hast du das angestellt?«

Sie lächelte listig.

»Du hast wieder mal Unheil gestiftet«, sagte er.

»Er ist Gott, verstehst du?« sagte sie. »Ich bin Magdalena. Die Teufel sind verschwunden. Es war besser als alles, was ich bisher erlebt habe.«

»Muß es wohl«, sagte Julius.

»Der Gedanke kam ihm, als wir beisammenlagen. ›Ich habe bereits eine Frau‹, sagte er. Er sprach von der, die dir so gefällt, Julius. ›Aber ich kann nicht sündigen‹, fuhr er fort. ›Folglich muß es legitim sein, viele Frauen zu haben, genau wie unser Stammvater Abraham. Der Herr hat gesprochen.‹ Mein Gott, hat der mich gebumst. Er hatte sich wer weiß wie lange zurückgehalten. Scheint sich allerdings nicht viel aus deiner Elisabeth zu machen. Weiß der Himmel, wie sie schwanger wurde.«

Sie sah ihn mit ihren grünen Augen an.

»Du weißt vermutlich nichts darüber?«

»Natürlich nicht«, fuhr er sie an.

»Nur keine Aufregung, mein brüderlicher Geliebter. Ich mache nur Spaß.«

»Irgendwann treibst du es zu weit«, sagte er.

»Und was wirst du dann tun, mein brüderlicher Geliebter? Hm? Jedenfalls bin ich jetzt seine zweite Frau... seine dritte Frau... verzeih... Wußtest du, daß er eine Frau in Leiden hat?«

Julius' Herz machte einen Satz. Sein anfänglicher Instinkt hatte ihn nicht getrogen. Elisabeth war doch nicht mit diesem Mann verheiratet! Er war ein Bigamist, selbst wenn er der schäbige Gott dieser Stadt war. Sobald dieser Wahnsinn ein Ende nahm, was irgendwann der Fall sein mußte, konnten sie rechtmäßig heiraten. Er nahm sich vor, Elisabeth am Grabmal des Bürgermeisters eine Nachricht zu hinterlassen. Wenigstens würde sie das in den kommenden Wochen trösten.

»Woran denkst du, mein brüderlicher Geliebter?«

»Ich denke, daß du nicht gleichzeitig mit mir und mit ihm verheiratet sein kannst. Abrahams Frauen hatten keine anderen Ehemänner«, sagte er.

»Ganz schön schlau«, sagte sie. »Also gut, einverstanden. Du sollst deine Trennung bekommen. Aber vorerst noch keine Papiere. Wollen erst mal sehen, wie du dich benimmst. Du schuldest mir was, vergiß das nicht. Nicht umgekehrt.«

»Um Gottes willen, Blommardine.«

»Um Fierens' willen. Er läßt euch alle wie Marionetten tanzen... ja, sogar Mosman.«

»Einem Teil der Stadt wird das nicht gefallen«, bemerkte Julius.

»Ein Teil der Stadt ist gar nicht mehr da, um es zu erleben. Sie haben ihre Frauen zurückgelassen, als sie abgehauen sind. In dieser Stadt gibt es dreimal so viele Frauen im heiratsfähigen Alter wie Männer. Die Polygamie erscheint sinnvoll. Wir müssen uns mit Blick auf die Zukunft fortpflanzen.«

Sie redete schon wie die Frau eines Politikers.

17

Fierens hatte aus seiner Begegnung mit Blommardine neue Kraft und Begeisterung gewonnen. Freilich wußte er über sie Bescheid, und nun hatte er ihre Nähe gespürt, das Eintauchen in den Abgrund und die Erregung der Lenden durch zahllose Satyrn miterlebt, die ihren Körper entflammten und befriedigten und an ihrer Seele nagten. Doch sogar sie, diese minderwertige, von Sünden zerfressene Frau, sogar sie war die Dienerin des Allerhöchsten geworden, die Magdalena seiner Göttlichkeit. Außerdem berichteten die niederen Engel, die seinem Geschlecht innewohnten, daß sie seit den Tagen im Paradiesgarten keine so reinen und unschuldigen Wonnen mehr erlebt hätten.

Er war immer ein Mann mit einem heftigen Geschlechtstrieb gewesen, und jetzt war er ein Gott mit einem heftigen Geschlechtstrieb. Er erläuterte einer aufmerksamen Versammlung von Predigern und Ältesten die geänderten Ehegesetze.

»Gott hat mir offenbart«, sagte er (noch war die Zeit nicht ganz reif, ihnen zu eröffnen, daß Gott und er eins waren), »Gott hat mir offenbart, daß wir nicht stark genug sein werden, um vor Seinen ewigen Thron zu treten und als Stadt Gottes zu gelten, solange wir nur ein Dorf sind.«

»Ein Dorf«, rief Hass, gläubig wie eh und je, aber trotzdem ein Rensburger, »aber Rensburg ist doch eine Stadt. Wir haben einen Dom, wir hatten einen...«

»Bischof«, wollte er sagen, biß sich aber gerade noch rechtzeitig auf die Zunge.

»Derlei Äußerlichkeiten sind in den Augen Gottes nicht von Bedeutung. Gott will Seelen, Bruder Hass. Wir haben zu wenige Seelen. Oder wir werden...«

»Es sind mehr in der Stadt als je zuvor, Anführer.«

»Aber vorwiegend Frauen, Bruder Hass. Drei Frauen auf einen Mann. Und was bedeutet das?«

»Es bedeutet, daß unsere Zahl schrumpfen wird«, sagte das Schwert der Gerechtigkeit, da Hass ins Schwimmen geriet. »Es sei denn…«

»Es sei denn, was, Schwert der Gerechtigkeit?« sagte Fierens schmeichelnd.

»Es sei denn, man findet Ehemänner für sie.«

»Aha. Ehemänner«, sagte Fierens und blickte in die Runde. »Ehemänner… Aber wo sollen wir Ehemänner für sie hernehmen, wenn die Heerscharen Midians ringsum ihr Lager aufgeschlagen haben?«

»Wir werden keine finden«, sagte Hass schließlich niedergeschlagen. »Unsere Zahl wird sich verringern, wie das Schwert der Gerechtigkeit gesagt hat.«

Offenbar steckte man in einer Sackgasse.

»Habt keine Furcht«, sagte Fierens, »denn der Herr hat gesprochen.«

Die Ältesten sahen ihn fragend an. Würde er Ehemänner aus dem Hut zaubern? Bei Fierens schien alles möglich.

»Euer Samen soll sein wie die Blume auf dem Feld, wie der Sand am Ufer des Meeres«, fuhr Fierens fort. »Und wie mag das angehen, meine Ältesten? Nun, der Herr befiehlt, daß wir dem Gebot ›Wachset und mehret euch‹ folgen, *crescere et multiplicamini*, Brüder.«

»Alles schön und gut, Anführer«, sagte einer der Ältesten, früher ein unbedeutender Adliger, den Fierens nominiert hatte, weil er einen gewissen Einfluß in der alten Stadt besaß. »Aber wie sollen wir das anstellen? Keine Ehemänner, kein *multiplicamini*.«

»Wir übernehmen für das Neue Jerusalem den geheiligten Brauch der Patriarchen Israels.«

Es erübrigte sich, den Ältesten zu erklären, was das bedeutete. Ein Dutzend Kehlen hielten die Luft an, und dann begann eine Debatte.

Fierens wollte ihnen nichts befehlen. Seine Position war noch nicht so gefestigt, daß ein derart radikales, wenn auch natürliches Vorgehen ohne die Zustimmung dieser Stellvertreter des Volkes möglich gewesen wäre. Natürlich wußte er – da Er alles wußte –, daß er seine weiteren Pläne um so leichter verwirklichen konnte, wenn erst einmal die Tradition der Ehe, der wichtigsten stabilisierenden Kraft in der Gesellschaft, gebrochen war. Aber dies war der entscheidende Schritt. Er ließ zu, daß die Diskussion mehrere Tage andauerte.

Von Anfang an auf seiner Seite waren der Profos (der dem Anführer *immer* treu ergeben war), das Schwert der Gerechtigkeit (der endlich eine Möglichkeit sah, Strenge mit Geilheit zu verbinden) und die Propheten Mordechai und Habakuk (die an die Gepflogenheiten des Alten Testaments glaubten).

In der Mitte standen Zauderer wie Hass, die wirklich glauben wollten, jedoch überredet werden mußten. Und das andere Lager bildeten der adelige Älteste (der behauptete, er habe noch nie im Leben etwas so Widerliches gehört), der ehemalige Obmann der Seilergilde und zwei ehemalige Stadträte, alles Männer, die die Interessen des alten Rensburg vertraten.

»Das ist der springende Punkt«, sagte Fierens, der am fünften Tag schließlich mit seiner Geduld am Ende war. »Ihr kümmert euch mehr um die Vergangenheit als um die Zukunft. Ihr strebt nach dem alten Rensburg, nicht nach dem Neuen Jerusalem. Also los! Sucht es! Geht hinaus auf die Straßen. Fragt dort nach, wo ihr es vermutet. Wo ist das alte Rensburg? Es ist Schall und Rauch, Brüder. Ein Traum. Schmutzwasser, das man in die Gosse gespült hat. Wenn das euer Zuhause ist, dann habt ihr keines mehr.«

»Aber einiges aus der Vergangenheit ist gut«, rief der Seiler. »Nicht alles ist schlecht. Ihr beruft Euch selbst auf die Patriarchen Israels.«

»Wagt es nicht«, sagte Fierens bedrohlich leise, »wagt es nicht,

Eure elende Stadt mit den Städten der Väter unserer Religion zu vergleichen. War damals der Antichrist unterwegs? Stand der Tag des Jüngsten Gerichts unmittelbar bevor, dräuend wie jene Wolke da draußen vor dem Fenster? Das hier war eine verderbte Stadt, und sie muß gereinigt werden. Sie muß gescheuert und ausgekehrt und gewaschen und gebürstet werden, bis sie würdig ist, die Gemeinschaft der Heiligen zu beherbergen. Wer nicht für mich ist, ist gegen mich, und der Zorn Gottes – das schwöre ich – wird ihn verfolgen bis an die brodelnden Pforten der Hölle. Ist es nicht so, Schwert der Gerechtigkeit? Und nun, Brüder, wollen wir abstimmen?«

Der Antrag wurde einstimmig angenommen, und die Prediger gingen hinaus, um die neue Lehre auf dem Marktplatz und von der Kanzel herunter zu verkünden.

18

Eine Woche später holten Hans-Peter und Julius gerade neue Arbeitsutensilien vom Händler neben dem Stadtplatz, als sie vor dem Rathaus einen Auflauf bemerkten.

Eine Schar Bürger, alteingesessene Rensburger – die meisten kannte Julius –, liefen mit gezogenen Schwertern umher und riefen alle, die Gott und ihre Frauen liebten, dazu auf, sich mit ihnen gegen die neue Regierung und die von ihnen verfügte Polygamie zu erheben. Dieser Erlaß war für jene, die alle anderen Demütigungen im Namen einer Rechtschaffenheit, die jetzt offenbar willkürlich abgeschafft wurde, ertragen hatten, der Tropfen, der das Faß zum Überlaufen brachte.

»Das sollten wir uns ansehen, Hans-Peter«, sagte Julius. »Hast du Kohle und Papier dabei?«

Nachdem die Rensburger den Profos und die Wachen überrumpelt hatten, umringten sie sie und warfen sie ins Gefängnis.

Dann begaben sie sich in das Amtszimmer des Bürgermeisters und verhafteten Fierens, der sich mit dem Schwert der Gerechtigkeit beriet.

Fierens ging völlig gefaßt nach draußen.

»Ach, meine armen Sünder«, rief er und brachte damit die kleine Prozession zum Stehen.

»Still, Holländer«, schrie ein Sattler, den Julius flüchtig kannte.

»Ich habe kein Vaterland«, antwortete Fierens. »Meine Heimat ist das Reich Gottes. Ihr aber, Bürger von Rensburg, genießt diesen Tag, denn ich weiß von höchster Stelle, daß es euer letzter sein wird.«

Bei diesen Worten erbleichte der Sattler. Fierens' Behauptung hatte etwas Prophetisches und Überzeugendes an sich.

»Schafft ihn fort«, befahl er barsch. »Jetzt sind wir die Herren.«

Aber Fierens hatte noch mehr zu sagen, und von den bewaffneten Männern, die ihn umgaben, wagte es keiner, ihn daran zu hindern.

»Erschalle, Posaune Zions«, rief er, und es war, als käme seine Stimme, die wie Donner auf dem Platz widerhallte, aus großen Höhen, »und blase Alarm auf meinem Heiligen Berg.«

Sogar die Wachen an der Stadtmauer, die ihn unmöglich hören konnten, wandten sich der Szene zu, als würden seine Worte bis in ihr Innerstes vordringen.

»Laßt alle Bewohner des Landes erzittern, denn der Tag des Herrn ist nahe, denn die Nacht steht bevor…«

»Kannst du das einfangen, Hans-Peter?« flüsterte Julius.

»Ja, ja. Es ist phantastisch.«

»Man kann eine Stadt auch nicht mit Gekrächz und einem entschuldigenden Hüsteln auf den Kopf stellen«, sagte Julius.

»Schsch«, warnten ein paar Umstehende – zum Teil alteingesessene Bürger, wie Julius bemerkte.

»Ein Tag voller Dunkelheit und Hoffnungslosigkeit«, fuhr Fierens fort, der allmählich in Schwung kam, »ein Tag voller Wolken und undurchdringlicher Finsternis, da sich der Nebel über die Berge gebreitet hat. Ein großes und starkes Volk, das nie seinesgleichen gesehen hat, und nichts wird mehr davon übrigbleiben, über viele Generationen hinweg...« Er hielt kurz inne, hob dann mit einer Stimme wie eine Posaune aufs neue an. »Seid ihr dieses Volk? Hegt ihr jene herrliche Hoffnung auf immerwährende Freude? Oder seid ihr bloß... Rensburger?«

Er spuckte das Wort aus, als säße es wie eine Kröte auf seinen Lippen.

»Rensburger«, wiederholte er, »verheiratet mit dem groben Unflat der Weltlichkeit, Lastern und Besitztümern und tierischer Vergänglichkeit angetraut, die alle hinweggefegt werden und ihr damit – ein Durcheinander von Armen und Beinen und Karren und Kerzenständern und bunten Bändern und Blut –, wenn der Tag der Gerechtigkeit kommt? Führt mich ins Gefängnis, Sattler. Ja, ich weiß, wer Ihr seid. Ich möchte nicht hier sein. Ich bin lieber im Gefängnis, wenn die Eitelkeit frei herumläuft. Nehmt mich fest, sage ich.«

Der Sattler bellte einen Befehl, und die kleine Prozession ging weiter. Schon hörte man Rufe aus der Menge, man solle den Anführer freilassen. Es gab mehrere kleine Ausfälle, doch sie wurden mit Schwertern zurückgeschlagen, und der Zug bewegte sich weiter.

»Sollten wir uns nicht den Einwohnern der Stadt anschließen?« sagte Hans-Peter leise. »Sie wollen diesem Wahnsinn ein Ende machen. Da brauchen sie doch möglichst viel Unterstützung?«

Julius überlegte. Der Maler hatte recht, und doch sagte ihm sein Instinkt, daß an diesem Tumult etwas nicht stimmte. In der Stadt befanden sich Tausende von Heiligen, die ihren Anführer nicht ohne weiteres aufgegeben hätten. Dieser kleine Aufruhr sah ganz danach aus, als wäre er schlecht geplant und in aller Eile in Szene gesetzt worden. Bei einem richtigen Umsturz hätte man dafür gesorgt, daß das Zeughaus fest verriegelt war, daß man die Heiligen in ihren Betten überraschte und daß der Anführer getötet wurde, sobald man ihn festgenommen hatte. Es war sinnlos, ihn ins Gefängnis zu bringen. Welche Absicht steckte dahinter? Planten sie ein Gerichtsverfahren?

»Es macht mir nichts aus zu sterben«, sagte er zu Hans-Peter. »Aber es gibt Dinge, die mir aufgetragen worden sind, und einen – nein, zwei – Menschen, die ich beschützen muß. Ich fürchte, diese Rensburger sind ziemlich durcheinander, und außerdem sind es zu wenige, um etwas anderes zu erreichen, als daß man sie festnimmt und hinrichtet.«

»Das ist auch meine Meinung«, sagte Hans-Peter, »aber es tut mir weh, zuzuschauen, ohne etwas zu unternehmen.«

»Das ist manchmal das Schlimmste«, meinte Julius.

Doch als er am nächsten Tag mit ansah, wie die Heiligen ebendiese Rensburger einkreisten, überwältigten und auf Befehl von Fierens und dem Schwert der Gerechtigkeit (die man unklugerweise beide am Leben gelassen hatte) hinzurichten begannen, wußte er, daß es noch viel schlimmer war, aus dem Haus geholt und vor den Augen von Frau und Kindern geköpft zu werden.

Einige gingen tapfer in den Tod, stolz und ungerührt, voller Verachtung für den Wahnsinn der Heiligen. Andere stießen fürchterliche Flüche und Verwünschungen aus. Wieder andere – das war das Allerschlimmste – heulten, krochen am Boden herum, flehten um Gnade und mußten, während sie sich vollschissen, zum Block geschleift werden, wo man ihnen schließlich mit einem halben Dutzend Hiebe den Körperteil abtrennte, in dem ihr Verstand saß. Erst als dreißig enthauptete Leiber auf den Karren lagen, die man auf den Marktplatz gerollt hatte – samt einem zusätzlichen Karren für die Köpfe –, machte das Schwert der Gerechtigkeit eine Pause.

Ein Mann war noch übrig: der Sattler, der allem Anschein nach der Rädelsführer war.

»Was werdet ihr mit mir anstellen, ihr Herren?« wollte der unglückliche Mann wissen.

»Verschont ihn«, schluchzte seine Gemahlin, eine hübsche Frau mit blonden Haaren.

Ihre Schönheit war ein Grund, warum der Sattler in Harnisch geraten war.

»Papa«, schrie seine kleine Tochter, bezaubernd wie ein Engel.

Sie riß sich von der Mutter los und rannte zu ihm hin. Er beugte sich hinunter und gab ihr einen Kuß, obwohl seine Hände gefesselt waren. Sie umarmte ihn heftig und schluchzte. Julius hatte noch nie solches Elend auf dem Gesicht eines Mannes gesehen.

»Schafft sie fort«, schrie Konrad, »oder sie soll bei Gott dieselbe Strafe erleiden wie ihr Vater. Fort mit dem Balg.«

Grobe Wachen zerrten sie vom Vater weg und stießen sie wieder zu ihrer Mutter.

»Gib auf sie acht, Dirne«, schrie der Profos.

»Bring sie fort. Geh«, rief der unglückliche Sattler seiner Frau zu.

»Nein«, befahl Fierens. »Sie soll zusehen. Bei uns gibt es keine Ehefrauen oder Kinder oder Ehemänner. Wir sind Gottes Familie. Und wir müssen sehen, welche Strafe denen gebührt, die Hand an die Gesalbten des Herrn legen.«

Zuerst wurde der Sattler bis aufs Hemd ausgezogen, dann mußte er auf eine Kiste unter dem Galgen steigen.

»Dann hängt Ihr mich also?« fragte er das Schwert der Gerechtigkeit.

»Hängen ist zu gut für dich«, entgegnete Konrad.

Dem armen Mann dämmerte eine furchtbare Erkenntnis, aber er war fest entschlossen, vor seinem Kind nicht zu winseln.

»Knüpft ihn auf«, befahl das Schwert der Gerechtigkeit.

Die Kiste wurde weggestoßen, und der Sattler baumelte und trat mit den Füßen um sich. Seine Gedärme entleerten sich.

»Laßt ihn herunter«, befahl das Schwert der Gerechtigkeit.

Halb tot fiel der Sattler wie ein Sack in seinen eigenen Kot und lag da, benommen, um den Hals einen grauenhaften roten Striemen.

Ein gräßlicher Schrei entrang sich der Kehle seiner Frau, die ihrer Tochter die Augen fest zuhielt.

»Sie soll hinsehen, Frau«, bemerkte Fierens.

Ihre Arme wurden von kräftigen Händen nach hinten gerissen, so daß das kleine Mädchen den nächsten Teil der Prozedur mit ansehen konnte.

Als ihr Vater wieder zum Bewußtsein kam, zog man ihm das Hemd und den Hosenbeutel aus und schlitzte ihm mit einem scharfen Schwert den Bauch vom Penis bis zum Brustbein auf. Ein Schwall Blut und Eingeweide quoll heraus und blieb, pulsierend wie eine Hundeflanke, auf seinem Schoß liegen. Der Mann, der sich bis jetzt ungeheuer tapfer gehalten hatte, stieß einen Schrei aus, der nichts Menschliches mehr an sich hatte.

Das kleine Mädchen wurde ohnmächtig. Entsetzt blickte der Mann zu seiner Frau hinüber, die regungslos an den Armen der hinter ihr stehenden Verbrecher hing.

Plötzlich hörte sich Julius schreien: »Aufhören, aufhören, aufhören!«

Es war natürlich viel zu spät und änderte nicht mehr das geringste. Hans-Peter sah ihn entsetzt an.

Fierens jedoch war sichtlich erfreut über die Unterbrechung.

»Aber ja, haltet ein, Schwert der Gerechtigkeit. Unser Maler möchte das festhalten.«

Und so mußte die ganze widerwärtige Prozedur warten, bis Kohle und Papier zur Hand waren.

»Du solltest lieber gehorchen«, sagte Hans-Peter. »Vergiß nicht, was du gesagt hast.«

»Könnt Ihr auch gut sehen, Maler?« fragte Fierens. »Gut. Ich werde mir Eure Ergebnisse ansehen. Fahrt fort, Schwert der Gerechtigkeit.«

Der Sattler, noch keineswegs tot, sondern noch grauenhaft lebendig, begann gurgelnde Geräusche von sich zu geben. Trotz seiner Todesqualen und seines Entsetzens fürchtete er die nächste Etappe.

Das Schwert der Gerechtigkeit hob das Beil der Gerechtigkeit und ging daran, dem Sattler Arme und Beine abzuschlagen.

Die Menge schaute gebannt zu. Ja, es hatte schon vorher Hinrichtungen gegeben, aber nie so viele. Und daß jemand gehängt, zu Tode geschleift und gevierteilt wurde, nun ja ... so etwas kam nur alle Jubeljahre einmal vor.

»Schon komisch, einen Menschen in diesem Zustand zu sehen. Macht einem wieder mal klar, daß wir alle nur Fleisch sind«, sagte ein rotgesichtiger Scherge zu seinem Nachbarn.

Durchdringende gurgelnde Geräusche, die man noch in keinem Schlachthaus gehört hatte, die man in keinem Alptraum hören sollte, begleiteten die Verstümmelung des Mannes.

Am Ende lag er da, nur noch ein Torso mit Kopf, an allen Gliedern blutend, mit flackernden, rollenden Augen, eine Kreatur, die unmöglich einmal einer Mutter Kind gewesen sein konnte.

»Papa«, schrie das kleine Mädchen, das aus seiner Ohnmacht erwacht war.

Die Augen flackerten.

»Dieses Ding da kannst du doch unmöglich noch als Papa bezeichnen«, sagte das Schwert der Gerechtigkeit. »Dieses Ding da ist für des Teufels Küche vorbereitet worden. Dieses Ding da wird auf dem Spieß des Teufels gebraten. Laßt ihn ...« Er hob die Hand, als ein paar Leute, Freunde der Frau, vortraten. »Laßt ihn so als Warnung liegen. Er macht es nicht mehr lange. Die Hunde werden ihn erledigen.«

19

Nach einer solchen Demonstration war es vielleicht nicht überraschend, daß sich die Polygamie in Rensburg schnell einbürgerte.

Die Prediger gingen mit gutem Beispiel voran, und bald wurde man als Prediger überhaupt nicht mehr ernst genommen, wenn man nicht mindestens ein halbes Dutzend Frauen hatte, die einem bei jeder Predigt, eine ganze Kirchenbank füllend, aufmerksam lauschten. Rasch gewöhnten sich sämtliche Männer, unterschiedlich bereitwillig, an diesen Gedanken, und die Jagd auf Ehefrauen begann.

Die Frauen selbst hatten bei der Sache gemischte Gefühle. Es gab etliche, denen diese Neuerung aufgrund ihrer sinnlichen Veranlagung gefiel und die alles daransetzten, sich von den attraktivsten Ehemännern einfangen zu lassen – Männern, die sie vielleicht früher in der Kirche heimlich beäugt hatten und deren Bilder nur in schwüler Dunkelheit aufgetaucht waren.

Dann gab es solche, die den Gedanken als schwere Last empfanden. Ein Gesetz wurde verabschiedet, demzufolge alle Frauen unter fünfzig mit einem Gottesfürchtigen verheiratet sein mußten. Dieses Mißgeschick traf zum Beispiel auch eine fromme und keusche alte Jungfer aus der Schnitzergasse, die jetzt auf einmal die vierte Frau eines »gläubigen« Syphilitikers aus Nimwegen war. Eine andere sanfte Jungfrau, lieb, aber etwas zurückgeblieben, wurde das Eigentum eines Sadisten. Solche Fälle waren nichts Ungewöhnliches, da es nur wenige unverheiratete Männer gab und die attraktiveren oder aufdringlicheren jungen Damen sich diese wenigen schnappten.

Hans-Peter stand zu seiner Freude vorübergehend im Mittelpunkt vielfältiger Aufmerksamkeit und entschied sich schließlich für einen quirligen Rotschopf aus Kleve mit allen Merkmalen, die ein Maler besonders schätzt. Freilich mußte er auch noch eine blaßgesichtige Matrone aus Arnheim zur zweiten Frau nehmen, doch da diese die meiste Zeit in der Kirche verbrachte, störte sie das junge Paar nicht ernsthaft bei seinen Kapriolen.

Julius hätte um ein Haar nochmals heiraten müssen, blieb aber – ob dank Blommardines Einfluß auf Fierens oder weil er ins Feld führte, daß die Arbeit für den Anführer seine zweite »Ehefrau« sei – unbehelligt.

Und behelligt hätte ihn das ganz gewiß. Mehrere Frauen in einem Haushalt, die alle mit demselben Mann verheiratet waren, bedeuteten zwangsläufig Ärger; mit der Zeit brachen denn auch alle möglichen familiären Unruhen aus, obwohl das Streiten mit dem Tode bestraft wurde.

Ein Dutzend Frauen wurden tatsächlich wegen häuslicher Zwistigkeiten hingerichtet. Andere, die ihren abwesenden Ehemännern (die klugerweise die Stadt verlassen hatten, um anderswo Arbeit und eine Lebensgrundlage für ihre Familie zu suchen) treu bleiben wollten und sich weigerten, die neuen Ehegesetze anzuerkennen, wurden in aller Öffentlichkeit entkleidet und ausgepeitscht; die Hartnäckigeren unter ihnen wurden ebenfalls hingerichtet.

Doch wie das Gras unter der Straßendecke, das sich am Ende doch zwischen den Pflastersteinen hindurchzwängt, führte die wunderbare Zuverlässigkeit, mit der es bei zwei oder mehr Frauen im selben Haushalt zu Unstimmigkeiten kommt, dazu, daß Scheidungen bald erlaubt waren. Kurz darauf wurde die kirchliche Trauung ganz abgeschafft, und der eheliche Bund konnte im Rahmen ein und derselben zivilen Zeremonie geschlossen und wieder gelöst werden – manchmal innerhalb eines Tages.

Die freie Liebe hatte in Rensburg Einzug gehalten. Doch obwohl manche Einwohner von der Rückkehr der Jünger des Freien Geistes sprachen – Konrads Informationen zufolge gab es in der Stadt Leute, die sich als solche ausgaben –, war die Ausübung der Liebe in Rensburg so weit von der Religion der Liebe entfernt wie die Hölle von den Höhen des Empyreums.

Wenn Julius darüber nachdachte, wie außerordentlich sich die Sitten verkehrt hatten, und sich auf seine Zeit in Italien zurückbesann, wo sich der menschliche Geist in einigen Bereichen so glorreich emporgeschwungen hatte, in anderen allerdings unvermeidlich verdorben geblieben war, gelangte er zu der Ansicht, daß der Zustand der Stadt kein Beispiel dafür war, daß Gott die Menschen bestrafte, sondern dafür, daß die Menschen sich selbst bestraften. Es kam ihm so vor, als hätte die Menschheit bei einem Blick in den Spiegel nur ihre Unvollkommenheit gesehen und wäre darüber so in Wut geraten, daß sie sie noch um ein Hundertfaches steigerte.

Während Julius in seinem Atelier an der sechsten Kopie arbeitete – allein, da sein Kollege ganz von seinem Rotschopf in Anspruch genommen wurde –, wanderten seine Gedanken wieder einmal zu seiner mißlichen Lage. Am liebsten hätte er die Stadt noch heute, auf der Stelle, verlassen, wäre zur Schleuse hinuntergegangen und über den Fluß geschwommen. O ja, man würde ihn vielleicht erschießen oder ertränken oder auf der anderen Seite gefangennehmen und hängen. Das Schlimmste wäre, wenn man ihn ergreifen und auf dem Stadtplatz foltern würde – das Schwert der Gerechtigkeit war nämlich ganz versessen auf Deserteure. Aber er würde es tun, denn wiederholte Alpträume verseuchen einen Menschen ebenso, wie ein Gefängnis die Haut bleich werden und die Lebensgeister verkommen läßt. Er spürte, daß er sich zum Schlechteren hin veränderte. Die Übersättigung mit Greueltaten führte dazu, daß er sich verhärtete. Er hatte sich gewünscht, der Sattler würde aufhören zu sprudeln, nicht aus Mitgefühl, sondern fast schon aus Verärgerung.

Warum hatte man ihn hierhergeschickt? Du wirst es tun, hatte der Großmeister gesagt. Er brauchte nicht zu gehorchen. Die Geldbeträge waren nicht grandios gewesen. Er hätte anderswo

Aufträge bekommen. Er hatte mitgespielt, weil er – wie so oft in seinem Leben – keine klare Vorstellung davon hatte, was er eigentlich wollte, wo er hinwollte, wer er sein wollte.

»Du wirst es tun.«

Fast als hätte es sich um eine Art Gral gehandelt, um die Jagd nach etwas Großartigem inmitten schrecklicher Gefahren und gräßlicher Widersacher, das letztlich allem einen Sinn geben würde; nach dem Stein der Weisen, dem Lebenselixier.

Und was hatte er gefunden? Die Liebe.

Wieder sah er sich das Bild seines Meisters an. Ja, Liebe war das Wort, auf das er immer wieder zurückkam. Liebe war das Thema in der Academietta, Liebe war das Credo des Großmeisters, Liebe lautete die Lehre Christi sogar in dieser höllischen Stadt.

»Geliebte, lasset uns lieben.« Liebe nicht im Sinne von Lust, sondern manchmal streng, manchmal unerbittlich, absolut fordernd, stark wie der Tod. Und während er das Bild betrachtete, wurde er in jenen einladenden Vordergrund vor dem Karussell der Reiter hineingesogen, die der Braut und dem Bräutigam auf ihren sonderbaren, vielgestaltigen Reittieren folgten, und er erkannte, daß Liebe gleichermaßen Tod wie Leben bedeutete, gleichermaßen einen Akt des Gebens wie des Nehmens. Die trostspendenden Frauen, die einen erfrischenden Trank reichten, und der Vogel, der über den Mündern der Sterbenden schwebte und eine Frucht darbot, wirkten fast wie Bienen auf einer Blume. Es ging um die Nahrung, um das Befruchten. Der Kreislauf war alles, und der Kreislauf war die Liebe.

Julius schloß die Augen. Er konnte das Murmeln der Bäche hören, das Flattern sanfter Flügel, Blumen, die wie Glocken läuteten, und Vogelgezwitscher, Musik, vom Wind wie auf Streichinstrumenten gespielt, und das ferne Hoppeln weicher Pfoten auf Gras.

»Julius, Julius.« Es war die Stimme des Mannes in der Ecke,

der auf die Frau mit dem wunderschönen Gesicht deutete; der bekleidete Mann, der wissende Mann, der Mann, den Julius sein ganzes Leben lang gekannt hatte.

»Was ist?« hörte er sich sagen, obwohl er die Lippen nicht bewegte.

»Du mußt durchhalten, Julius. Jetzt gibt es kein Zurück. Du hast mehr als zwei Drittel des Weges hinter dir.«

»Ich könnte jetzt fortgehen und sie mitnehmen.«

»So geht es nicht. Du bist der Auserwählte, Julius. Die Welt nähert sich dem Tod – nein, nicht dem Tod, denn Tod ist Leben –, sie nähert sich dem Nichts, dem Ende. Nur Liebe kann sie retten.«

»Aber... warum ich?«

»Du bist auserkoren. Willst du die Welt denn nicht retten? Deine Liebe? Euer Kind?«

»Ja, doch«, stöhnte er. »Aber ich bin schwach.«

»Du wirst Kraft finden.«

»Und wann dürfen wir von hier fort?«

»Wenn du die Hölle vollendet hast.«

Die Stimme verlor sich. Andere Stimmen übertönten sie, ein heiteres fernes Gemurmel wie bei einem fröhlichen Beisammensein, Bruchstücke von Liedern, einschläfernd für jemanden, der abseits in einer Ecke mit halb geschlossenen Lidern zuhört, zu erschöpft, um daran teilzunehmen.

Julius wußte nicht, wie lange er geschlafen hatte. Irgendwann in seinen Träumen, oder auch außerhalb, hörte er ein Donnern, doch als er aufwachte, war der Himmel unbewölkt und Hans-Peter schüttelte ihn aufgeregt. Von der Straße drangen Hurra-Rufe herauf.

»Was... was ist los?« fragte Julius; er ärgerte sich, weil er eingeschlafen war, wo doch der Ablieferungstermin für die Bilder so kurz bevorstand.

»Sie haben Flugschriften zu den Belagerern hinausgeschossen, in denen sie den Landsknechten Geld anbieten, wenn sie zu uns kommen. Der Bischof kann sie nicht mehr ausbezahlen. Und jetzt kommen zweihundert Söldner in die Stadt; andere haben einfach gepackt und sind nach Hause gegangen.«

»Das scheint dir zu gefallen, Hans-Peter.«

»Na ja…«

Die Begeisterung des Malers schwand dahin, sobald er darüber nachdachte.

»Vermutlich doch nicht«, sagte er. »Obwohl ich zugeben muß, daß sich das häusliche Leben mit Carlotta als recht angenehm entpuppt. Ich möchte nicht, daß das ein Ende nimmt.«

»Und ich möchte nicht, daß irgend etwas ein Ende nimmt, bevor Elisabeth ihr Kind zur Welt gebracht hat.«

Er hatte Hans-Peter einen Teil der Geschichte erzählt. Wahrscheinlich war das ein Fehler gewesen. Es war ein Fehler, irgendeinem Menschen in Rensburg zu vertrauen. Aber schließlich hatte er dem Mann das Leben gerettet.

»Das ist typisch für diese Stadt«, sagte Hans-Peter. »Man kann nicht einmal Partei ergreifen. Egal, was man tut, man ist in jedem Fall der Angeschmierte.«

»Wenn der Bischof gewinnt, könnte wenigstens wieder so etwas wie Normalität einkehren – obwohl ich befürchte, daß er sich an der Stadt rächen wird. Andererseits, wenn Fierens gewinnt, senkt sich der Vorhang. Der Wahnsinn übernimmt das Ruder. Und nicht nur Städte, sondern ganze Nationen werden in der Dunkelheit versinken«, sagte Julius.

»Du hast eine merkwürdige Ausdrucksweise, Julius. Wo hast du die denn aufgeschnappt?«

Julius lachte.

»Ach, in Italien. Du weißt doch, daß dort immer alles aufgebauscht wird.«

Hans-Peter nickte; obwohl er den Norden Deutschlands nie verlassen hatte.

»Alle Achtung«, meinte er mit einem Blick auf den Stapel Kopien. »Wir kommen gut voran.«

»Ja, kommen wir«, sagte Julius. »Und wir kämen noch besser voran, wenn du deinen Pinsel ebenso eifrig schwingen würdest wie deinen Stift.«

Hans-Peter kicherte.

»Das glaubst aber auch nur du«, sagte er. »Mag sein, daß man in Brabant von einem Stift spricht, aber wir in Köln haben dafür einen kräftigeren Ausdruck.«

Julius warf einen Pinsel nach ihm.

»Eigentlich ist das ein starkes Stück, findest du nicht?« sagte Hans-Peter nach einer Weile, während er sich eine neue Tafel holte – die Kopien wurden auf Holz gemalt – und sie auf seine Staffelei stellte.

»Was?«

»Ist doch allerhand, daß sie denen Geld anbieten, wo wir nicht mal unsere eigenen Leute bezahlen. Wie kann Fierens das nur mit seinem Gewissen vereinbaren?«

»Fierens hat kein Gewissen«, erklärte ihm Julius, »und das ist einer der Gründe, warum er sich für Gott hält.«

20

Blommardine war nicht die einzige Frau, die sich Fierens in diesem heißen Hochsommer zugelegt hatte. Er brachte es tatsächlich auf insgesamt fünfzehn, nachdem er in seinen Lenden sagenhafte Kräfte entdeckt hatte, denen er gerne gestattete, sich so oft zu entladen, wie die niederen Engel es für nötig hielten; und das war häufig der Fall. Allerdings war Blommardine seine Hauptfrau und hatte bei der Auswahl der anderen zumeist die Hand im Spiel. Zum Teil waren es junge Mädchen, fünfzehn oder sechzehn Jahre alt – die mochten die niederen Engel am liebsten. Blommardine gab sich nicht nur große Mühe mit ihnen, sondern es bereitete ihr auch Vergnügen, sie in körperlichen Dingen zu unterweisen und ihnen beizubringen, wie sie den Anführer am besten zufriedenstellen konnten. Sie bereitete ihnen Bäder und wusch ihre Brüste; und danach legte sie sich freundschaftlich zu ihnen, schob die Hände zwischen ihre Beine und überzeugte sich sanft und liebevoll von ihrer Jungfräulichkeit. Sie hatte für sich beschlossen, daß nur Jungfrauen den Anführer heiraten durften, da in der Stadt mehrere Fälle der Franzosenkrankheit bekannt geworden waren, die sich wie ein Steppenbrand in die einzelnen Bezirke ausgebreitet hatte.

Und so tätschelte und streichelte und kniff Blommardine die jungen Mädchen und bereitete ihnen angeblich mehr Genuß als die niederen Engel; doch die schienen sich nichts daraus zu machen und kamen gelegentlich, um das, was da vor sich ging, zu überwachen.

Obwohl sich Fierens in verstärktem Maß um seine Frauen kümmerte, gab es bei ihm – im Gegensatz zu anderen Kommandanten – keinerlei Anzeichen dafür, daß sich sein Interesse am Krieg verringert hätte oder gar eingeschlafen wäre. Er war keineswegs ein geschwächter Mark Anton. Vielmehr gehörte nimmermüde Energie zu seinen herausragenden Führereigenschaften – und diese Führerschaft war, wie immer man sie beurteilen mochte, eindrucksvoll. Er behauptete, den Vorteil allsehender Augen zu genießen, und er besaß (wie Konrad bemerkt hatte) offenbar wirklich die bemerkenswerte Gabe, alle Einzelheiten im Griff zu behalten.

Er ließ Vorratslager anlegen, er organisierte eine anständige Lebensmittelversorgung, er importierte anfangs Schießpulver und ließ es später selbst herstellen, er sorgte dafür, daß die Hakenbüchsen und Pistolen regelmäßig gesäubert wurden (und legte genau fest, daß dies mit Putzwolle und Drahtbürsten zu geschehen hatte), sein Waffenschmied lieferte ständig neue Hellebarden, gute Kanonenkugeln und leichte Brustpanzer. Er ließ die Mannschaften regelmäßig auf den Stadtmauern exerzieren und die Abwehr von Angreifern mit Hilfe von Steinen, kochendem Wasser, siedendem Pech und dem Inhalt von Nachtgeschirren üben. In der Stadt herrschte eiserne Disziplin. Jeder kannte seine Aufgabe und seinen Platz, egal, ob er zum Kämpfen, als Rückendeckung, zum Rekrutieren, Drillen, Nachladen, Ausbessern, Beschaffen von Nachschub oder Aufstocken von Vorräten eingeteilt war. Für die Wachen wurden präzise Dienstpläne ausgearbeitet, und ihre Aufgaben wurden ganz genau festgelegt. Zwei- oder dreimal in der Nacht wurden sie von einem Diakon kontrolliert, und wehe dem, der beim Schlafen erwischt wurde. Ihm wurde ewiger Schlaf angedroht und gelegentlich auch beschert – obwohl die Soldaten im großen und ganzen eine privilegierte Gruppe waren.

Ein paar Landsknechte allerdings, die man mit Geldgeschenken in die Stadt gelockt hatte und die ihre Barschaft illegal in einer der verbotenen Schenken ausgegeben und beinahe einen Tumult verursacht hatten, während sie Dienst hätten tun sollen, wurden zusammengetrieben und erschossen; auf diese Weise wurde die Stadt ein paar arme Soldaten und lästige Ausgaben los.

Bei drei separaten Ausfällen auf die Belagerer wurden – ganz anders als beim Mosman-Debakel – feindliche Geschütze vernagelt und wichtige Persönlichkeiten gefangengenommen. Und als der Bischof Fierens' Beispiel nachzuahmen versuchte und Flugschriften über die Stadtmauer schießen ließ, in denen für den Fall, daß die Stadt sich ergab, eine Generalamnestie angekündigt wurde, antwortete Fierens mit der für ihn charakteristischen Mischung aus Sachlichkeit und Härte.

Wer die Flugblätter las, würde hingerichtet, hieß es. In dieser Woche lagen viele Flugblätter in Rensburg herum, die schließlich von einem Sondertrupp weitsichtiger Heiliger eingesammelt wurden, die das Papier mit abgewandtem Blick aufhoben …

Möglicherweise aus Zorn über die mangelnde Reaktion auf diese jüngste List oder aufgrund der sommerlichen Hitze – im Lager herrschte Wassermangel –, vielleicht auch aus Angst, daß sein begrenztes Kontingent an Verbündeten, Vasallen und Landsknechten schrumpfen würde, sobald die Erntezeit kam – diese Tendenz war immer zu beobachten –, hörte der Bischof auf seine Generäle und beschloß, aufs Ganze zu gehen und die Stadtmauer zu stürmen.

Belagerungsleitern wurden vorbereitet, sommermatte Hellebardiere zusammengetrommelt, Kanonen herangerollt… Das Signalhorn erklang, und der Bischof und sein Schwager rückten mit ihrer bunten Soldatenschar an.

Bevor sie auch nur in die Nähe der Stadtmauer kamen, begannen die Geschütze der Stadt mörderisch zu feuern. Fierens setzte – ein typischer Geniestreich – die bei Seeschlachten üblichen Kettenkugeln ein, um die belagerte Stadt zu verteidigen, so daß die Geschütze jetzt die geballte Masse der Angreifer auf dem offenen Feld mühelos – geradezu gemächlich – niedermähten, wie die Sicheln schon bald das hellgelbe Getreide auf den Feldern dahinter ummähen würden.

Diejenigen, die mit ihren Leitern bis zur Mauer vordrangen, wurden nicht mit einfachem siedendem Pech begrüßt, sondern Fierens hatte dem eine neue Zutat beimischen lassen, durch die es noch klebriger und ekelhafter wurde, auf der Haut noch ärger brannte und sich ins Fleisch fraß. Höllenfeuer nannten es die Verteidiger.

Die Angreifer – oder was von ihnen übrig war – zogen sich bald zurück, und mit ihnen traten der Bischof (der sich in seiner Rüstung wie üblich lächerlich vorkam) und sein Schwager den Rückzug an, nachdem sie zum Glück mit dem Leben davongekommen waren.

»Gib's auf, und spiel lieber mit deinen Zinnsoldaten«, meinte sein Schwager, als sie zurückkehrten. »So, wie du es anstellst, hast du nicht die geringste Chance, diese Stadt einzunehmen. Ich verschwinde.«

Dabei war der Angriff seine Idee gewesen.

»Nein, tu das nicht«, sagte der Bischof. »Irgendwas wird sich ergeben.«

Aber nach und nach kamen die Grundbesitzer aus der Umgebung und die kleinen Adligen daher, die dem Fürstbischof Untertanengehorsam schuldeten, und bliesen in dasselbe Horn.

»Bald ist Erntezeit«, sagten sie. »Wir müssen zurück. Die Ernte einfahren. Tut uns leid und so. Wir wußten, daß Ihr dafür Verständnis haben würdet.«

Und der Hauptmann der Landsknechte sagte dasselbe.

»Tut uns leid, Herr. Aber wir sind nun mal Landsknechte. Und bei Landsknechten ist das so... na ja, wir sind eben Landsknechte. Und wenn es keinen, sagen wir mal, entsprechenden Anreiz gibt – und das war seit einiger Zeit nicht mehr der Fall –, dann wird der Landsknecht eben unruhig und entschließt sich plötzlich abzuhauen, mit Verlaub, Eure Heiligkeit, und sein Gewerbe anderswo auszuüben. Und genau das tun wir jetzt auch. Man hat uns in Straßburg einen kleinen Job angeboten, Sold im voraus bar auf die Hand. Sagt uns Bescheid, wenn Ihr den Zaster habt, dann kommen wir zurück. Gehabt Euch wohl, Exzellenz.«

Er benutzte diese höfliche Floskel, denn man konnte ja nie wissen, ob man nicht einmal dankbar für einen Job oder eine Empfehlung sein würde.

»Gehabt Euch wohl«, sagte der Bischof, der sich so hilflos fühlte, wie er tatsächlich war.

Fierens hätte in diesem Augenblick seinem Sieg die Krone aufsetzen können: Er hätte den Bischof gefangennehmen, sein Lager zerstören und seine eigene Machtstellung in Rensburg vielleicht für immer festigen können.

Aber er tat es nicht. Etwas anderes hatte sich ereignet.

21

Der Garten hatte seine schönste Zeit hinter sich, und die Erde in den Beeten war rissig und ausgetrocknet.

Die Levkojen, die sich mit ihrem herzzerreißenden Duft den ganzen Sommer über herrlich gehalten hatten, sahen jetzt aus, als hätten sie ein zu langes Gastspiel gegeben.

Selbst die Moschusrosen verwilderten allmählich, und die Löwenmäulchen und der Goldlack nickten lustlos wie jungfräuliche Tanten am Rande eines Tanzfests. Zwar umschwirrten Bienen und Schmetterlinge den Lavendel, aber die Ernte war verdorrt, und das Flattern der Pfauenaugen und Admirale wirkte geradezu verzweifelt, wenn sie sich gierig auf die Blumen stürzten, die ihnen, wenn sie nur eifrig genug saugten, vielleicht die Kraft verleihen würden, noch eine Weile durchzuhalten.

Trotz allem war es ein angenehmes Plätzchen für einen Septembertag. Und so saß Elisabeth, geschützt vor dem leichten Ostwind, der den ersten Kältehauch mitbrachte, in einer Ecke des ummauerten väterlichen Gartens und spürte, wie sich das Kind in ihrem Bauch regte.

Über ihrem Kopf – die personifizierte Fruchtbarkeit wie bei einem Maskenspiel – strotzten die Bäume von Obst. Äste voller Äpfel und Pflaumen, Aprikosen und Pfirsiche, Mispeln und Quitten bogen sich ringsum unter dem Gewicht der reifen Früchte, und der Weinstock hinter ihr, an der südlichen Hauswand, hing so voller purpurner Trauben, daß man hätte meinen können, der heilige Vinzenz persönlich hätte die Ziegelsteine gesegnet.

Während Elisabeth in sich versunken dasaß, in jenem angenehmen Zustand künftiger Mutterschaft, in dem man nichts beschleunigen kann und Nichtstun und Vor-sich-hin-Träumen das Gebot der Stunde sind, bemerkte sie nicht, daß eine Gestalt über die Gartenmauer stieg und sich auf dem mit Linden gesäumten

Weg heimlich in die Ecke schlich, in der sie saß. Erst als ein Schatten auf ihr Gesicht fiel, zwei Hände sich sanft über ihre Augen legten und ihr ein Kuß auf die Stirn gedrückt wurde, merkte sie, daß der Mann, von dem ihre Träume – und ihr Leib – erfüllt waren, neben ihr stand.

»Du«, murmelte sie schläfrig, »du dürftest gar nicht hiersein, Liebster. Und doch bin ich so froh darüber.«

Sie wandte sich um und küßte ihn auf den Mund – ein Schmetterlingskuß, um Kraft zu gewinnen für alles, was noch kommen mochte. Sie umarmten sich mit leidenschaftlicher Zärtlichkeit, während die Trauben und Quitten und Mispeln ringsum in der Sonne glänzten.

Endlich hielten sie inne.

»Was gibt es Neues?«

»Zum Glück nichts. Ich werde immer dicker, wie du siehst. Wir versuchen, die Welt draußen zu halten. Hier drinnen ist es einfacher. Aber wir hören schreckliche Dinge...« Sie schauderte.

»Du darfst nicht daran denken«, sagte er. »Sei ruhig und ruhe dich aus. Du mußt wachsen wie eine Traube. Etwas anderes kannst du nicht tun.«

»Und was ist mit dir?« fragte sie. »Wie bist du hereingekommen?«

»Mein Malerkollege hat mir über die Mauer geholfen. Der Rest der Stadt hat sich auf dem Marktplatz versammelt. Dort findet irgendeine Offenbarung statt. Wir sind dispensiert, weil wir noch mehr Bilder vom Anführer, deinem Mann, malen müssen. Wir sind schon fast fertig damit, zögern die Arbeit aber so lange hinaus, wie wir uns trauen. Ich kann mir nicht vorstellen, wozu er so viele Porträts haben möchte. Vielleicht schenkt er dir eines.«

»Hoffentlich nicht«, sagte sie schaudernd. »Er kommt nur ab und zu einmal zu Besuch und sieht mich dann an, als wäre ich eine heilige Stute.«

»Wenigstens ist es gut, daß er Blommardine geheiratet hat. Auf diese Weise bleibe ich verschont. Sogar sie gibt jetzt zu, daß wir nicht verheiratet sind.«

»Eigentlich ist das schrecklich. Ist denn die ganze Welt verrückt geworden? Fünfzehn Frauen! Man sollte meinen, daß er mich nicht braucht. Ich glaube, er… mag mich nicht anrühren. Fast als hätte er Angst, sich an mir zu verbrennen.«

»In dir steckt eine Kraft, die ihn zurückhält. Deshalb will er das Kind – um dir die Kraft zu nehmen und es zu einem Gott zu erklären, zum Sohn Gottes.«

»Das ist schlimmer als Gotteslästerung«, sagte sie. »Und… was ist, wenn es ein Mädchen wird? Er würde uns umbringen.«

Sie hatte sich also doch Sorgen gemacht, dachte er. Mußte sie ja wohl. Sie steckte in einer scheußlichen Zwangslage, wie immer man es betrachtete.

»Es wird ein Junge«, sagte er mit Nachdruck.

»Wir müssen fliehen.«

»Das werden wir. Laß nur erst das Kind geboren sein. Komm ein bißchen zu Kräften. Dann werden wir einen Weg finden, das verspreche ich dir.«

»Ich wünschte, wir könnten einfach in deinen Garten eintreten und ihn nie wieder verlassen.«

»Das würde ich mir auch wünschen. Aber noch habe ich den Schlüssel nicht. Er tut sich nicht auf Befehl auf. Die Antwort liegt in der Hölle, und dort muß ich suchen.«

»Doch nicht in der Hölle?« fragte sie und bekreuzigte sich (eine in Rensburg verbotene Geste).

»Nicht in der eigentlichen Hölle, hoffe ich. Doch falls sich die Hölle auftun und eine Stadt verschlingen kann, dann, glaube ich, haben wir hier in Rensburg die Hölle. Nein, ich meine die Hölle auf dem Gemälde meines Meisters, das ich vollenden muß. Diese Bilder haben eine Bedeutung, hinter die ich einfach nicht…« Abrupt endete er.

»Sprich weiter«, sagte sie.

»Du brauchst dir nichts über die Hölle anzuhören«, sagte er. »Du mußt an Früchte und Blumen denken, an schöne Dinge. An das Paradies …«

»Nein, erzähl mir davon«, sagte sie. »Wenn es dir hilft, sind das für mich Blumen und Früchte genug.«

»Dann laß mich sie dir schildern; im Atelier hast du ja nur einen kurzen Blick darauf geworfen. Da, ich habe immer eine Skizze bei mir. Du mußt dir vorstellen, daß das Ganze nicht von einer Sonne oder einer einzelnen Lichtquelle erleuchtet wird, sondern – und da zeigt sich das Genie meines Meisters – von unregelmäßig aufscheinendem und hervorbrechendem Licht, das an flackerndes Höllenfeuer erinnert.«

Er breitete die zusammengefaltete Skizze aus, so daß Elisabeth sie betrachten konnte. Er hatte sie halb in der Hoffnung angefertigt, sich ihren Rat zu holen.

»Das ist außergewöhnlich beeindruckend«, sagte sie. »Ich habe noch nie so etwas gesehen.«

»Hier im Vordergund sind unterschiedliche Höllenqualen abgebildet. Die Schweineäbtissin, die einen Unglücklichen becirct… der Hase, der von der Pirsch eine an den Füßen aufgehängte Dirne mitbringt… die lasterhafte Schankkellnerin, schau, mit einem Würfel gekrönt… die Kettenhunde, die den sterbenden Mann verschlingen…«

»Was bedeuten diese Dinge?« fragte sie. »Sie enthalten irgendeinen Sinn, fast als würde es sich um diese Stadt handeln… und doch ist es ein mit Unsinn vermischter Sinn, und am Ende kommt ein Alptraum dabei heraus… Natur, die sich selbst ihrer Natürlichkeit beraubt… Heilung, die sich in Gift verwandelt… Ungeheuer, die halb Mensch, halb Tier sind… halb Baum und halb mechanisches Werkzeug…«

Sie wußte nicht genau, woher die Worte kamen.

»Du hast recht«, sagte Julius aufgeregt. »Es ist wie in dieser

Stadt. Ich habe die Hölle immer irgendwo angesiedelt, aber sie ist hier. Schau, der Anführer auf seinem Thron, mit einem Vogelkopf, der Menschen verschluckt und verlorene Seelen ausscheidet. Die Soldaten… Folterknechte… Prediger… ja, und das liefert mir einen Teil des fehlenden Hintergrunds. Die Stadtmauern, die Mühle, die Brücke über den Fluß… Überschwemmung und Feuer… das werde ich einfügen, so daß…«

»Wir haben weder eine Überschwemmung noch ein Feuer, mein Liebster.«

»Noch nicht«, sagte Julius, der plötzlich Bilder vor Augen hatte, die er lieber nicht gesehen hätte.

»Und der Anführer sitzt nicht auf einem Thron…«

»Elisabeth. Elisabeth…«

Es war die Stimme ihres Vaters, der aus dem Haus rief.

»Schnell«, sagte sie. »Du mußt gehen, mein Liebster. Wenn er dich hier entdeckt, wird er…«

Sie brauchte den Satz nicht zu vollenden. Er wußte, was Konrad tun würde. Er küßte sie, versprach ihr, bei nächster Gelegenheit wiederzukommen, bat sie, guten Mutes zu bleiben, lief durch den versteckten Laubengang und sprang über die Mauer, wo Hans-Peter in der Sonne döste und auf ihn wartete.

»Elisabeth, wo bist du?«

Ihr Vater eilte auf sie zu, das Gesicht von der Hitze gerötet. »Warum antwortest du nicht, Kind?«

Normalerweise wäre er verärgert gewesen, hatte sich aber in letzter Zeit mehr Respekt angewöhnt. Heute wirkte er fast unterwürfig.

»Ich muß eingeschlafen sein. Es ist so friedlich hier.«

Ihr Herz strafte ihre Worte Lügen. Warum mochte es ihr Vater so eilig haben?

»Große Neuigkeiten, Tochter. Du wirst Königin.«

22

Ein Bursche namens Bahlmann – er mußte recht wohlhabend gewesen sein, denn er war Goldschmied, bevor er alles aufgab und aus Paderborn nach Rensburg kam – hatte sich Ende August als neuer Prophet niedergelassen. Er nannte sich Nathan.

Niemand nahm sonderlich viel Notiz von ihm, denn hier ließen sich fast jeden Tag neue Propheten nieder, redeten zumeist in fremden Zungen und legten wie wild Zeugnis ab. Tatsächlich gab es bereits weitere fünf Nathans in der Stadt.

Bahlmann jedoch prophezeite mit großer Klarheit, so daß Blommardine auf ihn aufmerksam wurde, zahlreiche Gespräche mit ihm führte und ihm einiges über die göttliche Absicht und die unmittelbar bevorstehende Zerstörung der Welt berichtete – Einzelheiten darüber hatte sie vom Anführer erfahren.

An jenem Tag im September nun rannte dieser Goldschmied, ohne Vorwarnung und auch nicht auf Veranlassung von Fierens – dieser hatte den ganzen Morgen mit einer Inspektion der Verteidigungsanlagen zugebracht, unterbrochen nur von einer kurzen »Paradiesesfreude« mit einem hübschen, dunkelhaarigen Mädchen aus Brügge –, wie ein Wirbelwind auf den Stadtplatz und bestieg das Predigerpodest, das in der Nähe des Führerquartiers für alle errichtet worden war, die das Bedürfnis hatten, eine Offenbarung loszuwerden.

Zufällig hielt sich Konrad im Rathaus auf, als Nathan zu reden anfing, und verstand noch rechtzeitig, wohin dessen Überlegungen führten, um Fierens rasch von seinem »Pfad zu den Höhen« herunterzuholen (einem Pfad, den Fierens als ungleich direkter und zweckmäßiger empfand als den goldenen Faden, dessen er sich in der Vergangenheit bedient hatte).

»Höret auf mich, o ihr Völker«, rief Bahlmann-Nathan, »und erbebt, all ihr Herren der Erde, denn mir ist am heutigen Tage offenbart worden, daß es einen gibt, der mächtiger ist als ihr.«

Für die Vorübergehenden, die ihre diversen Besorgungen unterbrachen und ihre Lasten absetzten, um zuzuhören (»Zeugnis ablegen« war allemal besser, als zu arbeiten, nachdem damit kein Geld zu verdienen war), spielte es keine Rolle, daß keine Herren der Erde anwesend waren. Propheten redeten immer so. Wie Bühnenautoren benutzten sie ein hochtrabendes Kauderwelsch. Das verlieh der Angelegenheit Stil; man konnte sie ernst nehmen. Ein Prophet durfte nicht wie ein Schankkellner daherreden, obwohl es sich auch bei denen gut machte, wenn sie ab und zu eine geschliffene Wendung einstreuten.

»Seine Macht ist unvergleichlich und seine Herrschaft unanfechtbar«, fuhr Bahlmann fort, der sich allmählich für sein Thema erwärmte. »Und wo ist dieses Vorbild, dieser Fürst, dieser Potentat, dessen Einfluß alle Mächte auf Erden übersteigt?«

»Wo?« rief die von sonderbarer Erregung ergriffene Menge.

»Er ist nahe. Ich spüre sein Kommen. Spürt ihr denn nicht, daß sogar die Häuser zurückweichen?«

»Wer? Wer?« schrie die Menge. »Ist das das Ende?«

»Das ist der Anfang«, rief Bahlmann. »Ach, glückliches Rensburg, das du unbedeutend unter den Städten dieser Welt bist. Denn aus dir wird ein Herrscher hervorgehen, den man den Prächtigen nennen wird, den Allmächtigen… *princeps orbis*… Edelstein der Gerechtigkeit… Er wird das Zepter und den Thron seines Vorvaters David erben, und er wird das Königreich besitzen, bis Gott selbst es zurückfordert…«

»Wer? Wer?« kreischte der Mob wie von Sinnen.

»Ich kann ihn sehen… ja…« Der Prophet legte die Hand über die Augen. »Ja, ich sehe ihn, mein Volk. Euren Anführer, nunmehr den der ganzen Welt. Kniet nieder, kniet nieder. Keiner soll in seiner Gegenwart aufrecht stehen.«

Im Hintergrund murrten einige, aber da man nie wußte, wer einen beobachtete, knieten alle nieder.

Fierens und Konrad näherten sich, von der Leibgarde begleitet, dem Podium.

»Wie lautet Euer Text, Prophet?« fragte Fierens streng.

Der Prophet, der von seinem hohen Roß herabgestiegen war und selbst niederkniete, hob den Kopf gerade so weit, daß er Fierens' Schuh küssen konnte. Fierens nahm diese Huldigung würdevoll entgegen und hieß den Mann aufstehen.

»›Der Priester Zadok und der Prophet Nathan haben Salomo zum König gesalbt‹«, sagte Bahlmann. »Ich bittte Euch, Herr, kniet nieder, denn ich muß Euch zum *princeps orbis* salben.«

Daraufhin griff er in sein Gewand, holte eine kleine Phiole hervor und sprenkelte ihren Inhalt über Fierens, der niedergekniet war (und das Ganze offenbar nicht übelnahm); dann ergriff er das Schwert der Gerechtigkeit (das Konrad keineswegs gern hergab), überreichte es Fierens und rief ihn mit lauter Stimme zum »König des Neuen Jerusalem« aus.

Es herrschte überwältigtes Schweigen, als sich Fierens auf den Boden warf und Gott um seinen Beistand auf diesem neuen Weg anrief.

»Ich bin unwürdig, ich bin unwürdig«, rief er.

»Nein, Herr, Ihr seid würdig«, rief Konrad, der aus dem Verlust seines Schwertes das Beste zu machen versuchte.

»Ich bin unwürdig«, wiederholte Fierens.

Doch nach einiger Zeit stand er auf und stieg selbst auf das Podest.

»Solchermaßen«, sagte er und blickte mit jenen Augen um sich, die ein aufrührerisches Flackern auf hundert Schritte Entfernung erkennen konnten, »solchermaßen wurde David, der Vater Salomos, ein einfacher Schäferjunge, auf Gottes Geheiß vom Propheten zum König Israels gesalbt. Gott hat oft solche Werke vollbracht; und wer sich Seinem Willen widersetzt, beschwört Gottes Zorn auf sich herab.«

An diesem Punkt hörte man unbehagliches Füßescharren. Die

Einwohner der Stadt hatten gehofft, es würde vielleicht Lustbarkeiten geben. Ein Freudenfest wäre ihnen durchaus willkommen gewesen. Unter den gegebenen Umständen wirkte dieses ganze Gerede vom Zorn Gottes trostlos. Aber das war noch nicht alles.

»Mir ist alle Gewalt gegeben über die Fürsten und Länder dieser Erde. Und zugleich mit diesem Schwert, meine Untertanen, ist mir das Recht verliehen, es zur Bestürzung der Übeltäter und zur Verteidigung der Aufrechten zu führen. Sorgt also dafür, daß keiner von euch …« An dieser Stelle ließ er den Blick erneut über den sich unaufhaltsam füllenden Platz wandern, wobei er tief in jede Seele schaute. »… daß keiner von euch sich mit Sünde oder Vergehen besudelt oder sich Gottes Willen widersetzt, sonst wird, das schwöre ich, dieses gerechte Schwert mit seiner scharfen, todbringenden Klinge auf euch herniedersausen.«

Jetzt war gedämpftes Gemurmel aus der Menge zu hören, das vielleicht eher von Verwunderung als von Protest zeugte. Hatten sie nicht gerade einen größeren Angriff abgewehrt? Hatten sie ihren Eifer nicht unter Beweis gestellt? Aber hatten sie andererseits denn darum gebeten, daß ein König über sie gestellt würde – zumal einer, der sie als Anführer mit der Peitsche gezüchtigt hatte und jetzt bereit schien, zur Stachelpeitsche zu greifen? Sie hatten bestimmt nicht darum gebeten, begriffen aber, daß ihnen die Angelegenheit längst aus der Hand genommen war.

Das Gemurmel reizte Fierens offenbar. Das Gefühl, unwürdig zu sein, war rasch verflogen.

»Schämt euch«, rief er, »die ihr gegen Gottes Befehl aufbegehrt. Ihr wollt auf mich losgehen, was? Mit Messern und Steinen. Wollt mich angreifen mit Hellebarden… und auf mich schießen…«

Die Soldaten ringsum verstärkten ihre Wachsamkeit. Konrad,

der das Schwert der Gerechtigkeit in einem wohlüberlegten Augenblick wieder an sich genommen hatte, erhob es drohend.

»Macht, was ihr wollt, ich werde dennoch euer König sein und nicht nur über diese eure murrende Stadt herrschen… sondern die ganze Welt soll mein Fußschemel sein und alle ihre Bewohner. Denn das ist Gottes Wille, und meines Königreiches wird kein Ende sein, bis die Zeit selbst ein Ende nimmt!«

Angewidert wandte er sich vom Podium ab und ging davon, mit dem Propheten ins Gespräch vertieft und begleitet von Konrad, dem Schwert der Gerechtigkeit, der der Menge grimmige Blicke zuwarf.

Fierens hätte sich keine Sorgen zu machen brauchen. Nicht einmal die ehemaligen Rensburger besaßen noch den Willen zum Widerstand. Sie hatten zuviel erlebt. Sie wußten, wozu Fierens fähig war. Und diejenigen, die dazugekommen waren, die zahlenmäßig überlegenen Zuwanderer, die Verzweifelten und die Besitzlosen und auch die Gemeinschaft der Heiligen – nun, sie alle hatten ein Dach über dem Kopf, Wasser zu trinken und Brot zu essen; sie wußten genau, wo ihr Vorteil lag. Von ihnen war keine Hilfe zu erwarten. So oder so schien es vernünftiger, noch einmal in den sauren Apfel zu beißen und sich in die neue Rolle als Untertanen zu fügen. Schließlich waren sie die Untertanen des Fürstbischofs gewesen. Sie hatten das schon einmal erlebt.

Und es war interessant, im Laufe der folgenden paar Tage aus dem Mund der Prediger zu hören, wie verblüffend genau Fierens dem Bild des Messias entsprach, das die Propheten des Alten Testaments gezeichnet hatten.

23

Zu gegebener Zeit erhielt Julius die Aufforderung, sich beim König im bischöflichen Palais (dem jetzigen königlichen Palast) einzufinden, den dieser samt allen anderen großen Gebäuden rings um den Dom mit Beschlag belegt hatte.

Fierens thronte feierlich in einem großen Saal, umringt von mehreren Höflingen, die noch wenige Tage zuvor Älteste gewesen waren. Die Veränderung schien ihnen zu behagen. Sie wirkten entspannter, wenn auch nicht weniger wichtigtuerisch.

»Verbeugen«, zischte der um den Thron herumschwirrende Profos, sobald sich Julius näherte.

Julius verbeugte sich.

Fierens hob huldvoll eine Hand.

»Wir haben lange genug auf unsere Porträts gewartet«, sagte er. »Wir könnten jeden beliebigen Italiener holen und ihn damit beauftragen; es wäre eine Ehre für ihn. Wir könnten uns herablassen, Holbein zu rufen. Aber nachdem Ihr nun einmal da seid, geben wir Euch die Möglichkeit zu vollenden, was Ihr begonnen habt.«

Julius und Hans-Peter hatten inzwischen zwei Aufträge zu je fünf Porträts fertiggestellt und beendeten gerade drei weitere. Der erste Schwung war bereits an markanten Stellen in der Stadt angebracht worden, um die Tugendhaften und die Sündigen zu erinnern, daß der Anführer ein wachsames Auge auf sie hatte.

»Vielen Dank«, sagte Julius und hoffte, daß es nicht ironisch klang.

»Vielen Dank, Herr, du Scheißmaler«, sagte der Profos.

»Vielen Dank, Herr«, sagte Julius und machte eine übertriebene Verbeugung.

Der König nickte.

»Unser Emblem ist die Weltkugel«, fuhr er fort, »eine von Schwertern durchbohrte und mit einem Kreuz gekrönte Kristallkugel, über der eine Krone schwebt. Sie symbolisiert unsere absolute Herrschaft. Ich wünsche das Emblem, einmal in Gold geprägt und an einer goldenen Halskette, und dann noch einmal in der linken oberen Bildecke. Ist das klar? Ihr werdet es auf dem Original und auf sämtlichen Kopien ergänzen. Außerdem wünsche ich, daß die Porträts in zwei Wochen fertig sind. Sorgt dafür, daß es keine Verzögerung gibt.«

»Ja, Herr.«

»So, Maler, was haltet Ihr von unserem Palast?«

»Er ist sehr vornehm, Herr.«

»Nicht so vornehm, wie er sein wird. Die besten Handwerker der Stadt haben sich bereits an die Arbeit gemacht, und wenn sie fertig sind, wird sich selbst der sogenannte Kaiser, dieser Hochstapler Karl, der hier knien wird, wie ein unbedeutender Baron vorkommen.«

Julius sah sich um. Überall gab es bereits üppige Brokatvorhänge, Seidentapeten und vergoldete Möbel; weiß Gott, woher die stammten. Fierens, der den tristen schwarzen Überwurf und den spitzen Hut, die Kennzeichen der Wiedertäufer vom Rangniedrigsten bis zum Ranghöchsten, abgelegt hatte, war in purpurnen, hermelinbesetzten Samt gekleidet und trug funkelnde Ringe und mit kostbaren Edelsteinen besetzte Ketten.

Auch die Höflinge trugen Gewänder aus den erlesensten Stoffen, wie es sich für ihre Stellung als Hauptleute und Beauftragte des Königs der Könige ziemte. Offensichtlich gab es ihrer bereits mehrere Dutzend.

Unruhe an einer der großen Seitentüren kündigte das Eintreffen der Königinnen an. Musik ertönte, gespielt von ein paar Violen und Rebecen irgendwo hinter dem Thron. Angeführt von Blommardine schritten die Königinnen im Gänsemarsch auf den König zu, stellten sich in zwei Reihen vor ihm auf und knicksten. Julius hatte noch nie im Leben – nicht einmal in Florenz – so viel Putz an so vielen schönen Frauen gesehen.

Das Gesumm der Höflinge verstummte, sobald die jungen Frauen den Raum betraten. Man erriet ohne weiteres, was die Männer dachten, obwohl ihre eigenen Ehefrauen zweifellos auch schon etwas Besonderes waren. Aber die hier waren eine Kategorie für sich.

Blommardine hatte nie reizender ausgesehen. Sie war etwas fülliger geworden. Ihr Kleid war so tief ausgeschnitten, daß ihre Brüste um ein Haar über die Ufer traten, als sie vor ihrem Herrn anmutig zu Boden sank. Ihr Haar erstrahlte in hexenhaftem Glanz. Ihre Haut war so weiß wie eine Paderborner Gans. Und ihre riesengroßen grünen Augen blickten Fierens mit nahezu rauschhafter Ergebenheit unverwandt an. Julius sah sie anscheinend gar nicht. In Fierens' Gegenwart schien sie niemanden sonst wahrzunehmen. Das hätte er auch gar nicht geduldet.

»Erhebt Euch, meine Königinnen«, befahl Fierens.

Man mußte zugeben, daß dieser Mann etwas außerordentlich Eindrucksvolles an sich hatte. Er war in die würdevolle Rolle des Königs geschlüpft, als wäre er hineingeboren – während andere, die dazu geboren sind, die Befähigung dazu manchmal gewaltig vermissen lassen –, nein, als hätte er sie sein ganzes Leben lang geprobt und würde sie jetzt perfekt beherrschen.

Die Mädchen richteten sich anmutig wieder auf – ein köstliches Rascheln: lange Beine und verlockende Körper unter Röcken aus Seide und feinstem Taft.

Man mußte sie einfach begehren, so schön waren sie. Blommardine hatte viele Stunden darauf verwandt, sie in den Künsten der Schönheit zu unterweisen und ihnen beizubringen, wie man einen Mann erregt, so daß ihre Schönheit aus mehr bestand als nur der natürlichen Anziehungskraft. Sie strahlten etwas Verlockendes aus wie Paradiesjungfrauen in einem Harem.

In den Königinnengemächern war Blommardine die Alleinherrscherin, und jede Frau, die sich ihren Methoden widersetzte, wurde rasch vor die Tür gesetzt. Ihre Art der Vorbereitung bestand darin, die Königinnen – einzeln und manchmal mehrere zugleich – zu lieben. Sie ermutigte sie sogar dazu, sich gegenseitig zu lieben, da sie wußte, daß auf diese Weise eine schwüle, lust- und schuldgeschwängerte Atmosphäre entstand (einige Mädchen fühlten sich wirklich schuldig, obwohl diese Art von Schuldgefühlen im königlichen Haushalt offiziell als Verbrechen galt). Solche Künste, ausgeübt in den einschläfernden Stunden herbstlicher Nachmittage, wenn der König seinen Geschäften nachging, versetzte den Harem beinahe in einen Dauerzustand des wachen Interesses, der Intrigen und der Erregung.

Julius starrte die Königinnen unablässig an und hätte sich in mindestens drei von ihnen verliebt, wenn er nicht Elisabeth geliebt hätte; und er fragte sich nicht zum ersten Mal, was für ein Mann man sein mußte, um es fertigzubringen, sich erst zu strengster Rechtschaffenheit und dann innerhalb weniger Tage zu übermütiger Polygamie zu bekennen und trotzdem vor der Welt, seinem Gott und sich selbst erhobenen Hauptes dazustehen.

Glaubte Fierens sich wirklich über die Sünde erhaben? Hielt er sich überhaupt noch für sterblich? Hatte er nicht manchmal Kopfweh oder Magenschmerzen, quälte ihn keine Übelkeit und kein Furunkel? Kannte er solche Anschläge der Natur wirklich nicht, dann war er wahrhaftig ein seltenes Exemplar der Gattung Mensch. Kannte er sie, wie konnte er dann zu sich selbst sagen: »Ich stehe Gott näher als den Menschen«?

Eine Fanfare erschallte, und Fierens erhob sich.

»Kommt«, sagte er. »Es ist die Stunde des Nachtmahls. Ihr werdet mit uns speisen, Maler.«

Das war keine Einladung.

Julius folgte der Prozession der Königinnen und Höflinge in den großen Saal des Palastes. Die Tische waren in Form eines großen doppelten L aufgestellt, verbunden durch den erhöhten Tisch am Kopfende, an dem Fierens jetzt zwischen den zwei schönsten Königinnen Platz nahm, die ihrerseits von Konrad, der inzwischen Staatsminister war, und Hass, der zum königlichen Redner ernannt worden war, flankiert wurden. Julius nahm, wie es sich für einen Maler gehörte, am unteren Ende der Tafel Platz – unterhalb der (frisch geschlagenen) Ritter und Ärzte, aber weiter oben als die Waffenmeister.

Das Mahl zog sich lange hin und war erstaunlich raffiniert zubereitet. Köche, von denen man gedacht hätte, sie seien vor Monaten geflohen, waren an den unglaublichsten Stellen wieder zum Vorschein gekommen und gediehen in diesem neuen System wie Sämlinge unter Glas. Es gab meisterlich gefüllte Karpfen und Lerchen, Kapaune, junge Enten und einen Eberkopf, Wildbret und Rindfleisch, unterschiedliche Salate, heiße, gewürzte Milch mit Rum, Marzipan, Törtchen und Teegebäck; alles begleitet von den erlesensten fränkischen Weinen und schwerem Hippokras, dessen Gewürze und Malagettapfeffer nicht – wie sonst häufig – den Essiggeschmack zu übertünchen brauchten, da er aus bestem Burgunder hergestellt war.

Das Bankett wurde von Anfang bis Ende von festlicher Musik untermalt – gespielt von einem Konsortium Rebecen und Violen, zu denen sich später Schlangenhörner und Krummhörner gesellten –, und ein Hofnarr hüpfte herum und machte schmeichelhafte Bewegungen, über die sich die Damen halb totlachten.

Besonders schaurig an dieser Veranstaltung fand Julius die Tatsache, daß seine Nachbarn zu beiden Seiten offenbar überhaupt nicht merkten, wie unvereinbar dies alles mit der jüngsten Geschichte der Stadt und den Entbehrungen der gesamten Stadtbevölkerung war.

»Wir haben in kurzer Zeit einen langen Weg zurückgelegt«, wagte er zu seinem Nachbarn zur Linken zu sagen, einem ehemaligen Getreidehändler, der zu einem heiligen Ritter geschlagen worden war.

»Einen langen Weg, junger Mann?« meinte der Ritter überheblich. »Wir werden noch viel weiter gehen.«

Da sich das nicht sehr vielversprechend anhörte, versuchte es Julius bei seinem Nachbarn zur Rechten, einem zugewanderten Schreiner, der jetzt Palasttischler war: »Ich muß schon sagen, daß es mir ein gewisses Unbehagen verursacht, hier so pompös zu speisen, während die Leute draußen kaum etwas anderes als Haferschleim zu essen haben.«

»Sie essen ihn mit Freuden«, antwortete der Mann ernsthaft. »Er schmeckt für sie wie die Granatäpfel im Paradies, weil der Messias der Letzten Tage ihn gesegnet hat.«

Es war zutiefst irritierend, hier inmitten von soviel Schönheit in einer derart prunkvollen Umgebung zu sitzen, sich an so verschwenderischen Unmengen von Fleisch zu laben und von so aalglatten, gewandten Unterhaltern umgeben zu sein. Es war wie eine Orgie im Irrenhaus.

Noch merkwürdiger an dieser ganzen Veranstaltung war Fierens' Verhalten. Plötzlich erkannte Julius, was an diesem Mann einen so aus der Fassung brachte. In seiner Gegenwart hatte man deutlich das eigenartige Gefühl, daß das, was man immer für eigene, unabhängige Kräfte gehalten hatte, nie existiert hatte oder zumindest von etwas anderem verdrängt wurde; daß die Rolle, die man im Leben spielte, nicht das Ergebnis unendlich vieler Wahlmöglichkeiten war, sondern von vornherein so genau festgelegt war, daß sie für einen hätte geschrieben sein können – oder umgekehrt man selbst für die Rolle.

Ja, das erkannte er jetzt. Fierens, der an dem erhöhten Tisch saß, fern, doch keineswegs unaufmerksam, trug jene geistesabwesende Miene zur Schau, die Julius an Schriftstellern und auch an Malern beobachtet hatte.

Alles ringsum – dieser Saal, die Leibgardisten, die Königinnen, der Hofredner, ja sogar die Hunde unter dem Tisch – schien lediglich ein Produkt seiner Phantasie.

Natürlich war das Unsinn, dachte Julius; aber das Unbehagen hielt an. Wie sonst ließen sich derart gewaltsame Umschwünge im moralischen und emotionalen Klima der Stadt erklären, die von allen akzeptiert wurden – allen bis auf eine symbolische Handvoll, deren Widerstand womöglich nichts anderes war als kluge Zuckungen, die nur in das Manuskript eingefügt worden waren, um die ganze Farce glaubhafter zu machen?

Seine Gedanken wurden vom Hofredner unterbrochen, der, als Früchte und goldener Wein gereicht wurden, aufstand, um eine Rede zu halten.

»Zu Ehren unseres mächtigen geistlichen und zugleich weltlichen Herrn, mit dem wir die Ehre haben, das Brot zu brechen«, verkündete Hass, »ist beschlossen worden, alle Straßen und Plätze der Stadt umzubenennen. Von nun an soll die Große Straße Fierensstraße heißen. Der Marktplatz wird Herrenplatz heißen. Das Westtor Jerusalemtor. Und so weiter. Tafeln mit genauen Informationen werden demnächst überall in der Stadt aufgestellt. Des weiteren werden die Wochentage umbenannt, denn derzeit tragen sie sündhafte Namen, die die Namen von Teufeln widerspiegeln. Samstag war der Tag des Saturn, Sonntag der der Sonne. Montag der Tag des Mondes… Wie sehr haben wir unter diesen unguten Namen gelitten. Der Sonntag heißt in Zukunft Abrahamstag. Die restlichen Tage folgen in alphabetischer Reihenfolge. Der Montag ist der Benjaminstag. Der Dienstag der Canaantag. Der Mittwoch gehört dem David. Der Donnerstag Ezechiel, der Freitag, jawohl, wird Fierenstag heißen und der Samstag Salem.«

Anschließend führte er aus, daß außer den wichtigen Straßen der Stadt auch sämtliche Neugeborenen nach genauen Vorgaben des Königs benannt würden und daß goldene und silberne Gedenkmünzen (Geld war natürlich nicht notwendig) mit Fierens' Profil und der Inschrift »Ein König über alle« und »Das Wort ist Fleisch geworden und wohnt in uns« geprägt werden sollten.

Das Bildmotiv auf den Münzen würde aus einem (Julius bereits vertrauten) Symbol bestehen, das die absolute geistliche und weltliche Macht des Königs verdeutlichte – eine Weltkugel, die von zwei Schwertern (die die päpstliche und die kaiserliche Macht repräsentierten) durchbohrt wurde, über denen eine Krone mit der Inschrift »Ein König der Gerechtigkeit über alle« schwebte.

Während dies alles verkündet wurde, warf Julius einen verstohlenen Blick zu Fierens hinüber, der – mit einem Gesicht, das ihn an einen alten Puppenspieler erinnerte, den er als Kind in Bois-le-Duc gekannt hatte – dasaß, verzückt und zugleich ganz und gar in Anspruch genommen von dem, was ringsum vorging.

Julius ließ seinen Blick zu zwei nebeneinandersitzenden Königinnen wandern, die ihn, wie er merkte, ansahen. Eine von ihnen zwinkerte ihm zu. Er zwinkerte nicht zurück. Es hätte ihn den Kopf gekostet. Er war ziemlich sicher, daß sie die Hand unter dem Unterrock ihrer Nachbarin hatte.

Die Mahlzeit dauerte samt unterhaltsamen Einlagen gut vier Stunden. Einige Anwesende schliefen, vom würzigen Wein benommen, mit dem Kopf auf dem Tisch ein. Ein paar ältere Höflinge entschuldigten sich und verließen den Saal. Andere fingen an zu tanzen. Ein paar Königinnen und einige andere Frauen begannen ihre Tischgenossen zu umarmen.

Die Musikanten spielten lauter, eindringlicher. Obwohl Julius nur wenig getrunken hatte, spürte er, wie sein Kopf zu pochen anfing.

Eine Truppe junger Mädchen, mit spitzen Hauben und auf türkische Manier in hauchzarte Schleier gehüllt, betrat den Saal und führte ein sinnliches Ballett vor. Fierens – der sich noch immer distanziert verhielt – und ein paar Höflinge erhoben sich von der Tafel und mischten sich unter die wirbelnden Tänzerinnen, während Diener die Tische abräumten und das Podium mit Teppichen und Fellen auslegten.

Der Wein hatte bestimmt ein Betäubungsmittel enthalten, denn Julius kam es so vor, als würde das Kerzenlicht allmählich immer schummriger und rötlicher. Ein verlockend süßer, widerwärtiger Duft erfüllte die Luft. Körper begannen zu verschmelzen, Brustwarzen wurden sichtbar, stachen grellrot von den weißen Brüsten ab, die wie Laternen in der Dunkelheit hingen; Schenkel wölbten sich und schimmerten; weintraubenrote Homunkuli schnellten aus Hosenbeuteln... Julius konnte nicht feststellen, ob er diese Dinge wirklich sah oder ob er sie sich nur einbildete.

»Komm schon«, sagte Blommardine dicht neben ihm. »Er hat nichts dagegen. Er ist der König der Liebe.«

Sie versuchte es mit ihren alten Tricks.

Er sah hinüber zu Fierens, der mit ausgestreckten Armen wie eine Karikatur des Gekreuzigten dalag. Die Zeigefinger beider Hände hatte er zwischen die Beine von zwei Tänzerinnen geschoben, die rechts und links von ihm lagen, bebend, als würden bereits in seiner Berührung übernatürliche Kräfte stecken. Eine dritte Tänzerin hockte, ekstatisch um sich tretend wie eine Anhängerin des Kybele-Kults, auf seiner Männlich-Göttlichkeit.

Sein Gesicht verriet keinerlei Gefühle.

Julius überkam das dringende Verlangen, an diesem unanständigen Treiben, diesem Fest widerlicher Wonnen, teilzunehmen. Vielleicht war die Wollust wirklich der Ursprung aller Sünden, wie die Kirche behauptete. Oder waren Wollust und Liebe verschiedene Seiten derselben Münze, wie die Jünger des Freien Geistes behaupteten? Noch eine Minute, und er wäre verloren. Ich bin Gras, dachte er, Heu, das sich von jedem Windhauch fortblasen läßt...

Dieses Bild rettete ihn. Er erinnerte sich an einen Tag vor langer Zeit, an dem Bosch ihn in sein privates Atelier geführt hatte – tags zuvor hatte Julius sich hineingeschlichen, um sich heimlich umzusehen (fast war es, als hätte Bosch davon gewußt) –

und ihm den Auftrag zeigte, an dem er arbeitete. Es waren die Innenseiten des verschlossenen Triptychons, dessen Außenansicht ihn so verfolgt hatte; der Pilger der Liebe auf der gefährlichen Straße des Lebens. Innen kam ein Gemälde in den herrlichsten Rosa-, Blau- und Gelbtönen zum Vorschein, die man sich nur vorstellen konnte, ein Heuwagen, neben dem sich links eine Darstellung der Erbsünde befand, auf der Engel wie Stechmücken vom Himmel fielen, und rechts eine Hölle.

Oben auf der gewaltigen Heuladung hockte ein Liebespaar, flankiert von einem Engel und einem Teufel, der auf seinem Balgrohr blies; hinter dem Wagen, um den eine zankende Menschenschar wimmelte und drängelte – Arbeiter, Notare, Klosterschwestern, Kaufleute, Marktschreier, Junge und Alte –, ritten ein Papst und ein Kaiser, und vorneweg liefen maskierte Teufel. Und von oben blickte Christus voller Trauer und Resignation aus den Wolken der Herrlichkeit herab.

»Was bedeutet das?« hatte Julius gefragt, nachdem er das Triptychon gelobt hatte, denn er hatte noch nie etwas so Unheimliches und Erstaunliches und zugleich Schönes gesehen.

»Heu«, hatte ihm sein Meister erklärt. »Der Stoff, aus dem die Welt gemacht ist. Alle greifen danach, aber es ist hohl. Heu… das bedeutet ›nichts‹. Alles ist eitel, sagt der Prediger.«

»Komm«, sagte Blommardine, die Julius' Arm umklammert hielt und ihn auf vertraute Weise streichelte. »Du weißt, was ich meine, brüderlicher Geliebter.«

Julius schüttelte sich. Er dachte an Elisabeth, die geduldig auf ihn wartete. Er hatte das sonderbare Gefühl, daß er durch sein Verhalten in diesem Augenblick entscheiden konnte, ob ihr Kind ein Engel oder ein Teufel würde.

»Komm schon, du lahmer Enterich. Worauf wartest du?«

Er riß sich von ihr los.

»Nein«, murmelte er. »Heu…«

»Heu? Wovon redest du? Heu? Möchtest du balgen?«

»Heu«, sagte er, wobei er hilflos mit den Armen ruderte und hoffte, daß ihm eine Ausrede einfallen würde. »Heu … das ist es. Ich habe zuwenig geschlafen. Muß mich ins Heu werfen.«

Sie starrte ihn an, als wäre er nicht ganz bei Sinnen. Dann verengten sich ihre Augen – grüne Hexenaugen, die sich nicht davon täuschen ließen, daß er sich verhaspelt hatte.

»Du bist verliebt«, sagte sie ihm auf den Kopf zu. »Du bist noch immer verliebt. Du bist in die Königin verliebt.«

Er konnte es nicht abstreiten.

»Das wird dir noch leid tun«, sagte sie, wandte sich um und tänzelte leichtfüßig davon zu einem Grüppchen, das das Schwert der Gerechtigkeit umringte.

Wenn sie sagte, es würde ihm noch leid tun, stimmte das normalerweise auch, dachte er.

»Er ist in die Königin verliebt«, meinte er sie sagen zu hören.

Die anderen drehten sich um und sahen ihn an. Da wurde ihm klar, daß sie gar nicht die Absicht gehabt hatte, mit ihm zu schlafen. Es war eine List gewesen. Sie ließ nicht gern locker.

Julius stolperte aus dem Saal, durch das schwere Portal und in die Nacht hinaus. Auf dem Kopfsteinpflaster knirschte früher Frost, und am mondlosen Himmel pulsierten winzige Lichtpunkte.

Er ging den Weg, den er immer ging.

Auf einmal schien eine Sternschnuppe wie ein heimkehrender Engel geradewegs auf das Haus zu fallen, in dem sich seine wahre Liebe befand.

24

Die Bewohner der Stadt wußten nicht genau über sämtliche Ausschweifungen am Hof Bescheid. Zwar hätte nichts, was dort vor sich ging, Schuldgefühle bei denen wecken können, die daran teilnahmen, denn wenn der Herr über die ganze Erde es billigte, war es wahrlich gerechtfertigt. Wenn Gott im Anführer war und der Anführer – wie in manchen Fällen tatsächlich – in ihnen, konnte nicht die Rede davon sein, daß man etwas Schlechtes tat. Vielmehr war es schlecht, diese Möglichkeit überhaupt in Betracht zu ziehen.

Aber die Stadtbevölkerung konnte sich mehr oder minder vorstellen, was sich dort abspielte, und einige Leute begannen über das Gepränge und die Pracht, die jedermann mit eigenen Augen sehen konnte, zu murren. Es war schön und gut, daß sich der König, seine Frauen und seine Freunde mit Prunk umgaben, aber alle anderen lebten wie die Kirchenmäuse – ausgesprochen armselige Kirchenmäuse.

Da Murren in Rensburg verboten war, mußte die Situation schon recht schlimm sein. Und der Prophet Bahlmann-Nathan verschlimmerte sie noch zusätzlich. Eines Tages stellte er sich auf den Marktplatz und verkündete, Gott würde jedes Zuviel an Kleidung verabscheuen. Er sprach drei Stunden lang über dieses Thema, aber das war die Quintessenz. Und die genügte Fierens.

Er ließ bekanntgeben, daß Kleidung und Bettzeug streng rationiert werden sollten; alles Überschüssige mußte unter Androhung der Todesstrafe ausgehändigt werden. Sämtliche Häuser wurden durchsucht und dreiundachtzig Wagenladungen eingesammelt; und obwohl ein Großteil davon dazu diente, die eifrigen Neuankömmlinge, die nach wie vor aus Holland und Friesland herbeiströmten, und die aus der Armee des Bischofs desertierten Landsknechte zu wärmen und anzulocken, landeten die allerbesten Stücke im Palast neben dem Dom.

Natürlich murrten die Leute daraufhin noch mehr. Das Wetter – inzwischen war es Spätherbst – wurde allmählich wieder kalt. Ein eisiger, beißender Ostwind hatte eingesetzt und brachte Katarrh und Fieber mit sich. Die Kluft zwischen dem Überfluß am Königshof und dem Elend des einfachen Bürgers wurde selbst für jene unerträglich, die sie zuvor stillschweigend erduldet hatten.

Fierens jedoch, der alles vorhersah (hatte er diese Menschen nicht geschaffen?), verstand ihre Engstirnigkeit und Beschränktheit und bereitete ein pompöses Spektakel für sie vor. Er wußte, wie sehr sie so etwas liebten.

Auf dem Podium am Marktplatz wurde ein gewaltiger Thron aufgestellt. Er war mit goldenem Stoff überzogen und beherrschte, die Bänke für die königlichen Ratgeber und Propheten überragend, den gesamten Platz. Rings um den Platz waren in wohlüberlegten Abständen jetzt so viele Kopien des königlichen Antlitzes angebracht, wie Julius und sein Helfer hatten fertigstellen können.

Posaunen erschallten, die Bevölkerung wurde zusammengerufen, und zu den aufwühlenden Klängen einer Fanfare marschierte eine Prozession höfischer Würdenträger, an ihrer Spitze das Schwert der Gerechtigkeit und unter ihnen der Prediger Hass, jetzt königlicher Redner, feierlich auf den Berg Zion; so hieß der Domplatz inzwischen. Die königliche Leibgarde, aus Zugewanderten und Landsknechten zusammengesetzt, trat an und bildete um den Thron einen großen Kreis. Als sie endlich Posten bezogen hatte, kündigte ein weiterer Fanfarenstoß die Ankunft des Königs über die ganze Erde an, der auf einem weißen Zelter einherritt, in der Hand eine Weltkugel und auf dem Kopf eine goldene Krone.

Nachdem er abgestiegen war, schritt er die Stufen zum Thron empor, während der Profos und seine Männer die Menge zu Hochrufen antrieben und die Stimmung aufpeitschten.

Mit maskenhaftem Gesicht und Augen, die sich bis in die Seele eines jeden bohrten, auf dem sein Blick ruhte, wartete er eine Zeitlang gelassen ab, während die Menge die Erhabenheit des Schauspiels auf sich wirken ließ. Zu beiden Seiten stand ein schöner blonder Page – der zur Linken mit einem Exemplar des Alten Testaments, das symbolisierte, daß der König Davids Nachfolger war, ausgestattet mit der Vollmacht, Gottes Wort neu auszulegen; der zu seiner Rechten hielt ein blankes Schwert in der Hand.

Plötzlich schnellte die rechte Hand des Königs zu einem Gruß empor. Ein Teil der leicht zu beeinflussenden ehemaligen Nonnen hielt ehrfürchtig die Luft an, und sämtliche Geräusche erstarben. Sogar der Ostwind, der welkes Laub über das Kopfsteinpflaster gefegt hatte, schien sich ehrerbietig zurückzuhalten.

»Pomp«, sagte der König und hielt inne, blickte sich effektheischend um, schaute mit seinen funkelnden Augen prüfend in jede einzelne Seele. »Was ist Pomp? Was ist der Sinn des Pomps?«

»Daß Ihr Euren Kadaver mit Putz bedeckt, während aufrechte Männer nackt einhergehen«, schrie eine Stimme aus der Menge.

Der Profos fegte zischend durch die Menschenmasse.

»Ach, mein geliebtes Volk«, fuhr Fierens fort. »Wieviel Schlechtigkeit lauert doch unter uns. Was ihr soeben gehört habt, war des Teufels Stimme. Aber ich bin dankbar, daß ihr sie gehört habt, denn sie bedeutet, daß unser Widersacher verzweifelt ist. Er weiß, daß das Ende nahe ist und daß er hier in dieser Stadt, in unserem Neuen Jerusalem, kaum eine Chance hat zu siegen. Denkt nicht, daß ich eure Ängste, eure Entbehrungen nicht verstehe. Und bildet euch nicht ein, daß es mir keinen Kummer bereitet, in Pomp – jawohl, Pomp, ich benutze bewußt dieses Wort, das den Teufel aufschreien ließ –, daß ich in Pomp lebe, während ihr unter Entbehrungen leidet. Ach, mein Volk, wie gerne würde ich mit euch tauschen, denn schöne Gewänder zu tragen und köstliche Dinge zu essen bedeutet mir nichts. Ich verspüre keine weltlichen und fleischlichen Gelüste. Ich tue diese Dinge nur, weil wir von dieser Welt sind, weil die Welt auf den König und seinen Hof blickt. Wir müssen in gebührender Herrlichkeit und, jawohl, Pomp leben – zum Ruhme Gottes und seines Reiches auf Erden. Wir dürfen uns nicht unrühmlich verhalten. Aber ich versichere euch, mein geliebtes Volk, wenn ihr nur noch eine kurze Weile Nachsicht mit mir habt, werde ich euch zu solchen Freuden führen, solcher Pracht, soviel eigenem Pomp, wie ihr nur irgend auskosten und genießen könnt. Ihr werdet auf silbernen Stühlen sitzen und von silbernem Geschirr essen, auf dem sich saftigeres Fleisch und Geflügel und Obst türmt, als ich es je gesehen habe. Und wenn es euch gefällt, werde ich euch bedienen. Dann endlich ist das dritte Zeitalter angebrochen. Verkünde es dem Volk, königlicher Redner.«

Gehorsam stand Hass auf und verkündete mit tönender Stimme, daß das erste Zeitalter das der Sünde gewesen sei und bis zur Sintflut gedauert habe; das zweite Zeitalter sei das Zeitalter der Verfolgung des Kreuzes gewesen und habe bis zum heutigen Tage angedauert; und das dritte Zeitalter sei das Zeitalter der Vergeltung und des Triumphes der Heiligen. Dann erläuterte er, daß Christus versucht habe, die sündige Welt zur Wahrheit zurückzuführen; daß die Kirche seine Lehren aufgegriffen und zunichte gemacht habe; daß sich die Christenheit in den Fesseln einer Gefangenschaft befände, die schlimmer sei als die babylonische; und daß Christus im Begriffe sei wiederzukehren.

»Er hat Sein Königreich bereits in Rensburg errichtet und an dessen Spitze Seinen neuen David gesetzt. Alle Prophezeiungen des Alten Testaments haben sich bereits erfüllt«, erklärte der königliche Redner und nickte bekräftigend mit seinem großen Kopf.

Ein Teil der Versammelten, wenn auch nicht alle, tendierte offenbar dazu, seine Vision zu bestätigen.

»Jetzt müßt ihr, die Heiligen, ausziehen, an eurer Spitze das Schwert der Gerechtigkeit, um das Königreich Gottes hinauszutragen, bis es die ganze Welt umfaßt«, fuhr Hass fort. »Jetzt wird es nicht mehr lange dauern, bis Christus in Macht und Herrlichkeit als König und Herrscher wiederkehren wird; und mit eurer Hilfe, meine Kinder, mit Hilfe der Bevölkerung von Rensburg, ausgewählt und auserwählt, wird Er den Teufel und jene, die sein Werk verrichten, bezwingen und die Greuel der Verzweiflung ein für allemal verjagen. Sprecht mit mir, meine Kinder. Die Ehre aller Heiligen ...«

Die Menge, der man diese Litanei gründlich eingebleut hatte, brüllte sie hinaus, als würde sie tatsächlich auf den Feind losstürmen.

»Die Ehre aller Heiligen ...«, brüllten sie.

»... fordert es, Rache zu nehmen ...«, schrie Hass.

»... fordert es, Rache zu nehmen ...«, wiederholten sie.

»... gnadenlose Rache an denen ...«

»... gnadenlose Rache an denen ...«

Und im Chor mit ihm brüllten sie die abschließende Wendung.

»... die nicht das Zeichen tragen.«

»Was ist das Zeichen?« fragte Hass.

»ES IST DAS ZEICHEN DER TÄUFER.«

»Dann werden wahrlich ein neuer Himmel und eine neue Erde zum Vorschein kommen«, sagte Hass, »darin ihr, meine Kinder, befreit von eurem langen Joch unter den Gottlosen, ohne Hunger und ohne Schmerz, ohne Angst und ohne Tränen leben werdet. Denn was früher war, ist vorüber. Es wird keine Fürsten und keine Herren mehr geben, alle Güter werden allen gemeinsam gehören, und Gold und Silber werden nicht mehr der Eitelkeit der Reichen dienen, sondern den Kindern Gottes, denn diese werden die Erben der Erde sein. Und weiß Gott, noch mehr als ...«

»Gott weiß«, wiederholte Fierens plötzlich von seinem erhabenen Thron, und man spürte, daß er es auch wußte. »Gott weiß. Denn wer kennt besser als Er die Widerwärtigkeiten und die Leiden, die Schmerzen und Mühsale, die Entbehrungen, Krankheiten und Demütigungen, die Versuchungen und Hindernisse, die höhnischen Bemerkungen und Ärgernisse, Verwundungen und Unfreundlichkeiten, Spötteleien und Unverschämtheiten, Härten, Hungersnöte, Läuterungen und Unruhen, unter denen ihr gelitten habt. Aber je größer das Leiden, um so größer die Herrlichkeit. Und wenn in den Tagen, die da kommen, an mich die Frage gerichtet wird, wer zu meiner Rechten sitzen soll, werde ich mich für dich einsetzen und für dich und dich…«

Wieder schnellte seine Hand nach vorn, deutete hierhin und dorthin in die Menge, so daß die Leute drängelten und sich durchkämpften, um in den Strahl seiner Gönnerschaft zu gelangen.

»Und für mich… für mich, Herr.«

»Und für dich und für dich… Denn…«, schloß er endlich, »ihr seid mir teurer als mein Leben, und ich werde mich für euch Gerechte einsetzen und euch wie ein Schäfer in das Neue Jerusalem geleiten, auch wenn am Ende dessen Tore vor meiner Nase zuschlagen sollen.«

»Nein, niemals«, schrien sie. »Ihr sollt als erster gehen. Der König soll bekommen, was ihm zusteht.«

Aus den Augen der Klosterfrauen strömten Tränen. Kräftige Landsknechte wischten sich die Augen. Jetzt murrte niemand mehr. Julius, der sich den Weg durch die Menge gebahnt hatte, rutschte plötzlich aus. Als er auf den Boden sah, stellte er fest, daß er in eine Lache warmen Blutes getreten war.

Je länger Julius das Gemälde betrachtete, um so größer wurden die Macht und der Sog, die es auf ihn ausübte.

Schließlich verfolgte die religiöse Malerei meistens die Absicht, dem Betrachter Glauben und Verständnis nahezubringen. So war es vielleicht nicht überraschend, daß von diesem irdischen Paradies, so grandios ausgeklügelt und geplant, so meisterhaft ausgeführt, eine ganz eigene, übermächtige Wirkung ausging.

Hier war ein großer Geist am Werk, der sich seiner als Mittler bediente – bezaubernd, anregend, besänftigend, entzückend, unwiderstehlich –, dem er sich nur zu unterwerfen brauchte, damit er zu ihm sprach (wie schon früher einmal) oder damit sich der Garten, wie bei jener schicksalhaften Begebenheit vor einigen Monaten, eines Tages noch einmal auftun und ihn und seine Geliebte endgültig aufnehmen würde.

In letzter Zeit jedoch war ihm der Garten der Lüste – und auch der Garten Eden – hartnäckig verschlossen geblieben und hatte ihm nur gestattet, zu staunen und Mutmaßungen anzustellen. Dafür schien die Hölle immer näher zu rücken. Wenn er durch die Stadt wanderte, begegnete er vertrauten Gesichtern, und sobald er zurückkehrte, suchte er sie auf dem Bild – diesen Soldaten, jenen Dämon, das Mädchen mit dem Würfel auf dem Kopf. Freilich gab es in der Stadt keine Mädchen mit Würfeln auf dem Kopf – man hätte sie ihnen abgeschnitten, die Würfel, und die Köpfe gleich dazu –, aber es gab welche mit diesem Ausdruck fader Neugier im Gesicht. Ja, tatsächlich, da war sie, neben dem den Jäger spielenden Hasen; er hatte sie erst heute auf dem Berg Zion gesehen.

Wieder einmal hatte sich Julius in sein Atelier zurückgezogen, um den Massen und dem Königshof und den zahllosen königlichen Porträts zu entgehen, die ihn an jeder Ecke anstarrten, um sich aufs neue dem Problem zu stellen. Er war dankbar für dieses Atelier. Zur Zeit war es schwierig, irgendwo allein zu sein – überall waren Menschen, überall Stimmen und Zeugen, fremde Sprachen, Predigten, Bestrafungen, Wachen, Diakone, Verhaftungen, Bekanntgaben, Geißelungen und Hinrichtungen.

Er hatte sich eine Werkstatt im Palast eingerichtet. Nachdem der königliche Redner ihm vorgeschlagen hatte, ihn zu porträtieren, hatte Julius ihn um einen Raum gebeten, in dem er ungestört malen konnte.

»Nichts einfacher als das«, hatte der königliche Redner geantwortet; es war sein erster kurzer Satz in dieser Woche.

Damit bekam Julius die großartige Gelegenheit, ab und zu in einem wärmeren Raum zu arbeiten – im Palast herrschte kein Mangel an Brennholz –, und Hans-Peter war auch untergebracht; denn obwohl er ein durchaus fröhlicher Bursche war, ging er Julius im Atelier irgendwie auf die Nerven. Im Atelier mußte er einfach allein sein.

Da stand er nun wieder einmal, allein mit diesem scheußlichen, quälenden Ostwind, der draußen blies; mit dem fallenden und wie verlorene Seelen durcheinanderwirbelnden Herbstlaub und mit den Lumpen, die er in das Gitterwerk gestopft hatte, um den Luftzug auszusperren.

Julius freute sich keineswegs auf den Winter. Niemand in der Stadt freute sich darauf. Man war allgemein der Ansicht, daß Christus, falls er wiederkehrte, wahrscheinlich bis zum Frühling warten würde.

Wieder einmal beschäftigte sich Julius mit seiner Wand, überprüfte die Details auf der Tafel, die er vorbereitet hatte, um sie der Kapelle zu übersenden, sobald sie fertiggestellt war. Er hatte bereits damit begonnen, im oberen Drittel der Tafel einige dem Stadtleben entnommene Szenen zu skizzieren…

Die zusammengetriebenen Opfer, die aus der Stadt verjagt und von Freunden begleitet wurden, ergaben zum Beispiel eine zur Hölle passende Prozession. Und weiter oben boten sich bereits Möglichkeiten für eine Feuersbrunst. Die Stadt hatte in letzter Zeit mehrere unnatürlich große Brände erlebt, teils durch die Unachtsamkeit von Zuwanderern verursacht, teils durch Zufallstreffer des Feindes.

Es war beeindruckend gewesen, als die Belagerer eine Windmühle in Brand gesteckt hatten, die nicht weit von der Stadt entfernt auf einem kleinen Hügel neben einer Brücke stand. Sie hatte wie eine Laterne geleuchtet, und ihre flammenden Flügel hatten in der Dunkelheit wie Feuerstrahlen ausgesehen.

Bei einem anderen Feuer waren die Flammen dahingeflossen wie ein reißender Lichtstrom, der sich durch ein Tor ergießt. Eine reizvolle Wirkung; auch die hatte er in der Skizze festgehalten. Was den möglichen Hintergrund betraf, durfte er optimistisch sein, aber dem zentralen Problem war er noch keinen Schritt näher gekommen – jener Lücke unter dem Tablett mit dem Dudelsack, um den herum die Sünder von der Käfernonne, dem Vogelmann und der gehörnten Frau im Kreis geleitet wurden.

Wieder hatte er die Szene rechts davon betrachtet, weil er hoffte, sie würde ein Licht auf das Problem werfen. Sie zeigte einen Sünder, der rückwärts ein rasierklingenscharfes Messer hinunterrutschte, während über ihm auf einer Scheibe Hunde einen Ritter samt Rüstung verschlangen. Der Messergriff lag auf einem sonderbar warzigen, doppelbrüstigen Gefäß auf, während der Klingenrücken auf einem glatten, bauchigen Krug balancierte. Darunter ritt ein bärtiger Unhold mit ausgemergeltem Gesicht ungeduldig eine dicke aufgezäumte Mähre von einer Frau, die mit schamlos dargebotenen Brüsten und Gesäßbacken dahinkroch, während ein Schwamm auf einer Lanze herangeführt wurde, um ihr Hinterteil abzuwischen und sie zu weiteren Schlüpfrigkeiten anzuspornen.

»Was bedeutet das?« stöhnte Julius.

Allmählich bedrückte ihn die Vorstellung, daß ihm nicht mehr viel Zeit blieb, daß er die Stadt nicht mit Elisabeth und ihrem Kind würde verlassen können, wenn er die Hölle bis dahin nicht vollendet hätte. Sie strahlte eine kalte Hitze aus, die nicht wärmte. Julius zitterte. Womöglich bekam er Fieber.

Da plötzlich hörte er wieder die Stimme.

»Fleischeslust, das ist des Messers Schneide. Wenn sie beherrscht wird, bleibt das Gebäude des Lebens unversehrt. Wird sie mißbraucht, fällt es entzwei.«

»Wer bist du? Sprich weiter zu mir«, rief Julius.

Hatte sie wirklich gesprochen, oder war es wieder eines jener Trugbilder, die ihn derzeit häufig heimsuchten?

Er bekam keine Antwort. Die Wand stand ihm mit ihren klaren Farbschattierungen und ihrer höllenhaften Röte gegenüber. Aus der unteren rechten Ecke des irdischen Paradieses fixierte ihn der Großmeister mit funkelnden Augen.

»Vater«, sagte er verzweifelt. »Warum ich?«

Es blieb ihm nichts anderes übrig, als aufs neue zu versuchen dahinterzukommen. Wenn die Krüge und das Messer die Lektion enthielten, daß das Leben zusammenbrach, wenn die Liebe mißbraucht wurde, dann mußte dieses monströse Gebilde in der Mitte, teils geborstener Kadaver, teils Ei, teils morscher Baum, dessen tote Strünke in festgefrorenen Kähnen steckten… dann mußte das doch gewiß auch zerstörtes Leben bedeuten?

Der Baum war verdorrt, das Ei verfault und zerbrochen, das Meer zugefroren, der Kahn fuhr nirgendwohin… das Leben war ganz und gar zerstört. Und so sollte es sein. Immerhin war das die Hölle. Das Bild glich dieser Stadt. Deshalb war er hierhergeschickt worden.

Es mußten noch andere Hinweise vorhanden sein. Es gab tatsächlich einen Schlüssel – man hätte ihn für ein Symbol der Erkenntnis halten können –, links neben dem zerstörten Ei-Kadaver, aber er war ein Folterinstrument. Es gab eine Laterne, die Licht spendete – aber sie war ein Gefängnis für die Verdammten, die wie Motten in einer Kerzenflamme verbrannten. Es gab sogar ein gewaltiges Paar hodenartige Ohren – die jedoch nicht zum Hören dienten –, getrennt durch eine penisartige Messerklinge; vermutlich verkörperten sie die aufmerksamen Hilfskräfte der Wollust. Vielleicht enthielten diese Hinweise die Antwort, aber Julius konnte sie nicht entziffern. Er kehrte zur Bildmitte zurück.

Was benötigte dieses trostlose und verwüstete Ungetüm, halb Tier, halb Pflanze? Was konnte man ihm noch Schreckliches hinzufügen?

Er dachte an abscheuliche Krallen und häßliche Körperöffnungen, an rotglühende Exkremente und geschmolzenes Erbrochenes, leprazerfressene Brüste und lebendige weibliche Geschlechtsteile; er zog schleimige reptilartige Wesen und Chimären in Betracht, die halb Krokodil, halb Pflanze waren; er spielte sogar mit dem Gedanken der Geburt eines Monstrums, teils alchimistischer Homunkulus, teils Insekt.

Doch am Ende – es wurde dunkel und bitterkalt (denn an Kerzen herrschte ein ebensolcher Mangel wie an Feuerholz) – mußte er sich wieder einmal geschlagen geben.

Er weinte vor Enttäuschung und haderte mit seinem Vater, mit den Brüdern, die ihn in diese Situation gebracht hatten, mit dem Leben und sogar mit der Liebe, die daran schuld war, daß er sich so elend fühlte.

Als er das Atelier verließ, um in seine kalte und freudlose Behausung zurückzukehren – früher hatte Blommardine wenigstens dafür gesorgt, daß es warm war –, drehte er sich noch einmal um, um in der Fensterscheibe sein Spiegelbild zu betrachten.

Er war entsetzt über die ausgemergelten Gesichtszüge und die gehetzten Augen, die ihm entgegenstarrten. Wie konnte Elisabeth eine solche Vogelscheuche lieben? Er hatte seit geraumer Zeit nichts mehr gegessen. Vielleicht sollte er versuchen, etwas zum Abendessen aufzutreiben …

Und da sprach die Stimme wieder zu ihm. Oder war es die Stimme seines Vaters? Oder die seines alten Meisters? Kam sie überhaupt aus dem Paradiesgarten? Oder aus seinem Kopf? Jedenfalls ertappte er sich dabei, daß er die Worte wiederholte, die er vor vielen Jahren in Bois-le-Duc gehört hatte.

»Wenn du eine Gestalt ansiehst, irgendeine Gestalt, worauf schaust du als erstes?«

»Auf den Kopf«, sagte er laut zu seinem Spiegelbild, »das ist doch klar.«

Das war das Ungeheuer, das er brauchte: einen Kopf. Und wohlgemerkt, nicht irgendeinen Kopf. Der freie Platz paßte nur für einen ganz bestimmten Kopf. Einen Kopf, der sich in dieser Stadt und in der ganzen Geschichte als fürchterlicher erwiesen hatte als jeder böse Höllengeist, den man sich vorstellen konnte: den menschlichen Kopf, was sonst. War es nicht der menschliche Kopf mit seiner Gier nach den Früchten vom Baum der Erkenntnis, der den ganzen Ärger überhaupt erst heraufbeschworen hatte?

Die einzige Frage war nur, wessen Kopf.

Der Kopf war die halbe Lösung des Rätsels.

26

Trara. Trara-tara-trara.

Julius hatte den Schall der Posaunen fürchten gelernt. Früher hatten sie zum Kampf geblasen. Vor der Ausrufung des Königreichs hatten sie militärischen Zwecken gedient, bedrückend vielleicht, aber notwendig. Aber diese Posaunen – wenn auch ebenso beunruhigend für die, die ihrem Ruf nicht folgten – waren nicht notwendig.

Julius registrierte, daß es sich keineswegs um die Trompeten vom Schlachtfeld handelte, bei deren hellem Klang sich alle Muskeln anspannten, sondern um die alten Posaunen aus Bois-le-Duc, die Theaterposaunen, die das Volk auf einen Umzug aufmerksam machen sollten, der Tusch vor der Vorstellung. Fierens spielte wieder seine alten Spielchen. Laßt die Posaunen erschallen, gleich beginnt die Vorstellung.

Trara. Trara-tara-trara.

Man spürte das erwachende Interesse in der Stadt, spürte, wie Türen geöffnet, Gewänder gegürtet, Strümpfe glattgestrichen wurden, Füße unruhig scharrten.

Trara. Trara-tara-trara.

Die Posaunen erklangen zum dritten Mal – es war einer dieser goldenen Morgen im Spätherbst, die einen herrlichen Tag verhießen –, und die Leute strömten auf den Berg Zion, wohin sie eine Woche zuvor der Prophet Bahlmann gerufen hatte.

»Die Männer sollen bewaffnet kommen. Und die Frauen und Kinder, auch die Neugeborenen, sollen sie begleiten. Denn gemeinsam werdet ihr, die Kinder Gottes, aus der Stadt marschieren. Die Kraft eines jeden von euch wird sein wie die Kraft von zwanzig Männern. Erfüllt von der Kraft des Herrn, werdet ihr erscheinen wie Engel. Alsdann werdet ihr in das verheißene Land ziehen, und auf dem Weg dorthin werdet ihr weder Hunger noch Durst, noch Müdigkeit verspüren. All dieses wird der leidenschaftliche Eifer des Herrn der Heerscharen zuwege bringen.«

Und so stellten sie sich alle auf. Viele Mütter, die Angst um ihre Kinder hatten, flehten den Propheten an, aber er blieb unerbittlich.

»Die Neugeborenen werden mit weisen Schlangenzungen reden«, rief er. »Sie werden Verwirrung stiften unter jenen, die ihnen entgegentreten.«

»Wo gehen wir hin, Mutter?« fragte ein Kind.

»In die ewige himmlische Herrlichkeit«, antwortete der Prophet.

»Ist es dort warm?« fragte das Kind.

»So warm wie in Abrahams Schoß«, lautete die Antwort.

»Aber jetzt ist es kalt«, rief die Mutter. »Mein Jüngstes trinkt noch an der Brust.«

»Es wird noch heute die Milch der Wahrheit trinken«, beteuerte der Prophet, »die aus den Brüsten der Gerechtigkeit quillt.«

»Wahrheit?« schrie die Mutter. »Die Wahrheit ist eine dünne Hafergrütze.«

»Genug geschwätzt«, rief der Prophet streng. »Seht! Der König reitet voran in den Krieg.«

Und tatsächlich kam Fierens, phantastisch gekleidet und herausgeputzt, in diesem Augenblick mit seinem gesamten Hofstaat auf den Berg Zion geritten.

Feierlich inspizierte er seine Truppen – die Männer mit ihren Schwertern und Piken, die ehemaligen Nonnen und die Äbtissinnen mit ihren Krummstäben, die Mütter mit ihren Kindern – und ernannte Hauptleute, die die einzelnen Gruppen anführen sollten.

Die Inspektion erforderte viel Zeit, weil der König es sich nicht nehmen ließ, für jedes Kind einzeln zu beten, vor allem für die mit den hübscheren Müttern; aber endlich war auch dies geschehen, und der König nahm seinen Platz an der Spitze der Prozession ein.

Er hob den Arm zu einem römischen Gruß, rief mit donnernder Stimme: »Gnadenlose Rache« und dann: »Ein Schafstall, eine Herde, ein König«, gab seinem weißen Zelter die Sporen und ritt die Straße hinunter auf die massiven Eichenportale des Westtors zu.

Dort angelangt, blieb er stehen und rief der Wache gebieterisch zu: »Entriegelt die Tore, und laßt die Heerscharen des Herrn passieren.«

Doch als die gewaltigen Querbalken aus abgelagertem Holz, dicker als Schiffsmasten, scharrend zurückgezogen wurden und die Tore in ihren gewaltigen Angeln zu ächzen begannen, erschallte erneut die Stimme des Königs.

»Haltet ein!«

Die gewaltigen Tore krachten wieder zu. Die Querbalken wurden wieder vorgeschoben und rasteten in ihre eisernen Bügel ein. Soldaten, Wachen, ehemalige Klosterfrauen, Mütter und Kinder sahen einander erstaunt an.

»Ich habe euch nur auf die Probe gestellt«, sagte der König. »Jetzt bin ich eurer Treue und Ergebenheit vollkommen sicher. Und nun zurück zum Berg Zion, wo ich euch zur Belohnung ein Gelage habe bereiten lassen.«

Das war typisch für diesen Mann, dachte Julius. Er hätte einen exzellenten Unterhalter abgegeben! Nein, korrigierte sich Julius, er entpuppte sich als regelrechter Künstler. Eine ganze Stadt war sein Ensemble, die Welt sein Publikum. Überraschungen, Illusionen, Theatervorstellungen, Rätsel, Kunststücke, Mitleiderregendes, Grausames, Spektakuläres – jeder dramaturgische Trick wurde angewandt, um eine überbordende Fülle an Effekten zu erzielen.

Alles eilte zurück auf den Marktplatz – dort waren in der Zwischenzeit riesige Tische aufgestellt und Bänke herbeigeschafft worden, Platz genug für alle, jung und alt. Und jetzt fingen Köche an, Brotlaibe und gebratenes Fleisch zu verteilen, während Kellermeister Bier und Wein ausschenkten. Es war ein Fest, wie viele von ihnen es noch nie erlebt hatten – oder, soweit es sich um alteingesessene Bürger der Stadt handelte, zumindest seit Monaten nicht mehr.

Fierens und Blommardine und zahlreiche Höflinge halfen beim Servieren. Bis sich alle satt gegessen und getrunken hatten, war es später Nachmittag. Einige wurden allmählich schläfrig, anderen, deren Mägen den plötzlichen Ansturm üppiger Köstlichkeiten nicht bewältigen konnten, wurde allmählich schlecht. Doch alle mußten sitzen bleiben, während der König, die Königinnen und die Höflinge kleine Brotstücke und noch mehr Wein austeilten; denn der königliche Redner hatte noch eine besondere Überraschung für sie. Sie kämen als erste Menschen auf der Welt in den Genuß, sagte er, die Neue Kommunion der zweiten Wiederkehr zu empfangen.

Keiner, auch wenn er noch so müde und wenn ihm noch so übel war, durfte sich vom Fleck rühren, bis Hass seinen Sermon beendet hatte. Die Andacht, die sich um die Neue Kommunion rankte, war lang und weitschweifig. Im wesentlichen ging es darum, daß das Brot der Leib des wiederkehrenden Christus und der Wein sein bereits pulsierendes Blut war und beides – während die Versammelten es aßen und tranken – in ihnen zu Fleisch und Blut würde, wodurch sie wahrhaftig zu Christi Brüdern und Schwestern wurden.

Ein paar Übersättigte erbrachen sich unauffällig während dieses langen Vortrags, und die Mütter waren ganz erleichtert, als sie endlich ihre Kinder ins Bett bringen durften, auch wenn sich die ehemaligen Nonnen, die Zugewanderten und die bekehrten Landsknechte darüber zutiefst betroffen zeigten.

Nun war es an der Zeit, daß der König mit seinem Hofstaat tafelte, was an einem eigens vorbereiteten, erhöhten Tisch vor aller Augen geschah.

»Es gibt keine Bevorzugung, wie ihr seht«, rief der Herr über die ganze Erde. »Wir essen, was ihr eßt. Wir trinken, was ihr trinkt. Ein Schafstall, eine Herde, ein König.«

Die Masse, von der Leibgarde zurückgehalten, griff die Losung auf.

Nach dem Gelage ließ der König, einer plötzlichen Eingebung folgend, einen gefangenen Landsknecht holen und ihm vor der erhöhten Tafel den Kopf abschlagen. Ein paar Königinnen schrien verärgert auf, als ihre Gewänder bespritzt wurden.

»Und ich hörte eine Stimme, die rief: ›Und alle werden vernichtet werden‹«, tönte beschwörend die nasale Stimme des Propheten Bahlmann, »›die gegen die Wahrheit sündigen und sich nicht von ihren Irrtümern abkehren. Sie sollen vor den König gebracht und verurteilt und mit der Klinge niedergemäht werden. Ihre Namen sollen ausgelöscht werden, und sie werden am Tage des Jüngsten Gerichts keine Gnade finden. Also spricht der Herr.‹«

Die Leute waren, wie jedesmal, beeindruckt von der öffentlichen Hinrichtung, obwohl es weiß Gott schon genügend gegeben hatte. Was bedeutete »gegen die Wahrheit sündigen« und »sich nicht von seinen Irrtümern abkehren«? Im Grunde konnte das alles bedeuten.

27

Fierens und seine Frauen. Ein beheiztes Gemach mit weichen Wandbehängen, dessen Boden ganz mit Kissen ausgelegt war. Die Königinnen, entweder nackt oder in langen Hemden, streichelten sich selbst oder gegenseitig und übten sich so den ganzen Tag in der Kunst der Liebe. Blommardine, die Hauptkönigin, beaufsichtigte ihr fröhliches Treiben, verteilte mit dem Elixier angereicherte Süßigkeiten und ließ gelegentlich den König herbeirufen, auf daß er irgendeine exquisite Köstlichkeit genießen möge – normalerweise kam er dem Ruf freilich nicht nach, denn er war nicht von dieser Welt; aber sie tat es auch, um die Mädchen in Schwung zu halten.

Es war wie ein heißer Liebesquell, der einmal hier, einmal dort emporsprudelte, wenn dieses oder jenes Grüppchen oder Pärchen den Siedepunkt erreichte; und wenn ein Mädchen endlich keuchend und köstlich explodiert war, begann das nächste in einer anderen Ecke wieder träge Anlauf zu nehmen.

Es herrschte ständige Bewegung in diesem Raum. Und still war es auch nie. Ein kleine Salve Seufzer, eine Brise Geflüster, ein kurzer Gelächterschauer nach dem anderen durchzogen spielerisch das Gemach, schienen es in einen Frühlingsgarten zu verwandeln, dessen zarte klimatische Kapriolen dazu dienten, den amourösen Charakter der Jahreszeit zu unterstreichen.

Blommardine hatte Fierens natürlich auch etwas von dem Elixier verabreicht. Aber ob es irgendwelche Auswirkungen auf ihn hatte, ließ sich unmöglich feststellen. Gelegentlich liebte er mit sagenhafter Ausdauer. Sie hatte einen erstaunlichen Tag erlebt, an dem er im Verlauf eines Nachmittags seine sämtlichen Frauen beglückt hatte.

»Mein Samen soll die Erde bedecken«, hatte er bemerkt.

Wenn er so weitermachte, würde es wahrscheinlich dazu kommen, hatte sie gedacht, nachdem er gegangen war und sie das Gesicht der letzten jungen Frau streichelte. Das Mädchen stöhnte noch vor Lust. Blommardine gefiel die Vorstellung, daß die ganze Welt – Felder, Wiesen, Pfade, Geländestufen, Türme, Wüsten, Berge und der Sand am Meeresufer – vom Tau der königlichen Liebe überzogen glitzerte wie an jenem ersten Morgen.

Sie gefiel ihr auch jetzt noch, während sie im Schoß einer jüngeren Königin lag, und sie hätte Fierens gerne davon erzählt, aber heute ließ er sich nicht sehen. Er lag mit offenen Augen reglos auf seinem Diwan und blickte aus himmlischen Höhen auf die Erde herab. Sie wußte, daß sie, obwohl sie die Hauptfrau war, ihr Leben aufs Spiel gesetzt hätte, wenn sie versucht hätte, ihn herunterzuholen, bevor er bereit war. Das hatte er ihr auch gesagt.

»Ich halte die Welt zusammen«, hatte er gesagt.

Sie drehte den Kopf und wandte sich ihrer hübschen Gefährtin zu.

»Wir sind verloren«, murmelte sie. »Verloren.«

»Ich weiß«, sagte das Mädchen. »Aber mir ist es lieber, verloren zu sein, als feststellen zu müssen, daß ich wieder ein Dienstmädchen bin.«

28

Nach so langer, langer Zeit und nach so vielen Demütigungen und Rückschlägen war der Bischof mit der Entwicklung der Situation sehr zufrieden. Geläutert durch die vorangegangenen Schlappen, hatte er neue Landsknechte angeworben, sie unter Berücksichtigung seiner Erfahrungen ordentlich gedrillt und die Belagerung wiederaufgenommen. Nicht nur seinen Beutezügen unterhalb der Stadtmauer war zunehmend Erfolg beschieden, sondern es war ihm auch gelungen, mit einer seiner Kanonen eine Bresche zu schlagen. Natürlich war die Mauer ausgebessert worden. Aber damit war erwiesen, daß es ging.

Als das letzte Mal etwas Vergleichbares passiert war, hatten die Heiligen einen starken Trupp ausgeschickt und sich umgehend gerächt, indem sie Geschütze vernagelt, einen ganzen Trupp Landsknechte getötet und andere zum Desertieren bewogen hatten.

Diesmal hatte kein solcher Ausbruch stattgefunden. Das war gut für die Moral. Und wie so häufig, wenn sich das Schicksal wendet, trat unmittelbar nach dem ersten erfreulichen Ereignis ein zweites ein. Der Fürstbischof von Paderborn hatte Verstärkung geschickt – zweifellos weil er um seinen eigenen Hals bangte, nachdem eine Flut von Flugschriften und Scharen von Propheten aus Rensburg geströmt waren und sämtliche Städte und Länder Deutschlands dringend aufgefordert hatten, ihre Herrscher zu stürzen. Und obendrein hatte der kaiserliche Statthalter weitere Unterstützung versprochen, worauf sich Graf Mansdorf ebenfalls bereit erklärte, einen Beitrag zu leisten.

»Bald brauchen wir die Mauern gar nicht mehr niederzureißen«, sagte der Bischof zu seinem Schwager. »Wir bleiben einfach da sitzen und hungern sie aus.«

»Bald, das mag schon sein. Aber jetzt bestimmt noch nicht«, sagte sein Schwager.

Sein Schwager war etwas verstimmt, weil er gerne eine, wie er es ausdrückte, »ordentlich wogende Schlacht« erlebt hätte, aber es gelang dem Bischof, ihm die Vorteile des Abwartens deutlich zu machen. Der Bischof entwickelte sich dank seines empirischen Vorgehens – zahlreiche Versuche, wie er meinte, und noch mehr Fehlschläge – allmählich zu einem durchaus fähigen General. Seine Schwester betrachtete ihn, wie er sich gern einbildete, jetzt manchmal weniger tadelnd.

»Schon seltsam«, sagte er zu ihr. »Nach unserem letzten Angriff hätten sie die Tore aufmachen, herausmarschieren und uns an Ort und Stelle niedermachen können. Da habe ich ziemlich gepfuscht, fürchte ich.«

»Du hast das Kriegshandwerk nie erlernt. Niemand hat von dir verlangt, daß du dich als General bewährst. Du mußtest es erst lernen.«

»Und ich habe es gelernt, aber um welchen Preis! Die Landsknechte und die Verbündeten haben mich im Stich gelassen. Sie hätten uns fertigmachen können, aber aus irgendeinem Grund haben sie nicht nachgesetzt.«

»Sprich nicht von Gründen«, meinte seine Schwester. »Und rechne nicht mit Vernunft. Diese Währung ist ihnen unbekannt.«

»Angeblich haben sie gar keine Währung«, sagte er. »Sie bezahlen einander in Naturalien.«

»Und ihr König nimmt sich das meiste. Und was gibt er ihnen als Gegenleistung? Naturalien? Eher Fäkalien. Einen Dreck gibt er ihnen, und davon reichlich.«

»Er gibt ihnen Hoffnung. Und Glauben. Ich wünschte um ihretwillen, er würde ihnen Nächstenliebe geben.«

»Das hört sich an, als täten sie dir leid. Ich hoffe, ich muß meine inzwischen eher positive Meinung über dich nicht revidieren. Du darfst einer Krankheit gegenüber nicht nachsichtig sein. Du darfst mit einer solchen Seuche nicht lasch umgehen.

Du mußt sie mit Stumpf und Stiel ausrotten. Du mußt sie bekämpfen wie ein tollwütiges Tier.«

»Ich weiß, meine Liebe«, sagte der Bischof seufzend. »Das haben mir auch meine Verbündeten gesagt. Aber ich kann mir nicht helfen, sie tun mir einfach leid.«

29

Elisabeth bekam ihr Kind Anfang Dezember, mit mehr als einer Woche Verspätung, und die alte Kinderfrau schmuggelte eine Nachricht hinaus, die besagte, daß die Geburt (Gott sei Dank) unkompliziert gewesen sei. Der Junge war kräftig, wenn auch klein, die Mutter schwach, aber unter diesen Umständen wohlauf, und Julius dürfe sie am folgenden Freitag ganz kurz sehen, wenn er über die Gartenmauer komme, nachdem Herr Harting das Haus verlassen haben würde.

Als er kam, lag Elisabeth mit ihrem Baby im Bett, blaß, aber wunderschön.

»Ihr dürft nur zehn Minuten bleiben«, sagte Frieda und ließ die beiden allein.

»Sag Richard guten Tag«, sagte sie.

Er küßte erst sie und beugte sich dann zu dem rosagesichtigen Bündel in ihren Armen hinab.

»Richard Löwenherz«, sagte er. »Ich finde, der Name paßt zu dir. Außer daß du im Augenblick eher nach einem Schmetterlingsherz aussiehst.«

»Nimm ihn auf den Arm«, sagte sie und reichte ihm das raupenförmige Ding.

»Er ist ziemlich klein. Meinst du, er zerbricht?«

»Nur, wenn du ihn fallen läßt. Er ist womöglich zäher als du.«

»Er packt zu wie sein Großvater«, sagte Julius wehmütig, als das kleine Händchen seinen Finger umklammerte.

»Wie geht es dir? Du siehst schmal aus«, sagte sie.

»Mir geht es gut. Da draußen wird das Essen knapp. Sie haben die Belagerung verstärkt.«

»Wir brauchen deine ganze Kraft«, sagte sie. »Ich werde Frieda sagen, sie soll dir was zu essen bringen.«

»Nein, nein. Behaltet, was ihr habt. Ich weiß, daß dein Vater ein wichtiger Mann ist, aber die Lage könnte sich ändern. In dieser Stadt kann man sich auf nichts verlassen. Je eher wir fortgehen, um so besser.«

»Ich kann noch nicht fort, Liebster. Erst in etwa einem Monat.«

Er sah sie an, während er ihr das Baby wieder in den Arm legte. Mutter und Kind waren beide so zerbrechlich. Sie würde die Reise bei dieser Kälte nie überleben. Sie ergriff seine Hand und drückte sie.

»Hast du es Fierens gesagt?« fragte er. »Er muß glauben, daß es zu früh geboren ist.«

»Vater meint, ich soll es ihm noch nicht sagen… er hat so viel im Kopf. Ich soll bis Weihnachten warten.«

»Was? Aber warum denn?«

»Vater meint, das wäre ein hübsches Geschenk für ihn.«

Julius wußte es besser.

»Er möchte einen Jesus aus ihm machen. Er möchte eine zweite Wiederkehr.«

»Nein.« Elisabeth drückte das Baby fest an sich.

»Möchtest du nicht, daß unser Kind der zweite Christus ist?«

Sie sah ihn mit großen Augen an.

»Möchtest du das denn?« fragte sie.

»Ich möchte, daß es der König der Liebe ist. Richard der Großherzige.«

Sie entspannte sich.

»Das wird er sein«, sagte sie. »Wie sein Vater. Was sollen wir jetzt tun?«

Doch in dem Augenblick kam Frieda ins Zimmer.

»Kommt jetzt«, sagte sie. »Die Zeit ist um. Ich darf nicht zulassen, daß Ihr sie ermüdet. Das stoppt den Milchfluß. Und außerdem drückt sich draußen auf der Straße ein Kerl herum, der mir gar nicht gefällt. Also verschwindet schnell durch die Hintertür, während ich die Vordertür aufmache.«

»Auf Wiedersehen, mein geliebter Schatz«, sagte Elisabeth. »Besuch uns bald wieder.«

»Erst, wenn ich es sage«, sagte Frieda. »Wenn ihr mich fragt, spielen wir in einem Pulverfaß mit Feuer.«

Julius küßte das Baby und drückte Elisabeth an sein Herz. Eine schreckliche Ahnung überkam ihn, daß er sie womöglich nie wiedersehen würde.

»Was ist los?« fragte sie.

»Nichts. Alles ...«

»Ich weiß. Aber es ist bald vorbei. Wir werden fortgehen und die glücklichsten Menschen auf der Welt sein.«

Er küßte sie noch einmal und ging. Frieda hielt ihn am Fuß der Treppe zurück.

»Ich habe schlimme Zeiten erlebt«, sagte sie. »Aber das hier ... das ist, als hätte sich die Hölle aufgetan. Ich kümmere mich um sie, verlaßt Euch darauf. Und Ihr, paßt gut auf Euch auf. Ich bin überzeugt, Ihr seid ihre einzige Chance.«

Er gab der alten Frau einen Kuß, der sie, wie er belustigt feststellte, erröten ließ.

»Diese ewige Küsserei. Jetzt aber nichts wie weg«, sagte sie. »Laßt die Ohren weit offen, die Nase ausgefahren und die Augen auf dem Hinterkopf.«

30

Konrad konnte kaum glauben, daß das Schicksal – oder vielmehr Fierens – es so gefügt hatte, daß sich seine beiden großen Vorlieben miteinander verbinden ließen. Einerseits hielt er das Schwert der Gerechtigkeit in Händen; andererseits konnte er sich jetzt dem Stab des Priapus hingeben, ohne gegen das Gesetz zu verstoßen.

Jetzt hatte er die Frauen, die einem höheren Würdenträger bei Hofe gebührten. Keine von ihnen war älter als neunzehn. Er nahm sie nicht mit in sein Haus in der Breiten Straße. Daran knüpften sich zu viele Erinnerungen, die er lieber hinter sich ließ. Außerdem gab es da ein kleines Geheimnis, das er noch eine Weile für sich behalten wollte. Statt dessen quartierte er sie in seinen Gemächern im Palast ein. Er überredete Blommardine, sich um ihre Unterweisung und Unterhaltung zu kümmern, während er seinen eher militärischen Pflichten nachging. Jedenfalls brachte er immer einen Schatten der eisernen Faust mit zurück, um die sanfteren Vorgehensweisen der Venus zu beleben. Dabei brach er einer seiner Frauen den Arm und einer anderen den Wangenknochen, aber es war herrlich zu sehen, wie sich alle um ihn scharten, wenn er von seinen Beutezügen zurückkehrte.

Heute saß er, nach einer regen Nacht und einem herzhaften Frühstück, in seiner Amtsstube im Palast und sann über die Freundlichkeit des Schicksals – oder vielmehr die von Fierens – nach, die ihn, einen einfachen Kaufmann, zu einem der Fürsten dieser Welt gemacht hatte; er überlegte gerade, ob er nicht in seine Brennerei gehen sollte, um sich um die Lieferung *aqua vitae* zu kümmern, die er dem königlichen Kellermeister versprochen hatte, als es an der Tür klopfte.

Der Mann, der hereinkam, ging nicht geradeaus durch die Tür, sondern schob sich seitwärts ins Zimmer. Man konnte Schwenk aus einer halben Meile Entfernung an diesem charakteristischen Schleichen erkennen. Für Leute wie ihn gab es derzeit in Rensburg viel zu tun – spionieren, Bericht erstatten, als Zeuge auftreten, lügen, ein Auge zudrücken, anderer Leute guten Ruf zerstören, Beweise fälschen. Eine Zeitlang hatte Konrad befürchtet, Schwenk wüßte zuviel und könnte ihn womöglich bei den Heiligen wegen jener Besuche in den Hypokausten unter der Getreidebörse denunzieren (wenn er nicht entprechend geschmiert wurde). Aber das alles war jetzt vorbei. Heutzutage spielten sich Dinge ab, im Vergleich zu denen sich das Treiben in den Hypokausten wie das auf einem Kinderspielplatz ausmachte.

Jetzt war Schwenk Konrads Mann, und dieser belohnte ihn mit Kleinigkeiten. Nicht zuviel, damit er nicht überheblich wurde. Aber ein grobknochiges Mädchen vom Land hier, eine ordentliche Mahlzeit dort; solche Dinge wirkten Wunder bei dem kleinen Kriecher; und schon kam er aus eigenem Antrieb mit allen möglichen Informationshappen daher.

»Aha, Schwenk«, sagte Konrad. »Irgendwas im Gange?«

»Ich bin dem Maler gefolgt, wie Ihr vorgeschlagen habt.«

»Dem königlichen Maler?«

Das war der Titel, der Julius für seine Porträts von König und Hofstaat und für seine Dokumentation der Geschichte des Neuen Jerusalem in Gestalt zahlreicher kunstgerechter Zeichnungen verliehen worden war.

»Genau«, sagte Schwenk. »Irgendwas tut sich da.«

Konrad hatte dem Burschen nie getraut. Er hatte etwas an sich – es lauerte hinter diesen wachsamen Augen –, das nach Gotteslästerung und Schlimmerem roch. Er mußte behutsam vorgehen, denn der Mann schien das Wohlwollen des Hofes zu genießen, auch wenn sich das natürlich über Nacht ändern konnte. Aber er hatte schon vor Wochen beschlossen, den Maler beschatten zu lassen – zum Wohle der Stadt wie auch zu seinem eigenen, wobei sich das eine freilich nicht vom andern trennen ließ.

Falls beispielsweise der Maler noch immer eine Zuneigung zu seiner Tochter hegte, wie er vermutete, und der König dahinterkam – würde das nicht ein schlechtes Licht auf das Schwert der Gerechtigkeit werfen? Könnte er nicht selbst der königlichen Unbeständigkeit zum Opfer fallen? Der Gedanke, seine Ehefrauen zu verlieren – vor allem die reizende Kirsten mit dem vollkommenen Hinterteil, die so hübsch schrie, wenn er sie auspeitschte –, war für ihn unerträglich. Wenn er stürzte, würde es viele geben, die nach seinem Blut lechzten.

»Der Maler«, wiederholte er langsam.

Plötzlich kam ihm ein schrecklicher Gedanke. Angenommen, nur einmal angenommen, der Maler und seine Tochter wären zusammengewesen und hätten das Tier mit den zwei Rücken gemacht, bevor der König sie heiratete. Natürlich war das unmöglich, aber nur einmal angenommen, es würde auch nur ein Gerücht umgehen… Na ja, dazu würde es niemals kommen. Falls aber doch, falls auch nur das leiseste Getuschel an des Königs Ohr drang, würden Konrad und der Maler – und derjenige, der getuschelt hatte – das Land der Lebenden auf gewaltsamem Weg verlassen und als Fischfutter den Fluß hinuntergeschwemmt werden.

Niemand läßt sich gerne Hörner aufsetzen, dachte Konrad, aber wenn man bedenkt, wer als Vater des Kindes angegeben werden sollte, Gott selbst… konnte man Gott Hörner aufsetzen…? Die Folgen waren gar nicht auszudenken.

Unbehaglich zupfte er an seinem Kragen herum, als er bei Schwenk nachhakte.

»Der Maler? Was ist mit dem Maler?«

»In seinem Atelier geht irgend etwas vor. Da sind Bilder…«

Konrad wußte, daß Julius ein Atelier über einer Tischlerwerkstatt hatte.

»Was ist damit? Er ist schließlich Maler.«

»Ich bin nicht hineingekommen, aber soviel ich durch die Ritzen sehen konnte... Er malt an die Wand.«

»Soviel ich weiß, tun Maler das öfters. So was nennt man ein Wandgemälde, Schwenk.«

»Schon, aber... er starrt es unablässig an. Er redet mit ihm. Das meiste davon konnte ich nicht hören. ›Meister‹, sagt er manchmal. Und dann ›Elisabeth‹...«

Schwenk hielt inne und blickte verschlagen zum Schwert der Gerechtigkeit auf. Offensichtlich hatte er ins Schwarze getroffen.

Ich werde dich töten müssen, Schwenk, dachte Konrad. Du hast soeben dein Urteil unterschrieben. Aber erst muß ich dich noch ein bißchen ausnützen.

Er beugte sich vor und packte Schwenk so weit oben am Wams, daß dieser fast würgen mußte.

»Ihr berichtet doch nur mir, nicht wahr, Schwenk? Ihr plaudert doch sonst bei niemandem?«

»Wer? Ich? Gütiger Himmel, nein. Wir sind doch alte Freunde...«

Der kleine Mann war ordentlich eingeschüchtert, aber Konrad ließ noch nicht locker.

»Sollte ich erfahren, Schwenk, daß Ihr auch nur ein Wort, eine Silbe, einen Buchstaben von dem, was Ihr gesehen habt, jemand anderem zutragt als mir, seid Ihr nicht nur ein toter Mann. Ihr werdet bei lebendigem Leib vom königlichen Gerber gehäutet, der königliche Fleischer wird Euch die Innereien aus dem Leib reißen, und der königliche Glasbläser wird Euch die Augen ausstechen. Was macht der Maler sonst noch?«

»Ich... ich weiß es nicht sicher. Ich habe ihn aus den Augen verloren. Aber... Ihr seid doch nicht böse?«

»Ich bin böse, aber nicht mit Euch, Schwenk. Ich werde nur böse mit Euch, wenn Ihr mir nicht alles sagt. Wenn Ihr mir nicht alles sagt, werde ich sehr böse mit Euch, verlaßt Euch drauf.«

Er griff nach einem kleinen Dolch, der auf seinem Schreibtisch lag und ihm als Brieföffner diente. Schwenk wurde bleich und schluckte.

»Ich glaube, er hat Eure Tochter besucht«, sagte er.

31

Inzwischen beherrschte Fierens die Stadt vollkommen. Gegen jeden, der die zunehmend willkürlichen Anordnungen des Königs nicht befolgte, wurde hart vorgegangen. Freilich gab es in diesem Punkt Meinungsverschiedenheiten. Die Heiligen behaupteten natürlich, Fierens könne nichts falsch machen. Aber ein Teil der Stadtbewohner, die hiergeblieben waren, aus welchen Gründen auch immer – Angst, Eigennutz oder fehlgeleitetes Einverständnis, vor allem bei den Frauen –, sagte allmählich hinter vorgehaltener Hand, daß er nichts richtig machen konnte. Am Ende jedoch lief alles auf dasselbe hinaus. Es konnte ohnehin niemand etwas dagegen tun.

Eines ließ sich sicher sagen, nämlich daß Fierens – mit Konrads Unterstützung – ein ungeheuer effizientes und brutales Werkzeug geschaffen hatte, um Ordnung zu halten: die sogenannte königliche Leibgarde. Sie setzte sich ausschließlich aus Zugezogenen und ehemaligen Landsknechten zusammen, Männern, die mit nichts nach Rensburg gekommen waren, jetzt aber die Männer des Königs waren – mit Privilegien ausgestattet, prächtig gekleidet, großzügig verköstigt und mit so vielen Frauen versorgt, wie sie bedienen konnten – und des Königs Macht und das Gesetz verkörperten. Sie durften sich als einzige in der Stadt zu Pferd fortbewegen (abgesehen vom Hofstaat natürlich), und sie exerzierten und trabten eilig umher, um ihre schrecklichen Aufträge auszuführen. Wenn man ihr Getrappel hörte, versteckte man sich so schnell wie möglich.

Sie übten, für alle deutlich erkennbar, eine zivile und keine militärische Funktion aus. Befehligt wurde die Leibgarde von dem Mann, der als Profos bezeichnet wurde – dem unnachgiebigen, hartherzigen, immer gleich argwöhnischen ehemaligen Häftling aus Leiden, den man dort wegen seiner Brutalität eingesperrt hatte – und der seine Befehle nur vom König und dem Schwert der Gerechtigkeit entgegennahm.

Am zweiten Tag nach dem Gelage kam dem Profos zu Ohren, daß einige Frauen angeblich gemurrt hätten. Er meldete es Konrad, der es wiederum dem König meldete.

Fierens schwebte Tausende von Meilen weit oben in himmlischen Höhen, aber natürlich wußte er bereits Bescheid. Er hatte es so geplant. Frauen waren immer die Unruhestifter, die Schlangenzungen, die Betrügerinnen. War der Sündenfall nicht von einer Frau begangen worden? Dieses schöne, weiche Fleisch, diese langen Beine, diese köstlichen Lenden – diese Augen, diese Lippen –, all das war nur Schein. Im Inneren waren sie für Verderbtheit empfänglich. Und doch hatten auch sie Seelen, und auch sie mußten gerettet werden. Wenn sie nicht durch den Glauben und die Liebe gerettet werden konnten, die er diesen Menschen mit dem großartigen, für sie geschaffenen Werk bewiesen hatte, nun, dann mußte man ihnen eben eine Lektion erteilen. Dann mußte eben die Angst ihr Lehrmeister sein.
Das Stück begann Gestalt anzunehmen.

Szenenwechsel: Berg Zion. Eine große Menschenmenge hat sich versammelt. Man hört das Klappern von Hufen, und drei junge Frauen werden auf den Platz geführt, begleitet von Fußsoldaten und dem Profos samt Leibgarde hoch zu Pferd. Sie werden grob vor den Thron gestoßen.

DER KÖNIG Wer sind diese Gefangenen?

PROFOS Das sind Frauen, Herr, die an ihren Irrtümern festhalten.

DER KÖNIG Worin bestehen diese Irrtümer?

PROFOS Diese Frau, Herr, *deutet auf ein hübsches, dunkelhaariges Mädchen* gestattet ihrem Mann nicht, Verkehr mit ihr zu haben.

DER KÖNIG Stimmt das?

DUNKELHAARIGES MÄDCHEN Ja.

PROFOS *reißt sie an den Haaren* Ja, Herr.

DUNKELHAARIGES MÄDCHEN Ja, Herr.

DER KÖNIG Warum?

DUNKELHAARIGES MÄDCHEN Er hat schon vier Frauen, und ich liebe meinen Verlobten, der die Stadt verlassen hat.

DER KÖNIG Wie kannst du einen Verlobten haben, wenn du verheiratet bist?

DUNKELHAARIGES MÄDCHEN Ich glaube nicht... *verzweifelt...* ich betrachte mich nicht als verheiratet mit diesem Mann.

DER KÖNIG Zieht ihr die Kleider aus. Wir wollen doch sehen, warum sie sich schämt, bei ihrem Mann zu liegen.

Der Profos und ein Soldat reißen ihr die Kleider vom Leib. Sie ist gut gebaut und versucht, ihre Scham vor der Menge zu verbergen.

DER KÖNIG Ich sehe nichts, dessen man sich schämen müßte. Dann wollen wir ihr doch einen Grund geben, sich zu schämen. Schneidet ihr die Brüste ab.

Der Profos zieht sein Schwert. Die Frau windet sich, wird aber festgehalten. Er packt erst die eine Brustwarze, dann die andere und schneidet ihr die Brüste ab. Die Frau sinkt ohnmächtig zu Boden und bleibt in ihrem Blut liegen.

DER KÖNIG Die nächste.

ZWEITE FRAU Nein, nein.

Die zweite Frau ist etwa dreiundzwanzig Jahre alt und recht attraktiv. Sie hat goldblondes Haar, ist mollig und wäre eher der träge und dreiste Typ, doch jetzt hat sie Angst. Sie kann den Blick nicht von dem dunkelhaarigen Mädchen abwenden, das jetzt stöhnend daliegt und sich die blutigen Hände vor die Brust hält.

DER KÖNIG Was wird ihr vorgeworfen?

PROFOS Bigamie, Herr.

DER KÖNIG Bigamie? Aber das ist ein Verbrechen. Sprich, Frau.

ZWEITE FRAU Also, erst kam dieser Mann namens Thomas daher und sagte, ich könnte seine dritte Frau werden, aber dann beachtete er mich gar nicht, also habe ich ihn verlassen und diesen wunderlichen Kauz namens Fred kennengelernt. Fred sagte, ich könnte seine zweite Frau werden, und er war sehr aufmerksam, und alles war in Ordnung, bis wir Thomas auf der Straße getroffen haben und er sagte: »He, das ist ja meine Nummer drei.« Bitte, Herr, ich habe nicht gewußt, daß das Unrecht war. Ehrlich, ich dachte, was dem einen recht ist, ist dem andern billig.

DER KÖNIG Zieht ihr die Kleider aus. Sie ist eine Hure.

ZWEITE FRAU Nein… nein… nein…

Sie wird ausgezogen, obwohl sie sich heftig wehrt.

DER KÖNIG Bindet sie fest, so daß sie ihre Scham herzeigt wie eine Hure, denn genau das ist sie.

Die Frau wird mit dem Kopf nach unten auf einen Holzbock gebunden, so daß ihr Leib, für alle gut sichtbar, nach oben geschoben wird.

DER KÖNIG Nun, nachdem du dich wie ein Tier verhalten hast, sollst du wie ein Tier behandelt werden. Profos…

Der Profos führt einen Esel herbei, der dazu gebracht wird, die Frau zu besteigen. Er ist zu groß für sie und reißt sie auf, als er in sie eindringt. Die Menge hält die Luft an und schaut entsetzt und fasziniert zu. Die Schreie der Frau hallen über den ganzen Platz. Sogar das dunkelhaarige Mädchen hebt den Kopf, um zuzusehen.

DER KÖNIG Und jetzt die dritte Gefangene.

Die dritte Gefangene ist eine stolze, aufgeweckte junge Frau mit ausgesprochen intelligentem Gesicht. Sie ist die älteste von den dreien. Sie hat Angst, wirkt aber gleichzeitig trotzig.

PROFOS Der Gefangenen wird vorgeworfen, einen Prediger beleidigt, seine Lehre verhöhnt und gegen Eure Führerschaft aufbegehrt zu haben, Herr.

DER KÖNIG Das ist das schlimmste Vergehen, das mir heute morgen vorgetragen wurde. Stimmt das?

DRITTE FRAU Wollt Ihr, daß es stimmt… Herr?

DER KÖNIG Treibt keine Haarspaltereien mit mir. Ich will die Wahrheit hören.

DRITTE FRAU »Was ist die Wahrheit?« fragte Pilatus im Spaß.

DER KÖNIG Daß sie ausweichend antwortet, beweist ihre Schuld. Zieht sie aus.

DRITTE FRAU Da werdet Ihr die Wahrheit auch nicht finden.

Während man ihr die Kleider vom Leib reißt, packt das Schwert der Gerechtigkeit ihren Kopf und schneidet ihr die Zunge heraus. Sie würgt und spuckt Blut. Das Schwert der Gerechtigkeit hält die Zunge hoch, so daß alle sie sehen können, während die Frau mit blutüberströmtem Kinn zu Boden fällt.

DER KÖNIG Seht, was mit jenen geschieht, die gegen den Herrn aufbegehren. Richtet sie hin, Schwert der Gerechtigkeit.

Das dunkelhaarige Mädchen und die dritte Frau stehen zu sehr unter Schock, um sich zu wehren; beiden werden die Köpfe mit einem einzigen Schlag abgetrennt. Die zweite Frau windet sich, obwohl sie schwer verletzt ist, wie ein Teufel, so daß ihr das Beil eine Gesichtshälfte abschlägt. Sie wehrt sich noch immer, als der endgültige Schlag fällt.

DER KÖNIG So gehen alle zugrunde, die nicht dem rechten Weg folgen.

Der Profos sammelt die Köpfe auf, und die Menge zerstreut sich, geläutert und belehrt.

32

Mitte Dezember. Die Feuer der Wachen auf den Schutzwällen zischen in den Schneemassen. Lippen springen auf, Pusteln bilden sich, die Kälte sickert unter Türen hindurch, durch alle Ritzen, kriecht einem mit eisigen Fingern den Rücken hinab, gerade wenn man denkt, man sei an ein hübsches Feuer herangekommen. Nicht daß es in Rensburg viele hübsche Feuer gegeben hätte – abgesehen von denen, die der Feind anzündete. Holz war knapp, Kohle gab es überhaupt nicht. Im Freien rauchten träge Feuer aus feuchtem Laub, um die sich die Kinder scharten, hustend, mit ausgestreckten, wunden Händen.

Es war gar nicht so leicht, in der Dunkelheit hinauszuschlüpfen und aus den Wäldern Brennmaterial zu holen. Die Linien der Feinde wurden immer breiter, die Gräben immer länger. Und schlimmer noch als der Mangel an Brennholz war, daß es auch schwieriger wurde, Lebensmittel in die Stadt zu schaffen. Noch gelangten welche hinein. Der Feind war noch nicht ganz siegesgewiß, aber die Diakone, die nach wie vor mehr von dieser Welt waren als von der nächsten, sahen allen Grund zur Besorgnis.

»Weißt du, was mich beunruhigt, Bruder?« fragte solch ein grauhaariger Veteran einen zu einem Heiligen avancierten Landsknecht, während sich beide dicht über eine Kohlenpfanne beugten. »Es wird gar keine Letzten Dinge geben. Dieselben alten Dinge werden wieder von vorn anfangen.«

33

Die Christzeit kehrte wieder. Für die Bürger der Stadt, die sich überhaupt noch einen Bezug zur Realität bewahrt hatten, gab es nicht nur wenig zu feiern, sondern noch weniger, womit sie hätten feiern können.

Es war angeordnet worden, daß im Anschluß an die Feierlichkeiten auf dem Berg Zion Apostel ausgesandt werden sollten, ausgerüstet mit Engelszungen und dem jüngsten Traktat des Predigers Hass, der sogenannten *Restitution rechter und gesunder christlicher Lehre.*

Dieser mächtige Strom würde seine befruchtenden Arme über ganz Nordwesteuropa ausbreiten, bis nach Paderborn und Magdeburg, nach Groningen und Westfalen. Und wirklich flackerten in vielen Städten Revolten auf; Klöster wurden eingenommen, Rathäuser besetzt. Doch in fast allen Fällen raffte sich die Obrigkeit – durch die Ereignisse aufgeschreckt – mit ungewohnter Schärfe zum Handeln auf.

Andere Pamphlete des Predigers Hass, zu Tausenden gedruckt, wurden von den Armen und Unzufriedenen in ganz Holland und Friesland gierig verschlungen. Aber je mehr sich die Armen erhoben, um so heftiger wurde die Reaktion der Mächtigen.

Vertreter der Länder am Ober- und Unterrhein, die Mitte Dezember in Koblenz zusammentrafen, einigten sich darauf, ausreichend Geld, Truppen und Ausrüstung zur Verfügung zu stellen, um der bereits Wirkung zeigenden Belagerung Rensburgs durch den Bischof zum Erfolg zu verhelfen.

Die gewaltige Flut der Bekehrer war zu einem Flüßchen und in letzter Zeit zu einem Rinnsal geschrumpft. Für die Propheten wurde es immer schwerer durchzukommen. (Wenn man sie erwischte, wurden sie ohne viel Federlesens gefoltert und auf der Stelle hingerichtet.)

Auch die Beschaffung von Nachschub jeder Art wurde immer schwieriger. Die Leute begannen zu horten, obwohl darauf die Todesstrafe stand.

Am Vorabend des Christtags war es besonders kalt, ein Nordwind brachte ein bißchen feinen Schnee, schlief dann völlig ein und machte bitterkaltem Frost Platz. Selbst die beherzteren

Heiligen hatten ihren Optimismus eingebüßt, und es war, als sei das Mark der Welt dahingeschwunden.

Doch am Christtag kam die Sonne heraus und ließ eine Unmenge Eiszapfen aufblitzen; glitt glitzernd über tausend verschneite Dächer, stach in die Augen, als sie blendend hell über den weiten Platz schien; und tanzte mal hier, mal dort, trudelte endlich über den Fluß davon, um den Feind in hellen Glanz zu tauchen. An einem solchen Morgen konnte man fast nicht niedergeschlagen sein. Kinder tauchten aus dem Nichts auf und rutschten auf Brettern die Hänge hinab. Sogar die Königinnen verließen, nach einer Nacht, in der besonders üppig getafelt worden war, ihre Gemächer und warfen Schneebälle.

In diesem Augenblick erschallten die Posaunen. Die Leute reagierten inzwischen argwöhnisch auf Posaunenklänge.

»Nicht heute«, stöhnte eine junge Mutter und rief ihre Kinder zu sich.

Und doch schienen die Posaunen heute nicht diesen gebieterisch militärischen Ton zu haben. Irgendwie klangen sie freudiger, eher nach Engelsposaunen. Was mochte das bedeuten?

Die Menschen rappelten sich auf, wickelten sich so warm wie möglich ein und trotteten hinaus auf die weiße, knisternde glatte Fläche des Bergs Zion.

Sie brauchten nicht lange zu warten. Bald marschierte die Leibgarde auf den Platz. Daß sie diesmal nicht zu Pferd kam, war höchst ungewöhnlich und gab Anlaß zu allerlei Kommentaren.

»Der Grund hierfür ist der Frost«, erklärte ein Vater seinem Sohn.

»Der Grund dafür ist ein freudiges Ereignis«, sagte der Profos brummig.

Er schien nicht viel von freudigen Ereignissen zu halten, aber es war das Vorrecht des Königs, eines stattfinden zu lassen, wenn es ihm beliebte. Wenn es schon einen Grund zum

Feiern geben mußte, dann war dieser hier besser als die meisten.

Die Soldaten stellten sich rings um den Platz auf, und dann erschien der Hofstaat. Sie kamen in geschlossenen zweirädrigen Karren die mit Stroh bestreute Straße vom Palast herunter und nahmen der Reihe nach auf ihren Bänken Platz, wo sie zufriedene Blicke wechselten, während das Volk mit offenem Mund ihren Putz und ihre Pelze bewunderte.

Endlich erschien der König in einem kleinen geschlossenen Karren, der von einem milchweißen Pony gezogen wurde. Das Schwert der Gerechtigkeit schritt vor dem Pony einher. Der königliche Redner folgte ihm. Der königliche Haushofmeister führte es. Rechts und links davon gingen die zwei Pagen, der eine mit der Bibel, der andere mit dem blanken Schwert.

Der König stieg aus und hob, zur Menge gewandt, die Hand.

Die Menge reagierte mit der üblichen spontanen Begeisterung, die vom Profos dirigiert wurde.

Fierens drehte sich um, ging die Stufen zum Thron hinauf, drehte sich abermals um und sprach zu den Massen: »›Dann werden die Augen der Blinden geöffnet, und auch die Ohren der Tauben sind wieder offen. Dann springt der Lahme wie ein Hirsch, und die Zunge des Stummen jauchzt auf.‹«

Er machte eine Pause. Sie erkannten das Zitat. Es bezog sich auf die Ankunft des Messias. Doch nachdem man ihnen die Ankunft des Messias im letzten Jahr jeden Tag verkündet hatte, lohnte es sich eigentlich nicht, sie am Christtag deshalb aus ihren Häusern zu holen.

»›Freue dich‹«, fuhr Fierens fort, »›freue dich und frohlocke, o Tochter Jerusalem... Steig auf einen hohen Berg... Auf, werde licht, denn deine Stunde ist gekommen.‹«

Sie waren um kein Haar klüger. Nicht einmal die ehemaligen Nonnen konnten auf einen höheren Berg steigen als den ebenen Berg Zion. Es gab nämlich keinen.

Fierens sprang zum nächsten Zitat.

»›Denn uns ist ein Kind geboren, ein Sohn ist uns geschenkt… Man nennt ihn: Wunderbarer Ratgeber, Starker Gott, Fürst des Friedens.‹«

Die Leute sahen einander erstaunt an, während es ihnen allmählich dämmerte. Meinte er…? War es möglich, daß…?

»Ja«, schrie Fierens, »wir waren ein Volk in Dunkelheit. Wir haben im Land der Todesschatten gelebt. Wir haben das Entsetzen bei Nacht und die Pestilenz bei Tag erlebt. Wir wurden mißbraucht, bis aufs Blut verfolgt, mit dem Schwert geköpft, aber… aber, mein Volk, wir wurden am Leben erhalten, wir wurden genährt, wir wurden gestärkt durch die Gewißheit, daß eines Tages unser lieber Gott…«

»Lieber Gott, lieber Gott«, riefen die ehemaligen Nonnen ganz aufgeregt.

»…daß unser lieber Herr und Gott wieder zu uns kommen wird, wie er einst vor so langer Zeit gekommen ist. Heute, o mein Volk, habe ich die freudige Pflicht, euch mitzuteilen, daß uns nach so vielen Vorzeichen, deren wir selbst Zeuge waren, in der Stadt Davids… ein Erlöser geboren ist, Christus der Herr…«

Aus dem Karren stieg jetzt eine Kinderfrau – nicht die alte Frieda, sondern jemand aus dem Hofstaat –, die ein kleines, dick in Pelz eingewickeltes Bündel trug. Das Schwert der Gerechtigkeit half ihr beim Aussteigen und geleitete sie vorsichtig die Stufen zum Thron hinauf, wo sie dem König ihre Bürde entgegenstreckte. Er nahm das Bündel, hielt es hoch und zeigte es der Menge.

»Und hier, ihr guten Leute, freuet euch, hier ist er«, verkündete er. »Geboren am heutigen Tage von meiner Königin, die – dafür verbürgen sich die königlichen Ärzte ebenso wie ihr Vater, das Schwert der Gerechtigkeit; erkundigt euch bei ihm, wenn ihr wollt – nie einen Mann erkannt hat. Sie hat seit dem Tag unserer

Hochzeit keusch zu Hause gelebt und wurde in Anbetracht dieser großen Ehre und Freude dort versteckt gehalten...«

Zwar nahmen ein paar Leute die Neuigkeit skeptisch auf, aber für die meisten besaßen die Worte des Königs die Glaubwürdigkeit eines Evangeliums. Einige wenige, die Elisabeth von früher kannten, konnten nicht glauben, daß sie sich zu einem derart gotteslästerlichen Betrug hergeben würde, und stimmten in den allgemeinen Jubel mit ein.

Nur Julius, der die Szene mit wachsendem Entsetzen beobachtete, wurde übel, und er wandte sich ab. Natürlich hatte er damit gerechnet, daß Fierens Kapital aus dem Kind schlagen würde, aber daß ihn das konkrete Ereignis mit solcher Wucht treffen würde, hatte er nicht vorausgesehen.

Mit ansehen zu müssen, wie sein Kind hochgehalten und als wiederkehrender Erlöser ausgegeben wurde, erfüllte ihn mit einer Mischung aus Ekel und Entsetzen. Ekel vor der Menschheit und ihren falschen Propheten, Entsetzen, weil diese Leute den Jungen niemals aus den Augen lassen würden. Was war mit der alten Frieda? Und noch wichtiger, was war mit Elisabeth? Die beiden waren bestimmt außer sich vor Sorge. Elisabeth würde mit dem Kind doch sicherlich an den Hof ziehen.

Und was würde geschehen, wenn das Ende kam? Als erstes würden die Scharen des Herodes da draußen das kleine Kind töten. Mitleid ergriff ihn, und er begann zu weinen.

Die Stadt hatte noch nie eine solche Weihnacht erlebt.

34

Mitte Januar zeigte die Blockade schließlich massive Auswirkungen. Rensburg war von Gräben und Blockhäusern umgeben, dazu von einer doppelten Linie Fußsoldaten und Reiterei. Zum ersten Mal war die Stadt völlig abgeschnitten.

Doch die Belagerer unternahmen keinen Versuch, sie einzunehmen, sondern folgten lieber dem Vorschlag des Bischofs und warteten ab. Zwar froren sie, aber sie waren wenigstens gut versorgt. Es fehlte ihnen weder an Brennholz noch an Wein zum Aufheitern.

In der Stadt sah die Situation anders aus. Das erste, was knapp wurde, war ausgerechnet Seife. Die Heiligen hatten sich stets mit ihrer Reinlichkeit gebrüstet, so daß dieser Mangel sie schwer traf; doch der königliche Redner beruhigte sie, indem er ihnen versicherte, daß es auf die Reinheit des Herzens und des Bewußtseins ankam.

Allerdings wirkte sich das Fehlen von Seife zweifellos ungünstig auf die Moral aus. Als nächstes mußte das Mehl rationiert werden, was nicht nur Unbehagen, sondern Besorgnis hervorrief.

Darauf wußte der königliche Redner nicht gleich eine Antwort; aber das Schwert der Gerechtigkeit griff auch hier streng durch. Er befahl den Diakonen, sämtliche Häuser zu durchsuchen und alle Lebensmittel zu beschlagnahmen. Jeder Versuch zu horten, wurde unerbittlich bestraft.

Es wurde immer schwieriger zu entscheiden, ob man lieber einen baldigen Hungertod sterben oder durch die Axt des königlichen Henkers oder die Piken der Belagerer umkommen wollte. Zu diesem Zeitpunkt war der königliche Henker noch die unbeliebteste Alternative, aber allmählich kam es zu einem Kopf-an-Kopf-Rennen.

Sämtliche Pferde in der Stadt, mit Ausnahme derer der königlichen Leibgarde, die man für Notfälle behielt, wurden geschlachtet. Das Fleisch wurde gepökelt und in Fässer geschichtet und – wie die meisten eingesammelten Lebensmittel – zur Aufbewahrung in den königlichen Palast gebracht.

Auf die Schneefälle des Januar und des Februar folgten die Schmelzwasserfluten des März, und die breite Bevölkerung hatte – auch wenn kein Wassermangel herrschte – seit Tagen nichts Richtiges mehr zu essen bekommen. Hungersnot, der erste apokalyptische Reiter, ging in der Stadt um. Alle eßbaren Lebewesen – Katzen, Ratten, Hunde, Mäuse, Igel, Schnecken, Fledermäuse – hatte man getötet. Jetzt gingen die Leute dazu über, Flechten und Gras zu essen, alte Schuhe, Lederreste aus den Gerbereien, Wegschnecken, Leimfarbe von den Wänden, das Fleisch der frisch Verstorbenen.

Wachposten wurden aufgestellt, um diese letzte abscheuliche Verirrung zu verhindern, doch als sie ihr selbst erlagen, wurde diese Maßnahme eingestellt.

Die Leute aßen, was und wo sie konnten; manchmal warteten sie nicht einmal ab, bis die Sterbenden tot waren. Mütter wehrten die gierigen Hände ab, die nach ihren kranken Säuglingen griffen; warnten ihre kleinen Kinder, nicht unten bei den Lagerhäusern zu spielen, wo die Zugewanderten wohnten, und erzählten ihnen (nur allzu wahre) Geschichten von Kindern, die einfach verschwunden waren. Aber bald herrschte kein Mangel an Leichen mehr, weil der zweite Reiter, die Pest, Einzug hielt; noch nicht in drastischer Form, sondern als Fieberepidemie, in Form rätselhafter, wiederkehrender Magenschmerzen, als Gelbsucht, als Keuchhusten; doch ausreichend, um eine bereits geschwächte Bevölkerung völlig zu entkräften.

Ein Kind, das mit einem Schädel Fußball spielt... ein Mädchen, das Menschenknochen für eine Suppe sammelt... Jede Menge Vorlagen für den alten Meister Bosch, dachte Julius, während er durch die Straßen der Stadt ging. Manchmal wurde sogar sein Zeichenpapier gestohlen, um den Bauch irgendeines armen Kerls zu füllen.

Selbst die Vögel waren offenbar verschwunden – entweder aus Angst oder aus Unmut über das karge Futter, das in der Stadt zu finden war. Nur riesige verseuchte Krähen, so widerlich, daß nicht einmal die Verhungernden in Versuchung gerieten, blieben da (waren sie wirklich besser genährt als zuvor?) und hüpften schauerlich zwischen den Sterbenden umher.

»Das Kind gedeiht. Es wächst an Kraft und Weisheit«, verkündete Fierens eines Tages auf dem Berg Zion. »Es wird an Ostern vor euch Zeugnis ablegen, und wir werden erlöst werden. Also spricht der Herr.«

Nicht einmal dem Profos gelang es, der Menge mehr als ein paar schwache Freudenrufe über diese Nachricht zu entlocken. Es war sogar zweifelhaft, welchen Teil der Ankündigung sie bejubelten.

Fierens war zu jener Zeit voller Ahnungen. Er war besessen von dem Christuskind und widmete ihm – sehr zu Blommardines Ärger – einen großen Teil seiner Zeit; dann lauschte er seinem Gurren, das er wie Äußerungen der Gottheit auslegte. Elisabeth, die inzwischen im Palast wohnte, war seine Aufmerksamkeit zuwider, aber sie konnte nichts dagegen tun.

»An Ostern wird er auf dem Berg Zion predigen«, erklärte Fierens ihr immer wieder.

Bei diesem Gedanken bekam sie furchtbare Angst. Was würde ein verhungernder Mob mit einem feisten, glucksenden Säugling anstellen? Er würde sich erheben und ihn in Stücke reißen, wenn keine Rettung kam.

Eine andere Idee des Königs fand bei ihr fröhlicheren Beifall. Als er aus einer seiner Ekstasen wieder auf den Boden zurückkehrte, ließ er Julius rufen und trug ihm auf, die Jungfrau mit dem Kind zu malen.

»Selig seid Ihr unter den Malern«, sagte er zu ihm, »denn alle anderen Eures Gewerbes mußten sich mit bloßen Nachahmungen der Jungfrau und des Christuskindes zufriedengeben. Euch hingegen wird die unbeschreibliche Ehre zuteil, das Original abzubilden. Kniet nieder vor dem Kind, Maler, und erbittet seine Gnade für Eure Unternehmung.«

Julius tat wie geheißen, wobei er sein Kind im stillen um Verzeihung bat, daß er es in diese gotteslästerliche Situation gebracht hatte. Er war sorgfältig darauf bedacht, Elisabeth nicht anzusehen, weil er spürte, daß sein vor Liebe strahlender Blick sie alle verraten hätte. Während Julius dakniete, begann Fierens zu beten.

Die große Frage, dachte Julius, während er die Stimme des Königs ausblendete, ist doch die, warum die Unschuldigen dieser Welt offenbar genauso bestraft werden wie die Schuldigen – schlimmer noch, weil eine Bestrafung für die Unschuldigen eine doppelte Strafe ist. Warum sollte Gott so etwas tun? Vielleicht, weil wir alle schuldig sind? Oder vielleicht, weil wir alle unschuldig sind – sogar Fierens, sogar das Schwert der Gerechtigkeit und der Profos? Sie können nichts dafür, wie sie sind, sie wissen nicht, was sie tun. Man sollte meinen, daß ich mehr oder minder unschuldig bin; ich bilde mir ein, daß ich ein halbwegs guter Mensch bin – aber ich weiß, was ich tue, mir ist bewußt, was Recht und Unrecht ist, und trotzdem tue ich Unrecht. Ja, mag sein, daß es geringere Vergehen sind. Ich würde keinen Menschen töten oder ihm die Zunge abschneiden oder Tausende mit wilden Versprechungen in den Hungertod locken. Aber vielleicht sind meine geringeren Vergehen auf ihre Weise ebenso groß wie Fierens' ungeheuerliche Vergehen. Er wäre noch immer ein Kuchenbäcker, wenn alle meine kleinen Vergehen – und die von Leuten wie mir – kleine gute Taten wären. Unsere geringeren Vergehen ebnen ganz einfach den Weg für die riesengroßen. Vielleicht ist die Vorstellung von der Erbsünde, die der Großmeister abgelehnt hat, im Grunde doch richtig. Wir haben Fierens verdient, weil wir schuldig sind und unsere Unschuld noch nicht bewiesen wurde. Oder vielleicht ist es gar nicht die Sünde, die uns in die Irre führt, sondern die Selbstsucht, das Ich. Oder vielleicht … sein Herz begann schneller zu schlagen … ist das Ich die Sünde. Er spürte, daß er hier an der Schwelle zu einer ungeheuer wichtigen Erkenntnis stand, sofern er sie zu fassen bekam.

Wenn das Ich die Sünde ist, muß das der Grund sein, warum die Liebe – das Gegenteil des selbstsüchtigen Ich – so wichtig ist...

Der Gedanke gefiel ihm so gut, daß er aufsah, als Fierens sein Bittgebet beendete, und Elisabeth anlächelte. Sie erwiderte seinen Blick, ohne zu blinzeln.

»Lächelt die Madonna nicht an, Maler. Sie hält die Ewigkeit auf ihrem Schoß«, ermahnte ihn der König.

Julius entschuldigte sich.

»Ich möchte das Bild so haben, daß die Jungfrau, die das Kind hält, im Vordergrund sitzt und ich selbst als Vater hinter den beiden stehe – aber nicht zu weit hinter ihnen.«

»Ich verstehe«, sagte Julius.

»Ich werde nur ab und zu anwesend sein«, sagte der Herr über die ganze Erde. »Ihr müßt damit zurechtkommen, so gut es geht.«

Das Aufgehen des Mondes und das Untergehen der Sonne lagen in seiner Hand.

Julius konnte bei dieser Gelegenheit nicht mit Elisabeth sprechen, doch bei der ersten Sitzung mußte Fierens nach einer halben Stunde fort.

»Macht nach Belieben weiter, Maler.«

»Jawohl, Herr.«

»Ich werde zu angemessener Zeit zurückkehren.«

»Sehr wohl, Herr. Wünscht Ihr, daß ich Eure Person zuerst fertigstelle? Ich könnte mich nächstes Mal ausschließlich auf Euch konzentrieren.«

Aber Fierens war schon fort, seine Gedanken schossen durch den Äther, nicht einzufangen, nicht zu ergründen.

»Hmm«, sagte er beim Gehen, »hmm.«

»Du könntest mir noch etwas Ocker aus dem Laden holen«, sagte Julius zu Hans-Peter, der sich in der Werkstatt zu schaffen machte.

»Wir haben noch ein bißchen...«, sagte Hans-Peter.

»Ich brauche mehr Ocker.«

»Gut.«

»Wir können nicht reden«, flüsterte Elisabeth, sobald Hans-Peter hinausgegangen war. »Ich werde die ganze Zeit beobachtet. Auf diese Idee ist mein Vater gekommen.«

»Was ist mit dem Jungen?«

»Irgendein Kindermädchen, eine der Ihren, kümmert sich um ihn, aber ich darf ihn stillen. Der König läßt nicht zu, daß ihn jemand anderes stillt als seine jungfräuliche Mutter.«

»Bist du eine jungfräuliche Mutter?«

Sie errötete.

»Ich kann es nicht erklären«, sagte sie.

»Ich kann es auch nicht erklären«, flüsterte er. »Bist du bereit, die Stadt...«

»Schsch.«

Sie wußte, daß er von Flucht sprach.

»Nur noch zwei Wochen. Beim ersten warmen Lüftchen«, murmelte sie. »Hier gibt es überall Lauscher.«

»Wo ist Frieda?«

»Sie ist hier. Ich habe darauf bestanden. Der König läßt nicht zu, daß sich die Mutter des Kindes aufregt. Er sagt, das sei schlecht für die Milch. Sie findet es hier furchtbar, aber sie wollte bei mir bleiben.«

Nach einer Pause sagte sie in einem unerbittlichen Ton, den er noch nie gehört hatte: »Und ich werde nicht dulden, daß diese Frau in meine Nähe kommt.«

»Welche Frau?«

»Deine...« Sie brachte es nicht übers Herz, es auszusprechen.

»Sie ist nicht meine...«

»Schsch...«

»Sie ist meine Schwester.«

Vor der Tür hörte man ein Scharren. Julius ging hin und riß

sie auf. Draußen stand Hans-Peter mit einem Armvoll Malutensilien und wollte herein.

»Ich habe etwas mehr mitgebracht«, sagte er und legte die Pigmente ab, »für den Fall, daß wir es brauchen.«

Konnte es sein, daß Hans-Peter ein Spion war? Vor einem Monat hätte Julius noch nicht an so etwas gedacht, aber jetzt erschien alles möglich. Jeder hatte Angst um sein Leben.

Elisabeth schnitt eine feine Grimasse und bewegte lautlos die Lippen, sobald ihr Hans-Peter den Rücken zukehrte. Ich liebe dich, bedeutete sie ihm. Frieda sagt dir Bescheid, sobald wir bereit sind.

35

Das Bewußtsein absoluter Herrschaft über sich selbst – durch Gott und später als Gott – war entscheidend dafür gewesen, daß Fierens die absolute Herrschaft über die Stadt erlangt hatte.

Es war eine bemerkenswerte Leistung, die er weitgehend den Gaben der Natur verdankte: die angenehme Stimme, die hochgewachsene Gestalt, das einnehmende Äußere und die stechenden braunschwarzen Augen – das alles trug zu seinem Charme bei. Entscheidend jedoch war, daß hinter all seinem Tun, ob öffentlich oder privat, die hundertprozentige Überzeugung zu erkennen war, daß er das Richtige tat. Starke Männer, harte Kerle und zähe Veteranen schienen sich in irgendwelche Winkel zurückzuziehen, sobald er zugegen war. Sogar Konrad stellte fest, daß er jede Sitzung nach ein paar Stunden verlassen mußte, um wieder zu Kräften zu kommen. Nach einem kurzen Beisammensein mit dieser hypnotisch wirkenden Persönlichkeit fühlte er sich ausgelaugt und leer.

Der Profos begab sich aus demselben Grund so selten wie möglich in den Palast.

»Ich kann meine Aufgabe nicht ohne eigenen Antrieb erfüllen. Ich brauche meinen eigenen Antrieb. Der König, ihm gebührt alle Ehre, schlaucht mich einfach, und das ist eine Tatsache.«

Keiner dieser Männer hätte jedoch bestritten, daß der König die absolute Macht besaß. Niemand in Rensburg, nicht einmal Julius, hätte das bestritten. Die Frage war, wie weit diese Macht außerhalb der Stadt reichte.

Fierens, dem seine absolute Herrschaft in der Stadt Auftrieb gab, war überzeugt, daß sie sich über die ganze Erde erstreckte.

Leute wie das Schwert der Gerechtigkeit und der Profos hatten sich zu sehr dem Neuen Jerusalem verschrieben, um überhaupt irgendeine Alternative in Betracht zu ziehen. Keiner von beiden würde ein Scheitern überleben. Sie glaubten wahrhaftig, daß Engel mit flammenden Schwertern die Mächte der Dunkelheit vertreiben würden, die sich vor ihren Toren versammelt hatten.

Andere Leute, wie etwa Julius, sahen keine Hoffnung mehr für diese Stadt, deren Lebensmittel erschöpft waren, deren Munition knapp wurde und bei deren Machthabern sich Anzeichen dafür bemerkbar machten, daß sie immer mehr nicht nur auf die Vernunft, sondern auf den Instinkt verzichteten. Die Frage war nicht, ob die Stadt fallen würde, sondern wann.

Fierens jedoch ließ sich immer wieder etwas Neues einfallen. Eines Tages im März zeigte er der versammelten Einwohnerschaft das heilige Kind und erklärte, es würde nicht zulassen, daß sie alle verhungern, und deshalb die Pflastersteine in Brot verwandeln. Das Kind gab einen reizenden, gurrenden Schrei von sich, und Fierens bedeutete den Gläubigen zu essen.

Seine Ausstrahlung war so gewaltig, daß sich die Leute wirklich bückten, Pflastersteine aus dem Boden kratzten und in ihrer Not verzweifelt daran zu nagen versuchten. »Wehe uns«, jammerten die vertrauensseligen Heiligen, »es sind Steine.«

»Euer Glauben reicht nicht aus«, sagte Fierens. »Ach, ihr Kleingläubigen.«

Benommen vor Hunger, begannen die Leute zu weinen.

»Gehet hin und fastet und betet«, wurden sie ermahnt. »Denn ihr wißt nicht, wann die Zeit kommt.«

Ostern kam und ging, und einige erinnerten sich daran, daß der König gesagt hatte, er wolle auf dem Berg Zion brennen, wenn sie bis dahin nicht erlöst wären. Die Menge versammelte sich auf dem Platz. Die Leibgarde hatte einen Scheiterhaufen aufgeschichtet.

»Wetten, daß er nicht kommt«, sagte ein Landsknecht, der keine Illusionen mehr hatte. »Der wird im Palast hocken und saufen.«

»Name?« sagte ein hinzutretender Leibwächter. »Was habt Ihr gesagt?«

»Der König...«, stotterte der Landsknecht, »er wird im Palast sitzen und sich die Haare raufen.«

»Die Haare raufen? Der König rauft sich nicht die Haare.«

»Er rauft sich die Haare, wie er die Menschheit aus ihrer Schlechtigkeit erretten soll...«, sagte der Landsknecht, einem seltenen Geistesblitz folgend.

Jede weitere Debatte wurde durch die Ankunft des Heiligen Kindes unterbrochen, das vom König persönlich begleitet wurde – zu Fuß und nur mit Strümpfen und einem Hemd bekleidet. Er ging auf den Scheiterhaufen zu, stieg hinauf und stellte sich an den Pfahl in der Mitte.

»Bindet mich, ihr Wachen, und dann entzündet das Feuer.«

Zahlreiche Gläubige stürzten nach vorn.

»Nein, nein. Verlaßt uns nicht.«

»Ich habe Murren gehört, daß ihr nicht erlöst worden seid.«

»Na ja, sind wir auch nicht«, sagte ein kräftig gebauter Bürger, den die bevorstehende Verarbeitung des Königs zu Frikassee mutig gemacht hatte.

Auf einen Teil der Menge machte er den Eindruck, als hätte er gehortet – er war viel zu gut genährt.

»So«, sagte der König zu ihm gewandt. »Du bist also nicht erlöst?«

Der Bürger erkannte die Falle, aber es war zu spät.

»Na ja«, sagte er. »Nicht... mit Waffengewalt...«

Zur Menge gewandt, hob der König beide Arme.

»Seid ihr erlöst?« rief er.

»Ja«, brüllten sie.

»Was machen wir mit denen, die nicht das Zeichen tragen?«

»AN IHNEN MUSS GNADENLOSE RACHE GEÜBT WERDEN.«

Der dicke Bürger wurde Glied um Glied zerrissen. Ein Teil der Glieder verschwand und landete in den Schmortöpfen unten bei den alten Lagerhäusern.

Flink verließ der König mit dem heiligen Kind den Holzstoß und kehrte im Triumph nach Hause zurück, wo er, nach einer guten Mahlzeit, den Abend mit Gruppenaktivitäten verbrachte.

Doch damit war sein Erfindungsreichtum noch lange nicht erschöpft. Ob Blommardines klug bemessene Gaben des Elixiers seinen Appetit auf dramatische Intermezzi anregten oder ob er einfach nur erkannte, daß es immer phantastischerer Zerstreuungen bedurfte, um die Bevölkerung von ihrer mißlichen Lage abzulenken – jedenfalls verkündete er, daß er als nächstes im Dom ein obszönes Maskenspiel inszenieren wolle, eine Parodie auf die heilige Messe. Sie wurde mehrere Tage lang unter heftigem Beifall aufgeführt und dann von einer noch beliebteren (ebenfalls von ihm verfaßten) Satire abgelöst, in der die Reichen und Mächtigen von einem hinreißend komischen Lazarus verspottet wurden, der immer wieder aus seinem Sarg hüpfte und Späße und sarkastische Bemerkungen machte, bei denen einem vor Lachen die Knochen klapperten, gerade wenn man es am wenigsten erwartete. Etliche Leute lachten wirklich so sehr, daß es ihnen weh tat.

Dann gab es den Tag der Spiele.

Die gesamte Stadtbevölkerung – Ausreden galten nicht – wurde aufgerufen, sich zu drei Tagen Tanz, Wettläufen und Wettkämpfen einzufinden. Eine sonderbare Zerstreuung für ein Volk, das durch Hunger und Krankheit inzwischen so geschwächt war, daß es kaum mehr einen Fuß vor den anderen setzen konnte. Aber der Glaube – und die Anwesenheit des Königs – wirkten das übliche Wunder. Ein Bursche, ein schlaksiger Heiliger aus Mecheln, lief doch tatsächlich einmal um den ganzen Berg Zion herum.

Freilich brach er am Ende zusammen und mußte zu den Töpfen geschafft werden, aber es war eine erstaunliche Leistung, die zeigte, daß der Geist in der Stadt heftig am Wirken war.

Beim Tanzen wurden langsamere Rhythmen bevorzugt; als äußerst beliebt erwies sich die Pavane, obwohl einige Damen vom Hof auch bei der Gaillarde ein hübsches Bein schwangen. Wirklich schade, daß es bei den Volkstänzen zu Unfällen kam. Vor allem der Schwerttanz forderte mehrere Opfer.

Bei den Wettkämpfen war das Tauziehen am beliebtesten, auch wenn in einigen Fällen das Seil zum Sieger erklärt wurde. Und beim Weitspringen hüpfte ein ausgemergelter junger Mann buchstäblich aus seiner Haut.

»Gut gemacht, ihr braven und treuen Diener«, sagte Fierens in seiner Schlußansprache. »Ihr seid das große Rennen gelaufen, und der Herr, unser erhabener Zuschauer, ist nicht gleichgültig. Alle sollen einen Preis erhalten…«

Sämtliche Teilnehmer drängten bei dieser Nachricht nach vorn. Vielleicht gab es doch noch ein Gelage.

»Der Preis ist das ewige Leben«, schloß der König. »An den Tischen hinter euch werden jetzt Erfrischungen angeboten. Aber macht euch nicht mit den Bechern aus dem Staub.«

Alles stürzte zu den Tischen, doch da gab es nichts anderes als Wasser.

»Wenn wir innig genug beten, wird es zu Wein«, rief ein Eiferer, unbeeinträchtigt von der vorangegangenen Enttäuschung.

Es war wirklich merkwürdig, daß die Enttäuschung den Glauben offenbar nur noch mehr schürte, statt ihn zu verringern; freilich gab es Ausnahmen.

»Ich habe gebetet, bis ich fast geplatzt bin«, murmelte ein Kesselflicker einem desillusionierten Strumpfwarenhändler zu. »Aber mir ist es nie gelungen, Wasser in was anderes zu verwandeln als in Pisse.«

36

Menschen, die nicht verliebt sind – es aber irgendwann einmal waren –, fällt es sehr leicht, den damit verbundenen Schmerz zu vergessen. Menschen, deren Selbstsucht zu groß ist, als daß sie je verliebt gewesen wären, halten um so weniger davon; und wenn sie sich glücklich schätzen, daß ihnen der bleierne Magen erspart geblieben ist, die schreckliche Sehnsucht, die Appetitlosigkeit, die Beklemmung, die Besessenheit, die Niedergeschlagenheit, das Sezieren winziger Gesten, Äußerungen und Veränderungen in der Stimme – dann irren sie sich. Liebe – nicht zu verwechseln mit Eifersucht –, Liebe, egal, wie schmerzlich, ist ein Zustand der Gnade, selbst wenn sie nicht erwidert wird. Erwiderte Liebe verhält sich zum Zustand des Nichtliebens wie Farben zu Grautönen.

Julius hatte so viele Monate mit diesem gutartigen Kummer gelebt, daß er nicht glaubte, irgend etwas könne ihn noch verschlimmern. Aber die Geburt seines Sohnes bewirkte genau das. Sie vergrößerte die Last seiner qualvollen Sorge – und doch war es nicht ganz dasselbe. Denn eins und eins ergab nicht eins. Eins und eins ergab drei.

Er saß in seinem Atelier – müde, denn er hatte nicht geschlafen –, mit schmerzendem Herzen und schmerzendem Kopf. Zuwenig Nahrung, zuwenig Schlaf, die Anspannung und die Enttäuschung darüber, daß es ihm nicht gelang, das fehlende Gesicht zu finden, überwältigten ihn. Er hatte es mit Fierens probiert, mit dem Schwert der Gerechtigkeit, dem Profos, sogar mit Blommardine. Er hatte sich grauenvolle, bösartige Gesichter ausgedacht. Aber keines davon schien zu passen. Jetzt endlich wandte er den Blick von der Hölle ab und betrachtete wieder einmal das irdische Paradies, dessen Anblick ihn spürbar erfrischte. Warum gab es dort keine Kinder? Was hatte die kinderlose Menschenmenge zu bedeuten? Kein einziger Säugling war darunter.

Natürlich! Es gab keine Kinder im Paradies. Die kamen erst nach der Vertreibung von Adam und Eva.

Das bedeutete also, daß er den Zustand vor Augen hatte, der geherrscht hätte, wenn Adam und Eva nicht gesündigt hätten. Nein, das konnte nicht stimmen, denn woher sollten dann die anderen Bewohner des Gartens kommen? Vielmehr mußte das Gemälde das wahre Millennium abbilden. Den Zustand, der sich einstellen würde, wenn die Menschheit – nachdem Sünde und Tod durch die Liebe überwunden worden waren – wieder ins Paradies zurückkehren und dort in friedlicher Glückseligkeit leben und die gesamte Schöpfung umarmen durfte.

Doch wie fügte sich sein Sohn in dieses Bild? Nicht als Rivale um die Liebe seiner Mutter; das ergäbe keinen Sinn. Nicht als Hindernis für die liebende Vereinigung; sondern, ja gewiß, als zukünftiger Kandidat für eine eigene Vereinigung. Diese Menschen auf dem Gemälde waren ohne Alter. Sie standen außerhalb der Zeit... Generation um Generation waren sie die Kinder der Liebe und die Kinder der Kinder der Liebe...

Der Kopf sank auf seine Brust, und er döste ein.

»Ein Kind ist das äußere, sichtbare Ergebnis der Vereinigung. Es muß beschützt und ernährt und aufgezogen werden. Aber gibt es nicht noch ein anderes Ergebnis – eine Frucht des Geistes? Schau, da ist sie, sie schwebt in den Himmel empor, um zu ihrem Ursprung zurückzukehren, wird über das Firmament getragen von einem geflügelten Geist. Die Sublimierung der Liebe...«

Julius schreckte auf. Hatte er selbst gesprochen? Er hatte sich angewöhnt, vor sich hin zu murmeln. Das Großartige an Selbstgesprächen ist, daß man auf ein mitfühlendes Ohr zählen kann, pflegte er zu Blommardine zu sagen, wenn sie sich über ihn lustig machte.

Aber zum wiederholten Mal diese Stimme... Gehörte sie ihm?... War es die Stimme des Mitgefühls?... Gab es hier Geister?... Abkömmlinge von Geistern... Schutzgeister? Wieder konzentrierte er sich ganz auf das Bild; auf die Hölle; auf die zwei keineswegs mitfühlenden Ohren, durchbohrt von dem Penismesser, das wie ein Belagerungsgeschütz über der Lücke schwebte, die er füllen mußte.

Seine Gedanken wurden von einem Getöse unterbrochen, das sich anhörte, als hätte die Hölle gerülpst oder als hätte Armageddon, jener letzte Kampf zwischen Gut und Böse, begonnen. Der Lärm schien aus der Nähe des Marktplatzes zu kommen. Etwas war mit einem gewaltigen, dumpfen Knall explodiert und erleuchtete den Himmel, als bräche aus dem Berg Zion plötzlich ein Vulkan hervor.

Nachdem Julius hastig die fahlen Farbschattierungen des Himmels skizziert hatte, warf er sich rasch seinen Umhang um die Schultern und verließ das Haus, um der Sache auf den Grund zu gehen.

Er stellte fest, daß der Großbrand von Konrads Schnapsbrennerei ausging, die aus irgendeinem Grund, ob Brandstiftung oder Unfall – sicher kein feindliches Geschoß, denn es war keinerlei Bewegung gemeldet worden –, plötzlich in die Luft geflogen war. Der unverdünnte Alkohol entfachte ein Feuer, wie Rensburg noch keines erlebt hatte. Flammen schossen aus der

Brennerei, als wollten sie sich für eine Rolle beim Jüngsten Gericht bewerben.

Offenbar war die ganze Einwohnerschaft aus den Häusern gerannt, um sich das Spektakel anzusehen, obwohl die Sperrstunde längst überschritten war. Feuerschein flackerte auf schweißbedeckten Gesichtern, die sich von der ungeheuren Hitze wärmen ließen.

Julius kam der Gedanke, daß Fierens das Feuer womöglich inszeniert hatte. Die Wirkung hätte ihm sicher gefallen. Und da erschien er auch schon auf der Szene, vielleicht ein bißchen zu rasch, stellte sich neben Konrad, das Schwert der Gerechtigkeit, der ziemlich bleich aussah, als er seinen Destillierapparat in Rauch aufgehen sah. Er gab die Schuld für die Katastrophe dem Alchimisten.

»Ich bringe ihn um, wenn ich ihn finde«, sagte er immer wieder.

Dabei lag der arme Mann längst in tausend Fetzen über die halbe Stadt verstreut.

»Das ist ein Zeichen«, sagte der König. »Das ist die Hand des Allerhöchsten. Nur ein Wunder kann die Stadt retten. Ich werde zum Jesuskind um Regen beten.«

»Betet. Betet alle miteinander«, rief der Profos.

Die Wolke, die schon den ganzen Tag über der Stadt gehangen hatte, erwies ihm den Gefallen, einen Regenguß zu schicken, der das Feuer eindämmte.

»Der Herr wird kommen. Er wird nicht mehr lange auf sich warten lassen«, verkündete Fierens. »Das Kind hat heute nach meinem Dolch gegriffen und gerufen: ›Awawawawehe meinen Feinden.‹«

Die Vaterschaft (wenn auch stellvertretend) hatte Fierens verändert. Er war stolz auf das Kind. Doch nachdem er selbst der Sohn Gottes war, betrachtete er es auch als seinen Bruder. Somit hatte er ein starkes familiäres Interesse an ihm.

Als sich die Aufregung gelegt hatte, kehrte Julius in sein Atelier zurück, zündete eine kostbare Kerze an und beendete seine Aufzeichnungen. Der Hintergrund nahm jetzt recht schön Gestalt an. Die Brennerei würde er links von der Mitte einfügen. Er stellte sich vor, daß eine riesenhafte Gestalt, halb Tier, halb brennende Mühle, drohend darüber aufragen könnte. Jetzt brauchte er nur noch etwas anderes im Vordergrund – gerade Linien, die die höllische Unordnung zur Geltung brachten. Was sagte dieses Bild aus? Unordnung, jawohl – Unordnung im Herzen, im Kopf, in der Seele, im Geist; Unordnung in der Stadt, im Land, in der Welt. Die Natur im Aufruhr …

Wieder blickte er aus dem Fenster, über die Stadtmauern hinweg auf die Feuer der Belagerer, die in der Dunkelheit aufblitzten und sich in den überfluteten Rieselwiesen spiegelten.

Flut, das war es. Scharfe Kanten und ein flammender Himmel spiegelten sich frostig auf der Oberfläche.

Er blies seine Kerze aus und legte sich fröstelnd schlafen. Die Hölle rückte immer näher.

37

Die immer trostloser werdende Situation in der Stadt machte auf den König offenbar keinerlei Eindruck. Die Not schien ihm geradezu Vergnügen zu bereiten, denn auf diese Weise konnte er noch mehr Einfluß nehmen und seiner Vorliebe für Hindernisse noch mehr frönen. Einem Theaterstück, in dem es keine Herausforderungen, keine aufregenden Ereignisse und keine Überraschungen gab, fehlte es an Dramatik. Eine Bresche in der Mauer, ein Feuer, ein Gerücht über einen Verrat – all das trug dazu bei, die Spannung in der Stadt zu steigern.

Unterdessen verabreichte Blommardine Fierens großzügige Mengen des Elixiers. Schon merkwürdig und wunderbar, daß diese Droge, die sie so tief zu den Teufeln hinuntergestoßen hatte, bei ihm jetzt anscheinend genau die gegenteilige Wirkung erzielte. Er schwebte durchwegs in erhabenen Regionen. Nur ein kleiner Teil seiner Person und seiner Empfindungen weilte auf Erden; der Rest war himmlische Herrlichkeit. Und wenn er wollte, konnte er jenen erdverhafteten Teil völlig von sich abschütteln.

Im Augenblick jedoch wollte er das nicht. Ihm war klar, daß man diesen Menschen, unter denen er wandelte, eine Lehre erteilen mußte. Diejenigen, die es mit der Erlösung ernst meinten, mußten aus den weltlich Gesinnten herausgesiebt werden. Er hatte alle diese Figuren doch nicht dazu geschaffen, daß sie auf der Bühne planlos durcheinanderrannten.

Und so ließ er die Bevölkerung an einem regnerischen Aprilmorgen wieder einmal auf den Berg Zion rufen. Die Reihen hatten sich deutlich gelichtet. Hungersnot und Krankheiten hatten unter den Einwohnern getobt, ihre Zahl reduziert und sie in gewaltige Massengräber gestürzt, an denen ausgemergelte Verwandte tränenlos schluchzten. Einige wiegten sich völlig verzweifelt hin und her und redeten irre, kippten manchmal vornüber und starben in der Grube, weil sie zu erschöpft waren, um herauszuklettern.

»Gott ist nicht zufrieden mit euch«, verkündete Fierens von seinem Thron herab der durchnäßten Menschenmenge. »Er hat mir befohlen, euch ziehen zu lassen. Öffnet die Tore, Profos.«

»Nein, nein«, flehten viele. »Wir wollen bleiben.«

Sie hatten einen zu langen Weg zurückgelegt, hatten zu vieles geglaubt, um jetzt umzukehren. Sie würden weitermachen, gläubig bis in den Tod. Andere waren nicht so überzeugt. Sie hatten bisher alles mitgemacht, weil das die einzige Alternative schien. Jede Möglichkeit, mit Frau und Kindern von hier wegzukommen, mußte man jetzt mit beiden Händen ergreifen. Alte Männer und Frauen, Kranke und Behinderte – sie alle spürten, daß es jetzt Zeit war zu gehen.

»Alle, die gehen möchten, dürfen die Stadt verlassen«, sagte Fierens. »Aber ich weine um eure Seelen. Fürwahr, der Herr wird euch verfluchen, und immerwährende Verdammnis wird euer Schicksal sein.«

Wasser sprudelte aus den Wasserspeiern des Rathauses und gurgelte im Rinnstein.

»Zieht hinaus, ihr, die ihr die Straße zur immerwährenden Verdammnis gewählt habt«, befahl der Profos.

Es war ein trauriger Anblick – mehrere hundert Menschen, viele kaum mehr in der Lage zu gehen; einige auf Krücken, andere von Verwandten auf Bahren getragen. Nur eine Handvoll gesunder, kräftiger Männer zog mit ihnen – mehr oder weniger die letzten alten Rensburger, Bürger, die einfach nicht noch mehr ertragen konnten, die alles verloren hatten, sogar ihren Stolz.

Ächzend taten sich die Tore auf, und hinaus ging es, hinkend und schlurfend, auf die Straße, die am Sumpfland und an den Rieselwiesen vorbeiführte.

Für einige Gläubige freilich sah es so aus, als hätte der König Schwäche gezeigt. Es war das erste Mal seit über einem Jahr, daß jemandem gestattet worden war, den eisernen Fesseln der Erlösung zu entrinnen. Aber der König war ihnen wie immer einen Schritt voraus. Jetzt war die Stadt nicht nur eine große Anzahl nutzloser, hungriger Mäuler los, sondern auch die Belastung, die ihre Krankheiten und ihre Unzufriedenheit darstellten.

Das hätte an sich schon ausgereicht, aber der König erteilte den Standhaften eine noch eindringlichere Lektion. Er wußte, daß der von den Ländern des Ober- und Unterrheins ernannte General dem Bischof keinesfalls erlauben würde, die Leute aus der Stadt abziehen zu lassen. Er wußte, daß er die gesunden und kräftigen Männer auf der Stelle köpfen und die restlichen – da er befürchtete, sie könnten Gotteslästerungen und was sie sonst noch an Abscheulichkeiten mitbrachten, hinter die Linien zu seiner Nachhut tragen – bei der ersten Grabenlinie aufhalten und auf unbestimmte Zeit im Sumpfland warten lassen würde, bis er entschieden hatte, was mit ihnen geschehen sollte. Der Bischof neigte eher zur Milde. Der General zum Blutvergießen. Und so debattierten sie eine Zeitlang…

In der Zwischenzeit erwiesen sich des Königs Erwartungen in jeder Hinsicht als gerechtfertigt, und als sie sich erfüllten, zeigte er kein Erbarmen.

Die ersten Abgewanderten kehrten zurück und baten inständig, man möge sie wieder hereinlassen, trommelten an die Tore und kratzten mit bloßen Händen daran; aber sie blieben fest verschlossen. Andere versuchten, jämmerlich unzureichend, am Rand des Sumpfgeländes Unterstände zu errichten. Viele legten sich hin und starben. Und während der ganzen Zeit regnete es.

38

Die Stadt war inzwischen in zwölf Verwaltungsbezirke aufgeteilt worden, sogenannte »Herzogtümer«, die jeweils von einem Desperado befehligt wurden, der dem König absolut treu ergeben war – von Männern, die nichts zu verlieren und viel zu gewinnen hatten, wenn die Situation in der Stadt andauerte.

Wer innerhalb der Mauern dabei erwischt wurde, daß er davon sprach, die Stadt zu verlassen oder sich gar ergeben zu wollen, wurde – gleich, ob Mann oder Frau – zum Berg Zion geschleift, bis auf die Haut ausgezogen, ausgepeitscht und geköpft – das heißt, wenn der Betreffende Glück hatte. Andere wurden geschleift, solange noch Leben in ihnen war, und dann ließ man sie in ihrem eigenen Kot verrotten. Auf jede verfügbare Eisenspitze an den Toren und Befestigungsanlagen war ein blutiger Kopf gespießt.

Ein unwilliger, prahlerischer oder unverschämter Gesichtsausdruck genügte schon, um festgenommen und ins Jenseits befördert zu werden. Erlaubt war einzig und allein eine eingeschüchterte, unterwürfige, vertrauensselige Miene – es sei denn, man war Soldat, dann mußte man entschlossen wirken. Lachen war gleichbedeutend mit Verrat. Freilich gab es ohnehin nicht viel zu lachen.

Die Atmosphäre – und der Geruch – in der Stadt war wenig besser als draußen vor den Toren.

Während draußen Greueltaten verübt wurden, arbeitete Julius an dem Porträt von Elisabeth und dem Kind weiter; mit Fierens beschäftigte er sich jeweils dann, wenn dieser auftauchte. Wann immer Elisabeth in diesen Tagen in die Malstube kam, fiel Julius auf, daß Hans-Peter hartnäckig zugegen war und die Ohren spitzte. Manchmal registrierte er auch andere Ohren an der Tür, Schritte auf dem Gang, sobald er die Tür aufmachte, Geräusche im Regen vor dem Fenster.

Das Kind war inzwischen gut vier Monate alt. Es war an der Zeit zu verschwinden. Elisabeth hatte ihm das signalisiert und ihm einen kleinen Zettel zugesteckt. »Wir könnten jetzt fort«, las er, »aber ich werde beobachtet.« Sie mußten eine Gelegenheit finden, miteinander zu sprechen.

Sie ergab sich ein paar Tage später, als Hans-Peter vergessen hatte, aus dem Atelier das Krapprot mitzubringen. Julius hatte ihm tags zuvor gesagt, daß er es für das Kleid der Madonna benötigte.

Der kleine Maler entschuldigte sich übertrieben.

»Ich Esel«, rief er und schlug sich an die Stirn. »Und so was soll ein Hirn sein. Da nisten wohl eher Fledermäuse drin. Ich bin gleich wieder da.«

»Du brauchst dich nicht zu beeilen«, sagte Julius.

Als er gegangen war, schaute Julius vorsorglich aus dem Fenster; der Regen war an diesem Morgen besonders scheußlich.

Selbst ein Lauscher hätte es sich zweimal überlegt, bei diesem eiskalten Platzregen loszuziehen. Dann ging Julius leise zur Tür und stieß sie weit auf, um jeden, der sich möglicherweise auf dem Gang herumdrückte, zu erwischen. Noch immer niemand.

Leise schloß er die Tür, ging auf Elisabeth zu und umarmte sie. Sie küßten einander gierig, als wollten sie ihre Seelen austauschen. Dann hob er das Kind auf und schloß es ebenfalls in die Arme, denn, sagte er zu Elisabeth, er wisse, wie das sei, als Kind nicht umarmt zu werden.

»Wir müssen uns beeilen«, sagte sie. »Er wird gleich zurück sein. Wir müssen recht bald von hier fort. Ich glaube nicht, daß sich die Stadt noch länger halten kann.«

»Ich auch nicht«, sagte er. »Aber es wird schwierig sein. Die sogenannten Herzöge haben ihre Augen überall. Die Tore werden bewacht und sind, nur für den Fall, daß wir schwer von Begriff sein sollten, mit Köpfen und gevierteilten Leibern von Leuten gespickt, die zu fliehen versucht haben. Wenn es uns gelingen sollte, wäre das einzig Gute, was man über die Situation der Stadt sagen könnte, daß sie erheblich zu meinem Verständnis der Hölle beigetragen hat.«

»Arme Menschen«, sagte sie. »Arme Stadt. Weißt du, es war wirklich eine gute Stadt. Eine normale Stadt. Zumindest glaubte ich das. Jetzt vermute ich, sie ist wie unser alter Apfelbaum – aus der Ferne betrachtet in Rot und Gold gehüllt, bis man näher kommt und sieht… Was ist los, Liebster?«

Julius war aufgeschreckt.

»Ich dachte, ich hätte etwas gehört…«

Wieder lief er zur Tür und öffnete sie mit einem Ruck.

»Nichts«, sagte er dann.

»Es gibt eine Möglichkeit«, sagte sie.

»Wie denn?«

»Das sage ich dir jetzt nicht. Ich traue diesem Ort nicht.«

»Vertraust du mir?«

»Vollkommen.«

»Ich liebe dich. Falls irgend etwas… passieren sollte… dann denk daran.«

»Wir haben ein Herz«, sagte sie. »Es ist geschehen, als wir uns geliebt haben. Trotz allem – ich habe es gespürt.«

Diesmal kam von draußen ein deutliches Geräusch.

»Hans-Peter«, sagte er zu ihr.

»Ich werde dich in einer Woche rufen lassen. Halte dich um acht Uhr abends bereit. Heute in einer Woche. Ich liebe dich.«

Die Tür ging auf. Es war der kleine Maler.

»Da bin ich wieder«, sagte er und hielt Julius ein kleines Päckchen hin. »Krapprot.«

39

Julius befand sich in einer verzweifelten Lage. Eine Woche war vergangen, und er war noch immer nicht fertig.

Dabei ging es nur noch um einen kleinen Ausschnitt. Nur um ein kleines Segment eines komplexen Bildes, aber es war der Schlüssel zum Ganzen: der Mittelpunkt. Alles würde sich wie von selbst zusammenfügen, sobald er es gefunden hatte. Er wußte, daß er nicht fortkonnte, bevor er es vollendet hatte. Wer immer ihn auf diesem sonderbaren Weg führte, würde es nicht zulassen. Er geriet in Panik.

Er hatte noch mehr Gesichter ausprobiert; unbeschreiblich brutale Gesichter, die er in Menschenansammlungen gesehen und für eine Kreuztragung vorgesehen hatte; Gesichter, die ihn an andere Gesichter erinnerten; das Gesicht des Bischofs, Savonarolas Gesicht, das des Medici-Papstes mit der Fistel, die wie das aus den Sümpfen emporsteigende Miasma stank. Er versuchte es sogar mit dem Gesicht seines alten Meisters Bosch, aber auch das – obwohl, doch, irgend etwas war dran – lieferte ihm noch immer keine Antwort. Er wußte, daß er es erkennen würde, sobald er es sah. So offensichtlich würde es sein. Es würde ihm ins Gesicht starren.

Einen Augenblick mal.

Er stand auf und trat vor den Spiegel, der auf dem Tisch am Fenster stand. Er tauchte sein Gesicht hinein, stieß es hinunter wie in einen Teich, von schimmernden Gedanken überzogen, die seine Oberfläche vor Besorgnis kräuselten.

Es war ein ganz gewöhnliches Gesicht, eher länglich, blaue Augen mit ziemlich schweren Augenlidern und weit auseinanderstehend, eine gerade Nase, hohe Wangenknochen und ein Mund, der im wesentlichen so etwas wie Selbstverachtung und Resignation ausdrückte, braune Haare mit einem Stich Rot und Gold.

Das könnte gehen, dachte er. Alles andere habe ich schon versucht.

Er begann zu zeichnen. Während die Arbeit voranschritt, registrierte er ein ganz leises, helles, schabendes Geräusch, das er erst für unregelmäßiges Tröpfeln durchs Dach auf Papier hielt – das war hier nichts Ungewöhnliches –, obwohl sich das Geräusch eher wie Metall auf Metall anhörte. Es beunruhigte ihn nicht weiter. Aus irgendeinem Grund spürte er allmählich die Gewißheit, daß er auf dem richtigen Weg war.

Und wirklich, warum sollte nicht er es sein? Ursprünglich hatte Bosch ihm aufgetragen, sein Bild zu vollenden. Der Auftrag stammte von ihm. Julius war hierher an diesen höllischen Ort geschickt worden, in einer schlechten Ehe gefangen und hatte sich unter unmöglichen Umständen verliebt. Er war vom Schicksal – oder von jemand oder etwas anderem – gequält worden, um das Problem eines anderen zu lösen.

Er probierte unterschiedliche Gesichtsausdrücke aus, aber keiner davon erschien ihm passend. Alle diese Gesichter sahen ihn schmollend und verdrießlich an, als wären sie schlecht behandelt worden. Wie ein Kind, das wegen einer Flutwelle einen Wutausbruch bekommt.

Und dann dachte er: Ich bilde mir zwar ein, das Opfer einer Intrige zu sein, aber schließlich habe ich den Spieß umgedreht, da mir unterwegs das größte Glück begegnet ist, das das Leben bieten kann. Ich liebe und werde geliebt. Wer immer meine schlimme Pilgerschaft geplant hat, hat daran nicht gedacht.

Wenn ich also in der Hölle wäre, könnte ich doch eigentlich nur mit Bedauern und Resignation und ohne einen Schimmer Hoffnung zu dem Paradies der Liebe zurückblicken, das ich verloren habe.

Und dann dachte er: Vielleicht ist diese Pilgerschaft gar nicht das Werk eines Teufels. Vielleicht stecke ich mit meinem kleinen Ich dahinter, das ich vor lauter Selbstsucht nicht gesehen habe. Mein Gesicht, das ich in das Bild einfüge, muß das Gesicht meines selbstsüchtigen Ich sein. Die Hölle ist mein Ich, das Paradies ist die Liebe, die meiner Selbstlosigkeit entspricht.

Da ich mich selbst in der Hölle noch an die Liebe erinnern kann, gibt es noch Hoffnung für meine Erlösung, also nehme ich die Hoffnungslosigkeit weg und füge den Schatten einer Möglichkeit ein. Da. Es ist getan. Wie sieht es aus?

In dem Augenblick, in dem er den Pinsel niederlegte, empfand er ein sonderbares Gefühl, so, als erhielte er eine Erlaubnis; die Geräusche, die er gehört hatte, endeten mit einem fast unhörbaren, aber deutlichen metallischen Schlag, der sich wie ein Klicken im Innenohr anhörte. Er hatte es geschafft. Etwas hatte sich aufgetan.

Unsäglich erleichtert, kopierte er eilig und fachmännisch das Gesicht, das er gemalt hatte, auf die Tafel, die an den verabredeten Ort geschickt werden sollte.

Am Spätnachmittag brachte er die letzten Verbesserungen an und saß dann, während die Farbe trocknete, noch immer benommen vor Erleichterung da. Er hatte die sonderbare Aufgabe erfüllt, die ihm gestellt worden war. Er würde kein Geld mehr bekommen – es war während seiner ganzen Zeit in Rensburg regelmäßig eingetroffen (auch wenn er es in letzter Zeit natürlich abgeliefert hatte). Jetzt hatte er keine Verpflichtung mehr. Er war frei.

Er mußte eingedöst sein, denn als er aufschreckte und hochsah, war es beinahe dunkel. Graubraune Wolken ließen von dem Licht, das die Sonne aussandte, nichts durch. Er wickelte sein Gemälde möglichst sorgfältig ein, um es auf jedwedem Fluchtweg zu schützen, den Elisabeth ausgesucht haben mochte. Falls ihnen das Schlimmste zustoßen sollte, hatte er keine persönlichen Angelegenheiten mehr zu regeln. Elisabeth und ihr gemeinsamer Sohn waren seine einzigen persönlichen Belange. Er empfand kein Bedauern, das er nicht schon zum Ausdruck gebracht hätte. Er würde Rensburg so gern verlassen – sofern es ihnen wirklich gelang, einen Weg zu finden – wie noch keinen anderen Ort in seinem Leben. Die Hölle und Rensburg – er wäre überglücklich, beides hinter sich zu lassen.

Endlich hörte er das ersehnte Klopfen an der Tür.

Selbst in diesem Stadium fürchtete er noch, etwas könnte schiefgelaufen sein, es könnte ihr nicht gelungen sein, sich fortzustehlen. Aber jetzt stand sie vor seiner Tür, in einen dicken Umhang mit Kapuze gehüllt, das Baby fest eingewickelt.

Sie küßten sich.

»Bist du gut weggekommen?«

»Sie sind alle bei einem Festessen. Anschließend gibt es den üblichen Trubel. Niemand wird mich vermissen. Ich habe ein dickes Kissen in mein Bett gelegt und dem Kindermädchen etwas Mohn gegeben, den mir Pastor Joachim besorgt hat.«

»Pastor Joachim?«

»Du bist ihm früher einmal begegnet. Erinnerst du dich an die beiden Priester, die du bei meiner Hochzeit getroffen hast?«

»Aber sicher. Ich dachte, sie seien beide tot. Einer von ihnen ist mit Sicherheit tot. Ich habe mit ihm gesprochen, bevor er starb.«

»Pastor Joachim ist wie durch ein Wunder – mehrere Wunder – noch bei uns. Er hilft uns zu fliehen.«

»Kommt er hierher?«

»Das wäre zu riskant. Wir treffen uns mit ihm um zehn Uhr.«

»Jetzt ist es erst acht.«

»Das weiß ich.«

Sie lächelte ihn an und legte das Kind ab.

»Er wird schlafen«, sagte sie. »Er ist sehr brav. Ich habe ihn gefüttert, bevor ich hergekommen bin.«

Sie nahmen sich bei der Hand und traten ins Paradies.

Weicher Flügelschlag, eine sanfte Brise, Blumenduft, das Aroma von Früchten und frischem Gras, plätscherndes Wasser, liebliches Lachen, Blumenglocken und das Gesumm der Bienen hüllten sie ein, während sie dahinschritten.

Sie hatten unendlich viel Zeit.

Hände halfen ihnen, wiesen ihnen den Weg; lächelnde Gesichter begleiteten sie; sie wurden ohne Erstaunen begrüßt, als hätten alle gewußt, daß sie kommen würden.

Da gab es Früchte zu essen, reichlich und herrlich; Krüge voll köstlicher, belebender Säfte und Getränke erfrischten ihre Sinne.

Endlich, in den duftenden Winkeln einer Rose, legten sie sich nieder und empfingen das Sakrament.

40

»Und ich sage Euch, ich bin ihnen hierher gefolgt«, sagte Schwenk zum Schwert der Gerechtigkeit.

In Absprache mit Hans-Peter hatte er in einer Kleidertruhe in der Malstube im Palast gelegen, als Elisabeth ihren Plan erläuterte.

Er war hinter Mutter und Kind die Treppe hinaufgestiegen, um sich zu vergewissern, wohin sie gingen, und dann zurückgeeilt, um die Leibgarde zu rufen.

»Keine Spur von ihnen«, sage Konrad. »Aber was zum …«

Von dem Bündel auf dem Bett des Malers kam leises Glucksen und Gurren. »Das ist das Kind. Bringt es in den Palast«, schrie Konrad. »Sie können nicht weit sein. Laßt die Tür unten bewachen. Wie ich meine Tochter kenne, werden sie bald zurückkommen. Sie würde das Kind nicht lange allein lassen.«

Das Baby begann zu weinen.

»Merkwürdiges Bild«, sagte Hans-Peter. »Aber gut gemacht.« Er zeigte auf die bemalte Wand, deren Behang zusammengebauscht auf dem Bett lag.

»Was?« sagte das Schwert der Gerechtigkeit und drehte sich um. »Pfui! Das ist ein Götzenbild. Wir schicken später jemanden, um es zu entfernen. Und Ihr, Schwenk, laßt die Tür unten nicht aus den Augen.«

Sie polterten die Treppe hinunter, und im Zimmer war es wieder still … und dann hörte man wieder murmelndes Wasser und Vogelstimmen und Bienengesumm und ferne Stimmen und raschelnde Blätter … und von der Wand ging ein durchscheinender Nebel aus wie der sprühende Regenbogendunst eines Wasserfalls …

Und plötzlich ertönte Elisabeths Stimme.

»Ich dachte, ich hätte ihn rufen hören. Tut mir leid. Wir hätten ewig bleiben können. Aber wir mußten zurückkommen.«

»Ich weiß«, sagte Julius. »Wir mußten zurückkommen. Aber das spielt jetzt keine Rolle mehr. Nichts spielt mehr eine Rolle, weil wir eins sind. Daran kann nichts etwas ändern.«

Sie eilte zum Bett, blieb wie angewurzelt stehen, wandte ihm ein totenbleiches Gesicht zu.

»O Gott«, rief sie. »Unser Kind. Es ist fort. Sie haben es mitgenommen.«

Angst umklammerte ihr Herz.

O Gott, dachte er, würde es immer so bleiben, daß die eine Hand gibt und die andere gleich wieder wegnimmt? Habe ich nicht genug getan? Muß denn immer noch ein Ungeheuer im Labyrinth lauern?

»Was sollen wir tun?« fragte sie. »Wir können ihn nicht zurücklassen.«

Sie gab nicht Julius oder der Liebe die Schuld. Nicht die Liebe war schuld; vielmehr dieser Antichrist der Liebe, dieser Uitwaarden-Fierens, dieser Götze des Ich, der selbsternannte König, der Himmel und Erde mit sich hinabzog.

Julius holte tief Luft. Die Angst war verschwunden. Er hob die fertiggestellte Tafel auf und gab sie Elisabeth.

»Es bleibt uns nichts anderes übrig. Wir gehen jetzt besser nach unten. Nimm das Bild für mich in Verwahrung. Dir werden sie nichts antun. Und küß mich ein letztes Mal. Gut möglich, daß ich dich auf dieser Erde nie wiedersehe.«

41

Konrad entschied, daß es aus optischen Gründen nicht anging, die Mutter des wiedergekehrten Christus eines Vergehens anzuklagen. Er ließ Schwenk und Hans-Peter Verschwiegenheit geloben und stieß finstere Drohungen gegen alle an der Festnahme Beteiligten aus, die daran zweifeln sollten, daß seine Tochter entführt worden war.

Die offizielle Version lautete, dem Maler würde versuchte Vergewaltigung der Königin zur Last gelegt.

Später, halb verrückt vor Sorge und ausgelaugt von seinen Ausschweifungen, suchte Konrad seine Tochter in ihren Gemächern auf. Sie saß mit bleichem Gesicht da und blickte auf den Boden, als er sie anschrie.

»Daß du mir das antust, Tochter! Wie kannst du es wagen? Bei Gott, ich werde...«

Er machte Anstalten, sie zu schlagen. Plötzlich hob sie den Kopf und blickte ihn mit funkelnden Augen an.

»Ich bin noch immer die Königin, Vater. Vergiß das nicht. Wenn du mich anrührst, wirst du sterben. Ich will mein Kind.«

Konrad war fassungslos über solche Worte aus dem Mund seiner Tochter, die sich stets unterwürfig verhalten hatte.

»Dein Kind?« tobte er. »Eine schöne Mutter, die ihr Kind allein läßt, so daß jeder Eindringling es mitnehmen kann.«

»Er war nicht allein. Ich war im Zimmer.«

»Im Zimmer?« Konrad rätselte noch immer, wie die zwei die Treppe herunterkommen konnten, nachdem er alles so gründlich durchsucht hatte.

»Wir waren beide da.«

»Du lügst.« Zweifellos gab es irgendeinen Geheimgang.

»Ich will mein Kind«, wiederholte sie.

»Es ist bei der Kinderfrau. Du hast vorläufig in deinen Gemächern zu bleiben. Wie es scheint, kann man dir nicht trauen, Gnädigste.«

»Und Julius?«

»Der Maler? Er wird wegen Hochverrats angeklagt.«

»Aber das ist doch lächerlich! Welche verräterische Tat hat er denn begangen?«

»Die versuchte Vergewaltigung der Königin ist Grund genug.«

»Er hat es nicht versucht.«

Einen Augenblick lang begriff Konrad die Tragweite ihrer Aussage nicht. Hans-Peter hatte es doch nicht für unbedenklich gehalten, ihm alles zu sagen, was er wußte.

»Du würdest abstreiten...«

Und dann unterbrach er sich und wiegte seinen schweren Kopf wie ein Bulle, der gleich losrennen wollte.

»Du meinst…?«

»Ich meine, daß ich bei ihm gelegen habe.«

Plötzlich wich aller Kampfgeist aus Konrad. Er setzte sich auf eine Bank und strich sich mit der Hand übers Gesicht.

»Sag das nicht«, sagte er zu ihr. »Sag das niemals.«

Wenn das durchsickerte, würde alles aus sein.

»Wenn es zum Prozeß kommt, werde ich es sagen. Ich werde sagen… er ist der Vater meines Kindes.«

»Kein Prozeß«, sagte Konrad erschöpft.

Es war schon einige Zeit her, daß es Prozesse gegeben hatte.

Erst jetzt begriff er die ganze Wahrheit. Er sah sie entsetzt an.

»Was hast du gesagt?«

»Ich werde sagen, daß er der Vater meines Kindes ist.«

»Schsch. Unmöglich«, flüsterte Konrad. »Sprich nicht so laut.«

»Nicht unmöglich. Ich bin schon einmal in seinem Atelier gewesen. Ich liebe ihn bedingungslos. Er ist mein, und ich bin sein.«

»O mein Gott«, stöhnte Konrad. »Das ist mein Ende.«

Er machte einen völlig gebrochenen Eindruck. Die Monate der Zügellosigkeit hatten ihre Spuren hinterlassen. Das Laster hatte an ihm genagt. Der Mann, der in den Herzen, Hirnen und Eingeweiden der Stadt Schrecken verbreitet hatte, war jetzt ein Nervenbündel.

»Wo ist er?« fragte Elisabeth, ihren Vorteil nutzend.

Konrad antwortete nicht sogleich, sondern saß zusammengesunken da und dachte an Fierens' außergewöhnliche Fähigkeit, stets zu wissen, was vor sich ging. Wußte er auch davon? Gewiß nicht, sonst wäre er bis an die Grenzen seiner genialen Erfindungsgabe gegangen, um Elisabeth zu bestrafen. Oder spielte er ein Spiel, in das er sie hineinzog? Konrad hatte ihn das mit einigen Höflingen machen sehen. Erst tafelte er noch mit ihnen, und im nächsten Augenblick konnte man ihre Haut von einer Zellenwand kratzen.

»Wo ist er?« fragte Elisabeth abermals. »Du hast ihn doch nicht… er ist doch nicht…«

Sie brachte es nicht übers Herz, es auszusprechen. Er mußte am Leben sein. Wenn er tot wäre, würde sie den Himmel zum Einstürzen bringen.

Konrad raffte sich auf.

»Ja, er ist sehr wohl am Leben. Fierens hat noch einen Auftrag für ihn.«

42

Fierens hatte Julius in dem Verlies aufgesucht, in das man diesen geworfen hatte.

»So«, sagte er, »Martens. Du dachtest wohl, ich hätte dich nicht wiedererkannt? Hast du meinen Namen vergessen?«

Er trug einen goldenen Umhang und auf dem Kopf eine goldene Krone. In der linken Hand hielt er ein Zepter, in der rechten eine von einem goldenen Kreuz gekrönte Kristallkugel. Sogar sein Bart schien aus diesem Zeug zu sein. Gold blitzte und zuckte im Schein der Fackeln, die die Soldaten trugen, um seinen Mund und sein Kinn. Er sah aus wie ein Erzengel.

Julius schwieg. Ein Soldat versetzte ihm einen Tritt.

»Antworte Seiner Majestät, Malerschwein.«

»Uitwaarden«, sagte Julius.

Das Zepter sauste krachend auf seinen Oberschenkel herunter.

»Falsch. Er lautet: Herr über die ganze Erde.«

»Aha«, sagte Julius.

»Kennst du mich?«

»Ja«, sagte Julius.

»Ja, Majestät«, sagte der Soldat.

»Falsch.«

Wieder sauste der goldene Stab auf Julius herab.

»Ich bin jenseits menschlicher Erkenntnis.«

»Oooh«, stöhnte Julius.

»Was soll ich mit dir machen?«

»Mich verschonen«, schlug Julius vor.

»Wieder falsch. Du bist ein derart sündhafter Mensch, daß unsere Stadt kaum atmen, unser Fluß da draußen kaum fließen kann, solange du in unserer Mitte weilst. Aber ich werde deine Bestrafung aufschieben. Dein Teufelstalent soll endlich für Gottes Zwecke genutzt werden. Wir geruhen, dich dein Bild von Mutter und Kind vollenden zu lassen, Martens. Wir werden dich bei der Arbeit im Auge behalten, so daß du es nicht wagen wirst, gemeine Gedanken unsere Königin betreffend auch nur zu denken.«

43

Am nächsten Morgen bei Tagesanbruch, nach einer kalten Nacht, die Julius zitternd auf fauligem Stroh verbracht hatte, wurde er vom Kerkermeister wach gerüttelt und bekam ein Stück hartes Brot und eine Schale schmutziges Wasser.

Wenig später kam die Leibgarde und führte ihn in Ketten in die Gemächer der Königin, wo ihn Fierens mit Elisabeth und dem Kind erwartete.

Die Staffelei wurde aufgestellt. Farben und Pinsel lagen bereit. Kein Wort wurde gesprochen. Fierens machte eine Handbewegung. Was sie bedeutete, war klar.

Und so ging Julius daran, sein Meisterwerk zu vollenden – denn ein Meisterwerk würde es werden. Alle Befangenheit, die er verspürt hatte, solange er mit der Hölle des alten Bosch gerungen hatte, war verschwunden. Er war frei. Sein Pinsel bewegte sich sanft wie ein Fluß dahin. Es würde ein Werk werden – das erkannte er, als hätte es ein von ihm völlig losgelöstes Eigenleben –, aus dem große Zärtlichkeit und Anmut sprachen.

Fierens stand, wie versprochen, neben ihm, flankiert von zwei Soldaten mit gezogenen Schwertern. Es gab keine Möglichkeit, mit Elisabeth zu sprechen oder beim Malen auch nur ein bißchen Zeit zu schinden. So konnte er nur gelegentlich von der Leinwand zu seiner Geliebten und ihrem kleinen Sohn hinübersehen, mit einem verzweifelten, bewundernden Blick, der um ihretwillen nicht um Erwiderung zu bitten wagte. Unterdessen starrte sie mit weitgeöffneten, traurigen Augen vor sich hin, während ihr die Kinderfrau das Baby in den Schoß legte und wieder wegnahm. In Julius' Augen hatte Elisabeth nie schöner ausgesehen.

»Du brauchst zuviel Zeit«, sagte Fierens nach einer Weile. »Beeile dich, Maler. Ich muß dafür sorgen, daß sich die Welt weiterdreht.«

»Würde die Königin ihren Kopf ein wenig nach links drehen?« bat Julius.

Am fünften Tag war das Bild fast fertig.

Julius, schwach von zuwenig Essen – er bekam nach wie vor nur Brotrinden und Wasser –, fühlte sich zunehmend benommen. Aber das Bild leuchtete und atmete unter seiner Hand. Es war ein herrliches Werk, durchaus angemessen für die Mutter Gottes oder die Braut der Liebe, wie immer man es betrachtete. Die ganze Zeit tat ihm das Herz weh, als würde ein Messer darin stecken, als würde es von Adlern zerfetzt.

Am sechsten Tag fiel Julius in Ohnmacht, wurde aber mit Wasser wiederbelebt und zu seiner Staffelei zurückgeschleift.

»Es ist fertig«, sagte er endlich. »Jetzt fehlt nur noch der Firnis. Den kann der andere Maler anbringen.«

»Gefällt es Euch, meine Königin?« fragte Fierens.

Sie erhob sich von ihrem Stuhl und trat vor die Staffelei, um es sich anzusehen. Fierens schob Julius grob beiseite. Während Elisabeth das Bild betrachtete, herrschte absolute Stille. Sogar das kleine Kind war ruhig, obwohl es wach war, und blickte bewundernd zu seiner Mutter auf.

»Es ist das schönste Bild, das ich je gesehen habe«, sagte sie nach einer Weile; sie sprach weder zu ihrem Mann noch zu Julius. »Es ist ein Meisterwerk.«

»Hervorragend«, sagte Fierens.

Damit nahm er das Schwert des einen Soldaten, stieß es durch die Leinwand, hieb darauf ein und zerschnitt das Bild, bis es vollkommen zerstört war.

»Was…«, schrie Julius gequält. »Nein…«

»Warum?« rief Elisabeth.

»Es ist Dreck«, sagte der Herr über die ganze Erde. »Schafft sie allesamt in den Kerker.«

44

Julius wurde allein in ein dunkles Loch geworfen. Er hatte keine Ahnung, wohin man Elisabeth und das Kind gebracht hatte. Man hörte kein Geräusch bis auf das kalte Tröpfeln von Wasser auf Stein und das ferne Scharren einer Ratte.

Und so lag er lange Zeit da und betastete seine blauen Flecken, verzehrt von schrecklicher Sorge und Reue – schließlich hatte er Elisabeth in diese gefährliche Situation gebracht. Wäre es trotz allem nicht besser gewesen, die Liebe nie erlebt zu haben, als sie und ihr unschuldiges Kind solchen Greueln auszusetzen?

Er für sich hätte es ertragen können, aber zu wissen, daß sie ebenfalls Gefangene waren, bereitete ihm bitteren Kummer. Es blieb ihm nichts anderes übrig, als abzuwarten. In der Hölle, mit der ich mich so intensiv beschäftigt habe, gab es wenigstens

Licht, dachte er, wenn sie auch sonst voller Scheußlichkeiten war. Diese Szene hier kann man nicht einmal malen. Sie ist pechschwarz wie unsere schlimme Situation.

Doch irgendwann, nach Stunden (wie es ihm vorkam), nahm er dort, wo er die Tür vermutete, ein kaum erkennbares Flackern wahr. Ein rötlich schimmernder Strich wurde sichtbar. Da, dachte er, das kommt der Hölle schon näher. Der Streifen wurde breiter, je näher die Lichtquelle auf ihn zukam.

Gedanken stürmten auf ihn ein, die ihn wieder vollkomene Schwärze herbeisehnen ließen, denn nur das Böse würde Licht hier herunterbringen. Und als die Tür aufgestoßen wurde und Fierens mit dem Schwert der Gerechtigkeit und sechs Soldaten mit Fackeln auftauchte, wußte Julius, daß sich seine Befürchtungen bestätigen würden. Sie waren nicht gekommen, um ihn freizulassen.

Julius machte sich bereit zu sterben. Er hatte jetzt keine Angst mehr vor dem Tod, selbst wenn die Qualen des Sterbens noch so schrecklich sein sollten. Er würde wieder mit seiner Liebe vereint sein, und gemeinsam, als eines, würden sie in den Himmel eingehen, um eins zu werden mit dem Anfang und dem Ende aller Dinge.

Fierens, der wie immer wußte oder zu wissen schien, was in den Köpfen anderer vorging, lächelte.

»Ah, Maler«, sagte er, »aber noch wirst du nicht sterben.«

»Nicht?« rief Julius. »Dann laßt uns frei. Wenn Ihr schon Gott spielt, könnt Ihr auch den barmherzigen Gott spielen.«

»Spielen?« In seiner Stimme lag eisige Schärfe. »Du erinnerst dich noch an das Schauspiel, oder, Martens?«

»Ich erinnere mich gut daran. Es war nicht meine Schuld, daß Ihr die Rolle nicht bekommen habt. Und außerdem ist das schon fast zwanzig Jahre her. Geschieht das alles nur deshalb?«

»Gott ist Gott nicht nur in großen Dingen, Maler, sondern auch in winzigen Einzelheiten. Du bist ein schlechter Lügner.

Du mußt vernichtet werden. Du hast zuviel gesehen und zuwenig begriffen. Es ist Zeit, die Lichter zu löschen.«

Auf seinen Wink hin traten zwei Soldaten mit einem Kohlebecken vor, in dem zwei Eisen lagen.

»Haltet ihn fest.«

Die anderen vier Soldaten packten Julius an Armen und Beinen. Julius sah im Feuerschein Konrads totenbleiches Gesicht.

»Was habt Ihr mit mir vor?« schrie Julius und setzte sich zur Wehr.

»Deine Augen haben Unheil gestiftet, Maler. Dagegen gibt es nur ein Heilmittel. Es ist, wie ich schon sagte, Zeit, die Lichter zu löschen.«

Damit packte er ein Eisen und stieß es Julius geradewegs ins Auge.

Schwärze verwandelte sich in Rot – ein Schmerz, eine unvorstellbare Pein.

Irgendwo begann jemand zu schreien – dünn und hoch, ein Schrei, der nichts Menschliches mehr an sich hatte.

Sein Körper bäumte sich auf und wand sich, aber die Soldaten hielten ihn fest.

»Und jetzt das andere.«

Der Schmerz beim ersten Auge hatte ihn keineswegs auf die Höllenqual beim zweiten vorbereitet. Aber jetzt schob sich eine gütigere Schwärze über das Rot, der hohe Ton brach ab, und sein Körper sank bewußtlos zu Boden.

45

Elisabeths Zelle war etwas komfortabler als ein Verlies; dort gab es wenigstens den Widerschein von Sonnenlicht auf einer Steinmauer; und einen Fenstersims voller Moos und Vogeldreck. Aber für eine Mutter mit Kind war es kaum ausreichend. Nur gut, dachte Elisabeth, daß Fierens darauf bestanden hatte, daß sie das Kind selbst stillte (Maria hatte das Jesuskind gestillt, wie er behauptete). Sonst hätte das Baby vermutlich ebenso wenig zu essen bekommen wie sie. Sie wartete in banger Angst darauf, wie die Entscheidung ausfallen würde, wobei sie sich um ihr Kind und Julius mehr Sorgen machte als um ihr eigenes Schicksal. Sie hatte in einer unruhigen Nacht Dinge gehört, die nicht für ihre Ohren bestimmt waren.

Endlich ging die Tür auf, und ihr Vater trat ein. Er schien von Mal zu Mal mehr in sich zusammenzusinken.

»Vater«, rief sie, erleichtert, daß wenigstens er es war und nicht der unerbittliche Profos.

»Ich bin nicht dein Vater«, sagte Konrad laut und sah sich um, während die Tür noch offenstand. »Dieses Recht hast du verwirkt.« Er schloß die Tür und setzte sich schwerfällig hin.

»Nun, Tochter«, sagte er. »Wie es aussieht, muß ich dich töten.«

»Mich töten?« rief sie.

Das Kind tat einen leisen, glucksenden Freudenschrei.

»Hast du das gehört, mein Kleiner? Dein Großvater will deine Mama töten«, sagte sie.

»Gagga«, sagte das Baby.

»Ja, das ist es, gagga. Es ist wirklich und wahrhaftig gagga«, sagte sie.

Sie war den Tränen nahe, wollte aber nicht vor ihm weinen.

»Ich muß entweder dich töten oder mich selbst. So jedenfalls sieht Fierens die Sache. Und ich habe nicht den Mut, mich umzubringen.«

Er konnte sich nicht umbringen, und er konnte sie nicht umbringen. Wenn er es nicht tat, würde es ein anderer tun. Was sollte nur aus ihm werden?

Merkwürdig, dachte er. Ich bin nie hinter das Geheimnis der Adamiten gekommen.

»Mein Gott«, schrie Elisabeth plötzlich voller Zorn. »Du bist wahnsinnig. Schau nur, was du uns allen angetan hast.«

Er nickte schwerfällig.

»Entweder du oder ich«, sagte er. »Sonst vertraut er mir nicht.«

»Und was wird aus dem Kind?« fragte sie und drückte ihr Baby fest an die Brust.

»Das Kind wird verschont. Nein, mehr noch. Es wird der Friedensfürst sein.«

Damit war zumindest eine Angst ausgeräumt. Sie hatte befürchtet, sie würden das Kind über die Stadtmauer hinunterwerfen.

»Und Julius?« fragte sie. »Was soll mit ihm geschehen?«

Konrad war sichtlich unbehaglich zumute. Dieser schrille Hasenschrei klang ihm noch immer in den Ohren. Komisch eigentlich, daß ihm dieser Schrei in Erinnerung blieb, wo er doch so viele Schreie gehört hatte. Er schien sich tief in seinen Kopf gebohrt zu haben und wollte nicht mehr heraus.

»Was ist denn?« schrie sie ihn an. »Was habt ihr mit ihm gemacht?«

Grauenhafte Visionen ihres verstümmelten Liebsten überfielen sie – Julius, von der Bastonade oder der Streckbank gebrochen und blutend; gehäutet, mit herausgerissenen Fingernägeln, durchtrennten Kniesehnen, mit Wasser vollgepumpt und aufgedunsen; eingekerkert in eine winzige Zelle, in der er weder stehen noch liegen, noch sich ausstrecken konnte...

»Was habt ihr mit ihm gemacht?« schrie sie und hämmerte mit den Fäusten auf ihren Vater ein.

Matt hob er die Hände, um sie abzuwehren.

»Fierens hat es getan«, sagte er, »nicht ich. Dein Mann.«

»Mein Mann? Pfui.« Sie spuckte auf den Boden. »Was hat er getan?«

Und dann nannte Konrad das einzige, woran sie nicht gedacht

hatte. Das Schlimmste, das Unmögliche für ihren Maler mit seinen hellblauen klugen, gütigen Augen.

»Er hat ihn geblendet«, sagte ihr Vater. »Er hat ihm mit rotglühenden Eisen die Augen ausgebrannt.«

Und unwillkürlich hielt er sich die Ohren zu, als würde der Schrei aus seinem Kopf herauskommen und ringsum von den Wänden widerhallen.

46

Als Julius, in doppelter Dunkelheit, wieder zum Bewußtsein kam, hatte der qualvolle Schmerz kaum nachgelassen. Wenn er irgendeine Möglichkeit gehabt hätte, sein Ende zu beschleunigen, hätte er sie dankbar wahrgenommen. Dieser Schmerz war mehr, als einem Sterblichen zugedacht war. Sein einziger Vorzug – falls man das so nennen konnte – bestand darin, daß er Julius fast vollständig davon abhielt, an seinen Verlust zu denken. Fast, aber nicht ganz ... Während er zwischen Bewußtsein und Ohnmacht schwebte, erfüllte ein Schmerz sein Herz, der so eisig war wie der andere brennend.

Nie mehr würde er die lieblichen Felder sehen, die sich davon abhebenden grünen Waldflecken und die Wolken, die Wasserläufe und die Häuser, die anmutigen wilden Tiere und die Männer und Frauen, die Kinder und sein eigenes Kind und das teure Gesicht seiner Geliebten. Nie wieder. Nie, niemals. Ach, schöne Welt, ich habe dich verloren.

Es gab keine Tränen zu weinen, keine Augen abzuwischen, nur ein klaffendes, schmerzendes Loch aus zerfetztem Fleisch, dessen Feuchtigkeit er an den Händen spüren konnte.

Der schrille Schrei war einem bitteren, tiefen, würgenden Stöhnen gewichen, erfüllt von verzweifeltem Schmerz und einer Traurigkeit, für die es keinen Trost gab.

Ich treibe auf einem dunklen Ozean dahin. Nehmt mich mit, ihr Strömungen, und laßt mich ertrinken... nehmt mich mit...

Aber... da geschah etwas Sonderbares...

Es konnte nicht sein... aber irgend etwas... wurde allmählich heller. Vielleicht stimmte es doch nicht, vielleicht hatten sie nur so getan, als würden sie ihn blenden. Ja, er konnte jetzt deutlich etwas erkennen. Das war sicher wieder eines von Fierens' Spielchen, denn Julius nahm ganz deutlich grüne und rosafarbene Flächen wahr und nach und nach auch Gestalten, blaß und groß, bei denen es sich – aber sicher doch, jetzt sah er es – um Männer und Frauen handelte und um Blumen, riesig und aneinandergeschmiegt, und einen großen silbernen Schellfisch, der aus irgendeinem Grund im Gras lag, was Julius ganz natürlich erschien. Mochte er ruhig dort liegenbleiben.

Er war außer sich vor Freude, denn er hatte sein Augenlicht für immer verloren geglaubt; und doch befand er sich wieder im irdischen Paradies, sah so gut wie eh und je, wenn nicht besser. Denn während es ihm zuvor wie ein Traum vorgekommen war, in köstlichen Dunst gehüllt, war diesmal alles deutlicher und hatte mehr Tiefe. Als er aufblickte, konnte er sogar die Ebene mit den tänzelnden Tieren und ihren Reitern sehen, die den Teich umrundeten, und dahinter den See mit der Kugel und die herrlichen, halb pflanzenartigen, halb mineralischen Schlösser.

Er legte sich auf den Rücken. Er fühlte sich noch immer schwach. Ein nacktes Mädchen kam lächelnd auf ihn zu.

»So ist es schon besser«, sagte sie. »Möchtest du noch etwas von der Frucht?«

Sie hielt ihm eine riesige, spitz zulaufende Brombeere hin, an deren unterem Ende sich ein Tropfen Flüssigkeit bildete. Das also hatte seinen Schmerz gelindert und ihm sein Augenlicht zurückgegeben.

»Ja, bitte«, sagte er und trank voller Dankbarkeit, als sie ihm die Brombeere an die Lippen hielt.

Er spürte, wie seine Kraft zurückkehrte, sobald er von dem Saft trank. Und dann erhob er sich gestärkt und wanderte zwischen den Menschen umher. Und während Elisabeth und er beim letzten Mal Besucher gewesen waren – zwar willkommen, aber doch wie Fremde in einem Dorf –, schienen ihn jetzt alle zu kennen und er sie. Da waren Philipp und Bernd und die hübsche Magda, nackt bis auf die Haut. Er war ebenfalls nackt. Alle unterbrachen ihre Tätigkeit, als er des Weges kam, und begrüßten ihn.

Ein reizendes schwarzes Mädchen namens Shuna mit einer Kirsche auf dem Kopf, das neben Aldo stand und diesem zusah, wie er eine zahme Schwalbe fliegen ließ, drehte sich um und sagte: »Hallo, Julius. Du warst lange nicht mehr hier.«

»Es ist nicht einfach«, gab er lächelnd zurück.

»Freilich ist es nicht einfach. Wenn es einfach wäre, hätte es keinen Sinn.«

Kreis um Kreis flog die Schwalbe; dann kam sie, Aldos Pfiff gehorchend, zurück und ließ sich auf seiner Hand nieder.

Julius schlenderte weiter und blieb neben einem Paar stehen, Friedrich und Inga, die sich in einer durchsichtigen Samenkapsel zärtlich streichelten. Er lächelte sie an und sah ohne die geringste Scham zu, wie sie sich liebten. Darunter hielt Thomas aus einer Blumenzwiebel durch eine Glasröhre Ausschau nach seiner zahmen Ratte, die seinem Ruf folgte.

»Möchtest du mit meiner Ratte spielen, Julius?«

Julius nahm das Tier, das er zuvor immer voller Abscheu betrachtet hatte. Jetzt blickte das kleine Gesichtchen so klug und vertrauensvoll zu ihm auf, daß er einfach Zuneigung empfinden mußte. Er gab sie Thomas zurück, der sie fröhlich entgegennahm.

Dann ging Julius an einem See entlang. Ein junger Mann, der im Wasser ein Rad schlug, balancierte zwischen den Schenkeln eine riesige Himbeere. Er war ganz in sich selbst versunken –

doch der Dorn, der die Himbeere durchbohrte, und der darauf sitzende Totenvogel besagten, daß seine Sinnlichkeit nicht im Rückzug auf sich selbst ersticken, sondern durch die Liebe zu einer Partnerin fruchtbar werden sollte. Und da war sie auch schon!

»Es ist wunderschön hier drin«, rief der Jüngling.

»Warte auf mich!« rief sie von der Wiese.

Ein Stück weiter beugten sich zwei Liebende aus einer Art riesiger, rosafarbener Pomeranze, die auf dem Wasser dahinschwamm, um an einer süßen Traube zu zupfen, die, von knabbernden Schwimmern umringt, an ihnen vorbeitrieb.

Welche Fröhlichkeit hier herrschte! Wie prachtvoll dieser gewaltige Große Fuchs war, der surrend an ihm vorbeischwirrte und auf einer blühenden Distel landete.

Ohne ihn aus den Augen zu lassen, watete Julius rückwärts ins Wasser hinein. Hinter der Distel drängten noch mehr Leute, noch mehr Gesichter, die er kannte, fröhlich die Stufen aus einer dunklen Grotte herauf.

»Vorsicht! Tut uns leid!« Beinahe wäre er mit einem anderen Paar zusammengeprallt, das ebenfalls nach hinten schaute. Es waren Karl und Anneliese, die einer Prozession prächtiger Vögel auswichen.

»Tut mir leid, ihr zwei.«

»Nichts passiert. War unsere Schuld. Na, so was, geht es dir gut?«

»Gut?« Um ehrlich zu sein, fühlte er sich allmählich wieder sonderbar… schwach… Der Schmerz kehrte zurück. Ringsum wurde es dunkel…

»Schnell. Er hilft dir gleich«, sagte Karl.

Der große Kirschkernbeißer blieb stehen, und die Vögel hinter ihm hielten ebenfalls an. Im Schnabel hielt er eine Brombeere, aus der köstlich erfrischender Saft hervorsprudelte.

»Aaah… aaah…«

Julius schlängelte und wand sich im Wasser wie ein halb untergetauchtes Segel, und seine Glieder nahmen das fahle Grün des Todes an.

»Aah…«

»Friede… Friede…«, rief der Vogel, und Friede umhüllte Julius, sobald er trank.

Als er aufwachte, lag er in einem anderen Teil des Gartens, und Ammanatis Stimme sprach zu ihm.

»›So wie der Leib unserer Mutter uns neun Monate lang festhält, um uns auf die Welt vorzubereiten, in die wir hinausgelassen werden, imstande, ein Bewußtsein zu entwickeln und ein Dasein im ungeschützten Licht des Tages zu führen…‹«

Einen Augenblick mal. Das war die Stimme des Großmeisters. Gewiß, auch Ammanatis. Julius konnte jetzt sehen, wie er mit ernstem Gesicht zu ihm herabsah und aus einem Buch vorlas.

»›Während dieser Zeit also‹«, fuhr der Magus fort, »›die von der Kindheit bis ins hohe Alter reicht und in der wir heranreifen zu einer anderen Geburt, erwartet uns eine zweite Geburt, ein anderer Zustand. Obwohl du diesen Tag als deinen letzten fürchtest, ist er in Wirklichkeit die Geburt der Ewigkeit. Leg deine Bürde nieder. Warum zögerst du? Bist du nicht schon einmal aus einem Leib hervorgekommen, in dem du verborgen gelegen hast, einem Leib, den du hinter dir gelassen hast? Du klammerst dich fest, du kämpfst und widersetzt dich – ähnlich wie deine Mutter, durch deren gewaltige Anstrengung du in die Welt gekommen bist. Du seufzt, du weinst; auch das sind die Wehklagen von Geburtswehen. Doch bedenke statt dessen dein gütiges Schicksal, das dir Gnade zuteil werden läßt – und mache dir klar, daß es nichts Neues für dich ist, von etwas getrennt zu werden, dessen Bestandteil du früher warst.‹«

Der Großmeister klappte das Buch zu und blickte eine Weile auf Julius hinab, den die Worte bewegt und zugleich erstaunt hatten.

»Seneca«, sagte der Großmeister, der seine klaren blauen Augen auf Julius richtete und feststellte, daß dieser zu einem Gespräch bereit war, »an seinen Freund Lucilius.«

»Bin ich tot oder am Leben?« fragte Julius.

»Du liegst in Wehen – bereite dich darauf vor, zu gegebener Zeit deine Seele abzuwerfen. Du hast gelernt, dein Ich in Liebe aufzulösen. Deine nächste Aufgabe besteht darin, dasselbe im Tod zu tun. Leben, Liebe und Tod sind drei Punkte des Rades. Durch den Tod kommt, im wahrsten Sinne des Wortes, das Leben, Julius. Wie du zu gegebener Zeit feststellen wirst. Deshalb beinhaltet er auch keine Schmach und keinen Stachel. Deshalb war der Tod bei der Schöpfung zugegen. Ohne Leben könnte es ihn nicht geben, und umgekehrt.«

Julius hob den Kopf und blickte sich um. Unmittelbar zu seiner Rechten sah er, in einer Glasröhre, seine über alles geliebte Elisabeth. Sie schien einer wichtigen Botschaft zu lauschen, denn sie hatte den Kopf schräg in die Hand gestützt und horchte aufmerksam.

»Elisabeth, meine Liebe«, rief er.

»Sie kann dich weder sehen noch hören«, sagte der Großmeister.

In der Hand hielt sie einen Apfel; auf ihren Lippen war ein Siegel. Julius hatte das Gefühl, er könnte ewig hier sitzen und das Rätsel betrachten, aber der Großmeister unterbrach ihn sanft.

»Es ist bald Zeit zu gehen, Julius. Noch mehr Schmerz, fürchte ich. Aber es wird nicht lange dauern.«

»Werde ich hierher zurückkommen?«

»Dieser Garten, den du hier siehst, ist nur ein Abbild dessen, was dich erwartet, Julius. Er bedient sich irdischer Bilder, weil erdgebundene Wesen nur diese begreifen können. Ich habe sie im Laufe vieler, vieler Jahre selbst ersonnen, um zu lehren und Mut zu machen und zu warnen. Wir sehen hier die Sphären der Erde, des Mondes und der Sonne. Die Sonne, Symbol des Schöpfers, sät den Geist in den Kosmos. Dieser wird vom Mond empfangen, der die Seele gebiert. Sodann umkleidet die Erde sie mit Materie, dem Leib also. Im Tod spielt sich der umgekehrte Vorgang ab, und die Liebe erhebt die geläuterte Seele aus dem Leib zurück zum Geist – und letztlich zurück zur Sonne. Wie es im Lobgesang der Adamiten steht: ›Der Mensch, der die Freuden der Liebe erkennt, steigt zu Gott empor ans Firmament.‹«

»Aber ich dachte immer, mein Meister Bosch…«

»Er hat das Bild nach meinen Angaben gemalt.«

Julius nahm die Neuigkeit ziemlich erstaunt auf.

»Aber was… Warum…?«

»Er hatte sich gegen die Brüder versündigt. Es war eine Möglichkeit, den Schaden, den er angerichtet hatte, teilweise wiedergutzumachen.«

»Welchen Schaden?«

»Nun, zunächst einmal dich, Julius.«

»Mich?«

Das war seltsam. Und doch mußte es einen Grund für die vielen Unbilden in seinem Leben geben.

Da war noch eine Frage, die ihn gequält hatte, fast seit er denken konnte.

»Sagt mir«, begann er, »Ihr seid doch mein Vater?«

»Ach, Julius…«

Der Großmeister lächelte.

»Was für ein Leben du gehabt hast. Wäre ich dein Vater gewesen, hätte ich nicht…«

Er unterbrach sich.

»Fahrt fort, bitte.«

»Es gibt Zeiten, in denen… auch wenn man zu Beginn aller Zeiten dagewesen ist und, als Diener Gottes, so viel Macht und Wissen besitzt, daß man übermächtig werden könnte… es gibt Zeiten, in denen sich sogar Gott in acht nehmen muß. Denn sich einzumischen würde bedeuten, der Natur in die Quere zu kommen.«

»Dann seid Ihr also nicht mein Vater. Wer ist es dann?«

»Der Mann, den du Meister nennst. Meister Bosch.«

»Aber das kann nicht sein«, sagte Julius verwundert.

»Ich versichere es dir.«

»Warum hat er sich nicht zu mir bekannt? Warum hielt er nicht viel von mir? Er deutete nie auch nur an, daß er... Er ließ mich in dem Glauben, daß Ihr es seid.«

»Er hat aus Schwäche eine wohlhabende Frau geheiratet. Er legte Wert auf gesellschaftliche Stellung, schöne Dinge, Einfluß. Er hielt es nicht für eine Sünde. Das Geld erlaubte ihm, sich die Aufträge auszusuchen, die er wollte. Das war sehr vernünftig.«

»Vernünftig«, wiederholte Julius und nickte.

Merkwürdig, daß er keinen Zorn empfand.

»Wir kennen hier keine Vergeltung«, sagte der Großmeister, der seine Gedanken erriet. »Doch was ich dir zu sagen habe, wird deine Nachsicht bis zum Äußersten beanspruchen.«

»Bitte, fahrt fort«, sagte Julius.

»Alles verlief gut für ihn. Er wurde berühmt, und die Leute achteten ihn, was nicht weiter erstaunlich war, da er eine geniale künstlerische Begabung besaß. Wir waren damals recht einflußreich in Bois-le-Duc, und dein Vater schloß sich den Brüdern an. Es geschah auf mein Betreiben hin, denn ich hatte mich dorthin begeben, weil ich ihn dazu überreden wollte, unseren verschlüsselten Text, unser Geheimnis, zu malen. Und dann, ein Unglück? Oder doch nicht?« Er machte eine Pause.

»War es ein Unglück?« fragte Julius.

»Das wirst du gleich sehen. Er verliebte sich in eine junge Frau, fast noch ein Mädchen, aus guter Familie, die Tochter eines Adeligen. Schlimmer war – oder besser –, daß sie sich in ihn verliebte. Es war eindeutig für beide die Liebe ihres Lebens. Was sollten sie tun?«

»Was habt Ihr vorgeschlagen?«

»Für die Brüder gab es nur eine Antwort. Es darf kein Hindernis für ein solches Sakrament geben.«

»Aber er war verheiratet.«

»Die Brüder sind der Ansicht, daß eine solche Ehe – zumal wenn keine Kinder da sind – ohne Bedeutung ist. Bosch und seine Liebe hätten einfach fortgehen und sich anderswo ein Zuhause suchen sollen. Wir hätten ihnen dabei helfen können. Sie war dazu bereit, aber Bosch hatte aus irgendeinem Grund – Bequemlichkeit, guter Ruf, Ehrbarkeit – das Gefühl, daß sie noch ein bißchen warten sollten. Und das war, in jenem vollkommenen Kosmos der Liebe, der Punkt, an dem die Unvollkommenheit einsetzte. Denn als sie ein Kind erwartete, sagte sie es ihm anfangs nicht, aus Angst, ihn zu verlieren. Kannst du dir das vorstellen?«

»Ja«, sagte Julius, der in der Liebe auch Schwäche erlebt hatte.

»Und als sie es ihm dann sagte, war es natürlich zu spät. Jetzt konnte es jeden Tag entdeckt werden. Bosch geriet in Panik. Er wußte, daß seine Frau es übel aufnehmen würde. Er hatte soeben einen Auftrag für die Kathedrale erhalten. Er war ein anerkannter Bürger der Stadt. Obwohl er das Mädchen liebte, liebte er auch sein egoistisches Leben. Er brachte es nicht fertig.«

»Selbstsucht«, wiederholte Julius, der an sein Gesicht in der Hölle dachte.

»Ja«, lächelte der Großmeister. »Das hast du schließlich richtig erkannt, Julius. Also weiter. Das Mädchen wäre bei seinen Eltern sicher in Ungnade gefallen, und Bosch hätte man – buchstäblich – an den Pranger gestellt, aber da griff das Schicksal ein. Eine Seuche suchte die Stadt heim, und innerhalb einer Woche starb die ganze Familie bis auf das Mädchen und eine treue, alte Dienstmagd. Auf diese Weise konnte sie, unter dem Vorwand, krank zu sein und das Bett hüten zu müssen, im Haus bleiben; sie verließ es im Schutze der Dunkelheit, als sich das Baby ankündigte. Es kam im Elendsviertel unten am Fluß zur Welt. Und Bosch, der für eine Bleibe und eine Hebamme gesorgt hatte, wartete draußen, während das Kind geboren wurde. Ich habe seine Liebe zu dem Mädchen vielleicht heruntergespielt. Ich glaube nicht, daß er je wieder glücklich geworden ist. Unfähig, die Schuld bei sich selbst zu suchen, beschuldigte er das Kind… dich…«

Julius hatte begriffen, wohin das führte, aber es war trotzdem ein Schock, es zu hören.

»Ich…«, murmelte er. »Es war nicht meine Schuld.«

»Das nicht, aber er wurde fast verrückt vor Rachsucht. Er wollte dich dort wissen, wo du seiner Ansicht nach am wenigsten glücklich sein würdest. Wir haben versucht, vernünftig mit ihm zu reden, und ihn letzten Endes gezwungen, dich aufzunehmen. Er konnte sehr – verschlossen sein. Niemand hatte auch nur die geringste Ahnung, wie er über dich dachte. Eine Zeitlang schätzten wir das auch nicht ganz richtig ein.«

»Was dachte er denn über mich?«

»Er hat dich gehaßt. Du hast sein Glück zerstört. Schlimmer, er hat dir auch noch die Schuld für das gegeben, was mit deiner Mutter geschah.«

»Und was geschah mit ihr?«

»Sie hat sich von dem Kummer und dem Schmerz über deinen Verlust und von der beklemmenden Situation nie erholt. Ihr Onkel aus Aachen, der inzwischen das Familienoberhaupt war, zog in die Stadt und zwang sie, diesen Rechtsgelehrten zu heiraten, den Vater deiner Frau Blommardine.«

»Dann war sie also wirklich meine Halbschwester!«

»Ja, aber das wußte nur Bosch. Die Geschichte ist fast zu Ende. Die junge Frau starb, kurz nachdem sie Blommardine zur Welt gebracht hatte, was Bosch noch mehr gegen dich aufbrachte. Er war halb wahnsinnig, glaube ich. In seiner Art zu malen lag so etwas wie Wahnsinn.«

»Aber er hat mich doch nach Florenz geschickt«, sagte Julius, der einen freundlichen Zug an seinem Vater zu entdecken versuchte.

»Das waren die Brüder, Julius. Wir hielten es für gut, euch zu trennen. Und er schien sich tatsächlich zu beruhigen. Doch während der ganzen Zeit heckte er seine letzten zwei Schachzüge aus. Zum einen war er eifersüchtig auf deine Kunstfertigkeit, vor allem nach deiner Rückkehr aus Italien. Du konntest manches, was er erst gar nicht zu versuchen brauchte.«

»Eifersüchtig auf mich?« fragte Julius. »Er war doch der Meister.«

»Trotzdem, er kam auf die listige Idee, dich dazu zu bringen, sein großartiges Bild zu vollenden – das natürlich bereits vollendet war. Das Ganze war nur ein Trick. Er glaubte, es würde dich faszinieren und verwirren und sich womöglich zu einer Besessenheit entwickeln – was ja auch geschah (er kannte dich gut; vielleicht weil er sich selbst ein bißchen kannte). Es war kein Problem für ihn, deine Bezahlung zu regeln. Alles andere überließ er deinem Pflichtbewußtsein. Er wußte, daß er dich auf seinen Stil festlegen würde, womit er seine Überlegenheit beweisen und vor allem deine Zeit vergeuden konnte.«

»Wollt Ihr damit sagen … es war alles umsonst?« fragte Julius. »Warum hat mich denn niemand zurückgehalten?«

Er war nicht etwa gekränkt, sondern erstaunt.

»Zum einen haben die Brüder nichts davon gewußt. Ich befand mich damals in einem anderen Teil der Welt – in einem anderen Körper. Ja, Julius, ich werde dir am Ende zeigen, wie man das macht, nachdem ich festgestellt habe, daß du das Zeug zu einem Meister hast. Jedenfalls, als wir dann, mit Hilfe des Bildes, erfuhren, was da vor sich ging, stellten wir fest, daß diese Übung von sich aus Wunder wirkte. Du wurdest mit der Zeit wirklich weise. Das sollte ruhig so weitergehen.«

»Was war der zweite Schachzug meines Vaters?«

»Ach, der war abscheulich. Man sollte ihn eigentlich gar nicht erwähnen.«

»Fahrt fort, ich bitte Euch.«

»Als Blommardine etwa vierzehn war und ihm klar sein mußte, was für ein Mensch sie war, gab er ihr das Geheimrezept für sein übles Elixier, das ihm dabei half, seine höllischen Gestalten zu finden. Er nahm ihr das Versprechen ab, dich, ihren Halbbruder, später zu heiraten – ein Gedanke, den sie auf Anhieb reizvoll fand. Und nur für den Fall, daß das nicht ausreichen sollte, bestach er ihren Vater (der damals in finanziellen Schwierigkeiten steckte), dich als Schwiegersohn zu erwählen.«

»Aber warum? Warum?«

»Er wollte, daß du dieselben Fehler machst wie er, nur noch schlimmer.«

»Das habe ich getan«, sagte Julius, nicht wütend, sondern nachdenklich. »Und weitaus schlimmer.«

»Er wird bestraft werden, das versichere ich dir«, sagte der Großmeister. »Der Kopf in der Hölle wird sein Kopf sein. Kannst du dir dieses Gesicht nicht vorstellen – fahl, verzweifelt, mit trüben Augen, voll unendlichem Bedauern zurückblickend auf die Erinnerung an köstliche Liebe und die Freuden der Vereinigung? Daß er diese Seligkeit hätte haben können, wird ewig an seinem Herzen nagen wie ein Geschwür. Statt dessen hat er gesündigt und wollte sich nicht zufriedengeben, bis er andere mitgerissen hatte.«

»Aber mich hat er nicht so weit gebracht.«

»Beinahe, Julius. Du hättest beinahe versagt. Du hast eine zweite Chance bekommen. Deshalb bist du heute hier.«

»Gibt es für ihn eine zweite Chance?«

»Nein. Die gibt es nicht… es sei denn…«

Der Großmeister schien zu verblassen. Was war los? Über ihm zogen sich Schatten zusammen; schoben sich von rechts, wo die Hölle lag, heran wie Pulverdampf.

»Großmeister«, rief er. »Elisabeth…«

Jetzt konnte er ihre Gesichtszüge nur noch verschwommen erkennen – ihre nachdenklich und verzückt, die seinen ernst und aufmerksam.

»Es sei denn… es sei denn…«

Dunkelheit hüllte ihn ein. Er spürte nur noch den Schmerz, hörte nur noch das Poltern und Donnern der zerstörerischen Hölle.

»Lieber Gott, warum kann ich nicht sterben? Laß mich nicht in der Hölle zurück.«

»Julius… Julius…«

Er hörte die Stimme ganz leise rufen, nahe und zugleich weit weg, als riefe ihn ein Insekt oder über einen Abgrund hinweg ein Riese.

»Julius…«

Geh weg. Laß mich mit meinem Schmerz allein. Er würde diese Stimme überall erkennen. Sie gehörte seinem Meister, seinem Vater.

»Sohn…«

Jetzt sah er das Gesicht deutlich vor sich – blaß, schrägstehende Augen, auf die linke Seite des Bildes gerichtet, die Lippen leicht zusammengepreßt, ein Ausdruck reumütiger Traurigkeit und Verzweiflung.

»Hilf mir…«

O Gott, daß er ausgerechnet zu mir kommen muß, der ich niemandem helfen kann, dachte Julius. Schon wollte er den Mund aufmachen und seinen eigenen Schmerz und Kummer hinausschreien. Doch plötzlich leuchtete in seiner Angst und Einsamkeit und Seelenqual ein einzelner Strahl jener Sonne hinter der Sonne, die jede Dunkelheit durchdringt, in den tiefsten Winkel seines Herzens, und er krächzte mit einer vom Schreien heiseren Stimme, die er kaum als seine eigene wiedererkannte: »Ich verzeihe dir, Vater.«

Und er verzieh ihm. Alles andere hätte keinen Sinn gehabt. Wir kennen hier keine Vergeltung.

Im Ausatmen der heiseren Stimme drückte sich eine unbeschreibliche Erleichterung aus.

»Aaah …«

Das Stöhnen verhallte, in weiter Ferne, wie es schien, und Julius war wieder allein, umgeben von Dunkelheit und Schlachtgetöse. Endlich bewegte er sich und stützte sich auf seinen Ellbogen. Er nahm an, zuvor in einem Fieberwahn gewesen zu sein, war jetzt aber so wach, wie sein fehlendes Augenlicht es ihm gestattete. Das waren doch sicher nicht die Geschütze der Hölle? Wenn er sich nicht irrte, tobte über seinem Kopf ein Kampf.

Der andauernde brüllende Schmerz in seinen Augen war inzwischen zu einem wunden, quälenden Pochen abgeklungen. Unter Schmerzen kroch er zur Wand, eine Hand nach vorn gestreckt, ertastete schließlich das Mauerwerk und stand auf. Er verharrte eine Weile und befühlte die Oberfläche des Steins mit den Händen, die ihm von nun an die Augen ersetzen mußten.

Später hörte er den Riegel zurückknallen und spürte einen feuchten Windhauch. Quietschend ging die schwere Tür auf. Eine vertraute Stimme erklang.

47

»Was haben sie denn mit dir gemacht, du armer Kerl?«

Blommardines Frage kam von irgendwo rechts hinten. Er hörte sie auf sich zukommen. »Da«, sagte sie. »Ich habe Binden und Salbe für deine Augen mitgebracht.«

»Wo ist Elisabeth?« fragte er, und dann schrie er auf, als Blommardine ihn sanft berührte.

»Tut mir leid«, sagte sie. »Aber wir müssen das machen. Wir können dich nicht so herumlaufen lassen.«

Es fühlte sich an, als wären die glühenden Eisen erneut am Werk. Aber endlich war Blommardine fertig, und er spürte allmählich die wohltuende Wirkung der Salbe.

Er wiederholte seine erste Frage. »Wo ist Elisabeth?«

»Es geht ihr gut. Sie hat mir diese Salbe gegeben. Sie ist jetzt mit dem Kind unten an der Schleuse und wartet auf dich. Pastor Joachim kümmert sich um sie. Er hat da unten ein kleines Boot versteckt.«

»Wie hast du das geschafft?«

Mit einer Geste deutete er an, daß er ihre Freilassung meinte.

»Gestern nacht haben sie die Mauern durchbrochen. Ein paar Leute aus der Stadt haben ihnen die schwachen Stellen verraten. Daraufhin brach ein höllischer Kampf aus. Alle, die kämpfen können, machen mit, sogar der königliche Redner. Ich habe mir von Konrad die Schlüssel geben lassen, der Rest war ein Kinderspiel.«

Eine gewaltige Explosion ließ die Wände erbeben.

»Ist das das Ende?« fragte er.

»Für dich ist es das Ende. Ich bringe dich hinunter zur Schleuse, und danach liegt alles in den Händen der Götter ... Der Bischof hat den Fluß weiter unten abriegeln lassen, also kommt es darauf an, ihn zu überqueren und nicht einfach flußabwärts zu fahren.«

»Und was wird aus dir?«

»Na ja, ich bleibe bei ihm. Ich liebe ihn, siehst du das denn nicht?«

Eine unglückliche Formulierung, dachte er. Er konnte es nicht sehen. Da fiel ihm ein, daß er früher immer dachte, er wollte lieber tot sein als blind. Bald würde er beides sein.

»Liebt er dich denn?« fragte er.

»Überhaupt nicht.«

»Sonderbar, daß einer, der gerne Gott wäre, so grausam sein kann«, sagte er zu ihr.

»Vielleicht auch nicht«, sagte sie bitter.

Sie gab ihm die Hand, und er drückte sie.

»Komm, mein Bruder…«

48

Nachts trieb der Rauch von den brennenden Häusern über das Sumpfland, verhüllte einmal die dunklen Gestalten, die sich im Freien zusammenkauerten, ließ sie dann wieder im Feuerschein sichtbar werden.

Die Stadt war eine Woche zuvor endgültig erobert worden, aber der General hatte seiner Streitmacht noch einmal befohlen, keine Einwohner durch die Linien zu lassen, um zu verhindern, daß sie ansteckende Krankheiten verbreiteten.

Die Folge davon war, daß die Alten und Schwachen, Kinder, schwangere Frauen und Säuglinge, Männer mit grauenhaften Wunden und Verbrennungen bis auf die Knochen in den bereits durchstöberten Abfällen zwischen der Stadtmauer und der Linie der Belagerer nach Wurzeln und Gras wühlten.

Diejenigen, die bereits dort waren und sich halb verhungert in ihren behelfsmäßigen Unterständen versteckt hielten, waren erbost über die neu Hinzugekommenen, verweigerten ihnen jegliche Hilfe und griffen sie bisweilen sogar an.

Gelegentlich kam ein Einsatztrupp aus dem Lager der Eroberer angeritten (der General im Bischof hatte obsiegt), Männer in Rüstung und mit spitzen Eisenhauben, die auf jedes Grüppchen einschlugen, das Anstalten machte, sich zu verteidigen, und auf viele, die das nicht taten. Säuglinge wurden enthauptet, Frauen wie Kürbisse aufgeschlitzt. Männer, von Pfeilen oder Piken durchbohrt, die aus ihren Eingeweiden ragten, lebten noch tagelang weiter.

Bei einem ehemaligen Verteidiger der Stadt hatte sich ein Pfeil durch den Hut gebohrt und diesen am Schädel festgeheftet. Der Schmerz war so grauenhaft, daß niemand wagte, ihn herauszuziehen.

Bei diesem milden Wetter zwischen Frühling und Sommer brauchten die Menschen offenbar lange zum Sterben.

Ein grauenvoller Lärm stieg vom Land empor – Jammern und Heulen, Gnadengeflehe, Schreie voller Angst und Verzweiflung; und das Geschrei der kleinen Kinder, die niemand tröstete. Krankheiten forderten allmählich ihren Tribut. Aufgedunsene Leichname, die auf dem Boden verrotteten, verströmten verpestete Erregerstoffe; oder sie trieben wie monströse Fische im schmierigen Wasser des Weihers umher.

Es war die Zeit, in der die Blätter sprossen, und hie und da sprangen Gras und Farnwedel, ja sogar Schößlinge aus den Toten und verwandelten sie in Vegetation.

Marodierende Soldaten berichteten von einer Krötenplage – entweder vom Verwesungsgeruch angelockt oder die Folge eines abscheulichen Zufalls. Kröten hockten auf den bleichen Leibern der Toten und derer, die noch nicht ganz tot waren; hüpften vorsichtig zwischen blutgetränkten Lumpen und Verbänden umher, kletterten in Münder, die in Todesqual offenstanden; nisteten sich sogar in weiblichen Schamteilen ein, die, da der Tod keine Rücksicht nahm, offen zutage lagen.

Ganze Vogelschwärme – Raben, Dohlen, Krähen und Eulen – hüpften und flatterten umher und labten sich nach Belieben.

In einer Ecke dieses morastigen Golgatha, unter einer kleinen gemauerten Abflußröhre, lag vor den Soldaten versteckt ein Mann, der vor kurzem geblendet und grauenhaft verwundet worden war. Er wurde von einer jungen Frau umsorgt. Neben den beiden lag ein Baby.

»Ist es dunkel?« fragte der Mann.

»Ja.«

»Du mußt jetzt gehen«, sagte der Mann. »Verlaß mich. Du

mußt dich retten. Sie werden jetzt nicht so genau aufpassen. Im Dunkeln kommst du vielleicht durch.«

Die junge Frau schüttelte den Kopf.

»Nein«, sagte sie.

Es entstand eine Pause. Sie führten dieses Gespräch nicht zum ersten Mal. Plötzlich schrie der Mann auf. Sie versuchte ihn zurückzuhalten, aber er setzte sich kerzengerade auf.

»Jetzt sehe ich es«, sagte er.

»Schsch. Was siehst du?«

Sie wußte, daß er nichts sehen konnte.

»Ich sehe«, sagte er, »was mein Vater gesehen hat. Den Tunnel voller Licht... aber da ist noch mehr...«

Erschöpft sank er zurück. Liebevoll knöpfte die junge Frau ihr Kleid auf, beugte sich über ihn und drückte ein paar Tropfen Milch aus ihrer Brust in seinen Mund. Das war alles, was sie ihm geben konnte.

»Ah«, murmelte er. »*Rorate coeli.* Die Himmel öffnen sich. Das Ende ist wie der Anfang.«

»Schsch«, sagte sie nochmals.

Er drehte den Kopf noch einmal in ihre Richtung.

»Mitten in der Hölle sind wir im Himmel«, sagte er.

Er lächelte sie an und starb.

Historische Anmerkungen

Meine Geschichte über die Unruhen in der Stadt Rensburg lehnt sich an die Begebenheiten in Münster in den Jahren 1533 bis 1535 an.

Viele der geschilderten Ereignisse haben sich wirklich so zugetragen (ebenso viele allerdings auch nicht). Auch etliche Personen wurden von der dunklen Bühne der Geschichte entliehen. So habe ich mich bei der Darstellung von Fierens, Mosman und Hass zum Teil auf Angaben gestützt, die uns über Jan Bockelson, Jan Matthys und Bernt Rothmann, die Hauptfiguren des echten Dramas, überliefert sind.

Andere Personen decken sich kaum mit den verbürgten Tatsachen. Blommardine hat, soweit ich feststellen kann, so gut wie gar nichts mit der historischen Divara, der Hauptfrau des ›Herrn über die ganze Welt‹, gemein. Julius und Elisabeth haben meines Wissens nicht existiert. Der Großmeister wahrscheinlich schon. Und wer weiß? – vielleicht gibt es ihn noch heute.

Die sinnlich-brutale Darstellung Konrads tut dem historischen Knipperdollinck, einem einflußreichen Bürger der Stadt Münster und wichtigen Kollaborateur, womöglich ernsthaft unrecht – und wird andererseits der Veranlagung dieses Mannes zum Bösen vielleicht gar nicht gerecht.

Wie fiktiv oder tatsachengetreu der Roman auch sein mag, sicher ist es interessant, den abschließenden Bericht über das tatsächliche Schicksal dreier Hauptbeteiligter an der Übernahme der Stadt durch die Wiedertäufer anzufügen, der Norman Cohns Buch *Das neue irdische Paradies* entnommen ist:

»Bockelson wurde auf des Bischofs Befehl eine Zeitlang an einer Kette wie ein Tanzbär im ganzen Bistum zur Schau gestellt.

Im Januar 1536 wurde er nach Münster zurückgebracht und dort zusammen mit Knipperdollinck und einem anderen führenden Täufer öffentlich mit glühenden Eisen zu Tode gemartert.

Der Exkönig gab trotz seiner Qualen keinen Laut von sich und zuckte mit keinem Muskel. Nach der Hinrichtung hängte man die drei Leichen in Käfigen, die noch heute zu sehen sind, an einem Kirchturm mitten in der Stadt auf.«

Danksagung

Als Hitler im Jahr 1934 die norddeutsche Stadt Münster besuchte, äußerte er den Wunsch, den Dom zu besichtigen; doch der Bischof von Galen weigerte sich äußerst mutig, ihm Zutritt zu gewähren. Wahrscheinlich hätte der Führer ihn auf der Stelle verhaften lassen, wäre nicht die versammelte Menschenmenge – die ihren Führer und seine Leibwächter zunächst mit großem Beifall begrüßt hatte – allmählich unangenehm geworden.

Die entschiedene Haltung des Bischofs hatte zum Teil historische Gründe.

Vier Jahrhunderte zuvor hatte Münster schon einmal ein Tausendjähriges Reich und einen totalitären Staat erlebt, und der unheilvolle Schatten jener schrecklichen Zeit lastete noch viele Generationen lang auf den Bürgern dieser Stadt.

Dieses Buch beschäftigt sich mit der Religion der Liebe, die auf dem Triptychon *Der Garten der Lüste* – von Hieronymus Bosch in einer wenig mehr als hundert Kilometer von Münster entfernten Stadt gemalt – dargestellt ist. Gleichzeitig handelt es von der Weltanschauung des Hasses, die in dieser unseligen Stadt Gestalt annahm.

Ich habe die Stadt in meinem Buch Rensburg genannt. Natürlich hat Münster dafür Pate gestanden; und ein Teil der Personen geht ebenfalls auf historische Gestalten in Münster zurück. Vermutlich hätte ich die richtigen Namen beibehalten und eine eng an die Tatsachen angelegte Geschichte schreiben können. Aber ein historischer Roman bleibt nie so dicht an der Historie. Und er sollte auch nicht danach beurteilt werden, wie peinlich genau er sich an die Fakten hält. Freilich dürfen keine historischen Schnitzer vorkommen, die selbst einem fachlich nicht vorgebildeten Durchschnittsleser ins Auge springen, wie etwa Dampfmaschinen im sechzehnten Jahrhundert; in dieser Beziehung habe ich mir durchaus Mühe gegeben.

Doch alles in allem müssen der Aufbau der Geschichte, der Grundgedanke und der Stil ihre eigenen Wege gehen und dürfen auch nur danach beurteilt werden. Altertümliche sprachliche Wendungen habe ich bewußt vermieden, da diese zu ihrer Zeit ebenso zeitgemäß klangen wie die heutige Sprache für unsere Ohren. Ich habe mich einfach einer zeitgenössischen Sprache ohne allzuviel »Umgangssprache« bedient. Denn auch im Hinblick auf die Sprache erweist sich die Forschung am Ende als ein Ungeheuer, das Schriftsteller und Leser gleichermaßen verschlingt.

Bosch allerdings hat seinen richtigen Namen behalten. Schließlich ließ sich die Tatsache, daß er das Triptychon *Der Garten der Lüste*, manchmal auch *Das Tausendjährige Reich* genannt, gemalt hat, nicht umgehen. Aber da man so wenig über ihn weiß, glaubte ich mir ein paar Freiheiten herausnehmen zu dürfen, ohne zu viele Kunsthistoriker zu verärgern. Auch den Namen der Stadt Bois-le-Duc (unter der Herrschaft der Burgunder so genannt) oder 's-Hertogenbosch (falls Sie die niederländische Version vorziehen), von der sich Boschs Name herleitet, habe ich beibehalten.

Ich habe versucht, von historischen Ereignissen auszugehen und sie in ein gedankliches Konzept zu kleiden – im Gegensatz zu manchen Historikern, die einen Gedanken nehmen und versuchen, daraus Geschichte abzuleiten.

Was die kunsthistorische Seite betrifft, habe ich mich Wilhelm Fraengers Interpretation von Boschs bemerkenswertem Gemälde angeschlossen. Das heißt, ich habe das Triptychon als komplexe und erschöpfende bildliche ›Bibel‹-Darstellung der Adamitensekte aufgefaßt, für die die Liebe den Gipfel und die ganze Palette des Lebens darstellte und den Passierschein zur

Vereinigung – durch den geliebten Menschen – mit dem ewigen Geist.

Es ist mir durchaus bewußt, daß es andere Deutungen dieses unergründlichen (oder nur teilweise deutbaren) Werkes gibt, aber da es sich hier um einen Roman handelt, für den ich die Spielregeln festsetze, habe ich Fraengers Interpretation übernommen.

Es ist durchaus möglich, daß das Bild eine von vielen spätmittelalterlichen Auslegungen der Sünde der Wollust ist, aber diese Auffassung finde ich nicht interessant.

Shakespeare hätte zweifellos nicht so viel Gefallen an König Richard III. gefunden, wenn dieser vom Hause Lancaster wirklich (wie manche Leute glauben) falsch dargestellt worden und in Wirklichkeit ein aufrechter Mann und vorbildlicher Onkel gewesen wäre.

Dieses Gemälde hat – wie Richard III. – etwas an sich, was mich die langweilige Interpretation anzweifeln läßt.

Norman Cohns ausgezeichnetem Buch *The Pursuit of the Millennium* (deutsche Ausgabe: *Das neue irdische Paradies*, Rowohlt, 1988) verdanke ich mehr, als ich sagen kann. Das ist wirklich Geschichte – diese Besessenheit vom millenniaristischen Gedanken, der sich, auf uralten jüdischen Überlieferungen vom Ende aller Dinge fußend, in Westeuropa seit den frühesten Anfängen des Christentums entwickelt hat und vor allem die Armen und Besitzlosen ansprach. Er zog sich als Faden durch das ganze Mittelalter und darüber hinaus und brachte, quasi als Knoten, immer wieder jenen fanatisch-religiösen Kommunismus hervor, der seinen Anhängern sowie deren Verfolgern unendlich viel Ärger bereitete. Bei diesem klaren und fesselnden Bericht, vor allem den Kapiteln über ›Das Tausendjährige Reich‹ in Münster, habe ich ausgiebig Anleihe genommen.

Ich bin Norman Cohn (und seinem Verlag Secker & Warburg) sehr dankbar für die freundliche Genehmigung und erkenne seinen Einfluß auf das Buch – zusammen mit dem des Bischofs von Galen, des armen (verleumdeten, wie ich fürchte) Hieronymus Bosch und des verstorbenen Wilhelm Fraenger (und seines Verlags Faber & Faber), der überhaupt erst mein Interesse für diese Interpretation von Boschs *Garten der Lüste* geweckt hat – dankbar an.

Sämtliche geschilderten Erlebnisse liegen scheinbar sehr weit zurück, im frühen sechzehnten Jahrhundert; in einem kleinen deutschen Stadtstaat. Doch in einem Zeitalter, in dem Sex in die vordersten Reihen unserer Kultur vorgerückt und die Religion in den Hintergrund gedrängt worden ist, könnte es sein, daß die Religion der Liebe, ein Gegenpol zu der Macht der Dunkelheit, heute nach wie vor von gewissem Interesse für uns ist.